诺贝尔文学奖作家作品

大　街

Main Street

［美］辛克莱·刘易斯　著

王志刚　译

北京出版集团
北京出版社

图书在版编目（CIP）数据

大街 / （美）辛克莱·刘易斯著；王志刚译. — 北京：北京出版社，2021.6
（诺贝尔文学奖作家作品）
ISBN 978-7-200-15387-3

Ⅰ.①大… Ⅱ.①辛… ②王… Ⅲ.①长篇小说—美国—现代 Ⅳ.① I712.45

中国版本图书馆 CIP 数据核字（2020）第 041873 号

诺贝尔文学奖作家作品

大　街

DAJIE

[美] 辛克莱·刘易斯　著
王志刚　译

*

北 京 出 版 集 团 出版
北 京 出 版 社
（北京北三环中路6号）
邮政编码：100120

网　址：www.bph.com.cn
北 京 出 版 集 团 总 发 行
新 华 书 店 经 销
北京华联印刷有限公司印刷

*

140毫米×202毫米　32开本　21印张　487千字
2021年6月第1版　2021年6月第1次印刷
ISBN 978-7-200-15387-3
定价：89.80元
如有印装质量问题，由本社负责调换
质量监督电话：010-58572393
责任编辑电话：010-58572757

作家小传

1885年2月7日，辛克莱·刘易斯（Sinclair Lewis，1885—1951）出生在美国明尼苏达州苏克萨特镇一个乡村医生家庭。童年时期，刘易斯被认为性格古怪，所以小朋友们都疏远他，嘲笑他，这使他生活得十分孤独。这段经历也给他留下了深刻的印象，让他十分讨厌小镇庸俗的生活。1902年，刘易斯进入俄亥俄州奥伯林学院读大学预科，并于次年考入耶鲁大学文学院。可是他发现，自己在耶鲁也是个局外人，于是进校三年之后，他放弃了学业，去了厄普顿·辛克莱创办的社会主义居民试验区，后来又去了纽约和罗马。在离开校园一年之后，他选择重新回到学校。1908年，刘易斯大学毕业，获得了文学学士学位，在一家出版公司当编辑，并开始了创作。1910年，他到了纽约，继续以编辑为职业，同时坚持文学创作。1912年，他创作完成了名为《步行与飞机》的儿童历险小说。1914年，他发表了首部长篇小说《我们的雷恩先生》。1916年，他辞去工作，成了一名职业作家。这期间他先后创作了《鹰的足迹》（1915）、《工作》（1917）、《无辜的人们》（1917）和《自由的空气》（1919）等反映纽约社会生活的长篇小说。

刘易斯开始创作的年代正值第一次世界大战期间，当时社会动荡不安。在他前期作品中他深刻地描绘出了美国中西部的中产阶级精神上的空虚，并因此赢得了评论家的关注。

1920年，刘易斯发表了长篇小说《大街》，这是一部描写美国中产阶级、表现中西部美国乡镇风土人情的小说。之后，他又于1922年出版了长篇小说《巴比特》，在这部长篇小说中也深刻揭露了中产阶级的精神实质。此后，刘易斯佳作不断，于1925年出版了长篇小说《阿罗史密斯》，其主题是展现科学工作者马丁·阿罗史密斯遭受挫折时所表现出的勇气。《大街》《巴比特》《阿罗史密斯》这三部作品被公认为他最优秀的作品，《巴比特》更是被称为他的代表作。1926年，刘易斯凭借《阿罗史密斯》获得了普利策文学奖，但他拒绝接受。

此后，刘易斯又创作了多部长篇小说。1927年，刘易斯出版了长篇小说《艾尔麦·甘特利》，对教会的贪婪和虚伪进行了抨击。1929年，他出版了《多兹沃思》，描绘了一群退伍军人是如何在欧洲寻求生活出路的。

1930年，刘易斯获得诺贝尔文学奖，由此成为美国第一位荣膺诺贝尔文学奖的作家。

进入30年代后，刘易斯的文学创作走上了下坡路。1951年1月10日，刘易斯在他的罗马寓所病逝。

在刘易斯三十多年的创作生涯中，他不但创作了20多部长篇小说，还出版了书信集《从大街到斯德哥尔摩》(1952)以及3个剧本和若干短篇小说等，一生可谓创作颇丰。

授奖词

瑞典学院常务秘书　埃·阿·卡尔费尔德

本年度的诺贝尔文学奖获得者为一个美国人，一直以来，美国和瑞典都保持着友好的关系。这位获奖者是在著名的玉米产地明尼苏达州的苏克萨特镇出生。他出生的这个镇规模不大，人口大概只有两三千人。在他1920年创作的小说《大街》中，他用"戈镇"称呼这里。那是一片一望无际的原野，整个连绵起伏的大地上处处是湖泊和橡树丛，这个镇和其他像这样的小镇都是如此。一开始踏上这片土地的拓荒者需要地点兜售谷物、需要商店购买物品、需要银行抵押贷款、需要医院看病，还需要牧师对他们的灵魂进行安慰。于是，城镇之间的合作关系就这样产生了，同时各类纠纷也随之上演。城镇因乡村而出现，还是乡村因城镇而存在？

在那里大草原带给我们的冲击是非常强烈的，就如同我们国家严酷的冬天一样；鹅毛大雪在狂风的裹挟下，在宽敞的街道和低矮的房屋间洒落；炎热的夏天使得水流不通、杂乱的小镇发出难闻的气味。哪怕环境如此恶劣，小镇依然优越感十足，它是大草原上的一枝花，支撑着这里的经济，而且还是当地的文化核心——一个文化聚集的地方。让人称道的美国文化和受制于日耳曼人和斯堪的纳维亚人的传统文化在这里相融合。

所以，镇上的人们坚守着他们既独立又民主的政治理念，在这里过着幸福的生活。当然，人们也是会被合宜地划分出等级的。他们遵守商业道德，福特汽车在大街上来来往往，他们因此深刻地体会到自动化的好处。过去，有一位离经叛道的年轻女子来到这里，想要实行一次彻底的变革，可是不管她怎么努力，最后都失败了。

《大街》在描绘小镇生活方面，确实非常优秀。书中所描述的小镇是个非常地道的美国小镇，可是从精神层面来说，却会给人产生欧洲小镇的感觉。我们很多人就像刘易斯一样，都曾经苦恼于丑陋和执拗。当地居民强烈地抗议讥讽，可是我们却不能要求太高，因为刘易斯在对故乡的小镇和人民进行描绘时，采用了非常大度的笔触。

"戈镇"骄傲自满的背后隐藏的却是妒忌。像圣保罗和明尼阿波利斯这种在平原边缘屹立的城市，就称得上是个小都市中心，炽烈的阳光和璀璨的霓虹灯时常闪耀在它们那高楼大厦的窗户上。"戈镇"也想效仿它们，于是打着战时小麦价格攀升的旗号，找到了合适的机会进行扩张。

这时，一位煽动人心的政治演说家来了，口若悬河地发表着演讲，他的目的是让人们对他的政治观点笃信不疑。在他看来，让"戈镇"名列前茅，并成为一个二十万人口的大城市再容易不过了。

巴比特先生——乔治·福伦斯比·巴比特——就在这个小城中居住（《巴比特》，1922），他们把这个地方叫作"天顶市"，如果你按照这个名字查找，也许你在地图上根本找不到它。而刘易斯朝美国精神领域迸发的起始点就是这个城市以及它持续扩充的领土。相比"戈镇"，这个城市要大得多，所以，这个小镇的美国精神特别强烈，自豪感十足。它的创新精神以及乐观主义的风采在乔治·福伦斯比·巴比特身上体现得淋漓尽致。

事实上，巴比特和美国中产阶级理想的代表很像。他相信商业道德和私人行为准则理应互相呼应，他觉得上帝想要人们劳动，提高收入，沉浸在现代的果实中，他认为自己完美地遵守了这个戒律，所以他自己和社会和谐相处着。

他在目前最火热的行当里任职——一名房地产商人。他的家位于郊区，芳草萋萋、树影婆娑，处处都透着高规格；他的车和他的身份很相符，他时常开着这辆车在大街上疾驰，那一副昂然的神色仿佛他是一位天不怕、地不怕的英雄。他的家庭生活也类似于一般中产阶级，他在家中具有十足的大男子主义做派，而妻子也早已习惯了他这一套，孩子们由此变得十分粗俗和鲁莽无礼。

他体格健壮、反应灵敏、脾气温良。他的一日三餐都是在俱乐部解决的，在遇到有益的业务交谈和耸人听闻的好玩有趣的事时，他总是拍手称快。巴比特为人处世很有一套，这给他赢得了好人缘，此外，他的口才也非常好。不管哪个国家的口号，他都烂熟于心，在俱乐部和公众集会的交谈中，他总可以熟练地将它们派上用场，即便那些关系到精神领域内的高层次话题，他也可以插上几句。举世闻名的诗人乔蒙得利·弗林克曾深深地影响了他，在给各类商店撰写广告韵文上，这位诗人将自己的智慧发挥到了极致，所以每年都能得到比较丰厚的年俸。

巴比特的生活可以说是完美无缺的。人们对他的敬仰，他当然不会感觉不到。在他看来，别人都越来越幸福，自己却感到愁苦不已、愤愤不平。像巴比特先生那样的人，也只能拥有那样的幸福，因为他原本就是那样的人。当巴比特快要五十岁时，他猛然发现自己身上存在一些之前都没有关注过的陋习，于是他开始对过去的失误进行弥补。他和一帮居心叵测的人，即一个浮躁的青年团体认识了，他充当的是一个大度的阔老爷的角色。可是，他这样做相当于葬送自己的前途。他在俱乐部的午餐会上变得越来越沉默，而朋友也在一步步远离他。他们不止一次提醒他，他正在铤而走险，因为以他的资质，成为进步社团的成员是没有问题的。似乎到了纽约、芝加哥后，他就愈加接近那光辉的前程了，幸运的是，他及时迷途知返了。他在牧师的书房跪下追悔，得到了原谅。从这以后，巴比特又回到了从前的生活，一心扑到主日学校和社会公益活动中去。他的生活的终点就像它的起点一样。

  对于那些错误思想的制度，刘易斯用嘲讽的手法进行了批判，可是它的矛头指向的并不是哪个人。在我们这个世俗环境里被迫生活的他，不仅是个骄傲自负的个人利益当先的人，也是一个可爱的个人利益当先的人。巴比特为人质朴，因为他具有出众的口才，所以身为信徒的他常会以此坚持自己的信仰。归根结底，他是个很优秀的人，充满朝气，所以几乎可以代表美国精神和生命力。在很多国家里，处处可见世俗庸人、平民百姓，他们中的一半可以和巴比特的一半相比就已经很不错了。

  刘易斯在这部作品中展现出了他的天赋异禀。下面摘录几个推销员在朝纽约开去的快车的包厢里进行的对话，对话的主题当然是他们的产品销售行业。"对于他们来说，只有无所不能的销售经理才是浪漫英雄，什么骑士、行吟诗人、西部牛仔、飞行员或大无畏的地方律师都不是。他的案头常年放着一份市场问题分析表，人们敬仰他是'积极争取者'。他带领着他的麾下，在一望无尽的销售行业投入了自己的全部身心，这种业务并不是为了把某种产品推销出去，也不是把某个人推销出去，而只是推销而已。"

《阿罗史密斯》（1925）这部作品的风格是严肃的，在书中，刘易斯想把医学技术和科学的整体场景呈现在读者面前。大家都知道，现如今的美国，不管是在自然科学、物理学，还是在化学和医学界，研究水平都是首屈一指的，大家也都看到了前几次这个国家在诺贝尔领奖台得到的荣耀。美国财力丰厚，这就使得它的科技发展可以得到强大的经济支撑。

我们不可否认的一点是：一些投机分子也想对他们的研究成果加以运用。对于这些科学发现，私人工业具有敏锐的嗅觉，想在这些发现被确定以前就从中获利。比如说，细菌学家在疫苗的研究方面投入了大量的心血，目的就是阻止细菌的传播，而药商想的却只是更早地得到他们手中的专利，马上进行大批量生产。

马丁·阿罗史密斯在一个既有才情又有良心的教师的指导下，变成了一个科学的理想主义者。他有了一个重大的发现，可是因为需要再次确证实验结果，他对外公布的日期只能推迟，而巴斯特研究中心的一个法国人在他之前拿到了这个专利。对于他这个科学工作者来说，这无异于晴天霹雳，并成为他一生挥之不去的阴影。

本书把各类医学学者的形象都搜罗进来了，就像一幅千奇百怪的浮世绘，看到那些医学院教授明争暗斗，我们也只能投去鄙视的目光，同时让我们不由联想到《大街》里那个谦卑的乡村医生。在那位乡村医生看来，充分地融入病人这个群体中，在精神上给他们安慰就是一种荣耀。之所以有人愿意创办完善的公共卫生和社会福利机构，就是因为存在这种心甘情愿为民众的利益服务的人。而那些在极具规模的科研机构里工作的研究员们，虽然乍看上去，一个个都光鲜无比、高高在上，可事实上，为了机构的名誉，他们必须非常卖力地工作，而且时刻要将赞助人的利益放在首位。

而独具一格的只有阿罗史密斯的老师戈特利布，这位在海外逃亡的德裔犹太人给人的印象是，和蔼可亲、被人敬仰。作者的初衷是想给人们打造一个鲜活的标杆。他是一个正直、出淤泥而不染的科学家，而且还是一位愤世嫉俗的无政府主义者和一脸淡漠的远离世俗的人。对于那些赞助人的人品，他表示深刻的怀疑。在面对他们时，他就像面对实验室中的动物一样，疏离、淡漠。接着往下看，我们又看到了一个名叫古斯塔夫·桑德利司的瑞典医师。他是一位光芒四射的人，他勇气可嘉，在全世界各个地方活动，目的是让鼠疫被完全杜绝。他在宴席上把酒杯高高举起，把福音散播出去，他要传达这样一个观点，只要医学卫生工作做得尽善尽美，人类就可以远离病魔。

书中还对阿罗史密斯的个人历史进行了描述。刘易斯是个聪明人，没有把阿罗史密斯的形象打造得十全十美，无论是身为一个普通人，还是身为一个科学家，阿罗史密斯都难免苦恼于自己的鲁莽。像这样一个浮躁又没有决断力的年轻人，却有少女愿意帮助他，而这位少女就是他在医院偶然遇见的那位实习护士。当他还是一个不够出色的医科学生时，他经常在乡间活动。那位护士住在西部的一个小村庄，他时常去看望她，于是二人便顺理成章地结婚了。她天真可爱，愿意把自己献给他，她不要求丈夫为她做什么，只是安静地在那荒郊野外的地方等着他回来，尽管他一陷入工作就无法自拔。

在这之后，阿罗史密斯想在一个处处是瘟疫的岛上试验血清，她又和桑德利司一起跟去了。最后她在一间废弃的小屋里悄无声息地死去了，而此时她的丈夫正在妖妇的歌声中沉醉，这个一心自我牺牲的女性就这样完成了她那令人敬仰的一生中最后的辉煌。

这部作品蕴含着许多专门知识，连专家们都对其准确性惊叹不已。刘易斯行文流畅、信手拈来、见解深刻，他之所以具有这么强的写作功底，是因为他艺术功底深厚。当他在对作品的细节进行思考时，其认真、仔细的创作态度可以和科学家阿罗史密斯或戈特利布相提并论。可以这么说，对于他的父亲——内科大夫来说，这部作品具有里程碑式的意义。当然那些庸医和江湖骗子除外。

他另一部作品《艾尔麦·甘特利》（1927）就相当于给这个社会最细微的部分施行了一次手术。如果我们失去了六根清净的清教徒的美德时，就会在美国某个历史悠久的地方发现清教徒的遗毒。在清教徒们看来，再婚是不可饶恕的罪过，似乎可以讨好上帝的唯一方式就是让某个人变成鳏夫或寡妇，而放款生息更是不可饶恕。可是，另一方面，美国又必须避免宗教变得刻板。那里处处都是像"艾尔麦·甘特利"这种极具代表性的传道士。他的布道方式毫不严谨，每次出现在人们面前，都会摆出一副盛气凌人的、拳击家的样子。他可以在教堂内召集起所有的听众，可是这样做依然无法避免被人们发现：原来他是一条酸臭的鱼。刘易斯不想，也不能让他拥有任何动人的品行，可是从描写的角度来说，本书写作技巧让人叫绝，力量和坦诚也充斥其中，那多彩的意趣、沉闷的讥讽让人顿生荒凉。对于伪善在各个角落的传播，我们不需要明确地指出来，对于那些打击虚伪的人，我们也不需要让他知道那九头怪蛇其实离我们很近。

《多兹沃思》（1929）是辛克莱·刘易斯的最新一部作品。我们可以在该书中瞥见天顶市贵族气息最浓厚的一户人家——那是巴比特未曾跻身进去的圈子。在美国，"高级贵族"几乎代表着"最富裕"的阶层的意思，而萨姆·多兹沃思可以称得上是既富有，又尊贵的人。虽然已经过去了三个世纪，可是他依然觉得自己是英国人，一心想着认祖归宗。尽管他是美国人，可是却绝对不是那种喜欢战争的人。他的妻子弗兰和他一块出游，这时他已经六十岁了，而他的妻子才四十多岁。弗兰是个高贵的冷美人，尽管她的孩子都已经长大了，可是她却依然纯洁无比，"就像冬日里的风"。她像一朵娇艳的玫瑰花，在欧洲气息浓厚的气氛中绽放，她陷在及时行乐中无法自拔，变得爱慕虚荣、一切以自我为中心，她已经偏离了正常轨道太远，而她那位沉稳、深爱着她的丈夫只能由着她任性妄为。

当多兹沃思形单影只时，他曾经对"欧洲—美国"这个问题展开过深入的思考。作为一个整日忙得晕头转向的商人，他真心想给这二者之间的纷争理个头绪。他公正地、坦诚地，对很多事情进行了思考。最后他得出来这样一个结论，欧洲这块土地保留了曾经的宁静，而美国这块不眠不休的"纪录的追求者"的土地所轻视的正是这个。可是美国是个年轻、有活力的国家。当多兹沃思回到美国时，我们终于明白了，其实辛克莱·刘易斯的心无时无刻不在它身上。

没错，刘易斯是个美国人，他是用美国语言在写作，而这种语言正是代表着一亿二千万民众的新语言。他告诉我们，这个国家还处于发展中，还没有形成一体。

焕然一新的、杰出的美国文学的起始点将是美国的自我审判，这预示着健康。辛克莱·刘易斯的天赋让人欣羡，他可以把他清除土地的工具熟练地派上用场。他不仅拥有一双有力的手，而且面带微笑，心中充满活力。在他身上体现出一种新移民的风格，他会开拓疆土，把荒地变成良田。

在今天这个聚会上，辛克莱·刘易斯先生，我用另一种语言评论你，原本我可以借此机会对你进行诋毁，可是，我并没有这样做，我觉得你是美国新文学的一位年轻的、杰出的代表，我把你推荐给瑞典人民。在美国，你在我们的同胞中诞生，你曾经在你的作品中，对他们进行过友好的描述。今天，我们很荣幸你在这里出现，更令人感到荣幸的是，我们的国家可以把这一项至高无上的荣誉赐予你。现在，就请你过来，我们的国王会把这项荣誉亲自送到你手上。

获奖致辞

说到我接受诺贝尔文学奖有什么样的感想，如果我滔滔不绝，也许会让人厌烦不已，所以我只想说"谢谢"两个字，借此表达我的心意。

我想在今天这个演说中对如今美国文学的一些走向、危机和激励人的前景进行一下陈述。我将对这个问题知无不言、言无不尽，而且极尽坦诚，虽然会有一些有失体面的地方，可是我不想用其他方式有辱各位，因为我必将冒犯那些其中关系到的、我所爱戴的国土上的某些机构和人士。

可是我想衷心地请求大家相信，我并不是一个喜欢抱怨的人，相反，我觉得我受到了上天的眷顾，上天并没有让我承受什么苦难，也没有让我生活在贫困之中。有时，我会因为书和个人的原因遭到一些批判——加利福尼亚州一位正派的教师读了我的《艾尔麦·甘特利》后，希望对我进行围攻和处罚；而另外一位缅因州的高尚人士高呼不知道能不能通过正当途径，对我绳之以法。还有，某些新闻杂志记者中老奸巨猾的人、那种在我们美国俚语中被叫作"我在俱乐部认识他"的一群人是最让人难以忍受的，他们肆无忌惮地指责我说，他们非常了解我，我顶多算是个低级人物，不可能被冠以作家的称号。可是，虽然我遭受过不少让人难以接受的羞辱，尽管我也曾尽力申辩过，可是我依然不会把希望寄托在一些公正的指责上面。

站在我个人的角度，我并不想发出愤愤不平的声音，可是综观美国文学整体的状况，还有它在这个国家所处的地位，我则觉得非常不公平。这个国家的产业主义、金融和科学都发展得欣欣向荣，而被人广泛关注、拥有极强生命力的艺术却只有建筑和电影这两样。

我们可以举这样一个例子来加以证实，它把瑞典文学和我自己也牵涉进去了。那就是几天前在我抵达瑞典以前发生的一件事。美国有一位博闻强识、深受人敬仰的老绅士，过去他曾是牧师、大学教授和外交官，如今他的身份是美国文学艺术院院士，还被很多国家授予荣誉学位。身为作家的他之所以闻名于世界，就在于他擅长描绘诸如钓鱼之乐这样令人愉悦的小随笔。在我看来，依靠捕获鳕鱼或鲱鱼生存的渔夫这种职业并没有什么意思，可是，年少时候的我却因为这些随笔获益匪浅。如果你捕鱼并不是为了生存，那么捕鱼这件事的意义就是非常有意义的。

这位学者曾经在公开场合表示，由我这样一个多番讥讽美国社会的人来领取诺贝尔文学奖，美国就已经遭到了诺贝尔委员会和瑞典学院的侮辱。身为前外交官的他是不是想以这件事为契机，从而带来国际纷争，或者要求美国政府出动海军陆战队登陆斯德哥尔摩来对美国的文学正义进行庇护，这是我所不知道的，可是我希望不是我想象的这样。

我希望做出这样的设想,对一位既是神学博士,又是文学博士,还有很多我所不知道的冠冕堂皇的头衔的人来说,也许事情会不一样。我不如设想他曾经进行过这样的推测:"虽然我个人并不喜欢这家伙的书,可是既然他得到了这个奖项,就是给美国争光了,因为他们开始觉得美国这个民族开始成熟,不再处在荒郊野外,因为只有不自信,才会害怕批评,而如今这个国家长大了,对于别人的批评,它可以淡定自如地接受,无论这种批评中有没有讥讽的意思。"

我甚至希望做这样的设想,一位国际声誉斐然的学者会相信,对斯特林堡、易卜生、彭托皮丹的作品都非常熟悉的斯堪的纳维亚各国家,不会深受一位作家的言论的影响。再加上这位作家最无政府主义式的评论也只是告诉人们,美国这个国家所拥有的财富和力量,还没有制造出可以对人类最深刻的需求进行满足的文明。

我深信,几乎没有高唱过"国歌",也几乎没有在扶轮社①发表过演讲的斯特林堡,并没有遭到瑞典的质疑。

我为什么要这样耐心地对这位渊博的钓鱼者的批评进行探讨,原因并不是这批评本身很重要,而是它把这样一个事实呈现在人们面前,那就是美国的大多数人——包括读者和作家在内,对于所有不是对美国事物进行赞颂的文学,依然都害怕不已,一定要像赞颂美德那样赞颂过错。如果一位美国的小说家想让自己的作品在国内知名,真正深入人心,他的描述就应该是这样的:所有的美国男人都是高大、帅气、富裕、正派、对打高尔夫球非常精通的男子汉;

---

①扶轮社(Rorary International)是资产阶级国际性社团组织,1905年在美国芝加哥成立,在137个国家都有其分支机构,在《巴比特》一书中,刘易斯对其进行过细致的描述。

美国的城镇无一例外都是这样的邻居，整天没什么事可干，只是瞎转悠，互相问好；而美国女孩虽然粗俗一点儿，可最终会变成家庭的贤内助。而且，美国从地理形势上来说只包括这样几个部分：居民都是百万富翁的纽约；依然维持着1870年时美国人所具有的那种热闹的英雄主义的西部；每个人都在月光遍地、木兰芳香的农家乐园居住的南方。

大家二十年前在瑞典读过我们的某类小说家的作品，像德莱塞①和维拉·凯塞的作品，可是这类小说家在当时的美国并不怎么招人待见，而且也没有产生多大的影响，如今形势依然如此。就像我在前面拿来举例的那位杰出的钓鱼协会会员所说的，给大众化杂志写作的那类作家依然最受我们的推崇，他们激情满满地、枯燥地合唱着：一亿二千万人口的美国依然像她只有四千万人口时一样，维持着田园牧歌式的、质朴的风格；一家工厂虽然拥有万名员工，可是老板和员工的关系依然像1840年工厂只有五名员工时一样，非常单纯、友好；现在在三十层大厦公寓住着、有三辆汽车备用、有五本书在书架上摆着、下周就有可能离婚的家庭，其父子关系、夫妻关系依然和住在周围爬满蔷薇的五个房间时一样；而且，最令人叫绝的是，美国颠覆性的变革已经完成了，具有浓郁乡村风格的殖民地正朝如今的世界帝国大踏步前进，可是山姆大叔牧人式的、清教徒式的质朴则依然像过去一样。

对于那位钓鱼协会的会员，我真的充满了感激，他或多或少指出了我的特点。原因是，既然他领导着美国文学和艺术，那么他完全可以说，他是我的救命恩人，让我有权利开诚布公地对该协会进行讨论，就像他过去谈论我一样。只要是真正关系到如今美国唯理

---

①德莱塞（Theodore Dreiser, 1871—1945），美国知名的现实主义小说家。

智论的研究，就必须对这个神奇的机构进行思考。

可是，请允许我先畅想一番，再对该协会进行讨论。当我几天前横渡大西洋时，在那汹涌澎湃的浪潮中，在那种百无聊赖中，我就是这样来自娱自乐的。我想大家都知道，截至现在，美国并没有因为我获得诺贝尔文学奖而欢呼雀跃，当然，大家肯定对这种现象已经见怪不怪了。我想，即便由托马斯·曼（我觉得他的《魔山》好像已将整个欧洲的智慧都包括进去了）来获得这个奖项，或者由吉卜林（他的作品所具有的社会意义非常深远，具有威信的评论说他再次创立了大英帝国）获得这个奖项，或者由萧伯纳获得这个奖项，总会有人埋怨选错了人。此外，我还畅想过，如果当选的是西奥多·德莱塞这样的除我以外的某些美国作家，人们又会议论什么呢？

我是想说，即便其他美国作家站在我如今的位置上，情况势必也和我一样。事实上，德莱塞取得了比任何其他人都大得多的成就，当他始终无法得到宽恕、多次遭人嫉恨时，他一个人昂首前行，开辟出一个全新的领域，改变了美国的小说风格，不再是过去的维多利亚式、豪威尔斯①式的懦弱与文雅风格，而变成了活力十足的激情和果敢风格。正是因为他的开辟，我们才能把生命、美和害怕都表现出来，除非我们愿意被关入大牢。

舍伍德·安德森是我一位杰出的伙伴，他曾经在公开场合对德莱塞的这种地位进行过赞扬，我愿意迎合他。三十年前，德莱塞勇敢地把他的首部小说《嘉莉妹妹》出版了，二十五年前，我就读过了，封闭、压抑的美国因为它的到来，似乎呼吸到了一阵新鲜空气，而且它也给我们枯燥的家庭生活带来了自马克·吐温和惠特曼

---

① 豪威尔斯（William Dean Howells, 1837—1920），美国小说家和评论家，提倡现实主义。

以来的第一丝活力。

可是，假如由德莱塞先生获得这一奖项，也许美国的怨言又会传入你们的耳畔。他们会埋怨，他的风格太复杂了——我不是特别清楚这"风格"到底是指什么，可是这个字眼我时常可以在一些二流批评家的文章里看到。所以，我假设它一定拥有某种确定的属性；他们还会指责他用词不够精致，作品太烦冗了。此外，那些高贵的学者抱怨道：所有人在德莱塞的世界里都被罪恶、悲伤和绝望包围，而不是被乐观和美德包围，后者才和真正的美国人相符。

此外，如果是尤金·奥尼尔先生当选——在过去的十年或十二年间，他完全颠覆了美国的戏剧，以往精致和充满阴谋的虚假世界已经不存在了，取而代之的是一个光明和伟大的世界——可能会有人偷偷告诉各位，他的剧作里包括了一些更甚于嘲讽的东西——他觉得人生和学者们在研究中心设置好的整齐划一的样子有很大的差别，是一种恐怖、恢宏，时而非常可怕的东西，就像飓风、地震和大火灾一样。

此外，如果是詹姆士·布兰奇·卡贝尔先生当选，你们就会听到这样的评论，他的作品太荒诞、恐怖了。一样的道理，有人会跟各位说，虽然维拉·凯塞小姐在她的小说中对内布拉斯加州农夫的纯朴品质进行了颂扬，可是在她的小说《沉沦的女子》中，她没有严格遵守美国一直存在的、也许枯燥的美德，而对一个淫荡的女人进行描绘，甚至让坚贞的人也被她的魅力所折服，在这部小说中找不到任何道德品质；一样的道理，亨利·门肯先生是最受人诟病的讽刺家；而舍伍德·安德森先生竟然觉得性就像钓鱼一样，是生命的源泉，在这件事上，我也有错，犯了荒诞的错；再比如厄普顿·辛克莱先生，身为一个社会主义者，他的罪孽就在于和美国资本主义式大量生产的十全十美唱反调；而约瑟夫·赫格希默先生不能被叫作美国人了，因为在他看来，要想容忍平常的生活，就必须忍受文雅的态度和外观上的美；此外，欧内斯特·海明威先生不仅年轻气盛，而且更糟糕的是，他用了一些不可能从绅士嘴里冒出来的语言，他相信人们要想追求幸福，一个恒久的方法就是喝酒，而且他还武断地说，相比战场上男人间的互相屠杀，士兵了解爱要有意义得多。

没错，这些和我战斗在同一战线上的人都是可恶的。如果他们当选了，那么就像我当选一样，一样会被人诟病，可是作为一位具有国家荣誉感的美国人——可是，我得先跟各位提个醒，作为20世纪30年代而不是19世纪80年代的美国人——我觉得很幸运，他们和我生在同一个国家，而且在提到他们时，我的语气是充满自豪的，就好像以下这些人之于欧洲的意义：托马斯·曼、H.G.威尔斯、高尔斯华绥、汉姆生、本涅特、福克特温格①、塞尔玛·拉格勒夫、温塞特、海登斯坦、阿努吉欧、罗曼·罗兰。

我的一生就是这样的，在乐观主义和悲观主义之间徘徊不定，可是所有写作或评论事物的美国人的命运都是这样的——在如今这个世界上，美国可以说是一个最不稳定、最充满冲突、最压抑的一个地方。

在这里，我会自豪地提到几位我觉得是如今美国文学界的名人的人物，我不可能将全部名字都一一列出来，如果有时间，我愿意真心给他们唱赞歌，可是现在，我必须回到主题，下面我就会把我的结论说出来：我们的确在商业和科学方面拥有活力十足的、多姿多彩的标杆，可是在现如今的美国文坛，甚至在所有美国的艺术范

---

①福克特温格（Lion Feuchtwanger, 1884—1958），德国小说家和剧作家。

畴内，当然除了建筑和电影，都找不到有待完善的协调方案，找不到能够追本溯源的英雄，也找不到可以被指责的坏人，找不到能够继续前行的道路，也找不到必须绕开的危险渠道。

美国的小说家、诗人、戏剧家、雕刻家或画家的工作都必须凭借一己之力完成，当他们觉得疑惑时，可以帮助到他们的只有他们自己的信仰。

毋庸置疑，很多艺术家都会面临这样的局面。流浪者兼罪犯维庸想要找到一个惬意的避难所是根本不可能的，让文雅的淑女们牵起他的手，给予他安慰。这是一个真正杰出的人物，他注定要比所有的公爵和有地位的主教的寿命都要长一些，他不愿意卑躬屈膝去抓紧他们的长袍，所以他也只能在贫民窟生活，啃着难以下咽的面包。

美国的艺术家的生活其实还不错，我们得到了体面的回报，这是事实。只是作家过得并不如意，他们没办法拥有自己专属的司膳侍者、汽车和棕榈滩上的别墅，如果有，在那里基本上可以结识银行业的大老板了。可是，一个作家不但和这些无缘，而且还要忍受一些比贫困更加恶劣的事情——他时常会感觉到自己的创作得不到社会的重视，读者对他的希望仅限于一个修饰师或小丑，或者人家出于善良，对他予以认可，把他看作一位嘲讽家，虽然狂吠不止，可是不会对人造成伤害，他可真的是个好人啊！可是无论如何，在这个经济发达、物产富饶的国家内，作家没有价值可言。他不属于任何机构，不附属于任何团体，他得不到正面激励，没办法得到值得认可的批评，也得不到极其宝贵的赞扬。

那么，我们所拥有的机构究竟有哪些呢？

组成美国文学艺术研究院的人有几位杰出的画家、建筑师和政治家，像名声在外的大学校长巴特勒、勇气可嘉的学者克罗斯，也有几位首屈一指的作家：诗人罗宾逊和弗洛斯特、奔放的评论家亚当斯，还有小说家伊迪丝·华顿、哈姆林·加兰、欧文·韦斯特、布朗、惠特洛克和布斯·塔金顿①。

可是，西奥多·德莱塞、亨利·门肯没有名列其中；批评家乔治·简·纳森，我们中最好动的一个，尽管年纪不大，可已经开始领导我们戏剧批评界了；尤金·奥尼尔，我们无人能比的最杰出的剧作家；还有具有名副其实的创造力的诗人文森特·米莱、卡尔·桑德伯格、罗宾逊·杰佛斯、马歇尔、林赛和李·马斯特斯，李的《斯蓬河诗集》不同于过去任何出版的诗，这些诗严谨却又不失美好，摆脱了探索和怯懦的束缚，引领了一个美国本土的新诗派。以下小说家和短篇作家也没有被包含在其中，像维拉·凯塞、约瑟夫·赫格希默、舍伍德·安德森、林·拉德纳、欧内斯特·海明威、路易斯·布罗姆菲尔德、丹尼尔·史蒂尔、范妮·赫斯特、玛丽·奥斯丁、詹姆士·布兰奇·卡贝尔、埃德那·费勃，甚至连厄普顿·辛克莱也没有名列其中，对于他那积极的社会主义思想，无论你持什么样的态度，我们依然得承认相比任何一位美国艺术家——不管是小说家、诗人、画家、雕塑家、音乐家，还是建筑师，他都要知名得多。

对于我上述提到的所有作家，我并没有指望一个研究机构可以将他们都包括进去，可是其中任何一位作家都没有出现在一个研究机构，那它便和美国文学中活泼的、顽强的和富有创造力的一面相背离了，它也就无关于我们的生活了，无法对民众起到励志作用，并不能成为今日美国文学界的代表，它只是对亨利·华兹华斯·朗

---

① 上述都是19世纪末至20世纪初美国文坛上颇有影响力的诗人、小说家、评论家和学者。

费罗进行代表而已。

可能有人会辩解道，不管怎样，研究院的名额是有限的，只有五十个，当然不可能把每位有价值的人都包括进去。可是，实际情况却和名额有限无关，因为当研究院没有接收我们少数几位天才的同时，却包容了三位才华平平的诗人，两位写特别枯燥的通俗闹剧的剧作家，两位只是因为身份是大学校长的绅士，一位三十年前因为机智而闻名的画家，其他几位绅士，原谅我根本没有听说过，不知道他们是谁。

请允许我再说一遍，我并不是要在这里对美国研究院进行抨击。

我应该这么来评价它，它是一个尊贵、庞大，而且拥有不容置疑的威信的机构，更何况，我们文学界很多值得一提的人物并没有名列其中，错并不在于它本身。有时要怪那些作家本身。我难以想象，当研究院那种雅典式皇家风味的晚宴邀请像灰熊一样的西奥多·德莱塞参加时，他会觉得舒适；而如果门肯受到他们的邀请，可能他会用嘲讽的语气来故意惹他们生气。不，我不是有意抨击——虽然我一百个不乐意，可是现在我还是想对该研究院进行一下讨论，只是因为它把美国的理性和真实的标准这两者之间的巨大差异显现出来了，可谓也是一个太过完美的实例。

我们的大学和学院，或者是高等学校[①]，基本上都存在这个问题。其中做得好一点儿的只有四所学校，分别是佛罗里达州的罗林斯学院、佛蒙特州的密德贝利学院、密歇根大学和芝加哥大学——像罗伯特·赫里克那样杰出的小说家，像罗伯特·洛维德[②]那样拥有勇气的批评家都曾经出现在芝大的名单上，这些学校开始真正感

[①] 这里指的是大学预科（gymnasia）。
[②] 罗伯特·洛维德（Robert Lovett, 1870—1956），芝加哥大学英文教授。

兴趣于当代拥有开拓意义的文学。可是，在美国，大学、学院、音乐学校和教授神学、修理水管、广告招牌绘画术的学校一样多得数不胜数。无论什么时候你看到一幢公共建筑，印第安混凝土牢固的墙上有着哥特式窗户，那么这就又是一所大学无疑了，学生从两百到两万名不等，一样对于躲开追求高深学问所带来的弊端非常有热情，对得到文科学士文凭所带来的社会名誉拥有热情。

噢，我们的大学在社会上和民众可是紧紧相连呢，尤其是在运动竞赛方面，一场极具规模的橄榄球赛会吸引八万名激情澎湃的观众抵达现场，门票一张五元，四面八方的汽车都朝这里拥入，二十二个男人在奇怪的场地上来回奔跑，观众们目不转睛地盯着。一位厉害的球员在橄榄球赛季中差不多等同于我们最杰出的英雄——甚至可以和亨利·福特、胡佛总统和林白上校相媲美。

对我们起到主导作用的商业巨子在科学的某个分支领域内，宁愿推崇那些对学术事业奋斗终生的人。我们这些商业贵族中的某一位先生也许极不看好诗人或画家的想象力，可是无论如何，在对待密立根、迈克尔生、班廷、西奥博尔德·史密斯那样的人物时，他却会怀着满腔的热情。

可是让人觉得疑惑的是，我们的大学在艺术方面却躲得远远的，缺乏鲜活的创造，远远比不上它们在社会、体育和科学等方面那样和我们关系亲密。对一位忠诚于美国大学的文学教授来说，文学的诞生不是缘于如今的普通人难受地坐下来。不，它是一些刻板的东西，它来源于某些厉害的、让人匪夷所思的力量的创造，假如非要将这些人称作艺术家的话，那么在拥有魔法的打字机出现以前，他们最起码已经长眠于地下一个世纪了。对于一位真正上流社会的绅士来说，只要想到文学可以源于普通人的创造，这些人竟然也在街道上穿行，穿着平淡无奇，看上去就像是一位司机或农夫，他们自然会从内心升腾起一种厌恶。我们的美国教授们的期盼是，他们的文学是明晰的、淡漠的、纯洁的，甚至是枯燥刻板的。

我觉得这种情况只会出现在美国大学内，我所了解到的情况是，对于牛津大学和剑桥大学的那些绅士来说，同威尔斯、本涅特、高尔斯华绥、乔治·摩尔等人和一位像塞缪尔·约翰森那样可靠、美丽、死气沉沉的作家相提并论，好像特别不合适，而他们却延续了这种不公平。在我看来，在瑞典、法国和德国的大学内，也存在很多不去理解，却只看重研究的教授，可是在美国这块新兴土地上，人们会渴望文学教师们更拥有人性，少一些刻板，摆脱古老欧洲传统的阴影。而他们并不是这样的。

近年来，一股让人目瞪口呆的"新人文主义"思潮在美国的大学以外出现。当然，如今"新人文主义"一词试图将很多事物都包括进去，可现实情况却是，它根本容纳不了任何东西。它想指任何事物，从相信当代农夫的俚语根本比不上希腊文和拉丁文，到相信一个刻板的希腊人远远不如一位生龙活虎的农夫。可是，这个神秘的名词倒很适合用来标志这个神秘的时尚。

按照我现在的认识水平，如今的世界充满了希望，又让人激情澎湃，这个世界因为多种多样的事物而变得多姿多彩：齐珀林式飞船、布尔什维克的农业工业化、船舰、大峡谷、儿童、大饥荒和科学家对上帝孤注一掷的研究，基于现在这种气氛，那些新人文主义者淡漠的痴迷不会得到任何一位拥有创造力的作家的关注——这个最潮流的流派重申人性二元论。文学被它困囿在人神间或灵魂与魔鬼间的纷争中。让人讶异的是，神和魔鬼都只能打扮得像希腊人一样，而不能穿现代的衣服。对于新人文主义者来说，俄狄浦斯是个悲情的角色。在这个强制性推销术充斥其中的世界里，基于一些领导人的思想的威胁，人们试着把自己看作是上帝的计划失败了，他们只能这样安慰自己，生活的宗旨就是对自我克制的发展——无论从这种自我克制中，人可以实现什么目的。这整个思想衍生了一种腐朽的理论，那就是不管是艺术还是人生，都必须是顺从的、否定的、悲观的。在这个亢奋的、革命性的世界里，竟然还被引入了这种灰暗的反动理论。

这片国土上的人们对大无畏的智慧丛生的冒险充满了渴望，奇怪的是这种刻板的理论，这种和人生离得远远的复杂，这种像隐藏在修道院一样的枯燥沉稳的理论在这个国家里，竟然会受到教授们的热捧。更恶劣的是，它让那些具有创造力的作家没有了用武之地，基本上这些影响都是从大学来的。

可是情况一直都是这样，勃兰兑斯、泰纳或克罗塞①这样的人从来没有在美国出现过。

拥有创造力的人才在美国并不是没有，可是我们的批评界的态度却是一贯的疏离，一些毫无价值的活动充斥其中，一些忌妒的老处女、退职棒球记者和尖酸刻薄的教授们一直纠结在其中。我们的伊拉斯谟从来都是乡村女教师。在这种创造力缺乏的情况下，我们还能谈标准吗？

19世纪中期，包括爱默生、朗费罗、罗威尔、霍姆斯、奥尔科特等人在内的剑桥—康科德这个举世瞩目的团体，就是在美国文学中深刻反映出了欧洲的悲伤基调，可是它并没有产生多人的影响，而且没有继续传承下去。惠特曼、梭罗和爱伦·坡，从一定意义上来说，霍桑也可以名列其中，都是些形单影只的、被抛弃的人，遭

---

①克罗塞（Benedetto Croce, 1866—1952），意大利哲学家及政治家。

到他们那一时代的新人文主义者的怒骂。直到威廉·丹·豪威尔斯出现了，我们才有了一种类似于标准一样的东西，可是这种标准却极其恶劣。

豪威尔斯先生为人亲切、和蔼、忠诚，可是对于一种和虔诚的老处女一样的道德观，他却矢志不渝地坚守着，在教区牧师的家宅喝下午茶就是他最大的乐趣。对于侮辱和淫秽、对于所有那种H.G.威尔斯所说的"欢乐粗鲁的人生"，他都憎恨不已。在他的想象中，人生美景也许有农夫、水手和工厂劳工的存在，可是，农夫却一点儿粪肥都不能沾，水手不会唱淫秽的水手歌，工厂劳工一定非常感谢他那善良的雇主，而且他们都希望到佛罗伦萨旅游一趟，他们会微笑着看乞丐的离奇荒诞。对于这样的美景，豪威尔斯先生竟然天真地相信了。

对于这种闲散阶级的、新人文主义的哲学，豪威尔斯先生竟然相信了，而且非常笃定。同时代的人们被他深深影响着，直到1914年和世界大战的骚动期间。

其实，一直到现在，他的影响都一直存在，我们当代最杰出的作家之一马克·吐温，这位粗俗的刚烈老头儿，竟然在他的影响下，开始穿上理性的礼袍，戴上高顶礼帽。哈姆林·加兰依然对他充满崇敬之情，事实上，不管从哪个方面来说，这位作家都要比他优秀得多，可是因为深受豪威尔斯的影响，他竟然从一位严苛、崇高的写实主义者，变成了一个谄媚的、没什么价值的训诲家。迄今为止，加兰先生都是美国文学界的领军人物，而且作为一位领袖，他诧异于所有年轻作家品位不足，作品中的人物在谈恋爱时，通常是以和祈祷书中所写的方式相悖的方式进行的，普通人有时所用的词也是"大街"的妇女文学俱乐部所禁忌的。而这位哈姆林·加兰年轻时在波士顿是个非常有素养的人物,而且他在受到豪威尔斯的侵蚀前,曾经写过《大路》和《荷兰人山谷里的玫瑰花》这两本非常具有启发性的、非常果敢的写实主义作品。

年少时期我曾有幸拜读过这些作品,那是在明尼苏达州一个大草原的乡镇,而加兰先生在小说中所描写的背景环境就是那里。我太激动了,这种情绪还是在我读巴尔扎克和狄更斯的作品时体会过,他们的作品让我相信,我们是有可能把法国和英国的平民描绘得像亲自站在人们面前一样。可是我从来没有想到的是,有人能把俚俗淫秽的细节摒弃掉,而把明尼苏达州苏克萨特镇的人们描写出来,让人觉得就和他们待在一起一样。大家是知道我们的小说一贯的写法的,所有在中西部乡镇生活的人们都被描绘成尊贵、幸福的人,我们之中从来没有人愿意用乡镇生活中那美好、温暖的生活去交换纽约、巴黎和斯德哥尔摩那种缺乏道德的、庸俗的生活。而我在加兰先生的《大路》里发现了一个人,他认为疑惑、卑劣和英雄主义有时也会出现在中西部的农夫生活里。我尘封已久的思想因为这种新观点而被打破了,我开始按照生活最本真的样子,来对人生进行描写。

如果这位加兰先生在知道我正是受到他的启发,才把我所观察到的美国真实地描写下来,而没有依据威廉·丹·豪威尔斯先生那种把生活看得无限美好的方法去对美国进行描写,他不但会满心不悦,也许还会非常生气。这是他的悲哀,也是一个充满启迪的美国的悲哀。在这片充满自由气息的国土上,像加兰这样的人,早就对自由之路大加赞赏,可是最后自己却被禁锢其中,理论也走向了反面。

可是,当豪威尔斯这样的人正在满腔热情地找寻,如何才能把美国变成英国大教堂式城镇那样灰暗的模板时，依然有很多矢志不渝的人们——像惠特曼、麦尔维尔、詹姆士·赫尼克和门肯极力声称，应该有一些比茶几更文雅的东西存在于我们的国土上。

就这样在没有标准可依的情况下，我们也没有退缩，开辟出了一条道路。对于有着坚定意志的年轻人来说，没有标准可依可能还是件好事。对于我来说，虽然过去我一直对我心爱的国土好像都是充满悲情的描绘，而现在，我愿意用一首非常美妙的乐观主义之歌来代替。

对于美国文学的前景，我信心十足。我相信，我们正一步步走出安全、稳妥和难以让人相信的愚蠢的地方主义的琐碎。如今有很多美国青年正在这样做，遗憾的是我的年龄大了，没办法和他们并肩作战了。

这其中就包括欧内斯特·海明威这位犀利的青年，他是一位真正的艺术家，他的人生经历充满了动荡和起伏，他也以此来对自己进行历练，给自己制定了非常高的标准，他的港湾就是生命本身；托马斯·伍尔夫[①]，我相信他才三十岁或者年纪更小，《天使望家乡》是他仅有的一部小说，可是却能够和我们最伟大的文学作品相提并论，他是一位对生命拥有满满的热情，而且极具潜质的作家；桑顿·怀尔德在写实主义的时代生活，对曾经的美梦进行反复咀嚼，他把永恒的传奇动人地描绘出来了；约翰·道斯·帕索斯对巴比特式可靠稳定的标准讨厌不已，他取得了突破性的好成绩；史蒂芬·贝尼特通过回忆老约翰·布朗的荣誉，在美国的粗鄙中把史诗的规模重新建设起来了；迈克尔·高尔德把纽约曼哈顿东区新开发的犹太区以及威廉·福克纳打破了南方历史悠久的传统都揭示出

---

① 托马斯·伍尔夫（Thomas Wolfe, 1900—1938），美国小说家。

来了。此外，还有十多位年轻的诗人和小说家，其中有不少人都在巴黎居住，他们或多或少地在詹姆斯·乔伊斯疯狂的传统下生活，可是无论他们沉迷的情况有多么严重，他们都不愿意变成闲散阶级的、古老传统的以及枯燥单调的作家。

向这些人致敬，我很高兴我还有和他们一样的志向，他们决定向美国贡献出自己的才智。在这片美丽的国土上，有连绵起伏的高山、无边无际的草原、大都市、偏远的小屋、亿万财富和至高无上的忠诚和信仰，它的波澜壮阔和它的文学是相匹配的。年轻的美国作家们下定决心要创造出和国家的广博相一致的文学，我也非常高兴自己有这个决心，并高兴地向他们表示敬意。

目 录

第一章 3
第二章 19
第三章 30
第四章 46
第五章 76
第六章 96
第七章 114
第八章 131
第九章 140
第十章 154
第十一章 174
第十二章 203
第十三章 215
第十四章 225
第十五章 244
第十六章 270
第十七章 284
第十八章 301
第十九章 319
第二十章 335

第二十一章　349

第二十二章　365

第二十三章　380

第二十四章　397

第二十五章　423

第二十六章　436

第二十七章　446

第二十八章　451

第二十九章　472

第三十章　494

第三十一章　512

第三十二章　525

第三十三章　543

第三十四章　562

第三十五章　574

第三十六章　584

第三十七章　594

第三十八章　603

第三十九章　622

辛克莱·刘易斯作品年表　635

这个小镇位于麦黍遍地的原野上，周边是牛奶房和小树丛，人口只有几千人——这就是美国。

故事里所说的这个小镇名叫"明尼苏达州戈弗草原镇"，可是它的大街却是源于各地大街的延伸。一样的故事也许会发生在俄亥俄州或蒙大拿州，在堪萨斯州或肯塔基州或伊利诺伊州，即便在纽约州或卡罗来纳山区，与之内容差不多的故事也许也会传出来。

大街代表了文明的最高峰。我们还要对当年汉尼拔侵犯罗马表示感谢，埃拉斯慕斯①在牛津幽居起来写书，我们现在才能在时装公司门前看到这辆福特牌汽车。杂货食品铺掌柜奥利·詹森对银行老板埃兹拉·斯托博迪所说的话，无一例外都充满了哲理——对于伦敦、布拉格，甚至微不足道的海上小岛来说，一样是醒世名言。只要是埃兹拉不了解的、不接受的事情，就一定是蛊惑人心的妖言，那样人们就不需要去知道、思考了。

在建筑史上，最高不可攀的成就就是火车站。本乡的人们都非常羡慕萨姆·克拉克五金店一年的营业额。玫瑰宫电影院里上映的影片都具有深刻的意义，即便是搞笑的都必须和道德标准相符。

---

①埃拉斯慕斯，荷兰学者，文艺复兴的先驱之一，代表作有《愚人颂》。

这就是我们完善的传统基础和坚忍不拔的信仰象征。假如有人在描绘大街时,不是遵照这个标准,而是想当然地觉得也许会存在其他一些让公民们感到茫然无措的信仰象征,那么,这刚好显现出他自己是一个背离美国精神的人。

第一章

一

在密西西比河畔上，有一处小山岗，那儿是奥杰布华族印第安人六十年前居住过的地方，此时正有一位少女站在那里。北方的天空是那么地蓝，她窈窕的身影也因此被衬得越发清晰。只是现在，印第安人已经失去了踪影，呈现在她眼前的是明尼阿波利斯和圣保罗那成片的面粉厂，以及高楼大厦上面那些锃亮的窗户。那么，此时她的心里又在想些什么呢？在想印第安女人，水路、陆路的货运，还是在想那个过去常常到这里来买皮货的北方佬？不，都不是，她的脑海里只有胡桃奶糖、布里厄①的剧本、鞋子的后跟为什么会磨破，以及那位教化学的老师一瞬不离地注视着她挡住耳朵的新发型的场景。

广阔的麦田里刮起阵阵微风，她那塔夫绸的裙子跟着麦浪一

---

① 布里厄，法国戏剧家。

起轻轻飘荡，使得她整个人看上去更加轻盈活泼、富有魅力了。那些偶然从山脚下经过的行人见此，都不禁被她的神采所折服。她就站在这个小小的山岗上，抬起双手向后轻仰，陶醉地沉浸在微风之中，任由自己飘逸的裙摆与秀发被风吹散，就好似一个对未来的乐趣生活充满向往的小姑娘，是那样地天真烂漫、年轻无邪。可她却不知道，她所憧憬的青春不过是一场充满苦恼的喜剧。

这个小姑娘名叫卡萝尔·米尔福德，她从布洛杰特学院里跑出来已经一个钟头了。

对于她而言，无论是她戴着宽边遮阳帽辛苦垦荒的经历，还是她在开辟杉木林时靠一把斧子砍死了一头熊的经历，都已经是过去时了。现在，这位反叛少女身上所拥有的，是象征着美国中西部特征的迷惘精神。

二

在明尼阿波利斯的近郊外，矗立着布洛杰特学院。它是正统宗教的拥护者，直到现在，他们也仍旧认为伏尔泰、达尔文，以及罗伯特·格林·英格索尔[①]等家的言论是异端邪说，并持以反对。所以，当居住在明尼苏达、艾奥瓦，以及威斯康星和南、北达科他等州的宗教信徒将自己的孩子送到布洛杰特学院里读书时，学院便会尽职尽责地保护学生，避免他们被外面的不正之风所蛊惑。但是，学院里也不乏那些活泼大方、热爱歌唱的孩子们，甚至还有一位女教师是弥尔顿[②]和卡莱尔[③]的拥护者。并且，布洛杰特学院的规模不

[①] 罗伯特·格林·英格索尔，英国演说家，政治家。
[②] 约翰·弥尔顿，英国诗人。
[③] 托马斯·卡莱尔，苏格兰历史学家，散文家。

大，竞争者少，这对于热爱进取、兴趣广泛的卡萝尔来说正是一个释放天性的好机会。她不仅打网球、举办聚餐会、参加研究生的戏剧讨论会、和小伙子出去散步，还为了实践"大众文化"的各种技艺加入了好几个社团。所以说，卡萝尔这四年的学院生活，也算不上是完全虚度了。

尽管卡萝尔的班里有几个女孩长相比她更加出众，但她却比她们更抢眼。布洛杰特学院共有三百名学生，虽然这其中有很多人，无论是在课堂上回答问题，还是在舞会上跳波士顿舞，都比卡萝尔更厉害，但卡萝尔身上的每一个部位，不管是手腕、肌肤，还是秀发、双眸，甚至是她的每一处细胞，都充满着活力。

当她穿着透明的长睡衣，或是刚刚洗完澡顶着湿答答的头发出现在她室友们的面前时，她们都会对卡萝尔那超乎她们预想的苗条身材感到震惊。她们不禁交头接耳，这个小姑娘是多么地弱小无依呀，就像是罕见的小精灵一般，需要人们的怜爱与关心。但她又是那么地勇敢果决，就算未来的愿景还是模糊不清的，她也仍旧笃信自己。所以，她永远都是一副精力充沛的样子，即便是学院里那些经常穿着短灯笼裤和羊毛袜驰骋在健身房球场上的女子篮球队队员，也觉得自己比不上她。

她有一双水汪汪的眼睛，即便是当她困倦疲乏的时候，她也不会停止对周遭进行观察。即便是当她遇见她所不知道的这个世界残忍的、迟钝的另一面，甚全是遇见一些令人丧气的阻力，她的眼睛也依然明亮、清澈，充满阳光。

人们"热爱"着这样一个活泼大方、热情可爱，且总是热情积极地参与唱赞美诗和编排花招等各种活动的卡萝尔。但是，由于她的神情看上去有些不可一世，加上她为人又特别挑剔，所以人们还是不敢靠近她。人们或许能很轻易地就取得她的信任。她非常崇拜英雄，尤其喜欢问问题，刨根问底。即便她长大后会变成任何样子，但绝不会是悠游洒脱的。

她有着很广泛的兴趣爱好，但这一点恰恰成了她的弊病。她渴望过拥有天籁般的歌喉、弹奏钢琴的才能、演戏写作的本事和领导团队的能力，虽然最后这一切都没能实现，但她依然会打起精神，到处奔波，比如去参加传教的学生志愿队，或者去给剧社画布景，又或者帮学院的小报拉广告，等等。

那是一个周末的下午，温黄的暮色静静地照进了小教堂里，她拉着小提琴，伴随着大风琴的旋律，演奏了一首精妙绝伦的乐曲。她那美丽的金色礼服、紧紧闭着的嘴唇和来回拉动琴弓的纤细手臂，在温暖的烛光下，显得越发肃穆。在这一刻，在场的每一个男人都不禁为卡萝尔和宗教倾心。

大学的最后一年，卡萝尔为了计划自己未来的事业，早早地就将自己的实验与功课进行了总结。而学院里的女生们，不管是在图书馆的台阶上，还是在学院主楼的走廊里，到处都充斥着她们的议论声——等毕了业，咱们要做什么呢？有些即将进入婚姻殿堂的女生会假装在考虑一些重要的职位；有些毕业后应当立即投身工作的女生也会装作自己的身边不乏优秀的追求者。而卡萝尔呢？她孤身一人，只有一个喜欢甜言蜜语，且已经嫁给了圣保罗的一位眼镜商人的姐姐。卡萝尔已经快将父亲的遗产用完了，眼下她还是单身——这意味着，她只是偶尔谈谈恋爱，并且时间都不会持续太久，她得靠自己糊口。

但是，她并不清楚这些有关于如何生存和征服世界等牵扯到世界本身的利益的问题。绝大部分没有订婚的女学生会在毕业后去当教师。在她们之中，一部分是渴望立即通过婚姻来脱离那"破败的学堂和令人厌烦的孩子"的年轻姑娘，另一部分则是勤奋好学的姑娘。她们中间有一些前额鼓出、眼球凸起的女孩，曾在班级的祷告会上祈求上帝指引她们一步步走上造福人类的大路。但无论是这其中的哪一类人，卡萝尔都没有兴趣。

在卡萝尔看来，第一类人的态度并不虔诚（这三个字是卡萝尔在这一阶段中最喜欢用的词语），而那些坚信拉丁语法价值的真诚的女孩，或许也是利弊参半。

临近毕业之年，卡萝尔曾做出过各种决定，比如研习法律、撰写电影剧本、当护士，再不然就是嫁给一位来路不明的大英雄，但最后她又对社会学产生了浓厚的兴趣。

新来的社会学老师是波士顿人，他有过婚史，脖子漂亮而白皙，但他看上去并不是那么平易近人。他曾生活在纽约的大学区里，与那些诗人、社会学家、犹太人以及有钱的富人们混在一块儿。他领着一群嬉皮笑脸的学生参观了明尼阿波利斯和圣保罗的监狱、慈善机构以及职业介绍所，那些穷人在一些充满好奇心的学生眼里，就像是动物园里的猴子一般，任他们瞪着眼围观。这样不得体的行径，让走在队伍最末尾的卡萝尔感到非常愤慨。她将自己当成正义之士，紧紧地捂住自己嘴巴的同时，还用食指与拇指用力掐住自己的下唇，她那眉头紧皱的模样，仿佛是在顾影自怜。

卡萝尔的班里有一个身材魁梧、结实能干的小伙子，名叫斯图尔特·斯奈德。他戴着一顶绿紫相间的学生帽，穿着灰色的法兰绒衬衫，戴着已经褪色的黑蝴蝶结领结，他和卡萝尔一起走在队伍的最末端，一边踩着南圣保罗牲畜围栏附近的脏物，一边向卡萝尔抱怨道："我真讨厌这群不知天高地厚的愚蠢的大学生，哼，就该让他们像我一样到农场里干活儿,那些工人肯定会让他们好看的!"

卡萝尔高兴地说:"我很欣赏那些普通的工人。"

"但你要记住,那些工人并不觉得自己很普通。"

"你说得对,很抱歉,我说错话了。"卡萝尔挑着眉毛,看向斯奈德的目光既惊讶又谦逊。斯奈德也从她的目光里看到了她对生活的热爱,他将自己的大拳头放在口袋里,没一会儿又急忙拿出来摊开,接着又攥紧了背在身后。他磕磕巴巴地说道:

"我知道你是一个明白的人,我们班上这群可恶的同学——嘿,卡萝尔,你可以帮助很多人。"

"要怎么帮呢?"

"嗯……嗯,你明白的,你要同情他们,这样就可以了……要是你……我打个比方,你的丈夫是一名律师,你该怎么对待他的诉讼委托人,你应该能懂。我以后想当一名律师,事实上我并不是一个很有同情心和耐心的人,我对那些人总是不耐烦。你如果遇到了一个既极端又较真的人就好了,你能让他变得更……更加……你明白的,更有同情心!"

卡萝尔从他微微翘起的嘴唇和如狼一般的双眼中看到了他想要继续说下去的渴望,以及像潮水一样忽然涌来的情感,她躲闪着,并大声喊道:"嘿,你看那里有好几百头可怜的绵羊哦!"然后卡萝尔就向前跑开了。

显然,这个脖子不够白皙漂亮,交友圈里也没有那些著名的改革家的小伙子并不能引起卡萝尔的兴趣。眼下,她只想在贫民区的社会福利机构里拥有一间属于自己的屋子,就仿佛自己是一个不用披着黑袍的慈悲的修女那样,一边品读萧伯纳的著作,一边尽心启发那些感恩戴德的贫困之人。

她曾在一些社会学的补充读物中看到了一本讲述植物绿化、乡镇业余文艺演出以及少女俱乐部等有关改善乡镇面貌的书籍，其中还插入了许多介绍法国、新英格兰与宾夕法尼亚的草坪与花篱棚的插画。当时她只是无意间捡起了这本书，然后将指尖轻轻地放在嘴唇上，无声地打了个哈欠。

而现在，她轻轻地倚在窗边的椅子上，双腿交叠，下巴停留在膝盖之上，一边聚精会神地读着这本书，一边抚摸着缎子枕头。她的身旁放着罩了印花布套的椅子，女孩们各式各样的照片，一张古罗马圆形大马戏剧场全景图的复制品和一盆火锅，还有十几个或绣了花的，或缀了珠子的，或装饰了烫画的枕头——这些都是布洛杰特学院每间宿舍里十分常见的东西。整个房间里，几乎所有的东西都是前几代女学生给卡萝尔的，唯独那幅与周遭氛围格格不入的巴肯特[①]翩然起舞的袖珍肖像画是卡萝尔自己的。

对于卡萝尔而言，她四周的生活是平淡无奇的，而这本关于乡镇改革的书籍好像是其中的一部分。于是她忽然平静下来，开始认真地阅读这本书，直到下午三点钟英国历史课的钟声响起之前，她差不多快看完一半了。

她叹着气说："等我毕业之后，我就到有草原的乡镇上去工作，我要让那里变得美丽，我要启迪那里的人们。这就是我要做的事情！或许我应该去当教师，但是我不愿成为他们那样的教师。我一点儿都不想这么碌碌无为地活着。为什么人们只想着在长岛修建花园住宅、举办福音布道会、建立收藏埃尔西[②]儿童读物的图书馆，却把我们西北部这些贫穷的乡镇给遗忘了呢？我要让每一个乡镇里

[①]巴肯特，希腊神话里酒神巴克斯的女祭司。
[②]埃尔西，美国作家玛莎·芬利所著的儿童读物中的女主人公。

都有漂亮的花园、草坪、房子和大街！"

这些想法一直在卡萝尔的心里挥之不去，她越想越得意，尽管这会儿她正在上一堂历史课。在课堂上，那些无心听讲的学生们正和学院里一位无聊的教师争论着。显然，学生们是讨不到便宜的，因为不管老师提出了什么样的问题，他们都必须回答；而反之呢，面对他们提出的刁钻问题，老师只需要回答一句："这种问题，难道你们不知道去图书馆查吗？赶紧查去吧！"

这名历史老师曾是一位牧师，后来退休了。他今天的话语里仿佛透着些嘲讽的意味。他对查利·霍姆伯格说："查利，如果我在你拼命地追逐一只令人恶心的苍蝇的时候，追问你是否清楚英王约翰的事情，这算不算是我对你的打扰呢？"事实上，班里谁都记不清英国大宪章制定的确切时间了，他用了三分钟的时间才弄明白，原来班里的所有人都已经忘记了英国大宪章制定的确切时间。

老师还在说话，但卡萝尔已经听不进去了，她满脑子都是那些令她愉悦的遐想。她正在为草原乡镇上的一栋砖木结构的市政厅、大会堂的屋顶绘画设计图，她所预想的大街是迂回曲折的，人行道是有拱顶的，虽然有人对她的这一想法表示了不赞同，但是没关系，她已经在市议会举办的会议上将那个人打败了。

三

尽管卡萝尔是在明尼苏达州出生的，但她并不太清楚大草原上的乡村情况。她的父亲原是马萨诸塞州人，是一个看上去不修边幅，却知识渊博、笑容可亲的人。在卡萝尔还小的时候，她父亲曾当过曼卡托的法官。曼卡托就坐落在明尼苏达河与悬崖的中间，靠近特拉弗斯。那里曾是早期的移民与印第安人签订协议书的地方，也是被本州民团大力缉捕的偷窃牲畜的贼盗策马飞驰过的地方。虽然曼卡托不是草原市镇，但它的街道也种满了花木，它的小路也有榆树遮阴，那样的风景，就和美如画卷的新英格兰如出一辙。那时的曼卡托有一条黑黝黝的河堤，卡萝尔经常爬上大堤，去了解那些令她痴迷的大堤传说：比如大河西边的广袤大地上黄水与水牛白骨的秘闻，又比如大河南边两岸大堤、热爱歌唱的黑人与棕榈树的逸事，而大河却总是神秘地向南远去。六十年前触礁沉没的高烟囱内河火轮发出的钟声与喷气声仿佛在她耳边回荡，甲板上堆集的传教士、戴着礼帽的赌徒和披着毛毯的达科他酋长也仿佛近在眼前……到了晚上，黑黝黝的河面如镜子般泛起了橙红色的光，汽笛声从遥远的河面上传来，桨声也在松林间久久回荡。

卡萝尔一家的生活方式总是别有新意的，当然，他们也乐在其中。如果是过圣诞节，他们会让人们同时感受到惊讶与温情；如果是参加"化装舞会"，他们又会让人感到搞笑与感动。他们一家常常围在炉边讲故事，故事里没有那种喜欢趁着晚上从壁橱里钻出来，专门吃小女孩的可怕妖怪，只有可爱浪漫、亲切温暖的生灵。比如那个住在浴室里的浑身长满蓝色绒毛的小东西，它生性温驯，喜欢"咻"的一声跑到孩子们的脚边给他们暖脚。又比如那个会呜呜叫的煤油炉子，虽然它已经锈迹斑斑，但会说各种精彩的故事。还有一种喜欢在早饭之前和孩子们一起玩耍的小动物，当然，玩耍的前提是孩子们得在父亲刮着胡子，哼唱小曲的第一句的时候能立即起床，并关好窗户。

米尔福德法官对子女的教育原则很简单，只要他们喜欢，他们就可以尽情地阅览他们喜欢的任何书籍。法官有一间小书房，墙上贴有棕花色的墙纸，卡萝尔就是在那里完成了对巴尔扎克、拉伯雷、梭罗和马克斯·穆勒[①]的著作的研读。当客人们向正在教孩子们学习大百科全书上的英文单词的父亲询问孩子们的智力发育时，他们都会非常吃惊，因为他们会听到孩子们认真地背诵著名百科全书每一分册开始和结尾的字母：A-And，And-Aus，Aus-Bis，Bis-Cal，Cal-Cha。

卡萝尔的母亲在她九岁那年就去世了，两年后，她的父亲退了休，带着一家人搬到了明尼阿波利斯又生活了两年，然后也去世了。卡萝尔的姐姐年纪不大，但为人非常老练，每日都在操劳着，喜欢给人出些鬼点子。然而这两姐妹无论是在一起还是分开后，关系始终像陌生人一般。

或许是因为卡萝尔过去一直过着悲喜交加、无人依靠的生活，所以直到现在，她依然抱着要使自己变得与众不同，尤其和那些不爱看书的聪明人截然不同的心愿。因此，当别人正忙碌的时候，无论她是否参与其中，她也总是会抱着一副冷眼旁观的态度。但另一方面，她又为自己要投身于乡镇建设事业的决定感到欣慰和激动，就好似自己成了一个聪明能干、精力充沛的人了。

四

有鸿鹄之志的卡萝尔还不到一个月就开始消沉了，她又开始犹豫是否值得去当教师。她担心自己那不够结实的身体无法承受繁杂的教学工作，也不敢想象自己对着一群嬉皮笑脸的孩子故作精明果断的样子。

[①] 马克斯·穆勒，德国语言学家，哲学家。

但她始终保持着要兴建一座美丽的小镇的初心。她会因为一则偶然出现的关于小镇妇女俱乐部的消息，或是一幅无规则延展开来的大街的照片而深感惆怅，仿佛有人要抢走她的工作一样。

后来，卡萝尔在一位英文教授的建议下来到了芝加哥的一所学校研读图书馆学。她依靠自己的想象力，又给自己的未来计划增加了不少新的色彩。她依稀能看到自己教孩子们阅读童话故事，帮助他人寻找与机械相关的书籍，以及优雅有礼地出现在那些翻看报纸的老人们面前的美好场景。她就像是图书馆里一位颇有身份的人物，是图书馆学里的权威人士，她会经常与那些诗人、探险家一起受邀出席各种宴会，还会在学术会议上在众多著名的学者面前朗读自己的论文。

五

五天后，学院就要迎来师生们最紧张的期终考试了，所以这场联欢会是毕业典礼前最后一次全院性的狂欢了。

院长的寓所前长满了棕榈树，一眼望去像殡仪馆一样肃穆。图书馆里有一间十英尺①见方的房间，里面摆着一架地球仪和患蒂埃②与玛莎·华盛顿③的画像。此时，在学生管弦乐队的演绎下，《卡门》和《蝴蝶夫人》那悠扬而不舍的乐曲正悠悠响起。这令卡萝尔不禁感到一阵恍惚，仿佛忽然之间，眼前的棕榈树变成了丛林，上面的灯化作了雾，戴着眼镜的教授们也成了奥林匹斯山上的神。还

---

①1英尺约为0.30米。
②惠蒂埃，美国作家，主张废除奴隶制。
③玛莎·华盛顿，美国第一任总统乔治·华盛顿的妻子。

有那些这么久以来一直想与她结交的女孩,以及想和她交往的年轻男孩,看到他们,卡萝尔怎么可能不难过呢?

不过,也只有斯图尔特·斯奈德受到了她的鼓劲。他的皮肤就和自己新买的外套的颜色一样,都是黑黢黢的。不过相较于其他男生,颇有几分男子气概。这会儿,他手里正拿着咖啡和鸡肉馅饼,踩着院长先生的一堆套鞋,和卡萝尔一起坐在楼梯下的衣帽间里。在忧郁的琴声下,依稀可听见他对卡萝尔说道:

"我们一起度过了四年的同窗时光,这真是我生命中最幸福的时刻!只可惜马上我们就要分开了,我真有些无法承受……"

卡萝尔也有着相同的感受:"嗯,你现在的心情我能理解。唉,过完这几天咱们就要各奔东西了,一想到或许将来彼此都见不到了,我心里就非常难过。"

"你听我说,卡萝尔!之前我一直想要认真地和你谈谈,可你总是避开我,现在你可要认真听我说。再过不久,我就要成为一名律师了,当然,也有可能是法官。我需要你,我也会照顾你的……"

他用胳膊揽住她的后肩,在这荡漾人心的旋律下,卡萝尔几乎不能克制自己了。她担心地问道:"你是说真的吗?"接着,她触碰了一下他的手,是那么宽厚而温暖。

"我保证,过不了多久我就会定居在扬克顿,哦,天哪,在那里,我们一定会过上幸福的生活的……"

"但是我还想闯出一番事业啊!"

"难道最美好的事业,不是组建一个幸福的家庭,养育几个可爱的孩子,结识一些诚实可靠的好朋友吗?"

从古至今,这些话都是男人们用来搪塞女人的借口。年轻的女诗人萨福曾听卖瓜的人对她说过,赞诺碧亚的女王曾听军事将领们对她说过,那个维护女权制的女人在提出抗议的时候,也曾听那个跻身于黑暗洞穴与森然白骨之中的浑身长毛的求婚者说过。现在,卡萝尔就学着萨福的口吻,用学院里盛行的话回答了斯奈德:

"没错,我知道我想的就是这样。我的确是很喜欢孩子,而且有很多女人非常擅长做家务,但是我是受过大学教育的人,应当用我学到的东西来造福社会。"

"这个我也知道,但是这些你在家里也可以做到啊!卡萝尔,喏,你想啊,我们一家人趁着温暖的春天的黄昏时分,开着车去郊外野餐,这是多么美好的事情啊!"

"没错。"

"等到了冬天,我们还可以去坐雪橇、去钓鱼……"

这时忽然响起了嘟嘟的号角声,伴随着乐队演奏的《士兵大合唱》,卡萝尔提出了自己的反对意见:"不!不行!你是一个很不错的人,但我就是想要闯出自己的一番事业!或许连我自己都不太明白,但我就想这样——这世间里的万物!我没什么特别的天赋,不会唱歌,不会写作,但我坚信我可以在图书馆里发挥我的一些作用,比如鼓励一个男生用功读书,没准儿他将来会成为一名伟大的艺术家!这听上去多美好呀!这就是我想做的!我必须做得非常好!斯图尔特,我才不会整日待在家里洗碗做饭呢!"

大约过了两分钟,这令人尴尬的时刻过后,另一对年轻的伴侣走进了这间堆满了套鞋的密室里,他们原是想来寻找"世外桃源"的,却不想恰恰惊扰到了卡萝尔和斯奈德。

卡萝尔自毕业以后就再也没有见过斯奈德了,虽然她每个礼拜都会给斯奈德写信,但也只写了一个月而已。

六

眨眼间，卡萝尔来到芝加哥已经一年了。她在图书馆主要负责对图书进行分类编目、登录，以及查找相关书籍。显然，这些事情很简单，不至于会让人无聊得打瞌睡。但这时，她忽然又迷上了艺术，尤其是交响乐、小提琴、室内乐队演出、剧场艺术和古典舞蹈。看着那些披着轻纱，在梦幻的月光下迈着轻盈舞步的少女们，她多么希望能加入其中，甚至连图书馆的工作都想放弃了。后来，她在别人的介绍下参加了一个著名的艺术观摩会，那儿随处可见啤酒、卷烟和短发女郎。还曾见到一位俄籍犹太女人，见时她正唱着《国际歌》。当然，来到这里并不意味着她也变成了生活放浪的艺术家。事实上，和这些人相处在一起，反而让卡萝尔感到既别扭又无知。尽管这种洒脱不羁、自由奔放的作风是她多年以来一直向往的，但当她目睹这一切发生在别人的身上时，却又深深地感到震惊。那时候她还听到他们讨论了弗洛伊德、罗曼·罗兰、工团主义、法国总工会、争取女权运动、主张续妾学说、中国抒情诗、矿业国有化、基督教科学派以及在安大略湖钓鱼等相关问题的议题，这一切她都清楚地记得。

于是她就独自回家了，而她那放浪的艺术家生活，既是从这一天开始，也在这一天结束了。

某个周日，卡萝尔接到了姐夫的一个远房表兄弟的邀请，到温奈特卡去吃晚饭。当她回家途经威尔梅特和埃万斯顿，看到那些形式新颖的郊区建筑时，当初改建乡镇的初衷再次涌上了心头。她拿定主意，以后一定要告别图书馆，放弃这份工作，或许她所意想不到的奇迹会突然发生，比如让乔治三世[①]时期古雅的住宅，和日本带

[①] 乔治三世，英国国王。

有东方特色与游廊的平房井然有序地排满草原上的小镇。

但是到了翌日,她在图书馆学的课堂上朗读了关于《累积索引》用法的论文,并认真地参与了讨论之后,那改建乡镇的雄心壮志就再一次被遗忘了。后来,她在秋天来到了圣保罗公共图书馆,开始了她的新工作。

七

对于卡萝尔而言,在图书馆工作既算不上兴奋,也算不上苦恼。时间一长,她也发现自己并不能带给别人什么突出的影响。刚开始她还常常抱着无比诚恳的热忱去接触那些图书馆的常客,但这世上大部分的人都是食古不化的,面对她的热情,他们显然无动于衷。并且,在卡萝尔负责期刊阅览室期间,他们也从不会询问她与论文相关的问题,他们只会小声地嘀咕:"对不起,请问这里有二月号的《皮革制品杂志》吗?"或者在她值班的时候借书,不停地问她:"请问有没有那种既轻松又刺激的爱情小说?麻烦您给我推荐一下。这一周我丈夫都不在家。"

图书馆还有其他的馆员,卡萝尔挺喜欢他们的,也时常为他们心中的伟大理想感到骄傲。出于工作的便利,卡萝尔阅览了许多和她乐天的性格大相径庭的书籍,有印着小而密集脚注的人类学巨著,有巴黎意象派文集,有印度咖喱烹饪入门法,有所罗门群岛游记,还有现代美国进步与神智学和通过经营地产赚钱的一些论文,等等。她总是会注意自己的鞋子和饮食,毕竟她经常出去散步。反正不管怎样,她始终觉得自己现在的生活毫无意义。

卡萝尔在大学里结识过一些朋友,她常常到他们家里做客,一起跳舞，一起吃晚饭。她曾跳过狐步舞，曾担心时光匆匆流逝，一去无回，也曾将自己当作是希腊神话中酒神巴克斯的信徒尽情放纵。尽管她在房间里狂欢的时候连咽喉处都充满了紧张，但她的眼神里却交织着温柔与激情。

卡萝尔在图书馆里一干就是三年，那段时间里有几个还不错的男人——皮货行里的会计、教师、新闻记者，还有铁路局的小职员，那么多的男人都曾殷勤地讨好过卡萝尔，但卡萝尔并不感兴趣，甚至连一个也看不上。直到后来在马伯里的家里，她遇到了那位叫威尔·肯尼科特的大夫。

第二章

一

　　一个周末的夜晚，卡萝尔怀着孤独而忧郁的心情独自来到了约翰逊·马伯里的家里吃晚饭。马伯里先生是某家保险公司的外地巡回代表，他的太太和卡萝尔的姐姐既是邻居又是朋友。他们家的晚餐很地道，大多时候会有三明治、沙拉和淡咖啡。这对夫妇非常喜欢卡萝尔，他们将她视为自己文学艺术问题的发言人，以及唯一具备对卡鲁索[①]唱片和马伯里先生从旧金山带回的中国宫灯有欣赏水平的人。也正因如此，卡萝尔也很喜欢马伯里夫妇。

　　九月里一个周末的傍晚，卡萝尔换上了一身粉红色的衬衣和带网眼的连衣裙。她是那么地年轻，所以眼角处原本因为劳累而产生的一点小细纹，在经过一个短暂的午休后就消失无踪了。这时候的

[①]卡鲁索，意大利歌剧男高音歌唱家。

夜晚正凉快着，卡萝尔的心情也不禁愉悦起来。她将脱下来的外衣放在门厅的椅子上，然后走进了客厅里。厅里的宾客正愉快地聊着天，有马伯里先生，有一位教中学体育的女教师，有一位北方铁路局的科长，有一位律师，还有一位身材高大、衣着普通，长着一头暗淡的褐色头发和一张似是习惯命令他人的嘴巴以及一双总是善意地环顾四周的眼睛，且年纪在三十六七岁上下的陌生人。

马伯里先生用低沉的声音对卡萝尔说道："来，卡萝尔，我向你介绍，这位是来自林区新村落那一带的戈镇的威尔·肯尼科特大夫。那些要投人寿保险的人都是找他做的健康检查，大家对他可是赞不绝口呢。"

卡萝尔缓缓地走近那个陌生人，似是自言自语地打了个招呼，然后便忽然想起，戈镇，不就是明尼苏达州那个盛产小麦的大草原上的一个市镇吗？那里可是有着三千多人口呢！

"很高兴见到你。"肯尼科特大夫说。他那结实有力的手经过长时间的日晒风吹，手背上的皮肤早已经发红了，金黄色的汗毛也清晰可见，但他的手心却是无比柔软。

他一直紧盯着卡萝尔，像是从见面的那一刻就相中了她一样。卡萝尔从他紧握的手中抽回了自己的手，就好似浑身在战栗一般。"我去厨房里帮一下马伯里太太。"卡萝尔说完就去张罗给大家递面包卷和餐巾了，没有再搭理过肯尼科特大夫。直到她忙完了这些，马伯里先生才拦住她大声说道："卡萝尔，别忙活了，到这儿来，说一个笑话给我们听吧！"他让卡萝尔和肯尼科特大夫同坐在一张长沙发上。肯尼科特大夫仿佛有些不知所措，他耷拉着肩膀，目光里也充满了迷惘。直到马伯里先生走开了，他才忽然清醒过来，说道：

"我原以为你年纪轻轻的,又是个女孩子,或许还在读大学,结果马伯里说你在公共图书馆工作,还是一个大人物呢,这让我感到非常惊讶。"

"嗯,我已经不小了,再过不了多久,我每天就要涂上口红了,或许哪天一觉醒来,我的头发都变白了。"

"哈哈,那你的年纪可真不小啦!也许正因如此,你做不了我的孙女啦!"

过去,在阿凯狄的山谷里,临泉女仙和森林之神就是用这样的对话来打发时间的。在枝繁叶茂的林间小道上,年迈的兰斯洛特骑士和年轻的少女艾兰也是用这样的对话来互诉衷肠,而不是什么亲昵的五音步诗韵。

肯尼科特大夫问她道:"你喜欢你现在的工作吗?"

"我的工作充满了乐趣,但我每天都和那些书架、卡片待在一起,有时候就像与世隔绝了一样。"

"你反感这座城市吗?"

"城市?圣保罗吗?难道你不喜欢这里吗?如果你站在萨密特大街上极目远眺,目光穿过下城区,你就可以看到远处密西西比河两岸矗立的悬崖和山坡上坐落的农庄。啊,那才是罕有的绚丽景色。"

"我知道你说的这些。但是……嗯,我在圣保罗的大学里先后取得了学士和硕士的学位,又在明尼阿波利斯的某家医院里干过实习医生,我在这两座大城市里待了整整九年,然而我总是无法融入其中。因为在老家,我可以和乡亲们相处得非常亲近,但在这里却不行。在戈镇,我可以针对治理等问题提出一些可行的办法,但在这样一个人口众多的大城市里,我渺小得就像是狗身上的一只虱子。我喜欢乡下,我可以开汽车,还可以趁着秋天去捕猎。你对戈镇的情况是不是也有一些了解呢？"

"不，我并不清楚。但我听说过那里，那是一个很不错的市镇。"

"很不错？说真的，我见过许多城市，有大的，也有小的，但我敢保证，戈镇的人是他们之中最上进的。你知道那个著名的汽车大王布雷斯纳汉吗？他就是戈镇实实在在的本地人。当然，或许是我更偏爱戈镇吧，可是我真的见过太多各式各样的城镇了。我曾经去大西洋城参加过美国医学院的大会，还在纽约待了一个礼拜左右。说起来，戈镇的风景也很漂亮，在它的附近有两处非常美丽的大湖，还有大片大片美不胜收的枫树林！当然其他很多小镇还在用木板铺设人行道的时候，我们的戈镇就已经用上了混凝土，修好的人行道足有七英里[①]长呢！更别说现在还在继续修建呢！我说的这些可都是实话，戈镇早已经大变样了！"

"你说的是真的吗？"

忽然地，卡萝尔想起了斯图尔特·斯奈德。

"戈镇的未来一定是前程似锦的。它与明尼苏达州最棒的牛奶场和麦田毗邻，虽然现在那里的地价非常低，一英亩[②]才一块半钱，但我敢说，十年之内，它一定会涨到两块两毛五的！"

"你喜欢你的工作吗？"

"这是当然的！由于工作的关系，我会经常外出，但如果正好赶上在家里工作，也会觉得非常舒坦。"

"我指的不是这个，我是说，身为一名大夫，你会有很多机会去同情他人。"

---

① 1英里约为1.61千米。
② 1英亩约为4046.86平方米。

肯尼科特大夫有些没趣地说道："嗯，我们根本不用同情那些只需要浴缸和适量的泻盐的德国乡巴佬。"

卡萝尔不禁愣住了，肯尼科特大夫连忙解释道："不，我是说——你别误会，我不是那种只会贩卖泻盐和奎宁的差劲大夫。因为我的病人大多都是健壮的庄稼汉，所以渐渐地，我的心也没有那么柔软了。"

"在我看来，只要一位医生的心里怀有改变整个社会的远大抱负，他就一定能做到。毕竟，通常情况下，他是当地唯一一位受过科学教育的人，对吗？"

"没错，你说得很对，但是我发现，许多乡下的医生对自己的工作似乎都有些怠惰了。我们只知道每日忙于医治那些生孩子的、生病的或是缺胳膊断腿的病人，要是有个像你一样的女人来监督和激励我们该多好呀！所以，你才是拥有让市镇焕然一新的能力的人。"

"不，我可没有这样的本事，你说得可真容易！不过很奇怪，我以前的确有过这种非分之想，但现在不会了。看你说的，我哪敢鞭策你们呢！"

"你可别这样说，你真的很适合做这样的事情。你有很多不错的想法，并且同时还能保持你女人的魅力。你是不是觉得，很多女人为了各种事情到处忙活，结果最后却丢失了……"

肯尼科特围绕着选举权的问题侃侃而谈，然后就话题一转，指向了卡萝尔自己的事情。这 刻他是那么地亲和，那么地坚定，就好似春风化雨，令卡萝尔沉浸其中。她开始觉得，白己的种种喜好，无论是吃的、穿的、看的还是心里面在想的，只有他有资格去了解，并且只有他可以承载她所寄予的厚望。他从一个陌生人变成了交心的伙伴，他随口一句话都成了最大的新闻。她看着他那健硕的胸膛，那原本看上去大得没边的鼻子，此时此刻忽然就觉其伟岸了起来。

卡萝尔完全沉浸在这美好的交流之中，直到被马伯里匆忙赶来时发出的刺耳的声音给打断了。马伯里焦急地大声嚷道："嘿！你们在干吗？算命？还是谈恋爱呢？卡萝尔我可告诉你，肯尼科特大夫还是单身呢！大家都过来呀，咱们一起做游戏，或者跳舞，活动一下筋骨吧！"

之后卡萝尔与肯尼科特就再也没有说上话了，直到分别前，他才对她说道：

"我很荣幸今天能在这里见到你，米尔福德小姐。我因为要送病人去医院做手术，或是办一些事情，会常常到圣保罗来。那么下次我到这儿来的时候，可以顺便去看望你吗？"

"当然啦！"

"可以告诉我你的地址吗？"

"如果你真的想知道，等下次你来的时候可以去问马伯里先生。"

"好的，你等着吧！"

二

卡萝尔和肯尼科特在一起后，也没有什么非常值得一提的事情。他们就像普通的年轻恋人那样，喜欢在凉爽的夏夜里待在阴凉的树荫下絮絮私语。

他们两人的恋爱，仿佛将生物学规律和神秘意识结合在了一起。他们时不时会用俚语或诗句来交谈，他们也会用沉默来表达自己或满足或颤动的内心，那一刻的他总是用胳膊揽着她的肩。虽然青春正在流逝，但它全部的美好终于展现在眼前，同时也显露了这个富裕的单身男子和年轻少女相遇相知的平庸。那个时候，少女已经开始厌倦自己的工作了，她觉得自己的前途晦暗，也没碰到值得托付终身的好男人。

这两个诚实的人都真心爱慕着对方。尽管他对于赚钱的热忱让她有些略略失望，但她相信他不会用谎话欺骗病人，相信他为了保证自己的医术不掉队，会常常研究各种医学新刊。尤其是后来，他们一起散着步，他无意间露出了无邪的稚气，让原本就对他心存好感的卡萝尔更加激动了。

他们沿着河岸，从圣保罗一路走到了孟多达，一边漫步，一边聊着天。肯尼科特是一顶运动帽加绉呢衬衫的打扮，看上去简约又清爽。卡萝尔则是鼹鼠绒的圆帽加宽白大领的蓝哔叽外套，以及一双将脚踝露在外面的运动鞋。这样的搭配并不难看，反而显得整个人青春盎然。大桥就横卧在密西西比河上，沿着堤岸渐高渐远，一直延伸到对面陡峭的悬崖上。而圣保罗桥下附近的浅滩上，则坐落着与扬子江两岸一样穷困的老村庄，成群的雏鸡围在菜园里面，矮小的棚屋还是用商店的旧招牌、瓦楞铁皮和河里打捞起来的木板搭建的。卡萝尔靠着桥上的栏杆，正居高临下地望着那村庄思绪万千，结果因为一直站在高处而感到身子晃悠和头晕，忍不住发出了一声惊恐的尖叫。但令她满意的是，他那只强有力的手很快就拉住了她，并且将她带到了安全的地方。要是换了其他的人，比如某个热衷推理的女教师，或是图书馆的女馆员，她们会装模作样地说："你要是害怕，离那栏杆远一点儿不就行了吗？"

他们两人站在对岸的悬崖上，回过头遥望矗立在群山之间的圣保罗，从大教堂一直望到州议会大厦的圆屋顶，这样的景象，真是太壮丽了！

在河流的边上，有一条顺着乱石丛生的斜坡下到深谷里，并横穿树林的大路，路的尽头就是孟多达。枝繁叶茂的树林和绿草丛生的山岗将它掩映其中，只依稀可见白色的墙和院坝，以及高高的塔尖。对于年轻的美国而言，这里的一切都是那么恬静美好、古色古香，不禁让人想起遥远的过去。看到那座看上去仿佛有数百年历史的石头房子了吗？它建于1835年，当时没有灰浆和板条，皮货大王西布利将军就用河泥和草绳代替，修建了这座醒目的房子。卡萝尔和肯尼科特还在那些牢固的房间里找到了当年遗留下来的图片，能隐隐约约地看见蓝色的燕尾服、载着皮货的红河马车，以及一些腰挂马刀、满脸胡子，连军帽都没有戴正的英国士兵。

他们看着眼前的这一切，不由得回想起了很久很久以前。或许因为这些照片是他们一起发现的，所以即便那是一段美国上下尽人皆知的历史，也显得弥足珍贵。他们一边走一边聊，彼此间已经是坦诚相见、如胶似漆了。他们乘着划桨的船从明尼苏达河登上了小山岗，来到了那座用石头修葺而成的斯内林圆形古堡前。源远流长的明尼苏达河与密西西比河就在他们的眼前交汇，他们又不禁想起，这里就是八十年前，那些缅因州的伐木工人、约克的商人，还有马里兰州山地的士兵曾来过的地方。

肯尼科特是个不会轻易冲动的人，但这一刻，他也忍不住立誓道："我真为这样一个好地方感到骄傲，就让我们一起行动起来，去实现前辈们的梦想吧！"

"这真是太好了！"

"走！我们一起去戈镇！你来指导我们，让戈镇……嗯，变得更加美好！那里是个非常棒的地方，但是我必须承认，我们在艺术方面的才能还远远不够。比起希腊的神殿，我们那里的木栈根本不够看。快和我一起去戈镇吧！我们一起让戈镇焕然一新！"

"我很想去，肯定会等到那一天的。"

"不，我们现在就出发吧！你一定会喜欢那里的！我们这几年修建了很多草坪花圃、高大树木，并且戈镇的人们都是非常精明能干的，我敢保证，卢克·道森……"

卡萝尔对这些名字并不感兴趣，因为她还不知道，日后这些名字会对她起到多么重要的影响。

"我敢说即便是萨密特大街里富裕的阔佬，他们赚的钱也没有卢克·道森赚得多。还有舍温小姐，你别看她只是个中学教师，她可是一个精通拉丁文的奇人！非常了不起！萨姆·克拉克是一个做五金买卖的生意人，他的厉害之处在于百无一失的捕猎能力，放眼整个州里，可找不出比他更厉害的人了！在文化方面也有不少出类拔萃的人，比如公理会的沃伦牧师、担任督学的莫特教授，以及擅长写诗的波洛克律师和擅长唱歌的雷蒙德·伍瑟斯庞。你只要和雷蒙德相处久了，就会发现他其实聪明得很！当然，除了他们，还有很多其他的人，比如莱曼·卡斯。他们虽然没有你精明能干，但是他们肯定会赏识你的，你说对不对？来吧！到戈镇来指导我们吧！我们需要你！"

或许是走了很久的路有些累了，卡萝尔和肯尼科特就坐在古堡的墙根下稍作休息，那里既安静又隐蔽，肯尼科特正好可以用胳膊搂住她的肩膀。不一会儿，卡萝尔就觉得有些冷了，但肯尼科特却给了她力量与温暖，这让她不由得心生感动，并情不自禁地靠在了他的怀里。

"我爱上你了,卡萝尔!我想你是知道的!"

卡萝尔没有出声,只是用一根手指轻轻地在他的手背上碰了碰。

"你觉得我太热衷于物质和利益,其实我也很无奈。但要是我能得到你的支持,那一切都会不一样的,你说对吗?"

卡萝尔仍旧没有回答,肯尼科特的问题简直让她丧失了思考能力。

"你说,医生既然可以给病人治病,那么同样的,也能适用在改革一个生了病的市镇上。所以,好吧,不管是什么病,你就当自己是一名外科医生,而我愿意成为你的助手,和你一起治理这个市镇。"

尽管卡萝尔并没有仔细聆听肯尼科特的这番话,但她已经从中体会到了他的坚定用心。

就在这时,肯尼科特忽然在她的脸颊上落下了一个吻。他大声地喊道:"我说了半天,却一点儿作用都没有,倒不如用我的胳膊向你传达我的心意吧!"卡萝尔听到这话不禁战栗起来。

"别,别这样!"她的脑海里忽然闪过一个念头——自己应不应该发火呢?她忍不住哭了起来。

于是,他们两人向两边各自挪开了半英寸①左右,就像两人一直保持着这样的距离从未逾越过一样。而她则极力做出漠不关心的样子,说:

"嗯……我想,我很乐意去戈镇看一看……"

"哈!相信我没错的!你看,这是我给你带来的一些戈镇的快照,都是我拍的。"

照片有十来张,拍的都是村镇的景色。她认真地翻看着那些照片,脸颊都快要碰到他的袖子了。尽管照片上的景致已经有些模糊了,只可见一些灌木树丛、门廊湖泊,但湖上的风景已经足够令她

---

①1英寸约为0.03米。

欣喜若狂了。那满是青葱绿树的悬崖倒映在黝黑的湖面上，任由一群群嬉戏的水鸭划过。还有那头戴宽边草帽的渔夫袖口轻卷，将一串花鲈鱼高高提起。显然，这是一幅带有蚀刻版画的风味的冬日里的燕子湖畔的盛景：白雪皑皑，将岸边的缝隙与莹润的冰面连在一起，麝鼠穴的小土包悄悄隆起，发黑的芦苇和被风霜侵蚀的枯草疏疏落落地耷拉在雪地里，却反让人觉得生机盎然、诗情画意。

"你说，我们在湖面上滑一两个小时的冰，再坐着雪橇兜一个圈，等回到家后就可以舒舒服服地享用咖啡与热香肠，是多么美好的事情呀！"

"我想这的确是——非常有意思。"

"但是你看这张照片，这里才是需要你发挥作用的地方。"

那张照片是森林被砍伐后的样子。密密麻麻的车辙印在凄凉的树墩残株之间错综交叠，还有一间四面糊着泥巴、房顶盖着茅草的简陋的原木小屋。一个衣服肥大、头发紧束的女人正抱着一个看上去脏兮兮的、却有一双闪亮的大眼睛的婴儿站在屋前。

"我当医生这么多年，来找我看病的大多是他们这一类人。有一个既年轻又体面的瑞典人，名叫纳尔斯·厄尔兹特鲁姆，他在未来十年之内一定能建造出一座非常棒的农场。但是现在呢？他的妻子正躺在灶披间的桌子上，等待我给她上完麻药后做手术。你看那个被吓到的可怜婴儿，你看他那无助而殷切的眼睛！他在等着你，他需要像你这般眼疾手快的女人！"

"嘿！请你别说了，看到这些，我真的非常难过。如果我能帮到他，那样该多好啊。"

当肯尼科特的胳膊伸向她的时候，她的心里纵然有许多疑惑，却也只有这样的一句回答："那样该多好啊！"

第三章

一

大草原的天空广阔苍茫，层云滚滚。一辆钢铁做的庞然大物裹着拉长的汽笛吼声与恼人的轰隆噪声，飞一般地向前疾驰。纵使橘子的香气再浓郁，也掩不住没洗澡的旅客和邋遢的行李包混杂的潮气。

那些途经的小市镇就像是堆放在阁楼里杂乱无章的纸板箱，毫无市容可言。远处的庄稼地里也只剩下枯黄色的残根，有时候还能看见一撮小柳树，安安静静地长在白色农庄与红色谷仓的旁边。

不知不觉中，第七次旅客列车已经跨过明尼苏达州，爬上了从密西西比河下游一直绵延至落基山脉，足有一千多英里长的大高原。

这时正值燥热的九月，到处都是飞扬的灰尘。

有的客车会设置带有豪华高级卧铺的车厢，但这列没有。乘客在美国东部地区的普通车厢里都是随便就座的，每一排座位还有两个用略脏的亚麻布毛巾裹着头部,并套着厚绒布椅套的活动座椅。这节车厢被一些橡木圆柱一分为二,留出光秃粗糙、沾满油污的过道,而车厢里也没有服务生和睡觉休息的地方。这些旅客中,有带着身心俱疲的妻子和乍看年纪都相仿的孩子的乡野庄稼汉,有刚找到工作要赶去上班的工人,还有穿着锃亮的皮鞋和戴着圆顶窄边礼帽的推销员。每天,他们都得守在这个钢做的箱子里。

整个车厢熙熙攘攘,令人舌敝唇焦、酷热难耐,连手指间的缝隙都塞满了污秽。休息的时候,他们只能横七竖八地蜷缩着身体,要么靠在玻璃窗上,要么枕在自己的外套上,要么就干脆靠在座椅的扶手边把腿伸到过道上。他们只需要待在这里,不看书,不看报纸,也不思考任何问题。车厢里有一位年纪轻轻,但脸上已经布满了皱纹的妈妈,她的关节似乎不太灵便,精神也很萎靡。她的孩子正躺在椅子上哭泣,于是她打开手中装着皱罩衫、破拖鞋、专卖药和洋铁皮杯子,以及在报贩的极力劝说下买的一本专门谈梦想的平装书的手提箱,从里面拿出一块粗面粉饼干喂给孩子吃。饼干的碎屑掉得满座都是,只见那位妈妈一边叹着气,一边试图将碎屑从座位的厚绒布上掸下来,但还是没能清理干净。

有一对浑身脏兮兮的夫妇,他们正吃着三明治,身前的地板上全是他们扔掉的面包皮。有一个肤色和砖块一样的粗壮男人,他来自挪威,这会儿正一面脱掉皮鞋,将套着灰色厚袜子的脚丫放到前面的座椅上,一面愉悦地嘀咕着。

还有一位牙齿都已经掉光了的老妇人,她紧抿嘴巴的模样像极了淡水龟。而她稀稀拉拉、黄白相间的头发又像是长了霉的亚麻布,可以清楚地看到一块块淡红色的头发。这时,她急急忙忙地提起皮包,打开瞥了一眼,就合上放回座位下面了。没过一会儿,她又再次重复了之前的动作,然后将皮包收好。皮包里只装着一个皮扣子,一张很久以前的音乐会节目单,以及一些缎带、花边和丝绒带子等针头线脑的小东西,但这些都是她珍藏的"宝贝"。她旁边的过道上还有一个笼子,里面关着一只瞪着眼睛的长颈鹦鹉。

斯洛文尼亚的铁矿工一家占满了面对面的两排座位,椅子上堆着乱七八糟的皮鞋、布娃娃、威士忌酒瓶,以及用报纸包裹的包和针线包。他的大儿子拿出了上衣口袋里的口琴,擦了擦上面的烟灰,接着车厢里就响起了令人头皮发麻的《佐治亚进行曲》。

这时,贩卖巧克力和柠檬水果糖的报贩走了过来。有一个不停地在自己的座位和用水冷却器之间来回走动的小女孩,她用厚纸袋代替杯子接水,可水却漏得过道上到处都是。她还总是被一个木匠的脚绊倒,那个木匠只好嘀咕道:"噢,宝贝,你看着些啊!"

每当车门一开,就有一股股呛人的蓝色烟雾从吸烟车厢飘进来。此时,那里正有一位穿着蓝衣服、紫领带和黄鞋子的年轻人,在说笑话给一个穿着修车厂工装的矮胖子听,同时惹得车厢里笑声阵阵。

车厢里的空气也随着越来越浓的烟味而变得越来越差。

二

这些座位对于旅客而言,就像是一个暂时落脚的家,遗憾的是,大部分的旅客都会将这里弄得乌烟瘴气、满地狼藉。但是有一位志得意满的富裕人士,他所坐的那一排座位却是干净而整洁的。他的旁边还坐着一位肌肤细嫩、头发黝黑,正将脚上的浅口舞鞋放在干净的皮制手提包上的年轻少女。

显然，这两位正是威尔·肯尼科特大夫，以及刚成为他新娘的卡萝尔。

他们经过一年的交往，最终在肯尼科特大夫的求婚下，于年底顺利完婚了。他们在科罗拉多山区度过了蜜月，现在正在回戈镇的路上。

卡萝尔对车厢里这些到处奔波的各类人士并不陌生，她曾经有很多次在圣保罗到芝加哥的旅途中见过他们。而今后，她不仅要结识他们，还要对他们的生活进行启迪、鼓励和美化，这不禁让她产生了极大的兴趣，但同时，她又因为这些人的麻木不仁而感到焦虑和烦恼。她曾经坚持美国没有农民阶级这一论点，而现在为了维护自己的观点，她必须努力地从那些瑞典的庄稼汉和埋身于订货单之中的推销员身上，找出精明能干与努力上进的精神。然而，卡萝尔还是忍不住想要叹气，因为不管是北方的、挪威的、德国的，还是芬兰的、加拿大的，无论哪个地区，人们一旦上了岁数就会开始安于现状，毕竟他们都是农民啊！

"该怎样才能让他们醒悟呢？如果他们知道如何科学地耕种，情况又会变成什么样子呢？"卡萝尔一边请教肯尼科特，一边在黑暗中摸向他那双宽厚结实的手。

卡萝尔的思想在度蜜月的时候发生了很大的变化，她为自己稍有些风浪就开始动荡的内心感到无比震惊。威尔却仍是一副精气十足、身强力壮的样子，并且他还特别擅长搭帐篷。当他在荒山上的松树林里搭好帐篷后，他们两人就会肩并着肩，无比惬意地躺在里面。那时候的他，也是温柔如水、体贴入微的。

他原本在想回去当医生的事情，听到卡萝尔的话后，不由得紧紧地握住了她的手，惊讶地问道："他们？让他们醒悟？这是为什么呢？他们明明都很幸福呀。"

"可他们都是乡下人，噢，不！我不是说他们——就像掉进了泥潭里，出不来了。"

"卡丽①，你听着，放下你的城里人思维，不要觉得没有把裤子烫平的人就是笨蛋，这些庄稼汉可都是有出息的聪明人呢！"

"这我明白，但我就是因为这些感到难过。你瞧瞧这荒僻的农庄和脏乱的火车，显然他们的生活并不容易。"

"他们并不在意这些，再说了，这些正在不断地发生变化，乡镇与城市之间也因为汽车、电话以及农村地区的免费邮递拉近了距离。那些地方在五十年前还是一片荒地呢。你是知道的，改变是需要花费时间的，能有现在的这个样子已经很不错了。比如每个周六晚上，他们都可以乘坐'福特'或'奥弗兰'去看电影，那速度，连我们在圣保罗乘坐的电车都赶不上呢！"

"可是，难道我们刚才路过的那些小市镇，就是那些生活乏味的庄稼汉唯一寻找乐趣的地方吗？你瞧瞧那些小市镇，难道还搞不懂吗？"

卡萝尔的话让肯尼科特非常震惊，毕竟他每次坐火车都会途经那些小市镇，那些地方可以说是他从小看到大的，已习以为常了。他不禁自言自语地道："你是怎么了？难道那些小市镇不好吗？那里人丁兴旺，农业繁荣。你是不知道，那里每年都会收获多到你无法想象的小麦、裸麦、玉米和土豆，然后被运输出去。"

"但是它们的市容实在太差了。"

"的确，它们和戈镇是无法相比的，但你总要给它们发展的时间呀。"

---

① 卡丽：卡萝尔的昵称。

"除非有一个心怀抱负,且接受过良好教育的人愿意对这些小市镇进行统筹规划,不然,给它们再多时间也是枉然。现在,有很多工厂为了制造漂亮的小汽车而挖空心思、绞尽脑汁,可是这些小市镇却无动于衷。哦,随它们去吧。天哪,这真是不可思议!这得有多大的本事,才能把这些地方弄得这么寒碜呀!"

"其实,这些地方也不是完全一无是处的。"他瓮声瓮气地回了一句,又像猫捉老鼠时的戏谑的爱抚一样,紧紧地攥住她的手。但是她却破天荒地没有任何回应,因为列车即将进站停靠,而她正望着窗外那大约只有一百五十个居民的朔恩斯特鲁姆村庄陷入了沉思。一个满脸胡子的德国佬从座位底下取出沉甸甸的人造革手提包,然后便带着他的妻子摇摇晃晃地离开了车厢。还有一位正在将两大片牛肉塞到行李车上的车站运货员。整个车站除了他们就再也没有什么其他的动态了,寂静的四周也只剩下马厩里马刨蹶子和木匠钉屋顶的声音。

朔恩斯特鲁姆只有沿着铁路线的一条街勉强算是商业区,那里全是用马口铁制成的屋顶和刷着红黄两色的护墙板搭建而成的小平房,看上去就和电影里的矿区街两边的老旧房子一样,像临时组建的似的,很不协调。而火车站不过是一个被脏乱的牛圈和深红色的谷仓夹在中间,且仅有一间房的木板屋。那谷仓的屋脊上还搭着一个呈圆形的小阁,远远地瞧去,就像巨人头顶上的一个小小的尖脑袋,让人止不住地恶心。在卡萝尔从列车上看到的所有建筑里,也只有街道尽头那座红砖砌成的天主教堂以及教区主教的住宅能算得上是可以住人的地方了。

卡萝尔拉了拉肯尼科特的袖子说:"现在你还敢说这个市镇不算很差吗?"

"好吧，这些德国人居住的市镇发展速度的确不快。但是，你瞧见那个刚从百货商店里出来，坐进大轿车里的人了吗？他叫劳斯库克尔，是一个脑子相当精明的家伙，我曾和他有过一面之缘。他是做地产投机生意的，手里握着大量抵押契据。撇开那间商店，这半个市镇的产业可都是他的。据说，他名下已经有三四十万美元了！他还有一幢富丽堂皇的黄色砖头房子，就在市镇的另一边，那里应有尽有，有花园，也有花地砖铺的甬道。我之前驾车从那里经过的时候曾亲眼看到，真的是名副其实的华丽。当然，从我们这里是看不到那边的。"

"即便他拥有这些，也不是这个地方变得这么寒碜的借口！如果他将从这个市镇赚取的三十万回馈出来，那么大家就可以烧掉那些破破烂烂的小屋，用这些钱重建一个美好的村庄，让这里成为大草原上的新星，这难道不好吗？为什么庄稼汉和村民们连碰都不肯碰那位大财主的家产呢？"

"我发现我有时候真的搞不懂你，卡丽，他们并不是对他客气，而是没有办法。那个德国人很有个性，或许他被传教士给唬得团团转，但他在看田识地这方面真的很有眼光，非常厉害！"

"我总算是听明白了，这个小市镇连一所像样的房子都没有，却把他当作美好的象征给树立起来了。"

"说真的，你说的这些话我完全没有听懂。或许你是因为舟车劳顿有些疲倦了，等回到家里，你就好好地洗个澡，换上那件迷人又漂亮的透明长睡衣吧，我美丽的姑娘！"

他紧搂着她的胳膊，目光深深地看着她。

轰隆隆的列车很快就驶离了这个像沙漠一样冷寂的小站。伴随着关门的砰砰声和列车的嘎吱声，车厢里也晃动得越发厉害，到处都弥漫着令人恶心的气味。肯尼科特将卡萝尔贴着窗户看向外面的脸庞拢到自己的肩上，他说了很多温言软语，试图让她停止思考那些事情，放松心情。起初卡萝尔并不太高兴，后来才渐渐宽下心来，静静地坐在那里，而肯尼科特也放心地看起了侦探小说。

卡萝尔独自沉思着：这里是位于美国边陲的中西部地区一个最新开辟的地方。这里有得天独厚的好资源，可以发展奶牛养殖业。这里有美丽的湖泊、最新的汽车、油毛毡盖的粗陋房屋，还有许多矗立着像红塔一样的谷仓。这里的人言语粗俗，但却心怀梦想。这里可以供养得起全球四分之一的人口，但是，这里的一切才刚刚起步。即便这里的土地肥沃、物资富饶，这里的居民也有电话、存款、钢琴和合作社，但人们还是得勤勤恳恳地开拓这片尚未开垦的处女地。将来，这里又会变成什么样子呢？——卡萝尔正在思考这个问题。难道这广袤而空旷的荒野，以后都会变成都市与工厂吗？人们能住上美丽且舒适的房子吗？那些美丽的花园别墅边上，还会有破旧残败的茅草屋吗？年轻人可以自由地徜徉在知识的海洋里吗？他们是否会拥有鉴别谎言的能力呢？又或者，将来，那些穿着裘皮大衣与红羽毛帽子、涂着油膏白粉与红指甲油的胖娘儿们依然会珠光宝气地出现在这里，故作豪气地玩桥牌，等玩累了冉洋相白出地发一顿火——就和她们家豢养的胖巴儿狗一样。不知道这里会不会继续沿袭从前那古老而不公的教条，或者，他们会打破夜郎自大的传统思想，谱写一个与众不同的新篇章也说不定呢。还有这个地方的明天和奇望又是什么样的呢？

卡萝尔感到十分头疼，她迫切地想要寻找这些谜题的答案。

她遥望着窗外这片广袤无垠的大草原，时不时能看到大片的平原和长长的丘陵。这一切在一个小时以前曾让她赏心悦日，而现在，她却惊愕地发现，自己或许一辈子都无法深入了解这缥缈无边的草原了。肯尼科特仍在继续阅读着侦探小说，而卡萝尔虽然待在人群之中，却还是觉得分外寂寥，她试图将那些问题通通抛诸脑后，否则她就不能对这片大草原有一个客观的评价了。

被烧过荒的铁路两旁一片焦黑，只留下一些残余的焦草枯根。苍茫的原野被一道铁丝编扎的稀疏的篱笆隔绝在另一端，那里长着一簇簇金色的秋麒麟，还有金秋时节被收割过的庄稼地。每一块地都足有一百多英亩，虽然近看满地都是灰败的残枝，但向远处望去，那小山岗的斜坡上就像是笼罩着一层黄褐色的天鹅绒，而那一字排开的麦秸堆和不远处刚刚耕过的地，又像是一群披着黑色大旗、穿着简陋的黄色短外套向前行进的士兵。这原野辽阔无疆，肃穆而荒凉，只偶然能瞥见一处小小的橡树林和零零星星的野草，或是一两英里外，依稀可见一串串有乌鸦掠过的深蓝色沼泽地。除此之外，根本看不见满园春色的庭园景致。

那大片大片的田野随着阳光的幻化而呈现出不同的色彩：落在耕地残梗上的阳光是光芒璀璨、光彩夺目的，落在低矮丘陵上的阳光是被积云的阴影遮挡过而变得若隐若现的。啊，多么辽远、空灵、湛蓝的天空啊，这是城市所无法比拟的啊……卡萝尔的心里不由得生出了这样的念头。

她小声地哼了起来："噢，亲爱的祖国，你是我们人类的故乡！"

肯尼科特忍不住轻声地笑道："你知道吗？离我们的家——戈镇只剩下一站了。"卡萝尔听了顿时惊醒了。

三

她对"家"这个字眼感到无比惊惧。这是不是意味着她将会在这个名叫戈镇的地方度过余生？她身旁的这个男人在不久以前还只是一个陌生人，而现在却敢掌控她的未来！她忍不住扭过头盯着他，他是谁？为什么要同自己坐在一起？明明他们的出身环境和所受到的教育都是大相径庭的！他的声音和他的脖子一样粗，年纪还长她十来岁。无论是吸引人的魅力，还是丰富多彩的想象力，又或者是惊人的行动力，等等，这些他都不具备。然而这样一个男人，竟然成了她的枕边人。啊，这真像是一场梦，可当她从梦中清醒过来后却不得不承认。

她告诉自己，他是一个诚实可靠、善良温柔的男人，她轻轻地触碰了一下他的耳朵与下巴，然后背过身认真地在她心中构想戈镇的蓝图。会不会……戈镇就和之前列车途经的那些小市镇一样荒僻？不，这不可能。戈镇上的住民可是多达三千呀，这么庞大的一个数目，算下来镇上至少要有六百幢房屋，或者还要更多。何况，她曾经在照片上看过戈镇附近那些美丽的湖泊，那景致是多么迷人呀……对不对？

当列车驶离瓦赫基恩扬站的那一刻起，卡萝尔就开始紧张兮兮地等着那些美丽的湖泊出现，就像是为跨入新生活的大门做准备一样。但是，当她从列车的左边看到那些湖泊时，脑海里也仅有这么一个印象——的确和照片上的一模一样。

列车渐渐地爬上了一座曲曲折折的小山岭，此时距离戈镇还有一英里，但是从这里已经可以看到整个戈镇的市貌了。卡萝尔突然站起身，打开窗户向外望去，她用右手紧紧地按住胸口，另一只手的手指则蜷曲在窗沿上,微微地战栗着。

因为她发现在肯尼科特心目中独一无二的戈镇,实际上只是面积稍广一些,而市容跟之前沿路所经过的小市镇几乎没两样!看看那堆积在一起和小榛树一样低矮的木头房子,放在那里就好像只是为了给枯燥的原野稍加点缀一样。再看看那以戈镇为中心,不断向远处延伸的农田……显然这里的居民并没有对戈镇施以保护,所以反过来戈镇也不足以保护居民。这里也没有肯尼科特说的那么凛然气派,全镇上下仅有一座较高的红谷仓和教堂顶上发亮的尖塔算得上是一枝独秀。所以简而言之,戈镇充其量只是过去开疆拓土时的一处营地,根本也谈不上什么锦绣的未来。

住在戈镇的居民也与他们的房子和耕地一样,贫乏枯燥、庸碌无为。所以,恐怕这个地方和这个男人都留不住卡萝尔。

她眯着眼睛瞥了瞥他那成熟稳重的模样,心里不由得一阵发愁。他随手将书扔到过道上,弯腰提包的时候脸都涨红了,但他说话的语气依然是沾沾自得的:"我们到家了!"

她勉强一笑,又看向了别处。此时列车就快要进站了,近郊的房屋没什么新意,要么是老旧的红色建筑,周边还装饰着木头壁缘;要么是简陋的木板屋,像破旧的杂货铺一样堆积摆放;再有就是掺了混凝土,仿照石宅基修建的小平房。

列车还在疾驰着,沿途穿过了谷仓、石油库、乳品厂、木栈以及一个脏乱不堪、臭气熏天的牲畜栏,然后停在了火车站——一座低矮的红色小木屋内。那些脸都没刮干净的庄稼汉和终日无所事事的闲人,一个个都萎靡不振、两眼无神地挤在站台上。卡萝尔知道这里就是路的终点、世界的尽头,前面也已经无路可走了。她紧闭着双眼不愿起身,恨不得现在就离开肯尼科特,跑到列车的某个角落里藏起来，直到列车带着她逃到太平洋去。

此时此刻，一个声音忽然在她的脑海里闪过，仿佛在告诫她："好了！别想那么多了！"于是她腾地一下站起身，对肯尼科特说："太好了，我们总算到啦！"

他给予了她那么多的信任，所以她不光要让自己喜欢上这里，还要在这里一展宏图！

这一站下车的旅客非常多，肯尼科特只能提着两个手提包跟着队伍缓缓地往前挪，卡萝尔则紧紧地跟在他的身后，不停地告诫自己："这是我第一次来到这里，我必须得表现出高兴的样子！"但事实上，卡萝尔并没有不高兴，她只是对因为人群拥挤而无法下车感到略微的烦躁。

肯尼科特弯着腰看了眼窗户外面，忍不住大声嚷道：

"卡萝尔你快瞧！那一群人都是过来迎接咱们的！那是萨姆·克拉克夫妇、戴夫·戴尔、杰克逊·埃尔德，还有哈里·海多克和久恩尼塔，等等。或许他们已经看到我们了，嘿！他们在向我们招手，他们是真的看到我们了！"

她也弯下身看向窗外的那一群人。她努力稳住自己的情绪，并打算展现对他们的喜爱，可是当她看到他们那热情的欢迎时，她又陷入了窘迫。她站在车厢末尾的连廊里，一边拽着扶她下车的列车员的袖子，一边朝他们挥手。半晌，她才走下火车，和那群一股脑儿蜂拥而上的热情的人们一一握手。她根本分不清谁是谁，只是依稀地记得，他们都有着粗犷的嗓音、黏糊的手、坚硬的胡楂、斑秃的脑袋顶和系在身上的共济会的表链小饰品。

他们用双手，用微笑，用欢呼，用温情的眼神表示对她的欢迎，她也感受到了这一切，并被其征服。她颇有些不好意思地说

41

道:"嗯,感谢大家,谢谢你们!"

这时,有一个男人对肯尼科特大声说道:"大夫,你们就坐我的汽车回家吧。"

"萨姆,谢谢你!"肯尼科特对萨姆道了声谢,便转头对卡萝尔说,"对面那辆'佩奇'就是萨姆的车,他还有游艇呢!走吧,我们上车吧!萨姆开车的速度很了不起。你要知道,就算是明尼阿波利斯的那些车来了,也绝对追不上他。"

卡萝尔上了车,这才看清楚陪同他们一起回去的那三个人。正在开车的萨姆是一个身量高大、头顶略秃、脖子粗糙但面颊像汤碗背面一样光滑圆润的人,他的两只眼睛一直平视前方,但整个人看起来又那么神气十足、神采奕奕。他笑着问卡萝尔:"你能分得清我们这些人吗?"

"这是当然的,卡丽不光头脑精明,记忆力也是一流的!你要是不信,大可以问问她历史上每一个重要的日期,她绝对都答得上来!"肯尼科特很是骄傲地说道。

萨姆看了看卡萝尔,那眼神就仿佛他已经稳操胜券了,只等着卡萝尔坦诚相待。结果卡萝尔却供认不讳:"其实我根本就分不清你们谁是谁呢。"

"这是肯定的,你当然不可能在这么短的时间里分辨清楚呀!好吧,我先介绍一下我自己吧!我是萨姆·克拉克,是一个售卖五金用品、体育器材、脱脂器和傻大黑粗玩意儿等各式用品的商铺老板,毫不夸张地说,不管是什么五金用品,我的铺子里面都有。我和肯尼科特这个倒霉大夫是非常要好的朋友,你既然是他的妻子,我当然得叫你卡丽,那你就叫我萨姆吧。"卡萝尔笑了起来,她希望今后对待别人,也能这样自然地称呼他们的小名。"你身边那位对我的话置之不理的胖太太,就是我的妻子,她的脾气可古怪着呢!至于我旁边这个凶神恶煞的家伙,他是镇上一家药房的老板,名叫戴夫·戴尔,其实他跟卖假药的也没什么差别,因为他老是把你先生开的药方配错。好啦,美丽的新娘子,现在我们就送你回家!嘿,肯尼科特,你想不想要砍德森那块地?我三千块卖给你,你可以在那里盖一栋新房子给卡丽。我敢说,她肯定是戈镇上最美丽的夫人!"

萨姆·克拉克开着车在车来车往的大街上穿行着,直到遇上三辆迎面而来的"福特"和明尼玛喜大旅馆接送客人的轿车。

"他们都很热情友好,我也会喜欢他们的,但我还是不能管克拉克先生叫萨姆……"卡萝尔假装自己没有看见那些房子,她不禁想:"人们为什么总是要往传说里添油加醋呢?新娘子进门不过是一件再普通不过的事情了,人们却非要将它吹捧得天花乱坠。虽然现在的我还是原来的那个我,但是这里——噢,上帝,这里简直像个垃圾场,我真的无法忍受!"

肯尼科特弯下身看着她:"你是在沉思什么吗?又或者是害怕了?我知道,戈镇是根本无法与你居住的圣保罗相提并论的,你也不可能一来就疯狂地喜欢上这里。但是这里充满了自由,这里的人也是世界上最好的人,所以等你慢慢适应后,你会爱上这里的。"

她小声地回答道(克拉克太太很自觉地别开了头):"亲爱的,我可能是因为书读多了,有些神经质了。但你知道我是爱你的,你对我那么温柔体贴……所以,让我慢慢弥补工作能力和实际知识上的欠缺,一切都慢慢来吧。"

"没关系,我愿意等你!"

卡萝尔依偎在他的怀中,将脸颊贴近他的掌心,这时候的她已经为这个新家做好思想准备了。

此前，肯尼科特曾告诉她，他的父亲很早就去世了，之后母亲就一直帮他打理他住的那幢旧房子。现在她已经回到拉克·基·迈特了，走之前还特意叮嘱肯尼科特代她向卡萝尔问候："虽然房子很旧，但里面宽敞而温馨，有齐全的供暖设施，我还特意从市面上买了最好的炉子。"

她终于不用再寄人篱下了，并且还可以创建自己的美好家园，还有比这个更值得令人高兴的事情吗？她欣喜地抓着肯尼科特的手，两眼望着前方。一辆汽车正好拐过一处街角，停在了一座四周草地已经被晒得干裂的普通木屋前。

四

他们走在混凝土的人行道上，穿过了一片杂草丛生的泥泞草坪和一条窄窄的混凝土小径，便来到了一座方正整洁但略有些潮气的褐色房子的大门口前。满地都是被风吹过来的干枯枝叶，以及些许枯萎的黄杨树种子和白杨树的毛根株。门廊是由用托架和木雕装饰了顶端的顶棚和刷了漆的松木廊柱组成的，屋前也没有会挡住视线的茂密的灌木丛。门廊的右边是一扇挂着廉价窗帘的凸窗，透过窗户，还可以瞥见屋内那张粉色的大理石桌子，以及上面摆放的海螺壳与《圣经》。

"或许你会觉得这个房子很老旧，又或者有别的看法……不过这应该算是维多利亚中期的风格。这里的一切我都没有变动过，这样，你就可以按照自己的喜好来设计它了。"这是肯尼科特回家以后，第一次用这么犹豫的口吻说话。

"不,这才是一个像样的家!"卡萝尔对他诚恳的态度表示非常感动,她高兴地和克拉克夫妇道别,然后在肯尼科特用钥匙打开门的一瞬间欢快地溜进屋子里了……这时候他们俨然忘记,之前在度蜜月的时候,他们曾在帐篷里许下约定,他会将她从窗台里面抱进去。但等到他们记起这个约定的时候,也已经是第二天了。肯尼科特暂时还没有请女佣,他想让卡萝尔亲自挑选。

卡萝尔站在走廊和前厅里,那昏暗的视线和闭塞的空气,叫她连呼吸都不顺畅了。她努力稳住自己的情绪,不断地告诉自己:"没关系,我可以把它改造得又温馨,又敞亮。"肯尼科特提着包,领着她来到了卧室里。他还忍不住哼起了灶神的歌:

这是属于我自己的家,
我是这里的大管家,
我是这里的大管家,
这里住着我跟丈夫和小宝宝,
不管怎么说这里就是我的家!

尽管直到现在,卡萝尔仍旧觉得肯尼科特像一个狭隘而冷漠的"陌生人",但当她与他紧紧地依偎在一起,并将手伸进外套里,抚摸到他那宽厚而温暖的背心时,这些念头也就消失不见了。这时候,她只觉得自己仿佛和丈夫合而为一了,在这荒芜的世界里,唯有他的温柔与力量,勇敢与坚实,能令她心安不已。

她忍不住喃喃地自语:"真好,真好……"

第四章

一

"克拉克夫妇打算在今晚邀请我们去他家,他们还邀请了一些其他要好的朋友。"肯尼科特一边打开手提包,一边对卡萝尔说道。

"噢,他们为人可真不错!"

"没错,他们可是这天底下最老实本分的人了,我之前就说过,你肯定会喜欢他们的。对了,我想现在去诊所那边看看,就去一个小时,你不会生气吧?"

"当然不会,没关系,我来帮你整理手提包吧。"

肯尼科特欣然同意,然后就毫不犹豫地跑出去干他自己的事情了。他的行为,让一向坚持婚姻自由的卡萝尔不禁感到失望和沮丧。她环顾着卧室,整个房间就像是一个怪异的"L"形,里面摆着一张床头刻着苹果和梨等饰物的黑色胡桃木床,一张铺着像墓碑一样的大理石板的伪枫木五斗柜,几只放在柜子上的粉色香水瓶和装饰着花边的针插,以及一个寻常的松木脸盆架和一个左右装有花环把手的水罐、钵头。整个房间里全是马鬃、厚绒布和花露水的味道。看着这一切,卡萝尔的内心陡然变得沉郁起来。

"这日子该怎么过?每天都夹在这些东西中间!"她看着那些摆设,不禁有些胆战心惊,就好似自己已经被眼前坐着的那位老法官判处了被活活闷死的死刑。那嘎吱作响的椅子似乎也在嚷着:"闷死她吧!闷死她吧!送她上西天去!"这个陌生的房间孤独又冷寂,旧亚麻布弥漫的气息和墓地一般。她一个人待在这里,几乎快被死气沉沉的压抑情绪给包围了。她不由得喘着粗气喊道:"我恨这个地方!我恨这里!为什么我要……"

她还记得这些都是拉克·基·迈特老家里的老古董,是肯尼科特的妈妈特地搬过来的。"好吧,没错,这些家具算是不错的了,算是挺舒服的了,但是,它们真的太寒碜了,我真想立刻换掉它们!"

然后她又想:"好吧,他还是要到诊所里去瞧瞧……"

她装作在收拾衣服。她有一个印花布衬里的银锁手提包,看上去非常漂亮,在圣保罗也非常受欢迎,但放在这里却失去了它作为奢侈品的意义。她还有一件紧贴胸口的性感的黑色无袖衬衣,上面镶有漂亮的薄纱花边,但放在那张正儿八经的床铺上,却总显得有些轻佻。她只好赶紧把衣服收进柜子里,用一件麻纱罩衫盖住它。

这会儿她已经无心收拾衣服了,索性就走到窗边,想要看看村里的蜀葵、小径,以及双颊泛红的村民——这是她想要看到的风景。但是她却只看到了一堆普通的、装着护墙板的暗红色墙壁,一间没刷过漆的马厩,和一条被"福特"牌送货卡车堵住的小巷——

这俨然是基督复临安息日会的一个侧面。这就是她从窗边往下看到的花园，难道往后的每一个日日夜夜，都要面对这样的风景吗？

"不，这不是我想要的！我不要这样！我的内心怎么会这样激动？难道我生病了？噢，老天！怎么会发生这样的事情？拜托，可千万别这样！不管是书本上说的，还是人们亲口说的，那些谎话都不能相信呀！他们说新娘发现那样的事情后，通常都是会脸红的，然后会觉得骄傲和高兴，但是我却是那么憎恶它！我受到了惊吓！无论如何，那一天总会来临的——可是，我的上帝啊，求求你，千万不要是现在呀！在那些尸位素餐、整日游手好闲的老人看来，我们一旦嫁了人就必须生儿育女。要我说，如果他们也有这样的义务，那就让他们自己尝试吧！噢！但现在不可以！至少，得等到我不再厌烦那堆灰才可以！哦不，现在的我只能沉默了。我的情绪似乎太激动了，我得出去转转，看看戈镇真正的模样，好实地考察一番，毕竟日后我要征服这里呀！"

她跑出了家里。

一路上，无论是混凝土的十字路口，还是拴着牲畜的杆子，哪怕是清扫落叶的钉齿耙和村里的每一幢房屋，她都看得非常仔细。她不禁想，未来这些房子会用来做什么呢？等过了半年后，它们又会是什么样子的呢？会不会有人邀请她去其中的一所房子里做客，共进晚餐呢？现在那些从她身边路过的陌生人，以后会不会和她成为知己呢？又或者成为她害怕的敌人，他们和世界上的其他人有什么区别吗？

她在路过商业区时，看到了一家食品杂货店的掌柜正在弯下身整理货架上的苹果和芹菜，他宽厚的肩膀上套着温实的羊驼呢外套。她看着看着，就不禁想，以后他们之间会有交流的机会吗？如果现在她突然停下来,去和他说:"你好,我是肯尼科特太太,我希望以后能有机会直截了当地告诉你,把橱窗里的那些破南瓜都收起来吧!这样摆着实在太难看了!"到那时,他会怎样回答她呢?

这位食品杂货店的掌柜名叫弗雷德里克·F.卢德尔梅耶,他的店就位于林肯路与大街交界处的一角。卡萝尔以为自己在大街上游走和观察别人都是悄无声息的,别人也不会注意,毕竟城市里的人总是一副漠不关心的样子。但实际上,当她刚从街上走过去的时候,那位掌柜就喘着粗气跑进店里,一边咳嗽几声,一边对他的伙计说:"刚才有一个长相美丽、身材标致的年轻女人从拐弯处走过去了,我敢用自己的脑袋发誓,她肯定就是肯尼科特大夫的新娘子。不过她的着装打扮可真是糟糕极了,一点儿也不时髦,我还在想,日后她来这里买东西会不会给现钱,说不定她会去做豪兰·古尔德商号的生意……嘿!伙计,我的燕麦粥广告呢?你弄哪儿去了?"

二

从东到西,从南到北,卡萝尔走完整个戈镇只花了三十二分钟。此时此刻,她正站在大街与华盛顿路的交叉街角上,内心失望至极。

大街的两边都是些用砖砌成的两层楼高的商铺和稍矮一些的木头房子,两条混凝土人行道中间夹着成片的烂泥地,"福特"牌的汽车和运输木材的货车也是杂乱无章地停在街上。她对这样狭小的村镇实在提不起什么兴趣。每条街道上都会有一大段可以看到外面广袤无垠的草原的豁口,她不禁感到,周围的世界是如此的辽阔。从大街的北边极目远眺,翻过几个街区,有一处农场,那里有一座骨架像死牛肋骨一样的大风车。她忍不住想，当北方的凛冬来临时，那强大的风暴如雷霆般刮过草原，向着这里席卷而来，势必会将那些破旧的房屋吹得东倒西歪，乱成一片。瞧那些又小又脏又寒碜的小屋子，它能变成一个温馨的家园吗？给麻雀做窝还差不多。

卡萝尔自我安慰着，没关系，好歹那满街的落叶是美丽的。有橘色的枫叶，有像山莓一样红艳的橡树，有园丁们精心培育的草坪。但事实上，她根本说服不了自己。所谓的林地，不过是一小片稀疏的树木。放眼整个戈镇，都没有一个能让人纵目四望，开阔胸怀的公园。更何况戈镇并不是本县县城，瓦卡明才是，所以很显然，这里也不可能有县法院和周边的庭园景色。

戈镇最引以为傲的大楼，就是那幢用黄色木纹板盖成的三层大楼——给那些外地来客提供住所的同时，让他们对戈镇产生美好又富饶的印象的明尼玛喜大旅馆。而此时，卡萝尔就站在旅馆跟前，正试图通过那沾满秽物的玻璃窗看到里面的情景。她没想到，明尼玛喜大旅馆竟然是这么的老旧、破败。楼房虽高，但墙体单薄。墙角里嵌的也不是石头，而是灰沙松木板。卡萝尔将目光转向旅馆的账房，里面的地板是脏乱的，椅子是伛偻的，每两把椅子的中间放着一个黄铜痰盂，还有一张用玻璃板压着螺钿字母制成的广告的写字桌。餐厅在稍远一点儿的位置，那里面随处可见油迹斑斑的桌布和番茄沙司罐子。

她真的不愿再多看这个旅馆一眼了。

这时，戴尔的杂货店里走出了一个穿着衬衫、套着粉色臂章，戴着亚麻布硬领的男子，他没有穿外套，也没有系领带，只是一边打着哈欠，一边向旅馆走去。他先靠着墙根狠狠地挠了一会儿痒，然后就叹着气，和一个靠在安乐椅上的男人聊了起来。此时，大街上正好驶过一辆装着木材与带刺铁丝网的货车。还有一辆一边倒车，一边发出像是车子即将倾倒似的巨大声响的"福特"汽车，但是不一会儿它就正常地开走了。与此同时，那家希腊人开的糖果店里也开始毕毕剥剥地炸着花生米，老远就能闻到迎面扑鼻的香气。

但这里除了这点儿声响和动静，就再也看不到其他的生气了。

这里的一切都是那么的逼仄，连每一道墙壁都仿佛散发着阴森而绝望的气息，而她却曾憧憬着征服这里，并在这里创建一个美丽的市镇。如今看来，这个梦想真是天真而荒谬，她只恨不得马上逃离这里，重新回到大城市中去。

她独自在大街的两边徘徊着，就像是一个人的观光旅行一样，连街道边上的小巷子都要进去瞧一瞧。她用了不到十分钟的时间就浏览完了所谓的戈镇心脏地区，又或者说，是浏览完了从奥尔巴尼①到圣迭戈②沿路上那成千上万个小市镇的缩影。

戴尔的杂货店位于街头拐弯处，是一座用整齐的人造石建成的房子。店里摆放着一个沾满油污的大理石冷饮柜台，一盏罩着镶了三色拼花图案罩子的电灯，和一堆杂乱无章的牙刷、梳子和香皂。装肥皂的纸板箱、孩子的游戏指环、花卉种子，以及治肺病、妇女病的药和鸦片酒精的有毒混合物等各种专卖药品堆得满货架都是。这里就是肯尼科特大夫给病人开药方配药的地方。

"内外科主治医生：W.P.肯尼科特"的黑底金字招牌还挂在二楼的窗子下面呢。

镇上有一家木头结构的小电影院，名叫"玫瑰宫影院"，听上去倒挺文雅的。这会儿影院里正上演着《胖子恋》，那广告画上写

---

① 奥尔巴尼，美国纽约州首府。
② 圣迭戈，美国港口城市。

得一清二楚。

豪兰·古尔德的食品杂货更是脏乱不堪——货架上铺的是油腻且褪了色的残破红皱纹纸，橱窗里全是熟过头的黑香蕉与莴苣，上面还趴了只睡着的猫。而二楼的墙上，全是"派西亚斯骑士团""麦卡比学会""木业商会""共济会"等乱七八糟的社团的牌子。

达尔·奥利森的肉铺里腥气冲天。

镇里的那座巨型木头钟就矗立在卖女士手表的珠宝店前，但如今也已经停摆了。

有家门口挂着金色珐琅的威士忌招牌的小酒店，里头却是苍蝇满天飞。它和其他几家酒店一同坐落在这个街区里，以至于整个街道上都弥漫着酸腐的酒气、嘶哑的洋泾浜德语和萎靡颓废、沉闷无力的淫秽歌声，活像一个没有阳刚之气的矿区劳工宿营地。酒店门口还停着些货车，上面坐了几位农妇，正等着到酒店里买醉的丈夫一起回家。

有一家名叫"烟管"的卷烟铺，里面全是些抽着烟赌骰子的年轻人。货架上还摆着各种穿着泳衣搔首弄姿的丰满的妓女照片。

有一家正在卖"红褐色趾部凸起的浅口便鞋"的服装店。店里摆着几个像涂了腮红的死尸一样的模特，再新的衣服套在她们身上，也会变得老气横秋。

相比起来，海多克·西蒙斯那两层楼的时装公司则要大得多，在戈镇里俨然是鹤立鸡群。一楼的门面全是镶着铜边的大玻璃橱窗，二楼则铺着彩色的花砖和干净敞亮、新鲜舒适的橱窗，里面正展示着做工精致的男装和带花的凸纹布领子，橘色的领子上还绣着紫雏菊花样。海多克……好像在哪里听过这个名字。啊！她记起来了，他和镇上的乡亲们一起到车站去迎接过她！对了，他叫哈里·海多克，这位三十五岁左右的成功人士，真是一个了不起的人物，瞧瞧他的店里，多么干净整洁呀！

斯堪的纳维亚农夫们通常会在阿克塞尔·埃格的百货商店里买东西。店里的橱窗又窄又小，显得不是那么敞亮。上面都是些质感极差、织造粗劣的缎子、布匹，宽踝骨妇女的特制帆布鞋，卡在硬卡纸上的钢纽扣、红玻璃纽扣，一条棉毯和一个摆在褪色的绉纱女罩衫上的花岗石纹的搪瓷煎锅。

萨姆·克拉克的商店一眼就能看出是卖五金用品的，店里都是些猎枪、搅乳器、钉子和锃亮的屠刀。

切斯特·达韦沙的商店是做家具买卖的，店里那些皮坐垫、橡木摇椅就像是在打瞌睡一样，阴气沉沉的。

比利的午餐馆里全是一股大葱和油炸肥肉的烟味儿，店里只有一张铺着油腻的油布的柜台，和几个没有把手的杯子。这会儿，一个年轻的小伙子正美滋滋地站在门口咬牙签呢。

有一间货栈是专门做回购乳酪和土豆生意的，里面到处都是酸牛奶的味儿。

有两家遥遥相对的砖石混凝土结构的汽车行——"福特"汽车行和"别克"汽车行。里边停着几辆新车、旧车，挂着几幅轮胎广告，穿着卡其布工装裤的小伙子干着活儿，在黑黢黢的油污地上走来走去。当车行测试马达的时候，那巨大的声响几乎快震断人的神经。或许，在整个戈镇里，这里是最生龙活虎的地方了。

镇上还有一家农业生产工具的专卖货栈，里头堆着卡萝尔一窍不通的土豆种植机、撒肥器、草料切割机、圆盘耙等各种耕犁用具的附件——轮子、车杠、单人座位，等等。

房顶贴着药品广告的饲料行，窗户上全是麸皮的粉，因而略显昏暗。

玛丽·埃伦·威尔克斯太太的小木板房商店前不久才刚刚粉刷过，它就像是免费对外开放的基督教科学派图书馆，里面都是些艺术品。屋里有一间橱窗，里面净是些稀奇的玩意儿——像树干一样的镀金花瓶，写有"戈镇向您问好"这样的铝制烟灰缸，一本基督教科学派杂志，一个画有系着缎带的罂粟花束印花的沙发垫和彩色相宜的绣花丝线。此外，还有一些名画和粗制的复印品，和放在货架上的唱片、相机胶卷、木制玩具。店里有一张铺着垫子的摇椅，此时上面正坐着一位满面愁云的小妇人。

在那家设有弹子球房间的理发店里，没穿外套的老板德尔·斯纳弗林正在给一位喉结粗大的男人刮胡子。

纳特·希克斯的裁缝铺就在大街边上的一个巷子里，是一幢门上挂着时装图的小平房。所谓的时装图，也就是些身穿硬质服装，长得像草靶一样的小人儿。

有一座黄门红砖的天主教堂，就在另一条横巷里。

有一幢满是霉味的房间，或许从前是一个店堂，而现在却被玻璃和通栏杆一分为二，成了一间邮局。斜面的高写字台就立在发黑的墙壁上，上面堆着些邮局通告和征兵通知。

小学的黄砖校舍里，满院都是潮湿的煤渣地。

州立银行也只是由涂了灰泥的木板搭成的。

相比起来，用大理石建造的爱奥尼亚[①]神庙式的农民银行则显得更加干净优雅了。总经理埃兹拉·斯托博迪的名字就挂在一个铜牌上面。

[①]爱奥尼亚，古希腊的文化、工商业中心之一。

戈镇还有十来个类似的店铺与机构。

那些或简陋，或宽敞，或舒适，或普通的各种房子就混杂在上面的这些建筑之中，或是位于它们的背后，但也仅仅只能当作是富裕生活的标志而已。

卡萝尔只觉得那座农民银行的建筑看起来还算顺眼。在她的印象里，戈镇经过了这五十年的历史，却还是少有公民具备"进一步建设自己的家乡"的意识。

不管是镇上丑陋粗鄙的房子，灰不溜秋的难看颜色，还是杂乱无章的建房计划——瞧瞧街上那些乱七八糟的电话线杆子、电灯柱子、汽车油泵和成箱的货物——这一切都令卡萝尔心情郁闷。镇上的人在建房的时候，根本不会考虑其他的东西。比如在全是两层楼的砖房新商区与耐火砖房"奥弗兰"汽车行中间修建的平房女士帽子店，比如在纯洁的神庙式建筑——农民银行的前面修建的黄砖食品杂货铺，又比如在一家用马口铁搭建的房子边上，修建一座用砖头和砂岩装饰屋顶的屋子。

卡萝尔直接从街上跑回了家里。

她之前总是安慰自己，只要镇上的人还不错，她就可以接受其他方面的事情。可她偏偏看见了一个年轻男子用脏兮兮的手拨弄一家店铺门口的遮阳篷的绳索；看见了一个仿佛厌倦了平淡无奇的婚后生活，所以一个劲地盯着一个女人瞅的中年男子；看见了一个身子骨还算健朗，但浑身像是从地下挖出来的土豆一样邋里邋遢的老庄稼汉。这里的所有男人，几乎都是隔好几天才刮一次胡子吗？

她心里一阵窝火："好吧，我知道建设美丽的乡镇不是一朝一夕就能实现的事，但至少他们也该先买刮脸的刀片收拾一下自己吧！"

她努力压下心头的怒气，暗暗想着："或许是我想错了吧。他们在这里不是生活得很好吗？难道这里真的就那么丑陋吗？可是我到现在也还没看出我哪里想错了。不行，反正我不能就这么坐以待毙。"

她压着满心的抑郁回到家里，肯尼科特一看到她，就高兴地说："你出去散步了吗？怎么样，你喜欢这里吗？是不是觉得那些草地和树木都美极了！"肯尼科特的话又让她冷静了下来，她平静地说："嗯，这里的确还挺有意思的。"

三

碧雅·索伦森小姐是和卡萝尔搭乘同一辆列车来戈镇的。

她身强体壮、肤色黝黑，整天都是笑眯眯的。她已经不愿再整天面对那些枯燥的庄稼活儿了，所以她来到了戈镇，准备找一份女佣的工作——这是在她看来唯一可以让她享受惬意的城市生活的办法。她得意地拖着硬纸盒行李箱走出火车站，准备去找她的表姐——卢克·道森太太府上的女管家蒂娜·玛姆奎斯特。

"你总算进城啦！"蒂娜说。

"是呀，我得先找份工作。"碧雅说。

"你谈恋爱了吗？"

"当然咯，我和吉姆·雅各布森。"

"好吧，真高兴能见到你。你打算每周要多少工钱呢？"

"六块钱。"

"镇上的人可不会愿意出这么多钱呀……哦，对了，肯尼科特大夫刚刚娶了位来自圣保罗的小姐，或许她足够阔气也说不定！行啦，你先到处去转转吧，以后再说！"

"行。"碧雅说。

碧雅·索伦森来到了大街上,巧的是,这时卡萝尔也正在这条街上。

以前,碧雅去过的最大的市镇,也只有人口约六十七人的斯堪的亚·克罗辛了。

她一边沿着大街溜达,一边心想:噢!我简直不敢相信这里竟然有这么多人!上帝啊!我恐怕要花上好几年的时间才能认识他们吧?瞧瞧他们身上那些漂亮又时髦的衣服,那个身材高大的绅士,竟然穿着件粉色的衬衫,打着镶了钻石的领带!可不像那些成天穿着褪色的蓝斜纹布工作服的乡下佬。还有那位衣着鲜艳的漂亮小姐,不知道她的衣服洗起来会不会很麻烦。噢,这里的商店可真多呀!

这里的商店足足有四个街区那么多!而斯堪的亚·克罗辛才只有小小的三家商店。

老天哪!瞧瞧那家足有四个谷仓大的时装公司,一个店里竟然请了七八个伙计,这阵容还不得把人吓跑呀?店里那些穿着各种男装的模特,做得就像真人一样。哦,阿克塞尔·埃格的店里全是瑞典人和挪威人,真让人感到亲切。那别在硬卡纸上的纽扣,真是比红宝石还漂亮呢!

那家杂货店里的大理石冷饮柜台真是又大又长,好看得不得了!瞧柜台上面那盏灯上的彩色玻璃灯罩,竟然有这么大,真是从来都没见过呢!那些从灯座底下探出来的纯银冷饮龙头,闪闪发着亮。后面还有一架玻璃售货架,上面摆了那么多我闻所未闻的新型软饮料!哦,这里真是棒极了!

还有一家比奥斯卡·托尔夫森新盖的红谷仓还要高的三层楼大旅馆!我必须仰着头才能看见楼顶。嘿,那里还站着一位得意扬扬的阔佬,他八成是经常往返于芝加哥和戈镇吧!

天哪，这里满街都是漂亮的姑娘！刚才有一位穿着崭新的浅灰色衣服和黑色浅口无带便鞋的漂亮小姐与碧雅擦肩而过。她年纪或许略大一些，正神情淡定地游览大街。碧雅虽然不知道那位小姐对戈镇的看法，但她却衷心希望自己也能端出一副高雅大方的模样，哦，这样谁都不敢招惹她了！

镇上还有一座路德教礼拜堂，没准儿这个镇上的讲道也非常动听呢！周日，对的，周日竟然有两次礼拜！

天哪，还有电影院！

瞧瞧，一家专门放映电影的地地道道的戏院！广告上还写着每晚都会换新片，这不就是说，每天晚上都有电影可以看吗？

斯堪的亚·克罗辛也有电影，还是每隔两周才放一次。并且，碧雅的父亲非常抠门儿，不肯买"福特"汽车，只能赶着一辆破车花数个小时才能抵达电影院。可现在呢？她可以随便挑一个晚上，戴着帽子走上三分钟的路，就能到这里来看穿着晚礼服的仕女和比尔·哈特，等等。

戈镇为什么有这么多商店呢？真是太厉害了！有卷烟专卖店，有图片花瓶专卖店（其实是艺术品商店），瞧那个做工精致的大花瓶，简直和树干一模一样！

碧雅站在热闹而繁忙的大街和华盛顿路的拐角处，心里忽然一阵害怕——大街上竟然有五辆汽车并行！那辆最大的汽车，八成得要两千块钱吧？开往火车站的公共汽车上坐满了衣衫整齐的乘客，有位男士正在张贴红色的洗衣机广告，有位珠宝店老板正在将手镯、手表等珠宝摆在真丝绒垫上。

她真希望自己一个礼拜可以赚六块钱，或者，就只赚两块也行呀！再不然，她白干活儿一分钱不要，只要能住在这里也是好的呀！

她想看看，到了夜里，那些电灯一一点亮，该是多么美丽的画面呀。或许还能遇到一位绅士邀请她去看电影，请她吃草莓冰激凌呢！

碧雅拖着沉重的步子回到了蒂娜那里。

"感觉如何？你喜欢这里吗？"蒂娜问她。

"当然，我真的很喜欢这里，我想留下来！"碧雅说。

四

不久前，萨姆·克拉克新盖了一幢四四方方、坚硬挺阔，就像一架崭新的竖式钢琴的大房子。房子四面有干净的鱼鳞状护墙，屋外有塔楼和带顶棚的大门廊，整体看上去都很不错，也算得上是戈镇里数一数二的深宅大院了。而这会儿，人们都聚集在这座新房子里，为刚到戈镇的卡萝尔接风。

萨姆·克拉克站在大门口大声喊道："美丽的太太，欢迎你的到来！全镇的大门都将为你敞开！"卡萝尔却只是目光哀婉地望着他。

因为她看到克拉克身后那些规规矩矩、一本正经，如同送殡一样地坐在过道和客厅里等着她的客人们，只觉得原本满腔的致谢热忱，忽然间就泄了气。她恳求道："哦，我可以不进去吗？他们对我抱了太大的期望啦，说不定他们稍稍咽咽唾沫，就能一口吃掉我！"

"小姐，你可别这么说呀，这都是他们喜欢你的表现！就像我一样，当然，我还是挺担心那位医生会教训我呢！"

"可我……我不敢……你看，我得被左右两边的目光挤在中间，根本没地方躲。"

卡萝尔心里简直快崩溃了，没准儿萨姆听到她这些话，还以为她发什么神经呢。结果萨姆却笑着说："要不然，你就藏在我的胳肢窝下面吧！我会帮你撵走那些敢伸长脖子盯着你的人！来吧，不要害怕！瞧我的！胖娘儿们最喜欢我，新郎官也最怕我！"

他用胳膊搂着她走进客厅，大声招呼着："先生们！太太们！瞧瞧！咱们的新娘子来啦！我就不一一替你们做介绍啦，反正她也不可能在这么短的时间里记住你们那些乱七八糟的名字。瞧瞧你们，就像是一群乌鸦的法庭，连个声儿都没有，还不如散会呢！"

他们面带客气的笑容，但依然规规矩矩地坐在原位上，两眼直勾勾地盯着卡萝尔。

卡萝尔为了参加这个盛大的晚会，可是费了不少心思好好地打扮了一下自己。她的鬓发中分，短发垂在额前，后面还编着一条辫子，显得非常素雅。但现在她却后悔自己没有盘一个高高的发髻，没有穿一件掐脖子高领口的衣服了——因为她穿着细麻纱的背带长衬衣和金色宽腰带，优美的脖子和肩线几乎要从方形的低领口袒露在外了。当她感受到众人打探的目光时，她满心只有一个念头——他们肯定会对她的穿着评头论足的！可是她又想，如果自己再围上那条在芝加哥买的紫红围巾，没准儿他们会更吃惊呢！

她在萨姆的带领下一一见过所有来宾，并用呆滞的语气和沉稳的措辞回道：

"嗯，我肯定会爱上这里的。""没错，我们在科罗拉多山区的蜜月之行非常有趣。""是呀，我在圣保罗待了好些年了，什么？我似乎没见过尤克里德·P.廷克，但是这个名字很熟悉。"

肯尼科特领着她来到一旁，低声对她说："要不，现在我来逐个给你介绍他们？"

"你只需要告诉我每个人大概的情况就好。"

"好的，看到那边那对漂亮的夫妇了吗？那是时装公司的老板哈里·海多克和他的夫人久恩尼塔。尽管公司最大的股东是哈里的父亲，但这家公司能有今天这么出色的成就，可全是哈里的功劳。坐在哈里旁边的是戴夫·戴尔，药店的掌柜，你下午的时候已经见过他了。他猎野鸭可是相当有一套的。坐他后面的那个高个子是锯木厂和明尼玛喜大旅馆的老板、农民银行的持股人之一——杰克逊·埃尔德，他们夫妇俩都很喜欢玩。我和他，还有萨姆三个经常一起出去打猎。那个年纪比较大的是本镇最富有的人，卢克·道森，他旁边坐着裁缝纳特·希克斯。"

"他是裁缝？"

"没错，货真价实的！尽管我们没有跟上时代的步伐，但在这里，一切都是民主化的。不管我是跟纳特或是埃尔德去打猎，都是一样的。"

"我挺高兴的，毕竟我从未见过上流社会的裁缝。或许我应该见见他，况且你也没欠他什么钱，对不对？那么也许，他会愿意跟你的理发师一起去打猎。"

"这可不一定，我和纳特是好几年的老朋友了，并且他打猎也很有一套。我这么说，你明白吗？纳特旁边的是一个特别喜欢唠叨宗教、政治、书籍或各种乱七八糟话题的切斯特·达韦沙，他简直就是个话痨。"

卡萝尔用礼貌的目光看了看那位嘴阔肤黑的达韦沙先生，她忽然想起来："啊！我记得，他就是家具店的老板！"她为自己的记忆力感到骄傲。

"是的，殡仪馆的老板也是他。日后你也肯定会喜欢他的。要不，咱们去跟他握握手？"

"别，别，还是别了。我说，他，是不是亲自给死人抹香油什么的？噢，他每天都和死人混在一起吗？我可不要跟他握手！"

"为什么不呢？要是有一位刚给病人开过刀的著名医生和你握手，你不是会觉得很荣幸吗？"

卡萝尔努力稳住自己的情绪，镇定地说道："是的，你说得很对。可是，哎呀，你得知道，我也喜欢你喜欢的那些人，看人也得看他的本质，不是吗？"

"可是除此之外，还得依照别人的分寸！他们可都是些了不起的人物！你知道吗，珀西·布雷斯纳罕就是戈镇土生土长的人！"

"你说布雷斯纳罕？"

"没错，你肯定早就知道了，对吧？你肯定知道马萨诸塞州波士顿那个最大的汽车制造厂——制造了维尔维特12型汽车的维尔维特汽车公司。布雷斯纳罕就是那家公司的总经理！"

"我仿佛听人说起过。"

"你肯定听说过他！他可是一位身家百万的大富翁！每当夏天来临时，他就会回戈镇上钓黑鲈鱼。他说如果能暂时放下业务，就立马从城市里跑回来。你要知道，他可不会嫌弃殡仪馆的老板。"

"你别说了！我，我会喜欢他们的！不管他们是做什么的。反正以后大家肯定会相处得很愉快的！"

萨姆带着她去认识认识道森夫妇。

卢克·道森是一个专门做抵押和高利贷的生意人，同时也是坐拥许多房产，包括戈镇北面大片被砍伐过的土地的大地主。这位优柔寡断的富豪今天穿着一身没有熨烫的灰色衣服，苍白的脸上，两只眼睛像鱼眼一样往外凸着。他的太太头发和脸色一样苍白，且行动迟缓，声音听上去也无精打采的。她穿着价格不菲的绿袍子，胸前佩着丝带朱缨，只是衣服背后的纽扣间隔太大，像是从估衣铺里买来的不能叫原主人发现似的。至于督学乔治·埃德温·莫特"教授"，他就像是一位褐色皮肤的中国清朝官员，对卡萝尔表示了握手与欢迎。

他们似乎除了"很高兴见到你"就不知道该说什么了，可是这样乏味而枯燥的对话还得继续进行。

"嗯，我相信这里是一个可以带给我幸福和快乐的地方。"

"是啊，这里的人都非常不错。"道森太太显然已经不知道还能说什么了，便向莫特先生投去了恳请帮忙的目光。于是，莫特先生就对着卡萝尔开始侃侃而谈了：

"咱们镇上的人的确个个都了不起。不过，除了那些吝啬得连地方教育税都不肯交的德国佬，和退了休在这里安度晚年的农场主。你知不知道珀西·布雷斯纳罕？他就是戈镇土生土长的人！而且他还在那幢老大楼里读过书呢！"

"我知道，我听说过他。"

"这家伙可厉害着呢！上次他回到戈镇里，我还陪着他一起去钓鱼了呢！"

渐渐地，他们三个因为站久了，身体不免开始摇晃起来，就连脸上都露出了倦容。卡萝尔看得一清二楚，但还是接着说道：

"莫特先生，你能告诉我，你试验过哪些新的教育制度吗？比如现代幼稚园教育法？或是葛雷学校制度？"

"嗯，那些根本就是一些改革家为了沽名钓誉、出尽风头搞出来的玩意儿，鬼知道他们究竟想干吗！我还是主张手工训练。不过，就算他们再怎么标新立异，再怎么提倡新教育制度——也许他们只是想让学生学习织毛衣和抖耳朵呢？反正美国学制的基础依然还是拉丁文和数学。"

显然，对于这位博学的"教授"的宏论，道森夫妇是非常赞成的。她忍不住有些焦急，为什么肯尼科特还不过来替她解围呢？旁边的人都在看她的热闹呀！

放眼整个戈镇，要说最时髦的年轻男女，那一定非哈里·海多克夫妇和特里·古尔德夫妇莫属了。卡萝尔刚与他们认识。久恩尼塔就扯着嗓子，亲热地对卡萝尔大声喊道：

"你能来我们戈镇真是太好了！真叫人高兴！改天我们就一起办一场有趣的舞会，或是别的什么活动。对了，你一定要加入我们芳华俱乐部，我们每个月都会举行晚餐会、桥牌会等。亲爱的，你肯定会参加吧？"

"可是我并不会打桥牌。"

"不会吧？你可是住在圣保罗那样的大城市里呀。"

"我就是个书呆子。"

"没关系，我们可以教你玩，桥牌可好玩了！"

久恩尼塔看上去神气极了，之前她还眼馋卡萝尔那条金色的腰带呢，可现在却好像有点儿看不上了。

哈里·海多克客气地说："希望你将来会喜欢我们这个古老的地方。"

"我肯定会的，我相信。"

"毕竟咱们这里人才辈出，都是些厉害的实干家。其实，我曾经有过很多次可以搬到明尼阿波利斯的机会，但是我还是最喜欢戈镇。你知不知道，咱们镇上出了一位非常了不得的大人物——珀西·布雷斯纳罕！"

卡萝尔刚才还因为自己不会打桥牌，而暗暗觉得自己在他们之中的地位大幅下滑。所以这会儿她为了找回场面，又转过头和她丈夫的对手——特里·古尔德大夫——一个喜欢打弹子球的年轻人聊了起来。她看着他侃侃而谈：

"改天我也要学一学打桥牌。不过，其实我更想去户外玩呢。不如咱们组织一场划船活动？去钓钓鱼，或者干点儿别的什么也行。然后再一起野餐，你觉得呢？"

"这个提议不错！"古尔德高兴地表示了赞同。他直勾勾地盯着卡萝尔光滑洁白的肩膀，问道："我可是个钓鱼高手，你也喜欢钓鱼吗？其实我也可以教你打桥牌！纸牌呢？你喜欢玩吗？"

"我的别齐克牌戏玩得很不错。"

她已经不太记得别齐克到底是纸牌游戏，还是轮盘赌之类的别的游戏，反正她说的这番话也没什么漏洞。久恩尼塔的红脸蛋上不禁浮起了怀疑的神色，哈里摸了摸鼻子，语气也仿佛低迷了许多："哦，别齐克，好像是一种赌得很大的赌博，对吗？"

卡萝尔看到其他客人都坐到自己旁边来了，便趁机大谈特谈。她笑得非常浮夸，说话的言语也很轻佻。事实上，这会儿她还看不太懂这些人眼神的含意。他们就像是坐在剧场里看不清脸面的观众，都在看着她这个主角的表演。是的，她觉得自己这会儿正在上演一出"肯尼科特的温顺妻子"的喜剧。

"我到戈镇来，就是因为这里的草原辽阔，可以尽情地开展各种郊外活动。或许从明天开始，我就专门盯着报纸上的体育专栏看。之前我和威尔在科罗拉多度蜜月的时候，我就发现户外运动真的非常重要。我想成为像女神枪手安妮·奥克利[①]一样的勇敢者，而不是那些连游览车都不敢出的胆小游客。所以我特地买了一条色彩艳丽的短裙，我想像一头灵活的小羊，彻底释放我那迷人的小腿，

---

① 安妮·奥克利，美国女神枪手。

在两个山头之间蹦来蹦去，哪怕学校的女教师因此大动肝火也没关系。而她的丈夫就是最勇敢的猎户宁录[①]！你们知道吗？我还让肯尼科特只穿着内衣去冰冷的小溪里游泳呢！"

或许当他们回过神来时，会感到异常的震惊。不过好在久恩尼塔·海多克对她进行了赞扬，也给了她继续畅所欲言的勇气：

"我怕我将来会毁了威尔这位大名鼎鼎的医生。对了，古尔德大夫，你说，他真的是一位杰出的医生吗？"

古尔德大夫和肯尼科特是劲敌。当他听到这种对自己行医不利的话时，差点儿就快不能呼吸了。好半天他才缓过神来，说："我现在就回答你这个问题，肯尼科特太太。"

他对肯尼科特笑了笑，像是在表达自己绝不会在生意上故意刁难他，所以他决定放弃那些逗人发笑的俏皮话。"镇上的一些人说：'肯尼科特大夫在诊病开药这方面还算不错的，嗯，还算不错，但是我悄悄告诉你，你可别说是我说的呀！你可以去找他，如果你想切掉左耳或是希望心电图仪器发生歪斜。当然，要是你碰上了什么大病，可千万别找他呀！'"

人们放声笑了起来，尽管他们之中，只有肯尼科特才听懂了其中的含意。这时，整个屋子都仿佛笼罩在一层淡黄色的光影之中：鲜艳的镶板，透明的窗纱，璀璨的香槟，发光的水晶吊灯，还有戴着珠玉假装自己是买笑寻欢的"公爵夫人"的女士……可是，所有的人之中，道森夫妇和乔治·埃德温·莫特还保持着清醒，没有被她蛊惑，只是面上略带一些迟疑，像是不知道自己该不该和她站在一条道上。于是她便集中火力对准他们：

"不过，我可不敢和最擅长琢磨人心思的道森先生一起去科罗

[①] 宁录，《圣经·旧约全书》里的人物，是一个勇敢的猎户。

拉多！当我们初次打招呼的时候，他就狠狠地捏我的手，真是可怕极了！"

客厅里顿时响起众人的笑声与喝彩声，道森先生心里也是高兴得不行。毕竟镇上的人总是会用高利贷、小心眼儿、大财迷、吝啬鬼这些字眼形容他，可现在，却还是第一次有人说他最会讨好女人！

"道森太太，他真是个坏心眼儿的家伙，你说对吗？我看你还是把他锁在家里吧！"

"不，他可不是。但是，我觉得你说得没错，最好还是锁起来。"道森太太苍白的脸上竟然还浮起了一丝红晕。

卡萝尔越聊越起劲，足足说了十五分钟的样子：她想导演一出音乐喜剧，喜欢咖啡冻糕但不爱牛排，希望威尔能永远保留对美丽的女人献媚的本事，还有她想有一双金色的长筒丝袜，等等。所有人都等着她继续说下去，但是她却忽然停下，转身跑到萨姆身后的椅子上坐下来了。

每个人都恢复了严肃的神情，笑容也都消失殆尽。

他们仍旧站在那里，希望有人能出面给大家说说笑，解解闷，但显然这个希望泡汤了。

这让卡萝尔发现了一个事实——哪怕这场聚会里有最时尚的年轻男女，有酷爱狩猎的乡绅，有博学多才的知识分子，还有了不起的成功人士，但这里的人连基本的谈天说笑都不会。只是如同给死人守灵一样，这么规规矩矩地坐着。

久恩尼塔的话匣子里永远都是那些家长里短的生活琐事。比如雷蒙德·伍瑟斯庞准备买双漆皮鞋的谣言啦，钱普·佩里得了风湿啦，盖伊·波洛克得了流行感冒啦，吉姆·豪兰竟然疯狂地把自己门前的篱笆给漆成橙红色啦……

萨姆·克拉克也只会和卡萝尔聊汽车的事情，他说话时眉毛总是上下来回跳动，声音也渐渐变得低沉起来。忽然，他打断了自己的话，为难地看向自己的太太说："我们是不是该给大家鼓鼓气呢？"显然，他知道自己作为这次宴会的主人，应当想办法活跃一下气氛。于是他来到客厅中间，大声喊着：

"朋友们，不如咱们搞几个即兴节目吧！"

"好呀，这个点子不错！"久恩尼塔·海多克连忙应和道。

"嘿，戴夫，你来表现你最拿手的'挪威人捉母鸡'吧！"

"不错不错，这个节目好！戴夫，快来！"切斯特·达韦沙也跟着喊道。

戴夫·戴尔盛情难却，便表演了起来。

在场之人的嘴唇几乎都在微微战栗着，生怕一会儿就轮到自己表演了。

萨姆就点着名说："埃拉，你来朗诵一首《我昔日的情人》吧！"

埃拉·斯托博迪小姐是那家农民银行的总经理的女儿，目前还未出嫁。她搓了搓自己的手心，害羞地说："可是那已经是非常老的节目了。"

"没关系，我们就是喜欢听！"萨姆坚持道。

"可是我今晚的状态不太好。"

"好啦，别再推辞啦，来吧！"

萨姆对卡萝尔解释道："埃拉曾在密尔沃基受过一年唱歌、演说、速记和戏剧艺术的专业训练，在我们这里，她可是出了名的演说好手。"

斯托博迪小姐只好照旧朗诵了那首《我昔日的情人》，然后又在大家的强烈要求下,吟了一首关于笑的价值观的诗。

接下来众人又分别说了犹太人、爱尔兰人、青少年这三个人的故事,直到最后,纳特·希克斯模仿安东尼在恺撒大帝葬礼上的演说,胡言乱语了一番。

这些节目,在这一年的冬天里反复上演。"挪威人捉母鸡"上演了七次,《我昔日的情人》朗诵了九次,犹太人的故事和葬礼演说都上演了两次。卡萝尔为了维持自己单纯而快乐的内心,只得一而再地装出热情的样子,反复面对这些枯燥乏味、令人失望的节目。其实,大家都是一样的,等节目一结束,就又回到了之前枯坐的状态里。

他们懒得再找什么乐子了,干脆把这里当成家一样继续闲聊吧。

当天晚上,他们还是按照原来的计划,男女各分一派地聊天。卡萝尔只好跟那群女士待在一起,听她们围绕着子女、疾病和厨子等治家的话题叨叨个不停。她很憋屈,很心灰意冷,毕竟她过去一直希望自己能成为一位坐在客厅里,与男人们唇枪舌剑、侃侃而谈的美丽少妇。但她转念一想到那群聚在角落里的男人们会聊什么,心里又高兴起来。说不定他们已经抛开了女人家的那些家长里短,正在说什么大事情呢。

卡萝尔起身向道森太太施了一礼,像只欢快的鸟儿一样:"我的丈夫怎么就这么把我丢到一边呢?我得到他那里去,好好地捏一捏他的耳朵。"她又鞠了一躬,然后骄傲地迈着轻快的脚步坐到肯尼科特的椅子扶手上。一直以来她都是感情用事,只顾着自己,仿佛自命不凡一样,感受着大家对她的注视、夸赞。

当她这般离经叛道地跑到男人们这边坐下来的时候,斯托博迪先生正和道森先生说:"嘿,卢克,比金斯是在1879年搬到温尼巴戈镇的吗？"

道森先生怒道："不是！他离开佛蒙特的时候，正好是1867年——不，我觉得是1868年，那会儿他还在鲁姆河边上，希望能得到一块地呢！"

斯托博迪先生大声嚷道："不！根本不是这样！他最初是和他的父亲一起住在蓝地县的！"

卡萝尔小声地问肯尼科特："他们在争什么呢？"

肯尼科特告诉她："他们一整晚都在争论比金斯那个老家伙究竟养的是英国塞特种长毛猎犬，还是卢埃林种猎犬。"

戴夫·戴尔忽然插嘴道："你们知不知道，两天前，克拉拉·比金斯到镇上来过？她竟然花两块三毛去买一个热水袋！"

斯托博迪先生也生气地说："没错！没错！她和她爷爷真是一个模子里刻出来的人，从来不考虑存钱的事情。竟然花两块——两块三？就为了买一个热水袋！难道就不能用法兰绒裙子裹上一块砖头取暖吗？"

"对了，斯托博迪先生，埃拉的扁桃腺好了吗？"切斯特·达韦沙打了个哈欠。

斯托博迪先生便立即针对埃拉的扁桃腺做出了回答，生理与心理上的事情都面面俱到。卡萝尔忍不住想，这些人是真的关心埃拉的扁桃腺和食道吗？我可否告诉他们，能不能别再纠结这些家长里短了，谈谈别的行吗？好吧，我愿意冒着被驳斥的风险，尝试一下。

她天真地问道："斯托博迪先生，我听说戈镇里几乎没什么劳工纠纷，对吗？"

"你说得没错，太太！如果不算那些各家各户雇用的女佣和农场短工，那么我们这里的确是没有劳工纠纷。你不知道，那些做农活儿的瑞典佬可麻烦透顶了，他们总是趁人不备搞些什么社会党、平民党或者其他狐群狗党来给你添麻烦。当然，如果你借钱给他们，他们或许又会换上另一副愿意讲道理的面孔。我总是会在那个时候让他们到银行来，好好地说道说道他们。我允许他们在戈镇搞民主党，但社会党，是绝对禁止的！感谢上天，我们这里，还有杰克逊·埃尔德的锯木厂里，都不存在大城市的那种劳工纠纷。镇上的一切都是相安无事的，杰克，你说呢？"

"没错，这是真的。那些喜欢闹事的，往往都是些性格乖戾，贪婪自私，又没什么真本事的半吊子工匠，大多还是受那些无政府主义者的作品和工会文件的影响。好在我们厂里不需要请那么多技术工人。"

卡萝尔问他："那么你对工会是怎么看的呢？"

"我可不赞成工会。他们可以自由往来，这我并不反对。但是我至今都不明白，他们有这么好的工作，为什么还会觉得自己受了天大的委屈呢？为什么还不知道知足呢？如果他们愿意理智地同我讲道理，我是愿意和他们协商的。但我就是厌恶那些跑来胡说八道、招摇撞骗，靠欺骗工人来过活的外来骗子、寄生虫！那种人若是想来戈镇，对我的生意指指点点，我第一个不答应！"

埃尔德先生说着说着就激动起来，好似怀着一腔慷慨激昂的爱国之情。"对于宪法上规定的公民权利，包括自由，我都是非常赞同的。谁要是讨厌我的工厂，大可以自行离开。工人和雇主之间，本来就是很简单的事情，真不明白为什么要弄什么政府报告、工资表等这些乱七八糟的复杂事情。其实说白了，你觉得我给的工资还不错，你就继续干，不满意就走人。这就是一件非常简单直白的事情！"

卡萝尔又接着问道："那么你怎么看待利润分成呢？"

埃尔德先生咆哮似的回答了这个问题。在座的其他人也连连点头,表示一致的认可。这就像是摆在橱窗里的鸭子、小丑、法官等活动玩具,当门打开的那一瞬间,它们就会被风吹得浑身颤动。

"我觉得,什么利润分成啊,劳保福利啊,保险养老金啊,全都是瞎扯淡!这么做不仅损害了正当的利润,还会大大削减工人的独立性。那些才学疏陋的半吊子思想家、女权论者、大学教授,以及一些喜欢无事生非的家伙,总是端着一副指点江山的模样,对别人的企业指手画脚!我作为一个企业家,是绝对不会容忍他们这种歪风邪气的!我要带头击溃他们对美国工业发起的每一次挑战!没错,我将肩负起责任,一战到底!"

埃尔德先生说得满头大汗,他拿起手帕擦了擦汗水。

戴夫·戴尔也表示了赞同:"没错,你说得太对了!就应当绞死那群煽风点火的家伙!通通绞死!这样才能平息这些矛盾。你觉得呢,肯尼科特医生?"

"没错!"肯尼科特点点头。

虽然卡萝尔极力引导话题,但很快他们还是又回到了那些琐碎的事情上——那个酗酒的流浪汉会被法官拘禁多久呢?十天?还是十二天?这个问题暂时还争不出什么结果。于是,戴夫·戴尔又说起了他驾车远游时看到的一些趣事:

"我开着我那辆便宜的小车到处游玩,啊,那风景真美呀。我上上个礼拜还去了新沃坦堡,这里离那儿大概四十三——不对不对,我想想,戈镇与贝尔戴尔相隔十七英里,贝尔戴尔与托根奎斯特又隔着七英里,再从那里到新沃坦堡要走上十九英里。十七,七,十九,嗯——是多少来着?十七加七等于二十四,二十四加十九⋯⋯干脆说是二十吧,那就是四十四英里。没错,从戈镇到新沃坦堡要走四十三或四十四英里！我大概是在——哦，对，我记得我还给水箱加了水的，所以我应该是七点十五或七点二十左右出发的。我一直保持着匀速，拼命地往前开！"

最后大家都相信戴尔先生是真的开到了新沃坦堡那里。

他们也只有这一次肯承认，一直和他们大相径庭的卡萝尔是真切地近在眼前。当切斯特·达韦沙喘着粗气问道："嘿，你们谁看过《两人出游记》？就是《趣闻》杂志里连载的那个。噢，那个故事写得真是太精彩了，我敢说故事的作者肯定精通棒球俚语！"

在座的每个人都努力装出一副对文学颇有造诣的清高模样。哈里·海多克说道："在高级文学作品这方面，久恩尼塔才是行家，她常常阅读像萨拉·赫特威金·巴茨的《木兰花下》和《鲁莽的牧场骑士》这些名家著作。唉，我平日里忙得都没时间读书。"他仰头看了看四周的人，似乎想表达自己处在比任何时候都要尴尬的处境。

"我从来不看那些写得太玄乎的书。"萨姆·克拉克说。

这个文学话题也就到此打住了。接下来杰克逊·埃尔德讲了大约七分钟他觉得明尼玛喜湖西岸的鱼比东岸好的原因。虽然纳特·希克斯曾在东岸钓到了一条又大又肥美的梭鱼。

他们就这样神气十足、语声遒劲地继续聊着，聊得很是投入。那模样，那派头，真像极了一群在豪华卧车吸烟室里抽烟的大佬们。对此，卡萝尔只是有些惴惴不安，并没有什么不高兴的情绪。她暗暗想着：或许是因为我的丈夫跟他们也是一伙儿的，所以他们对我态度还算不错。但是老天呀，请您保佑，希望他们没有把我当外人看待。

她端着笑容，一言不发地坐在那里，也无心再想那些乱七八糟的事情了，只是一直盯着那太过市侩和庸俗的客厅与过道。肯尼科特说:"你是不是觉得这里的装饰很有趣?在我看来,这才是每个家庭都应当具备的摩登风格。"她客气地笑着,认真地打量着屋内的地板、楼梯、壁炉(崭新的)、玻璃花瓶和放有许多江湖小说、狄更斯、吉卜林、欧·亨利、埃尔伯特·哈巴德①等人的全集的书柜。

屋子里的人都是各聊各的,那些琐碎的事情根本不足以成为谈资。他们就好像窝在充满犹疑的浓雾里,试图靠清嗓子来遏制困意。男人们不断地拉着袖口,女人们则将梳子更牢固地插进头发里。

半响,有人"吱呀"一声推开了门,人们的眼中顿时迸射出希望的光。香浓的咖啡味从门外飘了进来,戴夫·戴尔高兴地说:"啊,吃的东西来啦!"有面包卷夹嫩子鸡肉、槭糖浆馅饼和在食品店里买的冰激凌。他们仿佛总算找到了可以打发那无聊枯坐时间的事情,一边吃着东西,一边又恢复了絮絮叨叨的闲聊。直到吃饱喝足,他们便可以高高兴兴地准备回家睡觉了。

他们纷纷套上外套和围巾,相互握手话别,然后就各回各家了。

肯尼科特夫妇慢慢地往回走。

他问道:"你觉得他们怎样?"

"倒是很和善。"

"嗯,卡丽,以后你还是多注意些,别做一些出格的事情,比如跟别人说什么金色长筒丝袜、露小腿给老师看之类的。"他的语气变得越发温柔,"我知道,大家被你的话逗得开怀大笑。可是,倘若我是你,我在面对久恩尼塔·海多克那个坏心眼儿十足的女人时,我会更谨慎一些,以免给她编派我的机会。"

"我知道这是个吃力不讨好的事情,可我只不过是想帮助大家打起精神来,逗逗他们开心而已,难道我做得不对吗?"

---

①埃尔伯特·哈巴德,美国新闻记者,作家。

"噢！宝贝儿！你没错，你是对的。你知道我不是这个意思。你是这群人里面唯一富有生气的人，好吧，我只是希望你以后别再说什么大腿这类有伤风雅的话题了，毕竟镇上的人都是封建保守的。"

她忽然不吭声了，只是心里在想，那伙人要是一直这么监视她，对她评头论足、戏弄嘲讽，那她该有多难过呀！

肯尼科特哀求道："卡丽，你别难过！"

她还是不说话。

"噢，上帝，我为什么要对你说这些呢？我的意思是——我想说他们都很喜欢你，真的！萨姆说你是镇上最美丽的新娘。我不知道道森太太那个老狐狸是怎么看你的，她一向三缄其口，但是她却说你机灵聪明，说你总能说些令人很开胃的话。"

卡萝尔原本是一个自命清高、喜欢听别人奉承她的人，可是现在，这些话到了她的耳朵里，却反而更叫她自怨自艾、苦闷不堪了。

"你别想不开呀！拜托了，你还是赶紧高兴起来吧！"他站在自己家黑黢黢的门廊里，双手紧紧地搂着她，仿佛浑身上下都在焦急地劝慰她。

"威尔，你说，如果他们说我的行为很轻浮，你会怎样呢？"

"我？这个问题还用回答吗？我才不管别人怎么说，哪怕全世界都反对你，可是你就是我一个人的，我的，哦，我的灵魂！"

这时候的肯尼科特，就像一座安稳可靠的巨大岩石，直叫人心安。她在黑暗中紧紧地拉住他的袖子，大声喊了起来："原来你是这样的需要我！我真高兴！请你一定要包涵我轻浮的行为！我的心里除了你再也放不下别的东西了。"

肯尼科特一把将她抱起，走进了屋子里。她也用手臂紧紧环住他的脖子，至于大街，这会儿她也全都抛诸脑后了。

第五章

一

"我们今天出去打猎吧！我要带你好好地看一看乡下的美景！"肯尼科特一边吃着早餐，一边对卡萝尔说，"我原本打算开那辆加了新活塞的汽车出门的，正好也让你瞧瞧它跑起来有多快。但为了方便欣赏景色，咱们还是坐马车慢慢溜达吧。虽说现在草原上已经没多少沙鸡了，但没准儿还能碰上一两只呢！"

他话一说完，就马上开始整理他那些狩猎用的工具了。他抖了抖皮靴，检查高靴筒里是否有漏洞。然后就一边清点猎枪子弹，一边向她介绍无烟火药。他还从深褐色的厚皮套里拿出一支没有扳机的新猎枪，让她瞧瞧那没有铁锈的锃亮的双筒枪管。

其实，关于狩猎、露营和钓龟等方面的事情，卡萝尔是一窍不通的。这只是肯尼科特的兴趣爱好，但她却从中发现了一些富有创造性与愉快的东西。她认真地看着枪杆和橡皮枪托,又将冰凉的、沉重的子弹放在手里,盯着子弹那铜制的弹头,光滑的绿弹壳和因填了火药而模糊不清的字体,心里只觉得异常的痛快。

肯尼科特戴着一顶稻草人毡帽,穿着有好几个大口袋的褐色帆布猎装和鼓着褶的灯芯绒条纹裤,以及一双两面磨光的皮鞋。

这样的着装,令肯尼科特看上去更加高大魁梧了。他们迈着阔步走到马车跟前,将午餐盒与猎具箱放在后面,便坐上马车大声喊道:"今天真是个好天气啊!"

随他们一起出行的,还有一头红白相间、银色长尾的英国塞特种长毛猎狗。这是肯尼科特特意向杰克逊·埃尔德借来的,它原本蹲在马车下面,正扬扬自得地摇着尾巴,可是当车一开动,它就拼命地冲着前面的马又是蹦又是叫的。肯尼科特没有办法,只好让它上车。它一上来就朝卡萝尔的膝盖嗅了嗅,然后便将头探出去,望着途经的那些农家里的土狗,仿佛眼带讥诮似的。

伴随着马蹄清脆的"嗒嗒"声和微风轻轻的呼啸声,两匹灰马在坚硬的土道上尽情地奔跑着。此时天色尚早,乡野里的空气格外清爽,路旁的麒麟草丛里还闪着亮晶晶的晨霜。他们正好赶在朝霞给大地镀上一层金边的时候,从大路拐进了一家农户边上的田埂里。田间的羊肠小道坑坑洼洼,他们一路颠簸着来到草原的下坡处,视野里已经望不到小路了。

静谧的四周流动着温暖的空气,干枯的麦梗丛里微微响着小虫儿的颤音,偶尔也能听见从马车上随风掠过的苍蝇的嗡鸣声,和在空中一边盘旋、一边相互酬对的乌鸦哇哇声。

猎狗一下马车就撒欢儿似的一阵乱跑,很快它就找准了一块地,将鼻子贴在地上来回地嗅着,仿佛在寻找什么似的。

77

"这里就是彼得·拉斯塔德的农场,他告诉我,上个礼拜他在西面四十英里的地方看到了一些草原沙鸡,没准儿我们能捉到几只呢!"肯尼科特说完就忍不住大笑了起来。

卡萝尔一直高度紧张地盯着那只猎狗,每当它要停止动作的时候,她的心就仿佛到了嗓子眼儿一样。虽然她并不想伤害那些动物,可她确实也有一种想要加入肯尼科特的捕猎阵营的冲动。这时,猎狗忽然停住,并抬起了它的前爪。

"噢,上帝!它闻到猎物的气味了!我们走!"肯尼科特大叫一声,连忙跳下车将缰绳往马鞭插口上一拴,然后转头将卡萝尔抱下车,迅速给猎枪上好两发子弹。那只待在原地一动不动的猎狗见肯尼科特和卡萝尔大步朝这边走来,便俯下身,紧紧地贴着地面,一边晃着尾巴,一边向前爬行。卡萝尔紧张地瞪大双眼盯着前方,她忍不住想,一会儿是不是会有一大群鸟儿忽然惊飞呢?他们跟在猎狗后面,一会儿拐弯,一会儿小跑,接着又翻了两座小山岗,穿过了一片布满野荆的低洼地和一道带刺铁丝网的栅栏。他们大约行进了不到两公里,这一路坑坑洼洼的,到处都是乱草刺蓟、残茬枯茎,有扎人的刺尖,还有绊脚的藤蔓。这对于往日里走惯了人行道的卡萝尔来说,简直寸步难行,只能跟跟跄跄地跟在丈夫后面艰难走着。

这时,肯尼科特忽然松了一口气,说:"你瞧!"话音刚落,残枝上忽然惊起三只圆滚滚的像巨型野蜂一样的大灰鸟。他立即举起机枪,眯着眼瞄准它们,却迟迟没有开枪,这让身后的卡萝尔不由得暗自着急。眼看着大灰鸟就要飞走了,忽然两声枪响:"砰——砰——"空中的两只鸟便应声打了个旋儿,跌了下来。

肯尼科特捡起鸟儿递给卡萝尔,那两堆柔软的羽毛上似乎没有任何血迹与其他痕迹，仿佛它们根本不曾遭遇过死亡一样。而她的丈夫就像是一位征服者，将两只鸟儿塞进口袋里，然后就领着她回到了马车上。

只是那一个上午他们都没有再遇见其他的草原沙鸡了。

中午的时候，他们坐着马车来到一座仅有一户人家的农场里。她敢说，这是她第一次到这么小的村子里来。村里有一座没有门廊的白色房子，后面是一道低矮脏乱、供人进出的后门。房子旁边是一座四周刷白了的深红色谷仓，和一座存放着饲料的砖砌筒仓，以及由旧马棚改造的停着一辆福特车的车房。此外，农场里还有一个没有漆过的牛棚、一排养鸡房、一个污泥堆得像干硬成块的熔浆一般的猪圈、一个玉米仓库、一个粮仓，以及一台头顶竖着镀锌铁塔的大风车。院子里只有寸草不生的黄土，和随意放置的犁头与播种机轮子，上面早已锈迹斑斑了。白房子里面没有一扇门是干净的，墙角和屋檐也常年在风雨的侵蚀下如生了锈一般。厨房的窗子里，一个披头散发的孩子正在暗暗偷望着他们。但是谷仓的另一面却长着成片的鲜红的天竺葵，温暖的风从草原上轻轻吹来，吹得风车上的金属片嗡嗡响。伴随着马匹的咴鸣和雄鸡的高歌，牛棚里的燕子也兴奋地飞进飞出。

这时，屋里走出来了一位鬓发苍黄、身体瘦小的女人，她带着鼻音，像吟诵抒情诗一样说着瑞典的方言：

"我听彼得说你们要来这里打猎，噢，天哪，你们来得可真快！我瞧瞧，这位就是你的妻子吧？噢，昨儿夜里我们还说，真不知道什么时候可以见到你。啊，上帝啊，你可真漂亮呀！"拉斯塔德太太笑得几乎合不拢嘴了，"好，好，希望你会喜欢这里！医生，你们不如就在我这里吃饭吧？"

"噢，不用了，如果可以的话，请给我们一杯牛奶。"肯尼科特的语气就仿佛自己高人一等似的。

"哦，没问题，没问题！你们稍稍等我一下，我马上去牛奶房取牛奶！"她急忙走进风车边上的一座小红屋子里拿了一罐牛奶来，卡萝尔顺手将它灌进热水瓶里。

临行前，卡萝尔忍不住夸奖道："她可真是一个和蔼的女人。而且她那么喜欢你，就仿佛你才是这庄园的主人一样。"

"没有，没有。"肯尼科特的言语间都仿佛透着得意，"不过他们的确总是找我商量事情。这些斯堪的纳维亚庄稼人非常了不起，生活质量也在不断地提高，但直到现在她都住不惯美国。不过她的孩子都在这里，也许以后会成为医生、律师，甚至是州长，做他们喜欢做的事情。"

"我现在有些郁闷……"卡萝尔想起了昨晚消极的情绪，"我总在想，这些吃苦耐劳、单纯朴实的庄稼人可真了不起啊，正是因为他们的努力，大城市才得以生存下去。也许我们这些形同寄生虫的城里人还比不上他们呢，可我们却总觉得自己高人一等。比如海多克先生，昨晚我听到他说什么乡巴佬，很明显，他就瞧不起这些社会地位还不如街上卖针线纽扣的商贩的庄稼汉。"

"你说我们是寄生虫？可庄稼人也同样离不开大城市呀，不然他们问谁借钱呢？嗯？当然，他们所需要的全部东西，都是我们提供的！"

"好吧，可是难道你没有发现，有一些庄稼人认为，大城市向他们收取了太多的服务报酬吗？"

"当然有，所有的阶级都是一样的，他们之中当然也会存在一些头脑发热的人。可难道你要顺应庄稼人的想法，认为这个国家应当交给他们来治理吗？如果他们主张的所有事情都变成现实，只怕美国国会里面会挤满穿着沾了大粪的皮靴的乡巴佬！而且，他们还会来警告我：'别再擅自规定诊金，我现在可是带薪的雇员！'要是一切都变成这样，你就满意了对不对？"

"这难道不可以吗？"

"这怎么能行？让他们那群人来指点我？哦，感谢上帝，这个话题到此为止了，不要再说了。如果是一群人在会上谈论这些倒没关系，但现在我们正在打猎，别说了，好吗？"

"我知道，可是我只是希望能了解更多——或许这比畅游世界的心愿更难以实现。我只是想了解……"

她知道，她已经拥有了世间大部分人所向往的东西。每当她自我反省后，她又会像往常那样磕磕巴巴道："我只是想知道……"

他们停在一处长满青苔的沼泽地附近享用夹肉面包卷。长长的草茎从泛着黄绿相间的浮渣的水面探出头来，乌鸫扑着红色的翅膀从眼前飞过。肯尼科特抽着烟斗，卡萝尔则倚在车座上休息，一边仰望天空，一边将自己宁静的心灵随着浮云放飞到九天之上。

没过多久，他们就继续赶路了。午后的阳光温柔暖人，直叫人昏昏欲睡，但马蹄的"嗒嗒"声又让他们回归清醒。他们打算在附近寻找鹧鸪，便在半路停在了一处地方不大，但明净亮堂的小树林里。林子里还有一片周围种着白桦树和白杨树的小小的湖泊，碧色的树干，闪光的叶子，还有那沉积着沙土的湖水，这一切在广袤无垠、闷热难耐的草原的衬托下，更叫人心旷神怡、清新自在。

之后，肯尼科特又捕了一只圆滚滚的红松鼠。直到暮色降临，他忽然兴奋地朝空中那群野鸭开了一枪。巨大的枪响惊得那群野鸭差点儿从高空坠落下来，它们惊惶地掠过湖面，转眼就没了踪影。

他们一直待到夕阳落山才启程回家。在回去的途中，他们看到了一堆堆像小山一样高的麦秆，和一排排像蜂窝一样闪耀着金灿灿的光芒的小麦，就连地面似乎也在闪着光亮。天边深红色的余晖逐渐变暗，路边的田野也呈现出一片秋收后的斑斓景致。渐渐地，马车前淡紫色的路也变晦暗了，外放的牛群队伍依次回到农场的栅门里。此时此刻，暮霭降临，大地又回归寂静。

这般气象万千的景色，是卡萝尔在大街上从未看到过的。

二

在雇用女佣之前，肯尼科特和卡萝尔都是到伊莱莎·格雷太太兼供伙食的公寓里用餐的。

格雷太太是一位尖鼻子、灰头发的和蔼女人。她那位做干草生意兼教堂执事的丈夫格雷先生已经去世了，可她却仍旧保持着令人始料未及的乐观心态，总是笑容满面的。她的餐室里摆着一张长长的、铺着薄台布的松木桌，尽管环境简陋，但也温馨素雅。

来这里吃饭的人，大部分都是一些面无表情，只知道像驴马嚼饲料一样狼吞虎咽的饕餮之徒。在他们之中，卡萝尔忽然发现了一位隐隐觉得熟悉的面孔——戴着眼镜、长脸苍白、抢眼的灰色头发从前往后梳得又直又高的雷蒙德·P.伍瑟斯庞先生。雷蒙德又叫"雷米埃"，他在一家时装公司担任皮鞋部经理，同时兼管一些推销工作，目前还是单身。

"肯尼科特太太，我相信你以后肯定会爱上这里的。"雷蒙德说话的时候，目光和语气里仿佛带着祈求，就像是一只在寒冬腊月里眼巴巴地等着主人批准它进屋的野狗。他热情地向卡萝尔递了一盘杏仁羹:"戈镇里有许多富有文化教养的聪明人,比如精明能干的威尔克斯太太就是'基督教科学派'的信徒,虽然我并不信奉这些,但我也是圣公会唱诗班的成员。还有聪明伶俐、惹人喜爱的中学教师舍温小姐,昨天她来我们这里买东西,我就给她推荐了一双栗壳色的高帮松紧鞋。在我看来,这就是幸福呀!"

"卡丽,帮我拿一下黄油。"肯尼科特插了句嘴,卡萝尔假装没听见,继续对雷蒙德说:

"你们这里有什么演出活动没?比如业余戏剧这些。"

"当然有,咱们戈镇里什么样的人才都有!像是去年化装成黑人参与演出的'派西亚斯骑士团',你不知道,当时的演出可真没话说!"

"你们能对这些感兴趣,真是好极了。"

"你也这么认为吗?有很多人都期望我再组织一些演出活动呢!我常常告诉人们,戈镇里人才济济。比如我劝哈里·海多克多看看朗费罗①等人的诗歌作品,或是加入一个管乐队。至于我,我最喜欢干的当然就是吹短号啦!我也常常劝我们管乐队的队长德尔·斯纳弗林去当职业音乐家,他有着那么出众的音乐才华,只要他愿意带着他的单簧管去明尼阿波利斯、纽约,或者任何地方演奏……可是,可是他还是放不下他的理发刀,我也说服不了哈里。对了,听说昨天你们夫妻俩外出狩猎了?哈啊,我们这儿的郊外是不是很漂亮?对了,你去拜访过其他朋友吗?我们这些站在柜台前工作的人,可比不得给人治病的医生。毕竟病人都信任他们,这是多么令人快乐的事情呀!"

"呵,明明是我信任他们,只要不拖欠诊金,那就万事大吉

---

① 朗费罗,美国诗人,教授。

了。"肯尼科特发了句牢骚,便转身对卡萝尔小声地说了句像是嘲讽的话,"你看他那叽叽歪歪的样子。"

然而雷蒙德还是那样可怜巴巴地望着她。她继续问道:"所以你很喜欢读诗吗?"

"没错,我很喜欢念诗。老实说,店里的生意实在太忙了,我根本没有多少看书的时间。不过有人在去年冬季的'派西亚斯姐妹会'主办的联谊会上吟诵了一首诗歌,真的非常精彩。"

这时,餐桌另一边的一位旅行推销员小声地抱怨了几句。肯尼科特似乎和他有着一样的情绪,还用胳膊肘撞了一下卡萝尔。但卡萝尔还是视而不见,继续问雷蒙德:

"你经常去看戏吗?"

雷蒙德忽然笑了笑,紧接着发出一声叹息:"很少,因为我是一个十足的电影迷,我喜欢看电影。你知道的,现在在市面上的很多书都是不靠谱的,但是电影却是经过审查员的层层把关的,因此相对来说更加保险一些。当你去图书馆借书的时候,你却完全不知道书里的内容,这难道不是在浪费时间吗?我只喜欢看那些对身心健康有帮助的,可以真正让人进步的故事书。对了,我之前读了一本巴尔扎克的小说。我也曾听别人说起过这位作家,他在这本故事里非常详细地描写了一个不愿和丈夫住在一起的女人,种种细节直叫人恶心,甚至在我看来,她根本枉为人妻。并且那个英译本的文字功底也是非常差劲。后来图书馆在我的投诉建议下撤掉了那本书。但我并不是因为心胸狭隘才这么做的,我只是不知道这种用长篇大论来写些有伤风化的事情的故事的意义何在!我们的生活本就被无处不在的诱惑所包围着,所以文学作品里的内容必须都是单纯的、积极的。"

"你能告诉我那本小说的名字,和在哪里找到它吗?"那位旅行推销员笑呵呵地问道。

雷蒙德没有搭理他。"但是，电影里面的大部分内容都是干净且幽默的。对了，我们每个人身上最重要，且最不可或缺的气质就是幽默感，你觉得呢？"

"老实说我也不知道，我身上的幽默细胞可不多。"卡萝尔回答道。

雷蒙德用手指轻轻地敲了敲她面前的桌子："噢，你不用这么谦虚。群众的眼睛可是雪亮的，你浑身上下都散发着幽默感。况且，我们都知道肯尼科特大夫是一个喜欢说笑的人，他是不会娶一个毫无幽默细胞的女人的。"

"的确是这样，我很爱开玩笑。好啦，卡丽，我们该回去了。"肯尼科特嘀咕道。

"肯尼科特太太，能告诉我你对哪种艺术最感兴趣吗？"雷蒙德的语气里充满了祈求。

卡萝尔刚才正好听到那位旅行推销员咕哝着"牙科艺术"，于是她立即回答道："嗯……建筑艺术。"

"噢，那可是很厉害的一门艺术啊！之前海多克和西蒙斯不是在修建时装公司大楼的新门脸吗？哈里的父亲D.H.老先生却不想装门脸，他就特地跑来问我是怎么看的。我就劝他，'安装现代化的照明设备和预留展览大型商品的地方，这两个想法都很不错，但同时不能忽略建筑的艺术呀'！老先生很赞同我的建议，就让他们做了些改变。所以你看，门脸上的那道飞檐就是这么来的。"

那位旅行推销员忽然插嘴道："哎呀，那可是马口铁呀！"

雷蒙德忽然像一只张牙舞爪的老鼠："喂，就算是马口铁又如何？我早就建议哈里老先生用磨光的花岗石，最后变成这样又不是我的问题。你根本什么都不知道！"

"卡萝尔，我们赶紧回去吧！赶紧！"肯尼科特催促道。

雷蒙德守在门厅里，小声地对卡萝尔说："别把那个只会跑江湖的窝囊废的粗俗态度放在眼里。"

肯尼科特忍不住哈哈大笑："行了，亲爱的，你到底想怎样？难道你看不上我和萨姆·克拉克这样的傻瓜，却喜欢雷蒙德那种艺术人士？"

"噢，上帝啊，我们还是赶紧回去玩玩纸牌，开开玩笑，然后就倒在床上睡一个一夜无梦的好觉吧！我觉得做一个安分守己的好公民倒也是不错的选择！"

三

有两则消息登上了《戈镇无畏周报》：

> 本季度戈镇最大新闻之一：本周二晚上，镇上的许多著名人士齐聚萨姆·克拉克夫妇的新房子，为欢迎威尔·肯尼科特大夫的新娘举行了热闹的派对。这位新娘原叫卡萝尔·米尔福德，是圣保罗名媛出身。她美丽的容颜、动人的魅力，几乎令所有来宾为之倾倒。派对的表演精彩，茶点精美，让宾客们畅聊甚欢，气氛融洽，直到最后尽兴而归。此外，就连肯尼科特老夫人、埃尔德夫人也参与了此次派对……

> 戈镇近几年来最闻名遐迩、医术超群的内外科主治医生——威尔·肯尼科特大夫，与其新婚妻子刚刚结束科罗拉多州的蜜月之

行,于本周重返戈镇。消息一出,镇上居民大为惊喜。据悉,这位新娘名叫卡萝尔·米尔福德,出身圣保罗名门望族,在明尼阿波利斯与曼卡托也享有盛名。她容貌出众,且博学多才,曾就读于东部某校,并以优异的成绩完成学业,在圣保罗公共图书馆担任要职一年。之后便是在这里与肯尼科特大夫相遇相识。现在,美丽的双湖之城戈镇在此献上欢迎与祝福:祝愿她能在这里过上幸福快乐、前途无量的美好生活。目前,肯尼科特老太太已经将她之前代为照管的波普拉街旧屋交给了这对新婚夫妇,随后就回到了老家拉克·基·迈特。许多亲朋好友对此大感惋惜,希望不久后她能重新回到这里,和大家团聚。

四

卡萝尔心里清楚,她至少得有一个出发点,这样才能实现她的"改革"理想。但是在婚后的几个月里,她总是心神动荡,无法平静下来。这并不是因为目标不明确,而是因为幸福的婚姻生活已经完全让她沉溺其中了。

刚刚荣升为家庭主妇的她,内心不免有些扬扬自得。她喜欢家里的一切陈设,不管是咯吱作响的缎面安乐椅,还是需要常常擦拭才会保持锃亮的热水锅炉的铜制龙头。这一切都让她由衷地欢喜。

她还雇用了来自斯堪的亚·克罗辛的碧雅·索伦森做女用人。碧雅是一个总是面带笑容的胖姑娘,她想做一个好用人,同时又希望成为主人的知己,这种想法的确有些荒唐。她们主仆二人有时候会因为炉子不通风而忍俊不禁,有时候又会因为滑溜溜的鱼从手里掉进了锅子里而捧腹大笑。

现在的卡萝尔就像是一个穿着拖尾长裙、扮成老奶奶模样的天真少女,昂首挺胸地一边逛街,一边热情地与其他的姑娘打招呼。她想,或许镇上的这些姑娘都是需要她的吧,不然她们为什么要对她点头哈腰呢?一点儿见外的样子都没有,也不管是否认识她。对于圣保罗的各大商店和店员而言,她只是一个会找麻烦的普通顾客。但是在这里,情况就完全不同了。她是肯尼科特医生的太太,人们关注着她的一举一动,哪怕只是爱吃柚子这样细枝末节的小事,也会成为人们的谈资。尽管他们从来不会迁就和配合这些事情。

她很喜欢在逛街买东西的时候,听一听别人的闲聊,这会让她的内心感到很轻松。此前她还很反感那些在她的欢迎会上说话瓮声瓮气的油腻商人,但现在她却因为柠檬、薄纱或者地板蜡等这些闲聊的话题而将他们视为非常好的朋友。前不久她在戴夫·戴尔的杂货店里买杂志和糖果点心的时候,还故意谎称戴夫·戴尔多收了她几文钱。戴夫·戴尔则躲在柜台后面不出来,言之凿凿地说卡萝尔是圣保罗派来的密探。两人为此有模有样地大吵一架,直到卡萝尔气得直跺脚,他才从柜台后面走出来,悲戚地说:"我发誓,我这辈子可从未做过什么伤天害理的缺德事呀!"

她已经想不起来刚开始见到大街时的情景,也不会厌烦街上那种不忍直视的丑态了。所有的事物,仿佛在她第二次上街购物之后就彻底变了样。她可以假装看不见明尼玛喜旅馆,反正她没进去过。还有那些窄小的店铺:克拉克的五金店、戴尔的杂货店、奥利·詹森、弗雷德里克·卢德尔梅耶、豪兰·古尔德等人的食品杂货店,以及卖肉的小摊、卖针线纽扣和缎带的杂货铺子,等等。这些在她眼里都仿佛一下子变大了,相比之下,其他的房子倒不值一提了。她刚走进卢德尔梅耶先生的食品杂货店,掌柜就热情地招呼道:"嘿,肯尼科特太太,今天可真是个好天气呀!"之前她曾与这位掌柜在大街上有过一次相对无言的尴尬经历,可现在她仿佛全都抛诸脑后了,就连店里货架上的灰尘和笨手笨脚的女店员都不计较了。

这家店里连她所需食品的一半都无法凑齐,但这丝毫没有影响她上街的兴趣。她为了买牛犊腰子花费了不少时间,直到终于在达尔·奥利森的肉铺里发现它。她几乎要高兴坏了,一个劲儿地夸赞那位身材健硕、头脑聪明的掌柜,叽叽喳喳讲了半天。

这种悠闲而自在的乡镇生活,令她感到非常满意。尽管人行道的边石上时不时会有老人、农夫或是退伍军人蹲在那里,一边闲聊,一边往街上吐痰,但她依然喜欢他们。

包括镇里的孩子们,她也觉得他们身上有美的存在。

过去她总认为,当父母对自己的孩子表达喜爱之情时,总有些过于夸张了。然而,当她在图书馆工作了一段时间后,才发现孩子也是有个性、权利和幽默感的公民。她很少在孩子们的身上花费时间,但现在,她却很认真地询问贝西·克拉克她的娃娃的关节炎是否痊愈了,并且对奥斯卡·马丁森认为的"诱捕麝香鼠是一件非常有趣的事情"的观点表示赞同。

有时候,她的脑海里会忽然冒出一个想法:"假如我有自己的孩子了,那该多好呀!好吧,我的确希望能有一个小豆丁——等等,不行!现在还不是时候,还有一堆事情等着我去忙活呢!我每天都要不停地干活,都没有什么时间好好地放松一下。"

她悠闲地坐在家里,静静地听着镇上那些平淡无奇的嘈杂声:农家看门犬的汪汪声,小鸡饱食后的咯咯声,孩子们嬉戏的玩闹声,一个男人拍打地毯的噗噗声,白杨树之间的沙沙声,一只晚蝉的吱吱声,人行道上人来人往的脚步声,厨房里碧雅和食品店送货员的说话声,以及依稀从远处传来的钢琴声……尽管这种声音到处都有,草原上,丛林里,或是在这大千世界里,但对于现在的卡萝尔而言,这些都是充满魅力的。

她和肯尼科特每周至少会坐车下乡两次,有时候会在湖边猎野鸭,有时会带着玩具、杂志去探望病人。那些病人都将她当作乡绅夫人一样,对她感恩戴德。他们常常晚上出去看电影,碰到了其他来看电影的夫妇,也会热情地向他们打招呼。如果天气还算暖和,他们就会坐在门廊里与坐车从门前路过的乡亲,或是正在清扫落叶的邻居聊会儿天。夕阳西下,给空气中的尘埃镀上一层金边,燃烧的树叶香气在大街小巷里扩散开来。

五

但她总是隐隐约约地觉得,自己需要一个能尽情地倾吐内心的知心好友。

那天下午,卡萝尔正烦闷不堪地做着针线活儿,她多么希望能有人打电话来陪她说说话呀!就在这时,碧雅走进来告诉她,维达·舍温小姐来拜访她了。

维达·舍温有着一双亮闪有神的蓝色眼睛,扁平的胸部,干巴巴的前额,和细看之下隐隐有些皱纹且微微发黄的面庞。她穿着极为普通的宽大外套和素色裙子,以及一顶几乎快扣到后脑勺儿的帽子。也许是因为工作常年要与针、粉笔和钢笔打交道,她的手指也变粗了。除此之外,你根本无法仔细地看清她的真面目,因为她就像是一只永远保持旺盛精力的金花鼠,闪电一般地不停地蹦跳着,手指挥动着。她同情别人的时候，说话就像连环的炮竹，滔滔不绝地往外涌。面对她的倾听者，她就坐在座位的边缘上，恨不得立马将所有的热情与乐观都塞进对方的脑子里。

所以，她刚一进门，就滔滔不绝地说了起来："我们这些当老师的好像还没来拜访你吧？你别误会，我们并没有轻视你，只是想在你真正地安顿下来以后再来看望你。你好，我是维达·舍温，负责教法文、英文和其他几门功课的中学老师。"

"我一直很想结识老师，你知道的，我以前在图书馆工作……"

"我早就知道你的这些情况啦，镇上的人都喜欢说三道四、家长里短的，所以我知道的事情可多着呢！你知道吗？这个忠于桑梓的可爱市镇就是世界上最好的地方，就像一块钻石。只可惜这颗钻石还没有人来雕琢它，所以你的出现可真是时候！也只有你可以胜任雕琢它的这项重任了……"她像炸响的鞭炮一样，噼里啪啦说完这段恭维的话，然后微笑地看着卡萝尔。

"如果我能起到什么作用……如果我小声地告诉你，其实我觉得戈镇的市容并不太好，你会不会认为我犯下了什么滔天的大罪呢？"

"你说的就是事实，戈镇的市容的确很差！差劲极了！但这样的话你只能对我说，或许还可以对盖伊·波洛克律师说。你见过他吗？你可一定要见见这位亲和可爱又富有文化涵养的律师！说实在的，我并不在乎你说戈镇丑，因为我知道，戈镇的居民拥有一种健全有益的精神——足以让未来的戈镇焕然一新的精神！但这种精神里还有些胆怯，需要你这样精力充沛的人唤醒他们，让他们彻底醒悟！所以，以后我会逼着你去做这些事情的！"

"真是太好了！所以，我需要做什么呢？我原本一直在想，要不要请一位厉害的规划设计师到这儿来演讲。"

"我觉得眼下还是先利用那些现有的机构吧，你觉得呢？当然，可能你会觉得这样做效率很慢，但我总在想，要是你愿意到主日学校去教书就好了。"

卡萝尔顿时露出一副无奈的表情，就好似才发现自己正和一个陌生人亲热地聊着天："嗯，没错，只是，这份工作我可能做不来，我并没有什么宗教观念。"

"我知道，我和你一样，并不喜欢说教的那一套。但是我始终相信，上帝是天父，耶稣是领袖，而人们都是兄弟。其实你也可以相信这些。"

卡萝尔的神色里带着些许敬重，她想到自己应该用茶点招呼她。

"你不用在学校里教什么其他的，这些就足够了。你个人的影响力才是关键所在。我们也有图书馆董事会，这正好给了你施展拳脚的机会。此外，我们妇女也有一个撒纳托普·西斯读书会。"

"她们在读书会里都做些什么呢？研究？还是宣读论文报告——那些从百科全书里抄写来的？"

舍温小姐耸了耸肩，说："或许吧，但她们都是非常认真地对待这些事情的，包括做一些督促栽种、开办农妇休息室等对社会有益的工作。并且，她们也很重视对高雅风尚与文化涵养的培养。所以，她们一定会对你提出的一些新鲜的想法产生共鸣的。毕竟，她们是一个非常特殊的团体。"

舍温的话令卡萝尔不免有些失望，她客气地婉拒道："我会好好考虑考虑的，让我先到镇上到处考察一下吧。"

舍温小姐立即冲到卡萝尔面前，轻轻地抚了抚她的头发，盯着她说："亲爱的，我知道你心里在想什么。你刚刚结婚，神圣的新婚生活当然是浸在蜜罐里的。你要照料烦琐的家庭，厨房的炉灶，还有冲

你露出可爱笑容的孩子……他们都依赖着你。"她转过身,背对着卡萝尔,一边激动地拍着椅子上的软垫,一边絮絮叨叨地说道:

"我是说,如果你有空了,你一定要来帮助我们……或许你觉得我很保守,没错,我的确保守,因为我们要保护的东西太多了——美国人珍贵的理想、顽强的素质,以及民主制度和进取精神,等等。或许棕榈滩那里是不同的,但是感谢上帝,我们这里并没有什么社会等级一说。我的优点就是始终信任我们本国、本州和本镇的美国人的勇气和才能,并抱有强烈的信心。有时候,那些自负的'小康之家'也会受到一些影响呢!我总是激励他们坚定理想,相信自己。但我做了那么多年的教师,难免故步自封,所以我需要你这样斗志昂扬的人来敲醒我!说说吧,你最近看了什么书?"

"不知道你听说没,我在重温《西伦·威尔造孽记》。"

"嗯,我知道,那是一本很棒,但是有些生硬的书。书里描写了一个一心只想破坏,不愿建设的纨绔之人。好吧,希望我不是一个感情用事的人。但是,我真不知道这些高级的艺术品有什么作用,能激励我们这些靠工作度日的人努力工作吗?"

接下来,她们围绕着"艺术是否永远都是美的"这个世界性的问题足足争执了十五分钟。卡萝尔就忠诚观察事物的重要性侃侃而谈,舍温小姐则坚持认为艺术必须兼顾美与揭示黑暗。到了最后,卡萝尔大声喊道:

"虽然我们意见相左,但没关系,只要能有人和我说说庄稼之外的事情,我就很高兴了。至于戈镇那根深蒂固的生活习俗,就让我们一起撼动它吧——改天我们一起喝下午茶吧,别喝咖啡啦!"

碧雅高兴地帮卡萝尔将那张传递了几代人,整个黑黄相间的台面都布满了裁缝裁衣画样时留下来的画线的折叠缝纫工作台搬出来，然后铺上刺绣台布，摆上从圣保罗带来的淡紫色日式细瓷茶具。舍温小姐告诉卡萝尔，她打算去乡下，用"福特"卡车的引擎带动发电机，举行一个具有道德教育意义的电影专场。这期间碧雅给热水瓶加了两次水，并烤了肉桂吐司面包。

五点钟的时候，肯尼科特回来了，他为了迎合卡萝尔喝下午茶的习惯，努力地维持住温文尔雅的模样。卡萝尔提议道："舍温小姐，今晚你就在我这里吃饭吧。最好再邀请一下你说的那位有文化涵养的单身律师，盖伊·波洛克。"

之前，波洛克因为流行感冒，没能参加萨姆·克拉克的欢迎会，所以这次面对肯尼科特的邀请，当然是如约而至了。

起初卡萝尔还对自己的一时冲动后悔不已，她担心这个骄傲自负的政客会不停地开自己的玩笑。但是当波洛克进门的那一刻起，他那独特的个性就令卡萝尔大为改观了。他看上去三十八岁左右，身材挺拔，性格沉静且彬彬有礼，就连说话的声音也格外低沉："感谢你们的邀请，谢谢！"除此之外，连一句幽默的话，或"戈镇是不是本州最美丽的市镇"的问题都没有。

她忍不住想，他灰色的世界是如此的单一，如果能呈现出其他深浅不同的色彩，那又会是怎样的呢？

当他们享用晚餐的时候，他近乎羞怯地说出了他崇拜的那些作者们：托马斯·布朗爵士[1]、梭罗、艾格尼丝·雷普利尔[2]、亚瑟·西蒙斯[3]、克劳德·沃什伯恩[4]和查理·弗兰德劳[5]等。当他发

---

[1] 托马斯·布朗爵士，英国心理学家，哲学家。
[2] 艾格尼丝·雷普利尔，英国女作家。
[3] 亚瑟·西蒙斯，英国诗人，批评家。
[4] 克劳德·沃什伯恩，英国记者，作家。
[5] 查理·弗兰德劳，美国作家。

现卡萝尔听得非常投入，舍温小姐也是惊叹万分时，他也就越说越带劲了。至于肯尼科特，他愿意迁就和恭维一切能令他太太感到高兴的人。

卡萝尔有些想不明白，像盖伊·波洛克这样成天与烦琐的官司打交道的人，难道就不觉得腻烦吗？就没有想离开戈镇出去走走的打算吗？她刚来这里，也没有可以打探消息的熟人。或许波洛克留在这里是有他自己的原因吧，只是其他人不得其解而已。这种神秘而深奥的气氛和以文会友的谈话，令卡萝尔不禁有些飘飘然。她仿佛看到了不久的将来，她向戈镇介绍各种扇形气窗以及介绍高尔斯华绥[1]的情景。她当然不能坐以待毙！她将刚做好的椰子和橘子片端上桌，然后对波洛克说道："或许我们可以组织一个戏剧社，你觉得怎样？"

---

[1] 高尔斯华绥，英国作家。

第六章

一

十一月的第一场雪下得并不大,只是给刚耕过的光秃秃的泥块地铺上了一层白色。戈镇里的每一户居民也纷纷生起火炉取暖,而这时,卡萝尔也开始按照自己的设计重新布置家里了。她换掉了客厅里的黄色橡木桌、破旧的缎面椅子和肯尼科特的照片,然后跑遍了明尼阿波利斯的各大百货商店和第十条街上的陶器专卖店,买了一堆她恨不得用双手和车子搬回去的心仪的东西。

她为了扩宽房间的面积,特意叫木匠拆掉了隔在前厅与后厅中间的墙,然后换上炫目的黄色与深蓝色的装饰——悬在墙壁上的镶板,是用绣了金丝图案的深蓝色和服腰带做的。长沙发椅上的丝绒枕头也是蓝底金边的,还有那些与戈镇的风格相比太过轻浮的椅子。肯尼科特家里那架珍贵的古董留声机也被她收进了餐室,换成了一个摆着一只蓝色广口瓶和两根黄蜡烛的小方柜。至于壁炉，肯尼科特觉得可以暂时搁置，因为过个几年他们就会盖新房子了。

她只装修了一个房间，她明白肯尼科特的意思，想要装修其他的房间，也只有等他哪天发了财才行。

但是这座古老的房子在她的修整下，的确有了新的面貌。尽管外面天寒地冻，这里却一扫从前的霉味，变得春意盎然，仿佛时刻都在迎接逛完街回家的她。

肯尼科特也说了句实话："我原本还担心这些新玩意儿用不习惯，但老实说，这个长沙发——我也不知道该怎么说，反正的确比之前那个坑坑洼洼的旧沙发舒服多了。所以我觉得，这钱没有白花！"

卡萝尔新装修的房间令镇上的居民们大感兴趣。那些没有来帮忙的木匠、油漆匠在路过她门前时，总要往窗户里边瞧一瞧，并赞美道："哇，真是美极了！"还有几乎每天都要打听一下消息的药店老板戴夫·戴尔、时装公司的哈里·海多克和雷蒙德·伍瑟斯庞。"嘿，听说肯尼科特家里布置得非常漂亮，那简直是顶尖的设计！"

甚至住在卡萝尔后面隔街的博加特太太，也对他们家的新布置产生了浓厚的兴趣。这位博加特太太是一位信奉教会、喜欢叫人行善积德的寡妇，她独自养大了与她一同信奉基督教的三个儿子：一个是奥马哈酒吧的侍从，一个是希腊文教授，最小的塞勒斯·N.博加特只有十四岁，是戈镇里最臭名昭著的恶少。

同镇里那些乐于助人但尖酸刻薄的人相比，博加特太太则显得宽和多了。她体格肥胖，像极了大型养鸡场里那些气鼓鼓的老母鸡，即便是到了周日中午，那些老母鸡被做成肥嫩诱人的油炸肉丸、油炸鸡丁，也和她十分相像。她还总是愁云满面、唉声叹气的，虽然性格固执，甚至到了不可理喻的地步，但她沉闷的心里依然怀着强烈的期望。

卡萝尔发现,这位博加特太太总是站在屋子里,透过一扇小窗户暗自观察她家里的动态。事实上,她与卡萝尔一家是属于两个截然不同的圈子的,就像纽约第五条街与伦敦梅费尔相隔一样,平日里都是毫无往来的。然而现在,这位寡妇却忽然来拜访他们了。

她气喘吁吁地走进来,向卡萝尔伸出她胖乎乎的手。自她进门的那一刻起,她几乎没有停止过叹气:进门的时候,握手的时候,卡萝尔跷着腿露出小腿肚子的时候,看到那些崭新的蓝色椅子的时候……然后她又叹着气,微笑道:

"亲爱的,其实我很早就想来看看你了,毕竟我们是邻居。但我想,等你彻底安置好一切,你肯定会去拜访我的,对不对?对了,你买那张大椅子花了多少钱呀?"

"七十七块钱。"

"什么——噢,天哪!这玩意儿竟然花了这么多钱!好吧,这也没什么,但是,我偶然会想,嗯,我不妨将前不久,我们的牧师在浸礼会礼拜堂说的那些话告诉你,你来戈镇之后,从未去那里做礼拜,一次也没有。你要知道,你的丈夫一直是我们的教友,我不希望他脱离教会。毕竟我们面对上帝时的那种谦逊、虔诚的心理,是任何金银财宝,或是世界上的任何东西都无法与之比拟的。这是众所周知的。我们不管他们对长老会有什么想法,但是,只有历史悠久的浸礼会始终保持着忠于真正的基督的精神。所以,肯尼科特太太,你究竟是属于哪一个教会的?"

"好吧,我小时候是在曼卡托公理会的教堂做礼拜的,但我读的却是普救会开办的大学。"

"好吧,也许,我是说大概吧,因为我是听教堂里的人这么说的，大家也都是认可过的。就像是《圣经》里说的，新媳妇应当夫唱妇随，意思是你得追寻你丈夫的信仰，因此，我们希望你能加入浸礼会，并且，我觉得奇特雷尔牧师说得很对，眼下我国最大的悲哀，就是人们缺少思想的信仰，一到周末，他们宁愿开车出去玩，或者做些其他事情，都不愿到教堂去做礼拜。但是无论如何，我还是觉得，奢靡浪费也是很要命的。大家都想在家里装浴缸和电话，哦，对了，你是不是在低价转让旧家具？"

"没错！"

"好吧，是的，你有你自己的考量。但是我总是觉得，之前威尔的母亲在这里的时候，还总是去拜访我，真的，她总去！依我看，她很喜欢那些旧家具呀。好吧，行了，我后悔跟你说这些了，但我只是希望你明白，以后你肯定也会理解的，那些和海多克夫妇、戴尔夫妇一样，只晓得图快活的年轻人，往往都是不靠谱的。谁知道他们一年的开销有多大呢？也许非要等到那个时候，你才会恍然清醒，发现我现在跟你说的这些话都是对的。唉，谁知道呢？"她又发出一声叹息，"我希望你们夫妇俩能和和美美、省吃俭用地过日子，别像那些成天磕磕绊绊，到处都是毛病的小夫妻。行了，行了，我该回去了。我很高兴今天能见到你，要是哪天你有空了，可以去我那里坐坐。对了，威尔最近怎么样？我看他最近好像无精打采的呢。"

博加特太太又磨蹭了二十分钟，才终于慢腾腾地离开了。卡萝尔赶紧回到客厅，敞开所有的窗户。

她忍不住说："真是一个胡说八道的长舌妇！"

二

卡萝尔不愿多费唇舌去和人们解释自己浪掷金钱的行为，她不会说："我的确铺张浪费得很厉害，但是我也不知道该如何是好呀！"

至于月钱，肯尼科特从来没有给过她，就连她的母亲也不曾有过。卡萝尔在嫁给他以前都是自力更生的，她曾和同事们说，等她成家了，一定要符合现代化的要求有一笔月钱，这样家里的开支就一目了然了。可是，一向温柔体贴的肯尼科特却在这件事上犯起了固执。她总不能对他说，她既是他的妻子，也是这个家的管家吧？她还专门买了一本账簿，用来记录她精打细算的家用开支，哪怕是没有什么预算计划，她也会做到精准无误。

她刚结婚的那会儿，正是蜜月期，她不好意思告诉肯尼科特："亲爱的，家里没有钱了。"生怕他会说："你真像个挥霍无度的小兔子。"以免闹了笑话。可是，她却从那本账簿上清楚地看到自己拮据的生活。包括她向他求情得来的钱，最后也买了东西进了他的肚子。这令她的自尊心受到了非常大的伤害。有一次，他同卡萝尔开玩笑说："我是绝不会让你去贫民院的。"这句玩笑曾一度被引为幽默的金句，但自从肯尼科特天天将这句话挂在嘴边后，卡萝尔也就必须谴责他了。她是真的很讨厌在早餐过后，追到街上去找他要钱。可是她又不愿意叫他这个"宽宏大量"的一家之主伤心。

她不想总是隔三岔五地问他要钱，便打算在每家商铺做一个记录开支的户头，到时候再将账单汇总交给他。她发现相比其他商铺，阿克塞尔·埃格店里的主食、面粉和糖的价格比较实惠，便笑着对阿克塞尔说：

"你好，我想在你的店里开一个户头记账。"

"我们这里不记账，只收现金。"阿克塞尔咕哝道。

她不禁生气地质问道："你知道我是谁吗？"

"我当然知道，医生是不会赖账的。但是我店里的规矩就是这样，只收现金，我总不能为了你破坏规矩吧？要知道，我店里的东西已经很便宜了。"

她瞪着眼睛看着他，一张脸红得像铁块儿似的，真恨不得给他一耳光。但很快她就恢复了理智："好吧，你说得对，我不应该坏了你店里的规矩。"

她心里仍旧窝着火，原本是要迁怒到丈夫身上的。她急匆匆地来到肯尼科特的诊所，打算找丈夫索要买十磅糖的钱，结果却看到诊所门上挂着头痛药的广告和"医生出诊，暂时未归"的留言，也没有说明具体什么时候回来。她气得不得了，转身又跑到丈夫最熟悉的戴夫的药店里。

她一进门就听到戴尔太太的哀求声："戴夫，你给我点儿钱吧！"

卡萝尔发现，围观这两口子对话的还有另外两个男人。

戴夫·戴尔气愤地说："给你一块钱够不够？"

"不够，孩子们的内衣可不止这些！"

"噢，上帝啊！他们的内衣多得几乎快把壁橱塞满了，害得我连自己的猎靴都找不到了。"

"我不管，你瞧孩子们身上那些破旧的内衣，你至少得给我十块钱！"

卡萝尔发现，尽管旁边还有外人围观，但戴尔太太似乎都见怪不怪了。而且包括戴夫在内的那些人老爷们，都很喜欢引以为乐。

她站在外面,而戴夫果然如她所预料的那样,大声喊道:"去年我不是给了你十块吗?你用哪儿去了?"接着他看了看店里那两个男人,果然都捧腹大笑着。

卡萝尔走到肯尼科特跟前,沉冷的语气如同在命令他一样:

"跟我到楼上去。"

"噢,你怎么了?有什么事吗?"

"是的,有事!"

她领着步履沉重的丈夫回到楼上的诊所里,抢在他开口之前说道:

"我昨天在一家小酒店门前,看到一位德国农妇祈求丈夫给她五分钱,给孩子买一件玩具,却遭到了拒绝。方才,同样的情景又发生在戴尔太太身上。而现在,我也正面临着相同的处境!我每天都要恳请你给我钱!刚才那个卖糖的还说必须给现钱,不然就不卖糖给我!"

"谁敢对你说这样的话?看我不狠狠地教训他!"

"省省吧!他这么说没有错,错全在你我!我每次苦苦向你哀求来的钱,最后不都进了你的肚子里吗?你必须记住,以后,哪怕我饿着肚子,也绝不会再求你了!我不能当一辈子的奴隶!"

她因一时的暴怒而情绪高涨,哭得梨花带雨,但很快又跌落下去。她紧紧地靠着他的胸膛,哽咽道:

"都是因为你,我才会出糗!"肯尼科特也忍不住哽咽道,"对不起,我真是不应该!我竟然把这么重要的事情给忘记了!噢,上帝,我向你发誓,以后我再也不会忘记了!"

他硬塞了五十块钱给她,并且从那以后,他再也没有忘记过按时交钱了。

她也日复一日地下定决心，一定要记好流水账，按照制度办事，理清楚每一笔开支，但最后她还是做不到。

三

或许是因为之前博加特太太对新家具的那些抨击，让卡萝尔终于醒悟，开始学着持家度日了。她让碧雅合理利用每天剩余的饭菜，自己则像小孩看图识字一样浏览烹饪书，甚至还研究起了一张已经被分解了却还在吃草的菜牛的解剖图。

不过，她还是准备下点儿血本，大兴大办这场新婚暖房酒，毕竟这是她新婚后的第一场宴会。她将宴会需要购置的物品密密麻麻地写满了所有的信封和洗衣单，还给明尼阿波利斯的几家特级水果商店去信，订购了一大批水果，并亲自画图，裁制了一些衣服。肯尼科特打趣她说："这下家里可真乱套了。"但她却不这么认为，她觉得这场宴会就是对极度缺乏娱乐生活的戈镇敲响的一次警钟。"我希望他们能因此变得活泼一些，至少以后不要像委员正儿八经地开会那样拜访朋友。"

以前，卡萝尔总是看在肯尼科特是一家之主的分上，迁就他的种种爱好。比如陪他一起到野外狩猎，或是按照他的吩咐，每天早上为他烹煮燕麦粥（对于肯尼科特而言，燕麦粥就代表了德行）。然而，就在办暖房酒的那天下午，当他从外面回到家里时，卡萝尔却忍不住冲他大叫起来："你怎么这么晚才回来？好吧，你如果不想晚饭之后还惦记炉子，就赶紧把炉子的火封好！噢，上帝！还有门廊里那块破破烂烂的擦鞋垫子，赶紧拿走！还有你的衣服！你为什么不穿那件栗壳色带白点的漂亮衬衫呢？拜托你动作快一点儿！

马上就是晚饭的时间了！虽然我预定的时间是八点，但也许他们等不及，七点钟就来了呢。拜托你，迅速点儿！"她絮絮叨叨的，宛如自己是一个奴隶，一个不招自来的人，一个罪孽深重的人。

她就像是即将初次登上舞台的主角，内心无比澎湃，显然已经听不见任何东西了。肯尼科特无可奈何，只好顺从她的指令。然而到了晚餐时间，当他看到她穿着光彩夺目的紧身长裙，高盘着墨晶似的发髻，如一朵纯洁高雅的百合出现在门口时，他激动得连话都不会说了。啊，她就像是一只玲珑剔透、举世罕见的维也纳高级雕花水晶酒杯，目光是那么的璀璨、迷人。他忍不住站起身，贴心地为她挪了挪椅子。甚至在吃饭的时候，他都是将就地吃着没有抹黄油的面包，唯恐卡萝尔会嫌弃他让她递黄油的行为太粗俗。

四

她好半天才让自己激动的心情回归平静。她终于不再忧心今晚的宴会是否能让来宾们感到宾至如归、碧雅对宾客们是否能应对自如了。这会儿离八点还有一刻钟，肯尼科特站在客厅的窗子前，忽然大声喊了句："客人们来啦！"他刚说完，卢克·道森夫妇就进门了。在他们之后，镇里那些从事专门职业，或年收入逾两千五百美元，或祖辈是美国本土的世家望族的上流社会人士，几乎都陆陆续续地赶过来了。

他们一边站在前厅里脱鞋套，一边眯着眼打探屋里的新装潢。戴夫·戴尔暗自翻看着那些金丝绣边枕头的价码标签，律师朱利叶斯·弗利克鲍先生则盯着宽腰带上的那幅朱红色版画嘀咕着："噢，天哪，真是太漂亮了，叫人看得眼花缭乱！"这一切卡萝尔都看在眼里，只觉得心里无比得意。可是没过一会儿，那些盛装打扮的客人就像战栗的鹌鹑一样，一言不发地围着客厅的墙根坐成一圈。卡萝尔顿时就泄气了，这样的情景，简直就跟初次做客萨姆·克拉克家一模一样。

"难道我必须要一个一个地把他们从座位上拉起来才行吗？虽然我不知道这能不能博得他们的欢心，但我总有让他们热闹起来的法子。"

她面带笑容，像一簇环绕在人群之中的耀眼之光，用唱歌似的美妙音调对大家说道："朋友们，感谢你们赏脸参加我们的暖房酒，希望你们能痛痛快快的，玩得开心，玩得尽兴，哪怕是闹它个天翻地覆，也千万不要觉得拘束！要不然，就让戴尔先生来指挥咱们一起跳方块舞吧！"

虽然戴夫·戴尔身量不高，鼻尖发红，但是他的身子却非常灵活，动作也格外轻快。当留声机的乐曲一响，他就在客厅的中间尽情地跳动起来，一边打着拍子，一边大声喊道："太太们站左边！骑士们去右边！"

道森夫妇虽然身家百万，埃兹拉·斯托博迪和乔治·埃德温·莫特也被尊为"教授"，但在现场热情的带动下，也忍不住傻兮兮地跟着跳了起来。卡萝尔虽然有些害羞，却还是热情地哄劝那些已经人过中年的客人参与其中，拉着他们跳起了圆舞曲和弗吉尼亚舞。但没一会儿她就放开了手，让他们自由玩耍了。哈里·海多克给留声机换上了狐步舞曲，年轻人便跟着旋律成对地翩翩起舞。老一辈的人当然不会参与其中，他们暗自回到座位上，索性面带微笑地看他们闹腾。

有些客人一直保持着沉默，而有些客人则又说起了那天下午在商店里的事情。埃兹拉·斯托博迪想了半天也不知道该怎么说,他忍住想要打哈欠的欲望,然后转身对面粉厂的老板莱曼·卡斯说道:"嘿,你们觉得那种新式的炉子怎么样?喜欢吗,莱曼?说说看呀!"

"好吧,就让他们悉听尊便吧,不要再去打扰他们了,死缠烂打也不会让他们快乐起来的。"卡萝尔暗自告诫着自己。然而,当她从他们面前翩然经过,看到他们那殷切期待的眼神时,她又陷入了纠结。他们已经失去了思考和娱乐的能力,甚至许多人的身上还带着刻板而消极的力量,令那些原本玩得正起劲的年轻人也渐渐在压力之下回到了各自的座位上。短短二十分钟里,场面又仿佛变成了神圣肃穆的礼拜堂祈祷会。

"我们得想些办法让大家热闹起来。"卡萝尔冲维达·舍温大声嚷着这一句话的时候,现场刚好一片寂静,显然,大家都听到了她说的话。卡萝尔望着厅内那微颤着手指与嘴唇,正在出神的三个人:在琢磨仿照安东尼大受好评的演说词的纳特·希克斯,在背诵《我昔日的情人》开头那几句诗的埃拉·斯托博迪,以及在默默彩排"挪威人捉母鸡"这个绝招儿的戴夫·戴尔。

她小声对舍温小姐嘀咕道:"我可不允许别人在我家用'绝招儿'这个词。"

"没错,亲爱的,你最好是邀请雷蒙德·伍瑟斯庞为大家唱上一曲。"

"你说雷蒙德?这主意不错,他的确是戈镇上最声情并茂的歌唱家!"

"是的,亲爱的。我知道你在室内装潢这方面很一套,但是你却不擅长识人。雷蒙德这个可怜虫的确很喜欢在大家面前自吹自摇,每日都沉浸在自我表现之中,可是他根本就没有受过任何专业的训练,他唯一擅长的就是卖皮鞋。他的确有副好嗓子,但前提是他得离开哈里·海多克,不再仰人鼻息忍受嘲讽,说不定还会有出头的机会。"

卡萝尔这才惭愧地发现,自己的确是疏忽了很多地方。她提醒那些准备即兴"露两手"的家伙们别闹什么"绝招儿",转而向雷蒙德发起了邀请:"伍瑟斯庞先生,你是我今晚唯一邀请的著名演员,不知道你愿不愿意为大家唱上一曲?"

雷蒙德羞得满脸通红地说:"可是他们都不愿意听我唱歌。"话虽这么说,他却不自觉地清了清嗓子,还将胸前上衣口袋里的手绢往外扯了扯,并将手指放在了马甲两个纽扣之间。

卡萝尔暗暗期待着,毕竟雷蒙德是舍温小姐大力推荐的,况且她也希望能发掘一位"艺术天才"。于是,雷蒙德特地拿出为礼拜堂捐款献唱的男高音,接连唱了《像小鸟一样飞呀飞》、《你是我的小鸽子》和《乳燕离巢》这三首歌,只可惜唱得相当难听。

卡萝尔听得浑身战栗,就像是一个神经敏感的人从一位演说家的嘴里听到了两句不合时宜的俏皮话,或是一个品行不端的早熟孩子做了一件不合年纪的事情一样,令人难受至极。

她看着雷蒙德扬扬自得、不可一世地乜着眼睛,面孔苍白,耳朵下垂,头发杂乱,整副尊荣都笼罩在可怜的虚荣心下,真是可笑至极。但她还是尽量装出一副颇为欣赏的样子,算是卖给舍温小姐一个面子。毕竟舍温小姐一直追寻真善美,当然,她也无心追究这到底是不是真的。

舍温小姐直到听完第三首歌,才终于如梦初醒般地舒了一口气,她对卡萝尔说:"上帝呀,他唱得可真是好极了!当然啦,他的嗓子的确算不上最棒的,但是他的歌声里却饱含情感,对不对?"

卡萝尔只好昧着良心说了谎:

"没错,嗯,他的歌声的确饱含情感。"

她发现在座的宾客虽然都在佯装欣赏歌曲,但每个人都是精神恹恹的,仿佛已经不指望能有什么乐子了。卡萝尔只好大声嚷道:"嘿!我在芝加哥的时候学了一个傻子游戏!咱们一起来玩玩看吧!大家得先脱掉皮鞋,没准儿当我说完'脱掉'以后,你们会重重地摔上一跤呢!"

尽管大家的注意力都在卡萝尔的身上,但对于她的这个提议,大伙显然不太赞成。甚至还有些人皱起了眉头,仿佛在说:这个新娘子真是毫无礼貌,吵死人了!

"咱们把各自脱下来的皮鞋散放在客厅里,当成羊群。我和久恩尼塔·海多克,以及几个最调皮的人当牧羊人,剩下的其他人就算狼了。现在,请所有的狼去门廊里,然后等灯一关,狼就从门廊里边爬进来,想办法在黑暗中从牧羊人手里抢走羊群,放到外面门廊去。当然,牧羊人可以采取一些动作来抵御狼,但是注意,不可以用嘴咬,也不能动用武器。所有人都得参加这个游戏!现在,我宣布游戏开始!大家把皮鞋脱掉吧!"

宾客们你看看我,我看看你,都在看谁会第一个脱鞋。

卡萝尔直接踢掉了自己的银色鞋子,浑然不在意自己的一双脚丫暴露在众人的面前。维达·舍温虽然有些为难,但还是卖了朋友面子,脱掉了自己的高筒黑皮鞋。埃兹拉·斯托博迪大笑道:"我可真是被你吓到了!你就跟19世纪60年代同我一块儿骑马的野丫头一样!我还真不习惯光着脚去拜访客人,但是现在,我只能入乡随俗了!"

埃兹拉忽然喊了一声,便帅气地脱掉了他那双半筒松紧鞋。

其他的宾客也忍不住一边笑着,一边脱掉各自的鞋子。

牧羊人将"羊群"关进圈,灯一熄,胆怯的"狼"便悄悄地爬了进来。黑黢黢的客厅里不时爆发出尖叫声,"狼儿们"虽然不像平日里那么矫健,有时还会伫立不动,但他们还是努力在黑暗中搜寻着活动范围和危险性都越来越大的目标。他们到处摸索着,东看看,西看看,突然摸到了一个像是没有连在身体上、正在滑动的胳膊,不由得欢喜地战栗起来。可是那东西又忽然消失了,于是"狼"的嗥叫和人的呼喊声此起彼伏。之后,久恩尼塔·海多克忍不住大声叫了起来,盖伊·波洛克也惊叫着:"嘿嘿嘿!你离我远点儿!别剥我的头皮!"

尽管卢克·道森太太手脚不太灵便,但还是飞快地匍匐到敞亮而安全的门廊边上,嘤嘤喊着:"噢!我真是太狼狈了!我可从来没这样过!"她仿佛将平日里的端庄稳重通通抛在了脑后,只是一个劲高兴地嚷着"我从来没有这样过"。她发现客厅的门已经打开了,无数双鞋子从里面飞了出来。黑黢黢的屋子里全是推挤声、呻吟声,还有人兴奋地嚷着:"嘿!狼群们!哎哟!你们快来呀!我这里好多鞋子!"

这时,卡萝尔忽然打开了电灯。她发现,有一半狡猾的聪明人正贴在墙的边缘处暗中窥视,而肯尼科特和哈里·海多克则是披头散发、衣衫凌乱地在客厅中央激烈搏斗着。平日里总是板着一张脸的朱利叶斯·弗利克鲍先生也在久恩尼塔·海多克的步步紧逼下,一边后退、一边竭力憋笑。盖伊·波洛克胸前的领带早已经甩到身后了。丽塔·西蒙斯丰满的肩膀也因上衣掉了两枚纽扣而外露着,这简直不符合戈镇的礼俗。但是,在场的所有人,无论是因为震惊、厌烦,还是因为玩闹时的快意、伸腰踢腿时的喜悦,总之,这一刻,大家都放下了社会礼俗的禁锢,从游戏中得到了释放。埃德温·莫特咯咯笑了起来,卢克·道森抚了抚胡须,克拉克太太则兴奋地喊着:"萨姆!噢!我真不敢相信我竟然也参加了游戏,还真抓到了一只鞋子!我简直不敢相信!"

卡萝尔觉得自己的改革行动成功了。

当然,她还是贴心地为大家准备了梳洗妆容用的镜子、梳子、刷子和针线,好让大家整理整理仪表。

这时,碧雅乐呵呵地从楼上走下来,手里还抱着一堆印了莲花、蛟龙、狲狲等颜色各异,并且画有深山、幽谷、苍木和自由穿梭其间的绛紫色小鸟图案的纸样。

卡萝尔解释道:"这些是我特意从明尼阿波利斯的一家进口商店里买来的中国的化装道具。大家不妨披上这些衣服,暂时忘记自己明尼苏达人的身份,想想自己是中国清朝的官吏、奴役、日本武士,或是你们心里想成为的任何人物。"

大家颇有些不好意思地打开那些化装用的纸样,换上东方式的马褂长袍,只露出一个个模样滑稽的红脑袋。过了大概十分钟,刚从人群中消失的卡萝尔又出现在了楼梯处。她款款走下来,一边看着大家,一边大声喊道:"各位大臣们!闻吉璞公主向你们问好!"

人们闻声抬头,只见卡萝尔穿着一身金领绿锦的长袍,戴着璀璨夺目的玉簪,拿着一柄优雅的孔雀扇,下巴微扬,双眼迷离,仿佛从九重天上下凡来的仙女。又忽然一改姿态,笑容璀璨地望向众人。在那一堆颜色各异、模模糊糊的面孔里,卡萝尔只看到了大伙对她流露出的赞赏的神情,当然,还有两个例外——惊喜交加的肯尼科特,和面色苍白、神情恳切地盯着她的盖伊·波洛克。

卡萝尔如仙女一般款款下楼,并说道:"我要为大家举行一个中国式的音乐会。打鼓就交给波洛克、肯尼科特和斯托博迪这三位先生了,我们其他的人就负责唱歌、吹笛。"

她用篦子和化装纸做笛子,绣花框和缝纫工作台当鼓,让《戈镇无畏周报》的编辑洛伦·惠勒使劲地挥舞一把米尺指挥乐队的演奏。只不过,他的指挥根本毫无章法和节奏可言,就像是在十字路口的圆形广场上算命的先生,又像明尼苏达全州博览会上单一的鼓点。但是,大家还是兴致勃勃、如痴如醉地吹敲哼唱,直到差不多快筋疲力尽了,卡萝尔就领着他们排好队,一边唱着跳着,一边到餐室里享用炒面、荔枝馅饼和甜姜酱菜。

在座的所有人,除了经常走南闯北、见多识广的哈里·海多克,几乎完全不了解中国菜,只知道有道菜好像叫"炒杂碎"。他们原本是带着狐疑和谨慎的心理尝试了笋丝浇头和金黄炒面,结果没想到竟意外地美味。戴夫·戴尔还拉着纳特·希克斯跳起了中国舞,尽管表演效果并不逗趣,但是大家吵吵闹闹说说笑笑的,也都心满意足了。

直到这会儿,卡萝尔那颗紧绷的心才终于放松下来,只觉得浑身累得够呛。她在决定宴请大家,并实施这些重要计划的时候,完全没有考虑到自己羸弱的身体状况。而现在,她已然快撑不住了。她不由得想到自己最擅长掀起晚会狂热气氛的父亲,要是他能帮自己一把,那该多好呀!她忽然很想给自己点一支卷烟,但她转而一想,要是自己真这么做了,人们肯定会感到异常的震惊和恶心的,想想也就算了。她希望大家能从克努特·斯坦奎斯特的福特车上的冬季篷顶和艾尔·廷格利家长里短的话题中,转移到别的有趣的事情上,哪怕只有五分钟也好呀!她不免叹着气说:"算了,唉,我已经累得不行了!"她坐回原位,一边跷着腿,一边品尝蜜汁姜片。她发现,波洛克律师那张原本苍白的脸,竟然在自己的影响下变得红润起来,心里不禁暗暗得意。可转念又后悔万分——这种越轨的思想竟然发生在了她丈夫之外的男人的身上。她连忙跑到肯尼科特身边,凑近他亲昵地说道:"我的丈夫,你今天可满意呀?放心吧,我没有花很多钱……"

"我敢说,迄今为止,镇上没有哪一次晚会能与今晚相比。但是,你别跷着腿了,你知道你的衣服会让你的膝盖都露在外面……"

肯尼科特这番"不知分寸"的话,令卡萝尔怒火直蹿。她回到盖伊·波洛克那里,跟他聊起了她从不曾涉猎的中国宗教。波洛克是一个十足的书迷,他总是购买那些论述世界问题的专著,然后趁着晚上一个人在事务所里闲暇的时候拿出来阅读。巧的是,他正好看过一本介绍中国宗教的书。于是,在卡萝尔的眼里,这个体格瘦弱、面色苍白的大龄律师,一下子就变成了面泛红光的年轻小伙儿。他们畅所欲言,就像是流连在黄海边的一座小岛上,聊得十分尽兴。这时,有客人轻轻地咳嗽了几声,大家心里都清楚,这意味着他们该回去休息了。

所有人都说着相同的话:"今天的暖房酒真是既有趣又巧妙,简直前所未见!噢,真是太棒了!"卡萝尔面带微笑地一一跟大家话别,还说了许多关于孩子的贴心话,叮嘱大家注意保暖,并照例夸赞了雷蒙德的歌声和久恩尼塔·海多克的绝招儿。直到宾客全都离开了,她望着满地的瓜果皮屑、纸样碎片,不由得目光幽幽地看向肯尼科特。

肯尼科特笑着说:"卡丽,你可真厉害!我觉得你想要给镇上的人们醍醐灌顶的想法,或许是正确的。今天晚上,他们看到了你的娱乐方式,估计以后就不会再想什么老套的'挪威人捉母鸡'

了。好吧,我知道你已经累坏了,屋子就交给我来收拾吧,你赶紧去床上休息吧!"

他用双手轻轻地为她按摩肩膀,仿佛在给她传递能量一般,就连她之前为他的出言不逊所引起的怒火,也忽然间消散了。

五

据《戈镇无畏周报》记载:

> 本周三晚,肯尼科特夫妇举行了暖房酒宴请四方,堪称本镇数月以来最盛大的上流社会活动之一。他们美丽的住所位于波普拉街,在经过现代化的装潢后已经焕然一新,时髦至极。夫妇二人亲自出面,殷勤地接待了纷纷应邀而至的众宾客,并在宴会中设有若干新式的娱乐节目和精美纯正的东方美食。此间,本报编辑还担任了中国式音乐会专场演出的乐队指挥,众宾客一律身着地道的东方服装,叫人耳目一新。最后宾客们畅所欲言,尽兴而归。

六

一周后,在切斯特·达韦沙家举行的宴会上,应邀而至的宾客们坐成一团,形如送殡。至于戴夫·戴尔的表演,依然是一成不变的"挪威人捉母鸡"。

第七章

一

戈镇上的居民都在为过冬做着准备。大雪从十一月底开始下起，直到过完了整个十二月都不曾停过，寒暑表上的温度持续下滑着，极有可能会从零摄氏度降到零下二三十摄氏度。冬天，对于居住在美国中西部边陲的人们而言可不单单是一个季节，它象征着大量需要干完的活计。无论是在哪个街区，家家户户的门前都必须装上防风棚，即便是萨姆·克拉克和首富道森先生也要冒着危险，摇摇晃晃地顺着梯子爬到二楼门窗上，给侧壁四周钉上防风钉。只有埃兹拉·斯托博迪是个例外，他因哮喘病发作而无法工作，只能雇用一个小伙子为他做事。在卡萝尔家里，安装防风窗的工作当然得交由肯尼科特。他嘴里叼着一排像假牙的螺丝钉，可把卡萝尔给急坏了，生怕他一不小心就把钉子吞进肚子里了。

每当寒冬来临时，镇上的人们就会争抢着雇用一个名叫迈尔斯·伯恩斯塔姆的无神论单身汉。他体格健硕、满脸红胡子，常年在镇上给人打短工。虽然脾气很倔，就像放浪不羁的圣诞老人一样，走到哪里都要跟人抬杠，但是不得不说，他很受孩子们的喜欢。他常常趁着工作时间偷溜出来给孩子们说故事，比如航海啊，卖马啊，或者凶恶的大熊啊，等等。尽管他的这些行为总会招来家长们的憎恶与讥诮，但他大概是镇上最讲究民主的人了，眼里毫无高低贵贱之分。不管是面粉厂的老板莱曼·卡斯，还是劳斯特湖边的芬兰乡巴佬，他都是一视同仁，直呼其名。所以，有些人觉得他八成是有些神志不清，甚至还给他起了个外号——"红胡子瑞典佬"。

伯恩斯塔姆有一双巧手，几乎可以说是无所不能。不管是锡焊平锅、熔接汽车弹簧，还是驯服受惊的牝马、精修各类的钟表，都不在话下。他做过一艘格罗斯特造的三桅帆船的木雕模型，但谁也不知道他究竟是怎样将木雕装进瓶子里的。他还会修水管，这个独门技术，放眼整个戈镇，除了萨姆·克拉克店里的机修工，就再也找不出第三人了。所以在这一周里，他几乎成了镇上炙手可热的人物。他每天从早到晚，从西往东，一直马不停蹄地奔波于各家各户，忙着检修他们家里的暖气锅炉和水管装置，直到晚上十点钟才能上床休息。他那件褐色的狗皮大衣下面已经被破裂的管道所渗出来的水给冻住了，那顶常年戴在头上不肯脱的长绒帽子上也沾满了冰块和煤灰。他叼着雪茄烟，早已顾不得已经被冻得红肿皲裂的手了。

整个镇上，也只有卡萝尔能让他变得格外殷勤。他俯下身检查完卡萝尔家锅炉的通风烟道，然后直起身，眼巴巴地盯着她，生硬地说："我一定会先修好你的炉子的，虽然我还有很多其他的活儿要干……"

事实上，迈尔斯·伯恩斯塔姆并不是镇里谁都能请到的，对于那些并不富裕的人家来说更是奢望。迈尔斯·伯恩斯塔姆住在自己用泥巴和畜肥垒成的矮棚屋里，大约只有窗台边沿那么高。镇里的男孩子们总喜欢在夏天的时候，将铁路两边的防雪栅栏搬到他们的木棚子基地里，但一到冬天，这些栅栏又会被放回原处，避免崩塌的积雪盖住铁轨。

庄稼人进镇的方式，是乘坐自己做的雪橇，雪橇上面则铺着干草和棉被。

人们翻箱倒柜，纷纷找出压在箱底的泛着樟脑味的御寒用品：皮制的裤子、帽子、手套，齐膝的高勒套鞋，十英尺长的灰色毛绒围巾，厚厚的羊毛袜子，黄羊毛的帆布外套，鹿皮鞋，以及给男孩腕部保暖的深红法兰绒腕套，等等。于是，满街上都是小男孩此起彼伏的惊呼声："哈哈！你瞧我戴着手套呢！""看！这是我的防水靴！"孩子们之所以会对这种北极探险家的装备倍感惊奇，甚至穿上身后更加地神气十足，多半还是因为北部平原上冷热两季的变化太过于明显了。

在这个时节，人们见面时的家长里短也全变成了一句客气的应酬："您穿皮衣了吗？"冬装就是时下最好的话题，但每家的冬装都和汽车一样，不见得是相同的。家境相对较差的大多会穿着黑色或黄色的狗皮大褂，但肯尼科特却穿着一身派头十足的浣熊皮大衣和海豹皮帽子。要是赶上他去乡下出诊时，路上积雪太厚而无法开车，他就会搭乘雪橇，将除了红鼻子和雪茄以外的身体的所有部位都牢牢地裹进大衣里。

卡萝尔则穿着一件光滑如绸的海狸鼠毛皮大衣，她喜欢一边用手指抚着大衣上的毛，一边神气十足地走在大街上。

对于镇上的居民而言,汽车和桥牌就像是社会地位高低的分水岭,使得他们原有的爱好也因此大大缩减了。比如他们不再喜欢滑雪和溜冰这种吃力且愚蠢的老式活动,转而喜欢上开车出去兜风,那样既轻松又显摆。其实,乡下人对城里那种附庸风雅的消遣娱乐是非常向往的,他们为不愿去山坡上滑雪而感到骄傲,这种感觉,就像住在圣保罗或是纽约的城里人,同样渴望去乡下呼吸新鲜空气,并且为能爬上山坡滑雪而感到自豪一样。卡萝尔在十一月中旬的时候,在一望无际、都是冰凌的燕子湖上组织了一次很成功的溜冰活动。那日的天空像乳白色的牛奶,湖岸边上全是挂着冰花簌簌作响的芦苇,和仅剩下最后一批不愿落叶归根的橡树。哈里·海多克在冰上滑着"8"字,卡萝尔也玩得不亦乐乎,溜冰鞋在冰面上滑得吱吱响。可是很快,这场溜冰活动就因为突然降临的大雪而不得不终止了。之后,卡萝尔又拼命煽动、敦促那些守在暖炉和桥牌前寸步不离的太太、女士们参加她新组织的月下滑雪活动。她们好不容易才点头答应,坐上那辆由两只雪橇组成的长橇,沿着一个长长的斜坡滑下去。结果没想到中途翻了车,冰冷的雪灌了她们满脖子都是。她们一个劲地嚷着还想再来一次,但要是动真格的,只怕她们又不敢了。

卡萝尔又怂恿另一伙人一起去滑雪。她们兴奋地在雪地里尖叫着、疯闹着,可高兴坏了,甚至还对卡萝尔说,希望下一次她组织滑雪活动时还叫上她们。但是,当她们乘兴而归,回到温暖的火炉和心爱的桥牌身边时,她们又说什么也不肯出门了。

卡萝尔的内心似乎也有些迷茫了,便跟着肯尼科特到树林里猎兔子。肯尼科特今天穿着紧身的双排扣水手外套、毛线衣和高筒皮靴,看上去十分精神。他们穿过野火掠过的树桩,和挂着冰凌的橡树丛,在荒无人烟的林子里缓缓前行。这时,肯尼科特忽然跳到一丛矮树上,对着一只忽然蹿出来的兔子就是一枪!卡萝尔虽然被吓了一跳,但却并没有影响到她当晚的胃口。当晚卡萝尔吃了很多牛排和烤土豆,睡前还用手指擦了擦护眼罩。当她一觉醒来时,已经是十二个小时之后了,她忍不住感叹:啊,戈镇真是个好地方!

她起身看向窗外,白茫茫的雪地在阳光的映照下,折射出耀眼的光芒。她连忙换上温暖的皮大衣跑到镇上溜达。湛蓝的碧空下,覆满霜雪的木板屋上炊烟袅袅,依稀可听见街头巷尾雪橇的铃铛声,人们彼此间敞亮的问候声,以及富有节奏感的锯木声。这天正好是周六,邻居家的男孩们都换上了厚格子呢外套、法兰绒衬衫和防水靴,就在后院凹地里的锯木架上,劈完了准备用来过冬的像小山一样高的柴堆。锯木架是樱桃色的,锋利的刃口下全是淡黄色的木屑。那些刚锯完的白杨、枫木、硬木树、白桦树的剖面上,还可以看到一圈圈清晰的年轮。

卡萝尔冲他们喊道:"今天真是个好天气呀!"浑然不觉自己大衣的领口处,还挂着一片被哈过气的霜花。她兴高采烈地到豪兰·古尔德的食品杂货铺里,买了一听像是非常稀有的西红柿罐头回去。今天的晚餐她打算做西红柿炒蛋,相信肯尼科特会非常震惊。

户外的雪地在阳光的折射下,直叫人睁不开眼。当她回到家里,看见门把手、报纸和那些白色的东西时,只觉得眼前全是令人头昏眼花的淡紫色。她不由得一阵晕眩,好似刚放完了烟火的黑夜,周遭一片昏暗。过了好一会儿,她才终于恢复活力,心里也舒坦了很多。她想,这个世界真是太美了,或许应该为它写首诗呢。她索性趴在那张摇摇晃晃的桌前,用文字直抒胸臆,写下了这么几行字:

晴空万里，

暖阳充沛，

希望暴风雨再也不会降临。

到了下午三点左右，肯尼科特去乡下出诊了，碧雅晚上要参加路德会。于是卡萝尔一个人在家，从下午一直待到夜里。她窝在暖炉边上，百无聊赖地翻着杂志上的一些爱情小说，直到昏昏欲睡，才不禁陷入沉思。

原来她每天真的没什么事干。

二

她想，不管是参观市镇、拜访亲友，还是溜冰滑雪、打猎赏景，这些对她而言已经没什么新鲜感和吸引力了。碧雅是一个非常能干的女仆，家里除了很少的缝纫织补工作，大部分的事情都不必她操心。她至多在碧雅收拾房间的时候，一边聊着天，一边帮帮忙。她也一直无法施展自己的烹饪天赋，因为达尔·奥利森的肉铺商店里只卖现货，比如牛排、猪肉和火腿，你无法预订你想要的东西，只能询问掌柜，今天还有什么特别的吗？店里几乎很少见到羊排这种稀罕货，更别说上等的肉了，那些掌柜一般往城里卖高价去了。值得一提的是，店里的牛肉都是用斧头砍的。

这种情形，在其他店里也是一样的。她逛完了镇上所有的商店，也找不到一颗玻璃帽头的图画钉，或是她期望的面纱。她根本别无选择，只能买店里现有的。也只有蒙兰·古尔德的食品店里才能见到芦笋罐头那样的奢侈品了。她也不用花很多心思在家务上，反正每年都是一个样。除非博加特太太上门拜访,她才能打发她寂寞而无聊的时光。

在戈镇里,医生的太太是不可以去外面工作的。

她是真的很想有份工作,但偏偏事与愿违。

她目前能做的,要么生孩子,要么开始她的改革之梦,要么完完全全地融入这个小镇里,将自己的影响力传递到礼拜堂、读书会、桥牌会等各个活动中心去。

其实,她的确是想过要一个孩子,只是一直没有做好思想准备而已。她也认同肯尼科特那简单而直白的观点——在生育孩子之前,他必须先赚到更多的钱,因为当下愚蠢的人类文明会让培育新一代公民的代价变得非常昂贵、非常可怕。肯尼科特这样谨慎的分析,却忽略了爱情的真正奥秘,这令卡萝尔很是伤心。可是她又觉得,或许时间一长就会好些了,于是她也就不再想这些了。

她立志于要实施美化大街的改革计划,哪怕眼下这个计划只是刚萌了个芽,她也下定决心,一定要实现它!可是呢,无论她再怎么敲击暖炉以示决心,或是发誓赌咒,她心里却连最基本的实施时间、实施起点都还没拿定主意。

她心里一直在想,她真的可以融入这个小镇吗?情况好像并不乐观啊。首先,她完全不知道镇上的人是怎么看待她的。之前她曾同镇上的妇女们一起吃下午茶,也跑过好几家商店,和店里的掌柜们聊天,但别人只有听她侃侃而谈的份儿,根本没机会插嘴告诉她,他们是怎么看她的。那些对着她面带微笑的男人,和与她一起喝茶的妇女们,是真的喜欢她吗?是真的有将她当成他们中的一员吗?她也曾私下里和太太们一起非议别人,这在戈镇可是非常珍贵的秘闻呀!但现在想想,她参与其中的次数根本少得可怜。

无数个疑问堆在她的心头，让她几乎睡不着了。

隔天，她在街上购物时，就开始特别留意别人对她的态度了。戴夫·戴尔和萨姆·克拉克还是照例同她友好地打招呼，但是切斯特·达韦沙的语气却显得有些没礼貌。还有食品店的掌柜豪兰，他平日里对待别人就是这副爱理不理的样子吗？

"啊，我真讨厌这样时时刻刻注意别人的神色！在圣保罗的时候，我根本不用操心这些！可是在这里，人们却时时刻刻都在监视我，让我整日如坐针毡。不行，这绝对不可以！"她喃喃自语着，一想到自己独自在这个人生地不熟的地方里饱受委屈，心里就激动得不行。她觉得自己不能再坐以待毙了，一定要一边防守，一边采取攻势。

三

人行道上的积雪已经融化了，偶尔还能在夜里听见从湖面上传来的冰裂声。到了早上，晴空万里，卡萝尔便穿着苏格兰粗呢长裙和圆形软帽，打扮得像一个要去打曲棍球的女大学生，出现在了繁荣的大街上。她真的很想放声大叫一会儿，然后好好地在街上活动一下双腿。当她买完东西回家时，她已然无法遏制内心的雀跃，索性就沿着一排房子往前奔跑着，一边踩着人行道上的边石跳过一个雪泥堆，一边像孩子一样放声大叫。

结果没想到，她所有的行为，都被三个挤在窗边、张大嘴巴、目光如炬的老妇人看在眼里了。卡萝尔猛地停下脚步，完全吓蒙了，她发现，街对面的另一个窗户里，还有个正在掀窗帘偷看的人。这让她连走路几乎都走不稳了，她只好放慢脚步继续往前走，从少女恢复成肯尼科特太太。

她觉得自己再也不会像今天这样年轻大胆地乱奔乱跑、自由奔放地大喊大叫了。她要恢复雍容华贵的太太身份，去参加下周芳华俱乐部主办的每周一次的桥牌会。

四

芳华俱乐部是戈镇上流社会的一种乡谊会，类似于"外交使团联谊会"、"圣西西里亚会"、"里茨交谊会"和"二十人俱乐部"。会里约有十二到二十六位成员，谁若是能加入到她们的行列中去，也就算是戈镇上流社会的人了。尽管这个俱乐部里也有部分成员加入了妇女读书会，但在其他会员看来，那就是一个市侩庸俗、卖弄高雅的地方。

芳华俱乐部的会员多以已婚的年轻太太居多，至于她们的丈夫就算是非正式的会员。所以，她们每周、每个月会分别举办一次妇女桥牌午会和与丈夫一起参加的桥牌晚会。此外，她们每年还会在共济大厅举办两场可以和"救火会""东方明星社"每年举办的舞会相媲美的舞会，那架势，足以惊动全镇的舞会。届时，每一位女士都会披着纱巾，一边舞着探戈，一边搔首弄姿。而另外两家社团由于选员的审查不够严格，所以参会的姑娘里，有时还掺杂着铁路工人花钱请来的。有一次，为了参加芳华俱乐部的舞会，埃拉·斯托博迪特地坐着像是出殡时用的马车，哈里·海多克和特里·古尔德医生还穿上了镇上独一无二的晚礼服。

不久后，在久恩尼塔·海多克新建的有平台的混凝土住邸里，芳华俱乐部的桥牌午会如期举行了。橡木雕成的大门油光闪烁，明镜的窗户上镶着结实的玻璃，几盆蕨类植物正好摆在刚抹了灰泥的前厅里，看上去格外新鲜。小客厅里放有十六张彩色图片，和一张摆着雪茄盒饰带编织的垫子、杂志以及套着深褐色皮壳子的纸牌的小方桌，桌子的旁边还靠着一张莫里斯式的橡木安乐椅。

卡萝尔刚进门，就感受到了迎面而来的烤炉的热风。大家已经开始玩起桥牌了，而之前多次下定决心要学会桥牌的卡萝尔，至今仍是一窍不通。她只能强撑着笑脸对久恩尼塔表示抱歉，并且，这样的事情今后可能还会发生，想到这里，她就忍不住脸红。

戴夫·戴尔太太的脸上虽然带着蜡黄的病气，但面容还算清秀。她平日里最大的兴趣就是沉迷宗教、无病呻吟，或是跟别人瞎吹乱侃、信口开河。所以，当她看见卡萝尔走进来时，便直接指着她的鼻子嚷道："你可真是个坏女人！我们从来没有为难过你，可你好像并没有把加入芳华俱乐部当作是一件很荣幸的事情呀！"

隔壁桌的切斯特·达韦沙太太用胳膊碰了碰她身旁的人。卡萝尔极力维持住自己温柔优雅的风度，笑着说："你说得很对，看来我得等晚上叫威尔告诉我怎么玩桥牌。"这番话说得既婉转又诚恳，配上她那如黄鹂般甜美的嗓音，就好似复活节礼拜堂里的钟声敲响。但她同时又在心里怒吼："我的这番话已经够大方，够甜美了吧！"她坐在了一张最小的维多利亚风格的摇椅上，现在的她还只是觉得，这些曾经用欢声笑语来迎接她初莅戈镇的太太们，这会儿只是稍微有些傲慢罢了。

当他们打完一局纸牌时，趁着休息的空当，她忍不住问杰克逊·埃尔德太太："你说，我们不如再举行一次长橇滑雪活动吧？"

"还是别了，我可不想再掉进冷冰冰的雪地里。"埃尔德太太的态度非常冷淡。

"我也最讨厌脖子里进雪呢！"戴夫·戴尔别有深意地瞥了眼卡萝尔，然后扭头对丽塔·西蒙斯说，"亲爱的，你想不想看最新的时装样式？不如晚上来我家里吧！"

卡萝尔默默地回到自己的位置上。所有人都在热火朝天地讨论着桥牌，谁也没工夫搭理她。难道她就得保持沉默坐在一旁观望吗？还是说她太敏感了？她努力控制住自己的情绪，既然这里并不喜欢她，那她为什么还要拨草寻蛇呢？但是，她不可能一直这么忍耐下去。当第二局桥牌结束时，埃拉·斯托博迪就嘲讽道：

"我听说你好像要在明尼阿波利斯订购下次晚宴穿的衣服，有这回事吗？"

卡萝尔忍不住回道："这事连我自己都不知道！"

这时，她发现丽塔·西蒙斯小姐正盯着自己鞋子上的那颗钢扣，心头也不由得放轻松了一些。可没想到，豪兰太太竟然用尖酸的语气问她："你难道不觉得你家里的那张新沙发太宽了，放在家里一点儿都不合适？"她微微颔首，又摇了摇头，她不想让豪兰太太知道她心里的想法，就随她猜去吧！但是，她又不想把关系弄僵，便亲昵地说道："您丈夫店里的牛肉汤很不错，真的。"显然，这句傻里傻气的话把她自己都逗笑了。

"那是当然的，毕竟戈镇也算是比较先进的地方了。"豪兰太太的语气里充满着讽刺的意味。还有人跟着笑了起来。

卡萝尔并没有将她们的嘲讽放在眼里，可是，她的这一行为却正好激怒了她们。她们拿出更加犀利尖锐的言语来讽刺她，双方火药味十足，眼看着就要大干一场。幸好主人及时端了点心来，才避免了一场大战。

虽然久恩尼塔·海多克特地为客人们准备了非常精致的洗手

盆和桌垫，甚至浴室里也备有擦脚垫。但是她为大家准备的点心，却和戈镇所有人家里的午茶点心别无二致，毫无创新。戴尔太太和达韦沙太太一边喊着"劳驾"在人群里穿梭，一边聊着桥牌的输赢结果，先后将放有叉子、匙子、无碟咖啡杯的大盘子和黄油面包、夹心齐墩果、土豆沙拉、蛋糕，以及一整杯咖啡一一分给大家。在戈镇里，点心都是可以自由选择的，比如齐墩果可以选择不加馅儿的，黄油面包可以换成油炸圈饼，这么做，哪怕是镇里最封建传统的人也不会反对的。但是却从来没有人像卡萝尔这样大逆不道，竟然省去了蛋糕。

所有人都在享用着点心。卡萝尔想，或许这里面有些太太是打算用午茶点心填饱肚子，这样一来就能省去晚餐了。

她试图寻找话题同她们说说话，于是便穿过人群，来到了身材矮胖、胸大臂粗、长相宽和但神情严肃的麦加农太太身边。她的丈夫麦加农和她的父亲韦斯特莱克都是医生，同时也是很好的伙伴。在肯尼科特看来，这两家人都是诡计多端的奸诈之辈，但卡萝尔却觉得他们看上去很可爱。她试图与麦加农太太套套近乎，便问道："你孩子的喉咙还好吗？"麦加农太太坐在来回晃动的摇椅里，一边织毛衣，一边平静地向认真聆听的卡萝尔说着发病的经过。

维达·舍温和埃塞尔·维利茨直到放学之后才姗姗而来。卡萝尔见到乐观的舍温的那一刻，只觉得内心都充满了勇气。她不禁对着大家侃侃而谈："前天，我和威尔一起驾车到瓦赫基恩扬附近的农场里游玩。那可真是一个可爱的地方呀！有大谷仓、饲料库、挤奶器等，我实在是佩服那些斯堪的纳维亚乡巴佬，真厉害。还有位于山岗上那座乍一看很荒凉的路德会教堂，可是屋顶上竟然包的是马口铁！仔细一看，好像还很有气势。所以我觉得，在这天底下，只有斯堪的纳维亚人是最勤劳肯干的……"

"是吗？你是这么想的吗？"杰克逊·埃尔德太太立即驳斥道，"我先生说，那群在锯木厂里工作的瑞典佬向来自私，又性格乖戾，成天只知道叫老板涨工钱。要是轻易地答应了他们，只怕连工厂都要被他们掀翻天了！"

"没错，还有那些女用人，简直要不得！"戴夫·戴尔太太也叹着气说，"说真的，我为了让那些女佣开开心心的，经常忙进忙出的，恨不得什么事情都帮她们做完了！你瞧我这瘦的呀！她们从不顾忌时间，经常把男朋友叫到厨房里闲聊。我们如果有吃不完的东西，就全进了她们的肚子里。老实说，这么久了，我也没责备过她们什么。"

久恩尼塔·海多克也打开了话匣子："她们无一例外，全都是些不知分寸的人。在我看来，雇用仆人的问题是越来越严重了。瞧瞧那些愚昧粗俗的斯堪的纳维亚乡巴佬，他们恨不得把你身上的每一分钱都搜刮干净！还总是跟你提出各种要求，甚至连浴缸她们都想霸占。真不知道我们这个国家会因为她们变成什么样子。事实上，她们在自己的家里，哪怕能有个小小的洗澡盆，也心满意足了。"

她们眉飞色舞地说着。卡萝尔一想到碧雅，便插嘴道：

"难道这全都是女用人的错吗？女主人就全是对的吗？我们的祖辈们都是给她们吃剩饭剩菜，住和洞穴一样窄的小房间。我并不是想炫耀什么，但我跟碧雅相处得非常愉快，她是一个非常宽和的女佣。并且，那些斯堪的纳维亚人都是身强体壮、诚实可信的……"

戴夫·戴尔太太怒声道："你说他们诚实可信？他们只是尽其所能地榨干我们身上的每一分工钱罢了！难道这也叫诚实可靠？

我不知道她们在家里偷没偷过东西，但她们的食量真是大得惊人！不到三天就能吃完一大块牛排，这和偷有什么区别呢？反正，她们别想从我身上占到任何便宜！我总有办法叫她们知道这一点！我经常让她们在楼下当着我的面打开箱子检查，免得她们趁着我一不留神，干了什么缺心眼儿的事！"

卡萝尔勇敢地质问道："请问你们每个月支付她们多少工钱？"

银行家的太太Ｂ.Ｊ.高杰林夫人气鼓鼓地说："一个礼拜下来，会给她三块半到五块半不等！我知道，之前克拉克太太还发誓说绝对不会轻易答应她们那些无理的要求，可结果呢？她却每周给她们五块半！这难道不奇怪吗？一个身无长处的工人每天才有一块工钱，而我们给她们提供衣食住行，还允许她们在工作时间把自己的衣服一起洗了……对了，肯尼科特太太，你家用人每周的工钱是多少？"

这话一出，五六个人都连忙追问起来："是呀，你给她多少工钱？说说看呀！"

卡萝尔语声微弱地道："哦，每周我会支付她六块钱。"

所有人都震惊了。久恩尼塔怒吼道："你竟然给这么多？噢，老天！你这是存心要和大家作对吗？"她们怒气冲冲地瞪着她，以示对久恩尼塔的支持。

卡萝尔的心里也冒火了："这和我有什么关系？我只是同情她们每天都要干十到十八个小时的脏活儿累活儿！什么脏衣服、油盘子，洗得她们手都粗糙皲裂了！而且小孩也归她们管！要是有客人来按铃，她们连湿淋淋的手都来不及擦干，就要忙不迭地去开门，还有……"

戴夫·戴尔太太立即打断了她的话："是的，你说得没错，但你要知道，在我没有雇用她们的时候，这些事情可都是我自己亲力亲为的！谁要是不愿意妥协、加工钱，就得自己花时间干这些！"

卡萝尔回嘴道："难道女佣就不是在花自己的时间为别人做事吗？她不过是换取些工钱罢了！"

她们狠狠地盯着卡萝尔，争抢着驳斥她。好在维达·舍温及时用高调的嗓门制止住了这场争吵：

"闭嘴！都闭嘴！行了你们！怎么都这么大的火气？你们是不是对这个愚蠢的问题太过较真了些？别吵了！肯尼科特太太，或许你的观点是好的，但是你别太冒进了，会和大家脱节的。久恩尼塔，你也根本没必要发这么大的火。大家别忘了，今天到这里来是为了打桥牌的，可不是为了吵架。卡萝尔，你不是什么圣女贞德，也没必要维护那些女用人，听话，否则我可要惩罚你了！现在你到我这里来，和埃塞尔·维利茨说说图书馆的事情吧。听着，别再让我看到哪只母鸡跑出来啄人了，不然我就要找整个鸡窝的麻烦了！"

她们勉强地笑了起来。卡萝尔也走到维达身边，聊起了所谓的"图书馆"。

这三位太太——医生、商店老板和学校教师的夫人——就因为偶然间说起自家女佣每周的工钱，而在住邸里大动肝火，吵得不可开交。尽管表面上看来这是一桩不足为道的小事，但这其中却仿佛影射了波斯、普鲁士、罗马和波士顿等地的密室谋策、内阁会议以及劳工大会。那些所谓的国际领袖演说家，也只不过是十亿个久恩尼塔，在十万个试图息事宁人的维达·舍温的劝阻下，向一百万个卡萝尔发起炮轰似的斥责。

卡萝尔忽然感到有些后悔和自责，她只能努力同埃塞尔·维利茨套交情，结果却犯了不知礼俗的错。

"你好像从来没去过我们的图书馆。"埃塞尔·维利茨语气里透着责怪。

"其实我一直想去的,只是我家里暂时还没安置妥当。等一切都安排了,我肯定会隔三岔五就去拜访的,到时候你可别嫌弃我!我听说你们的图书馆很不赖!"

"是啊,我们图书馆是非常受欢迎的。尤其是馆里的藏书,比瓦卡明图书馆还多两千册!"

"听起来真不错!这一切都多亏了你呀!我在圣保罗的时候也在图书馆里工作过。"

"我听说过了。但是,我并不太赞同那些大图书馆的管理方式。馆员们实在太不敬业了,阅览室里竟然还有流浪汉和邋遢的人在睡觉!他们却管都不管!"

"是啊,毕竟那些人也很可怜。其实,我觉得,鼓励大家看书才是图书馆馆员最主要的职责。你觉得呢?"

"这是你的观点吗?肯尼科特太太,我的想法和某大学里的大型图书馆馆长的话是一样的,那就是'一个称职的图书馆馆员,最重要的职责就是保证馆内的藏书有条不紊'。"

卡萝尔脱口而出地"哦"了一声,可是后悔也已经来不及了。埃塞尔·维利茨忽然挺起胸脯,驳斥道:

"没错,或许那些大型的图书馆都是经费无限、随意开馆的,就算调皮的孩子故意损坏图书,粗俗的年轻人故意带走超额的书籍出馆,也没有人制止。可是在我们的图书馆里,这种行为是绝对禁止的!"

"可是那些孩子才刚开始学着看书,我想知识总比书本更珍贵吧?就算一不小心损坏了书籍,应该也没什么问题。"

"可有些孩子纯粹只是因为母亲放他们出来玩，所以才整天跑到图书馆里捣乱的！他们的知识可是最廉价的！你知道馆员一再迁就孩子的下场是什么吗？就是好好的一个图书馆，最后沦为了幼儿园和托儿所！可是，我们的图书馆，只要我在那里一天，我就会保持它绝对的安静、整齐和高雅，那些捣乱的孩子是绝对不允许踏足那里的！"

卡萝尔发现其他人也正在留意她们的对话，没准儿正等着她做出什么引起公愤的举动来呢！她不想引发众怒，只能连忙笑着附和埃塞尔·维利茨的话，然后当着大伙儿的面看看手表，温柔地说："已经不早了，我该回去了，威尔说不定正等着我呢。今天的桥牌会非常精彩，或许你们说的那些关于女佣的观点都是对的，我可能是因为碧雅为人不错，所以有失偏颇。海多克太太，下次你可要告诉我，你做蛋糕的小窍门呀！啊，今天玩得真开心，那么我先走了，各位再见！"

她回到家里忍不住想："我真不该为这么一点儿小事就冒火顶撞她们的。可是，要我对着那些不嫌厨房脏，不嫌工作苦的女佣，和那些衣衫褴褛、忍饥挨饿的孩子破口大骂，我是怎么也做不出来的！大不了一辈子不和那些太太小姐们打交道！不然我这辈子都要活在她们的监督下了！"

她匆忙跑上楼，甚至没有理会在厨房里叫她的碧雅，便走进那间黑不溜秋、关着窗户密不透风的客房里，跪在乌黑的胡桃木床边，伏在那铺着红被子的床垫上害怕得哭了起来。那柔弱的身姿，如同昏暗里一道惨淡的弧光。

第八章

一

"我总是抱怨自己每天游手好闲，我对威尔以及对他工作的关心是不是太少了些呢？好吧，从明天起我一定要注意这些，我一定可以做到。如果我真的无法融入她们这个集体，没准儿我就会被排挤在外……"

肯尼科特刚进家门，卡萝尔就连忙说道："亲爱的，你和我说说你出诊时碰到的种种情况吧，我真的很想了解，请你全都告诉我吧。"

"好的，我会告诉你的。"肯尼科特说完就到楼上去生火了。

等到晚餐的时候，她又追问道："你能告诉我你今天的情况吗？"

"今天？我没明白你这话的意思。"

"我是说出诊的情况,我真的非常好奇。"

"哦,今天的。今天碰到的病人都很平常,没什么特别的。有两个腹痛的病人,有一个手腕扭伤的病人,还有一个因为丈夫不爱她了而想不开要自我了结的女人,这些都是很常见的病,没有其他的了。"

"可是那个女人并不能算是常见的病。"

"她?她八成是疯病。他们夫妻之间的事情,外人还是不要插手最好。"

"好吧。亲爱的,等你下一次出诊回来,能不能告诉我你碰到的那些有趣的事情?"

"当然可以,这有什么不行的呢?只要你想听,我都可以告诉你。对了,今天鲑鱼是从豪兰的店里买的吗?味道真是棒极了。"

二

自卡萝尔在芳华俱乐部败北的那一日起,已经过去四天了。但是,当她看到前来探望她的维达·舍温时,她那玻璃似的心几乎都要粉碎了。

"我能进来坐坐,说会儿话吗?"相比于维达·舍温的坦然直率,卡萝尔反倒显得有些局促了。维达脱掉皮大衣,像做体操一样优雅地坐了下来,然后就开始絮絮叨叨说个不停了:

"啊,今天的天气可真是好极了!雷蒙德·伍瑟斯庞还说他如果像我一样这么精力旺盛,他早就成为大剧院里受人敬仰的歌手了。我总在想,全世界最好的天气、最好的朋友以及最重要的工作都在戈镇里,都在我这里,或许这只是痴心妄想。但有一点我必须向你坦白，你是个小笨蛋，胆子最大的小笨蛋！"

"所以，你现在要扒掉我的皮吗？"卡萝尔忍不住笑了起来。

"我？或许吧！我正烦恼着呢，我知道，如果贸然插手两个人之间的争吵，是很容易得罪人的。但他有机会在两个人之间传话，告诉他们对方心里的想法。我如果说我希望你能利用眼下这个天大的好时机，去竭尽所能帮助戈镇上的人启迪思想，你会不会觉得我在说瞎话？"

"你的意思我明白，抱歉，我那天在芳华俱乐部里说了那样的话……"

"不，事实上，我反倒很高兴。你对她们说的那些关于女用人的道理非常实在，可能你说话的方式不太对，但前面的问题特别重要。我是说，所有外来的人员，到我们这个偏僻的地方来都必须经过考验。人们对她热情和友好的同时，也在暗中观察她。我还记得之前有一位来自韦斯理的拉丁文女教师，她刚到这儿来的时候满嘴土腔，大家都不喜欢她，还说她那口音就是惺惺作态。当然，你也曾是她们议论的对象……"

"我？"

"这并不奇怪。"

"我一直以为我置身在云端之中，别人看不到我，但我却能清楚地看见别人。我感觉自己很普通，很寻常，她们有什么好议论的呢？我真的不明白，海多克夫妇为什么一定要在背后议论我。"卡萝尔说着说着不禁有些恼火了，"我真的很讨厌这样，只要一想到她们在背后对我的言行举止指指点点的，我就如坐针毡！她们这种行为俨然是对我的伤害，真是太令人恼火了！我真恨……"

"孩子，你别激动！听我说，她们之所以对你不满，或许是因为你身上的某种因素。你先保持冷静,不要冲动。她们并不是针对你,而是针对所有新来的人,这就好比你读大学的时候,面对新生时也会这样,对吗?"

"没错。"

"这就对了,你为什么要冲动呢?别再闹情绪了,你是一个明事理的人,所以我真诚地希望你能不计前嫌,和我一起为这个乡镇的未来出力。"

"我已经冷静下来了,没有再生气了。但是,对于帮助你振兴乡镇这件事,我真的无能为力。老实说,我很想知道她们在背后是怎么议论我的。"

"她们都是些见识浅陋、喜欢神神道道的人,而你不仅知道明尼阿波利斯之外的事情,还懂得打扮,她们当然就看你不顺眼了。"

"好吧,随她们去说吧,难道我还得换一身麻袋片去恭维她们吗?"

"行啦,你又开始闹小孩情绪了。"

"好,我不闹情绪,这总行了吧?"卡萝尔略有些不高兴。

"这样最好,不然我什么都不告诉你。你得知道,我这么做只是想告诉你她们的一些想法,而不是为了让你去迎合她们。假如你想要对付她们,就算她们的想法再幼稚,你也得知己知彼,不是吗?你的初衷不就是打算让这个乡镇焕然一新吗?"

"这一点,连我自己都搞不清楚了。"

"好吧,好吧,你别说了,你肯定有这个打算的!你生来就是一个革命家,我非常看好你!"

"不,我不是……我现在已经不抱任何期望了。"

"你就是的。"

"好吧，如果我真的能帮到你什么，她们会不会说我是装腔作势呢？"

"孩子，你还真说对了！说白了，就是戈镇在戈镇人的眼里，就好比湖滨林荫大道在芝加哥人的眼里，都是一样完美无缺的。尽管和芝加哥、伦敦这样的地方比起来，类似于戈镇的乡镇可要多了去了。好吧，我就全都告诉你吧，在她们这些厚脸皮看来，你如果没有按照本地口音，把'亚美利加'读成'亚木立加'，那么你就是在向她们炫耀。她们眼里的人生是非常肃穆的，她们无法想象除了久恩尼塔那种喷着鼻息的笑容之外，还能有什么其他的笑容方式。所以你的种种言行在埃塞尔·维利茨看来，就是一种显摆。"

"不，我并没有。"

"但在她看来，你所说的'要激励人们看书''埃尔德太太的小汽车非常漂亮'等这些话，都是在看不起她。毕竟她觉得自己的车也很宽敞、漂亮。还有一些商人说你在铺子里跟他们说了很多乱七八糟的话，说你很轻浮，等等。"

"这不是真的，我只是想跟他们混熟而已！"

"你要知道，在这镇上的众多家庭主妇看来，或许你和碧雅的亲昵都是错误的。虽然和气待人并没有错，但你对她，就像是对自己的亲表妹一样。听着，我还有很多话要说给你听。她们觉得，无论是你房间的布置，还是里面放置的长沙发和日本的那些东西，等等，都是古里古怪、荒唐可笑的。你先别急着辩解，听我说。我知道她们很愚蠢，而且我还听到有十几个人因为你去礼拜堂的次数太少而指责你，以及……"

"别说了！我听不下去了！我真不明白，我是那么诚恳、和气地与她们相处，试图和她们搞好关系，可她们却背着我说我坏话！

啊,我快受不了了!真的不好意思,让你告诉我这些事情。"

"没关系,我也不知道该怎么说,只能告诉你一句古老的谚语——知识就是力量。以后你就会明白了,就算是在这个偏僻的小地方里,力量也是非常重要且实用的东西。所以说,得拿捏好这个地方。嗯,虽然我性情有点儿怪异,但我还是很期待可以看到不一样的戈镇。"

"但是她们伤了我的心,她们竟然这样狠心地对待一个想要与她们坦诚相待的人,真是太卑鄙了!你干脆全都告诉我吧,比如她们是怎么议论我举办中国风味的暖房酒的?"

"呃,这……"

"没关系,你只管说。你如果不告诉我,由着我自己胡思乱想,情况可能会变得更严重。"

"其实,大家对于你办酒的事还是很高兴的。但我猜,你的这一举动在她们某些人看来,就是为了虚张声势,故意让大家以为你那个家境普通的丈夫很有钱。"

"不,天哪,我简直无法想象她们这种卑劣的心理!难道在她们看来,我真的是为了——既然现在我可以随随便便地引起一场不小的声势,那我为什么还要去启迪她们这种人?说这些话的都是些什么人?有钱的?还是没钱的?"

"呃,都有。"

"她们难道不明白,我根本就没有必要靠这种庸俗的事情来向大家显示自己的斯文!如果她们愿意了解,那么你大可告诉她们,威尔的年收入大约是四千块,而我请客的开销连她们预想的金额的一半都没有!中国的东西并非奢侈品,我的衣服也是自己做的!"

"好啦,别说了,这些都和我没关系,并且我早就知道了。她们只是担心你要跟大伙比阔气，毕竟在戈镇这个小地方里的大部分人家都不可能像你那么阔绰地宴客，四千块对她们来说已经是一笔巨款了。"

"我从来没有想过要攀比什么，你应该知道的，我只是出于对她们的喜爱，所以才尽我所能地宴请大家，搞得热热闹闹的，也好趁机结识朋友。我只能说，我这么做的确很天真、很傻气，但是我并没有什么坏心眼儿呀。"

"这我都知道，无论是你用来宴客的中国炒面，还是你身上穿的那件漂亮的长裙，她们都不应该这样肆意地嘲笑，这是有失公允的。"

卡萝尔急得直跺脚，忍不住哽咽道："她们怎么能这样！怎么能嘲笑我费尽心思为她们准备的精美食品！你知道吗？就是为了给她们一个惊喜，我才偷偷缝制了那件中式长袍，结果却沦为了她们的笑柄！"

她直接扑倒在沙发上，气愤得蜷缩成一团。

维达一边轻抚着她的长发，一边低声道："早知道我就……"

愤懑的情绪让卡萝尔冲昏了头，等到五点半的钟声响起时，她才发现维达早已经悄悄地离开了。"我得赶在威尔回来之前平复一下自己的心情。噢，我真是一个傻瓜，希望威尔永远不会知道这件事情。那群只知道背后妄议人的狠心女人，真是太可怕了。"

她扶着栏杆，一步一步艰难地往楼上挪动，就好似一个一心寻求亲人庇护，但却被什么人拖住了脚步一样的孤苦女生。此时此刻，她满心牵挂的不是肯尼科特，而是她那已经去世了十二年的温柔善良的父亲。

137

三

卧室里有一张大椅子,就靠在暖炉和煤油炉中间,这会儿肯尼科特正困意连连地大字躺在上面。

卡萝尔语气有些迟疑:"威尔,你说,这镇上的人会不会在背后议论我什么呢?或许这是无法避免的。我是说,如果你听到了什么关于我不好的言论,你别生气。"

"噢,天哪,应该没有人会说你坏话吧?因为他们经常同我赞美你,说你是他们这辈子见过的最美丽的姑娘!"

"可是在我看来,或许是因为我买东西总是挑三拣四的,所以达韦沙、豪兰和卢德尔梅耶,以及一些商铺的掌柜对我都颇有微词。"

"好吧,我原本不打算告诉你的,但既然你主动提出来了,我就实话告诉你吧。当初你不肯在本地买新家具,非要跑到其他城市去买。切斯特·达韦沙就是因为这个才生气的。我原本也是不太赞成的,毕竟我赚的都是戈镇人的钱,他们当然不愿意我把钱花在戈镇以外的地方。"

"达韦沙说那些东西是殡仪馆里用的,那么,不如让他来教教我该怎么利用这些东西布置房间吧!"说到这里,她忽然想起了一些事情,又愉悦地说道,"好吧,我还是比较清楚他的为人的。"

"至于豪兰和卢德尔梅耶则是因为你说他们铺子里的东西太拙劣才恼火的,尽管在你看来那不过是几句玩笑话而已。但其实我们根本不用在意这些,戈镇和那些美国东部的荒僻小地是不一样的,你不用时时刻刻留神脚底下的路,也不用担心那些荒谬可笑的习俗,或是一些总喜欢背后非议他人的老太婆们。这里是独立而自由的，你可以舒舒服服地想干吗就干吗。"他绘声绘色地向卡萝尔表达着自己的心里话，卡萝尔当然也明白，她略有些懊恼地舒了口气，又打了个哈欠。

"卡丽，既然说到这里，我想给你提个醒。当然，我是站在公允的角度上看待问题的。事实上，如果你并不是诚心要成全那些和你关系不错的商铺，那么你就不要只一味地在他们那里买东西。我觉得，你最好多关照詹森或卢德尔梅耶的生意，至于豪兰·古尔德，他们那一拨人但凡有什么三病两痛，都是到古尔德医生那里看病的。假如我把钱花在他们的食品杂货铺里，那就等于间接地给特里·古尔德送钱了！我可不希望这样。"

"可是豪兰·古尔德铺子里的货色更好、更卫生，正因为如此，我才去他们的店里买东西。"

"我知道，你在詹森那里买的东西总是缺斤少两的，卢德尔梅耶又是个贪吃懒做的荷兰猪。所以我的意思，并不是让你以后再也不去豪兰的店里了，而是说，如果可以的话，我们尽量光顾自己人的生意，你懂吗？"

"我知道了。"

"好吧，现在该上床休息了。"

肯尼科特出去瞟了眼寒暑表，然后合上门，摸了摸卡萝尔的头，接着就解开马甲，给空钟上完弦，然后又到楼下去看了眼炉火。在这期间，他一共打了三个哈欠，等到做完这一切，他才困意连连地一边上楼，一边挠着自己胸口的厚毛衣去休息了。

半晌，他大声喊着卡萝尔："你怎么还不上床睡觉呢？"可卡萝尔依然坐在那里，一动不动的。

139

第九章

一

卡萝尔的内心是多么渴望能将一种富有教育意义的舞蹈传授给草地上的那群小羊羔呀！可她没想到，草地上的小羊羔转眼间就变成了一群牙尖嘴利、面带讥诮的狼，它们从四面八方将她团团围住，逼得她走投无路。

人们都在背地里嘲讽她、讥笑她，她真的忍不住了！她多么想逃离戈镇啊，哪怕大城市永远都是事不关己高高挂起那般冷漠，她也愿意回去！之前她还总是对肯尼科特说："我想回圣保罗待几天。"然而现在，她怕自己一开口，丈夫就会追问原因。

现在的她只希望人们可以包容她，至于改造这里，她已经不再奢望了。

一个礼拜前，她还对当地人的行为举止颇感兴趣。而现在，她只会红着脸避开每一个人，连正面看他们一眼都不敢，仿佛他们之间的问好里也掺着对她的嘲笑。

某天，卡萝尔在奥利·詹森的铺子里遇见了久恩尼塔·海多克，她紧张得连说话都结巴了："嘿……你，你好！嗯，这里的芹菜很不错哦！"

"嗯，是挺不错的。哈里非要在礼拜天吃芹菜，真是个麻烦的家伙！"

卡萝尔脚底抹油似的跑了出来，心里还有些窃喜："太好了，她刚才没有嘲笑我！真是太好了……"

没过一个礼拜，卡萝尔终于从躁郁不安、羞愤难当的心境中走了出来，渐渐恢复安宁了，就好像那些人已经不会在背后非议她了一样。但是，她却养成了低着头走路，并且一见到人就躲的坏习惯。那天，她在大街上走路，正好看见迎面走来的麦加农太太（或者是戴尔太太），她便赶紧跑到街对面装作在欣赏面前的广告牌。她就像是舞台上的演员，必须时刻关注着她看得到的所有人，或是躲在暗处里她看不到的那些讥诮的眼神。

她发现维达·舍温没有骗她，人们的目光一直暗中追随着她，不管是逛商店还是扫门廊，哪怕她什么都不做，仅仅是站在客厅的窗户前。她曾经在大街上招摇过市，而现在，哪怕她眯着眼顺利地穿过沿街的房屋回到家里，她也觉得自己像是在嘲讽的枪林弹雨里走了一遭。她知道，自己现在这副神经敏感、惶惶不安的模样既荒唐又可笑。当她发现有人在窥视自己时，也只能默默地拉起窗帘。有几名妇女刚回到家，又悄悄走出来侧着脑袋往她这里瞧。尽管外面天寒地冻，静谧无声，但她们踮着脚在门廊里走动的细碎声音却清晰入耳。当她偶尔冒着夜晚的寒风从大街上匆忙而过时，她会暂时忘记那些紧盯着她不放的眼睛，站在亮着灯的窗户下，稍稍地喘一口气。但没过一会儿，她就会被灌木丛里忽然探出来的一个戴着围巾监视她的脑袋吓得面如土色。

她想，或许是自己太过敏感了，毕竟乡野里的人都喜欢这么直愣愣地盯着外人看。这么一想，她的心里也好受了许多。尤其是在这个节骨眼上，她还能积极地分析问题，这令她非常满足。但第二天一早，她就在卢德尔梅耶的店里碰了壁。她刚一进门，原本正聊得开心的卢德尔梅耶、店伙计和那位敏感的戴夫·戴尔太太忽然收起了笑容，狼狈地将话题扯到了葱姜蒜上面。卡萝尔不禁猜测，或许这一切都是她造成的。到了晚上，当莱曼·卡斯夫妇打开门看到前来拜访的她和肯尼科特时，那神情就像是见了鬼一样。肯尼科特半开玩笑地问道："卡斯，你们怎么慌里慌张的？"莱曼·卡斯夫妇却只是意味深长地偷笑着。

卡萝尔不知道除了戴夫·戴尔、萨姆·克拉克和雷蒙德·伍瑟斯庞，其他的商人是否会欢迎她。她总是改不掉怀疑别人对她的问候里带着讽刺的这个坏毛病，所以她总是精神恹恹的，怎么也振作不起来。她有的时候会恼恨那些骄傲自负、行为粗鲁的商人，有时候又偃旗息鼓。那些商人显然没有意识到自己言行上的问题，他们无非是想让她知道，对于他们这些生意兴隆、财运发达的生意人而言，即便你是某位医生的太太也根本不值一提。他们总是把"每个人都是一个头，两只脚，谁说他就一定比不上别人呢？没准儿他还更厉害呢"这类话挂在嘴边，但要是面对那些来店里赊账的年谷不登的乡下人，他们则闭口不谈。那些商铺的掌柜大多是脾气暴躁的北方佬，虽然奥利·詹森、卢德尔梅耶和格斯·达尔都是"欧洲人"，可他们还是喜欢被人们列入北方佬的行列。詹姆斯·麦迪逊·豪兰和奥利·詹森分别来自新罕布什尔和瑞典,但他们总说自己是美国公民,甚至还常常对顾客说:"你想要什么?我不知道还有没有。噢,我不能保证中午之前可以送到你家。"

通常,顾客们也会回敬几句来维护面子。比如久恩尼塔·海多克的回答就是熟而不拘的:"如果你在十二点后才送到,可别怪我去挠你那个新来的送货员的脑袋。"这样风趣而不失礼的玩笑是卡萝尔这辈子都望尘莫及的,她心里也很清楚这一点,所以在这种懦弱的心理的影响下,她渐渐开始到阿克塞尔·埃格的店里买东西了。

阿克塞尔是一个至今都没融入这里的外来人,他做事中规中矩,也不爱八卦,所以镇里的居民对他既谈不上喜欢,也谈不上唾弃。但他很满足现在的状态。在十字路口的一众商店里,他的铺子是最乱的,也只有他才清楚每一件商品的位置。比如孩子的袜子,有的盖着单子放在货架上,有的装在放姜饼的洋铁桶里,还有的干脆就胡乱地扔在面粉桶上,像一团黑色的蛇的脑袋。而面粉桶的周围也是一片凌乱:扫帚、挪威文《圣经》、鲈鱼干、杏子,以及一双半伐木工人穿的橡胶底皮靴。店里的客人几乎都是包着头巾、穿着老旧的羊腿肚皮短外套的斯堪的纳维亚农妇,她们一边等着自己的丈夫,一边用挪威语或瑞典语聊着天。当卡萝尔进来的时候,她们也只是用茫然的目光盯着她,没有交头接耳说她坏话。这让卡萝尔的心里好受很多。

自此以来,在卡萝尔的眼里,阿克塞尔·埃格的铺子是美丽且富有浪漫情调的。

眼下,卡萝尔最担心的还是她的穿着打扮。

卡萝尔曾经穿着崭新的黑黄两色绣花领口的方格子衣裳上街购物,这样一来,整个镇上的人(他们只对新衣服的价钱感兴趣)

当然都会对她的穿着指指点点了。的确，这件线条优美、花纹迷人的漂亮衣服，是戈镇里那些老式的长袍子根本无法比拟的。站在门廊里的博加特寡妇几乎都要看呆了，显然她这辈子都没有见过那样子的衣服！卡萝尔来到卖针线纽扣的杂货铺里，却被麦加农太太一把拉住："噢，上帝，你的衣服真酷，肯定花了不少钱吧？"甚至那些在药房门口玩耍的男孩子见了她，都追着她哄笑着："胖娘儿们！我们想在你的背上下盘棋！"卡萝尔忍无可忍，只好穿上皮大衣，将新衣服严严实实地裹起来。

二

眼下，卡萝尔最反感的不是镇上的居民，而是那些看着她眼神轻浮的浪荡子弟。

过去，她总觉得城市是人工建造的，而乡野的一切都是淳朴自然的：清新的空气，怡人的风景，还有可以垂钓和嬉戏的湖水。但现在，每当她看见那群徘徊在戴尔药房门口，抽着烟，穿着皮鞋和短外套，戴着紫领带，而年龄却不超过二十岁的男孩子，流里流气地冲经过的女孩吹口哨，还出言不逊时，她就恶心得不行。

那群男孩子不是在德尔·斯纳弗林理发馆后面那一间脏乱不堪的房子里赌弹子球，就是在腌制鱼肉的工厂里赌骰子，又或者跑到明尼玛喜旅馆酒吧里，让那里的侍从伯特·泰比给他们讲一些"特别"的故事。他们会对着玫瑰宫电影院里的爱情镜头咂咂嘴，会在希腊糖果店的柜台前吃着烂香蕉、酸樱桃、掼奶油和果子冻的冰激凌爆粗口："喂，别吵老子！""滚蛋吧你！老子的杯子差点儿被你弄翻了！""老子不要命了。""喂，你再敢用烟卷蘸老子的冰激凌试试?""喂,巴蒂,还记得昨晚与你共舞的蒂丽·麦圭尔吗?兄弟,你还搂过她了对不对?"

卡萝尔认真翻阅了一些美国小说,才发现这种"英勇健壮的军人作风"是这群美国青少年唯一能表现出来的。以前她总认为,没有出生在贫民窟与矿工宿舍营的青少年,理所当然地会变得娇惯、不幸。但现在,当她怀着微微的恻隐之心和不掺杂任何主观意识的感情去审视他们时,她忽然发现自己竟然会因为他们而愤怒。

她终于明白,他们早就摸清了她的现状,所以才一直等着她出糗,给他们制造笑料。从他们那些观察所经过的女学生是绝对不会满脸羞红的,唯独她是个例外。当她发现他们顺着她刚踩过雪地的套鞋盯上她的小腿,还发出啧啧的称赞声时,她除了羞愤之外,还感到无比伤心。因为不管是在这些人的眼睛里,还是说整个戈镇里,都找不到任何青春的光芒与气息。这些人仿佛从出生的那一刻起,就注定是一个冷漠自私、挑剔自负,且专喜欢挖人隐私的人。

卡萝尔更是从赛伊·博加特和厄尔·海多克的某次对话中,深刻地体会到这些青年人的无情无义、自私自利。

塞勒斯·N.博加特有十四五岁,是那位站在街边张望的上帝信徒——寡妇的儿子。卡萝尔刚来戈镇的第一个夜晚就领教到了赛伊·博加特的德行——他吆喝上一群调皮的捣蛋鬼找上门来,一边狠狠地敲打着一块弃置的汽车挡泥板,制造出巨大的噪声,一边让他的伙伴发出狼崽子一般的嗥叫声。然而他们的恶作剧不仅没被阻止,还得到了肯尼科特的奖励——一块大洋。于是,在金钱的诱惑下,赛伊的恶作剧就更加肆无忌惮了。他又号召了一群顽童跑到家门口,对着三块汽车挡泥板又是敲,又是喊的,吵得不可开交。肯尼科特没办法,只好放下刮了一半的胡子跑出去,按照赛伊的要求又给了两块钱。一个礼拜后,赛伊又得寸进尺地在卡萝尔客厅的窗户上装了一根打更的梆子,等到深夜里就会发可怕的笃笃声,卡萝尔几乎吓得快半死。在接下来的这四个月里,赛伊在卡萝尔的眼皮子底下先后勒死过猫咪、偷过别人的瓜果、往她家院子丢过烂番茄、在草坪上开滑雪跑道,甚至还大声宣讲过有关生孩子的秘闻,简直是可怕。事实上,赛伊·博加特就像是这个乡镇、这座学校、这种国民传统的缩影,是一棵原本天资聪颖的好苗子却在虔诚的母亲的教养下变成了一个罪大恶极的捣蛋鬼的代表。

卡萝尔对赛伊是心存畏惧的,哪怕是亲眼看到赛伊指使他那条凶狠的杂交狗欺负她的猫,她也只能选择视而不见,更别说出面制止了。

肯尼科特家有一个小棚屋,是专门用来堆放一些油漆罐子、修理工具、剪草机、小扫帚等乱七八糟的东西的汽车房。然而房顶上的阁楼现在已经成为赛伊·博加特和厄尔·海多克(哈里的弟弟)的秘密基地了,他们时常从棚屋边上的梯子爬进阁楼里,一边抽着烟,一边筹划结社的事情,以此躲避家长的打骂。

自那次维达坦诚以待后又过了两三个礼拜,转眼就到了一月底。这天早上,卡萝尔踩着雪,步履轻盈地来到阁楼下面,准备上去找一把锤子,结果却听见了阁楼里的对话声:

"嘿,听着,咱……咱们去湖边找别人布置的捕捉机,偷几只麝香鼠回来。"赛伊·博加特一边打着哈欠一边提议道。

"要是被别人发现了,咱们的耳朵可就要被人揪掉了!"厄尔·海多克嘀咕道。

"妈的,这烟卷的味道真不赖!你们还记不记得,咱们以前还总是抽玉米须和干草籽呢!"

"嘿,你干吗要提这个?"

有人吐了口痰，然后安静了一会儿。

"厄尔，我妈说抽烟会得肺病，你怎么说？"

"你妈真是胡说八道！"

"是啊。"他顿了顿，继续说道，"但是她说，她认识的一个小伙子，真的因为抽烟得了肺病。"

"简直是胡扯！你们别忘了，肯尼科特大夫以前不也总是嚼烟叶、到处吐痰吗？他吐痰的功夫也厉害着呢！哪怕是隔着十英尺，他也能准确无误地吐到对面的树干上。当然，那时候他还没有迎娶那个从城里来的小姐呢。"

这对于卡萝尔而言，犹如一条新鲜出炉的大新闻。

"你们觉得她怎么样？"厄尔问道。

"她？谁啊？"

"别装蒜了，你肯定知道我说的谁。"

阁楼里随即响起一阵打打闹闹、撞击木板的声音，他们安静了片刻，赛伊才开口说道：

"好吧，我觉得肯尼科特太太还不错。"卡萝尔站在阁楼下面，听到这话才终于舒了口气。"之前她请我吃蛋糕，可我妈妈非要说她眼高于顶，真是见鬼了！妈妈成天把她挂在嘴边，还说如果她能把梳妆打扮的心思用在自己丈夫的身上，那么肯尼科特大夫的脸也不至于那么尖了。"

有人又吐了口痰，沉默了半晌。

"久恩尼塔也一样，也是动不动就说起她。"厄尔说道，"久恩尼塔说她总是一副无所不知的样子，尤其是她走路时那挺胸抬头、趾高气扬的模样，就仿佛是在吆喝大家快来欣赏她的美貌一样，简直令人笑掉大牙！但是，我他妈才不会听久恩尼塔这个吹毛求疵、阴险卑鄙的家伙胡扯呢。"

"我妈总是跟别人说,她亲耳听到肯尼科特太太吹嘘自己在圣保罗一周能赚四十块,但实际上,她一周只能赚十八块而已。我妈说等她在这里生活了一段时间后,她就不会再这样到处瞎溜达,闹些笑话了。还说她总是自命清高、目空一切,其实根本就是愚昧无知,大家都在背后嘲笑她呢。"

"嘿,你们有没有见过她在家里瞎忙活的样子?有天晚上,她一个人在家忘了拉起窗帘,我从她家门前经过的时候就正好看到了,哎哟,真是快把人肚子笑疼了!她为了把墙上的一个镜框摆正,就一个劲儿地用她那纤纤小手忙活着,足足折腾了五分钟呀!那场面,就像是在跟人说:'嘿,你瞧我这纤细的手指和俏皮的模样!'哎哟,真是要笑死我了!"

"但是话说回来,厄尔,你必须得承认,她的确长得很漂亮,还有那些漂亮的衣服,大概也是结婚的时候买的吧。她还有一些低领袒胸的衣服和贴身内衣,你们八成是没见过,但是我之前在她晾衣服的时候看了个彻彻底底,嗯,她的脚踝也很漂亮呀!"

卡萝尔再也听不下去了,她扭头就跑了。

镇上的所有人都将她的穿着打扮、相貌身材当作闲聊的谈资,而她对此却一无所知!这就像是让她赤裸着身体在大街上游行一样!

外面的天才刚刚暗下来,她就连忙将窗帘拉下来,死死地挡住每一个缝隙。可是尽管如此,她还是能隔着窗帘感受到外面那些刺眼的目光。

三

卡萝尔最耿耿于怀的，是她的丈夫曾经学着当地的古老陋习嚼烟叶。这件事情就像是在她的脑海里生了根一样，怎么也忘不掉。她可以用宽容的胸襟包容他沉迷过赌博和淫靡生活的过去，但却无法接受他嚼烟叶的陋习。她努力回想她看过的每一部小说里令人仰慕的主人公，但没有一个是嚼过烟叶的。她坚信，他的这种行为顶多算是一个放浪不羁的西部人。她试图将他和电影里那些长着胸毛的英雄人物串联在一起。暮色渐浓，她柔软而无助地蜷缩在沙发上，心里却在做着激烈的思想斗争，直到最后这种想法败下阵来。她想，他的吐痰技术根本不能与那些策马驰骋在山林间的骑手同日而语。这只能说明他和戈镇的人志趣相投，和裁缝师傅纳特·希克斯、侍从伯特·泰比是一类人。

"可是，他为了我早就改掉了那些陋习，我还有什么好介怀的呢？人无完人，大家都一样。我把自己想得太纯洁高尚了，却忽略了我每天也要和常人一样吃喝拉撒。我并非圆柱纪念碑上那从未现世的完美女神，而他却早早地为我改掉了陋习，并一如既往地支持我，相信我会受大家的爱戴。即便是面对戈镇里这场快要将我逼疯的暴风，他也依然稳如泰山，始终不曾动摇过……噢，我肯定会被这场暴风逼疯的！"

那天，卡萝尔给肯尼科特唱了一整晚的苏格兰民间歌谣，她望着正叨着一支没有点燃的雪茄烟的他，内心又想起了那些秘密，不由得慈蔼一笑。

她忍不住回过头反省自己："或许我嫁给他就是一个很可怕的错误呢？"（无论是挤奶的女工，还是使坏的皇后，她们曾经使用过的语调，就和现在卡萝尔念念有词的语调一模一样。并且将来，还会有更多女人用到它）她暂时放下心中的疑问，没有做出回答。

四

卡萝尔在肯尼科特的带领下，来到了位于北边林海湖畔的奥杰布华族印第安人保留地门户——拉克·基·迈特——一个四周布满挪威松树的沙窝小村。如果不算上结婚时那仓促的一眼，这还是婆婆与儿媳的第一次见面。肯尼科特的母亲是一位自小受过良好教育的娴静的老太太，尽管她所居住的木板小屋里摆了几张破旧的摇椅，但整间屋子收拾得干净明亮，就像主人一样，让人觉得素雅大方。老太太虽然已经上了年纪，却还像个好奇的孩子，不停地向卡萝尔询问有关书籍和城市的问题。她自言自语着：

"威尔这孩子很不错，吃苦耐劳的，但他有时候太严肃刻板了，你得好好说说他，让他开朗一些。昨儿夜里，我躺在床上，忽然听到你们俩因为那个挎着篮子在村里卖东西的印第安老头儿乐得哈哈大笑，我这心里也高兴得不得了。"

温馨敦睦的家庭氛围让卡萝尔很快就将那些乱七八糟的糟心事抛诸脑后了。她觉得现在的她不再是一个人了，她有了肯尼科特和老太太这两个放心的依靠。她望着老太太做饭的模样，内心也加深了对肯尼科特的了解。的确，肯尼科特是一个踏实肯干的实在人，他也不擅长说笑，但却愿意被她嬉戏逗弄。他的身上正好具备了和他母亲一样的诚恳、信任、纯洁和刚直等优秀品德。

卡萝尔在拉克·基·迈特一共待了两天，又找回了从前的自信，就像是一个刚喝下灵丹妙药治愈了病痛的重病患者。她心平气和地回到了戈镇，尽管内心仍旧留有一丝波澜，但也依然为自己大病初愈而高兴着。

数九寒天的一个晴天里，黑白交错的云团顺着呼号的北风匆忙离去，大地上的生灵便趁着这短暂的明媚变得生动起来。冬日里的寒风依然冰冷刺骨，乡镇的小路上全是深厚的积雪，肯尼科特领着卡萝尔艰难地前行着，途中还高兴地同洛伦·惠勒编辑打招呼："嘿！我出门的这几天你们过得怎么样？"对方也大声回答道："你竟然去了这么久，你的病人都已经痊愈了！"他还装模作样地询问肯尼科特这次远行的经过，准备在《戈镇无畏周报》上发表。杰克逊·埃尔德大声嚷着："嘿！你这家伙，说说北方现在是个什么情况啊！"站在门廊里的麦加农太太也不住地挥着手。

"他们对于我们的到来很是高兴，没有瞧不起我们。他们安于生活，过得很知足，还可以在大街上自由地畅所欲言，我为什么就不能这样呢？或许我就甘愿一辈子坐吃享福、好逸恶劳，等着别人同我打一声招呼，又或者坐在客厅里欣赏小提琴曲？这是什么原因呢？"

五

维达·舍温常常到卡萝尔家里溜达，差不多有十来次了，并且总是选在放学之后。她经常到镇上的各个地方转悠，然后挑一些有趣的事情和好听的话来奉承卡萝尔，比如："韦斯特莱克医生的太太说你既聪明可爱，又见多识广，很有文化涵养。"或者说："你还记得在克拉克五金店负责焊白铁的布雷德·比米斯师傅吗？他说你看上去和蔼可亲的，他敢保证你绝不是那种吹毛求疵的人。"

但尽管如此，维达也依然算不上是卡萝尔的"闺蜜"，允其量只是一个将卡萝尔所遭受的种种委屈都看在了眼里的局外人。维达忍不住暗示道："别再多想了,孩子,你得打起精神来,现在镇里的人已经没有再说你什么了。不然你就跟我一起去妇女读书会吧,不管是最新的时事还是有趣的报告,那里都有。"

维达已经多次向她发出邀请了,卡萝尔虽然心里有些过意不去,但还是一口回绝了。

眼下,她唯一引以为知己的就只有碧雅·索伦森。

不管她再怎么同情下层阶级,她的骨子里都始终认为仆人是身份低下的。但是她的女友碧雅却不同,她和大学里那些惹人喜欢的少女一样,是芳华俱乐部里那些少奶奶根本无法比拟的。时间一长,她们俩就像两个可爱的布娃娃,一块儿亲昵地做着家务。在碧雅的眼里,卡萝尔就是这镇里最美丽优雅的夫人,她总是大声嚷着:"噢,上帝!瞧瞧你这帽子,真是好看极了!"或者说,"你的头发梳得美极了!那些太太们要是看到了,保准会羡慕死!"她说这些话的时候,语气里从未有过用人的自卑和虚伪,相反,她就像是一个大学新生,言辞里都透着对学姐的真情赞美。

她们俩常常一起商量晚餐。起初她们会各自站在自己的身份岗位上:一个坐在厨房桌前的上座,一个擦洗炉灶或是站在洗涤槽边上。但没过多久,她们就会凑到桌前坐在一起,听碧雅笑嘻嘻地说着那个送冰的伙计非要亲吻她的事情。卡萝尔也会暗中思考:"那个麦加农大夫的医术肯定没有我丈夫的医术高明,这是众所周知的。"每当她买完东西从街上回来时,碧雅就会立即跑到门厅,帮她脱掉外套、搓热双手,再问上一句:"今天上街的人多吗?"

只要她外出回家,碧雅都会对她关怀备至。

六

　　这几个礼拜以来，卡萝尔因为心情寡郁而鲜少外出，虽然表面上一切都如往常一样，但只有维达清楚，她的内心其实是苦闷至极的。哪怕她是如此的萎靡不振，也还是会与在街上或店里碰到的熟人寒暄几句。至于芳华俱乐部，她只有在肯尼科特的陪同下才会去那里。平日里，她也只有在上街购物和拜访他人这种必要的时候才会出门，给予镇上的人闲聊的谈资。那时候，莱曼·卡斯太太或乔治·埃德温·莫特太太总是戴着手套、攥着手绢与名片盒坐在座位的边缘，用赞许而冰冷的笑容问她："你觉得这里有趣吗？"到了晚上，她陪同肯尼科特去拜访海多克或是戴尔，也是像刚嫁人的新媳妇，紧紧地跟在他的身后。

　　现在，她唯一的仰仗——肯尼科特也要外出几天，去护送病人到罗彻斯特做手术。起初她还一切如常，觉得正好趁这个机会让自己紧张的婚后生活放松一下，让自己重新回到浪漫的少女时代。但自从肯尼科特一走，家里就陷入了可怕的空虚。这天下午，碧雅也因为约了表姐蒂娜喝咖啡，或者约了男朋友而外出了。恰好这天也是芳华俱乐部每月一次的桥牌聚会，显然卡萝尔是不敢孤身前往的。

　　她只能孤零零地守在家里。

第十章

一

夜幕还未降临，屋里就像是有鬼魂在作祟，黑黝黝的影子在墙上窜来窜去，又悄无声息地藏到每个座椅的后面。门也在吱呀吱呀地响着似的。

不，她不能参加芳华俱乐部的晚会！她无法振作起来，无法勉强自己端着殷勤的笑容去面对刻薄的久恩尼塔，奉承她们那些人。今天是绝对不能去的，可是，她又很想去会会朋友们。倘若维达、萨姆·克拉克太太、钱普·佩里太太，或是韦斯特莱克太太和盖伊·波洛克等这些和她相谈甚欢的人能在今天下午来拜访她，那该多好呀！她真想给她们打电话……

不，不可以！她们应该到家里来看她。

她们或许会来。

为什么不来呢?

她还是先准备好茶水吧,她们要是来了也便于招待,就算不来也没关系,她才不会为了迎合那些人而放弃自己喝午茶的习惯。在她看来,喝午茶就是休闲美好的优雅生活的一部分。虽然她一个人在家,一边品着午茶,一边假装和客人们相谈甚欢的样子有些孩子气,但这其中也不乏乐趣呀!真是有趣极了!

她拿定主意,说干就干。她在厨房里一边唱着舒曼[①]的曲子,一边快乐地忙活着:开炉灶,烧开水,把铺在衬纸上的葡萄干、甜饼放进烤箱里烘烤,然后去楼上拿茶巾、摆茶盘。接着她将樱木长桌上的刺绣绷子、《星期六晚邮报》、《文摘》和从图书馆借的康拉德[②]小说以及肯尼科特看的《地理杂志》放到了一旁,摆上那个银色的茶盘。

她左挪挪,右挪挪,可还是不住地摇头,怎么都不满意银茶盘的摆放位置。她只好先打开放着缝纫机的工作台,放在窗前,并铺好茶巾,然后再挪一挪茶盘的位置。她笑眯眯地说:"等哪天有空了,我就去买一个桃花心木茶几!"

她准备了两套茶杯和茶碟,自己坐在直背长椅上,而另一张被她拖到桌子跟前的高背安乐椅则是给客人准备的。

她把所有能想到的事情都准备妥善了,就只等着客人上门了。她聚精会神地等着门铃与电话铃声,但过了一会儿她就热情尽失、垂头丧气了。

或许维达·舍温能听到她的呼唤呢?

她望向窗外,皑皑的大雪就像是从水管里喷出来的白色泡沫,

[①]舒曼,德国作曲家。
[②]康拉德,英国小说家,出生于波兰。

从豪兰家的屋顶上纷扬而落。街对面的院子里一片灰蒙，只看得见被急剧的大风刮起回旋的大雪。苍凉的树枝打着寒战，路面的车辙印一条又一条。

她看着给客人准备的杯碟和座位，只觉得一切都是那么冷冷清清。

水壶里的茶已经凉了，她烦躁地用手指试了试，的确凉透了，她无须再等待了。

她对面的茶杯是那么地干净漂亮，却也是空荡荡的。

别等了，再等也是徒添笑话。她坐在椅子上，盯着杯子里刚添的茶发呆。接下来她要做什么呢？呵，真是执着啊，不如再给自己加块方糖吧。

她可不想喝这杯令人气闷的茶。

她忽然起身，扑到沙发上哭了起来。

二

这一次，她又陷入了比过去这几个礼拜以来更严肃、认真的沉思中。当初想要唤醒、激励和改造这个小镇的初衷也同时浮上了心头。如果出现在她面前的绵羊忽然化作了凶狠的狼，她该如何是好呢？要是不反抗，或许就会被快速地吞噬掉。那么就只能勇敢地与他们争斗，使这个小镇彻底焕然一新，至少比迎合与妥协来得更加简单。她无法接受那些智力贫乏、偏激可怕的人们消极的观点，只能想办法向他们传输自己的观点。她虽然不能像圣味增爵·德保罗[①]那样去教导、治理人民，但没有关系，只要能让他们的内心愿意

[①]德保罗，法国宗教领袖。

相信美，哪怕只是微乎其微的，那也是进步了。只要播下去的种子生根发芽，总有一天它会长出足以粉碎他们昏聩平庸的墙的粗壮根茎。她不想被这个乡镇的现状所同化，就只能在这堵空白的墙根处播种，努力像自己预期的那样完成这项艰巨的工作。

她不知道自己的想法是否正确，毕竟对于镇上的所有居民而言，这里不是一堵空白的墙，而是宇宙的中心。他们曾用友谊的双手，对刚从拉克·基·迈特回来的她表示了热烈的欢迎。可是面对同样的情景，那些与戈镇一样的乡镇里的人们，不也会如此吗？萨姆·克拉克是她的朋友，但不一定就比在圣保罗图书馆一起共事过的女馆员，以及在芝加哥结识的朋友们更靠谱。扬扬自得的戈镇并不是应有尽有的，欢乐与冒险、音乐与青铜艺术、热带的岛屿、巴黎的夜晚、巴格达城墙，以及社会主义和没有噱头的上帝，这一切都填满了他们的那个世界。

不管那颗种子是什么样的都不要紧，世上所有的智慧和自由都是相同的。但是这颗种子是她耗费了许多精力才终于找到的。或许她可以从妇女读书会入手呢？又或者继续装饰自己的家，以此作为榜样？她希望读诗也能成为肯尼科特的喜好之一。好吧，就从丈夫开始入手吧！她忍不住幻想着他们二人依偎在一台并不存在的壁炉旁，轻轻地吟诵着优美的诗的情景。啊，多么真实的画面呀！这一刻，门停止了声响，窗帘不见了黑影，就连她心底最畏惧的幽灵也都被驱散干净了，只剩下薄暮透进来的层层阴影，一圈一圈的，好看极了。她兴致勃勃地打开那架她许久都不曾碰过的钢琴，一边弹着琴，一边哼着歌。这时，碧雅正好回来了。

卡萝尔穿着金边黑缎的长袍，碧雅则在蓝条纹布罩衫外系了件围裙。她们一个在餐室里，一个在厨房里，隔着中间那扇敞开的门一起愉快地共进晚餐。卡萝尔问她："你在戴尔铺子的橱窗里看到鸭子了吗？"碧雅回答道："我没有看到，太太。今天下午我们可真是高兴坏了！蒂娜准备了咖啡和克内干勃洛特招待我和她的朋友。我们愉快地聊着天，她朋友说自己是芬兰总统，要让我做皇后。我还在头上插了根羽毛喊着要去打仗……虽然看上去傻乎乎的，可我们笑得多开心呀！"

卡萝尔回到钢琴前面，脑子里想的却不是肯尼科特，而是那个总是沉溺在书海里的盖伊·波洛克。要是波洛克能来拜访她，那该多好呀！

也许波洛克会因为一个少女的亲吻而立即起床，并且一改那副不近人情的模样。要是威尔像波洛克一样热爱学习，而波洛克也像威尔一样精明能干，那么，我在戈镇的日子也可以凑合地过吧。

照顾威尔并不是件容易的事情，但我也许能给予盖伊慈蔼的关护。我心里最想照顾的到底是什么呢？男人？小孩？或者乡镇？以后我会想生育一个孩子，但现在，在这个封闭的乡镇里，我不愿让我的孩子虚度他最有学习能力的时光。

干脆去睡觉吧。

难道我只能每天在厨房里和碧雅说说笑笑吗？

噢，威尔，我真的很想你。但同时我又很放松，因为我终于不用担心因为翻身而吵醒你了。

可是，我的命运难道就仅仅止步于一个"已婚妇女"吗？为什么今晚我感觉是那么地自由，就像未婚的少女一样？仔细想想，以前的肯尼科特太太每天郁郁寡欢，竟然只是因为一座小小的戈镇。要知道，世界那么大，可不仅仅只有一个戈镇呀！

威尔肯定会爱上诗篇的！

三

二月的一个阴天,漫天都是乌云,黑压压的,几乎快贴到地上来了。有人穿行的旷野里,疏疏落落地飘着皑皑雪花。尽管天地间一片昏惑,但屋顶、人行道和一切有棱有角的景物依然清晰可见。

至此,肯尼科特已经离开两天了。

卡萝尔只好跑出来走走,解解闷。外面只有零下三十摄氏度,天寒地冻的叫她浑身难受。尤其从那两幢房子中间迎面吹来的寒风,恨不得刺进她的每一寸肌肤里,叫她整个脸都被吞噬干净。她一个劲儿地跑着,一会儿躲到谷仓的档口处喘喘气,一会儿又藏到一块贴满了一层又一层红红绿绿、不堪入目的招贴的广告牌后面,只觉得满心欢喜。

她看着街道尽头处的橡树林,就好似看到了打猎的印第安人和滑雪鞋。她顺着土埂上房区边的小径,一步一步艰难地走到了旷野里那座小山岗上的农庄里。她裹着厚厚的海狸鼠皮大衣和海豹皮帽子,只露出一张与乡下人布满皱纹的脸截然不同的娇嫩的面颊。那娇丽的身影与四周荒凉的景致形成鲜明的对比,就好似一只停驻在浮冰上的羽毛鲜艳的北美红雀。她从山坡往下俯瞰,戈镇的雪景尽收眼底。那鹅毛大雪从街头巷尾径直吹到阜原上去,很显然,戈镇里根本就没有能避风避雪的地方。大地上全是皑皑的白雪,而纵横交错的房屋也只是雪地里的一点儿黑斑。砭骨的寒风令她不住地战栗起来,同时,那寂寞而孤独的情绪,也叫她的心跟着颤抖了起来。

她连忙回到大街上。此时此刻,她是多么向往大城市的商店橱窗和餐厅里温黄的灯光。或者给她一片原始的森林,她想看看那穿着皮夹克、拿着来复枪的猎人。再或者给她谷仓前那块热气腾腾的地儿，她想听一听母鸡与牛羊的鸣叫声。而不是那种脏乱不堪、满地都是烤完火废弃的炉灰的院子，和全是脏雪污泥的小路。对她来说，乡镇的冬季已经毫无魅力可言了。这种寒天雪地至少要持续到明年五月，人们即将面对越来越脏的积雪和越来越差的抗寒能力。她不禁想，冬天已经够冷了，可人们为什么还要用更冷的偏见来看待她呢？难道就不能像斯德哥尔摩和莫斯科的公民那样用真诚的语言来温暖她的内心吗？

她在戈镇的四郊转了转，顺便瞧了瞧瑞典洼地的贫民窟——每三户人家里必有一家是贫民窟。她还记得萨姆·克拉克曾吹嘘道："贫穷是大城市才有的现象，在咱们这儿可是到处都有工作的机会。有谁需要救济吗？根本没必要。只有那些爱偷懒的人才会过得很穷。"可是现在，她却亲眼看到了谎言背后的贫穷与绝望——那是一间用薄木板和焦油纸搭成的小房子，洗衣婆斯坦霍太太正在蒸汽里忙活着，而她那年仅六岁的孩子却穿着破烂的衣裳和围巾，戴着破了洞露出皲裂手指的红手套，在屋外帮忙劈柴。他时不时停下来往手上哈哈气，忽然又号啕大哭起来。

还有一户刚搬进这间废弃的马厩里的芬兰人，和一位正沿着铁路捡煤渣的八旬老汉。

她不知所措地站在那里。她心里清楚，倘若她对他们施以援手，她就必然会面临那些民主国家的公民的怒火。

不过，她那满心的寂寥在看到镇上一片兴旺繁忙的景象时，都顷刻间消散不见了。一列长长的货车正在铁路上掉转方向；谷仓、贮油罐和屠宰场的雪地里全是点点猩红的血；庄稼汉送货用的雪橇和牛奶罐头就放在奶酪的制造厂里；一张写着"注意危险——这里存有炸药"的纸条就贴在一座石头房的门前；一位穿着红色牛皮外套的雕刻匠，正在墓碑刻制工厂里一边愉悦地吹着口哨，一边凿打一块晶亮的花岗岩墓碑；杰克逊·埃尔德的锯木厂里满是锯木的嘎吱声和松木的清香味；莱曼·卡斯是戈镇数一数二的面粉公司的总经理，尽管厚厚的面粉将全公司的玻璃窗都覆满了，但这里仍旧是镇上最热闹的地方——有一群正在将面粉一桶一桶搬上货车的工人们；有一位正坐在长橇的小麦堆上与买小麦的客户吵得不可开交的庄稼汉；有轰隆运转的面粉机器，还有汨汨流动不断地推着水车的流水。

这几个月以来，卡萝尔都一直无所事事地待在家里，直到现在听到工厂里那轰隆直响的机械声，才觉得整个人都精神了。她是真的不想再做什么医生的太太了，只想马上跑到那家工厂里去上班。

她在回家的途中路过一处很小的贫民窟，看见一个穿着褐色狗皮外套和护耳黑绒帽、四十五岁左右的男子，正站在一间破旧无门的小屋前直勾勾地望着她。他两手插在口袋里，嘴上一边叼着烟斗，一边缓缓地喷着烟圈，一张方正而自信的脸上满是褐斑胡子，就像是到处闯荡的英雄人物。

他说："肯尼科特太太，你好。"

她想起来了，他就是入冬前到她家里来修火炉的那位镇上的短工！

她有些惴惴不安地回道："哦，你好。"

"你还记得我吗？我叫伯恩斯塔姆，镇上的人都管我叫红胡子瑞典佬。我一直都希望能再见到你呢。"

"嗯……我记得。我刚围着四郊转了一圈。"

"唉，那里既没有人清扫街道，也没有下水道，根本就是一片狼藉。而那些路德会的牧师和天主教的神父，全都是什么艺术与科学的象征。但是说真的,你的那群朋友们也不见得就比我们瑞典洼地的这群穷人过得好,至少,我们不用成天到芳华俱乐部去恭维那个久恩尼塔·海多克。"

卡萝尔一直觉得自己对各种环境的适应能力都很强,可现在,当这个烟臭熏天的短工对着她侃侃而谈时,她只觉得浑身都不自在。或许他曾是她丈夫的病人呢?但不管怎样,她还是要维持基本的脸面。

"是啊,那个俱乐部也不过如此。哦,今天可真冷啊……"

伯恩斯塔姆可不会说那些文绉绉的礼貌话,也懒得整理耷拉在额前的头发。他那眉毛就像是被赋予了顽强的生命似的,一个劲儿地上下抖动着。他咧嘴笑道:

"或许在说起久恩尼塔和她那个'神圣'的俱乐部时,我不应该用这样刻薄的字眼。可要是让我和那群太太小姐们坐在一起,我肯定会捧腹大笑的。毕竟在她们看来,我就是一个低俗的贱民。镇上的人们是怎么说我的呢?一个坏蛋,一个无神论者,或是一个无政府主义者——难道不喜欢银行家和老牌共和党的人,都要算在内吗?"

卡萝尔听着他的这一番话,不知怎么的,忽然停止了想要立即离开的念头。她放下皮手筒,扭过头望着他,嘀咕道:"没错,你说得没错。"她满腹的委屈和怨气仿佛都涌上了心头,"你尽管指责芳华俱乐部吧,这没什么不行的。她们又不是崇高到不能接受批评的地步。"

"是啊,她们可不是神圣不可侵犯的……人们心中的十字架早就被金钱给驱逐了。可是这样一来我就没什么意思了。我只想自由自在地做我想做的事情,或许她们也一样吧。"

"可你为什么要说自己是贱民呢?"

"我的确没钱,可我也不羡慕那些有钱的。我所赚到的钱足够我这个单身人士吃喝了。所以我就一个人坐着抽抽烟，看看史书。至于帮埃尔德和卡斯发财的事？算了，我可不乐意！"

"我猜，你是不是读过一些书呢？"

"没错，我只是随意翻阅而已。就这么和你说吧，我就像是一头孤狼，一个人做过贩马、锯木，在林场里工作过，甚至排干沼泽地的水我也不在话下。我曾渴望过到大学里读书，但在那里学习实在是太慢了，万一不小心被人赶出校门了呢。"

"你可真是一个奇怪的人呀。"

"我叫迈尔斯·伯恩斯塔姆，有美国和瑞典两国血统。人们总是觉得我喜欢吹牛，爱发牢骚，好像对任何东西都不满意似的。可其实并不是这样，不管是在哪个方面，我都是一个正常人。我也是一个读书迷，或许是因为看了太多的书反而不易消化，又或许我只是个略懂皮毛的半吊子。但是，我知道什么是'皮毛'，毕竟这是作为穿斜纹布工装裤的激进派的基本条件。"

他们两个都忍不住笑了起来。卡萝尔继续问道：

"为什么你会觉得芳华俱乐部里的人都很傻呢？"

"肯尼科特夫人，我们习惯寻根究底，所以对你们这个阶层的人也深有了解。在我看来，整个戈镇都是崇尚大男子主义的，可真正有头脑——不是记账、打猎或是打小孩屁股的头脑，而是富有想象力的头脑的人，除了盖伊·波洛克，面粉厂的那个社会主义者领班——哦，你千万别告诉莱曼·卡斯，他可是决不能容忍任何一个社会主义者的——然后就是我和你了。"

"放心，我会守口如瓶的。"

"你别看他只是个领班，他可是一个信奉教条的地道老派党员。他希望靠那些'剩余价值'的词语来改变一些，比如从砍伐森林一直到鼻子出血。他尤其喜欢读祈祷书，比起埃拉·斯托博迪、莫特教授和朱利叶斯·弗利克鲍，他更像是柏拉图与亚里士多德的再生。"

"你这么说他，倒是挺新鲜的。"

他像一个正在读小学的小男孩，将鞋尖戳进了雪里。"你可别瞎说。在你看来，我肯定是一个话痨，对吧？没错，是这样，我真的很想和你这样的人好好地聊个痛快！或许你这会儿正急着回去吧，免得鼻子冻得通红的。"

"是啊，我得走了。不过，你能不能告诉我，你所说的镇上的知识分子名单里，为什么没有中学老师舍温小姐呢？"

"也许名单里应该有她吧，虽然很多人还不清楚，但是就我听到的所有与改革相关的事情，她都有参与。比如管理妇女读书会的会长沃伦牧师太太，她直到现在都还不知道，这个读书会的幕后老板就是舍温小姐。虽然我对改革这种事情并不太感兴趣，但是她的确费了不少心思，让镇上那些游手好闲的太太们做了些事情出来。我给你打个比方，戈镇就是一艘底部全是藤壶的船，为了修补那些漏洞，舍温小姐是不停地在用双手把船里的水舀出去，而波洛克则是大声地给水手们念诗，至于我，我只想尽快把船拉上岸，然后赶走那些半吊子修船工。接着，我就会从龙骨开始慢慢地修，直到重新修好它。"

"的确呀，我想，那肯定会比现在好很多……好啦，我的鼻子都要冻坏了，我得赶紧回去了。"

"嗯，对了，你愿不愿意到我屋子里面坐坐取取暖？正好也可以看看一个老单身汉的家。"

她有些犹豫。那窄小的矮棚屋，那堆着乱七八糟的洗衣盆、柴火和薄木板的院子都令她内心十分不安。但是伯恩斯塔姆却径直向她做出了欢迎的手势，像是在说："没关系，你可以自己拿主意。"这一刻，她仿佛真的成了一个有血有肉的人，而不再拘束于"已婚女士"的束缚。她颤着嗓子说："好吧，我就进去坐一会儿，取取暖。"她看了看街上，确定没有人监视她，这才迅速地跑进小屋里。她敢说，伯恩斯塔姆是她目前为止遇到的最热情待客的主人了，以至于她竟然在这里足足待了一个钟头！

整个小屋只有一个房间，里面放着小小的工作台，和像炮弹一样圆的火炉。炉子后面是一个摆了煎锅和咖啡壶的架子以及两张分别用半只圆桶和斜木板拼成的椅子。地板光秃秃的没有毡毯，屋里有一排书——拜伦、丁尼生[1]和斯蒂文生[2]的著作，索尔斯坦·维布伦[3]的著作，内燃机手册，以及一本写得密密麻麻、名为"家禽和牲畜的管理、饲养、疾病与良种繁殖"的论文专著。此外，最令她感到惊讶的是，他那张靠在墙边的吊床，竟然收拾得非常干净！

整个房间里只有一张杂志上关于德国哈茨山上的乡间茅舍的彩色插画，让人不由得联想起德国民间传说里的精灵和金发女郎。

伯恩斯塔姆说话的时候从不会奉承。"你可以敞开大衣，把脚放在火炉前的箱子上。"他将自己的外衣放在吊床上，然后坐在圆桶椅上，低沉地说道：

"的确，我是一个粗人，但我从不依赖他人，而是凭借自己的双手给人干活赚钱，独立自主。光是这一点，很多银行职员或是其他的上等人士都做不到吧？有时候，我可能会因为想不出什么花招

---

[1]丁尼生，英国桂冠诗人。
[2]斯蒂文生，英国小说家。
[3]索尔斯坦·维布伦，美国社会学家，经济学家。

而得罪一些人。其实，我对上等人的那些规矩也并不是一无所知，比如，出门拜访朋友应该有什么样的着装，这我都知道。但是我还是有自己独到的用意。我记得《独立宣言》里有这么一句话：'每个美国公民都拥有追求生命、自由和幸福的权利。'可现在，除了我，整个约翰逊县里还有谁记得呢？

"我记得有一次在街上，我碰到了一个响当当的大人物——埃兹拉·斯托博迪——大概身价有二十万吧。他一脸神气地盯着我，然后说：'哦，伯恩斯塔姆……'

"我告诉他：'埃兹拉，我叫伯恩斯塔姆。'事实上，他明明知道我的名，我的姓。

"他说：'你叫什么都没关系，我只需要你带着你的机器圆木，到我家帮我锯掉四堆枫木。'

"我故意说：'这么说我还得感谢你这么关照我，是吗？'

"他却说：'这有关系吗？你最好是周六以前到我家干活。'这话听起来，就像是在嘲讽一个普通短工，竟然敢跟一个穿着旧皮大衣、身价二十万的大佬顶嘴！

"我存心要气他，就说：'当然有关系，万一我看见你就心里烦呢？'可他却像是一点儿都不恼火一样。我又说：'我需要时间考虑考虑，我一点儿都不想给你贷款，你还是上别家银行去吧！'然后我头也不回地转身就走了。

"或许我的脾气是不好，还有些傻里傻气的。但我就是觉得，难道镇里就没人敢顶撞这个银行家吗？不，我偏要做有这个胆量的人。"

他给卡萝尔斟满了热好的咖啡，又接着往下说。他的话语里，既有挑衅，也有歉意。她还发现他同样渴望能交到朋友，以及他那些有趣的无产阶级哲学。

她临别前隐晦地问道：

"伯恩斯塔姆先生，假如你是我，你是否会因为别人说你矫揉造作而内心不安呢？"

"我会用拳头解决他们！比如，我是一只在天际翱翔的海鸥，我有必要去理会那些可怜巴巴地冲我嚎叫的小海豹吗？"

伯恩斯塔姆的一番嬉笑怒骂，就像是一股强大的力量，令卡萝尔飞奔似的穿过了市镇。卡萝尔迎面瞧了一眼久恩尼塔·海多克，又抬头挺胸地从对她颔首的莫德·戴尔面前经过。她一回到家里，便满面春风地给维达·舍温打电话，邀请她今晚到家里来做客。接着，她就高兴地弹起了柴可夫斯基那旋律激昂的乐曲——就像是那窄小的矮棚屋里，那位红色哲学家的嬉笑怒骂。

卡萝尔私下还悄悄问过维达："戈镇里是不是有一个很喜欢挖苦那些上流社会的人，好像叫什么伯恩斯塔姆来着？"维达回答说："伯恩斯塔姆？噢，你说那个修理工啊。他那副没礼貌的架势，简直绝无仅有。"

四

到了午夜，肯尼科特终于回来了。等到翌日吃早餐的时候，他一共说了四遍"这两天我真是每时每刻都在想你"。

她去市场的时候，萨姆·克拉克向她大声喊道："嘿！早呀！要不要来我们家里坐坐，和塞缪尔聊聊天？今天还算是比较暖和的啦！你们家的寒暑表是多少度呀？哎呀，你们两个人别总是成天躲在家里呀，好像很瞧不起人似的，晚上来我们家玩呀！"

她去邮局的时候,谷仓的小麦收购员钱普·佩里也拦住她笑着说:"噢!你依然是那么的美丽水灵!像鲜花一样!我老板前天还说只要看你一眼,都不用吃药啦!"

她去时装公司的时候,恰好与正买灰色围巾的盖伊·波洛克不期而遇,她说:"好久不见啦,哪天晚上你去我家打牌吧?"波洛克故意问道:"真的?你可要说话算数呀!"

她买两码长花边的时候,雷蒙德·伍瑟斯庞便踮着脚走到她身边,一个劲儿地鼓动着:"我特地给你留了一双漆皮的凉鞋呢!来,到我柜台那儿看看去!"

他小心翼翼地为她脱去鞋子,换上那双凉鞋。之后她就付钱买下来了。

她说:"你可真是个做生意的能手!"

"不不,我对生意并不在行。我还是更喜欢高雅的艺术品,至于柜台上的这些东西,还真的算不上。"他无奈地指给卡萝尔看——货架上全是堆砌的鞋盒子,橱窗里放了一堆楦头和黑色鞋油,还有一张印着一个正在哼着油诗的年轻女郎的广告画,仿佛正在叫喊着招揽生意:"快来瞧瞧呀!我的这双脚,就是因为穿上了这双豪华的克利奥佩特拉女王[①]式皮鞋,才会看上去这么小巧的!"

雷蒙德叹息一声,说:"不过,有些时候也能从到的货里找到一双像它这样独特的鞋子,我会把它收好,留给懂得欣赏的人。你知道吗?当我看到这双鞋子的时候,我心里只有一个念头——要是肯尼科特太太能穿上它,肯定会非常漂亮!所以我想,下次再见着你,我一定得告诉你这个消息!毕竟,直到现在我还记得,咱们在格雷太太的公寓里聊得是那么开心!"

[①]克利奥佩特拉女王,古埃及最后一位女王,长得美艳动人。

盖伊·波洛克果然在那天晚上到家里来做客了。卡萝尔心里委实觉得高兴，虽然他很快就被肯尼科特拉去玩纸牌了。

五

尽管卡萝尔终于又回到了从前的快乐生活，可是她始终还惦记着改造戈镇的初衷。她想，不如就先做点儿比较容易的宣传工作吧——从肯尼科特开始着手，先教他如何赏析诗作。然而，她却一再因为一些变故而不得不搁置计划。

前两天他去拜访了邻居，第三天又要去乡下出诊，好不容易到了第四天晚上，他一边伸着懒腰，打着哈欠，一边问道："卡丽，咱们今晚做些什么呢？不如去看电影吧？"

"我已经安排好了今晚的活动。你别打断我，先坐到桌子前面来。对，你坐正，先暂时忘记你医生的身份，听我朗读。"

或许是因为维达·舍温在说话时总是用发号命令的口吻，使得她也在不知不觉中受到了影响。现在她说话的语气，就像是在给人推销诗作一样。可是当她坐回沙发上，两手托腮，朗诵起放在膝盖上的那本叶芝的诗集时，她又仿佛变了个人似的。

她仿佛忽然间从乡镇舒服的家庭里走进了一个孤独的世界里——晦暗的黄昏，拍翅的红鹄，黑沉的海面，拍案的浪花以及哀鸣的海鸥。光荣的业绩足可与日月之光相媲美的安加斯岛与远古时代的众神，神采飞扬的国王与系着金腰带的贵妇，还有远处余音绕梁如痴如醉的歌声……

然而这一切都被肯尼科特的几声咳嗽给打断了。她不禁想起他之前还嚼烟叶的事情，便忍不住气鼓鼓地瞪着他。肯尼科特抱歉地说:"这首诗真不错呀!是你在大学里学的吗?真不错,我很喜欢,就像瑞莉①的作品、朗费罗的长诗。这种高水平的文学之作,噢,我真希望有欣赏它的能力。可是我现在已经上了年纪了,确实也没有学习这个的精力了。"

她看到他那狼狈的模样,忍不住动了恻隐之心。可是她转念一想,又不禁笑了起来。于是她宽慰道:"行了,你知道丁尼生的诗吗?"

"他?当然了!我在中学里就念过一首,你听着啊:

如果我出海了,

你不要因为分别而落下……落下什么呢?

但是请……

后面的我不记得了。不过我还知道他另一首诗,开头是'我和一个乡下男孩不期而遇……'后面的我也记不清了,只知道最后一句是'我们总共七个人'。"

"好像是的。好吧,我们一起来念这首写得非常出色的《亚瑟王的田园诗》吧。"

"行,来念吧!"肯尼科特点燃了一支雪茄,将自己藏在缭绕的烟雾之中。

卡萝尔也并没有全身心地投入到诗作里,而是一边念,一边观察他。当她看到他那副难受的样子,就在他的额前落下一吻:"嘿,你这块大萝卜头,早知道我就不要硬拉着你冒充上等的玉石啦!"

"才不是,你听我……"

"行了,我也不忍心看着你遭罪。"

---

①瑞莉,美国记者,诗人。

这时她忽然起了念诗的兴致，便吟了一首吉卜林的作品：

这会儿的大道上，
一个连队正赶来……

他的神情既安稳又祥和，脚也不由自主地跟着打起了拍子。然而，他却如此奉承道："噢！你念得可真好！几乎跟埃拉·斯托博迪不相上下啦！"她一把将书合上，然后提议去看那场九点钟的电影。

这可以说是她最后的挣扎了，就像是祈祷捕捉四月里的风，面对面聆听天神的哀诉，或是在奥利·詹森的食品店里买到像阿瓦隆的百合花与科开恩的夕阳一样美丽的食品罐头。

她和肯尼科特来到电影院里，却因为看到一名演员硬将面条塞进一位贵妇人的晚礼服里的镜头而忍不住哈哈大笑。她为自己的这种行径感到后悔不已，尤其是当她回想起过去和朋友们一起漫游在密西西比河畔的小山岗与城垛上的情景时，内心便更加难过了。但是这种黯然的情绪，转眼间就因为银幕里那位著名的小丑将几只癞蛤蟆丢进一盆汤里的镜头被抛到脑后了。她咯咯地笑着，没过一会儿，关于朋友们的那些记忆也都倏然不见了。

六

如今的卡萝尔已然是芳华俱乐部的常客了，她在向萨姆·克拉克一家人请教了桥牌的玩法后，便常常来参加俱乐部午后的桥牌会。尽管她打牌的技术还是很差，但她玩的时候总是文文静静的。豪兰太太她们经常会为了一点儿鸡毛蒜皮的小事争上几分钟，唯有她一言不发，就像一只美丽的金丝雀，只是面带笑容地向东道主戴夫·戴尔太太表示感谢。

她还是不习惯听大家絮絮叨叨地讨论各家的丈夫。

最令她惊讶的是，那群年轻的太太们非常直率，哪怕是一点儿房帏琐事都敢当着大家的面抖出来。比如久恩尼塔就说了她丈夫刮胡子时的一举一动和猎鹿的兴趣爱好；高杰灵太太说她的丈夫最讨厌猪肝和咸肉；莫德·戴尔太太说她的丈夫胃消化功能不太好，之前她们还在床头为了基督教科学派、短袜和在内衣上钉扣子的方法大起争执，并且，她的丈夫每次见了漂亮姑娘就撒不开手了，简直令她难以忍受，可是反过来呢？他又只许州官放火不许百姓点灯，到了最后，莫德·戴尔太太竟然还亲自演示了一遍自己丈夫各种不同的接吻方式。

起初，卡萝尔只是静静地听她们说。可是渐渐地，她的内心竟然也跟着激动起来，只恨不得自己也说上两句。而那些太太仿佛也在用期待的目光瞅着她，怂恿她说一说她们度蜜月时的趣闻。她倒没觉得生气，只是实在是不好意思说这些，只能佯装没听懂，有一搭没一搭地说着令她们无聊的肯尼科特的套鞋和行医的梦想。现在的卡萝尔对于她们来说，就是一个为人宽和，但经验匮乏的年轻太太。她们好奇地不停地问这问那，卡萝尔几乎要招架不住了，只能转移话题，对久恩尼塔说："亲爱的太太们，改天我请客招呼大家！就怕我做的点心跟戴尔太太做的沙拉和久恩尼塔太太做的蛋糕没法相比。"

"这真是太好了！我们正打算找人举办3月17日的桥牌会呢。你要是安排在圣帕特里克日，没准儿会令人耳目一新呢！我可以来帮你的忙。谢天谢地，你总算是学会打桥牌了。刚见面那会儿我还真担心你讨厌这里呢，现在，祝贺你已经成功地在这里安家了。或许我们在文化涵养方面没有圣保罗的人高，但是我们这儿的生活确实丰富多彩，比如游泳、跳舞，还有好多精彩有趣的事情。我想，只要别人对我们这儿的实际情况真正了解一些了，他们肯定会觉得我们是一帮心眼不错的家伙。"

"没错，是的，谢谢你提出了在圣帕特里克日举行桥牌会这么棒的点子。"

"哦，小意思，不值得一提。咱们芳华俱乐部里的人都聪明着呢，有的是高明的点子。你哪怕走遍了瓦卡明、乔雷莱蒙，甚至走遍了整个明尼苏达州，你都再也找不出第二个像戈镇这样美丽迷人、富有朝气的市镇了。你知不知道那位著名的汽车制造商——珀西·布雷斯汉纳？他就是地道的戈镇人。没错，在圣帕特里克日举行桥牌会，一定会叫人眼前一亮，但又不会觉得过分出格、荒诞可笑！"

第十一章

一

尽管卡萝尔一直有收到妇女读书会每周例会的邀请，维达·舍温也向她承诺这个读书会能让她时常接触到当下最流行的各种思潮，并且会里的每一位成员都亲密无间。可是卡萝尔还是懒得前往，总是一次又一次往后拖。

三月初，老医生韦斯特莱克的太太来到了卡萝尔的家里，如同一只含蓄的小猫，对卡萝尔说道："亲爱的肯尼科特太太，今天下午的妇女读书会是由道森太太主办的，这可把她给紧张坏了，非要我马上赶过来，请你一定要参加，去给她鼓鼓劲儿。我相信，你是一个博学多才、学问高深的人，这次的读书会肯定会因为你的到来而更加精彩的。对了，我们今天讨论的主题是英国诗歌。好了，你赶紧换上外套，和我一块儿过去吧！"

"你是说英国诗歌？哦，没想到你们也在读诗呢！那我就和你一起去聊会儿吧！"

"当然了，我们也并没有那么落后呀。"

当全镇的首富卢克·道森的太太看到韦斯特莱克太太领着卡萝尔到达会场时，那可怜巴巴的呆滞目光，真是直叫人心疼不已。她今日穿的那件海狸呢缎子长袍虽然价格不菲，还配着各种镶着黑褐色珠子的饰品，但却又肥又宽，恨不得将两倍的她罩进去。她正站在一旁搓着手，身后是十九张折叠椅。她的前厅里挂着一张道森先生的彩色大照片和1890年拍的明尼哈哈大瀑布的照片，只可惜已经褪了色了。此外，厅里的大理石柱子上还安着一盏球形台灯，而灯罩上则是一张山间放牧图的墨画。

她大声喊着："噢！肯尼科特太太，你总算来了！我都看呆了！她们要我主持这次的讨论会，你能帮帮我吗？嗯？"

卡萝尔说："你们今天要讨论的诗人是谁呀？"她说这话的语气，就像是在图书馆里问别人今天要借什么书一样。

"当然是英国诗人了。"

"难道是从古至今的所有英国诗人？这可能不太行。"

"为……为什么不行呢？我们今年的计划是打算读遍欧洲各国的所有文学作品，还仿照读书会订了一本叫《文化须知》的杂志。去年我们的主题是《〈圣经〉里的男男女女》，没准儿明年我们还会说《装潢和瓷器》呢。噢，上帝，我们得花不少精力来讨论所有这些新文化的课题，但是最终的收获却是相当可观的。所以说，你今天是同意来帮我的忙了，对吗？"

卡萝尔这一路上都在暗暗下定决心，就从妇女读书会开始入手，让它成为改造戈镇的利器。她怀着满心的热忱，不断告诫自己:"这些家庭主妇每天都为了家务而操劳不已,可是她们却还愿意读诗,这可真是太难能可贵了!所以,我愿意和她们待在一起,不管是做什么事情,我愿意为她们效劳!"

然而,当她到达会场,看着眼前那在座的脱了套鞋、膘肥体壮的十三位女士,看她们或嚼着薄荷糖,或擦着手指甲,或叠手而坐,面露微笑,微微颔首,只等着她这位"诗神"给她们做一场高雅的演讲时,她心中的热忱就仿佛被人浇了盆凉水一般。她尽量表现出晚辈的样子,可还是没什么信心。她的座位是一张教堂祈祷室里的硬石板座椅,孤零零地放在最前面,一直嘎吱作响。于是,她就只能双臂交叠环抱地坐在上面,以免座椅随时会崩塌。

此时此刻,她只想一脚踹开这把椅子,然后头也不回地逃离这里。可她不能做这种令群众哗然的事情。

她感受到了维达·舍温向她投来的目光,只好拧了拧自己的胳膊,就像是一个在教室里调皮捣蛋的孩子,直到终于安分下来,才听得进去主人的讲话。

道森太太叹着气开始了她的开幕词:"感谢大家的光临。咱们今天要讨论的主题是'诗人',这是一个很新颖的题目,我知道在座的各位女士都已经准备好了很多有趣的论文。毕竟众所周知,诗人可以激发人们崇高的思想品德。还记得本利克牧师曾说过:'许多诗人和牧师一样,都能给予人们很多的灵感。'所以,接下来,让我们有请……"

可怜的道森太太不禁露出了一个苦笑,她实在是太紧张了,以至于才说这么一段话就气喘吁吁的。她手忙脚乱地在桌上摸索着自己的眼镜,方才继续说道:

"接下来我们将很高兴地听到詹森太太演讲的'莎士比亚与密

尔顿'。"

詹森太太说，莎士比亚，公元1564年出生，1616年去世。他曾居住在英国伦敦和艾冯河畔的斯特拉福镇。在那座可爱的小市镇里，有许多广受美国游客青睐的珍贵古董和古式建筑。尽管人们对于莎士比亚的生平事迹所知甚少，但是，这并不影响大家对他是最伟大的剧作家和最杰出的诗人的评价，以及对他的剧本和著作的喜欢。现在，我就要来说说他的几部著名的作品了。

在她看来，《威尼斯商人》是莎士比亚最著名的一个剧本。剧里讲述了一则动人的爱情故事，同时也高度评价了女人的聪明才智。就凭这一点，它就应当引起妇女团体或是那些反对妇女参政的人的高度重视。

詹森太太的这番话令全场哄然大笑，事实上，剧中的女主角鲍西亚就是她的心之所向。剧里讲的是一个名叫夏洛克的犹太人，偏要拆散他的女儿鲍西亚和威尼斯的安东尼奥……

妇女读书会的会长、基督教公理会牧师的夫人伦纳德·沃伦太太将拜伦、司各特、穆尔[1]、彭斯[2]等诸位诗人的出生年月与去世时间都报了一遍，这才继续往下说：

"彭斯不像咱们，能有一个这样优越的生活环境，他的家里非常贫穷，以至于只能到苏格兰老旧的乡村教堂去听牧师讲道。而如今，这种有胆色的讲道，我们哪怕是去到大城市里那些雄伟壮阔的红砖教堂里，也都听不到了。现在的人们，不管贫穷还是富贵，都可以享受到很多良好的教育和学习拉丁文以及其他思想知识的机会。可是他们却视而不见，根本不懂得珍惜与利用。而彭斯呢？这

---

[1] 穆尔，爱尔兰诗人。
[2] 彭斯，苏格兰诗人。

些机会他通通都没有，他只能奋发图强。尽管他也交过一些坏朋友和沾染过不好的习惯，但他仍旧是一个积极向上、自学成才的好学生。相比之下，拜伦所处的那种所谓的贵族生活方式，则显得很放浪不羁了。我之前已经和大家说了一些拜伦的情况，这里就不再重复了。虽然彭斯因为出身贫民，而遭了不少子爵、伯爵等贵族的白眼，但是咱们镇里却有不少人欣赏他的诗作，尤其是他那些朴素无华的号子和乡村题材的诗。但是很抱歉，因为时间的关系，我不能一一向大家介绍了。"

乔治·埃德温·莫特太太介绍丁尼生和勃朗宁大约用了十来分钟。

纳特·希克斯太太是一个面容略歪，但为人非常温和的女人，当听完前几位的精彩读书报告后，她那副惴惴不安的可爱样子，直叫卡萝尔恨不得亲她一口。但无论如何，她好歹也用一篇《论其他英国诗人》的论文向大家介绍了柯勒律治[①]、华兹华斯、雪莱、葛雷[②]、海曼斯夫人和吉卜林等诗人，完成了今天的任务。

接下来众人又力邀埃拉·斯托博迪小姐朗诵了一首《赞美诗》和《拉拉·鲁克》的片段，并以热烈的喝彩声，让她又唱了那首《我昔日的情人》。

至此，关于诗人的讨论就告一段落了，下周，她们准备讨论英国的小说和散文。

道森太太说："现在，就让咱们对刚才宣讲的那几篇论文发表一下看法吧。我相信，在座的女士们都很希望听一听肯尼科特太太的想法，毕竟她在文学方面的造诣颇深，肯定能给我们提出很多宝

---

①柯勒律治，英国诗人。
②葛雷，英国诗人。

178

贵的建议，是的，很多宝贵的建议。"

卡萝尔不断地告诫自己，千万别过于清高了。因为这些太太能从繁重的家务活中抽出宝贵的时间来研读英国诗作，光是这种精神就已经弥足珍贵了。但是，她们却不够谦逊，还沾沾自喜地以为自己给彭斯帮了多大一个忙。至于文化，在她们看来就像是一个撒了盐就可以挂起来的火腿。她一直暗自思忖着，直到道森太太的提醒，她才恍然惊觉，却又不知道在不伤害她们面子的情况下，还能说些什么。

钱普·佩里太太轻轻地抚了抚她的手，低声道："亲爱的，你看上去好像很累的样子，要是不太方便，你就不用开口了。"

卡萝尔的心忽然因为这番话而热和起来，她站起身，仔细斟酌了一下话语，礼貌地说道：

"我想给大家提一个意见。当然，我知道大家已经定好了讨论计划，但是我还是建议大家，不如先暂时放下新的论题，回过头来继续更进一步地研究上面的那些诗人，更多一些地引证他们的诗句。没错，他们的生平事迹非常有趣，但是正如沃伦太太说的，这些对道德教育也是大有裨益的。况且，还有很多值得介绍的著名诗人，大家都没有提及，比如济慈、马修·安诺德、罗塞蒂和史文朋[1]，等等。我们现在的欢乐生活，和史文朋作品里描写的生活，正好是一个鲜明的对比……"

对于她的这番话，伦纳德·沃伦太太似乎并不是很赞同。卡萝尔佯装自己没有发现，试图在接下来的话语里引起她的注意：

"不管是你，还是我们，大家之所以不太喜欢史文朋，或许是因为没有发现，他似乎太坦率了，根本不知道委婉。沃伦太太，你觉得呢？"

---

[1] 史文朋，英国诗人，批评家。

沃伦太太说："没错，肯尼科特太太，这正是我心里所想的。虽然我没有读过他的作品，但是，前几年他正出名的那会儿，沃伦先生曾向我提起过他，或者说的是奥斯卡·王尔德也说不定呢。反正我也记不清了，只知道沃伦先生说，有很多知识分子假装说自己从史文朋的作品里发现了美，但是如果作品里面没有来自灵魂深处的启迪，人们又怎么能从中感受到真善美呢？所以，总的来说，虽然我们的确已经制定好了明年装潢和瓷器的论题，但我还是觉得应该参考你的意见，让制订研究规划委员再另安排一天来讨论英国诗。尊敬的主席太太，这是我临时的决议，你觉得如何呢？"

道森太太准备了蛋糕和咖啡，大家吃吃笑笑的，也就将莎士比亚那些令人郁郁的悲剧忘在脑后了。她们对卡萝尔的莅临表达了感激，接着，会员资格审查委员会全体成员到小客厅里开了一个三分钟的短会，最终一致通过卡萝尔成为正式会员的决定。

卡萝尔终于不用再摆出一副谦恭的模样了。

她要全心全意地融入这群善良的人们中间，然后在她们的帮助下，慢慢实现自己的伟大愿望。她要行动起来，彻底消除镇上那些怠惰的习俗和运动！可是，从哪儿开始入手改革呢？怎样才能施展她的才能呢？讨论会结束后，大家都开始闲聊起来。乔治·埃德温·莫特太太说眼下那座市政厅大楼似乎已经不太符合戈镇如今的繁荣市貌了。纳特·希克斯太太则小心翼翼地说，现在很多社团组织舞会都是禁止对外开放的，要是能让年轻的小伙子去市政厅举办舞会，那该多好呀！卡萝尔心里忽然闪过一个极好的主意——对了！改建市政大楼！她连忙匆匆赶回家。

事实上，戈镇早就是一个由市长、市议会和警卫部门管理的地方自治的城市了，只是她还没有意识到这一点罢了。所以，当肯尼科特告诉她这些时,她几乎高兴坏了,因为这样一来她就算是城里人了。

那一整个晚上,她都为自己是一个热爱乡土的戈镇市民而感到高兴与自豪。

二

翌日一早,卡萝尔就跑到了市政厅大楼,打算实地考察一番。在她的印象里,市政厅大楼就是一幢颜色像猪肝一样的红木头房子。它与大街只隔了半个街区,门前是一道用鱼鳞板搭的护墙,窗户上全是污垢,尽管房子整体比相邻的木匠铺要大,但却远不及它坚固,并且看起来非常寒酸。好在那里的视野还算不错,可以见到一大片空地,以及旁边纳特·希克斯的衣服店。

这会儿,市政厅周围一个人也没有。她独自走进了门廊,一边是形如乡村教学楼的市法院,另一边则是放着"福特"救火车和游行检阅的盔帽的志愿者救火会。有一所监狱,就在长廊的尽头处,虽然仅有的两间牢房已经空置很久了,但里面还是臭气熏天、脏乱不堪。二楼是一个没装饰过的大房间,里头横七竖八地堆着一些折叠椅和布满石灰的灰浆搅拌箱,还有放满了烂石膏支架与褪色的三色旗的彩车架子——这是专门用来庆祝七月四日独立纪念日的。那个寒碜的舞台就在房间最里边。尽管这里乱七八糟的,但是场地宽敞,完全可以在这里举行交谊舞会。但是,卡萝尔心里惦记的可不仅仅只是一场舞会。

下午,卡萝尔又急忙跑到了公共图书馆。

这所图书馆位于一所老旧的房子里,虽然不怎么惹眼,但还算比较宽敞,只是它每周才开放三个下午和四个晚上。卡萝尔觉得,这里明显还少了什么东西——舒适的阅览室、儿童的专用座椅、整套馆藏的复制艺术品，以及一位心怀改革勇气的新馆员。

她训斥自己："哦，我心里那股遏制不住的改革热忱——有这样一间图书馆，我应该满足了！我可以先从市政厅大楼开始着手，这座图书馆倒也差强人意……我是不是一眼就能看出哪些人奸诈狡猾、愚昧无知呢？是不是每天都在挑剔学校、商店和政府的毛病呢？是不是永远都无法消停下来安安稳稳过日子呢？"

她摇了摇头，便径直走进图书馆。今天，她穿着一身蓝色的衣服和敞开的皮大衣，戴着鲜艳透明的轻纱巾，虽然脚上的红皮靴因为在雪地上踩过而变得有些毛躁，但整体看上去还是非常素雅大方、年轻和蔼。她面带笑容地走到正盯着她看的维利茨小姐面前，说："你没有参加昨天的妇女读书会吗？真遗憾呀，维达还说你没准儿会来呢。"

"你去妇女读书会了吗？感觉如何？"

"当然是棒极啦！尤其是那几篇关于诗人的精彩报告。"卡萝尔立即做出回答，虽然这只是一句谎话，"但是，我还是觉得她们应当也邀请你做一篇报告和大家分享分享。"

"是啊，不过我跟她们可不是一类人。她们喜欢让那些没什么文化涵养的家庭主妇做文学报告，我还去凑什么热闹呢？发牢骚吗？我有这个资格吗？我不过是一名小小的雇员，哪有那些闲工夫去参加什么活动？"

"不是的——你刚说的什么？只有你，嗯，只有你……哦，对了，你做了那么多事情。好吧，你能不能告诉我，读书会到底是由哪几个人掌管的？"

这时，一个黄头发的男孩拿着一本《密西西比河下游的弗兰克》过来办理借阅，维利茨小姐警告似的狠狠地瞪了他一眼，然后用力在书的封里盖了一个日戳。她叹着气说道：

"我是一个不喜欢抛头露面、评论他人的人。我跟维达是很要好的朋友，尽管她只是一名中学教师，但她的确是戈镇里最先进开明的人。无论是读书会的会长还是委员，她总是会在背后帮她们出谋划策。她常常恭维我的工作做得非常出色，但她却极少叫我去做读书报告。有一年，我们讨论的主题是《英法两国之行及其建筑艺术》，尽管我写的那篇《英国各大教堂》的报告受到了莱曼·卡斯太太的大力赞赏，甚至说是最有趣味的报告，但是莫特太太和沃伦太太——一位丈夫是督学，一位丈夫是公理会牧师——她们两人，理所应当是读书会最重要的人物，何况她们也都是有文化涵养的人，可是——可是——算了，我人微言轻，你就当我是不屑参加吧。"

"你别谦虚，这件事我会告诉维达的。哦，冒昧地问一下，你可以告诉我杂志都放在哪里吗？"

维利茨领着她走进了一间像老式阁楼一样的房间里，让她敬请自便，然后就转身离开了。这下卡萝尔可真是心满意足了，她在房间里翻到了很多关于室内装潢、城市建设的期刊，还有近六年里的地理杂志。她索性就坐在地上，一边哼着歌儿，一边唰唰地翻着杂志，心里美滋滋的！

她从杂志上找到了一些关于法尔默思、康科德、斯托克布里奇、法明顿和希尔豪斯林荫大道等新英格兰各街道的图片。还有美丽的长岛林港郊外、英国德文郡风情的农舍、埃塞克斯风味的庄园、约克郡的乡间山路与港口，以及吉达如珠宝盒般璀璨的阿拉伯村庄。在加利福尼亚州的某个市镇上，街边两侧那原先乱七八糟的砖头房子和棚屋，如今也全都变成了绿树成荫、拱廊环绕的林荫大道了。

她想,她那狂热的改革计划,未必就是一时冲动。想想看,要是这座荒僻的美国小镇能成为广受喜爱的地方,那么这对镇上的小麦、犁头等买卖也有推进作用呀。她一边用手指轻轻叩着脸颊,一边沉思着。她的眼前,仿佛已经看到了戈镇全新的市政厅大楼——红砖白窗、宽门曲楼,带着浓郁的乔治风味。它会成为她和整个戈镇人,以及周围乡村人的眼中最神往的温暖家庭!一个完美的市政厅大楼,应当拥有法庭大厅、馆藏丰富的公共图书馆、休息室、厨房、剧场、演讲室、舞厅、农政科和健身房,至于监狱算不算在内,她暂时还没考虑好。她仿佛已经预见了整个戈镇以市政厅为中心,逐步改头换面,成为一个全新的乔治风格的市镇的画面。就像中世纪时期,以古堡为中心簇拥着层层村庄一样。况且,戈镇的风景也并不一定就比安纳波利斯和亚历山德里亚的风景差。

戈镇的政治与经济大局,其实就掌握在妇女读书会里那几位太太的丈夫手里。所以如果想通过妇女读书会来实现那些目标,应该是切实可行,并且不会遇到太多阻碍的。她不禁为自己的想法感到扬扬得意。

一处圈着铁丝网的土豆菜园,在她的精心改造下,不到半个小时就脱胎换骨成了栅栏里的蔷薇园。她连忙跑了出去,准备将这个"奇迹"告诉妇女会会长。

三

卡萝尔离开家的时间是当天下午两点三刻,陷入乔治风格的市镇的幻想是在四点半左右。十五分钟后,她带着澎湃的热情出现在了公理会牧师的家里,就像夏日里的瓢泼大雨,滔滔不绝地对着伦纳德·沃伦太太讲了十来分钟关于"新市镇"的想法，几乎让人无法招架。四点五十八分，她提出"家家户户都要有自己的小院子和屋顶窗"这个新构想。然而可惜的是，它仅仅只存在了四分钟，就像巴比伦一样化为泡影了。

沃伦太太腰板笔挺地坐在威廉-玛丽式的安乐椅里，身后是一排摆着数本灰色封皮已经生了点点棕斑的《讲道集》、《〈圣经〉诠释》和《巴勒斯坦地方志》的长松木书架。地上还有一块用碎布编成的小地毯，上面摆着她那双干净的黑鞋子。整个过程中，沃伦太太都只是一言不发地静静地聆听着，直到她说完，才婉转地回答道：

"嗯，不错，你的设想很不错，我相信总有一天会成为现实的。我是说，总有一天，你所构想的村庄会出现在这片大草原上的。不过，你别介意，我只想给你提一点小小的建议。因为在我个人看来，你想出来的这个点子不太切实际。为什么这么说呢？因为说白了，对于整个社会而言，宗教才是真正的核心。所以你说把市政厅大会堂作为起点，让妇女读书会协助你，都是不现实的。或许你知道，我丈夫在明尼苏达州公理会是很有权威的人物，他一直希望福音教派新教会内部的各分支都能联合起来，团结一心，共同对抗天主教和基督教科学派。此外，他还非常支持各种提倡道德、提倡禁酒的运动。也许等到他成功的那一天，联合教会就会愿意提供一所供各大社团活动的漂亮房子吧！没准儿还是灰泥与半砖木结构的房子呢？其实，寻常的百姓都喜欢那种摆满了各种雕像和装饰品的房子，而你说的什么拓殖时期的老旧建筑，大概没人会欣赏吧。反正，那里至少可以成为一个老百姓们教育与娱乐并存的理想中心，政客们也没什么机会挖走它们。"

"可是，要等那些教会联合起来，少说也要三四十年的时间呀！"卡萝尔说。

"不会等那么长时间的，现在世态的发展可比你我想象中的要快很多呢。所以呢，别再做其他的打算了，万一犯下大错该怎么办？"

然而，两天后，当卡萝尔遇到乔治·埃德温·莫特督学的太太时，心里那股执念又再次躁动了起来。

莫特太太说："我每天在家都要被赶制衣服和各种家务累得喘不过气来了，要是妇女读书会的其他会员能注意到这一点就好了。好吧，我的意思是，眼下最重要的事情，应该是新建一幢校舍。莫特先生觉得现在的校舍简直又小又挤。"

卡萝尔便急忙跑去查探老校舍。整间校舍就像是一艘充满憎恨与压抑的囚船，非要强行地将小学、中学的学生一同挤进那一间间潮湿的黄砖头房子里。那窄小的窗户，简直就像古时候大牢里的气窗。此时，她对莫特太太的提议简直不能更赞同了，看来，接下来这两天她都要为这件事操劳了。最后，她决定同时进行校舍和市政厅大会堂的建设工作，以此作为中心，来迎接一个崭新的戈镇。

她又急匆匆地赶到戴夫·戴尔的家里。铅灰色的房屋周围满是光秃秃的藤萝，门廊虽然宽敞，却仅有一英尺高。这座房子不管是外观装潢还是屋内陈设都毫无特色可言，卡萝尔都差点儿不认识这里了。但她还是清楚地记得戴尔太太的言行举止，一点儿都没变。对于芳华俱乐部和妇女读书会来说，戴尔太太和卡萝尔、豪兰太太、麦加农太太以及维达·舍温就像是横在中间的沟通的桥梁。她和久恩尼塔最大的区别在于，后者总是说自己才疏学浅，甚至扬言哪怕坐班房也绝不会给读书会写什么破报告。戴尔太太出门迎接卡萝尔的时候，身上正穿着日本的和服。她本就皮肤白嫩，配上这套衣服就更显女性的柔美了。她满身爽身粉味儿地唤了声卡萝尔"亲爱的"，还非要卡萝尔叫她的小名"莫德",但是之前她们在一起喝午茶的时候,她明明还很粗俗的样子。卡萝尔不明白为什么自己会对这一切感到浑身不自在,她只好赶紧将新计划说给戴尔太太听。

的确,市政厅的房子是不太美观,这一点莫德·戴尔太太也承认。但是她的丈夫却说,即便是有再好的点子,但州政府没有拨出专门的经费,那一切都是白搭。戴夫觉得,最好是在修建市政厅大会堂的同时再加建一个民防训练所,镇上那些吊儿郎当的浑小子成天只知道待在弹子房里不学无术,眼下最重要的,是让他们接受军事训练,这样才能成为真真正正的男子汉。

可是戴尔太太却对此极力反对:

"哦?这难道不是莫特太太一直所期望的吗?原来你这么忙活都是为了她!你难道不知道,大伙可都已经厌烦她为这么点儿小事成天在耳边念叨个不停了!说白了,她就是想要一间大大的办公室,这样一来,她那位谢了顶的乔治宝贝就能坐在里头逞威风了!当然,对于她本人我还是既喜欢又钦佩的,毕竟她有一个灵光的脑子。她还特别好管闲事,总是想控制妇女读书会。但是,话说清楚了,我们大家还是很讨厌她总是叨叨个没完。难道那栋老校舍不好吗?我们小时候不就是在那里边读书的吗?我真是对这些女政客烦透顶了,你说是不是?"

四

三月的第一周,春天的一丝丝气息悄然来临的同时,卡萝尔的心里也掀起了汹涌浪花。她想出去走走,想去湖边、旷野和田间小路上瞧瞧。镇里的积雪早已消融得七七八八了,只有少部分的树根下面还残余一点点儿雪渣。每当这个时节,一天的温差就会变得非常大,有时如沐春风,有时又寒风刺骨。卡萝尔刚在想,这个天寒地冻的北陲地带终于迎来了一丝温暖,天上却忽然飘起了雪。尽管雪下得并不大,但她对温暖的新年的期待却被刺骨的西北风给吹走了。她还希冀着,等到夏天,每家每户的门前都能有油绿绿的草坪,然而这个希望也破灭了。

但是一周后,尽管街头巷尾还残留着一些未融化的积雪,但春天的脚步是的的确确到来了。她通过祖辈传下来的经验,仔细观察了空气、天色和大地的变化,终于得出结论——真的,春天真的来了。天气不再反复无常,忽然燥热难耐,那柔和的阳光,几乎晒得人浑身都发软了。河水沿着巷子后街汩汩流淌,一只报春的知更鸟忽然落在了豪兰院子里的酸苹果树上。每个人都面带笑容地说:"啊,这么看,冬天的确快结束了。冰雪消融,湿漉漉的路面都要干了,再过不久就可以开汽车出去兜风了吧?还不知道今年夏天可以钓到几条鲈鱼,庄稼的收成肯定也不错!"

一到晚上,肯尼科特就会辗转难眠。"卡丽,我们还是穿着厚绒内衣,防风窗板也先这么装着,万一过两天又变天了呢?可别到时候弄感冒了。也不知道咱们的煤还够不够。"

卡萝尔心里那澎湃的改革热潮,终于被她旺盛的生命力给暂时遏制住了。她对改革的事情闭口不谈,除了跟碧雅琢磨着春季大扫除的事情,再就是去参加妇女读书会的第二次例会,认认真真地听着由狄更斯、萨克雷[①]、简·奥斯丁[②]、乔治·艾略特[③]、司各特、

---

① 萨克雷,英国小说家。
② 简·奥斯丁,英国女作家。
③ 乔治·艾略特,英国女作家。

哈代、兰姆、德·昆西①和汉弗莱·华德夫人②等人组成的英国小说家与散文家的阵容。

然而，当她参观过那间由仓库改成的农妇休息室后，心里的那股汹涌的热潮又再一次席卷而来。农妇休息室，就是给正在谈生意的庄稼汉的娘儿们歇脚的地方。她曾听维达·舍温和沃伦太太得意地提起过，说要不是妇女读书会从中斡旋，市议会根本不可能拨款建立这间农妇休息室。从前她也只是偶尔从外面瞟上一眼，直到今天，她才第一次走进了里面。

她也是一时好奇才会进去瞧瞧的。她先向那位胖乎乎的寡妇管理员诺德尔奎斯特太太微微颔首，然后又朝坐在摇椅上轻轻摇晃的两个农妇点了点头。整个休息室就像是一家专卖旧家具的旧货铺——松松散散的摇椅，歪七扭八的麦秸椅子，抓痕累累的松木桌，沾满沙尘的草垫子，还有依稀印着在树荫底下谈情说爱的挤奶工女孩儿的钢版印刷画，印着褪色玫瑰和鱼儿的彩色石印画，以及农夫们拿来热午饭的煤油炉子。靠着街边的窗户已经被破烂的窗帘、天竺葵和橡皮树挡住了光线，使得屋内变得十分晦暗。

诺德尔奎斯特太太告诉她，每年都有成千上万的农妇到这儿来歇脚，她们非常感激镇上那些心地善良的太太们，愿意为她们提供这样一个舒适又不用花钱的好地方。她却在心里暗呸一声："什么心地善良？说白了，她们不过是为自己的丈夫谋划，方便跟庄稼人搞生意往来赚大钱罢了！噢，这里可真够乱的！我想这里大概是镇上最令人安心、最富有吸引力的地方吧？那些每天在草原上围着厨房转的农妇，可以暂且在这里歇歇脚。唉，要是这里能变得窗明几净，她们就能看

---

①德·昆西，英国作家。
②汉弗莱·华德夫人，英国小说家。

到外面城市里的繁荣景象了。等将来，我一定要建一个像样的休息室！一个正正规规的俱乐部！哦，对了，我说要修建乔治风格的市政厅大会堂的时候，不是早就把它列入计划中去了吗？"

妇女读书会第三次例会的主题是斯堪的纳维亚、俄国和波兰的文学。然而，卡萝尔却打破了这次讨论会的平静。当时，沃伦太太正在论述"俄国所谓教会崇拜偶像的这种邪说"，咖啡和热面包卷都还没有端上来，卡萝尔就拿钱普·佩里太太来说事了。佩里太太是从拓荒时代里走过来的"老人"了，她心地善良，又待人宽厚，是读书会里那些年轻的太太可亲可敬的对象。所以，当卡萝尔喋喋不休地将自己那些宏伟的计划，如倒豆子一般地说给她听时，她只是微微颔首，摸着卡萝尔的手，轻轻叹息道：

"亲爱的，你的计划很不错，我也真的很想支持你。虽然我很少在浸礼会看到你，但我猜你也许是个虔诚的基督信徒吧，因为你真是太心软了。犹记得当年，我和钱普赶着牛车，跟在长长的车队后面，从索克镇一路走到戈弗·普雷赖。那里除了一道栅栏、两名士兵和几间原木小屋，根本什么都没有。如果我们想弄点儿咸肉和火药什么的，还得找人骑马到处去找。可他还不一定能回来，万一在半路上遇到印第安土著就没命了。那时候我们这些胖娘儿们，原本成天都是下地种庄稼的，也没奢望过能有什么地方给我们落脚。噢，上帝，这样的休息室，对当时一无所有的我们来说，根本就是天堂！我们的房顶上铺的都是茅草，一下雨就漏得满屋都是，也只有架子下面是干的。

"后来，咱们的市镇慢慢繁荣起来了，也建了气派的市政厅会堂。但是其实根本没必要修什么舞厅的。我们以前跳的舞都是很文雅的，照样玩得尽兴。哪里能和现在那些搂搂抱抱、大跳什么吓人的火鸡舞的年轻人相比呢？要我说，他们如果非要无视基督的圣训——'姑娘家要端庄得宜'，那他们还不如去'派西亚斯骑士团'和'共济会'那里凑合着玩。当然，那两个社团的一些会员，可并不太喜欢外来的非会员参加舞会。哦，对了，我觉得也没有必要举行你说的什么农政科和家政示范活动。当我还小的时候，家家户户的男孩儿都得卖力地学种庄稼，女孩儿则要学习做饭，不然她妈妈就会训斥她，罚她跪着。况且，瓦卡明的县里不是有一位专员每两周会到这儿来一次，教授科学的耕种方法吗？那就已经足够了。至少我的老伴和镇上的人也都这么认为的。

"演讲厅也没什么修建的必要。我们镇上有那么多的教堂，与其去听那些无聊的天文地理和书上烦琐的大道理，还不如到教堂里来听老式布道，这不更有用得多吗？这个崇洋媚外的妇女读书会已经讨论了很多歪风邪说了。当然，人人都喜欢漂亮的东西，我也不例外，直到如今钱普·佩里都还嘲笑我给自己的衬裙下面缝缎带呢。可你说要将整个市镇建成拓殖时期的建筑风格，我心里当然不愿意。我为什么要拆掉自己辛辛苦苦修建起来的市镇，再去按照我一点儿都不喜欢的德国佬故事里的那些玩意儿重建家园呢？戈镇是那么地美，难道你不觉得吗？这里有新鲜的绿植，舒适的房屋，有暖气、电灯、电话，还有混凝土人行道！就连那些从双城来的人，都说咱们这里美丽呢！"

卡萝尔勉强附和道："没错，戈镇的确是富有狂欢的色彩和欢乐的气氛，就像阿尔及尔和巴黎狂欢节的最后一天那样。"

可是到了隔天下午，卡萝尔又同面粉厂的老板娘莱曼·卡斯太太闹腾起来了。

如果说道森太太家的客厅是属于简约的维多利亚风格，那么卡斯太太的客厅就是复杂的维多利亚派——家具一定要摆得满满的，并且还要符合两大条件。其一，每件物品都要类似于某种实物。比如摇椅要像古希腊的七弦竖琴里拉，仿皮面椅座要像绒布，两边扶手要刻上苏格兰长老会的狮徽，就连摇椅的隐秘部位也要有球形、旋涡形、盾牌形和长矛形的各式装饰。其二，不管是用什么东西，务必要将客厅里的每一英寸都塞得满满当当的。

卡斯太太的客厅墙壁上贴了一些画，但都不算有品位。比如那幅白桦树、卖报童、小狗崽和圣诞前的礼拜堂尖塔的画，比如另一幅开满了玫瑰的庭园画。此外，客厅里还有很多乱七八糟的小玩意儿：一只绘有明尼阿波利斯博览会全景的瓷碟子；几个烧焦了猜不出是什么部族的印第安酋长的头像木雕；一条装饰着三色紫罗兰的格言条幅；两面分别代表着两个儿子所就读的奇科皮·福尔斯商学院和麦吉利卡迪大学的校旗。还有一张小方桌，上面放着一小只用来装名片的金边彩绘瓷盒；一本《圣经》；一部吉恩·斯特拉顿·波特夫人①最新的小说《格兰特回忆录》；一个瑞士农舍模样的木雕存钱盒；一个装着一枚黑色大头针和一枚空线轴的光滑的石决明外壳；一只鞋面上盖着"纽约州特洛伊城游览纪念"、别着小天鹅针插的金色拖鞋，以及一个表面全是外凸的小疵点的不知名红色玻璃缸。

卡斯太太一见到卡萝尔便说："我要让你瞧瞧我那些名贵的艺术品！"

卡萝尔刚说明自己此行的目的，她就尖声嚷着：

"哦，哦，我知道，你是觉得比起中西部市镇那些普通的房子，新英格兰和拓殖时期的建筑风格更好看，对吗？我很高兴你会

---

①吉恩·斯特拉顿·波特夫人，美国女作家。

这么想,毕竟我就出生在佛蒙特州!"

"那么你觉得我们是否可以改造……"

"不,不,噢,上帝,我们可支付不了那么大的一笔开支!你要知道镇上的税捐已经不少了,我们应当尽力为市议会节约开支才行!对了,你觉得韦斯特莱克太太的那篇关于托尔斯泰的论文怎么样?是不是很精彩?我真高兴她能说出'他的荒诞社会主义思想已经覆灭了'这样的话!"

卡斯太太说的这些话,也正是肯尼科特想说的。的确,在这接下来的二十年里,拨款新建市政厅大会堂的这个提议,戈镇和市议会是绝不会答应的。

五

卡萝尔原本是不打算将自己的想法告诉维达·舍温的。她害怕维达会用那种大姐大的口吻耻笑她,或者将她的计划偷天换日据为己有。可眼下,她却别无选择,只能趁着维达喝茶的时候,将自己的计划简单地向她介绍了一下。

维达很擅长宽慰人,但这时却说得很直接:

"亲爱的,你这么想就大错特错了。是的,我也希望你的计划能马上实现——让这里变成一个不怕寒风来袭的美丽的花园市镇。但你若是指望读书会里那些无所事事的少奶奶,显然是行不通的。"

"可是戈镇的命运不是都掌握在她们那些有头有脸的丈夫的手里吗?"

"可是并不是全镇的人都会听他们的话。你知道吗?之前我为了让抽水站的周围种上藤蔓篱笆而一再向市议会提出拨款的请求,这期间我遇到了多少麻烦你知道吗？无论你是怎么看待镇上的妇女们，但那群男人思想的进步，甚至还不如他们的太太。"

"难道镇上的男人就这样眼睁睁地看着自己的家乡是现在这副模样吗？"

"可是在他们看来，戈镇一点儿都不丑。难道你能拿出什么实质性的证据说它丑吗？每个人的喜好都不同，他们为什么要喜欢一个波士顿建筑师喜欢的东西呢？"

"他们只喜欢做那些不相干的生意！"

"那又如何呢？不管怎样，我觉得眼下最重要的，是利用现有的资源从内部入手，而不是像给人心强加上一层外壳那样，把外面的思想强行引进来，这是万万不可以的！你想要内心得到充分的表现，就必须等待！等待美丽的外壳从内心深处慢慢地长出来。如果我们只是不停地纠缠市议会，让他们拨款建造新校舍，恐怕还得等上十年！"

"难道镇上那些有头有脸的大人物连几块钱都不愿意拿出来吗？他们真的吝啬到这种地步吗？我可不相信！你想想啊，不管是跳舞、演讲，还是演戏什么的，都是可以通过集体的形式进行的！"

"你可千万别在那些商人们的面前说什么'集体化'，否则你肯定会引起非常严重的众怒！他们最恨也最怕的就是邮购商店和庄稼人集体化运动！"

"果然天底下的人都是一样的，任何风吹草动都足以叫他们的钱包瑟瑟颤抖！我又不是无所不能的，不像小说里可以使用监听录音器，或是举着火炬一边游行一边发表演讲，我不过是螳臂当车罢了。我真蠢，真的。我住在阿尔汉格尔斯克，心里向往着威尼斯，却怪北冰洋的海水太刺眼。可就算是这样，我也依然抱着对威尼斯的向往之心。也许哪天我就逃离这里了呢？算了，我不想多说了。"

她摆了摆手，仿佛不愿再想这些事情了。

六

五月初，小麦冒出了绿新苗，玉米和土豆也播完了种，轻微的农忙小调在原野里沙沙作响。戈镇已经连续下了两天雨了，街头巷尾全是坑洼的泥泞和黑黢黢的水洼，居民的家门前、人行道上、停车坪上也全是脏兮兮的臭水，叫人连走路都不方便了。天气越来越闷热，天空却一如既往地阴沉沉，让那些既没有白雪覆盖，也没有枝叶遮挡的参差不齐的房子全都露出了丑陋的真面目，就仿佛整个戈镇都在这一刻"秃"了。

卡萝尔步履沉重地往回走着，雨鞋和裙摆上全是脏兮兮的污泥。她从莱曼·卡斯太太那座难看的尖顶红房子前经过，又跨过了一个脏兮兮的黄水塘。难道她的家，就是这个全是烂泥地的地方吗？哦，不！她明明已经计划好了一切，她理想的家园与美丽的市镇！可是没有人愿意与她一起分享，维达不愿意，肯尼科特也不愿意！

她很希望能有一个人愿意与她共享这座世外桃源！

不知怎么的，她忽然想到了盖伊·波洛克。

不，不行，波洛克太严肃太谨慎了。为什么她就找不到一个和她一样年轻且激进的小精灵呢？那些美好的欢乐时光，难道就真的一去不复返了吗？她无可奈何，只能投降。

可是到了晚上，她脑海里又冒出了一个可以解决一切问题的绝佳办法！

她用了不到十分钟就跑到了道森太太的家门前，拉了拉那个老式的门铃。当道森太太从门缝里探出头来时,她忍不住吻了一下她的脸颊,然后就兴冲冲地进到客厅里了。

"哦,天哪,见到你可真高兴!"道森先生笑容满面地放下报纸,然后往上推了推眼镜。

"你似乎很高兴呀。"道森太太叹着气说。

"没错,我是真的很高兴!道森先生,您是镇上的百万首富,对吗?"

道森先生忽然神气地挺起胸膛,回答道:"是的,我算算,如果我能将我的证券、抵押进来的农庄,和我在梅萨贝的铁矿、北部的木材和林地开垦的投资好好地利用起来,这么算下来,我的财产大概得有两百多万呢。我所有的钱,一分一厘都是靠自己努力赚来的,从来都没有到处浪费过呢。"

"但是,我需要您一半的产业!"

道森夫妇互相看了看对方,显然都觉得卡萝尔是在说笑。道森先生说:"噢,你可知道本利克牧师?他每次跟我抬杠都不会高出十块钱,你可比他差劲儿多了!"

"我是认真的,我没有说笑!你们的孩子都在双城里过着富裕的生活,可你们呢?难道就想这么一直默默无闻的,不想流芳百世吗?你们大可以做些独树一帜的事情,比如改建整个戈镇!请一位著名的建筑师来为这个大草原打造一片理想的家园,没准儿他还有更新奇的建筑设计呢?到时候,镇上这些乱七八糟的房子就全都可以拆掉了……"

道森先生这才相信她刚才的话的确不是在说笑,他摆出一副可怜的样子说:"噢,天哪,重建戈镇?那至少得要三四百万呀!"

"可是你可以拿出两百万呀!"

"我？你让我用自己好不容易赚来的钱造房子，就是为了给那些成日无所事事、奢靡度日的穷光蛋住吗？我并不是一个吝啬鬼，我太太经常会雇用那些可怜的女佣来家里帮忙，但其实所有的活计，都还是我们自己干的。你瞧瞧，我们的手已经累得只剩皮包骨了，但现在你却叫我把钱全浪费在那群流氓身上！"

"你别生气！我只是——我是说——好吧，我当然不会让你捐出你所有的财产，我只是希望你能带头签个名，这样一来，别人要是听到你正在谈论一个更美丽的家园，肯定也会纷纷响应的。"

"你这孩子，鬼点子可真不少。老实说，戈镇难道不好吗？我觉得这里挺好的呀。我经常听到那些东奔西跑到处闯荡的人说，美国中西部最美的乡镇就是戈镇了，它是那么地美好，能满足所有人的审美与需求，这其中就包括我们夫妻。况且，我们还商量着，干脆搬到帕萨迪纳去，在那里建一幢平房住呢。"

七

卡萝尔没想到会在街上与迈尔斯·伯恩斯塔姆再次相遇，心里不禁非常开心。尽管伯恩斯塔姆留着强盗似的胡子，穿着泥泞不堪的工装裤子，但他看上去却是那么地诚实可靠，完全符合她对"战友"的要求。于是，她就将刚才在道森先生家里发生的事情，像说故事一样地说给他听。

伯恩斯塔姆却抱怨了起来："道森？我跟那个老家伙八竿子都打不着呢！他就是一个贪婪的吝啬鬼，干的都是些侵占地皮、收受贿赂的事情。但我得说，你这个主意出得不太好。很显然，你只是单纯地想为戈镇的建设做些什么，你跟他们不是一类人。但我也不是,我反倒希望戈镇能为我做些什么。道森的钱,管他是不是捐的,反正给我我也不要!他花钱都是带着目的和条件的。除非靠我们自己抢过来,那原本也都是我们的钱。你一定要更强大、更坚定。或者和我们这群乐天派的游民们待在一起,将来,我们会教育自己不再游手好闲,也许那时候我们已经掌握了一切,并且会治理好一切。"

此时的伯恩斯塔姆就是一个嫉恨世俗的工人,根本谈不上什么战友。何况,她也不希望乡镇全都沦落到这群游民的手里。

她来到了市郊,顺便将伯恩斯塔姆抛在了脑后。

关于市政厅大会堂的事情,她也暂时放在一旁了。因为她突然意识到了一个新问题——这些愚昧的穷人,太缺乏思想工作了。

八

大草原的春天几乎稍纵即逝,转眼就过去了。几天前还泥泞的街面这会儿却是尘烟四起,直叫人睁不开眼。路边的水坑已经干成了黑亮的土,好似一块裂了缝的漆皮。

妇女读书会的研究计划委员会要召开制定秋冬两季新论题的会议,当卡萝尔匆匆忙忙地抵达会场时,已经是气喘如牛了。

埃拉·斯托博迪小姐是本次会议的主持人,她穿着一身银灰色的长袍,开口就问大家:"各位想到什么新的论题没有?"

卡萝尔起身说道:"我提议,妇女读书会应当对镇上的穷人施以援助之手。"她总是会提出明确而新颖的建议,"我的意思,不是说纯粹地捐钱给他们,而是为他们创造一个就业机会,比如建立一个专门指导妇女为婴儿洗澡、烹饪做饭的就业辅导处，要是允许的话最好再拨出经费建立收容所。沃伦太太，我的这个提议你怎么看呢？"

牧师夫人说话当然清晰而公允，她开口道：

"我相信，大家都是发自肺腑地赞同肯尼科特太太刚才的提议。众所周知，助人为快乐之本，它不仅仅只是一种崇高的义务。但是我必须声明，它正是因为被视为一种周济和布施，才会令人觉得很有趣。基督徒和教会本身最大的装点就是'赠人玫瑰，手留余香'，甚至《圣经》中也记载了这一点：'自信、希望、布施，要一直帮助穷困之人。'以此引导我们的为人处世。这番话已经说得很直白了，'布施'这个词，哪怕是什么伟大的科学计划也绝不能轻易地抹掉它！永远都不能！难道这个词不好吗？试着想象一下，倘若要剥夺我们助人为乐的权利，那我们在这世上的生存的意义又是什么呢？况且，我们就是应当让那些穷人对自己所得到的施舍感恩戴德，而不是把它当成是理所当然的。"

"好了，这个话题先放一边吧。"埃拉·斯托博迪小姐哼哧道，"肯尼科特太太，显然你被骗了！我们镇上根本就没有贫困一说。你刚才拿斯坦霍夫太太举例是吗？可你知不知道，我经常会将我们家女佣没洗完的衣服交给她洗，仅仅只是去年，她就从我这里接到了超过十块以上的活计！我敢保证，我爸爸是绝对反对建立什么收容所的，因为这些人都是骗子。他告诉我，尤其是那些假装没钱买种子和机器的佃农，明明还欠着别人的钱，就是不想还罢了！我爸爸就是心软，才会一直保留抵押人的赎回权，毕竟这也是为了让他们遵纪守法。"

"而且我们还送了他们很多衣服！"杰克逊·埃尔德太太说。

卡萝尔赶紧插话道："是的，没错，我正好有个关于送衣服的提议。我们是否应该将那些衣服先缝缝补补，收拾得像样一点儿，再拿去送给穷人呢？不知道大家觉得这个提议怎样？不如就下次圣诞节的时候，咱们聚在一起，把要捐赠的衣服帽子都修修补补一下，这样一来……"

"噢，上帝，咱们可不像他们那样每天游手好闲呀！他们应该谢天谢地，有人愿意捐赠他们东西就已经很不错了，还想挑三拣四吗？我们每天已经够忙，哪还有什么空闲给沃普尼那个懒妇女补衣服呢？"埃拉·斯托博迪小姐生气地说。

她们瞪着卡萝尔，可卡萝尔却只想着前些时，沃普尼太太的丈夫不幸死于火车之下，家里还有十个孩子啊。

玛丽·埃伦·威尔克斯太太不禁莞尔一笑。她家是开古玩铺和书店的，本人又是"基督教科学派"的教会读经师，所以她说话非常直率：

"这群人要是能明白'基督教科学派'的宗旨，明白任何事情都无法伤害到我们这些上帝的孩子，他们也就不会落到如今这个凄惨的地步了。"

杰克逊·埃尔德太太附和道："没错，咱们读书会为他们做的事情还少吗？什么植树，灭蝇，创办农妇休息室，等等，包括我们之前提议的，建议铁路局在车站旁建一个停车场。不用说，我们已经做得够多了。"

"没错，我也这么认为。"埃拉·斯托博迪小姐说完，又小心地看了看舍温小姐，"维达，你觉得呢？"

维达向在座的各位一一微笑点头，然后才说道："嗯，我很高兴可以听到卡萝尔提出这么宝贵的意见。但是依我看，我们最好还是别再搞什么新花样了。眼下，正有件很要紧的事必须马上处理——明尼阿波利斯各俱乐部打算推选双城的埃德加·波特伯里太太担任州联合会的会长，那个肤浅又言过其实的女人，竟然还有人觉得她是个风趣智慧的演说家。我觉得我们得联合起来表示抗议。我打算写信给莱克·奥吉巴瓦沙俱乐部，我们愿意推选他们那位可爱又有修养的哈格尔顿太太做会长，但前提是他们要支持沃伦太太当选第二副会长。不知道大家是怎么想的？"

"没错，没错，就应该让明尼阿波利斯那些人见识一下我们的厉害！"埃拉·斯托博迪小姐尖叫着，"而且，对于波特伯里太太所提倡的'全州妇女支持妇女参政'的运动，我们也要坚持反对！在政治界，妇女的地位原本就是最低的，要是让她们卷进了那些可怕的尔虞我诈、阴谋秘闻里，成天面对什么流言蜚语甚至人身攻击，她们必然丧失原本可爱而优雅的自我的！"

所有人都纷纷点头以示赞同，只有一个人例外。她们将原来的议程暂且放到一边，开始谈论起埃德加·波特伯里太太的丈夫、财产、轿车、住邸、演讲的派头、出行的发型、中国式的旗袍晚礼服和她在州妇女俱乐部联合会训斥别人时的气场和气魄等。

散会前，读书会研究计划委员会花了三分钟，在《文化须知》杂志提供的《装潢和瓷器》和《〈圣经〉的文学性》这两个题目里选了一个作为明年的论题。可是这时，卡萝尔却卖弄聪明插了句嘴，引起了大家的不快："你们难道不觉得，我们在礼拜堂和主日学校里已经读了太多次《圣经》了吗？"

伦纳德·沃伦太太一听这话就冒火了："天哪！你竟然会这么想，简直令人难以置信！要知道，这两千多年来，无论那些异教徒如何攻击它，它都能顽强地流传至今，难道还不值得我们多浏览一下吗？"

"不是的,我不是这个意思……"可事实上,她的确就是这个意思,所以也根本解释不清,"我只是想说,你们看,《文化须知》也只是将《圣经》或亚当兄弟的风格逸事当作家具装潢里的一种重要特性。所以,或许我们可以多研究一下那些令人激动的新思想、新概念。不管是化学也好,人类、劳工问题也好,多看看这些对我们而言具有很重大的意义的问题,而不是仅仅只是拘泥于《圣经》。"

在座的女士们都礼节性地清了清嗓子。

埃拉·斯托博迪小姐问道:"大家还有什么问题需要讨论吗?你们赞同维达·舍温将《装潢和瓷器》作为下次讨论的论题吗?"

所有人一致赞同这个提议。

卡萝尔一边举着手,一边自言自语道:"看来结局注定要输了。"

她竟然会相信,自己能在这堵平庸而空白、光滑且透亮,只会供人在里面酣头大睡的墙上播下希望的种子!这简直就是头脑发热,如同痴人说梦一般!

第十二章

一

五月初，正值初春，这个礼拜算得上是一年到头，唯一可以叫人在寒冬与酷暑的夹击下稍稍放松一下的温暖时节。卡萝尔每天都会从镇上到充满生命力的大自然里走一走，看一看绿树成荫、繁花似锦的春景。

那一刻，她就好似重新回到青春岁月里，坚信着世上有美的存在的信念。

某天，她沿着笔直而干燥的铁路轨道，像走在康庄大道上一样，准备走去北边的燕子湖。她昂首阔步地从一根根枕木上跨过，每逢十字路口，就小心翼翼地从阻挡牲口穿越的尖木桩上爬过去。她走上铁轨继续前行着，并张开双臂、站稳脚跟以维持身体平衡。但如果遇到重心不稳的情况，她便向前倾斜，拼命地挥动双臂。要是一不小心摔倒在地，就一笑置之。

铁路两边长着杂乱无章的野草和被野火烧过的刺人的残枝枯茎，但不时还能看见草堆里探出一丛丛金色的金凤花和紫花绿叶的铁线海棠。此外，还有一小片枝子呈亮红色，色彩鲜艳得像日本酒杯上涂着的彩釉的熊果树。

她沿着碎石堤一路往下小跑着，不住地向那些挎着篮子的采花童投去温柔的笑容。她往自己白罩衫前的口袋里插了一束美丽的海棠，然后便在麦田的驱使下，翻过满是锈迹的铁丝网，从铁路线来到了种满小麦的田野里。放眼望去，全是在微风的拂动下，闪烁着细碎的光影的裸麦。姹紫嫣红的野花覆满了燕子湖畔的草地，洁白胜雪的绒花在印第安人种的烟草上悄然绽放，就像是一块色彩缤纷的稀世的波斯地毯。野棘在脚边沙沙作响，湖面上的微风轻轻吹拂，掀起层层涟漪。她从落满柳絮的小溪上跨过，只身来到了一处热闹的树林里，大片的白桦树、白杨树和野李子树，绿树成荫。

白杨树与白桦树几乎都是碧绿银白的树干，形如小丑那光亮且细长的胳膊腿。只是白杨树的叶子是覆有灰色的绒毛的，和柯罗①风景画如出一辙。野李子树的花开得像棉花一样，白蒙蒙的，仿佛林子里起了一层朦胧的雾，一直逶迤到遥远的地方。

卡萝尔兴奋地小跑到树林的另一边，忍不住大叫一声——整个冬天她都待在家里，好不容易才有机会再次与大自然亲密接触！那野樱树上斑斓的小花，仿佛叫这林间的空地上都流淌着暖洋洋的气息，令她不知不觉中便向着枝繁叶茂、静谧无声的林子深处走去。斑驳的光影从树叶的间隙洒在地面上，闪烁不定，就好像将她带进了一碧万顷的海底世界。她默默地沿着羊肠小径向前走着，前面的

---

①柯罗，法国东南部的一片平原，山石众多。

原木边上，有一朵开在地衣上的杓兰花。再往前就是路的尽头，却有一片广袤无垠、麦浪起伏的原野！

"没错，这世间一定存在着森林之神！看看那边的大地，一定就和壮丽的群山一样美得惊心！所以说，妇女读书会又有什么了不起的呢？"

她离开小树林，来到了这片在层云密布的苍穹下，一望无际的大草原上。波光粼粼的小池塘，在空中追逐乌鸦嬉戏玩闹的红翅鸫鸟，还有不远处的山岗上，一个正扶着犁耙，同艰难前行的马儿一起耕地的男子。

她顺着一条长满蒲公英和野草的小路走到了戈镇的大路上，脚下混凝土的涵洞里，有一条正汩汩流动的小溪。尽管这会儿她已经累得快走不动路了，但心里却是愉悦的。

一个男人驾着上下颠簸、呜呜作响的"福特"汽车来到她的身边，问道："肯尼科特太太，要搭顺风车吗？"

"谢谢你的好意，我还是喜欢自己慢慢地散步。"

"今天真是个好天气呀，我看地里的小麦都差不多长到五英寸高了，好吧，那就再见吧！"

她完全不记得这个乡巴佬是谁，但是这一声招呼却又令她倍感温暖。而戈镇里的那些老板太太，却从未对她说过这样充满友情的话。她说不清这到底是谁的错，或许她们也都没错，或许其实她曾经听到过呢？

她在距离戈镇大约半英里的一处洼地上（位于榛子林和小溪中间）发现了一个吉卜赛人的营地。那里停着一辆带篷马车，一顶帐篷，几匹拴在木桩上的马，和一个正在篝火前用煎锅炸着什么的男子。他回头看她，原来是迈尔斯·伯恩斯塔姆。

"你怎么到这里来了？"他大声问道，"过来吃块咸肉吧！嘿，彼得！彼得！"

马车里忽然走出一个蓬头垢面的男子。

"彼得，她就是镇上那位最心地善良的太太。肯尼科特太太，过来坐会儿吧，等到了夏天我就要出远门了。"

伯恩斯塔姆颤颤巍巍地站起身，揉了揉抽筋的膝盖，然后跟跟跄跄地为卡萝尔拉开铁丝网栅栏。结果卡萝尔在走进来的时候，不慎被铁丝网挂住了裙子。卡萝尔颇有些不好意思地笑了笑，伯恩斯塔姆便弯身帮卡萝尔解开裙子。

这个身材高大的壮汉戴着顶破旧的毡帽，穿着身蓝色法兰绒衬衣和挂着两条高低不平的背带的卡其裤，将身旁的卡萝尔衬得越发小鸟依人。

卡萝尔坐在彼得递给她的圆木桶上，将胳膊撑在膝盖上，问道："你要去哪儿呢？"

"去贩马呀，整整一个夏天。"伯恩斯塔姆笑了起来，那映着阳光的红胡子似乎都闪闪发着光，"我们本来就是无业游民，靠别人的布施生活。说真的，我很久都没有出过远门了。我可是个贩马的能手啊，就是把庄稼人的马买下来，再卖给别人，当然，我们做买卖都是讲良心的，沿着路途中间搭帐篷露宿也很有趣。我原本是想在出发前和你说一声的，不过，要不然你干脆和我们一块儿去吧！"

"我也的确很想去。"

"我和彼得会横跨达科他，穿过大荒原，走进荒林深处……而那时候的你，只怕正在听莱曼·卡斯太太无聊的唠叨吧。到了秋天，也许我们会冒着风雪穿越比格·霍恩山口，然后将帐篷搭在比湖面还要高四分之一英里的地方上。翌日一早，我们在温暖的被子里睁开眼睛，还可以看见老鹰在松树林的上空翱翔盘旋。你是不是也很向往这样的风景呢？瞧，那老鹰，那一望无际的天空……"

"你别说了！我怕我真会忍不住跟你们一起去！可是会有人在背后说闲话的，好吧，我要离开了，也许哪天我也会出远门呢！"

卡萝尔从他那黑得像戴了黑色皮手套的手心里抽回自己的手，然后站在路口向他挥了挥手，便独自离开了。她的脑袋更清醒了，可是内心却更孤寂了。

成片的小麦与青草在夕阳的映照下，如同一块柔亮的天鹅绒。一道金光忽然穿破云层，罩满整个草原。她怀着愉悦的心情回到了大街上。

二

六月初，卡萝尔陪着肯尼科特一起驾车出诊。在她看来，肯尼科特就像美国中西部那活力十足的大地，连庄稼人见了他都是恭恭敬敬的，叫她钦佩不已。她匆忙喝完咖啡，冒着清晨的寒气，来到了一片广袤的原野。此刻，朝霞已经缓缓升起。百灵鸟飞过草地，落在微微裂开的篱笆上，发出清脆的叫声，野玫瑰也散发着迷人的香气。

他们回来的时候已经是傍晚了。西沉的斜阳迸射出庄严的光芒，犹如金箔制成的团扇。周围碧绿的庄稼地，就像是笼罩在浩渺雾气下的碧海，边上种着一片片像棕榈岛的防风柳。

六月还未结束，炎炎的烈日就已经将大草原晒得土地龟裂、燥热难耐了。庄稼人跟在播种机和汗流浃背的马匹身后，累得几乎喘不过气。肯尼科特将汽车停在一户农家门前，让卡萝尔独自在车里等着。那滚烫的皮垫子险些烫伤她的手指,炽烈的阳光直照在挡泥板和引擎盖上,刺得她头昏眼花。

一场忽然来袭的雷雨过后,强烈的大风突然掀起漫天沙土,天地霎时间变得昏暗无光——显然,是龙卷风要来了。尽管家家户户窗户紧闭,但从达科他刮来的黑色尘土还是塞满了里面的窗槛。

七月的天气依然闷热得要命。白天,他们都是拖着沉重的步履上街的,到了晚上燥热又使得他们无法入睡。屋子里的窗户全部打开,连床垫都搬到了客厅的窗户下,但即便如此,他们还是辗转难眠。整个夜里,他们都不停地念叨着"要去外面冲水凉快一下",或是"去露水里边走一走",可是他们已经累得不想动了。如果哪天天气凉爽,他们也会出去走一走,但是那漫天的蚊子就像胡椒面一样,一个劲儿地往他们嘴里钻。

卡萝尔不由得开始怀念北陲的松林,东部的海滨,但是肯尼科特却告诉她现在暂时没空去。妇女读书会又开展了灭蝇活动,她在保健促进委员会的督促下到处奔走,告诫居民用读书会分发给他们的灭蝇器灭蝇,和给积极灭蝇的孩子发奖励。尽管她对这件事情并不感兴趣,但还是尽职尽责,直到炎热的天气几乎要将她的体力全部抽干,她才不得不暂停工作。

肯尼科特开着车,带她到北边的母亲那里住了一个礼拜。肯尼科特每天都忙着外出钓鲈鱼,卡萝尔则独自和婆婆待在一起。

他们还干了件非常了不起的事情——在明尼玛喜湖边买一幢别墅,专门用来避暑的。

或许在戈镇的生活里,避暑别墅是最能令人感到愉悦的事情吧。尽管所谓的别墅不过是一些只有两开间的小屋子,里边摆着破旧的椅子、脱胶的桌子和蹩脚的炉子,糊着石印彩色图片的木头板壁薄得连相隔五间的房子里打孩子屁股的声音都听得一清二楚。但是，这些房子却都建在悬崖上，在荫凉的榆树与菩提树的掩映下，可以极目远眺，一直看到明尼玛喜湖那依着山坡绵延至绿树边缘的熟黄的麦田。

这里可以使镇上的太太们将嫉贤妒能的心理暂时抛诸脑后。她们会穿着普通的衣裳安逸地坐着聊聊天，或是穿上泳衣陪着哭闹不止的孩子到湖边泼水玩儿，一玩就是几个小时。卡萝尔也经常跟她们一起儿玩水，比如尖叫着将男孩子的头按到水里，或是和孩子们一起给鱼儿堆沙盆。一到晚上，她就会帮久恩尼塔·海多克和莫德·戴尔为开车到这里来的人们准备晚餐。她很乐意和她们一起做这种自在又愉悦的事情。但如果谈论的是炸牛肉丸子或肉丝炒蛋，她就没有插嘴的机会了。

他们偶尔会在晚上跳跳舞，开开黑人音乐会。肯尼科特既是领唱也是报幕，干得出色极了。孩子们常常簇拥着他们，和他们聊山鼠、地鼠、木筏和柳木哨子，显然，在这些事情上孩子们更加在行。

在这种近乎原始人的生活里，卡萝尔几乎算得上是全镇最热心肠的人了。她每天都保持着愉悦的心情，既不用高谈阔论发表什么迂腐的建议，也不必操心戈镇的未来会变成什么样子。她不再评头论足，只满足眼前的生活。

一到九月，大自然便展现出了它最丰富多彩的一面，但是他们却必须遵守习俗回到镇上去。孩子们也不能再把时间浪费在和算术无关的事情上了，尽管在幻想的世界里是不会发生缺斤少两的事情，但他们还是得知道威廉卖了多少斤土豆给约翰。镇上的太太们几乎高高兴兴地玩儿了一个夏天的水，可当她们听见卡萝尔说起"冬天去户外滑雪溜冰"的提议时，脸上都带着怀疑的表情。从现在起到明年开春的这九个月里，她们的心都会封闭起来，因为再过不久，围着暖炉吃点心的日子又要来临了。

三

卡萝尔开办了一个沙龙。

她最喜欢肯尼科特、维达·舍温和盖伊·波洛克，而一向对诗人和激进分子不感兴趣的肯尼科特却只喜欢萨姆·克拉克。那么在她结婚一周年的庆贺晚宴上，就只有维达和盖伊可以算作她自己小圈子里的人了。宴会上，宾客们仅仅聊了聊雷蒙德·伍瑟斯庞的远大理想。

在卡萝尔看来，盖伊·波洛克应该是镇上最优雅斯文的人了。当他对她那件崭新的、镶了宝石的奶油色衣服发表看法时，他的一言一行都非常自然，没有丝毫嘲讽的意味。就连就位时，他都非常绅士地帮她挪动椅子。肯尼科特总喜欢大声地打断她的话："噢噢噢！你说的那些我今天已经听了很多次了！"但是他却不会。他就像是一位热爱孤独又十分健谈的隐士，一直待到很晚才回去，但在那之后他就没有再来过了。

后来，她和钱普·佩里在邮局里正好碰上，她才终于明白，唯一能拯救戈镇，甚至拯救整个麻木的美国的办法，就在那些拓荒者的历史里。她嘀咕着，现在的人已经不再具备拓荒时期的那种坚毅精神了，那么就只有让还健在的前辈们重振当年的精神，带领我们学习林肯的无私精神和移民的乐观精神，向前行进。

她翻阅了《明尼苏达拓荒者》，然后从中发现，六十年前，也就是她的父亲刚出生的那一年，戈镇才仅有四间小木屋，里面住的是来自缅因州的北方佬。他们先是顺着密西西比河上游走到圣保罗，然后穿越北方的大草原，在一处荒无人烟的森林里安家落户。他们磨谷子，猎野鸭、鸽子和松鸡，开垦土地种可以生着、煮着、烤着吃的芜菁甘蓝；当有客人拜访时，他们就会准备野李子、酸苹果和野草莓进行招待。后来钱普·佩里太太赶着牛车来到了戈镇，正好发现了一道士兵们用来抵御印第安人所建的木栅栏。

可是，每当漫天的蝗虫像乌云一样来袭时，不消一小时，农妇的菜地和农夫的外套就会被啃噬殆尽。可怕的沼泽和寒冷的风雪，让他们千辛万苦从伊利诺伊州带来的珍贵马匹死的死，逃的逃。破旧的小屋根本抵挡不住大雪的侵蚀，只穿着一件单薄衣裳的美国东部的婴孩，只能在这天寒地冻里冷得瑟瑟发抖。然而到了夏天，他们细嫩的皮肤又要遭受蚊虫的叮咬。这里也住了很多印第安人，他们睡在院子里，时而找你要油炸饼，时而为了看地理书的插图而背着来复枪闯进学校。这里还有成群结队的狼，吓得孩子们爬上树去躲避。这里还有许多个响尾蛇的窝，光是一天就能杀死不下于五十条。

虽然危难重重，但他们却过得很知足。卡萝尔在明尼苏达州编年史的《昔日边陲逸闻》里，发现了一段关于1848年马伦·布莱克太太搬到斯蒂尔沃特的回忆：

"在那段时光里，我们几乎一无所有，没什么能拿来炫耀的。我们总是随遇而安，知足常乐。我们常常聚在一起玩儿纸牌，或是跳跳舞什么的。当然，我们没有漂亮的衣裳，也没有现在这样紧身的美丽裙子。我们穿的裙子，可以在里面踩个三四步都不必担心踩着裙角。小伙子们互相换着拉小提琴、跳舞，有时候也会一边拉一边跳。"

卡萝尔暗暗想着，这里没有富丽堂皇的大舞厅，但要是能有一位会拉琴跳舞的年轻小伙，那么在圆木桶板铺的地板上一起悠然共舞也是件不错的事情呀。孤芳自赏的戈镇已经用既不属于旧时代也不属于新世纪的拉格泰姆音乐唱片，取代了过去的古韵乐曲。她不禁想，要怎样才能让戈镇回到过去那质朴无华的模样呢？

卡萝尔结识了从拓荒时期一路走来的两位老人——钱普·佩里夫妇。他们是专门做收购谷类生意的商人。每到秋天，钱普就会将车上的小麦放到那台粗大的台秤上称重，也许那些漏进台缝里的麦粒来年春天还会发芽呢。等到闲暇之余，他们就会趴在那间落满灰尘的公事房里小憩一会儿。

如今，他们夫妇俩就住在豪兰·古尔德杂货店的楼上，卡萝尔特地跑来拜访他们。

钱普·佩里夫妇原本是住在一幢黄砖房子里，后来因为谷仓亏空不得不将房子转让，搬进了杂货店的楼上——戈镇的公寓房子。一道宽阔的楼梯将大街与楼上的走廊串联起来，律师的事务所、牙医的诊疗所、摄影师的影棚、斯巴达协会分会所以及最末的佩里夫妇的公寓就依次排在走廊的沿边。

卡萝尔是本月第一位登门到访的客人，这可把夫妇俩高兴坏了，他们热情地接待了她，佩里太太还颇有些难为情地小声说道："噢，真不好意思在这里接待你，我们现在住的这个小地方实在是寒酸。整个屋子只有走廊里那个破铁皮洗涤槽有水，但是我们已经山穷水尽了，哪有资格挑剔什么呢？以前的房子虽然大，但是地段很偏，打扫起来也费劲。现在我们和大伙儿住得很近，在一块儿也热闹多了，对吗？我们还是挺高兴住在这里的。不过，或许未来我们还会拥有自己的房子，我们正在努力存钱，哦，上帝，真希望能拥有自己的房子啊！但是我们现在住的这个位置也不错，是不是？"

几乎所有上了年纪的老人，都会眷恋自己的旧家当。佩里夫妇也不例外,他们现在的小屋子里,几乎全是原先的家具。之前,卡萝尔还对莱曼·卡斯太太的住地产生过优越感,但到了这里,她却只觉得自在安逸。她望着眼前那些临时凑合的老家具,目光里满是深情——修补过的椅子扶手,铺了印花布的摇椅以及外面糊了纸写着"爸爸妈妈"的桦树皮餐巾圆环。

她将心里的想法全都说给了夫妇二人听,说得他们心窝都是暖烘烘的。他们没想到,这个年轻的小姑娘竟然如此看重他们。于是,在接下来的谈话中,她很轻松地就总结出了"复兴戈镇并使之成为居家的好地方"的方针计划。

这个时代,是生产飞机和工团主义的时代,难得的是,佩里夫妇依然保留着一整套哲学:

不管是音乐、演讲、慈善还是伦理,浸礼会(排序为:浸礼会、卫理公会、公理会和长老会)在各个方面都给我们指出了上帝最完美的标准。"什么新时代的科学也好,胆敢批评《圣经》的东西也好,它们只会教坏我们优秀的学子,所以这些我们通通都不需要。我们只需要听从上帝的意志,笃信地狱的存在,这就好比我们以前听牧师布道一样。"

老共和党是伟大的,上帝和浸礼会授予了布莱恩[①]和麦金莱[②]到凡间处理世俗事务的特权。

哈罗德·贝尔·赖特[③]的每部作品都宣扬了崇高的道德观,他是位了不起的作家。另外,据说他的小说为他带来了一百多万的收益。

那些可恶的家伙,都是年收入在八百元到一万元之间的。

---

①布莱恩,美国政治家。
②麦金莱,美国共和党人,曾任总统。
③哈罗德·贝尔·赖特,美国一个不出名的小说家。

欧洲人都是坏到骨子里的家伙。

在闷热的天气里喝杯啤酒是可以的,但要是嘴边沾上了酒就一定会下地狱。

现在的女孩子的贞节观已经不比从前了。

其实根本不用到食品店买冰激凌,馅饼不也挺香的吗?

庄稼人卖小麦,卖得太贵了。

谷仓公司的老板总是对雇员提很多很多的要求。

过去,要是每个人都能像我丈夫那样开垦农庄,辛辛苦苦地踏实肯干,这世上就不存在什么烦恼之说了。

四

这一席话,令卡萝尔心中对英雄人物的崇拜热情瞬间凉了个透顶。她维持着面上的礼貌笑容,心里却想马上离开。她一回到家,就觉得头疼得要命。

隔天,她和迈尔斯·伯恩斯塔姆在街头又不期而遇了。

"我才从蒙大拿回到戈镇。这个夏天真是棒极了,我的心胸里全是落基山的新鲜空气。不过,现在我又要跟镇里的那些老板们抬杠了。"她笑了笑,心里那佩里夫妇和拓荒者的形象也逐渐黯淡,最终消退,如同变成了珍藏在黑胡桃木柜子里的一张古老的照片。

第十三章

十一月的一个晚上,肯尼科特要出去办事,出于礼节,卡萝尔不得不去拜访佩里夫妇,但他们刚好外出了。

她找不到同伴玩儿,就像一个落单的孩子,在漆黑的走廊里走来走去。忽然,她看到一丝亮光,那是从一间公事房传出来的。她敲了敲门,轻声对开门的人说:"请问你知道佩里夫妇去什么地方了吗?"原来,开门的是盖伊·波洛克。

"抱歉,肯尼科特太太,我也不清楚。请进,你在屋里等他们好吗?"

"哦……哦……"她嘴上这么说着,心里想的却是,在戈镇,男女单独共处一室可不行,她不打算进去,但不知为何她还是进了门。

"太意外了,你的公事房竟然也在这里。"

"对,这里既是我的公事房、公馆,也是我处于皮卡迪的别墅,和萨瑟兰公爵城堡很近,可您无法看到我的公馆和别墅,它们被门挡住,只有一张小床,一只脸盆,还有我的一套衣服,除此之外，还有一条蓝绉纱领带，您曾经说很喜欢它。"

"您没忘记我说过那句话？"

"是的。一辈子铭记在心。请坐吧。"

她环顾了一圈公事房，这里灰沉沉的：瘦长的火炉，几排书架上放着栗壳色皮面法律书，高背椅子上放满了报纸。由于波洛克一直坐在上面，报纸已经变了颜色，成了灰色，上面布满了小洞。盖伊·波洛克偏爱两样东西：一个是景泰蓝细瓷花瓶，它放在铺着绿绒毯的办公桌上、在有关承办法律业务的空白表格和凝聚成很多小疙瘩的墨水池之间；二是一套莫希尔版的各家诗歌集、黑色和红色封皮的德国小说，和一本用摩洛哥山羊皮装帧、有些破旧的查尔斯·兰姆①选集，它们放在一只来回旋转的书架上，十分珍贵。

盖伊依旧站着，他在房间里来回踱步，就像一头四处嗅闻的猎犬，细长的鼻梁上架着一副眼镜，嘴边有一撮又亮又软的棕色胡须。他的上衣是一件高尔夫球衫，胳臂肘处已经磨破。她发现，他并没有为自己的衣着而感到抱歉，如果换成是肯尼科特，他肯定会道歉的。

他说："真意外，没想到您和佩里两夫妻还是朋友。钱普算得上我们社会的中流砥柱，可是，我没料到这个老家伙会和您那么投缘，一起聊象征派芭蕾舞，又或是柴油机引擎的革新。"

"他才不会这样做呢。他人很好，但愿上帝保佑他，无论如何，他是国家博物馆的，应该和格兰特将军的那把指挥刀放到一块儿，而我——噢，我在找一种福音，能向戈镇传道的福音。"

"真的？你想传什么道？"

"无论是什么内容，目标清晰就可以了。严肃的也好，轻松的

---
①查尔斯·兰姆，英国散文作家。

也罢,又或是两者都有。我不在乎它是实验室或是狂欢节,只要它稳当就可以了。波洛克先生,您说戈镇到底出现了什么问题?"

"哦,戈镇出问题了吗?或许,您和我都出问题了?如果我和您出了同一种问题,那我真是太荣幸了。"

"别客气啦。可是,我依旧觉得戈镇出了问题。"

"因为他们更喜欢溜冰而不是研究生物学?"

"拉倒吧,相对于芳华俱乐部里的人,我更喜欢生物学,也一样喜欢溜冰!我很喜欢和她们一起溜冰、滑雪、扔雪球,就像我现在和您聊天一样开心。"

"哦,未必吧!"

"对啊!我说的都是实话。可是,她们更喜欢留在家里绣花。"

"或许差不多。我可没有为镇上的人说话。不过,我是棵墙头草,经常神经过敏。或许我不觉得自己自视过高,反倒是自命清高!无论怎么说,戈镇并非到了最糟糕的地步。任何国家都有这样的小乡镇。大多数地方已经没有了泥土的芬芳,但也不至于发出广藿香,或是工厂里的烟味——这些地方太可疑了,也令人难以接受。这个小镇不过是有一些小毛病,难道还有大毛病?某一天,这些乏味的小镇或许会变成修道院那般颓废。不难想象,农民和本镇商号经理在黄昏一起坐单轨火车进城的场景——那座城市比威廉·莫里斯[1]所描绘的乌托邦的吸引力大多了——那里有音乐、大学,还有任何人都能参加的俱乐部。大啊,我多么渴望加入一个好的俱乐部啊!"

她脱口而出:"你为何不走呢?"

"我感染上一种病毒——乡村病毒。"

---

[1]威廉·莫里斯,英国诗人,作家,信仰社会主义。

"太可怕了。"

"对啊,它比癌症可怕多了。这种'乡村病毒'堪称书里的蛀虫,只要一段时间,它就能腐蚀乡村里那些有抱负的人。不管是律师、医生、牧师,还是受过大学教育的商人,都难逃厄运。这些人心明如镜,见多识广,可最终还是要回到自己的水洼地。我就是活生生的例子。可是,我不会用自己曾经的糟心事来气您。"

"我不会生气的。你请坐,我想仔细看看你。"

他坐在发出嘎吱声的椅子上,目不转睛地盯着她。她盯着他的眼睛,这时她才意识到,他是一个孤独的男人。在彼此注视的目光中,两个人都有些窘迫,急忙转移目光。等到他说话的时候,两个人都如释重负。

"想要诊断我的'乡村病毒',并不是什么难事。我的故乡在俄亥俄州的一个小镇。那个镇的面积和戈镇差不多,但那里的人不比这里和气。在戈镇,大家都很欢迎那些安分守己、喜欢打猎、开车、拥护上帝和参议员的外乡人。可在我出生的那个镇上,连我们这些本土人都会受到排斥,真是太挑剔了。那个小镇四处都是红砖房,树木很多,因此地气潮湿,空气中弥漫着一股烂苹果的气息。小镇郊区只有拥挤的一小块儿玉米地、一些砖窑和肮脏的油井,和戈镇的郊区太不一样了,这里有湖泊,也有大草原。

"我进了一所教会学校才明白,自从有人讲授《圣经》和一堆纯洁的牧师来讲解《圣经》后,上帝就可以放心了,他只要悄悄走过来抓住那个不听话的人就可以了。

"后来,我从教会学校到了纽约,进了哥伦比亚大学法学院,在那里整整住了四年。哦,我根本不想替纽约说谎。那里又脏又乱,太拥挤了,而且物价太高了。但那里比教会学校好太多了!我每周听两场交响乐演奏。我坐在戏院顶屋楼厢后座,看了欧文[①]、戴蕾[②]、杜茜[③]和伯恩哈特[④]的表演。我还到格拉默西公园散过心。我那时看各种各样的书籍。

"我的一位表兄告诉我,朱利叶斯·弗利克鲍生病了,需要找个搭档,于是,我就到了这里。之后,朱利叶斯痊愈了。他不喜欢我的做事方式,因为我平时很清闲,要休息五个小时才工作一个小时,即便我工作完成得很出色,我们还是分道扬镳了。

"我刚到这里,就暗自发誓,一定不能让自己的兴趣消失,真是太崇高了!我看过勃朗宁的诗歌,到明尼阿波利斯看过戏。我坚定自己不会丢失自己的兴趣。可是,我估计早已感染了乡村病毒。我看完四本低俗小说才会去读一首诗。我也不想去明尼阿波利斯,只有做法律业务的时候,才勉强去一趟。

"大概两年前,我和一位来自芝加哥的律师聊天,才发现我自认为比朱利叶斯·弗利克鲍这种人高人一等,实际上,我和他一模一样,一样落后,像个土鳖。甚至我还比不上他!朱利叶斯正儿八经地在《文摘》和《展望》里找参考资料,而我依旧在翻阅查理·弗兰德劳那本我已经翻阅了无数遍的书。

"自那开始,我就下定决心要离开这里。我一心想跟上世界潮流。可是,我发觉自己中毒已深,乡村病毒深入我的骨髓。新街道,年轻人,竞争,都会让我充满恐惧。对我而言,开具转让证书,处理筑沟的诉讼太简单了。所以说,一个酒囊饭袋的自传真是太空洞了,只有最后一章还有些意思,这章信口雌黄,说我是'法

[①]欧文,英国演员,塑造的哈姆雷特形象十分成功。
[②]戴蕾,英国女演员,经常与欧文搭档。
[③]杜茜,意大利女演员。
[④]伯恩哈特,法国女演员。

学界的柱石和先知',指不定哪天,一个牧师对我干巴巴的尸体撒这个谎呢。"

她盯着他的办公室,用手触摸了一下那个闪闪发光的景泰蓝细瓷花瓶。

她无话可说。她感觉自己已经走到他的身边,在轻抚他的头发。她看到他的嘴巴紧闭,掩盖在胡子下面。她静静地坐着,自言自语道:"我明白。某天,我也会被乡村病毒传染上的。哦,我无所谓,至少,你已经对我说了这番话。平常,你总是听我瞎聊,现在,聆听你瞎聊的人却是我。"

"如果你靠近炉边,坐在我脚跟前,一定会美翻了。"

"那你愿意为我生炉火吗?"

"当然!请别打消我的热情,姑且听我胡说八道吧!卡萝尔,您今年多大了?"

"我今年二十六岁,盖伊。"

"二十六岁!我在这个年纪的时候离开了纽约。也是在这个年纪,我听了帕蒂①的独唱音乐会。现在我已四十七岁②了。我感觉自己十分孩子气,可说实话,我都能当您父亲了。所以,我多想您依偎在我的脚跟前,就像女儿依靠在父亲脚边一样……当然,这是无法实现的——如果我们说出去,就违背了戈镇的道德标准。而任何人都要遵守这些标准。戈镇总有些问题,至少对那个统治阶级来说是这样。这里的确有一个统治阶级,虽然我们美其名曰民主政治。我们这些部落统治者支付的罚金,就是我们的言行举止,老百姓在盯着我们,连喝一点儿酒,或稍微放松一下都不可以。我们不

---

①帕蒂,西班牙女歌唱家。
②前文提到盖伊三十八岁,此处应为作者笔误。

得不遵守两性道德；衣着简朴低调；甚至做生意，也要依照往日的套路来坑骗，遗憾的是，我们都不以为然，所以，大家都变得十分虚伪。这是无可避免的。记得小说里教堂执事想要骗取寡妇的财产的时候，就要摆出一副虚伪的样子。寡妇们似乎也心甘情愿！她们被他的糖衣炮弹蒙骗了。回头看看我们，假设我真的有勇气——和一位优雅的太太谈恋爱，我承认，我根本不会做这样的事情。在芝加哥的时候，我弄到一本叫《巴黎生活》的杂志，看到杂志里那些低俗淫荡的东西不禁笑了起来，但现在我连碰你的手的勇气也没有呢。我真是沮丧极了。这种传统方式属于盎格鲁—撒克逊人，它毁了人的一生……噢，天啊，我上次和人谈起自己或别人的事还是很久之前。"

"盖伊！对于这个小镇，难道我们就无能为力了吗？"

"是的！我们无能为力！"他像法官一样严肃地驳回了她的询问，接着抛出了一些较轻松的问题，"真奇怪，其实我们没必要这么累的。我们征服了大自然，我们能令小麦生长，即便大自然刮起风雪，我们依旧能保持屋内的温暖。可是，我们却会在娱乐的时候召唤恶魔，抵制人的欢乐——我们制造了战争、政治、种族之争、劳资纠纷等。在戈镇，原本我们已经开荒拓土，令它成为一片肥沃的土地，可是为此耗费了大量精力的人类却要自寻烦恼：卫理公会教友对圣公会教友恨之入骨，开'赫德森'牌汽车的人看不起开传统'福特'牌小汽车的人。最惨不忍睹的是商人之间燃起的仇恨，在杂货铺老板眼中，那个不做成他生意的人和抢了他的钱无异！令我更痛心的是，律师和医生，加上他们的太太，这些人的见识竟不见得比杂货铺老板好多少。医生的具体情况，您也清楚，您的丈夫、韦斯特莱克和古尔德之间，他们都互相嫉恨。"

"我可不赞成你这个说法!"

他笑了笑。

"哦,或许当威尔获知某位医生出诊的次数远超实际所需的时候,他会忍不住大笑,但也只是一两次而已……"

这时,他依旧是微微一笑。

"不是!他的本意并非如此!你还说医生的太太们也一样互相忌妒——我和麦加农太太原本就很少打交道,她这个人太有心计了。但她的母亲——韦斯特莱克太太是个少有的厚道人。"

"是的,她这个人很友好。可亲爱的,如果我是您,我是不会把自己的心事都告诉她的。我说过很多次,'在这个小镇上,只有一位自由职业者的太太不会搞小动作',她就是您——一个忠诚信得过的外来人!"

"你不需要这样称赞我!我是不会相信医疗工作会变成赚钱的工具的,它替人祛除病痛,是那么神圣。"

"你不妨想一想:肯尼科特是否暗示过您,要对老太太好一点儿,因为她们会介绍亲朋去让他看病呢?哦,我真不该……"

她的脑海中忽然回忆起肯尼科特前些日子提起博加特寡妇说的话。她愣住了,双眼盯着盖伊。

他猛然站了起来,三步并作两步奔向她,显得十分激动。他伸出一只手,轻抚她的一只手。她心想,面对他的抚摩,自己或许应该发脾气吧。但她又想,或许他只是对她头上那顶崭新的玫瑰红银丝缎子的东方小圆帽感兴趣呢。

他放下她的手,胳膊肘轻擦她的肩膀。他连忙跑到办公桌后坐了下来,微微拱着清瘦的后背。他拿起那只景泰蓝细瓷花瓶,用落寞的眼神偷看着她,让她感到毛骨悚然。当他说到戈镇的人妒忌心很重的时候，他双目无神、茫然失措。这时，他脱口而出："天啊，卡萝尔，您并非陪审员。您有权利反驳我刚才说的那些话。唉，我太懵懂了，惹人生厌。我总是爱分析一些大家都知道的事情，而您是一个具有反叛精神的人。好了，说说您的想法。您觉得戈镇如何？"

"真是太讨厌了！"

"有什么需要我帮忙的吗？"

"您怎么帮？"

"我不清楚呢。说说您的想法吧。您还没说出您的见解呢。但是，您能让我像古老的法国剧本里的丫鬟一样，拿着镜子，倾耳细听您的倾诉吗？"

"噢，也没什么好倾诉的。这里的人太无趣了，可他们常以此扬扬自得。即便我们一见如故，但也不能经常见面啊！否则会有二十个老巫婆来偷听我们说话，四处说我们的坏话。"

"那你也可以隔三岔五来找我聊天啊！"

"我也不知道是否可以。我在努力克制自己，让自己适应烦闷，让自己安于现状。之前我所做的所有努力全都失败了，出发点好的也落得一样的下场。我只能随遇而安，就像他们口中所说的一样。现在的我别无他求。"

"不要嘲弄自己了。您竟然说这些话，太叫我心痛了。就像看到一只蜂鸟的翅膀受伤了一样。"

"我可不是蜂鸟，我是鹰，一只被拴住的小鹰，我快要死了，那些肥胖的、懒惰的白色大母鸡快把我啄死了。我十分感谢你，你给了我信心。我该回家了！"

"再坐一会儿吧，我们一起喝杯咖啡。"

"我也想待久一点儿，可他们估计早就吓坏了。我担心别人在背后嚼舌头。"

"我不在乎这些。我担心的是你的感觉！"他轻轻地走近她，抓住她的手，"卡萝尔！您今晚开心吗？（对，我在请求您呢！）"

她马上紧紧地握住他的手，又立刻缩了回去。她并不觉得这种调情很新奇，但她丝毫也感受不到偷情的欢愉。如果说她是个单纯的小女孩，波洛克就是个笨拙的小伙子。他紧握住拳头，放在口袋里，在公事房里来回踱着步。最后，他连说话也不利索了："我……我……我……哦，该死！我太冲动了，到现在还没清醒！现在我要……去走廊的另一头，请狄龙夫妇过来，我们一起喝咖啡。"

"狄龙夫妇是？"

"他们是一对年轻夫妻，哈维·狄龙和他的妻子，两个人都很正派。他是个牙科医生，到镇上的时间并不久。他们住在诊所后面，也不太认识镇上的人……"

"我知道他们，但还没有登门拜访过，太惭愧了。赶紧去请他们来吧……"

她没有再说话，她自己也不知为何。但是，从他们的表情可以看出，他们都希望不曾提起狄龙夫妇。他假装热心地说："好！我马上去。"走到房门口的时候，他偷偷看了她一眼，看到她蜷缩在那张破皮椅子里。他转身离开了，很快带回了狄龙夫妇。

波洛克在煤油炉上烧了四个人要喝的咖啡，这咖啡淡而无味。他们哈哈大笑，说起明尼阿波利斯，每个人都很从容。最后，卡萝尔在十一月的寒风中走回了家。

第十四章

她正朝着家的方向走去。

"我不可以爱上他啊。虽然我很喜欢他,但他就像一个隐者。我可以亲吻他吗?不可以!不可以!如果他只有二十六岁,或许我会亲吻他,即便我已经嫁为人妇,或许我还可以安慰自己,'这样做也没错啊'。

"令人惊奇的是,我一点儿也不觉得自己的想法很奇怪。我这个贞洁的年轻太太,到底有没有自信呢?如果真的有一位风流倜傥的王子……

"戈镇的一个已经结婚一年的家庭主妇,怎能像一个小女孩一样渴望'风流王子'?人们常说:结婚的女人会大变样。可我为何没有任何改变呢。但是……不!我不可能动情,即便'风流王子'真的出现在我面前。我不能伤害威尔。我喜欢威尔。我是真的喜欢他!即便他无法让我激动,可他是我的依靠。他是我的全部,我的家和孩子。

"我也不知我们何时会有小孩。我现在太想有孩子了。

"我跟碧雅说了,明天早上吃玉米粥,不吃麦片粥。她或许已经睡着了。我可能还要早起呢……

"我很喜欢威尔。我不能让他伤心,即便我要为此狠心拒绝那种疯狂的爱情。如果'风流王子'真的出现在我的面前,我至多就是看一眼。噢,卡萝尔,你一点儿也不崇高,也不高雅。你就是一个俗气的年轻女人!

"可我并不是一个放荡的妻子,暗地里说被人'误解'了。噢,我不是那种女人!

"难道一定要说我是那种女人吗?

"至少我没有在波洛克面前数落威尔的种种不是,没有提他漠视我这颗非凡的心。我什么也没说!实际上,威尔很了解我。只要……只要他可以支持我,让我去唤醒镇上的人。

"肯定有很多少妇会被波洛克的笑脸弄得不能自持吧。她们就是渴望深情的小绵羊!都是些妩媚、贞洁的新娘子。不!我不愿和她们为伍。但是,如果那位'风流王子'长得英俊潇洒、年轻勇敢,那就说不准了……

"和狄龙太太相比,我实在是太笨了。她就是理直气壮地崇拜她的牙科医生。在她眼里,波洛克不过是个奇怪的老顽固。

"狄龙太太穿的袜子是长筒的,并非丝袜,而是用莱尔线织成的。她的腿很长,十分漂亮,可我的腿更漂亮。我一点儿也不喜欢丝袜上的棉线袜头……我的脚踝越来越大了吗?我可不想要脚踝变大!

"不,我很喜欢威尔。我喜欢他的工作——他拯救了一个农民,治好了他的白喉。这就比我叫喊着要建立一座带有浴室的西班牙城堡好多了。

"帽子太紧了。应该放宽松一点儿。波洛克居然喜欢它。

"那么快就到家了。我太冷了,应该把皮大衣拿出来了。我还有一件河狸大衣呢。海狸鼠毛皮可比不上它!河狸皮光滑又亮泽,十分柔软。波洛克的胡子和河狸皮毛有点儿像。真是太荒唐了!

"没错,我是很喜欢威尔,可是我就找不出'喜欢'之外的词来描述他吗?

"现在他估计已经到家了。他准会抱怨我晚回家了。

"他为何总是不记得放下百叶窗呢?赛伊·博加特那一群小孩非常淘气,总喜欢透过窗户偷看。可是,威尔总觉得这是微不足道的一件小事。他一心想着工作,我却无所事事,只顾着和碧雅周旋。我一定不能忘记玉米粥啊……"

她轻轻地走进前厅。肯尼科特放下《美国医学会杂志》,抬起头。

"嘿!你几点到家的?"她高声说。

"大概九点。你去哪里了?现在已经超过十一点了!"他的语气虽然很平和,但隐约透出几分不满。

"难道我做错什么了吗?"

"噢,你忘记关掉炉子下面的通风管道了。"

"噢,抱歉。可是,我很少会忘记这样的事情,不是吗?"

她忽然坐到他的膝盖上。他害怕眼镜被碰到,猛地向后仰头,摘去眼镜,再让她移动一下位置,坐得舒适点儿。

他清了清嗓子,热情地亲吻了她,说:

"实话实说,你把这些事情做得十分优秀呢!我觉得它们无可挑剔。我不过是担心暖气会跑掉,那个通风管道打开,炉火会越烧越猛,暖气会全走掉的。每到晚上,又冷起来了。我开车回来的时候，感到很冷，拉下了车帘子。今天非常冷，还好我们家的暖气很不错。"

"对的，真的很冷。可我散步后觉得很暖和。"

"你去散步了？"

"我刚去佩里家了。"要说实话吗——她决定实话实说，"他们外出了。我碰到了盖伊·波洛克，就到他那里坐了一会儿。"

"难道你和他聊到十一点？"

"还有其他人。对了，威尔！你对韦斯特莱克医生的印象如何？"

"韦斯特莱克？你怎么忽然提起他？"

"今天我遇上他了。"

"他走路是不是不太利索？真是个可怜虫，如果让他去给牙齿拍个X光，我可以肯定，他的牙齿脓肿了。韦斯特莱克说那是'风湿'，才不是风湿！他的医术太糟糕了。也不知他是否会给自己放血！哦……哦……哦……"他别有深意地打了个哈欠，"我一点儿也不想说同行的坏话，加上时候不早了，即便在凌晨，医生在别人找上门的时候也要起床啊。"她印象深刻，这一年他已经不止三十次说过相同的话了。"我们最好还是睡觉吧，我已经调好闹钟，检查好暖气炉子了。你锁好门了吗？"

他关上灯，又检查了两次大门的锁，然后迈着沉重的步伐上楼了。他边说话，边脱掉衣服。卡萝尔现在还有点儿害羞，和往常一样藏在壁橱的门后换衣服，可肯尼科特却毫不在意。今晚她还要生气地移开那张旧丝绒椅，就和从前一样。每次打开壁橱门，她都要移开椅子，一个小时内移动了不下十次。偏偏肯尼科特喜欢把那张椅子放在房间里，不巧的是房子里只有壁橱前面有空间。

228

她生气地挪开了椅子,努力把满腔怒火压制下去。肯尼科特不停地打哈欠,似乎十分疲乏。房间里十分沉闷。她耸耸肩膀,开口道:

"你前些日子提起韦斯特莱克医生,但没有评价过他的为人。你觉得他是一个好医生吗?"

"噢,他很狡猾。"

("噢!医务界没什么竞争啊。至少我家里就没有!"她刚才是这样骄傲地对盖伊·波洛克说的。)

她在壁橱的钩子上挂上绸衬裙,接着说:"韦斯特莱克医生文质彬彬,学识渊博……"

"嘿,我可不敢承认他是否真是一个厉害的学者。我一直觉得他在自我炫耀,糊弄别人。他就是想让大家知道,他精通法文、希腊文和别的一些乱七八糟的东西。他常年在客厅里放着一本古老的意大利文的书,我总有这样的感觉:他不过和我们一样,在看侦探小说。反正我也不清楚他从什么地方学到那么多的外国语言!他似乎想让大家都相信他以前在哈佛大学、柏林大学、牛津大学或其他大学学习过。可我曾查过医师名人录,他不过是就读于宾夕法尼亚州一间不入流的大学,1861年毕业的。"

"可是,我觉得最重要的是,他是否是一个诚实的医生。"

"那要看你如何看待'诚实'二字了。"

"举个例子,你生病了,你会找他来治病吗?你愿意我去找他吗?"

"那是不可能的,只要我活着,你都不许去找他!我不可能让一个骗子走进我家门口。我十分讨厌他,他总拍马屁。他充其量只能治治普通的肚子疼,或是帮一个傻乎乎的大娘号下脉,他是断断不会看重病的。你也清楚,我很少在背后说别人坏话,可我还是想说，卡丽，我不喜欢韦斯特莱克帮琼德奎斯特太太看病的方式。那位太太患上的不过是小病，休息一段时间就没事了。可韦斯特莱克却连续好几个星期去看她，当然，也给她送去了大笔账单！他做出这样的事情，我这辈子都无法原谅他！他连琼德奎斯特太太那样老实的人都要欺骗！"

她穿着细纱透明睡衣，站在五斗柜前。她心想：拥有一个镶着三面镜子的梳妆台该有多好！只要她头靠着旁边的镜子，抬起下巴，就能看到脖子下的小黑痣，最后，她开始梳理自己的头发。这时，她顺着梳子的节奏，接着说：

"威尔，你和韦斯特莱克和麦加农存在竞争关系吗？"

肯尼科特翻了一个筋斗，麻利地上了床，接着把双脚伸进了被窝。他哼了一声："上帝保佑，这可行不通！如果有人动了抢我生意的心思，只要他的做法是光明磊落的，我都不会嫉恨。"

"那你觉得韦斯特莱克磊落吗？他是否是个狡猾的人？"

"狡猾——你形容得太准确了。他活脱脱就是一只老狐狸。"

这时，她似乎在镜子里看到盖伊·波洛克在笑。她瞬间红了脸。

肯尼科特双手托着脑袋，不停地打着哈欠：

"这个人太狡猾了，就像泥鳅一样滑。我敢保证，我现在赚的钱，几乎是韦斯特莱克和麦加农两个人的总和，虽然我只赚合法的诊金。至于有些病人想去找他们，那就随意了。可是，我不得不说，韦斯特莱克总是想讨好道森一家，真令人生气。从前，不论大病小病，卢克·道森总是来找我，的确让我浪费了很长时间。后来，某个夏天，他的一个孙子到镇上来，他或许患了夏季胃肠炎，你也知道，我们刚好去了拉克·基·迈特。韦斯特莱克就趁此机会蒙骗道森大娘，差点儿吓坏她了，他说那孩子得了阑尾炎。不可思议的是，他和麦加农竟然真的给那孩子动起手术来，还大声嚷叫，说他们发现了可怕的粘连，看他们的样子，似乎是世界有名的外科大夫一样。他们后来还说，如果再晚两个小时做手术，那个小孩病情估计会加重，会变成腹膜炎。最后，他们大捞一笔，一下子收入一百五十块诊金。要不是我早有防备，他们可能要到三百块！我这个人并不贪婪，我给老卢克看病只收十块钱诊金，不会多收，也不会少收。我就这样眼睁睁地看着那一百五十块进了别人的口袋。如果我来做这个阑尾炎手术，我绝对比他们做得好，否则我就不是威尔。"

她爬上床的时候，因为看不惯波洛克的嬉笑，她觉得有些窘迫。但她还是接着试探道：

"可你不认为韦斯特莱克比他的女婿聪明吗？"

"对啊，韦斯特莱克的做法或是过时了，但他毕竟经验充足，而麦加农是个笨蛋，执拗得要死，简直乱来，总是想向患者证明自己的诊断是正确的。你也清楚，麦加农最擅长的是接生，他一点儿都不懂内科。他的医术比正骨科女医生马蒂·古奇太太好不了多少！"

"韦斯特莱克太太和麦加农太太两个挺好的。她们对我很友好。"

"哼，她们也没有理由不对你好啊。哦，她们确实是挺好的，不过，我敢和你打赌，她们四处串门，就是为了给自己的丈夫拉生意。我很纳闷儿，麦加农太太真的很热情吗？我每次冲她问好的时候，她的脖子可一动也不动。说实话，她这个人还好。韦斯特莱克太太最可恶了，成天东奔西走，四处捣乱。唉，不说了，反正我是不会相信韦斯特莱克一家的。虽然麦加农太太表面看来很老实，但不要忘记，她始终是韦斯特莱克的女儿。这一点错不了！"

"那你觉得古尔德医生如何？他比韦斯特莱克或麦加农更糟糕

吗？他看起来俗不可耐，喝酒、打弹子球、爱抽雪茄。"

"这些就没什么好说的！特里·古尔德喜欢吹牛，但他的医术还是很厉害的，这一点毋庸置疑。"

肯尼科特像盖伊那样笑起来，卡萝尔直瞪着他，让他赶紧移开了视线。卡萝尔继续问："他是个老实人吗？"

"哦，哦，哦……太困了！"刚说完，他就伸了伸懒腰，钻进被子里去了。很快，他又钻了出来，摇了摇头，抱怨道："怎么？你说谁啊？特里·古尔德老实？别说笑了，太舒服了，我差点儿就睡着了。我没说过他老实啊。我只不过承认他有点儿小聪明，懂得看《格雷氏解剖学》书后的索引，麦加农连查索引都搞不清楚呢！可我从来都没说过他老实。他满肚子坏水，可一点儿都不老实。他也不止一次在背后说我坏话。他竟然和距离戈镇有十七英里远的格洛巴赫太太说我的助产技术已经落伍了，可他并没有从中捞到什么好处！格洛巴赫太太把事情一五一十地告诉了我。况且特里很懒！他宁愿让肺炎患者喘不过气，也不愿意放下手中的扑克牌。"

"哦，真糟糕。简直令人难以相信……"

"好了，我现在把事情都告诉你了，你相信了吧！"

"他常常沉迷于打牌吗？狄龙大夫告诉过我，古尔德医生让他一起去打牌……"

"狄龙和你说了什么？你在什么地方遇见狄龙？他到戈镇没多长时间呢。"

"今天晚上，他们夫妻俩也在波洛克先生那里。"

"那你觉得他们如何？你是否觉得狄龙没什么见识？"

"我不觉得啊！我觉得他是一位学者。我敢打赌，他比我们的牙医要好多了。"

"你要清楚,我们的那个老牙医挺不错的。他对业务很熟悉。至于狄龙,如果我是你,我是不会和他们一家走得太近的。波洛克和他们很熟,这和我们一点儿关系也没有,可我们还是疏远狄龙夫妇的好。"

"为什么啊,他又不是你的对手!"

"嘿,那是肯定的。"这时,肯尼科特似乎如梦初醒一样,气势汹汹地说,"他很快就会成为韦斯特莱克和麦加农的一员。实际上,我认为之所以狄龙到这里行医,多半是他们搞的鬼。之后,他们会介绍患者给狄龙,狄龙也会回报他们,介绍病人给他们。所以,我不会相信任何和韦斯特莱克打交道的人。再举个例子吧,例如,前段时间有人在这里买了一个农场,到戈镇来看牙医,如果不慎让狄龙成为他的牙医,你会发现,那个人转身离开后就会去找韦斯特莱克和麦加农,每次都是这样!"

卡萝尔伸手去拿短衫,它放在床边的椅子上,把短衫披在肩上,双手托着下巴,坐起来,细细观察着肯尼科特。过道里有盏小电灯,昏暗的灯光投射进来,卡萝尔借由灯光看到,现在他正紧皱着眉头。

"威尔,有句话我想了很久,决定对你说。前天,有人告诉我,在这个小镇上,医生们为了钱闹得不可开交,互相嫉恨,简直比大城市还要厉害。"

"谁告诉你的?"

"谁说的并不重要啊。"

"我敢肯定,是那个维达·舍温说的。她十分聪明,如果她能学会少点儿嚼舌根,那就更聪明了。"

"威尔!哦,威尔!你这话太吓人了!这话不仅粗俗不堪,你还不尊重我最好的朋友。即便是她说的,那又如何?何况,这话并不是她说的。"

他穿着滑稽的红绿相间的薄法兰绒睡衣，耸了耸厚实的肩膀。他挺直腰板，生气地弹了弹手指头，大声说：

"好了，好了，如果不是她说的，那就让我们忘记她。我也不在乎是谁说的。问题是你竟然觉得这是真的，天啊！你竟然一点儿也不了解我，竟说我是为了钱。"

"这还是我们婚后第一次吵架。"她的内心很不是滋味。

他伸出长胳膊，拿起放在椅子上的那件皱巴巴的背心。他拿出一支雪茄和一根火柴棍，随手把背心扔到地板上。他点燃雪茄，大口地抽着。然后他掐断火柴棍，扔到床前的踏脚板上。

她猛然觉得，那块踏脚板就是爱情的墓石。

他们的卧室漆黑一片，很闷热，肯尼科特不喜欢打开窗户，他认为开窗会散热。室内空气混浊，全都是陈旧的气息。昏暗的灯光从过道里照进来，他们躺在温暖的被窝里，依偎到一起。

她低声恳求道："亲爱的，我不是有意吵醒你的。请不要抽烟了。你的烟瘾太重了，早点儿休息吧，十分抱歉。"

"既然你向我道歉，那就算了，可我还是想对你说几句话。刚刚你告诉我，你把镇上的医生在互相竞争这件事当真，你太主观了。你总喜欢把戈镇的人当成笨蛋，一无是处。你这种女人有个缺点，就是喜欢和别人作对。你想问题脱离实际，所以喜欢和别人作对。我不想和你继续争论这个问题。你有一个很严重的问题，你一点儿也不想了解我们。你总是自视清高，认为自己和别人不一样，觉得大城市是最好的，总想我们也按照你的想法去做……"

"不是这样的！我一直都很努力，可你们却总在背后说三道四。我只好妥协，站在镇上的人这边，我绝对服从于他们的利益。

他们从来都不会关心我内心的想法，也不在乎我的想法是什么。每次看到那间传统的明尼玛喜大旅馆和那些乡间别墅，我内心的喜悦都会油然而生。每次我提到要去看塔欧米那①，他们都会哄堂大笑（或许这就是你推崇的友情吧）。"

"当然，塔欧米那，无论它是什么东西，那肯定是个好地方。那应该要花上一笔钱，只有富豪才能住进别墅里。是啊，的确是这样，一个人只有喝啤酒的能力，却偏要试试香槟的味道。不要忘记，我们只能喝上啤酒而已。"

"你的意思是说我不会过日子吗？"

"噢，我原本不想提的，既然你说起，我就敞开来说了，从日用杂货的账单来看，我们买了很多没用的东西。"

"是，或许是超支了。我不是个精打细算的人，真是罪过。"

"你什么时候学会说'罪过'了？"

"不要再说这样的大白话了，说得难听点儿，那叫'粗口'。"

"我习惯了，我想怎么说就怎么说。我问你什么时候学会说'罪过'了？应该在一年前，你说我没有给你钱。不过，我是个讲道理的人。我没有怪你，我甚至说是我的错。从那开始，我每次都记得……"

"没有啊。那之后，你的确每次都记得！可这不是问题所在啊。我还要有一笔月钱。我一定要！你应该把这笔钱给我。"

"好！当然，医生每个月都有收入。那是肯定的！这个月或许赚一千，下个月的收入只有一百，这要看运气。"

"如果这样，那就依照提成给我，或是找其他方法。无论你赚多少，给我一个大约的平均数。"

---

①塔欧米那，游览胜地，位于意大利西西里岛。

"可这没有任何意义。你究竟想做什么？难道你觉得我蛮不讲理？难道你觉得我不值得信任，又抠门儿，非要用条条框框来束缚住我吗？天啊！太伤人了。我一直觉得我是个大方而得体的人。我经常感到很开心——我在想，给她二十，或是五十，或是其他数额的钱，她都很高兴吧。而此刻，你似乎把它当成离婚的赡养费。唉，我太可怜了，一直觉得自己很大方，谁知……"

"可以了，不需要自怨自艾了。你现在虽然很愤怒，但似乎很得意一样。我赞成你刚才说的话，当然，你给我钱的时候的确很干脆，很亲密，就像我是你的情妇一样！"

"卡丽！"

"我是认真的，你就是把我当成情妇！对你而言，那是施舍；对我而言，那是耻辱。你把钱给我，就像把钱给你的情妇一样，只要她乖乖听话就可以了，到时，你就……"

"卡丽！"

"不要打断我！那时，你就会觉得自己尽心尽责了。好吧，今天开始，我拒绝你的钱。我们可以合伙做交易，我既是你的股东，也是你的同事，打理这个家的事务，但是，我要有固定的收入，否则，我们之间的名义名存实亡。如果你把我当成你的情妇，我可要慎重选情人。哦，我讨厌靠笑赚钱。我连一个情妇都不如。我不能随意支配拿到的钱，不能给自己买金银珠宝，只能帮你买双屉蒸锅和短袜！这就是事实！你表面看来是十分大方！你痛快地用一块钱打发我，前提是我要用这钱给你买领带。以后，我还要看你的脸色，等你高兴的时候才有钱收。既然如此，你让我如何规划，你说怎样才算省钱，不浪费呢？"

"当然，你如果这样想……"

"我也不能到任意一间铺子去买东西,也不能买很多,必须去愿意赊账的店去买,这就要浪费很多时间,而且我根本没有时间去思考,因为我不清楚我到底能有多少钱可花。这些就是我对你刚才深情地诉说的大方的代价。你让我……"

"停!你越说越不像话了。你忽然搬出个'情妇'的字眼。事实上,你根本就没有'卖笑乞讨'过。无论如何,你所说的也有一定道理。的确,你应该像做生意一样来管理家里的事务。明天我会出一个详细的方案,你可以在银行里开个账户。"

"哦,你真是太好了!"她转过脸,看着他,想和他亲热。可他点燃了一根火柴,点燃了那支刚熄灭的臭雪茄。透过火柴发出的光线,她看到他双眼通红,十分难看。他低垂着脑袋,露出双下巴,上面还有几根灰白色的小硬毛。

她一动也不动,过了很久,他才说话,声音嘶哑:

"没有。这不是好,只是讲道理而已。天知道,我是一个讲道理的人。可是,我不奢望别人也讲道理,你骄傲对待他人,自觉了不起。举个例子吧,萨姆·克拉克是个实诚的人……"

"对啊,他还很擅长打野鸭子!"

"他打猎很有一手!萨姆经常在晚上来我们家,找我们聊天,天啊,他抽烟的姿势很奇怪,喜欢咀嚼雪茄烟,还会随地吐几口痰。你也因此经常瞪着他,似乎他是猪一样。哦,我对你的心思了如指掌,你可能不知道这一点。真希望萨姆没有看到你的神色,可我一清二楚啊!"

"是,我确实讨厌他。吐痰——天啊,我很难过,你看出我对他的讨厌。为了隐藏对他的厌恶,我已经在极力控制自己了。"

"或许我看到的,比你想象的还要多!"

"或许吧。"

"在我家，你知道萨姆为何不敢点他的雪茄吗？"

"为何？"

"他担心你会生气，你把他吓坏了。只要说到天气，你就故意令他尴尬，你总是畅谈诗歌，格德——歌德？还有其他自认为很厉害的知识——萨姆可对这些一窍不通。他就是这样不敢再次登门了。"

"哦，我十分抱歉。可是，我觉得你把我说得太不堪了。"

"我觉得我说得一点儿也不过分。坦白告诉你，如果你继续这样，我终将会失去所有朋友。"

"如果真的如此，那的确是我的错。你知道我不是有意这样做的，威尔，我真有那么大能耐？真能把萨姆吓跑？"

"哦，你真的吓到他了，这是事实！平时他最喜欢把腿高挂在另一张椅子上，解开坎肩的纽扣，露出胸脯，和我讲笑话。如今，他在你面前十分拘谨，只敢坐在椅子的边缘，也不敢开玩笑了，只敢说政治，甚至连粗口都不敢说了。你也知道，平时的萨姆总喜欢说几句粗口。"

"换言之，他是个乡巴佬，只想肆无忌惮地乱说乱动。"

"可以了，不要再说这些了。你想知道你是如何吓坏他的吗？刚开始的时候，你明明清楚他什么都不懂，却偏要他回答一些问题——连笨蛋都知道，你在故意刁难他——接着，你就像刚才那样在谈情妇诸如此类的问题，这可把他吓坏了……"

"当然，单纯的萨姆在背地里从来都不谈这种话题。"

"无论如何，在太太小姐面前，他是绝对不会提的！我敢保证。"

"如此说，不会伪装自己，反而成了品质低劣……"

"好了，我们忽略这个话题吧——优生学，随便你叫它什么。

如我刚才所说,刚开始你就把他吓坏了,接着又想出其他鬼主意,我们无论如何都跟不上你的节奏。你一会儿突发奇想要跳舞,一会儿又弹起钢琴,过一会儿你又愁眉苦脸,整天都一声不吭。如果你想发脾气,为何不躲在房间里自己处理呢?"

"亲爱的!我多盼望能独自一个人冥思苦想呢!有一个独自的房间!你以为我想在这里想入非非,放任自己'发脾气',而你忽然从浴室走过来,脸上涂满肥皂泡沫,高声说:'你知道我的褐色短裤衩在哪里吗?'"

"哼!"他没有说话,装着满不在乎的样子。之后,他从床上下来,踩到地板上,走出卧室,他穿着鼓鼓的混纺睡衣,背影十分可笑。她听到他喝了一大口水。看到他大摇大摆地走出房间,她十分生气。她伸了伸懒腰,躺在床上,不停地打着哈欠,模模糊糊地说:

"好了,明天我们盖新房子,到时你耳根就清净了。"

"什么时候能弄好?"

"哦,我很早就说要盖房子,你不要着急!可是,我也不想借别人的钱。"

这一次她"哼"了一声,没有说话。忽然,她似乎觉得自己不再仰人鼻息,直接走下床,背对着他,从五斗柜右上角的抽屉放手套的盒子拿出一块很硬的巧克力,咬了一口,没想到咬到的是椰子馅,她脱口而出:"该死!"话刚说出口,她就后悔了,她原本可以在爱说粗口的丈夫面前凸显自己的优越感。她狠狠地把巧克力糖扔到垃圾桶里。巧克力落在一堆破衣领和牙膏盒等垃圾中间,似乎发出恶意的嘲笑声。之后,她像演完悲剧一样,神气地回到床上。

他一直在自言自语,说他已经下定决心,"不想借钱盖房子"。她心想:她的丈夫太土了,她讨厌他,当初真是疯了才会嫁给他。她嫁给他的原因，是因为她厌恶自己的工作了。现在她应该洗干净长手套，明天也不帮他做事了，可她的脑海里一直惦记着他早餐要喝玉米粥的事情。这时，她听到他生气地说：

"我真傻，还想着盖新房子。等我盖好房子，或许你也成功得罪了我所有的朋友和患者。"

她猛地跳起来，又坐下来，冷漠地说："你总算说出内心的真实想法了——十分感谢。如果你真是那么觉得，认为我会阻碍你前进，那么，我无法再在这里待下去。我完全能靠自己，自己养自己。我现在就走，如果你愿意，离婚吧！你需要的不过是一个温顺如母牛的女人，能容忍你那些朋友上门闲聊，往地板上吐痰的人。"

"住嘴！别说傻话了！"

"你很快就会知道我不是在说傻话！我说话算话！现在我知道了，你一直在容忍我，我一分钟都待不下去了，至少我还有点儿正义感……"

"不要偏离话题了，卡丽，这……"

"我偏离话题？扯得太远？我告诉你……"

"这并非在表演，我们还是正经地从大局着想。我们刚刚都太急躁了，说了一堆气话。当然，我真希望我们都是诗人，整天都谈月亮和玫瑰花。可我们终究是俗人。好了。我们不说了。我们不要再斗下去了。我们都要坦承自己在做傻事。你换个角度想：你也清楚，你总觉得自己高人一等，事实上，你并非我口中那么坏，也不如你口中那么好。嘿，差很远呢！我真不明白，你这种优越感到底是从哪里来的呢？你为何不考虑一下别人的感受呢？"

她还没有离开这个玩偶之家[①]，就回想起往昔。

[①]剧本《玩偶之家》的作者是挪威戏剧家亨利·易卜生，剧本讲述的是女主人公娜拉看清丈夫的虚伪面孔后离家出走的故事。

"我或许从小就形成这样的性格。"她停顿了一会儿,接着用不大自然、虚幻的声音继续说,"我父亲是世上最温柔的人,但在普通人面前,他总觉得自己高人一等。实际上,他真的异于常人啊!我经常去明尼苏达河谷,坐在悬崖边,俯视整个曼卡托,一坐就是几个小时。我托着下巴,遥望远处的景色,幻想自己能即兴写诗。山底下是一片发光的陡斜屋顶,还有一条大河,河对岸是一望无际的田野,远方云雾朦胧,崖壁绵延不绝。面对着这如画的景色,我不禁陷入沉思,似乎身临画境中。可如今,我来到了大草原——我的思绪在这儿肆意翱翔。你觉得是不是这样?"

"嗯,或许吧,可是,卡丽,你总是说你要好好享受生活,不能虚度光阴,可你却不停地往外跑,失去了很多美妙的家庭乐趣。就因为这里的人平时不喜欢穿大礼服,你就不喜欢……"

"还有晨礼服。哦,抱歉,我不应该插嘴。"

"……去参加几场茶会。看看杰克逊·埃尔德吧,你觉得他很笨,只会砍伐木头和了解市场行情。实际上,杰克是个音乐发烧友,他在唱机上放上一张歌剧唱片,坐下凝神静听。除此之外,莱曼·卡斯是个见多识广的人,你发现了吗?"

"真的吗?我知道,但凡去本州议会大厦听过格莱斯顿[①]演讲的人,戈镇的人都会说他见多识广。"

"好了,我索性一五一十地告诉你吧!莱曼读过很多历史书,书里的内容都很充实呢。还有汽车行里的马特·马奥尼,他在公事房里挂满了很多名画的复制品。还有宾厄姆·普莱菲尔老大爷,他住在乡下,离镇上七英里,一年前去世了。传闻他曾参加过南北战争,还是个大尉,曾和谢尔曼将军打过交道。还有人说他和马

[①]格莱斯顿,英国政治家,曾经四次担任英国首相。

克·吐温在内华达州采过矿。只要你用心搜集,你会在这个镇上发现很多出色的人物,他们每个人都有丰富的经历。"

"我知道,我也喜欢他们!尤其是钱普·佩里那种人。可是,我一点儿也不喜欢杰克逊·埃尔德这种市侩小市民。"

"依照你的说法,我应该也属于市侩小市民吧,虽然我还不清楚这到底是什么。"

"不,你是个科学家。噢,明天我就试试让埃尔德先生聊聊音乐。他为何总是深藏不露,不愿意谈音乐,总是提起自己的猎狗呢?我一定要试试。现在你满意了吧?"

"当然。不过,还有一件事,你起码也要关心一下我啊!"

"你这话说得不对!我整个人都是你的。"

"不,并非如此。你自认为很尊重我,你四处夸我能干,可你忽略了我的抱负,我和你一样,也有大抱负!"

"或许你的抱负比我的小吧。我一直觉得你安于现状。"

"我对现状极不满意!我可不想像韦斯特莱克,一辈子做个蹩脚的医生,把自己的一生全奉献给了无生趣的工作。我不愿意人们在我死后说这样的话:'他这个人很好,就是没攒到钱。'当然,我也不在乎他们说什么,反正我已经不在了,听不到任何好的或坏的话了。可我想多存点儿钱,将来你和我就不用求人了,要是工作发展不好,就可以不干了。我们总要有一栋属于自己的房子。天啊,全镇最棒的房子之一。只要我们有钱,就可以随时外出旅行,到那个塔欧米那或其他地方去。有了钱,我们不必向别人借,更不用担心自己的晚年了。从今天开始,你也不用担心我们生病要花的钱没有着落了,对吗?"

"应该不会到那个地步吧。"

"好，我以后多为你想想。你如果真觉得我想一辈子待在这个小镇，不想外出旅行，那你真的一点儿也不了解我。我的想法和你一样，一心想到外面走走。只是我比较现实。首先，我得努力存钱，能买下土质优良、有收益的地皮。现在你明白我所说的了吧？"

"明白。"

"那你是否还觉得我是个唯利是图的市侩小民呢？"

"噢，天啊，我冤枉你了！我太执拗了。从今天开始，我再也不去拜访狄龙了！只要他还在为韦斯特莱克和麦加农招揽病人，我就要怨恨他！"

第十五章

一

那年的十二月,卡萝尔再次被自己的丈夫迷住。

她改变了,不再像从前那么浪漫,总想着自己是一个伟大的改革家,相反,她接受了自己是一个乡村医生的妻子的事实。她以自己的丈夫为荣,这种感觉给他们家里带来不少欢乐。

某天深夜,她睡得迷迷糊糊,隐约中听到前廊传来脚步声。有人把防风门打开,往门里寻找什么东西,接着电铃大响。肯尼科特边嘟囔着"该死",边爬起床,随手给妻子盖好被子。接着,他摸到拖鞋和睡衣,步履沉重地走下楼。

她觉得很困,蒙眬中听到楼下有农民用夹杂着德语的大白话在聊天儿。很明显,那些农民已经忘记了自己的国语,却又还没学会本地的语言。

"您好，巴尼，您有事吗？"

"医生，您好，我的妻子生病了，很严重，整个晚上都肚子疼。"

"痛多久了？为什么深夜才来呢？"

"我也不知道，可能有两天了。"

"昨天为何不来找我呢，我刚睡着，你把我吵醒了。现在两点了！为何这么晚才来？"

"我知道，但她昨晚痛得很厉害。我以为她会慢慢转好，谁知越来越厉害了。"

"发烧吗？"

"是的，她应该发过烧。"

"哪边痛？"

"什么？"

"什么地方痛？什么地方痛？这里？"

"是的。"

"有硬块儿吗？"

"什么？"

"我的意思是——很硬吗，像有个块儿，肚了有没有很硬？"

"我也不知道。她没告诉我啊。"

"她吃了什么东西？"

"我想想，我们平时都吃什么，或许是咸牛肉、卷心菜、香肠，等等大夫，她不停地大叫，发出魔鬼的叫声。大夫，麻烦您跟我走一趟。"

"好，我马上去。你下次要早点儿来啊！喂，巴尼，我建议你给自己装个电话——分期付款的电话，否则，你们这些德国佬会在

245

医生还没到之前就没命了。"

门猛然关上了。巴尼的车开走了,轮子在雪地上的滚动声很小,无法听到,却能隐约听到车身的响动声。肯尼科特开始打电话,唤醒夜班接线员,说出对方的号码,等待回电,接着低声骂了自己一回,又接着等待。最后才高声叫:"您好,格斯。我是医生。喂,喂,赶紧给我派辆马车来。雪很深,没法开汽车。我现在要出诊,去往南八英里的地方。好,可以吗?他妈的凌晨两点多我还要出诊。当心点儿,不要打瞌睡啊。嗯,好了,你不要让我久等啊。好了,格斯,快点儿派马车过来吧。再见。"

他爬上楼,走进冰凉的房间,换上衣服,茫然地咳了几声。她假装睡着了,其实,她只是太困了,不想说话。他在纸条上写下出诊地址,放在五斗柜上。铅笔在大理石上面的纸条上划过,发出嚓嚓嚓的声音。他又冷又饿,却毫无怨言地出诊去了。而她,睡眼惺忪,感受到他透露出来的男子气概,对他的喜爱之情又加深了。她能想象,她的丈夫在半夜前去那个遥远的农场,朝那个担惊受怕的病人家走去的场景,想象着孩子们盼着他来临的场景。在她心里,肯尼科特的形象变得十分高大,就像在一艘触礁的船上坚持抱着无线电发报的报务员,又像一名身患热病遭人抛弃的冒险家,独自咬牙在无边无际的丛林中前进。

第二天大约六点,在早晨微弱的亮光中,依稀能看到椅子的轮廓。这时,她听到了他走到走廊的声音。他来到火炉前,拨弄着炉箅,吃力地清除灰渣,又朝炉膛里添煤。煤块在炉膛里欢快地跳动,发出噼啪声,通风管里也发出呜呜的声音,在戈镇,这些声音再普通不过。可她似乎第一次听到,她甚至觉得它们代表着勇敢、坚强、美丽和自由。她想象着炉膛里的场景:撒上煤末的时候,火焰变成绚丽的黄色，零星的紫色火苗就像鬼火一样忽明忽灭，在乌黑的煤堆之间跳跃。

躺在被窝里真舒服，她心想，等她起床，屋子里一定很温暖。唉，这个女人一点儿用处也没有！她的远大抱负一无是处，远不及他聪明能干。

他上床的时候，她醒了。

"你似乎才刚刚出门！"

"我出去四个小时了呢。我给一个德国女人做了阑尾炎手术。她几乎没命了，我忙活了好大一会儿，才把她救活，哈，哈，太危险了。哦，巴尼还告诉我，他上周打了十只野兔呢。"

他闭上眼就睡着了。他休息了一个小时又起床了，要给那些早登门的农民看病。她惊讶地发现，在她眯了一会儿眼的时间，他竟然出了一趟远门，给一个不认识的女人做了手术，把她从鬼门关拉了回来。

怪不得他十分憎恨韦斯特莱克和麦加农，他们就是懒鬼！他如此高明的医术和刻苦的品格，那个整天清闲的盖伊·波洛克是怎么也无法理解的。

这时，肯尼科特忽然发牢骚说："七点十五分了！你不起床吃早饭了？"瞬间，他从一个令人敬佩的英雄人物，勇于献身的科学家，成了一个脾气暴躁的普通男人，他的脸上胡子拉碴的，该好好刮一刮了。他们在一起喝咖啡、吃烙饼和香肠，聊起麦加农太太那条恐怖的鳄鱼皮腰带。白天，她忙于做家务，把昨晚的幻觉和今早的醒悟都抛诸脑后。

二

一个周日的下午,有个腿受伤的男人被送到医生家,卡萝尔觉得这个病人很熟悉。这个病人被安置在运木材的马车的一张摇椅上,一路上车子颠簸得厉害,病人叫苦连天,他的脸色越来越难看。他的一条腿搁在一只装着淀粉的木箱上,上面盖着一条皮马披。马车夫是他的妻子,样子不好看,却魄力十足。她和肯尼科特一起扶着自己的丈夫走上台阶,走进屋子。

"这个人用斧头砍了自己的腿,砍得很严重,他叫霍尔沃·纳尔逊,他的房子距离镇上大约九英里。"肯尼科特说。

卡萝尔立刻走到房间另一边,谨遵丈夫的吩咐拿来几条毛巾和一盆水,她激动得像个孩子。肯尼科特让那个农民坐到椅子上,笑着说:"好了,霍尔沃,一个月之内,你就可以去修篱笆,喝烧酒了。"那个农妇纹丝不动地坐在长沙发上,她穿着一件男式狗皮外套,露出宽松的女短袄,整个看起来十分臃肿。她有条花色的丝巾,从头上转移到脖子上。她还有一副白羊毛手套,现在正放在膝盖上。

肯尼科特脱下那只受伤的脚上裹着的红色的厚重"德国短袜",解开一层层的羊毛绒。那条腿十分苍白,毫无血色,腿上黑色的汗毛又软又细,上面赫然出现一道深红色的伤痕。卡萝尔吓坏了,这可不是诗人笔下那白里透红的肌肤啊!

肯尼科特检查了伤口,笑着对霍尔沃和他的妻子说:"感谢上天,病情不是很严重。"

纳尔逊夫妇脸上露出恳求的神色。那个农民朝他的妻子眨眨眼睛,她苦着脸说:"医生,我们应该付你多少诊金啊?"

"哦，我算算。一次是出诊，两次是门诊，一共是十一块，莉娜。"

"我们可以在日内支付给你吗？"

肯尼科特走过去，拍了拍她的肩膀，高声说："哦，你不用担心，不着急，我不可能立刻找上门要钱的。秋收后再付钱也可以……卡丽！麻烦你让碧雅给纳尔逊夫妇倒杯咖啡，再拿些冻羊羹给他们填肚子，可以吗？天气太冷了，他们还要赶路呢。"

三

肯尼科特很早就外出了。卡萝尔看了很长时间的书，觉得很困乏。维达·舍温没有来喝茶，她就一个人在房子里踱步。房子里很空旷，和窗外的那条小街一样。"我是等威尔回来吃饭，还是先吃呢？"在这个家里，这是很重要的一个问题。平时他们六点准时吃饭，可现在已经六点半了，他还没有回家。她和碧雅在一起瞎猜：是这次接产的时间太长了吗？他是否到其他地方出诊了？是不是雪太大，他没办法开汽车，只能乘马车，或乘坐单马雪橇？虽然镇上的积雪很多都融化了，可……"

忽然，一阵汽车鸣笛声响起，叫喊声传来，这些声音还在耳边响着，汽车已经来到家门口。

她连忙走到窗口，那辆汽车似乎累了，直喘大气，就像一头怪物。车头灯把地面上的冰照得亮晶晶的，尾灯也在车后投下一大圈阴影。肯尼科特打开车门，高声说："哦，终于到家了，亲爱的宝贝！车子陷进了雪堆，还陷了两次，感谢上帝，我们终于到家了！快把饭拿上来，我饿了！"

她立刻走上前，掸掉他外套上的雪花，皮外套上的长毛很光滑，冷冰冰的，她的手指几乎被冻僵了。她高兴地对碧雅说："太好啦！他到家了！吃饭吧！"

四

肯尼科特的妻子并没有看到大家为他喝彩，也没有看到书报上刊登的有关他出色医术的文章，更没有看到他获取到什么荣誉学位，所以她并不了解自己丈夫的医术。可这里有一封信可以证明——它来自德国的一位农民，他前段时间从明尼苏达州迁往了萨斯卡切旺。

他的信是这样写的：

亲爱的先生：

今年夏天，您连续好几周给我治病，还诊断出我患上的病，十分感谢。这里的医生都知道我有病，还给我开了药，但我吃了不见好转，远远比不上您开的那些药。现在他们说我已经好了，不再需要吃药了，您觉得呢？

我停药约一个半月了，但我的病还是老样子，所以我想知道您是怎么看的。每次吃完东西，我就觉得肚子不舒服，浑身不自在，心口疼，胳膊也疼。吃了东西约三个小时到三个半小时的时候，我就会觉得十分乏力，头昏脑涨。我该怎么办呢？烦请您写信告诉我。

五

卡萝尔在药房碰到了盖伊·波洛克。他直勾勾地盯着她,一点儿也不避讳。他轻声地说:"这些日子怎么没见到您?"

"可我也没看到你啊。我和威尔去了几次乡下,那里有人需要看病。他那种人,你也清楚,我们都无法理解他。你和我都是很清闲、无所事事、样样追求完美、只会挑剔他人的人,而他终日只会沉醉于自己的工作。"

她点了点头,微微一笑,就匆忙去买硼酸了。他看了一眼她的背影,静静地离开了。

当她发现他已经悄无声息地离开的时候,却开始感到浑身不自在。

六

有时候,她也赞成肯尼科特的一些想法:两个人结为夫妻后,丈夫在妻子面前刮胡子,或是妻子穿着紧身胸衣出现在丈夫面前,这些事情都无伤大雅,相反,这是正常的感情流露,如果一直扭怩,反而令人反胃。现在卡萝尔已经习惯看到,他穿着普通的短袜在小客厅里坐着,一坐就是好几个小时。可是,她一点儿也不喜欢他说的那些大道理:"所有浪漫的东西,都是胡说八道,当你向女人表达爱意的时候,当然应该温柔文雅,但你不必一辈子都保持这种态度。"

她常常做一些意外惊喜或小游戏,想让生活变得更加多姿多彩。她编织了一条紫围巾,悄悄地藏在那个他用来吃晚饭的盘子下面。他看到那份礼物的时候有些吃惊,也有些尴尬,说:"今天是我们的结婚纪念日吗?噢,天啊,我竟然忘记了。"

有一次,她带着一壶热咖啡,还有碧雅刚弄好的一盒甜点,在下午三点的时候,赶到肯尼科特的诊所去。她先把东西放在过道,朝房间里探头看了看。

诊所十分简朴,它原先的主人是一位老医生,后来肯尼科特才接手的。接手之后,他稍微装修了一下,只在里面添加了一个白色的搪瓷手术台,一台消毒器,一套X光透视器械,一台小手提打字机。诊所里有两个房间,一间是候诊室,里面放着几张椅子,一张摇摇晃晃的松木桌子,还有一些没有封面、没有名字的杂志。肯尼科特的办公室兼诊疗室和手术室就在候诊室对面,靠近大街的那个房间。房间里还有一个凹进去的斗室,那是化验室,用于检查细菌。两个房间都铺着略有磨损的木头地板,各种设备的颜色都已经发黑,还有些表皮已经脱落。

有两个妇女在候诊室,她们一声不吭,一动不动;此外还有一个穿着铁路司闸员制服的男人,他的右手绑着绷带,用晒得乌黑的左手托着。他们直勾勾地看着卡萝尔。她害羞地坐在椅子上,觉得自己太随意了,根本不应该来这里。

肯尼科特从房间里出来,他身边跟着一个脸色苍白、长着几根胡子的男人。他边走边安慰那个男人:"哦,老大爷,没关系,注意点儿,不要吃糖,严格按照饮食清淡来吃东西。你配好药,下个星期再来复诊。唉,从今以后你最好别喝啤酒了,好了,再见,大爷。"

他的声音装得十分热情。他迷惘地看着卡萝尔。在这里,他是一个医生,不是她的丈夫。"有事吗,卡丽?"他问。

"没事,我只是路过。"

"嗯……"

他没能猜到她是来送惊喜的,她有些失落。她很难过,又觉得很有意思,她感到很满足,鼓起勇气和他说:"没什么大不了的事情,你如果还要忙,我就先回家。"

在等待肯尼科特的那段时间,她不再可怜自己,而是开始嘲笑自己。这是她第一次看到候诊室里的情景。的确,从理论上来说,医生应该有日本和服那种宽绸腰带形状的镶板,宽大的长沙发和电气通风器,但对于身患疾病又十分疲乏的老百姓来说,即便是一个肮脏的小房间,他们都已经感到满足。这些老百姓是医生生存的支柱和生活的来源!她不可以责怪肯尼科特,他一点儿也不嫌弃这些破椅子,就像病人那样,觉得在这里很坦然。一直以来,都是她忽略了这个地方——亏她现在还四处游说,要重建这个乡镇。

等所有人都离开后,她才把那些东西拿进来。

"这是什么?"肯尼科特问。

"转过身!看窗外!"

他听话地转过脸,一点儿也不生气。然后,她高声喊:"好了,转过来吧!"此时那张可折叠的写字台已经放满了点心、硬糖和热咖啡。

他忽然笑了:"没想到你竟然给了我这么大的惊喜,这是我这辈子遇上的最大惊喜!我现在真饿了,这些食物真是及时雨啊。"

她的心平静下来,不像刚才那样欣喜,她又说:"威尔!这里要重新修葺一下。"

"有什么不妥吗?我觉得这里挺好的。"

"太糟糕了!让人反胃。我们要让病人进来的时候感到舒服,这样你的生意才会好转。"她觉得自己这个看法很不错。

"别乱说话!我的生意很好。我早就和你说过,我只是想攒点儿钱,如果你还看不起我,说我只爱钱,那我就……"

"好啦,好啦,别说了!我一点儿也不想让你难过!我不是挑剔这里,可我也不是你屋里对你唯命是从的女奴!我是想说……"

两天后,她在候诊室里挂上了几幅画,摆了几张藤椅,还铺了一块地毯。候诊室像变了一个样。连肯尼科特都承认:"真的很好看,我从来都没考虑过呢。看来还是要有人督促我。"

她信心十足,觉得自己能当好一个医生的夫人,心里感到十分开心。

七

卡萝尔总是胡思乱想,这种状态令她痛苦不堪,她想摆脱出来,抛弃那些片面的想法。卡萝尔要友善对待所有人,无论是那个脸上长着硬毛胡子的莱曼·卡斯,还是迈尔斯·伯恩斯塔姆和盖伊·波洛克。前段时间,她请过妇女读书会所有会友进行聚会。但是,最值得一提的是她上门拜访博加特太太这件事,因为博加特太太在某次聊天儿中给开业医生提了一些建议,这些建议十分宝贵。

博加特太太的住宅虽然不远,但卡萝尔到现在一共才去过三次。她头戴一顶崭新的鼹鼠皮毛帽子,脸蛋儿很小,显得很年轻。她擦去嘴边的口红,迅速地穿过小巷,生怕自己的好主意都飞走了。

房龄和人的年龄一样,通常和它的实际岁数的关系并不大。博加特寡妇的房子是暗绿色的,建造于二十年前,现在看上去却显得十分古老,就像埃及金字塔那样,似乎还能嗅到木乃伊的味道。可是,它十分干净,远胜于这条街上的其他房子。甬道两边有两块上了黄漆的大石头；房子的周围有一些枝叶稀疏的藤萝架；房子前的草地上有镇上唯一的一座铁狗雕像，底座是白海螺贝壳石膏；过道一尘不染，厨房里的东西摆放得井然有序，椅子和椅子之间的距离意外地一致。

那间客厅是用来招待客人的。卡萝尔先开了口："我们到厨房去吧，这样就不用麻烦你在厨房再生一次火了。"

"一点儿也不麻烦！天啊，你来一次很难得，厨房里太乱了，我想让它干净整齐，可赛伊总把它踩得满地泥巴，我说过无数次了，可他总把我的话当耳边风。没关系的，亲爱的太太，请坐，我马上生火，一点儿也不麻烦。"

博加特太太生火炉的时候，不停地发出痛苦的呻吟声，时不时地摸摸膝关节或者搓搓手。对于卡萝尔要帮忙的提议，她几次都拒绝了，还叹着气说："唉，谢谢。我现在不中用了，只好瞎忙。看来很多人都这样觉得啊。"

客厅里有一块地毯十分显眼，它是用碎布头拼接而成的。她们刚走进去，博加特太太就迅速地从地毯上捡起一只死苍蝇。地毯中间有一小块儿方线毯，上面的图案是开满雏菊的绿色田野，以及一只红色的纽芬兰猎狗，它就躺在田野里。线毯上还写着几个字：我们的朋友。一架簧风琴上镶嵌着一面菱形的镜子，座架上摆着一盘天竺葵、一只口琴和一本《古代圣歌集》。客厅中间有一张桌子，上面摆着一本邮购商品目录，是西尔斯·罗巴克百货公司寄来的，一个银边镜框，里面夹着很多照片，既有浸礼会礼拜堂的，也有一位上了年纪的牧师的；一只铝制的托盘，上面放着一种奇特的玩具，它可以发出响尾蛇的声音，还有一些眼镜碎片。

博加特太太闲扯了一会儿，说了奇特雷尔牧师的口才，冬季的寒汛，白杨的价钱，戴夫·戴尔的新潮发型，以及自己的儿子赛伊·博加特对她多么孝顺。"我告诉他的主日学校老师，赛伊有点儿野，也正因此，他比其他男孩子都要聪明。有一个乡巴佬诬陷赛伊，说赛伊偷了他的瓜，被他人赃并获。我说，他纯粹是胡说八道，我要和他打官司。"

博加特太太又聊到有关比利午餐那个女服务员的流言，一会儿说她不可能那样，一会儿又说她有可能那样，思维十分混乱。

"天啊，你说的这个一点儿也不奇怪。戈镇的人都知道她的母亲是个怎样的人。如果不是因为那些旅行推销员，她也不会出事了。当然，我也不信她的话，她不过在说谎。无论如何，最好尽快把她送到索克镇的感化院去，一了百了。亲爱的卡萝尔，请喝咖啡。您不会怨我直接叫您的名字'卡萝尔'吧。我和威尔很久之前就认识了，他的母亲住在这里的时候，我和她很亲密。噢，你的毛皮帽子一定很贵吧？你不觉得戈镇有些人说三道四很可怕吗？"

博加特太太把椅子移向卡萝尔，两个人的距离更近了。她的脸很大，上面还长了几颗黑痣和几根黑汗毛，让人看了很不舒服。特别是她皱起眉头的时候，整个人看起来就更加奸诈了。她笑的时候会露出一口蛀牙。她就像费尽心思打听别人的秘密的长舌妇一样，轻声对卡萝尔说：

"我真不明白，人们说话、做事怎么能胡来呢？他们暗地里做的那些事，你或许不知道。这个镇就是如此，还好我让赛伊信奉宗教，才让他的心灵纯净，没有染上这些恶习俗。就在前两天，我一直都忽视外面的风言风语，可是，我听得十分清楚，外面在传哈里·海多克和明尼阿波利斯一家商号里的女店员有不正当关系，久恩尼塔太可怜了，她现在还一无所知。或许上帝要惩罚她吧，因为她婚前也和几个男人有不明不白的关系。嗯,我也不想提起这样的事,正如赛伊所说,我这个老婆子早就跟不上时代了。可是,无论如何,我认为出身名门的人,就不应该做出这种见不得光的事。我还知道,久恩尼塔和一个年轻小伙在一起。噢,他们做的都是什么乱七八糟的事情啊!还有那个杂货铺老板奥利·詹森,他总觉得自己聪明过人,做的事情不可能被别人发现,可我依旧知道他和一个农民的老婆在厮混——还有那个不务正业的打短工的伯恩斯塔姆和纳特·希克斯……"

这样看来,这个镇上除了博加特太太,其他人都十分可耻,怪不得她会那么愤怒。

这件事她十分清楚,几乎还是亲自看到。她低声说,有次,她走过一个地方,看到一扇拉上去的百叶窗,距离窗台两三英寸。还有一次,她竟然看到一对男女在卫理公会举办的联谊会上拉上了手。

"还有一件事,我原本不想说的,可我实在忍不住,要把我亲眼所见都说出来,我看到你家碧雅,她经常和杂货铺里的小伙子胡闹……"

"博加特太太!我相信碧雅,就像相信自己一样。"

"哦,亲爱的,你不要误会!我知道她是一个好女孩。刚才我是想说,她毕竟还年轻,经验不足,我是怕镇上的那些轻浮浪子去招惹她。这都是父母的错,没管好孩子,让他们那么浪荡,就爱做那些不三不四的事。如果由我来定规矩,不管是女孩,还是男孩,都不能让他们婚前知道那些事情。有些人说话太轻浮了,都不知道什么是忌讳,你说这多可怕。这说明他们的想法太龌龊了,简直不可救药。以后他们只好走到上帝跟前,就像周三晚祷会那样,跪下来,说'上帝啊,还好你慈悲,否则我就成为一个可悲的罪人了'。

"我要让孩子们都去上主日学校,让他们迷途知返,不要总想着抽烟卷和其他乱七八糟的事。尤其他们聚在一起的时候,就会举行舞会,这简直是玷污了镇上的风气啊。你看,那些年轻小伙都把女孩子紧紧地搂在怀里,恨不得——噢,太可怕了。我和镇长说过,他要进行制止,镇上有个男孩,我不想怀疑别人,也不想胡说……"

半个小时后,卡萝尔实在无法坐下去了,就逃了出去。她站在自家门口的走廊里,十分生气:

"如果说博加特太太站在天使那一边,那我根本无法选择,必须要和魔鬼同一阵线。可,她和我简直一个样,她也在想着'改变市镇'啊!她喜欢评论镇上的人。她也觉得镇上的男人都太俗气,目光太短浅了。难不成我就是她那种女人吗?真是太可怕了!"

那天晚上,她不只和肯尼科特打纸牌,还让他尽情玩,同时,她对地产生意和萨姆·克拉克也产生了兴趣。

八

婚前,肯尼科特曾拿了一张照片给卡萝尔看,照片上是纳尔斯·厄尔兹特鲁姆的一个孩子和一间原木小屋,可她一次也没有见过厄尔兹特鲁姆一家。他们不过是"医生的病人"。十二月中旬一个下午,肯尼科特打来电话告诉她:"愿不愿意穿上外套,和我一起坐车去探望厄尔兹特鲁姆?天气很好。纳尔斯患上了黄疸。"

"噢,我愿意!"她急忙穿上长毛线袜、长靴、毛衣,戴上围巾、帽子和手套。

积雪很厚,冰凌又滑又硬,汽车没法开,他们只能坐着马车去。他们在身上盖了一条蓝毛毯,毯子很粗糙,弄疼了她的手腕。毛毯外还有一块脱皮、充满虫洞的野牛皮车毯,这块车毯已经有些年头儿了,它的历史能追溯到成群的北美骏马在几英里以西的大草原飞奔的时候。

他们经过市区的时候,看到巨大的庭院和宽阔的街道上面铺满了白雪,房子在它们的衬托下显得十分矮小、荒凉。他们经过铁道岔口,很快就抵达了乡村。两匹马从鼻孔里喷出一团热气,飞快地奔跑着。马车有条不紊地响起来。肯尼科特一边赶车,一边喊:"喂,马儿啊,不要跑太快!"他似乎在沉思,没有搭理卡萝尔,但最终还是开口说道:"瞧,那里多好啊!"这时,他们即将抵达一片橡树林,冬天的阳光在两个雪堆之间的洼地闪烁不定。

他们从草原走到一个垦区。在二十年前,那里还是一片森林,现在那里的景色依旧一样,向北延伸:那边有座小山冈,斜坡上布满灌木丛,溪边长了茂密的蒿草,麝香鼠随处构筑土堆,雪地里冒出褐色的土坷垃。

她几乎冻僵了,耳朵和鼻子都缩起来。她嘴巴里吐出来的热气,刚到领口就结冰了。她的手指头冻得几乎无法动弹。

"天气太冷了。"她开口道。

"对啊。"

走了三英里路,他们的对话只有这一句,可她还是很开心。

下午四点,他们抵达了纳尔斯·厄尔兹特鲁姆家。她很开心,一眼就看到了前辈创立下来的遗迹,要知道,当初她之所以愿意定居戈镇,就是因为它们:森林开发成的耕地,树墩子之间的一道道鸿沟,一间顶上铺着干草、墙上抹着泥巴的小木屋。可是,现在纳尔斯的日子过得很好,他另建了一栋房子,那间小屋已经做成仓库。那栋房子的形状十分奇怪,和戈镇的房子一模一样,墙面涂上白漆,还添上很多粉色的花边,显得十分俗气。四周的树木几乎都砍光了,房子孤单地坐落在那里,四面通风,没有任何遮挡物,显得寒气逼人。卡萝尔看到这番景象,不由自主地哆嗦了一下。房子的主人在厨房热情地招待了肯尼科特夫妇。那间厨房刚装修好,十分整洁,黑色炉灶两边都有镀镍的把手,墙边还有一只奶油分离器。

厄尔兹特鲁姆太太过来邀请卡萝尔,让她去客厅坐一坐。那里放着一架留声机,还有一套皮面橡木沙发,可坐可卧。看到这两件东西就能知道,大草原上的农民的生活比过去好多了。卡萝尔坐在厨房的炉灶前,不停地说:"谢谢您,不用客气的。"厄尔兹特鲁姆太太和医生离开后,卡萝尔就随意地看了看厨房里的那个松木碗橱;镶在镜框里的坚信礼证书,它是路德教会颁发的;墙边的餐桌上放着一些吃剩的煎蛋和香肠;月份牌上有一张石印画,上面有一个嘴巴非常小巧的年轻女郎;阿克塞尔·埃格杂货铺制作的瑞典文广告;还有一只寒暑表,一只摆放火柴的托座,十分有趣。

卡萝尔看到过道里有一个小男孩,四五岁的样子,正在目不转睛地看着自己。他身穿方格子布衬衣和褪色的灯芯绒裤,眼睛很大,额角很宽,紧闭着嘴巴。不过,很快他就不见了。过了一会儿,他又朝里面偷看,咬着手指头,羞涩地看着这个女客人。

难道她都已经忘记——那到底是怎么回事啊——想起当年在斯内林堡游玩的时候,肯尼科特就在她身旁,曾经对她说:"看那个孩子长得真怪,他需要像你这样的女人去照顾他。"

似乎中了魔术一样,她再也坐不住,或许是深红色的余晖,冰冷的空气,发自内心的好奇,让她沉醉。她想起这段往事的时候,不由得朝那个孩子伸出双手。

那个孩子十分犹豫,吸着大拇指,靠着墙根走进屋里。

"喂,"卡萝尔问,"你叫什么啊?"

"嘘!嘘!"

"你真聪明,你的想法和我是一样的。我太傻了,总想知道小孩子的名字。"

"嘘!嘘!"

"来这里,我讲个故事给你听。哦,我也不知道讲什么好呢,可是,故事说的是,从前有个苗条的女英雄和一个风流王子。"

她在乱编的时候,那个孩子一动不动,再也不发出嘘嘘的傻笑声了。卡萝尔很艰难才赢得他的好感。

这时,电话忽然响了。

厄尔兹特鲁姆太太冲了进来,拿起话筒尖叫道:"喂,找谁啊?对的,是厄尔兹特鲁姆家!哦,原来你找医生。"

肯尼科特走出来,对着话筒喊:

"喂,有什么事?哦,戴夫,你有事吗?是哪个摩根罗思?还是阿道夫?要截肢吗?哦,我明白了。喂,戴夫,让格斯赶紧备好马车,带上我的外科器械。别忘了告诉他,一定要带上足够的氯仿。我从这里直接过去。今天晚上或许不回家了,你去阿道夫家等我吧。啊,不需要了,卡丽应该会上麻醉药。再见。嗯,还有事?不,明天再和我说吧,这条线上太多偷听的人了。"

他转身对卡萝尔说:"有个叫阿道夫·摩根罗思的农民,他的家距离戈镇西南面大约十英里,他在修茸牛棚的时候被柱子压到,胳膊被压成了重伤。戴夫·戴尔说,他的胳膊估计保不住了,我们可能现在就要出发了。真对不起,现在又要你跟着走那么远的地方……"

"没关系,不用担心。"

"我觉得你也可以上麻醉药,对吗?这一般由我的汽车司机来做。"

"你告诉我具体步骤就可以了。"

"太好啦。你刚才听到我骂那些偷听电话的人了吧。我真想他们都听到。哦……好了,贝西,你不用担心纳尔斯,他会渐渐好起来的。明天你带着这张药方,自己或让一位邻居开车到镇上去,到戴尔的药房里配药。每四个小时给他服一勺。再见。喂——看这个小家伙。天啊,贝西,怎么也想不到,他就是那个小时候常感冒发烧的病秧子呢!哎哟,现在长成一个强壮的瑞典人了,长大后比他爸爸还要健壮!"

肯尼科特的这几句夸奖让那孩子兴奋得坐立不安。卡萝尔十分羡慕肯尼科特的这个本领,她是无论如何都学不会的。现在她只能做一个听话的妻子,乖乖地跟在医生后面,走向马车。此时她在心中暗想的,不是怎样把拉赫玛尼诺夫①的曲子弹得更好听,也并非兴建市政厅大会堂,只是一心冲着小孩大笑。天空变成银灰色,落日只余下一抹玫瑰色的亮光,笼罩着橡树的枝柯和纤瘦的白杨树的枝条。地平线上有一座谷仓,从红色逐渐变成紫色,最后消失在雾霾中。突然,紫色的路面消失了。他们的马车陷入黑暗中,他们似乎进入了荒芜的幻境中。天气太寒冷了,前往摩根罗思农场的道路十分崎岖,车子摇摇晃晃。他们抵达目的地的时候,卡萝尔差点儿就睡着了。

这座房子很朴素,不值得炫耀,它只是一个刚粉刷过的矮小灶披间,弥漫着奶油和卷心菜的味道。此时,阿道夫·摩根罗思正躺

---

①拉赫玛尼诺夫,俄国钢琴家,指挥家,作曲家。

在平日里几乎不用的餐厅的那个长沙发上。他的妻子很强壮,被繁重的农活儿弄得十分疲惫,正心急如焚地摆弄着双手。

卡萝尔原本以为,肯尼科特一定会做出一番精彩的表演,没想到他却随意地和病人聊了起来:"喂,阿道夫,现在怎么样了,要把你修理一番吗?"他又轻声对阿道夫的妻子说:"我那只黑手提包送来了吗?好了,太好了。现在几点?七点?我们饿了,先吃点儿东西吧。还有啤酒吗?"

肯尼科特匆忙吃完了晚餐。他脱掉外套,拉起袖子,拿起一块肥皂,把手洗得干干净净。

卡萝尔勉强喝了点儿啤酒,吃了些黑面包、咸牛肉和卷心菜。她根本不敢朝房间里看。那个病人正躺在里面,发出痛苦的呻吟声。她看了一眼,只看到他那件蓝法兰绒衬衣敞开着,露出烟色的脖子,脖子里长着灰色的细汗毛。他盖着一床被单,这让他看起来像一具尸体。他那条放在被单外面的胳膊用毛巾包住,此时毛巾上面已是血迹斑斑。

可是,肯尼科特却迈着愉快的步伐走进了房间。她紧随其后。他的手指又粗又大,却十分灵活。他麻利地揭开毛巾,那只胳膊全都露出来,可以看到胳膊肘以下鲜血淋漓,难以辨认。病人发出痛苦的呻吟声。卡萝尔觉得很沉闷,瞬间头晕目眩。她赶紧跑到灶披间里去,瘫倒在椅子上。当她不再感到反胃的时候,听到肯尼科特在自言自语:"看来一定要截肢了。阿道夫,你这是怎么回事?摔在了收割机的刀口上?现在我们先把所有东西都准备好,卡丽!卡萝尔!"

她根本无法站起来。过了很久,她双腿发软,勉强站起来,肚子里翻江倒海,双眼发黑,耳朵里听到嗡嗡的声音。她估计无法走到餐室,因为已经快要晕倒了。过了好一会儿,她终于走进餐室,倚靠在墙边,勉强露出微笑,感到忽冷忽热。这时,肯尼科特说:"喂,来帮忙,让摩根罗思太太和我把他抬起来,抬到那灶披间的桌子上去。哦,你先把桌子并拢,再在上面铺上毯子和干净的被单。"

卡萝尔如同得到解放一样,把两张沉重的桌子挪到一起,擦干净之后,再铺上被单,弄得很整齐。此时,她已经清醒多了,竟然能平静地看着她丈夫和那个农妇脱掉那个痛不欲生的男人的衣服,给他换上干净的睡衣,洗干净他的胳膊。肯尼科特把和手术有关的器械摆放整齐,她忽然心想,在这里的设备肯定没有医院齐全,可也不用担心,她的丈夫——那个出色的医生——立刻就要做外科手术了,这是在小说里才会出现的。

她帮忙把阿道夫抬到灶披间去。他太可怜了,双腿发软,根本无法动弹。他很沉,身上散发着汗臭味和马厩味。可她不嫌弃,依旧抱着他的腰,把脑袋贴住他的胸口,用力地拽他。她还像肯尼科特一样,发出啧啧声。

他们终于把阿道夫放到了桌子上,肯尼科特在他的脸上罩上一个半圆形面具,那是用钢丝圈和棉袖做成的。他转过脸对卡萝尔说:"现在你坐到他前面,让乙醚一滴滴地滴,就像这样,知道吗?我会关注他的呼吸状况。喂,你看,是谁啊!顶级的麻醉师,太棒了,连奥克斯纳医生也找不到这么棒的麻醉师!嗯?……好了,阿道夫,放心,不会疼的。现在你可以安心睡觉了,不会疼的!别说话,乖孩子,睡吧,你很快就会好起来的。"

卡萝尔盯着乙醚,努力让乙醚依照肯尼科特所说的速度往下滴,可她还是很紧张。她还紧紧盯着丈夫的操作,她觉得他简直是一个英雄,心里钦佩不已。

他摇了摇头:"光线很差,太糟糕了。喂,摩根罗思太太,你在这里提着灯,到这里,在这里拿着灯,对,就这样!"

在摇摇晃晃的灯光中,他有条不紊地进行截肢手术。屋子里一点儿声音也没有。卡萝尔不停地去看他,努力不让自己的视线落在冒出来的鲜血、深红的伤口和那把恐怖的解剖刀上。乙醚的气味很好闻,可令人窒息。过了一段时间,她觉得精神恍惚,手臂一点儿力气也没有。

最后,她晕倒了,原因并非她看到喷涌而出的鲜血,而是听到医生的锯子在骨头上发出的吱嘎吱嘎声。刚才她感到一阵反胃,还好强忍下去了。可现在她又感到天旋地转了,她在恍惚中听到肯尼科特的声音:

"难受吗?到外面走走吧。现在阿道夫已经睡着了。"

她努力走到门边,终于摸到了门把手,那个门把手像和她作对一样,不停地转动着。她走到门廊外,呼出一口气,大口地呼吸着新鲜空气。她渐渐清醒过来。当她转身回屋的时候,看到了很感人的一幕:那个小小的灶披间只有窑洞般大小,里面摆着两只放牛奶的铁桶,墙边有一堆铅灰色的污迹,在上面的横梁上,还挂着几块火腿,灶门里透出一丝亮光——灶披中间,一个吓得面如土色的矮胖女人,举着一盏小玻璃灯。此时,肯尼科特正借助这昏暗的灯光,弯着腰在给病人做手术。这位外科医生的胳膊上满是血迹,戴着淡黄色橡皮手套的手正在忙着解开止血带。他的脸上没有任何表情,只是抬起头,对那个农妇说:"灯拿好,很快就好。"

"他可以用通俗、不太熟练的德语和人议论生死、接生和土地的问题。我以前也学过法语和德语,那不过是情人们说的酸得掉牙的书面语,就像圣诞诗歌集里的那种,还沾沾自喜,自认为文化修养很高呢！"她回到刚才的位置，心里更加敬佩他。

他忽然喊道："好了，不需要乙醚了。"他正聚精会神地把一根动脉的血管扎好。此刻，她觉得他那火暴脾气也是男子气概。

当他把伤口缝合好后，她轻声地说了一句："哦，你太厉害了。"

听到这句话，他十分吃惊："哼，这不过小意思。上个星期——喂，请给我一点儿水——上个星期我遇到了一个腹膜腔出水的病人，天啊，把腹部剖开之后我才发现，原来是胃溃疡——哦，我很困了，我们就在这里休息一个晚上吧。太晚了，无法开车回家。看情形很快又要有大风雪了。"

九

他们盖着皮大衣，在铺着鸭绒垫子的床上睡了一夜。第二天早上，他们砸碎了水罐里的冰，那是一个镀着金边，涂有彩釉花纹的大水罐。

大风雪没有如期降临。他们离开的时候，只看到雾气弥漫，天气开始转暖。大约走了一英里之后，她看到他抬起头，盯着北边的一块乌云。他用力地赶着马，让它们飞奔起来。四周的景色阴沉沉的，她不由得感到一阵毛骨悚然，连她丈夫的匆忙神色都给忽略了。灰色的积雪，收割完庄稼后留下的枯枝败叶，一束束杂乱的灌木丛，慢慢被雾霾笼罩。一些小山岗投下一个个阴影，十分阴森。风越刮越大，一个农户的房子四周的柳树被吹得摇摇晃晃，树皮斑驳剥落，只剩下一块块秃斑，就和麻风病人的皮肤一样，白得吓人。沼泽地里积了雪，显得十分凄清。大地显得十分萧瑟，北边那片乌云的周围镶嵌着一道蓝灰色的边，现在正在往上爬，逐渐盖着整个天空。

"大风雪很快就要来临了。"肯尼科特说,"无论如何,赶到本·麦戈内盖尔那里应该可以吧。"

"大风雪?真的吗?小时候,我们可喜欢暴风雪了。我爸爸不用去法院上班,我们就在窗边欣赏雪景。"

"大草原下雪可一点儿也不好玩。人们会找不到方向,会冻死。我觉得还是别冒险了。"他朝着马儿吆喝了一会儿。马儿开始疾驰而去,车身剧烈摇晃起来。

漫天的雪花飘下来,马儿的脊背上和野牛皮车上都落满了雪花,黏糊糊的,如同盖上了一张白色的被子。她觉得脸上都是湿的,细长的马鞭子的把手上也堆满了雪。天气越来越冷,雪花越来越硬,呼啸着朝她扑过来。

她的视线中只有大约一百英尺。

肯尼科特一脸严肃。他的身子轻微朝前倾着,戴着浣熊皮长手套的双手把缰绳死死地握在手里。她相信他,他临危不乱,一定能安然度过这种险境。不管遇上怎样的困难,他总能安然渡过。

除了眼前的肯尼科特,全世界的人们似乎都忽然消失了一样。它们淹没在飘舞的大雪中。肯尼科特转身对她大叫:"我松开了缰绳。马儿会把我们拉回家的。"

马车忽然剧烈地颠簸起来,脱离大马路,有两个轮子陷进了深沟,还好马儿猛然一蹶,马车重新走回了正轨。卡萝尔吓坏了,大气都不敢喘。她努力让自己平静下来,不再害怕,但她无法做到,只能拉过毛线披肩,遮住自己的下巴。

马车的右边似乎出现了一道黑墙。"那一定是个谷仓!"他高呼道。他用力地拉了一下缰绳。透过披肩,卡萝尔看到他咬紧嘴

267

唇,眉头紧锁,一会儿放松缰绳,一会儿紧拉缰绳,灵活地掌控着飞奔的马儿。

马儿终于停了下来。

"前面有个农场。赶紧围上披肩,跟着我走。"他大叫道。

下了马车之后,寒风扑面而来,就像扎进了冰堆里。她刚踏上地面,就对着他笑了。她的小脸从水牛皮外套露出来,红彤彤的,像个孩子一样。飘舞的雪花扑下来,他们顿时觉得眼前一片昏暗。他把马从车辕上卸下来。他转身走回去,只看到一个浑身都是毛皮的庞大身躯,手里拿着套马的缰绳,卡萝尔用力地拉着他的袖子,两人一起朝前走去。

在漫天的雪花中,他们来到了一个大谷仓前,它的外墙旁边就是马路。肯尼科特沿着墙根慢慢摸索,终于找到了一扇门,他们走进门内,来到一个院子,再走进谷仓。谷仓里很暖和,而且一点儿声音也没有,这让他们感到十分惊讶。

肯尼科特小心地把马儿赶进马厩。

卡萝尔的脚指头都冻僵了。"我们赶紧去找房子吧。"卡萝尔说道。

"现在还不行。或许找不到呢。说不定我们会找不到方向。就坐在马厩里吧,紧紧挨着两匹马。等大风雪停了,我们再出去找房子。"

"太冷了,我无法动弹了!"

他把她抱到马厩里,帮她脱掉套鞋和长筒靴,摸索着找到她的鞋带,不停地朝着她冻僵的脚指头哈气,还来回揉搓她的脚丫,把那条水牛皮披肩和放在饲料箱上的马披都盖到她的身上。她被风雪困住,差点儿睡过去。她叹了一口气说:

"你那么健壮,又那么能干,不管是看到血,还是遇上大风雪，你都毫无畏惧……"

"小菜一碟。昨晚，我最担心的是，万一乙醚爆炸，我就真的不知该如何是好了。"

"我不明白你说什么。"

"戴夫真没用，他没有按照我所说的把氯仿送过来，而是送来了乙醚。要知道，乙醚很容易点燃，尤其昨晚那盏灯离得那么近。尽管如此，我还是要做手术，病人的伤口里堵满了谷仓里的脏东西。"

"你一直都知道——我们都有可能被炸死吗？"

"是的。难道你不知道？这和你有关系吗？"

第十六章

一

看到妻子送给自己的圣诞礼物,肯尼科特感到十分开心,于是,他也送给她一份礼物,那是一枚钻石胸针。可是,肯尼科特对于她早上修饰好的圣诞树,挂起来的三只长筒袜子、彩带、镀金小图章和放在礼物里的祝愿信等的感觉如何,她心里没谱。他看到这些的时候,只说了两句话:

"你装饰得挺好的。下午,我们去杰克逊·埃尔德家打五百分牌戏怎么样?"

她回忆起从前过圣诞节的时候,她的父亲费尽心思设计出来的杰作:树顶上有一个神圣的古老布娃娃,一堆便宜的礼物,喝的是潘趣酒①,唱起圣诞颂歌,大家还坐在一起,围着火炉烤栗子吃。她

---

① 潘趣酒,欧美等国用香料、果汁、酒和茶等混合而成的饮料。

记忆犹深，"法官"得意地揭开孩子们写的纸条，那些都是他们随手写下的小秘密。父亲会当场决定谁去乘雪橇，谁可以聊聊圣诞老人的问题。父亲还宣读了一篇冗长的起诉书，控告自己太情绪化，而损害明尼苏达州的尊严和安宁。她也没有忘记父亲的腿在雪橇前一晃一晃的，那是多么纤细的两条腿……

想到这里，她有些激动，哽咽着说："我先去换鞋，穿拖鞋太冷了。"她把自己反锁在毫无浪漫情调的浴室里，坐在光滑的浴缸边，大声哭泣起来。

二

肯尼科特最喜欢做的事情有五件：救人、买地产、爱卡萝尔、开汽车和去野外打猎。至于哪件事是他最喜欢的，似乎谁也说不准。他一直在钻研医学，他敬佩圣保罗城里某位外科医生，也骂过那里的另一位外科医生，说他不应该总是怂恿农村开业医生把所有要做手术的病人都推给他。他觉得诊金分配并不合理，他觉得新型X光透视医疗器械十分厉害——可最令他开心的还是开汽车。

即便是在冬天，肯尼科特开了两年的"别克"还是保养得很好，那辆车一直停在屋后的马厩里，这就相当于他的汽车房。他往注油器灌满油，在挡泥板上涂上一层漆，最后把汽车后座清理干净，那里有破手套、钢垫圈、皱巴巴的地图，以及一层厚尘土、沾满油污的破布条。冬天的中午，他兴奋地冲出去，认真地用大半天的时间来折腾那辆车。每当想到"明年夏天我们或许会进行一场奇妙的旅游"的时候，他就会十分兴奋。他跑到火车站，拿了些铁路行车地图，回家在地图上做出汽车通行的站名标志，从戈镇到温尼佩格，或是得梅因，或是格兰德·马雷，一边自言自语，一边又希望妻子说出"我们如果从拉·克罗斯出发前往芝加哥，在途中能停留在巴拉布吗"这样的话。

毫无疑问，对他来说开汽车既是一种信仰，也是一种神圣的祭礼。以前忽明忽暗的烛光已经被通电后迸发出来的火花替代，活塞环和祭坛上的酒器一样圣洁。他的礼拜仪式十分简单，带着节奏说一句这样的话："听说都庐斯和国际瀑布的距离很远，你只能走路过去了。"

他对打猎也很感兴趣，想的都是卡萝尔无法理解的抽象念头。一整个冬天，他都沉醉于阅读《狩猎必览》这类的书，回想过去一年的狩猎成果："那天太阳即将落山的时候，我站在很远的地方，一枪就打中了两只野鸭子，你还记得吗？"他有一支珍藏的转轮鸟枪，他称之为"气泵枪"，每个月他至少都要从沾满油渍的厚绒枪套里拿出来看一次，给扳机上油，拿起来悄悄地瞄准天花板，过过瘾。每到周末早上，卡萝尔都能听到阁楼里传来他来回踱步的声音。一个小时后，她发现他在翻找东西，长筒靴、鸭囮子①、午餐盒，要不就看着旧子弹，边用袖子把它们的黄铜雷管擦亮，边摇头，似乎觉得子弹已经没用了。

他连小时候装弹药的工具也留到现在：一个子弹压盖器，一个制作铅弹头的模子。有一次，卡萝尔忙着收拾家里的杂物，她生气地说："你为何还要留着这些破烂！"他言之凿凿地说："得了，它们将来或许还能用。"

她的脸涨得通红。她心里嘀咕道，难道他想要一个孩子。他说过这样的话："缘分到的时候就会有孩子了。"

---

①囮子，捕鸟时用于引诱同类的鸟。

想到这里,她感到有些难过,默默地走开了。她觉得,为了她的固执和他的热衷财富而牺牲了慈母深情这件事,是很不正常的。

"可是,如果他像萨姆·克拉克那样喜欢孩子,喜欢多生几个孩子,那就更糟糕了。"她暗想,可是,接着她又嘀咕道,"如果我的'风流王子'是威尔,难道我不可以亲自问他是否想要孩子吗?"

为何肯尼科特要做地产生意?因为那个赚钱快,他也喜欢这种活动。他开车下农村,早就发现了哪些农场的收成好。有时他会听说,有个农民"想要卖掉土地,移居到艾伯塔"。有时,他向兽医请教繁殖哪种牲畜最合适,他还向莱曼·卡斯打听艾纳·吉赛尔德逊的地里每英亩是不是产出四十蒲式耳的小麦。他常常找到那个不喜欢本职工作,喜欢做地产生意的律师朱利叶斯·弗利克鲍商量。肯尼科特用心钻研区乡地域示意图,遇到拍卖地产的告示也会认真阅读。

他以每英亩一百五十元的价格买下了一块面积约为一百六十英亩的地产。首先,他在谷仓里铺砌混凝土地坪,又在屋子里装上自来水,大约一年后,又以一百八十或两百元的价格卖掉。

他把这些事情事无巨细地全都告诉萨姆·克拉克,卡萝尔觉得他唠叨的次数太频繁了。

原本他觉得,自己喜欢汽车、猎枪和地产,卡萝尔也会耳濡目染,喜欢上这些东西的。可是,他没有给她举出过可能引起她的兴趣的实例来,一次也没有。他提到的,不过是一些短浅的、枯燥的东西。至于他的理财计划以及汽车的机械原理,他从来也不捉。

在和丈夫关系融洽的这段时间,卡萝尔很想了解丈夫的所有爱好。她站在寒冷的汽车房里,哆嗦着看着他花了半个多小时,犹豫着到底是给汽车水箱里加酒精,还是加防凝冻剂,或是把水箱里的水都抽干。

"哦,不可以,不能把水抽干,如果天气转暖了,我还要把水箱灌满,我觉得,这样的日子不会远了,再加几桶水就可以了。可是,如果水没有抽干,天气忽然转凉,如何是好?当然了,有人会把煤油灌进去,不过也有人说煤油会把软管泡烂,还有,我的扳钳在什么地方?"

这时,她才打消了开汽车的念头,一个人回到屋里。

他们重归于好,他喜欢和她聊天,谈得最多的是他出诊的事情。前段时间,他和她说,并且再三叮嘱她不要和别人说,森德奎斯特太太即将分娩了,又说"豪兰家的那个女佣未婚先孕"。每当她问到一些专有名词,他都无法给出正确的答案。她问:"扁桃腺究竟怎样摘去的?"肯尼科特打了个哈欠说:"扁桃腺手术?这个太简单了。只要看到有脓,把它切除掉就可以了。哦,你有没有看到报纸?碧雅把报纸放到什么地方去了?"

这时,她再也不想问了。

三

一天,他们一起去看电影。电影与地产生意、猎枪和汽车一样,对于肯尼科特和戈镇其他有钱的人家来说都是必不可少的消遣。

第一部是故事片,讲述的是一个勇敢的年轻美国人是如何征服南美洲某个共和国。当地的土著有很多野蛮的习惯,如喜欢唱跳、大声叫嚷,那个美国人让他们改掉了这些坏习惯,教他们学会北部的美国文明。他让他们穿上整洁的制服,进厂工作,看到人就大声说:"喂,你这小鬼,看我马上就要赚钱了。"那个年轻的美国人甚至改变了大自然的面貌。

从前,有一座很高的山,山顶上只有野百合、雪松和萦绕的白云,在他的努力下,山上出现了一排排木头房子,一堆堆铁矿石,矿石变成轮船,轮船把矿石运走,被运走的铁矿石又变成大轮船……这部电影十分精彩,紧凑的情节让人们十分紧张。不过很快,这种紧张感就被第二部更加精彩、充满感情的电影冲淡了。第二部电影是一部喜剧,名字是《椰子树下》,主演是麦克·施纳肯,助演的是很多穿着泳衣的美女。施纳肯先生的角色很多,有厨师、保镖、搞笑演员和雕塑家,都在电影进行得最紧张的时候出现。有个镜头是这样的:有几个警察跑进一家旅店的门厅,没料到竟有无数的半身石像从里面飞出来,把他们砸晕了。虽然有些剧情说得不够详尽,但是女人的大腿和奶油蛋糕这两个主题十分突出。当然,有很多镜头都是展示女人大腿的好机会,如在海滨浴场游泳和在画室里当模特的镜头。电影的最后高潮是举行婚礼的镜头,在掌声雷动的时刻,施纳肯先生悄悄地把一块奶油蛋糕塞进了牧师身后的口袋里。

"玫瑰宫影院"里,所有观影的人都大声欢呼,擦干笑出来的眼泪。电影结束的时候,他们还抢着到座椅底下摸套鞋、大手套和围巾。这时,电影屏幕上出现了这样的预告:下周施纳肯先生将会出现在由克林喜剧公司投资的一部创新的喜剧片《在莫莉的床底下》。

他们顶着强烈的西北风,低着头走过空无一人的街道,卡萝尔对肯尼科特说:"我很开心,我们的国家是个文明的国度。我们觉得任何一部免费邮寄的小说都是不能要的。"

"对!在邮政局和反恶习协会里,这些东西都是无法通过的。美国人不喜欢轻渎的东西。"

"是的，真是太好了。《椰子树下》真是一部优秀的艳情片，我们太开心了。"

"你这样说是什么意思啊？取笑我？"

接着他就不再说话了。这时她正在等着他发脾气呢。她的脑海中浮现出他平时说土脏话的情景，那是戈镇愚昧的方言。他却无缘无故地笑了笑。等他们踏进一间明亮的房子时，他开始哈哈大笑，接着自降身价地说：

"说实话，直到现在，你依旧是和从前一样，没有改变。原本我以为你认识了那么多老实的农民后，会把那些不可触及的艺术都抛诸脑后，没想到你还记着呢。"

"哦，原来是这样……"她嘟哝道，"我只想做个好人，没想到还是被他抓住了把柄。"

"卡丽，说实话，这个世界上有三种人：第一种的脑子里什么想法都没有；第二种喜欢挑剔所有事情；最后一种人才是最优秀的，他们十分坚强，从不胡说，一心干实事。"

"我应该属于第二种人吧，那个只会挑剔的人。"她笑着说。

"不，我可没有那么说。虽然你平时喜欢和别人闲聊，但最后，你宁愿找萨姆·克拉克，而非那些讨厌的长发艺术家。"

"哦……嗯……"

"哦，嗯！"他讽刺道，"天啊！我真想所有东西都翻过来。想去教那些有十几年经验的导演拍电影；想去教那些建筑师们建设市镇的方法；还要让那些杂志编辑部只刊登那些有关大小姐和那些连自己所需都不清楚的少奶奶的琐碎事。哦，这多么可怕！……卡丽，别犹豫了，赶紧醒过来吧！你很聪明，即便那部电影里露了几次女人的大腿，我觉得你也没有必要挑剔！你平时不是总夸那些希腊舞星——我也不清楚该叫她们什么——真是太美了,其实她们连衬衣都没穿呢!"

"可是,亲爱的,那部电影的错误并非它拍了那么多女人的大腿,而是它害羞地说,还会有更多女人大腿的镜头,虽然信誓旦旦,但最终没有兑现自己的诺言,欺骗了人,利用了人的偷窥心理。"

"我不知道你在说什么。喂,现在……"

这天晚上,她一宿没睡,他却睡得很沉,嘴巴里还不停地说着话呢。

"我不能让步。我'怪念头很多',就让他说好了。我觉得,我敬佩他,我看过他帮人做手术,已经足够了。可是又远远不够。第一次看到我十分激动,以后或许就没有这样的感觉了。

"我不能伤了他的心,也不会忍让。

"我就站在旁边一小会儿,看着他把水加到汽车水箱中,听他讲些小知识,这可不行。

"要是我在旁边站很久,对他敬佩万分,那我就会感到十分满足。可这样我就会成了一个'迷人的小媳妇'了。乡村病毒!我有多长时间没有看书了?我一个星期都没弹过钢琴了。时光一天天流逝,我说的话不过是'这笔买卖不错,每英亩赚了十块钱'。但我不能满足于此!对的,我不可以屈服。

"可如何是好呢?现在我彻底输了:参加妇女读书会,宴请客人,拜访曾开疆拓土的老人,筹建市政大会堂以及和盖伊、维达成为好朋友。可是无所谓!我现在一点儿也不想'改变戈镇'了。我一点儿也不想组织什么勃朗宁诗歌俱乐会,想着自己戴着雪白的羚羊羔皮手套,坐下来盯着那些戴着丝带的夹鼻眼镜的人演讲。我必须要想方设法拯救我自己的灵魂。

"威尔·肯尼科特已经睡熟,他笃信——我全身心都属于他,可我现在要离开他了。他嘲笑我的时候,我的灵魂已经彻底远离他。我仅是敬佩他,这是不够的。我应该改头换面,成为和他相同的人。当然,他已经领先一步。好了,好了,即便彻底完蛋,我也不能让步了。"

四

钢琴上放着卡萝尔的小提琴,她把小提琴拿了起来。上次,她把琴弦拉断了,琴板上还放着一条雪茄烟的深红色烫金饰带。

五

卡萝尔十分想和盖伊·波洛克见一面,以便让自己下定决心。可是肯尼科特把她盯得很紧。她不敢去,是因为心中的恐惧,还是担心丈夫生气,是战胜不了自己的懒惰,或是不想和丈夫吵架,最终闹得不欢而散,她自己也说不准。她就像一位五十余岁的革命家,虽不把生命当一回事,但还是无法忍受炸焦了的牛排味,害怕一宿守着路障会受凉。

看完电影的第二天晚上,她忽然把维达·舍温和盖伊·波洛克请到家里做客,一边吃爆玉米花,一边喝苹果酒。维达在客厅和肯尼科特讨论"八年级以下的学生进行手工劳动教育的好处",卡萝尔和盖伊坐在餐桌前,把黄油涂在爆玉米花上。这时,盖伊别有心思地盯着她,她领会到他的意思,就轻声对他说:

"盖伊,你愿不愿意帮我?"

"亲爱的,我不知该如何帮你啊!"

"我也不大清楚!"

他等待着。

"我想你和我一起想想,我觉得现在的妇女们处于黑暗中,这究竟是怎么回事。太黑暗了,就像到了不见天日的大森林里一样。所有的妇女都不见阳光,对的,千千万万的妇女,无论是有钱人家的少妇,还是工薪一族,还是到外面逛街喝茶的老妇人,还是被欠薪的矿工的妻子,还是只会炼制黄油和上教堂做礼拜的农妇,全都不可逃脱。我们的目的究竟是什么,究竟需要什么呢?威尔·肯尼科特可能会说,我们需要很多孩子,我们需要勤劳地工作。其实,并不是这样的。某个女人,已经生了八个孩子,第九个孩子即将又出生了,你说,她们到底什么时候才会感到满足。速记员和女清洁工也一样。在刚大学毕业的少女身上,你也会发现,她们无法挣脱父母的监督。那我们妇女需要的究竟是什么呢?"

"卡萝尔,说实话,你跟我的想法一样。你也想回到一个讲究礼仪又不追求物质的时代,在你眼中,高雅文明是最重要的吧?"

"仅是高雅文明?爱挑剔、样样要求完美的人?哦,不!我相信我们所有人需要的东西都是相同的,无论是工人、妇女、农民、黑人,还有亚洲的各殖民地的人,甚至包括几个上层社会人,无一例外。各阶层的人都会站起来反抗,我们也曾说过这些劝告,而且盼望了很长时间了。我认为,我们需要的是一种更理性的生活。我们觉得乏味的工作、睡觉和死亡十分讨厌。我们也不喜欢那些个性特殊的少量人群。我们不喜欢把希望推脱到下一代身上。我们厌烦的政客、牧师和谨慎的改革家(加上自己的丈夫)一直劝说我们:'安静!多点耐心!再等等!现在我们有一个宏大的计划,再等等,我们会实现的,要知道我们的经验比你们丰富多了。'这些话,说了不下一万年了。我们要的不过是要实现那个计划,那就是我们所有人需要的!每个家庭主妇,每个搬运工人,每个印度民族主义者,每个老师都有同一个希冀。我们无法得到我们想要得到的,所以我们不可能满足……"

她觉得很奇怪,不知道他的眉头为什么蹙成一团。很快,他说:"亲爱的,你听着,你不要把自己和那些制造麻烦的劳工领袖归为一类人,我不希望你这样。民主这个东西在理论上很好,我也知道社会上存在很多不公平,但我宁愿这个东西继续存在,也不希望这个世界变得沉闷、平庸。在我眼中,你和那些劳工一点儿也不一样,他们吵嚷着要增加工资,目的不过是为了买便宜的汽车和可怕的自动钢琴……"

这时,布宜诺斯艾利斯某报编辑放下手头乱七八糟的工作,高声说:"宁愿世界不公平,也不要看着世界被科学组织弄得一塌糊涂。"这时,纽约某间酒吧里经常受气的职员站在柜台边,勇敢地朝一个汽车司机高声说:"哟,你们这些社会主义者,太令人反胃了!我讲究个人主义。我不希望看到哪个政府机构来找我的碴儿,也不想听从劳工领袖的命令。难不成你认为乡下佬和我们也是相同的吗?"

这时,卡萝尔才惊觉,虽然古板的盖伊现在依旧附庸风雅,但他的性格胆小,和萨姆·克拉克的有勇无谋一样,都令她觉得失望。她又发现,他的身上并非过去那样神秘,他也并非是来自外界浪漫的使者,能拯救她脱离现实的救星。他彻底属于戈镇。她不得不从幻想中回到现实。她发现,自己还在戈镇的大街上。

他索性反驳道:"这些全都是胡说的,你不会也插手吧?"

她说:"不,我不会的,我不可能当出头鸟。我害怕世界上正在进行中的所有战争。我虽然希望大家心灵纯洁,生活得更加有意义,但或许我更想和心爱的人围坐在炉火边呢。"

"那可能你要……"

他没有继续说下去,而是抓了一把爆玉米花,让它们从指尖缝隙中掉下来。在做这个动作的同时,他还在看着她,目光里充满了哀伤。

卡萝尔则像一个拒绝了一段不错的恋情的人一样,惆怅地觉得自己和他已经形同陌路。卡萝尔认为,他不过是个框架,是她在上面挂了一些美丽的衣服。她偶尔会接受他献殷勤,并非她喜欢他,而是因为她不喜欢他。虽然他努力地讨好她,但她并不放在眼里。

她就像一个拒绝了男人调情的少妇,露出了一个无奈又得体的微笑,这个笑容就像在他的胳膊上轻拍了一下。她叹着气说:"你太可爱了,就让我倾诉一下我心中的烦闷吧。"之后,她忽然跳起来,高声说:"我们把爆玉米花给他们送去吧?"

盖伊迷惘地看着她的背影。

那天晚上,她一边心不在焉地应付维达和肯尼科特,一边在心里想:"我不可能让步。"

六

低贱的农民迈尔斯·伯恩斯塔姆,也就是那个"红胡子瑞典佬",拿着圆锯和手提汽油发动机来到了肯尼科特家,他此行是应肯尼科特的邀请,给他们的厨房炉灶锯白杨木。卡萝尔对此一点儿也不知情,当她听到锯子声朝外看的时候,才看到身穿黑皮夹克、戴着破手套的伯恩斯塔姆,他正紧按着一块板材,大力地朝着一闪一闪、旋转着的圆盘形刀口推过去，随手又把锯好的柴扔在一边。那台红色的马达十分烦人，不停地发出"的普——的普——的普——的普"的声音。锯子的声音越来越响，和半夜响起的火警鸣笛声十分相像，但结束音十分有力。此刻万籁俱寂，她听到锯好的木柴被扔到一大堆木头上的声音。

她披上一条毛毯走了出去，那是在汽车上使用的毯子。伯恩斯塔姆说："哎哟，太奇怪了，老迈尔斯又来了，他大胆放肆，和以前一模一样。好了，我不吐槽了。我对熟悉的人都口无遮拦。明年夏天去贩马的时候，我带你去爱达荷。"

"那太好了，我可能会去的！"

"你最近过得怎么样？还热衷于镇上的事情吗？"

"说不上呢，可是，或许某天我会热心起来的。"

"别给他们吓到。让他们好好瞧着吧。"

他一边干活，一边高声和她聊天。锯好的劈柴越来越多，堆得很高。光滑的白杨树皮上长满了灰绿色或者土灰色的苔藓；锯断的木梢尾端的颜色十分鲜艳，上面还有很多细细的毛毛，就像羊毛围巾一样，看起来十分舒服。在寒冷的天空下，白杨树散发出一阵春天抽芽的香味。

肯尼科特打了个电话回来，说要到乡下出诊。中午，伯恩斯塔姆还没有干完活儿，卡萝尔请他到厨房和碧雅一起吃午饭。她希望自己也可以陪这两位客人共进午餐。她珍惜和他们的友谊，她不喜欢等级分明的社会，她对这些习俗感到厌恶，可她依旧觉得他们是仆人，而她自己是高高在上的太太。她一个人坐在客厅，听着对门伯恩斯塔姆洪亮的声音，以及碧雅呵呵傻笑的声音。她觉得自己太可笑了，因为按照规矩，她这个女主人只能一个人吃完饭后，才能走进厨房,靠在洗涤槽旁边和他们聊天。

他们竟然聊得十分投缘,就像原籍瑞典的奥赛罗和苔丝德蒙娜①,并且亲切程度远超沙翁剧本里的那两个主角。伯恩斯塔姆把自己的经历全都告诉她:他在蒙大拿州某个矿区贩卖马匹的时候,弄倒了一道木栅栏,即便如此,他还是对那个粗犷的百万富翁、木业商人吹胡子瞪眼的。碧雅听完后笑着说:"天啊!"然后不停地给他续咖啡。

他用了很久才把柴劈好。每隔一会儿,他就会走进厨房取暖。卡萝尔听到他悄悄地对碧雅说:"你真是个可爱的瑞典姑娘。我如果能有一位像你这样的妻子,那我一定不会再发脾气了。天啊,你把厨房弄得多干净啊,我这个光棍简直是太脏啦,无法和你相比。唉,看你的头发多好看!哼,你觉得我是个胆大妄为的冒失鬼吗?哦,姑娘,如果我从前是个胆大妄为的人——你肯定也听说了。怎样,我用一个手指头就能把你举起来,让你读一遍罗伯特·J.英格索尔的书。你听过英格索尔吗?哦,他是个作家,信奉宗教。我敢肯定,你一定会喜欢他的。"

他离开的时候,卖力地向碧雅挥手告别。卡萝尔独自站在楼上的窗前,不由得羡慕起他们这种牧歌一样的浪漫情调。

"可我——反正我是不会让步的。"

---

①奥赛罗和苔丝德蒙娜,这两个人是莎士比亚的剧本《奥赛罗》里的男女主角。

第十七章

一

一月份的某个晚上,他们二十个人坐着雪橇经过湖面,直奔别墅而去。路上,他们唱起《小人国》和《送乃丽回家》的歌。有时候,他们跳下雪橇,在光滑的冰雪车辙上奔跑,跑累的时候再爬上雪橇休息。马朝前奔驰,在它们身后抛起一朵朵闪亮的冰花,不时落在这些欢乐的人们身上,掉进他们的脖子里。但他们依旧玩得很尽兴,不停地用戴着手套的手拍着自己的胸口。马具发出嗒啦嗒啦的声音,雪橇上的小铃铛发出悦耳的声音,杰克逊·埃尔德的那只猎狗紧跟在马前,那是只塞特种犬,跳得十分欢乐,不断地吠叫着。

卡萝尔也在他们身后跑了一小会儿。天气很冷,她却感到力量无穷。她觉得自己能跑一个晚上,猛然加速,跳过的距离肯定有二十英尺。或许是太兴奋了,她觉得有些疲乏,她兴奋地爬上雪橇，钻进羊毛毯里。

在喧闹中，她感受到一种寂静的乐趣。

路两边大树的阴影投映到雪地上，和乐谱上稀疏的小节线很像。很快，雪橇已经来到明尼玛喜湖。农民喜欢走近道，就从结冰的湖面上穿过去。这时，月色像瀑布一样，倾泻进这无边无际的湖面上，倾泻在厚实的冰面上，倾泻在泛着绿光的冰丘上，倾泻在雪堆上。月光照耀着大地，发出银色的光芒，甚至把树木都变成闪闪发光的火红色水晶。这个夜晚太浪漫、太令人沉醉了。在这个神奇的夜景中，严寒和酷暑似乎差别并不大。

卡萝尔就像坠入梦境中一样，她内心一片宁静，连坐在身边的盖伊·波洛克的说话声都听不见了。

她不停地朗诵着这两句诗句：

梵宫鹭瓦影凄凉，
雪月争辉不肯降。

在洁白的月光下，优美的诗意中，她隐约中感到一种满足的幸福。她确信将会有了不起的事情发生。她忽略了四周的喧哗，心中只剩下人们无法理解的神灵。夜幕降临，她似乎领略到了宇宙间从古到今的全部秘密。

长长的雪橇摇摇晃晃地爬上陡坡，来到一片坐落着很多小屋的高地。卡萝尔如梦初醒，从神思中惊醒过来。

他们在一座木头房子前停下来，那是杰克逊·埃尔德的小屋。

房子周围的木头板壁并没有上漆，八月里看来还好，但在寒冷的冬季就显得太冰冷了。他们身穿皮外套，帽子上缠着长围巾，活脱脱一群能说话的狗熊和海象,简直太怪异了。杰克逊·埃尔德点燃炉子里的刨花,那是提前放在里面的。那个炉子有一个很大的炉脖,就像煮黄豆的大铁锅。他们脱掉外套、围巾等,放在一张摇椅上,因为东西太多,那张摇椅一下翻了个跟斗,大家都笑了起来。

埃尔德太太和萨姆·克拉克太太把咖啡放进一个黑色的大洋铁罐,开始烹煮。维达·舍温和麦加农太太打开手提包,把油炸饼和姜饼取出来。戴夫·戴尔太太正在热牛肉香肠面包卷,这是他们的"热狗"。特里·古尔德医生高声说:"女士们,先生们,有一个好消息要告诉大家,想要喝酒的请到我的右边来。"刚说完,他就举起了一瓶威士忌酒。

有人开始跳舞。他们的脚冻僵了,刚触碰到松木地板,他们就发出了"哎哟"的尖叫声。卡萝尔终于醒过来。哈里·海多克把她抱起来,转了几圈,她兴奋地笑起来。有人在一边闲聊,他们似乎在商量很重要的事情,卡萝尔看到他们的表情,兴奋得想要狂欢起来。

肯尼科特、萨姆·克拉克、杰克逊·埃尔德、年轻的麦加农医生以及詹姆斯·麦迪逊·豪兰都围在炉子边,不停地跺着脚,像一个个商人那样聊起天。这些男人长得都不一样,但他们聊的是同一个话题,他们的声调也十分单调。你要仔细看,才知道是谁在开口。

"哦,路上真好玩。"有个人说。

"对啊,直到湖边,路才开始平坦。"

"习惯开汽车了,觉得坐雪橇很慢。"

"对啊,两者的速度无法比。喂,你的'斯芬克斯'牌轮胎好用吗?"

"挺好的。相对来说,我更喜欢'罗迪特'牌轮胎。"

"对的,'罗迪特'最好用,尤其是它的凸纹,真是太平滑了。"

"对，没错，'罗迪特'的确非常不错。"

"喂，彼得·加希姆借的钱都还清了吗？"

"他定时来还款。他买的那块地挺好的。"

"对，一个很棒的农场。"

"是啊，彼得可喜欢那块地了。"

他们不再提起那些严肃的话题，嘻嘻哈哈地挖苦人，这是住在大街上的人的一项技能。萨姆·克拉克尤其擅长这一套。"你疯了，一直想卖那些避暑用的帽子？"他对着哈里·海多克高声喊道，"难不成是偷来的？还想和从前一样高价卖给我们啊……哦，再说说帽子，我告诉过你们吗？以前我给威尔买过一顶非常帅气的帽子。肯尼科特医生自认为开车的技术了得，实际上，他还觉得自己聪明过人，再怎么也不比别人笨——谁知有一次他开车出去，遇上大雨，他竟然笨到没有给轮胎缚上铁链，他打算……"

肯尼科特曾多次把这件事告诉卡萝尔。她飞快地找舞伴去了。她看到戴夫·戴尔悄悄地把一块儿冰块塞进麦加农太太的脖子，便兴奋地拍起手来。

他们坐在地板上吃东西，吃相十分难看。男人们在互传着那瓶烈性酒，不停地大笑。他们看到久恩尼塔·海多克喝了一口威士忌酒，大笑着说："太棒了！太棒了！"卡萝尔也试了一口，她想最尴尬的场景不过是喝醉了发酒疯，没想到她刚喝了一口就呛住了。她看到肯尼科特直皱眉，就赶紧把酒传给了下一个人。很快，她又想到：此时她不必像个大家闺秀一样，可后悔已经来不及了。

"我们来玩猜字游戏吧！"雷蒙德·伍瑟斯庞建议道。

"太好了。"埃拉·斯托博迪说。

"好，就玩一下吧。"哈里·海多克点了点头。

他们开始玩起游戏,把"Making"拆分成"May"和"King"。萨姆·克拉克十分幸运,成为"国王"。王冠是一条红色法兰绒长围巾,萨姆·克拉克光秃秃的脑门上缠绕着这条王冠,显得十分滑稽。他们忘了自己的身份地位。或许他们是在演戏,不过这说不准。卡萝尔心情很好,忍不住高声说:

"我们成立一个戏剧社,表演一场戏!大家说好不好?今晚玩得太开心了!"

大家都认同她这个建议。

"当然没问题。"萨姆·克拉克率先赞成她的建议。

"好啊,我们试试!表演一出《罗密欧与朱丽叶》,那一定很有趣!"埃拉·斯托博迪兴奋地说。

"那肯定非常有趣。"特里·古尔德医生也说。

"可是,真要表演起来。"卡萝尔提醒道,"我们要认真,专业。我们还要设计带有艺术美感的布景和舞台。我想一定会遇到很多困难的。你们大家在排戏的时候一定能按时出席吧?"

"当然!""没问题!""太好了!""排练肯定要守时。"他们的意见都一致。

"好,下周我们就开会,成立戈镇戏剧社!"卡萝尔高兴地叫起来。

回来的路上,她由衷地觉得这些朋友真可爱——在月光下,他们在雪地上奔驰,无忧无虑地在一起玩耍,不久后还会登上剧场舞台,创造迷人的艺术。一瞬间,似乎全部的问题都迎刃而解了。现在,卡萝尔——她即将融入戈镇,成为这里的一员——再也不会像得"乡村病毒"引发的昏迷症状一样了!她可以在无形中挣脱肯尼科特的束缚,也不会伤害他的感情了。

她不禁扬扬自得起来。

月亮变得很小，升在高空，俯视着大地。

二

虽然大家都希望能参加会议，出席排练活动，可是，这个社团只有肯尼科特、卡萝尔、盖伊·波洛克、维达·舍温、埃拉·斯托博迪、哈里·海多克夫妇、戴夫·戴尔夫妇、雷蒙德·伍瑟斯庞、特里·古尔德大夫。除此之外，还有四个人：丽塔·西蒙斯，一个风骚的女人；哈维·狄龙医生夫妇；莫特尔·卡斯，一个长得很丑，但热情奔放的年仅十九岁的姑娘。虽然一共有十五名社员，首次出席会议的却只有七个人。其他人纷纷打电话来说自己感到十分遗憾，有的说有其他安排，有的说感到身体不适，他们都表示：之后一定不会再缺席任何一次会议。

在会议上，卡萝尔被选为社长兼导演。

她邀请狄龙夫妇也加入了戏剧社。虽然肯尼科特做过种种推测，狄龙和他太太到现在也没有加入韦斯特莱克一家的阵营，他们和斯托博迪银行里的那位出纳员、簿记员兼管理员威利斯·伍德福特一样，没办法进入上流社会。有一次，卡萝尔看到狄龙夫人慢吞吞地从芳华俱乐部那栋房子经过，可怜巴巴地望着里面正在打牌的会员，似乎觉得入会是一件无上光荣的事情，脸上是难掩的羡慕。于是，卡萝尔冲动地邀请狄龙夫妇加入了戏剧社的会议。肯尼科特对他们并不友好，但卡萝尔对他们尤其热情，还觉得自己十分公平。

她是这个社团的创办人，她当然觉得十分满足，虽然第一次出席会议的人并不多，她也没有感到很失望。虽然雷蒙德·伍瑟斯庞多次强调"戏剧应当提高人们的道德水平"以及"我觉得某些剧本应具有教育意义",卡萝尔也不觉得尴尬。

埃拉·斯托博迪曾在威斯康星州密尔沃基市学过演说,所以自认为是个专家。卡萝尔喜欢现代剧,斯托博迪小姐却不赞成。斯托博迪小姐说明了美国戏剧应具有的基本原则:表演莎士比亚的剧本是通向高尚艺术的唯一途径。

大家都听不进去她的话,她一个人坐在角落里,简直和麦克白夫人①一模一样。

三

当时美国的"小剧场"运动还在萌芽阶段,三四年后,才开始在美国剧坛活跃。可是,卡萝尔早就预感到了这场即将来临的重大变革。她从一些旧杂志的文章里看到,都柏林有一些戏剧创新者,被人们称为"爱尔兰剧艺社"。她隐隐约约地了解到,有个人曾画过舞台布景,或许还写过剧本呢,他的名字是戈登·克雷格②。她认为,自己在海量的戏剧创作里发现的这个事实,比那些无聊透顶的新闻纪实重要多了,因为那些无非是报道参议员以及他们华而不实的聊天而已。她觉得那个事实有种莫名的亲切感。她隐约中觉得自己置身于布鲁塞尔的一家咖啡馆里,朝着大教堂墙根下一个气氛融洽的小剧场走去。

明尼阿波利斯报纸上的一则广告吸引了她的目光:

---

① 麦克白夫人,是莎士比亚的悲剧《麦克白》中的主角麦克白的妻子,为人歹毒。
② 戈登·克雷格,英国导演,戏剧理论家和艺术家。

宇宙音乐、演讲、戏剧艺术学校即将表演四个施尼茨勒[①]、萧伯纳、叶芝和邓赛尼[②]爵士的独幕剧。

她一定要到现场看！她让肯尼科特陪她"去双城一趟"。

"老实说，我也说不准呢。看戏肯定好玩，可是我不明白，你为何一定要匆忙赶去看那些业余演员表演的外国戏，而不等到将来看国内戏呢？听说有一些很精彩的戏剧即将上演了，如《双枪牧场上的洛蒂》和《警察与盗贼》，它们的风格和百老汇的如出一辙，演员阵容很震撼，都是纽约的优秀演员。现在你想去看的是什么啊？哼，大约就是《他如何向她的丈夫说谎》之类的烂剧吧。那个剧名听起来挺好的，很生动活泼。唉，我倒不如去看汽车展览会，那些新型的敞篷汽车可好看了。"

她也不清楚，他为何最终答应了自己的要求。

四天的时间里，她忙着缝缝补补，心里却十分开心：她有一条漂亮的衬裙破了，她的那件栗壳色的天鹅绒绣花外套上的一串珠子丢了，一件华丽的乔其绉纱绸短衫也沾染了西红柿酱。她叹了一口气说："我没有一件穿得出去的衣服。"实际上，她还是很开心的。

不管走到哪里，肯尼科特见到认识的人就说他"即将要到双城看戏"。

大草原灰蒙蒙的，列车在缓慢地爬行。那天没有刮风，火车头喷出的浓烈的黑烟飘到一望无垠的棉花田上，就像一道缓慢移动的矮墙，把铺满积雪的田野间隔开了。这时，她闭上眼睛，忍不住哼起歌来。

[①]施尼茨勒，奥地利剧作家。
[②]邓赛尼，爱尔兰诗人，小说家，作家。

她觉得自己就像一位年轻的诗人，早就对热衷名利的巴黎生活感到厌恶。

在明尼阿波利斯火车站里，充斥着伐木工、农民以及拖家带口拿着很多纸包的瑞典人。他们挤到一块，互相推搡，高声呼叫，令她晕乎乎的。在戈镇生活了一年半后，再次回到这个熟悉的城市，她有一种自己是乡下人的感觉。她觉得，一定是肯尼科特乘错了电车。傍晚时分，在夜色的笼罩下，下亨尼平大道两边那些放着酒类的仓库，犹太人开的成衣铺和很多公寓大楼变得十分阴沉恐怖。下班高峰时分，四处都是人和车，尘土飞扬，她觉得耳朵嗡嗡响。有个身穿窄腰大衣的职员盯着她看，目光十分凶狠。她紧紧地挽着肯尼科特的胳膊，依偎在他的身边。那个职员很轻浮、市侩。他觉得自己高高在上，早就习惯这种乱七八糟的市容。难不成他此刻在嘲笑她？

就在那一瞬间，她觉得安静的戈镇显得十分珍贵。

在旅馆的大堂里，她觉得浑身不得劲，她看不惯这里的一切。当她想起久恩尼塔·海多克开口闭口总是提起芝加哥那些有名的大旅馆，心里觉得不是滋味。现在那些旅行推销员在巨大的皮面安乐椅里，摆出一副男爵的姿态，神态高傲，但卡萝尔连正眼都不瞧他们一眼。她真想让大家都知道，她丈夫和她早就习惯了奢华的生活。她丈夫在旅客登记表上写上"威尔·P.肯尼科特医生及太太"，接着对那位职员高声喊道："伙计，能不能给我们找间有浴室的房间？要漂亮一点儿的。"她嫌弃他说话粗俗，生起闷气。她骄傲地看了看周围，还好旁边的人没有察觉，她这才发现自己太傻了，刚才真的没必要生气。

她说："这个大堂太花哨了。"同时，她又承认自己有点儿喜欢它；柱顶是镏金的缟玛瑙圆柱；餐厅门口悬挂着丝绒门帘，上面绣有王冠；雅座用绢丝屏风间隔开，里面有些美丽的女郎在等待神秘的男人；书报摊上摆放着两磅重的糖果盒和各种杂志。弦乐声响起，十分动听。她看到了一个像欧洲外交官的男人，他身穿宽松的轻便大衣，戴着一顶汉堡呢礼帽。这时一个女人踏进餐厅，她穿着潮流的羔皮长大衣，戴着花边面纱、珍珠耳环和黑色小圆帽。"天啊！这是我这一年以来见过的最美的女人！"卡萝尔惊喜地说。这时，她才觉得自己身处繁华的都市之中。

她和肯尼科特走到电梯口的时候，看到衣帽间里有个年轻女人，神情高傲。这个女人的腮帮上涂了厚厚的白粉，就像抹了一层石灰粉，身穿着低领深红色透明薄短衫。她的目光里充满了蔑视，让卡萝尔觉得十分不适。她不自觉地站在电梯口，等服务员先进去，服务员轻蔑地哼了一声说："进去吧！"她脸红耳赤，觉得自己受了侮辱。哦，她肯定把自己当成一个村姑了，想到这，她有些急了。

当卡萝尔走进房间的时候，服务员早就离开了，卡萝尔仔细盯着肯尼科特。这几个月以来，她还是第一次如此仔细地端详他。

他身上的衣服太土了，又厚重。现在他穿的是戈镇的纳特·希克斯为他定制的一套灰色礼服，看起来就像红黑铁皮敲打出来的，根本看不出腰身，还比不上外交官那件飘逸的衣服。肯尼科特的黑皮鞋也显得十分笨重，擦得不够闪亮。他的围巾是深褐色的，和灰色大礼服搭配在一起显得很不协调。他的胡子也需要好好刮一刮了。

当她看到房间里精致的摆设的时候，心中的疑惑瞬间抛诸脑后。她在房间里来回踱步，一会儿拧开浴缸上的水龙头，白花花的水立刻喷涌而出；一会儿打开油纸封套，拿出里面的新浴巾仔细端详；一会儿按下两张床中间的那盏灯罩是玫瑰红色的台灯，看它能否点亮；一会儿打开腰子形的胡桃木写字台的抽屉，看看旅馆的专属信纸，打算写信给她认识的每个人；一会儿又连连夸赞紫红色丝绒安乐椅和蓝色小地毯；一会儿又打开冰水开关，看着冰水流出来就兴奋得尖叫。她抱住肯尼科特，不停地吻他。

"亲爱的太太，你喜欢吗？"

"太漂亮了！真好玩！真是太感谢你了。你肯带我出来，你是一个很棒的丈夫！"

他觉得十分得意。过了一会儿，他打了个哈欠，讨好道：

"暖气设备上装上的那个东西真好用！你只要旋转一下，就可以调到想要的温度。如果没有这个，这么大的房子，该要多大的炉子啊！哦，真希望今晚碧雅不要忘记关掉炉门。"

梳妆台的玻璃板下有一份菜单，上面列的菜名都十分吸引人：嫩鸡脯、俄式炸土豆、蛋白酥皮卷、布鲁塞尔小蛋糕。

"哦，我们先——我想先洗个热水澡，戴上那顶有花朵做装饰的新帽子，接着我们一起下楼吃饭——喝鸡尾酒，喝上它几个小时！"她兴奋地说。

点菜的时候，肯尼科特犹豫不决，花了很长时间，看到他竟然忍受服务员的轻视，卡萝尔生气极了。喝了鸡尾酒后，她觉得有些醉意，似乎它帮她架起一座天桥，把她送上了云端。之后端上桌的是一盆牡蛎——并不是在戈镇的时候人们经常吃的那种罐头牡蛎，而是贝壳分开两半的新鲜牡蛎，她高声说："准备一餐饭菜要花很长时间，首先要去肉铺子买肉，买回家后又要愁做法，把菜谱弄好之后，还要看碧雅做菜，如果不需要愁这些事情该多好啊，你心里知道就好了！今天我觉得太轻松了，吃的都是没吃过的美食，用的餐具都是新的，和家里完全不一样，并且，我还不用担心布丁是否做失败了。啊！这样的时刻太舒服了！"

四

他们在明尼阿波利斯的经历，和其他乡下人进大城市别无二致。吃完早餐后，卡萝尔迅速冲到了女子理发店，又买回了一副手套和一件短外套，接着走到一间眼镜商店门前，装模作样地和肯尼科特碰面。这些活动都是他们提前计划好，后来又稍微进行了修改的。他们欣赏着商店橱窗里各式各样的商品：钻石、皮货、寒光闪闪的银质器皿、桃花芯木安乐椅和精致的摩洛哥山羊皮针线小盒。他们站在各大百货商场，看着汹涌的人群茫然失措。他们禁不住一个店员的怂恿，给肯尼科特买了很多件男式衬衫。当他们看到"刚从纽约运来的最新款的香水"的时候，都呆住了。卡萝尔一口气买了三本和戏剧相关的书，又花了一个多小时劝说自己，这件印度绸短衫价格太昂贵了，她根本支付不起，可当她想到这件衣服肯定能引来久恩尼塔·海多克的羡慕时，又考虑了一会儿，最终还是决定买下它。肯尼科特从这间店走到那间店，追切地想为自己的汽车上的挡风玻璃买一把雨刷。

傍晚，他们在旅馆里海吃了一顿，第二天早上，为了省钱，他们走到了拐角处一间便宜的小吃店吃了些东西。下午三点，他们有些疲惫不堪，就在电影院里打起盹来。他们还说，真希望自己现在身处戈镇。晚上十一点，他们精神饱满地来到了一间中国餐厅。通常职员们领了工资的时候，喜欢带着情人来光临这里。他们坐在一张柚木大理石圆桌子边，一边吃着芙蓉蛋，一边欣赏着自动钢琴的弹奏曲，觉得自己简直就是货真价实的世界公民，如假包换。

在街上，他们遇到了同样来自戈镇的麦加农夫妇。他们相聚大笑，热情地握住对方的手，并且高声说，"嘿，我们真是太有缘了！"他们问麦加农夫妇什么时候来到双城，他们离开后的两天，镇上又发生了什么好消息。虽然麦加农夫妇在戈镇的社会地位不是很高，但他们在这些步履匆匆的陌生人中显得特别突出，甚至连肯尼科特夫妇都开始依赖他们了。看麦加农夫妇跟他们告别的神情，似乎不是去火车站乘坐第七次北上列车，而是要去西藏。

他们在明尼阿波利斯四处旅游。在世界上最大的面粉厂，他们参观了庞大的灰色石头建筑，以及新型混凝土谷物仓库，此时肯尼科特滔滔不绝，对麸质、选粮机和一号磨粉机等技术细节表现出极大的兴趣。他们站在高处，俯瞰着洛林公园和帕拉德广场，远眺着圣·马克大教堂和主教教区教堂的尖塔，以及顺着伍德山坡拾级而上的一座座楼房的红色屋顶。他们开车欣赏繁花环绕的湖滨景色，面粉厂老板、木业巨商和地产大王的豪华住所，可以说，这些人就是这个发展中的城市的主宰者。肯尼科特夫妇又仔细看了掩盖在肯蔓藤花棚下的古怪的小平房，玻璃做的屋顶，可以晒日光浴的游廊，用五彩缤纷的方砖砌成的楼房，还有一座面积庞大的花园别墅，它的对面就是湖上的小岛。他们走过一片全新的公寓房子，它们和东部各城市那些阴森的公寓大楼不一样，是一些黄砖低层楼房，看起来令人心旷神怡。每户人家的走廊都装着玻璃窗，走廊里还有新潮的长沙发椅、红靠垫和俄国黄铜碗。在弯曲的火车轨道和开垦过的小山之间，有些摇摇欲坠的小窝棚，这对夫妇就在这里看到了贫穷。

在明尼阿波利斯城内外，他们溜达了一圈。在大学时代，他们醉心于学习，很少去那些地方。他们都觉得自己是探险家，不由得发出这样的感慨："我敢肯定，哈里·海多克绝对没有像咱们这样逛过这座城市！哈，他笨死了，搞不清面粉厂里的那些机器，更别说走到城外了。恐怕戈镇的人也不会像我们这样四处溜达。"

他们和卡萝尔的姐姐在一起吃了两顿饭，觉得很不习惯，所以他们的关系更近一步。在婚后，当两个人都讨厌某个亲戚的时候，两个人的距离就会更近一步，变得更加亲密。

晚上，卡萝尔还要去戏剧学校看戏，他们深情地看看对方，但两个人都很累。肯尼科特建议别去了："走了太久的路了，太累了，要不我们早点儿休息吧。"出于自己的责任感，卡萝尔硬生生地拉他走出温暖的旅馆，坐上一辆电车，朝着戏剧学校的方向走去。

五

他们走进一间大厅，大厅的四周刚粉刷过，很白，前方挂着一道很丑陋的幕布。折叠椅上坐了很多观众，他们的衣服都很干净、整齐，就像刚清洗过一样。这些观众有学生家长、女学生，还有一些责任感很强的教师。

"我觉得一定不好看。要是第一出戏不好看，我们就提前走。"肯尼科特说。

"好。"她哈欠连天，蒙蒙眬眬地盯着穿插在专门卖钢琴的乐器商店、餐馆酒楼和糖果店的沉闷的广告中间的演员名单。

她觉得，施尼茨勒的这场戏不好看。演员的表演和对话都很乏味。剧中人刚开始讽刺卡萝尔身上那种愚昧的乡下人作风，戏就完了。

"这个戏不好看。我们走吧。"肯尼科特说。

"哦,我们再看看下一场戏《他如何向她的丈夫说谎》。"

卡萝尔认为萧伯纳虚构出来的剧情很特别,可肯尼科特却感到很迷惑:

"这场戏很新颖!我早就知道这是一出逗人开心的喜剧。戏里说那个丈夫竟然希望其他男人和自己的老婆调情,这怎么可能?我敢保证天底下没有这样的丈夫!好了,我们走吧。"

"我想看下一场戏,就是叶芝的《心驰神往的地方》,我大学时代很喜欢这出戏。"她现在已经毫无倦意,"我知道你不喜欢叶芝的作品,但你现在不如看看是否喜欢叶芝的舞台剧。"

大部分演员的演技都很普通,动作也不够灵巧,就像一张张高背橡木椅子在挪动。台上的布景也很简陋,只有几张桌子拼在一起,可是扮演梅蕾·布鲁因的那个女孩子身材很好,就像卡萝尔一样苗条,她的眼睛很大,声音十分悦耳。卡萝尔被她吸引住,思绪随着她动听的声音飘向远处,她似乎远离身边哈欠连天的丈夫和那些文质彬彬的学生家长,坐在一间乡村寂静的阁楼上,在忽明忽暗的绿荫中,在树影摇曳的窗子前,读着一本有关远古时代的女人和诸天神的书。

"哦,天啊,那个小丫头演员很不错,太好看了。"肯尼科特说,"还有兴趣看下一出戏吗?"

卡萝尔打了个冷战,没有说话。

戏剧又开始了。舞台上只剩下长绿窗帘和一张皮椅。出现了两个身穿长袍的年轻人,他们的袍子就像罩在家具上的布帘子,他们不知为何在打手势,重复说着一些模糊的句子。

这是卡萝尔第一次看邓赛尼的戏。这时,卡萝尔看到肯尼科特快要坐不住了——他拿出一支雪茄,又无奈地把它放了回去,她挺心疼他的。

舞台上的演员太生硬了,就像木偶一样,声音始终是一个调子,台词念得很乏味,剧情也很含糊,时间和地点都不清楚,卡萝尔看了一会儿才弄清楚。

有一个女王,她身穿华丽的长袍走过大理石地坪,骄傲地穿过一座古老的宫殿的回廊,身后簇拥着一群宫女。庭院里有高声呼叫的大象。黑色皮肤、染着红胡子的士兵紧握沾满血迹的剑柄站在那里,守护骆驼商队,它们驮着产自艾尔·沙尔纳克泰尔的黄玉石和朱砂。宫墙塔楼的另一边有一片丛林,那里树影摇摆,传出鸟儿的哀鸣。烈日下,有丛丛湿漉漉的兰花。一个年轻人昂着头,派头十足地走过多重铁门。那些铁门十分高大,并且很坚固。这个年轻人身穿锁子甲,戴着闪亮的高顶头盔,帽檐底下露出几缕头发,显得十分飘逸。肯尼科特朝她伸出手,她还没触及他的手,就已经能感受到它的温度。

"天啊,真是胡扯!卡丽,这究竟是怎么回事?"

她并非叙利亚女王。她只是医生肯尼科特的妻子。她大吃一惊,似乎再次坐到那个刚粉刷过的大厅,眼睛盯着台上那两个吓坏的女孩子和一个身穿紧身衣的年轻小伙。

离开的时候,肯尼科特说了一些话:

"最后那段台词想表达什么啊?说得不清不楚的。如果这部戏剧是给高雅的人欣赏的,那我还是去看西部牛仔电影吧。这部戏终于完了!我们可以回去休息了。哦,现在赶去尼科莱特坐电车还来得及吗?这个地方太糟糕了,只有一点儿值得表扬,那就是他们的大厅很温暖。我说一定要有个大锅炉才可以,这样才能有足够的暖气。天知道他们整个冬季要用掉多少煤。"

坐电车的时候，他热情地捋着她的膝盖，瞬间，他似乎就是舞台上那个意气风发的年轻小伙；眨眼，他又变回戈镇的肯尼科特医生，卡萝尔再次被大街所征服。从那以后，她再也无法看到丛林和国王的坟墓了。世界上奇怪的事情太多了，但她自此再也看不到了。

下次她要它们在戏剧舞台上重现！

她想让戏剧社的人了解她的为难。或许他们会明白的，肯定会的！

她觉得十分疑惑，看着眼前的现实：昏昏欲睡的电车售票员，疲倦的乘客以及车厢内的肥皂和内衣广告。

第十八章

一

卡萝尔急忙去参加剧目审查委员会的会议,这是他们的首次会议。她已经不再憧憬叙利亚女王在丛林和人幽会这种题材,但她依旧怀着对皈依宗教的热情,渴望创造出美的境界。

对戈镇的戏剧迷而言,排练邓赛尼的剧本是一件很难的事情。她想了一个很好的解决方法,那就是让他们试演《安德罗克里斯与狮子》,这是萧伯纳刚出版不久的剧本。

剧目审查委员会的成员有:卡萝尔、维达·舍温、盖伊·波洛克、雷蒙德·伍瑟斯庞和久恩尼塔·海多克。当他们想到自己既能干实事,又擅长艺术,别提多兴奋了。这次会议的主持人是维达,她把会议的地点定在了伊莱莎·格雷太太那个提供膳食的公寓里,向她借用了一间客厅开会。客厅里有一幅钢版雕刻画,上面刻着在阿波马托克斯战场的格兰特[①]将军,还有一只百宝箱,能通过它看到立体图像。地毯很粗糙,上面脏兮兮的。

维达的意见是既要吸取其他戏剧的优秀之处,也要讲究实效。她认为,他们要"有议事日程"和"宣读会议记录",就像妇女读书会的会议一样。但是由于没有可读的会议记录,也没人知道议事日程具体是什么样的,所以大家只好无奈地放弃维达的建议。

作为社长,卡萝尔礼貌地说:"大家觉得我们第一次应该表演怎样的戏剧?"她想等大家都没了主意的时候,提出上演《安德罗克里斯与狮子》这场戏的建议。

盖伊·波洛克第一个发言,他说:"说实话,既然我们要表演真正的艺术,而不是嬉戏。那我觉得我们应该表演名著。举个例子,表演《造谣学校》,大家觉得呢?"

"可是这个剧本经常出现在舞台上。"

"对的,太多了。"

卡萝尔接着想问"萧伯纳的剧本如何",她刚想开口,盖伊又接着说:"那来一场希腊悲剧,《暴君俄狄浦斯》如何?"

"哦,我觉得……"

维达·舍温忽然说道:"我想演那个,但以我们目前的水平,那个太难了。我带来了一个很有趣的剧本。"

她递出了那个本子,卡萝尔犹豫了一下,还是接了过来。本子的封面是灰色的,名字是《麦金纳蒂的丈母娘》,是一出闹剧,《学校简讯》里的娱乐栏有关于它的一则广告:

最佳闹剧

各位看完后一定会哈哈大笑 男(五个) 女(三个)演员 表演

[①]格兰特,曾经担任美国总统。

时间两小时 室内布景 最适合教会俱乐部以及学校高年级学生表演

卡萝尔扫视了一下那个本子，转头又看了一眼维达，认为她并非在说笑。

"可这个……哦，这个东西只是……哦，维达，我原本觉得你很会欣赏艺术……"

维达哼了一声："哦，欣赏艺术！哦，我确实很喜欢艺术。艺术是一个好东西！可是，我觉得我们剧社的首场戏应该随意一点儿。我觉得你们忽略了最重要的事情：我们该如何处理演出赚的钱？我觉得我们最应该给本镇中学送一套斯托达德[①]的《旅行演说全集》。"

卡萝尔几乎带着哭腔说："亲爱的维达，十分抱歉，还是别演这种闹剧了。我们不如演出一些有名的戏剧，比如萧伯纳的《安德罗克里斯与狮子》。有人看过这个剧本吗？"

"我看过，这个剧本很不错。"盖伊·波洛克说。

雷蒙德·伍瑟斯庞也说了一番震惊众人的话：

"我也看过。在参加这个会议之前，我还特意到公共图书馆看了一遍全部的剧本。可是，肯尼科特太太，我认为《安德罗克里斯与狮子》的主题是反对宗教，而你没有看出来。你们女人的思想毕竟单纯，并不了解那些道德败坏的作者。当然，我此刻不想指责萧伯纳。我知道，明尼阿波利斯的知识分子对他的作品十分推崇。可是，在我看来，他的作品太糟糕了！这些话他竟也说得出口。唉，如果我们的年轻人看到这个剧本，那真是太糟糕了。我认为一个好的剧本应该经得起推敲，给人以警示……哦，无论它的表现方式如何，它肯定不是艺术。我敢保证这一点——不过，我发现了一个很

[①]斯托达德，美国批评家，诗人。

纯粹的剧本,里面有几幕戏很有趣,每次我看到都忍俊不禁。剧本名字叫《他母亲的心》,写的是一个颓废的大学生,终日和很多主张自由思想的人以及酒鬼、赌徒在一起,但最后被母亲改变……"

久恩尼塔·海多克插嘴进来,奚落了雷蒙德一顿,"呸,胡扯!雷蒙德!任何人都看得出不是他母亲改变了他!我觉得剧本还是选第一流的吧!我可以肯定,我们能轻易获得《来自坎卡基的姑娘》的上演权,那才是一部真正意义上的好戏。在纽约,它甚至连续上演了十一个月!"

"如果不太费钱的话,那应该很有趣。"维达也暗想。

做决定的时候,没有一个人站在卡萝尔这边,他们都赞成上演《来自坎卡基的姑娘》。

二

卡萝尔看完《来自坎卡基的姑娘》这个剧本之后,觉得更加失望了,因为它比想象中还要乏味。剧本主要说的是一个来自农村的美丽姑娘,跑到纽约去帮自己被控伪造文件的哥哥洗脱罪名。她成了一个富翁的秘书,也是富翁太太的亲信。她曾经以有钱人也有烦恼为主题发表过演讲,可没多久,她却和那位百万富翁的儿子结了婚。

这出戏里还有一个十分搞笑的茶房。

卡萝尔明白,久恩尼塔·海多克和埃拉·斯托博迪都对女主角的位置虎视眈眈,于是她指定由久恩尼塔来演。久恩尼塔十分感激她,亲了一下她,并自称为剧坛新星。她自负地告诉常务委员会:"我们希望戏要幽默、有趣。就凭这一特色,欧洲所有传统剧作家都比不上美国剧作家。"

最终卡萝尔选定了演员，并征得了委员会的同意，具体如下：

约翰·格里姆，富翁……………盖伊·波洛克
约翰·格里姆的妻子……………维达·舍温小姐
约翰·格里姆的儿子……………哈维·狄龙医生
约翰·格里姆的同行对手……………雷蒙德·P.伍瑟斯庞
格里姆太太的朋友……………埃拉·斯托博迪小姐
来自坎卡基的姑娘……………哈罗德·C.海多克太太
来自坎卡基的姑娘的兄长……………特里·古尔德医生
来自坎卡基的姑娘的妈妈……………戴夫·戴尔太太
速记员……………丽塔·西蒙斯小姐
茶房……………莫特尔·卡斯小姐
格里姆家中的女仆人……………肯尼科特太太
导演：肯尼科特太太

戴夫·戴尔太太对自己的角色颇有微词："我或许看起来很老，都可以做久恩尼塔的母亲了，希望大家不要忘记，久恩尼塔比我还要大八个月。"

卡萝尔努力安慰她说："哦，亲爱的！从外表上来看，你们的年纪差不多。我为何要选你扮演这个角色呢？因为你的相貌很特别，很招人喜欢。你知道，任何人在脸上抹上粉，戴上白发套了，都要比真实年龄大很多。无论怎样，我觉得不管谁来扮演母亲，都一定要很甜。"

埃拉·斯托博迪小姐一直觉得自己是个专业演员，觉得卡萝尔是忌妒自己，才会给自己安排这么一个不起眼的角色。她的态度反

反复复，一会儿闹着开玩笑、说话带刺，一会儿又保持基督徒的容忍和宽容。

卡萝尔不停地暗示，这出戏删减后一定会十分精彩，可是，除了维达、盖伊和她自己，其他演员都不同意删减台词。卡萝尔只好屈服。她安慰自己的借口是：无论怎样，还有很多地方需要导演和布景。

萨姆·克拉克给他的小学同学珀西·布雷斯纳汉写了一封信，这位同学现在是波士顿维尔维特汽车公司总经理。在信中，萨姆·克拉克把戏剧社吹上了天。布雷斯纳汉给他寄来了一张支票，面额为一百元，萨姆又自己出了二十五元，把这笔钱送给卡萝尔。他兴奋地冲她喊："给你！这点钱足够开一场戏了！"

卡萝尔租下了市政厅大会堂的二楼，时间是两个月。整个春天，戏剧社的社员们都待在那个阴凉的房间里，兴奋地等着发挥自己的才华。他们搬走旗杆旗布、选举票箱、传单和缺腿椅子，开始搭建戏台。戏台很简单，就是垫高地板，挂上一道能上下拉动的幕布，上面还印着十几年前消失的某个药商的广告——反正戏台必须要这个东西。戏台两边都有化装室，一个的使用权归男演员，另外一个归女演员。两个化装室的门还有其他用处，那就是它们也是戏台的入口，直接对观众敞开。对戈镇的很多公民来说，这的确很有吸引力，因为他们能趁机看一眼化装室里一闪而过的女主演裸露的香肩。

台上一共有三套布景，每一套都不一样：一套在森林里，一套是穷苦人家的屋子，一套则是豪华的富翁住宅的房内摆设。最后一道布景的用途很广泛，既可以作为火车站、公事房，也可以是来自芝加哥的瑞典四重奏小乐队演出时的背景。舞台灯光也有三种变化：强光、半光、昏暗。

在戈镇，这是唯一的戏园子，乡亲们美其名曰"歌剧院"。有些巡回剧团曾在这里表演过《两个孤儿》、《美丽的模特奈莉》和《奥赛罗》，还有其他助兴节目。可是，绚丽多彩的电影早就淘汰了这些江湖剧团。

制作公事房、格里姆的客厅和坎卡基旁边的简陋的小棚屋这些布景的时候，卡萝尔总想在其中融入时代新潮的特点。从前的舞台两边都有几道边幕，演员能从中随意走动，现在她勇于创新，把它们都连接在一起，围成三大块布景——在戈镇，这还是第一次。后台的边墙是布景的两个侧翼，这样省心又省力，因为散场时能阻止流氓和主演碰面。

按照作者的意思，那间简陋的小棚屋里住着的都是些善良聪明的人。卡萝尔利用暖色，帮他们设计了一个简朴的布景。戏开始的时候，她能清楚地看到：舞台上漆黑一片，舞台以外的一道光照亮了两只高背椅子和放在它们中间的那张桌子，最闪亮耀眼的是那个插着樱花草的紫铜花瓶。卡萝尔对格里姆的客厅的印象十分模糊，只觉得应该有一排高大冰凉的白色圆拱。

她也不知道应该怎样才能让这些布景产生效果。

她发现，虽然年轻的作家辈出，但美国人对戏剧这门艺术的亲切感远不如汽车和电话。她发现，即便是十分简单的艺术，也要对人们进行精心的培养才可以。她发现，要制作一道完美的布景很难，难度不亚于把戈镇改造成一座具有乔治风格的大花园。

她阅读了能找到的有关演戏的全部书本，还买了很多油漆和胶合板。她放下架子，到处借家具和帘子。有时候，她还让肯尼科特干些木工活儿。后来，舞台灯光的问题又难住了她。即便肯尼科特和维达强烈反对，她还是坚持把戏剧社抵押出去，从明尼阿波利斯买了一套灯光设备，其中有一台小的聚光灯、一排长条状灯、一台减光器，还有一些蓝色和琥珀色的照明灯泡。她感到十分欣喜，就像一个天才画家第一次沉醉于作画中一样。每晚，她都在灯光下画布景，调试舞台灯光效果，十分投入。

愿意帮助她的只有肯尼科特、盖伊和维达。他们不停地想，如何才能固定那些平面布景片，把它们连成一道板墙。他们在窗上挂上橘黄色的帘子，还在铁皮炉灶上涂上黑颜色。他们在腰上别上围裙，就去清扫舞台。至于其他社员，每晚也到剧场去，但他们每个人都自诩文人，清高得不得了。他们甚至还向卡萝尔借导演笔记本，假装懂得很多演戏的专有名词。

久恩尼塔·海多克、丽塔·西蒙斯和雷蒙德·伍瑟斯庞挤坐在锯木架上，看着卡萝尔用尽方法把第一场的布景画钉在墙上。

"不是我吹牛，我敢肯定，第一幕肯定有很多人为我喝彩。"久恩尼塔轻声说，"真不想卡萝尔总是瞎指挥。她一点儿也不懂穿着打扮。我一直想穿一件红色的出场衣。我说：'我穿着这身鲜红的衣服出场，一定能惊呆所有的观众。'可她偏反对我那样做。"

年轻的丽塔·西蒙斯也附和道："她只顾着细节，如木工那些琐碎的事情，一点儿也看不透这出戏的格局。我觉得，我们这出戏的公事房布景能和《小东西，哦，老天啊！》里的布景一样，那一定很美！我在都庐斯市看过这出戏。可她根本不听别人的建议。"

久恩尼塔叹气道："如果我可以像埃塞尔·巴里莫尔[①]那样在舞台上做一次精彩的独白该有多好，那简直像她出现在这个舞台上一样。哈里和我在明尼阿波利斯的时候，曾经看过她的绝妙演出，我

---

① 埃塞尔·巴里莫尔，当时美国的一位享有盛名的女演员。

们的座位在正厅的前排，靠近乐池，我模仿她一定惟妙惟肖。可卡萝尔直接忽略我的建议。说实话，我不想指责卡萝尔，可我觉得埃塞尔在表演方面的知识比她充沛多了。"

"喂，卡萝尔选择第二幕在壁炉后打上一道长条状灯光，你们觉得是否合适呢？我建议她打集中光。"雷蒙德说，"我还让她在第一幕的时候用上半圆形透视背景，那肯定美翻了，你们猜猜她说了什么？'对啊，如果艾利阿诺拉·杜茜①来主演更好呢，'她答道，'第一幕的时间是晚上，不说这点，你真是个很厉害的舞台技术专家！'我觉得她这话就是在讽刺我。现在我正在看有关的书籍，只要她不想包揽一切的话，我就能做出一块半圆形透视背景。"

"对啊，还有一件事，我觉得，演员在第一幕应该从左边第一个门出来，而非第三个门。"久恩尼塔说道。

"她为何只用舞台两边来固定幕布呢？那太普通了。"

"固定幕布是什么意思啊？"丽塔·西蒙斯接着问。

她们这些行家拼命地看着她，觉得她太愚昧了。

三

对于他们的指责，卡萝尔并没有生气，也没有厌恶他们当场提到的戏剧表演知识，她一心搞场面设计。可排戏开始的时候，他们还是吵了起来。谁都不曾想到，排戏必须严肃对待，就像打桥牌或圣公会主办的联欢晚会一样。即便这些演员迟到半个小时，他们还是笑嘻嘻的，要是提前十分钟到，他们也会吵吵闹闹。他们无法忍受卡萝尔提出的抗议，都吵着要退出排戏。他们纷纷打电话来说，

---

①艾利阿诺拉·杜茜，意大利女演员。

"抱歉，我觉得今天不宜出门，天气太潮湿了，估计我会牙痛"。或是这个推辞，"或许我今晚去不了了，因为戴夫让我去打牌"。

经过一个月的不懈努力，演员们大部分都能常来排戏了，大多数演员能勉强胜任自己扮演的角色了，念的台词基本吻合人物的性格了。此时有几件事令卡萝尔大吃一惊，盖伊·波洛克和她原来是最差劲的演员，而雷蒙德·伍瑟斯庞却具有惊人的演技。她的想象力很丰富，却无法控制自己的声音，她背了不下五十遍女用人的那几行台词，已经烦透了。盖伊不停地揪自己软绵的胡子，很不自然，硬是把格里姆先生演绎成一个怪里怪气的木头人。再说说雷蒙德，倒是把坏人演得活灵活现。他抬头时的那副神气样，真是性格十足，他慢吞吞地说话的腔调，活脱脱就是一个无赖。

某个晚上，卡萝尔终于看到了排演会获得成功的曙光，因为盖伊终于不害羞了。

可那晚开始，这个戏越来越差。

大家都厌倦了排戏。他们怨声载道："我们都摸熟了自己扮演的角色，为何一定要让大家开始厌恶它们呢？"他们不再珍惜那些宝贵的舞台灯光设置，开始搞破坏，乱开乱关。当卡萝尔建议多愁善感的莫特尔·卡斯扮演一个滑稽的茶房时，他们大笑起来。现在他们愿意演任何戏，除了《来自坎卡基的姑娘》。特里·古尔德大夫勉强应付了下他的角色，竟然在表演中插进《哈姆雷特》中的一段独白，大家都为他喝彩。连雷蒙德也开始动摇，想着迈开双脚，来一段踢踏舞。

卡萝尔转身对大家说："喂，请大家严肃点儿，我们应该回归主题了。"

久恩尼塔起哄道："喂，卡萝尔，别颐指气使的! 说实话，我们也是由于好玩才来排戏的。我们说说笑话，逗大家开心有什么……"

"是……是……"几个人帮腔道。

"还记得你说过戈镇的生活太乏味了。我们现在玩得正开心，你却来阻止我们。"

卡萝尔慢吞吞地说："有关这个问题，我不知道能否解释清楚。莫奈的名画和连环图画的确不一样。当然，我们都想从中获得快乐。可是，我觉得如果我们尽心演好一出戏，快乐不会少，反而更多。"说到这儿，她开心得声调都变了。她没有看着眼前的这些人，而是看着侧面布景板后面一些荒谬的图像。"我不知道大家是否会有这样的感觉，在创造一件美的艺术品的时候会感到无比骄傲、满意，会觉得这项事业十分神圣！"

大家你看着我，我看着你，神情十分疑惑。在戈镇，"神圣"这类词只有在周日上半天十点到十二点在教堂做礼拜的时候才能听到，是不适宜在其他场合说的。

"我们如果想演好一出戏，就要好好排戏，遵守纪律。"

听到她这句话，他们哭笑不得。他们不想再和这个疯女人吵，只好退一步，继续排练。这时，坐在前面的久恩尼塔生气地对戴夫·戴尔太太说："她排练的这出戏太讨厌了！真为她感到难过，还说什么神圣、有趣，呸！"可惜卡萝尔没有听见。

四

那年春天，卡萝尔去观看了"帆布帐篷里表演的一些生动的新戏"，是由来戈镇的一个职业剧团演出的。这个剧团里的演员都非常努力，身兼数职，吹铜号的还要负责收门票，在每场戏结束的间隙，他们都会唱起《六月里来月儿明》，卖力地推销温特格林先生治疗心脏病、肺病、肾病和肠胃病的药品。那天他们演的是《戴着阔边太阳帽的内尔，奥扎克斯山区——喜剧》，剧中的角色J.威瑟比·布思贝大声说："城里来的先生呀，你辜负我们的小姑娘，就当心我们山背后的好人和神枪手吧！"此时，观众都被他的气概所震撼。

剧团的帐篷上已经满是补丁，观众们就坐在帐篷下的长木板上，对布思贝先生的胡子和长枪都赞叹不已，对他的英雄气概也是赞叹不已，都忍不住在地上跺脚。有个小丑拿着一把叉子，插上一个圈儿饼，模仿城里的贵妇们举着长柄式望远镜看歌剧的模样，逗得大家捧腹大笑。不过，他们也对布思贝的小女儿内尔（演员是演布思贝妻子的珀尔）深表同情。戏结束的时候，布思贝先生又开始推销温特格林医生那治疗绦虫的特效药。为了证明自己所言不虚，他拿出一只药水瓶，人们看到白色绦虫浮在发黄的酒精里，都害怕极了。

卡萝尔摇了摇头："久恩尼塔说得没错。我太傻了，戏剧神圣在哪里了！还有什么萧伯纳！对于戈镇的人而言，《来自坎卡基的姑娘》这出戏太深奥了！"

她从书中寻找帮助，例如"普通人的高贵天性"、"欣赏崇高的艺术需要时机"以及"民主政治的强大后盾"等。可是，这些话比起观众听到搞笑演员说："很好，对我来说不过是个小不点儿罢了！"时发出的笑声，显得那么无力。她想索性就放弃这出戏，这个戏剧社，这个市镇。她走出帐篷，和肯尼科特走上了一条街道，这里每个春天都会布满尘土。她看着这个四处都充斥着木头房子的小乡镇，恨不得马上离开这里。

迈尔斯·伯恩斯塔姆给了她新的力量——《来自坎卡基的姑娘》的坐票已经售罄。

现在伯恩斯塔姆经常来看碧雅。每晚，他都会在后面走廊的台阶上坐很长一段时间。有次，他看到卡萝尔，嘟囔着说："希望你能给镇上的人演一出精彩的戏。如果你放弃，我敢说再也不会有人去弄了。"

五

这个具有重大意义的夜晚——演出之夜终于来了。两间化装室里坐满了演员，他们都非常忐忑，吓得哆哆嗦嗦，脸色苍白。理发师德尔·斯纳弗林和埃拉一样，有过在舞台上表演的经验，以前他曾经在明尼阿波利斯的一个小剧组里当过群众演员，现在他正在给演员们化装。在他看来，这些业余演员根本不值一提："站好，你能不能别乱动？天啊！你这样乱动我如何帮你涂黑眼睑呢？"有的演员恳求道："喂，德尔，拜托在我的鼻孔里擦点儿胭脂，你拼命地帮丽塔涂，我的脸上却什么东西都没有。"

他们都表现出一副专业的样子。他们看了看德尔的化妆箱，闻一闻化妆油是什么味儿，每一分钟都会跑到幕布后面，从缝隙里往外窥探，再跑回去检查自己的假发和服装。化装室那刚刚粉刷过的白墙上写着几个铅笔字，"弗洛拉·弗兰德斯喜剧团"和"这里是要饭的人卖唱的场了"，他们见这些字，觉得跟曾经在这个剧团里的演员同是天涯沦落人。

卡萝尔身穿女佣的衣服，看上去也很漂亮。她花了很长时间才说服临时舞台杂工摆好第一幕的布景，又冲临时电工肯尼科特大喊:"天啊,一定不要忘记在第二幕的尾白时把灯光调为琥珀色。"接着,她又跑出去找检票员戴夫·戴尔,问他能否多搬些椅子过来,最后还提醒那个吓坏的莫特尔·卡斯,上台后当约翰·格里姆说"雷迪,过来"的时候,记得把废纸篓打翻在地。

德尔·斯纳弗林乐队开始对钢琴、小提琴和短号进行调音的时候,幕后即将出场的人都吓坏了。卡萝尔瑟瑟发抖地来到幕布前,窥探着缝隙外面的情景,台下的观众正直勾勾地看着……

她看到第二排上坐着一个人,迈尔斯·伯恩斯塔姆,但是碧雅并没有在他身边,看来是没有来。她想,他真的想看这个戏!这是好事啊!谁也说不准,或许今晚的戏真能令戈镇的人大开眼界,领略到艺术的魅力呢!

她匆忙走进女化装室,把吓晕的戴夫·戴尔太太叫醒,又把她推到舞台旁边,下命拉起幕布。

幕布哆嗦着慢吞吞地朝上移动,终于给拉了上去。她发现,肯尼科特没有关掉场内的灯光。前排有个观众在放声大笑。

她飞快地走到舞台左侧,关掉灯光,生气地瞪了肯尼科特一眼,他吓坏了,急忙跑开了。

戴尔太太慢慢地挪到昏暗的舞台上,这场戏终于开始了。

那一瞬间,卡萝尔忽然意识到,这原本就是一出很差劲的戏,在舞台上表演就更糟了。

她强颜欢笑,努力帮演员们加油,感觉自己所有的努力都白费了。她觉得布景很俗气,舞台灯光也不够明亮。她看到,本来应该表现出金融巨头的强势的盖伊·波洛克,此刻说话吞吞吐吐,还总是揪自己的胡子。维达·舍温表演的是格里姆的太太,本来这个角色应该是非常胆小的,她却对着观众口若悬河,如同下面坐着的是一帮学生，而她在给他们上英文课。女主角久恩尼塔对格里姆先生一副毫不在意的模样，说话毫无感情，如同在念账单。埃拉·斯托博迪说"我想要喝茶"的音调，如同在背诵诗歌《今夜不会有晚祷钟声》。古尔德大夫和丽塔·西蒙斯调情的时候，高声说："我……天啊……你……这……小丫头……真是……太……美了。"

扮演茶房的莫特尔·卡斯太兴奋了，因为她的亲友们在台下为她鼓掌欢呼，后来她又听到后排的赛伊·博加特议论她穿着的长裤子，她激动得差点儿无法下台。只有雷蒙德十分淡定、投入地演戏。

卡萝尔看到，第一幕结束后，迈尔斯·伯恩斯塔姆就离开了座位，再也没有回来。她才知道，她原本对这出戏的预料是对的。

六

在第二幕和第三幕中间，卡萝尔召集了所有的演员，恳求道："在散伙之前，我想问大家一件事。不管我们今晚的演出效果如何，这只是个开始。我想问大家一下，大家仅把这当作一个开始吗？我不知道谁还愿意和我一起做下去，我想九月份再演另一场戏。"

他们都惊讶地看着她。后来，久恩尼塔表达了自己的观点："我觉得表演这一场戏已足够了。今天的戏很完美。可是，说到第二场戏，我觉得到秋天再说吧，我们还有充足的时间。卡萝尔！我希望你刚才的话不是在暗示这场戏演得很糟糕。我看观众们鼓掌么卖力，他们对这场戏应该十分满意！"对此，大家纷纷表示赞同。

直到这时候，卡萝尔才知道自己输得这么彻底。

观众离席的时候，卡萝尔听到了银行家B·J.高杰林的一番话，他对杂货铺老板豪兰说："今晚这场戏非常完美，我觉得并不比职业演员演得差。不过,我对这类戏向来是没什么好感的,我更喜欢看电影,有车祸、抢劫的场景的刺激电影。相比之下,刚才的这个戏太啰唆了。"

卡萝尔再次感到深深的挫败感。

她显得十分疲惫,但是这不怪演员,也不怪观众。她怪自己太单纯,想在粗糙的松木板上雕刻出精细的画作。

"我输得一败涂地,我被大街彻底打垮了。'我不能让步',可我现在一点儿法子也没有。"

《戈镇无畏周报》上的评论,也并非是帮她加油的:

……在这场著名的纽约舞台剧中,所有的演员都表现出色,真的很难评价哪个是最优秀的。盖伊·波洛克饰演一个脾气古怪的老富翁,真是太像了。哈里·海多克太太扮演一个来自美国西部的年轻又聪明的姑娘,把那些吹牛大王教训了一番,她的舞台形象非常不错,台风也很好。我们尊敬的中学老师维达·舍温小姐简直就是为格里姆太太这个角色而生的,演得太棒了。古尔德大夫扮演一个年轻的情郎,这一角色简直是为他量身打造,少女们一定要小心,不要忘记这个大夫还是个光棍儿。据说他还擅长跳交谊舞。扮演速记员的丽塔·西蒙斯,形象太漂亮了,就像一幅画。埃拉·斯托博迪小姐在美国东部求学时曾钻研过戏剧等综合性艺术,此次表演果真展示了她精湛的演技。……最值得称赞的还是该戏的导演威尔·肯尼科特太太,她为了这出戏尽心尽力。

"写得太好了。"卡萝尔想,"字里行间充满了善意,但十分虚假!这是我的失败,还是他们的失败?"

她努力想让自己冷静思考。她安慰自己说，一定不能因为戈镇的人没有狂热地喜欢这部戏，就对它全盘否定。戈镇存在的目的是为了给农民提供服务，它只是一个市集。它尽心尽力，把粮食运到世界各地，让农民填饱肚子，还帮他们治病。

后来，她在丈夫的诊所楼下的一个转弯处，听到一个农民在抱怨：

"见鬼了！他们把我逼到绝路了。这里的运输商人和食品商人并没有以公平的价格收购我们的土豆，而城里人都拼了命想要。所以，我说咱们雇一辆卡车，把它们运到明尼阿波利斯去好了。谁知道那里的经销商和戈镇的商人沆瀣一气，连多一分钱都不愿意付。后来，我们又听说芝加哥的价钱较高，打算弄个运货的车皮，可是即便铁路有多空车皮，铁路就是不愿意帮我们调拨。明尼阿波利斯那里的确有畅销的市场，可市镇偏偏不放行。唉，这些小市镇就是想方设法来剥削我们。他们给我们定好价钱，收购我们的小麦，转头又要我们接受他们的定价，去购买他们店里的衣服。斯托博迪和道森努力取消所有抵押进来的农场的赎回权，立刻又转租给其他农民。《戈镇无畏周报》上说什么《全国不参战者联盟》的报道，纯属胡说八道！那些律师就是骗子，总骗我们的钱。收成不好的时候，那些机器经销商又不愿意延迟我们付款的时间。你瞧，他们的女儿都穿得十分花哨，却把我们当成无业游民。他妈的，真恨不得一把火烧光整个戈镇。"

肯尼科特说："韦斯·布兰尼根那个老怪物又在说胡话了，天啊，就他喜欢说坏话！妈的，是时候把那个老家伙驱赶出去了。"

七

戈镇的青年节是中学举行毕业典礼的那个星期。遇到这个节日，卡萝尔忽然觉得自己衰老无助。毕业典礼的活动项目十分丰富，包括：毕业典礼上对毕业生做布道，游行检阅，联谊晚会，还有牧师在毕业典礼上致辞，他来自艾奥瓦州，宣称德行是无价的。除此之外，还有纪念先烈的游行，有几个南北战争时期的退伍军人跟在头戴褪色军帽的钱普·佩里身后，踏着那条尘土飞扬的道路朝着烈士墓园走去。她看到了盖伊，却不知道该和他说些什么，心里不由得感到辛酸。肯尼科特兴奋地说："我们今年夏天要畅玩一番，提前到湖边别墅去，穿上旧衣服，多么惬意。"她勉强挤出了一个笑容。

大草原变得十分炎热，她迈着沉重的步伐走在一成不变的道路上，和那些行人也无话可说。可是，她心想：今生只怕是无法躲开这些人了。

当她发现自己用了"躲开"这个字眼的时候，吓坏了。

三年——生命中一个短暂的篇章，一眨眼就过去了，在这段时间，她只对伯恩斯塔姆夫妇和她自己的孩子感兴趣。

第十九章

一

卡萝尔移居戈镇的三年里,她的所作所为不但被《戈镇无畏周报》大肆报道,还成为芳华俱乐部热议的话题。但是有一件事至今还不为人所知:她慢慢地意识到,自己正在期待一位知音出现在自己的生命里。

二

六月份,也就是《来自坎卡基的姑娘》上演之后的一个月,碧雅和迈尔斯·伯恩斯塔姆喜结连理。伯恩斯塔姆似乎沉稳了一些,不再对本州和社会上的事情大肆抨击。他终止了四处漂泊的生活,也不再贩马,或者披着红方格子毯子到森林里去伐木。如今他进了杰克逊·埃尔德的锯木厂，成了一名机匠。多年以来，人们对他的印象都是他喜欢挖苦别人，而现在他却一反常态，喜欢在大街上和别人套近乎了。

卡萝尔为他们二人的婚礼忙前忙后。久恩尼塔·海多克见状，讽刺地说："碧雅是一个得心应手的女佣，你居然放她走，简直太傻了！而且，你居然把她嫁给了那个终日游手好闲的'红胡子瑞典佬'，你真的觉得这是一桩好姻缘吗？依我看，你不如尽快把这个流浪汉撵走，留下你的瑞典女佣，否则你将来一定会悔得肠子都青了！什么？让我出席他们的婚礼？怎么可能！少做美梦了！"

在座的太太们听到久恩尼塔的话，也你一言我一语地附和起来。听到这些人竟然口吐恶言，卡萝尔惊讶极了，但是她还是固执己见。伯恩斯塔姆突然大声对她说："杰克逊·埃尔德说，他也会亲临婚礼现场。嘿，这样的大老板也会来向我的新娘子碧雅道喜，真是出乎意料！等哪天我飞黄腾达了，碧雅就会跟埃尔德太太还有您一样尊贵，拭目以待吧！"

婚礼当天，在残破不堪的路德教会礼拜堂里，出席婚礼的人寥寥无几：卡萝尔、肯尼科特、盖伊·波洛克、钱普·佩里夫妇。其中，盖伊·波洛克和钱普·佩里夫妇都是应卡萝尔的邀请才来的。碧雅的娘家那边的来宾有：让她手足无措、土得掉渣的父母，她的表姐蒂娜和彼得。伯恩斯塔姆那边的来宾只有一个脾气暴躁的马贩子，他浑身毛茸茸的，还为了这场婚礼专门买了一套黑礼服，从千里之外的斯波凯恩赶来。

伯恩斯塔姆隔三岔五就要看向礼拜堂的大门口，期待着杰克逊·埃尔德出现，可是连他的影子都没看见。在第一批来宾犹豫地进入礼拜堂之后，大门就关闭了，再也没有开启。伯恩斯塔姆见状,用手牢牢地抓住了碧雅的胳膊。

卡萝尔帮助伯恩斯塔姆把原本的那间矮棚屋改造成了一间小屋。如今这间小屋漂亮极了,里面不但有白色的窗帘,还有一只金丝雀和一把圈手椅,椅子上还盖着一张闪光的印花布椅套。

卡萝尔苦口婆心地劝说那些阔太太,让她们去看望碧雅。她们非常不情愿地讽刺了半天,才勉强答应下来。

碧雅走后,新来了一个名叫奥斯卡里娜的女佣接替她。这个奥斯卡里娜有些年纪了,身材胖胖的,少言寡语的。刚来的第一个月,她看着自己这个过于活泼的女主人,心里疑虑重重。久恩尼塔借机对卡萝尔说:"我的好卡萝尔呀,我早就提醒过你,你家的用人问题就是个大麻烦。"可是不久之后,奥斯卡里娜就把卡萝尔看成了自己的女儿,和碧雅一样尽心竭力地为她干活。所以,卡萝尔的生活和之前并没有什么不同。

三

出乎卡萝尔意料的是,不久之后,她就得到了新镇长奥利·詹森的任命,成了公共图书馆馆务委员会委员。该委员会的其他成员有:韦斯特莱克医生、莱曼·卡斯、朱利叶斯·弗利克鲍律师、盖伊·波洛克,以及曾任马车行老板、现任汽车行主人的马丁·马奥尼。对于新镇长的任命,卡萝尔高兴极了。第一次去参加会议的时候,她还觉得自己是纡尊降贵了,因为她觉得,自己是盖伊之外唯一一个知书达理,还对图书管理有所了解的人。她已经决定,一定要彻底地改革图书馆的体系。

这个图书馆的前身是一座楼房,经过一番改建才变成如今这副模样。卡萝尔来到委员会成员们聚集的地方,这是二楼的一间十分简陋的小屋子。她发现,委员们并没有在讨论天气或者下棋来消磨时间,而是在认真探讨图书的问题。见状,她的优越感消失无踪,变得谦虚起来。她发现:和蔼可亲的韦斯特莱克医生对诗歌和"轻松小说"情有独钟;那个长长的脸上长满胡子的面粉厂老板莱曼·卡斯虽然貌不惊人,却研读过吉本①、休谟②、格鲁特③、普雷斯科特④和其他历史学家的鸿篇巨制。据说,他甚至可以做到整篇复述,而且他也真的复述过。

韦斯特莱克医生小声对卡萝尔说:"莱曼学富五车,为人却十分平易近人。"听到这番话,卡萝尔才意识到,原来自己才疏学浅,妄自尊大。她有些懊悔:戈镇这个地方卧虎藏龙,自己为什么不早一点儿发现呢?韦斯特莱克医生旁征博引,《天国》⑤、《堂吉诃德》⑥、《威廉·麦斯特》⑦和《古兰经》中的句子都是信手拈来。卡萝尔忍不住暗想,在自己认识的人中,就算自己的父亲都未必全读过这四本书。

她第二次去参加会议的时候,难免有些信心不足。关于那个改革的决定,她早就抛诸脑后,她现在只希望学识渊博的长辈们能够悉心听取她的意见,对书架上少年读物的排列方式进行略微调整。但是卡萝尔参加了四次会议之后,她对这些人又恢复了从前的

---

①吉本,英国历史学家,多卷本《罗马帝国衰亡史》作者。
②休谟,英国哲学家。
③格鲁特,英国历史学家。
④普雷斯科特,美国历史学家。
⑤《天国》,意大利诗人但丁的杰作。
⑥《堂吉诃德》,西班牙作家塞万提斯的小说。
⑦此处指的是英国作家歌德的两部长篇小说《威廉·麦斯特的学习时代》和《威廉·麦斯特的漫游时代》。

看法。她发现，虽然韦斯特莱克、卡斯和盖伊都对自己读书人的身份引以为豪，但是他们根本没有要将这个图书馆变成戈镇的财富的念头。他们只做了一件事，就是利用图书馆会议通过了一些决议，但却从来没有具体实施过。在这个图书馆中，只有亨特写的儿童历史故事，玛莎·芬莉写的艾尔西丛书，还有那些有声望的小说家和充满精力的传教士最新出版的劝说人们乐天安命的作品，是出借量比较大的。而馆务委员会委员们感兴趣的，只是那些拿腔拿调的旧书，他们从没有想过把伟大的作品介绍给镇上的青少年。

如果说卡萝尔妄自尊大的根源在于自己才疏学浅，那委员会的其他成员就是自视甚高。他们都言之凿凿地说，想要扩大图书馆的规模，就必须增加税收，但是，他们谁都不敢开口去争取增税，以免被公众群起而攻之。现在，图书馆里的经费实在是捉襟见肘，除了房租、劈柴、电费和维利茨小姐的工资，每年用来买书的经费只有一百块。

后来，又发生了短缺一角七分钱的事，让卡萝尔更是不抱什么希望了。

有一次她去参加会议，当着馆务委员会委员的面提出了一个计划。她列出了一个书单，上面有最近十年来欧洲出版的二十部小说，以及二十本心理学、教育学和经济学方面的一些书籍，这应该都是图书馆必备的书。肯尼科特已经同意为此捐出十五块，如果每个委员都可以捐出同等数额，就可以凑够买书的费用了。

莱曼·卡斯听到之后十分震惊，不住地用手挠自己的后脑勺，不满地说："我觉得，可不能开这个让馆务委员们捐款的头儿，虽然我并不在意这么一笔小钱，但是我觉得这样做有失公允。我们在为大家服务，不但一分钱都捞不到，现在还要我们自掏腰包，这就说不过去了吧！"

只有盖伊看起来是赞同这个提议的。他伸出手摸了摸面前的松木桌子，良久没有说话。

散会之前，他们因为公款短缺了一角七分钱这个问题，大张旗鼓地调查起来。很快维利茨小姐就被叫了来，她愤怒地为自己辩解了长达半个小时。就为了一角七分钱，大家反复核对，反复折腾。卡萝尔看着自己面前这张字迹工整的书单，就在短短的一个小时之前，她还为此骄傲，此刻却一言不发。她为维利茨小姐，更多的是为自己感到难过。

卡萝尔一共在馆务委员会任职了两年，在这两年里，她总是定期参加会议，直到后来被维达·舍温取代。从此，卡萝尔再也没有想过图书馆改革的事情了。她的生活还和以前一样单调，也没有什么新东西出现。

四

肯尼科特通过地产生意大赚一笔，但是至于他赚钱的具体过程，却没有和卡萝尔细说，卡萝尔对于这件事情也没有觉得特别高兴。真正让她觉得激动的，是肯尼科特的一番话。那似乎是他的耳语，又好像是脱口而出的一番话，其中既有丈夫的温柔，又有医生的冷漠。他突然对她说："我们现在应该考虑要个孩子了，我们有能力抚养他。"早在很久之前他们就商量过，"可以暂时不要孩子"，因此他们觉得没有孩子是一件十分自然的事情。现在，她对生孩子这件事既充满了恐惧，又充满了期待，实在是有些拿不定主意。她迟疑地点了点头，可是心里又隐约有些后悔。

他们俩的关系还是停滞不前，很快她也就把这一切抛在了脑后。她的生活又和以往一样，根本没有目标。

五

在肯尼科特去镇上的那天下午，卡萝尔来到湖畔消暑别墅的门廊里静静地坐着。湖面上泛着波光，空气也很舒适。她忍不住开始胡思乱想：在风雪交加的第五大街上，有很多小汽车来来往往，有各种颜色的商铺橱窗，还有大教堂的尖塔；在贫民窟附近的河边，有一座茅草屋站立在淤泥上，一些奇怪的木桩支撑着它；在巴黎的一个高贵典雅的豪华房间里，门窗上挂着垂饰，还有一座阳台；令人陶醉的山岭；在马里兰州，一座古老的石头磨坊坐落于山间潺潺的小溪和悬崖峭壁之间；羊群遍布在光秃秃的高地上，阳光的阴影时不时会照耀它们；码头上机器轰鸣，起重机正忙着卸下来自布宜诺斯艾利斯和青岛的大轮船上的货物；在慕尼黑的一家音乐厅，一位著名的大提琴家正在陶醉地演奏着——为她演奏。

突然，她想到了一个更加令人迷醉的景象：

她站在一个平台上，慵懒地倚着栏杆，眺望着海边的一条林荫大道。没来由，她却肯定地说，那是芒图内①。一列列四轮大马车飞快地驶过她的面前，发出有节奏的啪嗒啪嗒的声音。还有一些大轿车，顶盖乌亮，引擎不停地发出如同老头叹息一般的呜呜声。车子里那些身量苗条的侍女个个正襟危坐，虽然打扮得花枝招展的，却像一个个木偶，脸上连一丝表情都没有。她们手里握着太阳伞，目光看向远方，对身边那些身材高大、仪表不凡的男士却不理不睬。在林荫大道

---

① 芒图内，法国东南部一处避暑胜地，濒临地中海。

的另一旁,是秀美的大海和沙滩,上面星星点点地分布着很多蓝色和黄色的尖顶帐篷。这些景物似乎都是凝固的,只有车辆在不停地穿梭着。从远处看过去,行人小得像蚂蚁一样,成了一幅金碧辉煌的油画上的一部分。海浪声,说话声,花瓣落地声……这一切都听不到,只有耀眼的亮光和一成不变的啪嗒啪嗒声。

她突然一惊,有些难过,原来是她伴随着时钟的嘀嗒声不小心睡着了,还把它误认为是马蹄声。她的眼前并没有迷人的海滨景色,也没有高傲的人们,只有架子上那一只圆肚形镀镍闹钟。闹钟的后面是毛茸茸的、凹凸不平的松木板壁,上方是一枚钉子和挂在上面的硬邦邦的灰色浴巾,下方是一只煤油炉。

这些梦幻般的场景,都来自于她之前读过的小说和看过的油画,伴着她度过了夏日午后这让人昏昏欲睡的时刻。她还没有完全清醒过来,肯尼科特就回来了。卡萝尔看到,他的卡其布裤腿上沾着一些鱼鳞皮,不过已经干了。他看到她的模样,追问道:"怎么样,是不是过得很痛快?"可是对于她的回答,他并没有认真听。

这一切都没有任何变化,而且没有迹象表明很快就会有什么变化。

六

火车!

卡萝尔在湖边别墅的时候,总会想起一列列飞速前进的火车。是那些来回穿梭的火车告诉她,原来还存在着另外一个世界。

火车对于戈镇的意义,已经远远超出了一个交通工具。在当地人们的眼中,火车就像神一样:钢铁是它的四肢,橡木是它的肋骨，砾石是它的身躯，昼夜不息地吞吐着巨量货物。之所以会产生这样一个神，是因为人们渴望追逐巨额的财富，这和别的地方的人们出于同样的目的，会把矿山、纱厂、汽车厂、大学和军队也视为神一样。

在美国东部地区，很多人世世代代都没有见过铁路，对它自然也就没什么敬畏可言。可是在这里，铁路的历史要追溯到很久以前。在人迹罕至的大草原上，通常都是先为将来的火车站选择合适的地点，立桩标界，然后城镇才慢慢发展起来。而在1860年至1870年之间，凡是能够事先打探到哪个地方会开辟为市镇的人，都能大发横财，跻身贵族行列。

当时，如果铁路局对哪个市镇不满意，只需要对它不闻不问，切断它的经济命脉，它就只有死路一条了。而铁路对戈镇来说就是真理，铁路局董事会就相当于上帝，无所不能。下至幼童，上至大门不出二门不迈的老妪，都可以告诉你：上周二的第三十二次列车油箱有没有热到快要着火，第七节列车是否需要多挂一节普通客座车厢。而铁路局董事长的名字在镇上更是尽人皆知。

虽然现在已经步入了汽车时代，但是不妨碍戈镇的居民时常跑到火车站，好好看一看火车。他们觉得，铁路代表着他们的幸福。

在他们心目中，铁路是戈镇上的两个神秘力量之一，另外一个就是天主教堂里的弥撒。乘坐火车来到这里的，有来自遥远世界的富翁，有穿着绲边马甲的旅行推销员，还有从密尔沃基来做客的远房亲戚。

早先，戈镇是一个"中转站"，有圆形机车库和机车修理厂，但是这些现在都已经搬走了，只有两个列车员还留在镇上。这两个人都是传奇人物，见多识广，足迹遍布很多地方，也接触过很多外地人。

他们穿着带有铜扣子的铁路制服，不管骗子们玩什么伎俩，都逃不过他们的法眼。可以说，他们已经自成了一个阶级，地位并不低于海多克一家。不同之处在于，他们还是某方面的专家和冒险家。

要说戈镇上最具传奇色彩的人物，就是火车站上的夜班报务员：凌晨三点，当人们都沉浸在梦乡里的时候，他一个人精力十足地待在机房里，啪嗒啪嗒地按着发报机上的键盘，联系远在二十英里、五十英里甚至一百英里外的人，直到天亮。他面临着随时被不法分子劫持的危险，但是这种事情从未发生，也可能发生过却无人知晓。也许，他会被这样的联想困扰着：随时可能有几个戴着口罩的不法分子来到这里，手持左轮手枪，把他牢牢地捆在椅子上。他在昏倒之前，会竭尽全力爬向发报机按钮，垂死挣扎一番。

要是遇上大风雪天气，火车站周围的情况就会大不相同。一连几天，戈镇和外界的联系都会被切断，信件、快递、鲜肉、报纸，全都无法进入戈镇。最后，终于来了一辆铲雪车，它呼呼地喷着雪水，把积雪全部铲到铁轨两边，才让戈镇恢复了和外界的连接。火车司闸员用围巾和皮帽子把自己武装起来，在结了厚厚的一层冰凌的货车车顶上小跑着。火车司机擦掉驾驶室玻璃上凝结的厚厚的一层冰霜，窥探着外面的环境。他们一言不发，神情严肃。此时，这片大草原如同一片汪洋大海，而他们就像带领大家乘风破浪的舵手，充满了英雄气概。卡萝尔觉得，他们就像探险家一样，勇往直前。他们来自遥远的、遍布着商店和牧师讲道的地方，不知道要往哪里去。

在那些小男孩眼里，火车站是绝佳的游戏场所，一天不去心里都会痒痒的。他们会借助货车两侧的铁梯子爬上车顶，在一堆堆破枕木后面点火。要是他们看到了自己喜欢的乘务员，还会挥手致意。在卡萝尔看来，这一切都妙不可言。

在漆黑的夜里，卡萝尔经常会和肯尼科特驾车外出，行驶在崎岖不平的路上。在车灯的照耀下，路旁的泥水坑和杂草都十分明亮。突然，一辆火车疾驰而过。伴随着一阵"丘克——阿——丘克"的声音，火车飞快地驶向远方，就像一支离弦而去的金箭，应该是"太平洋"号特快列车吧！机车锅炉炉膛里燃烧着熊熊烈火，把它身后那条像长尾巴一样的黑烟都映照得十分清楚。刹那间，这一切就都消失不见了，卡萝尔又重新跌入了无尽的黑暗之中。肯尼科特一口咬定，刚才那火星四射的幻境，一定是"十九次列车造成的，它大概晚点十分钟"。

卡萝尔住在戈镇的时候，躺在床上时经常能够听见从北郊一英里以外的隧道传来的声音，那是快车正从这里经过。呜呜呜！声音微弱又惹人心烦，就像一个落魄的骑士在宁静的夜晚吹响号角，奔向充满欢声笑语、旗帜飞扬、钟声悠扬的大城市，呜呜呜，正在离开那个世界。呜呜呜，汽笛声越来越远了，就像一阵阵呜咽，最终完全消失。

湖边别墅附近并没有火车通过，因此周围十分静谧。大草原如此粗犷，灰暗，阴沉，把整个湖包得严严实实，只有火车才能横穿过去。卡萝尔心想：总有一天，我还会坐上火车，这件事简直太让人高兴了。

七

就像不久前她对戏剧社和图书馆馆务委员会产生兴趣一样，如今卡萝尔又有了新的兴趣，就是"文化讲习团"。

329

文化讲习团除了一个常驻纽约的总部，还在全国的每个州都设立了营利性的分部。这些分部会往各个小镇派出小分队，在帆布帐篷下进行文化周活动，如讲演和说唱。但是，卡萝尔在明尼阿波利斯居住的时候，却从未见过这种流动性的文化讲习团。如今，文化讲习团的到来，为卡萝尔带来了梦想可以成真的新希望。她觉得，也许别人正在做她试图做的那些看起来不太可靠的事情；她觉得，也许大家可以从文化讲习团这里学到简单的大学课程。那天上午，她和肯尼科特从湖边回来，看到镇上所有商店的橱窗里都贴着大幅海报，大街上也悬挂着很多细长三角锦旗，上面写的是"热烈欢迎博兰文化讲习团莅临我镇"和"开阔眼界快乐学习的一周"。然而，卡萝尔一看到节目单就沮丧极了。这根本不是什么大学课程，更没有任何大学的气息，不过是混合了一些歌舞杂耍、基督教青年会讲座和朗诵班的结业典礼，极其不伦不类。

卡萝尔对肯尼科特表明了自己的看法，没想到他却浑不在意地说："也许这个讲习团的成员在学识方面比不上我们，但是来了总比不来好。"维达·舍温也附和着说："他们有一些非常出色的演说家，就算无法让我们获得新知识，也可以给我们传播一些新思想，这样也很不错啊！"

在文化讲习团逗留在戈镇期间，卡萝尔一共参加了六次活动，分别是三次晚会、两次午会和一次晨会。她对到场的观众印象十分深刻：面无血色的穿裙子和罩衫的妇女总是想要思考，只穿着背心的男人总是想要大笑，顽皮的小孩子总是想要溜走。也有一些东西让她心生欢喜：那些简单的长凳，挂着红色幕布的舞台，以及覆盖着整个会场的大帐篷。每到夜晚，这个帐篷就会被一串串的白炽灯照得扑朔迷离，可是到了白天，它们却专心地服务于观众，洒下一片琥珀色的光芒。卡萝尔看着被踩踏得乱七八糟的尘土飞扬的草地，闻着被太阳炙烤后的树木散发出的气息，忍不住想起了叙利亚的骆驼商队。她一听到帐篷外面的声音，注意力就不自觉地被吸引走了，根本顾不上台上演讲的人，如两个农民在帐篷外面低沉地聊天的声音，大卡车吱吱嘎嘎地开过大街的声音，公鸡打鸣的声音。她从这些中获得了一丝快乐，虽然这就像一个迷路的猎人在短暂的休息之后获得的快乐。

这个讲习团并没有给她带来什么有益的东西，她只听到了一些废话，和农民们在听到古老的笑话后所发出的粗野的笑声，这种笑声十分沉闷，如同牛叫一般。

不过，也有几位演讲人像卡萝尔期望的一样，讲过简单的大学课程，具体情况如下：

在演讲人中，有四位曾是牧师，一位曾是国会议员，他们发表了"能够对心灵进行启迪"的演讲。从他们的演讲中，卡萝尔概括出了如下结论：知名的美国总统林肯的童年充满了苦难；美国西部铁路界鼎鼎有名的詹姆斯·J.希尔小时候家徒四壁；诚实有礼貌比粗鲁和欺骗好，但是这一点并不适合所有人，比如戈镇的人就非常诚实有礼貌；伦敦是个大城市；有一位著名的政治家还曾经教过主日学；等等。

四位说唱艺人讲了世界各地的几个故事，如犹太人的故事、爱尔兰人的故事、德国人的故事、中国人的故事和田纳西州山地人的故事，但是其中的大部分卡萝尔都已经听过了。

有一位朗诵小姐刻意用儿童的声调朗诵了吉卜林的作品。

有一位演讲人还放映了主题为安第斯山脉探险的影片，画面非常优美，但是讲解并不流畅。

音乐表演也有很多：三人铜管乐队，六人歌剧队，夏威夷六重奏演出小组都进行了演出。除此之外，还有四个小伙子，他们吹奏萨克斯管，弹奏着外形酷似洗衣板的吉他。虽然节目很多，但是只有大家比较熟悉的《露西亚》之类的歌曲比较受欢迎。

一周内，博兰地区讲习团的成员中只有主任在戈镇驻扎，其他演讲人都去了别的地方演讲。那位看似营养不良的主任有着浓浓的书卷气，他极力想在听众中营造出一种热烈的情绪。

为了让观众们给节目喝彩，这位主任把观众分成了几组，比一比哪一组的喝彩声更多，还不停地吹嘘他们都是聪明能干的人，因此观众们十分卖力地配合，场内气氛热烈。他把自己大部分的演讲都安排在上午，总是枯燥无味地谈论诗歌和圣地，还说分红方式对雇主太不公平。最后出场的是一个小个子的男士，他相貌普通，没有任何的表演或者传道。别的演讲家都有这样一套说辞："我要说，虽然我们在很多地方进行巡回演讲，但是我们从来没有见过比戈镇更迷人的地方，也没有见过比戈镇的居民更加热情好客的。"可是这个小个子却暗示，戈镇的房屋建筑非常杂乱，铁路护堤上的煤渣已经侵占了美丽的海滨，这种做法简直太愚蠢了。之后，大家对这个小个子议论纷纷："虽然这家伙说得不无道理，但是人为什么要老盯着事物的阴暗面不放呢？虽然新思想很好，但是我并不觉得这样直接的批评有多好。本来人在这个世界上就已经有很多麻烦了，何必要自寻烦恼呢！"

卡萝尔看到文化讲习团之后，总体印象就是这样。这次讲习活动之后，镇上所有的居民都有了高人一等的感觉，如同接受了高等教育。

八

两周之后，世界大战在欧洲爆发了。

戈镇人民在战争刚开始的第一个月都吓得手足无措，可是当战争进行到两军对峙状态后，人们的生活又恢复了平静。

每当卡萝尔谈到巴尔干半岛各国的情况和德国存在着极大的爆发革命的可能性，肯尼科特就会哈欠连天地说："嘿，那都是些陈芝麻烂谷子，不关我们的事。现在正是种玉米的好时节，乡亲们才没有心思去理会这些。"

迈尔斯·伯恩斯塔姆说："虽然我不知道为什么会有战争，也反对战争，但是我觉得，确实有必要好好教训一下德国佬，因为德国的贵族会严重阻碍进步。"

这一年初秋，卡萝尔到伯恩斯塔姆和碧雅家做客。这对夫妻一见她就高兴得大叫起来，迅速给她擦干净椅子，并打了水为她冲咖啡。伯恩斯塔姆站在她面前，笑容可掬。原本他对戈镇的大人物都是不屑一顾的，如今他却尽量表现得充满恭敬和感激。

"应该有很多人来看过你们吧？"卡萝尔说。

"碧雅的表姐蒂娜经常会来，还有锯木厂的领班，以及……我们的日子很不错。你看看碧雅，以前她的声音，再加上瑞典姑娘典型的淡黄色头发，让她看起来就像一只金丝雀。可现在呢？她变成了一只老母鸡！她整天啰里吧唆的，还要求我打领带！我不想当着她的面说这些话，让她不高兴。不过，她真的很好，就连那些下流的势利鬼也不会踏进我家的门，可恶！不过我们根本就不在意这些，只要我们在一起，比什么都好。"

虽然卡萝尔非常担心这对夫妻的生活，但是由于自己身体不舒服，以及战争带来的恐惧，她也就慢慢地忘记了这件事。那年秋天，她知道自己怀孕了。这个带有危险的伟大的变化，似乎让她的生活变得有趣起来。

第二十章

一

不久孩子就要出生了。卡萝尔每天清晨都会感到恶心,全身颤抖,四肢发软,觉得自己已经失去了以前的魅力。每到黄昏的时候,她心里就生出一种莫名的恐惧之感。她的神情里没有丝毫的得意,反而是仪容不整、蓬头垢面,就连脾气也越来越暴躁了。一阵胎动之后,她就会烦躁焦虑,而且历时很长一段时间。她已经感到行动越来越艰难了,原本她的身材修长,姿态轻柔,如今却要借助拐杖才能走路,这便成了别人茶余饭后的谈资了,只要想到这些,她的内心里就会生出一股无名之火。如今周围看向她的眼神都带着一些阿谀奉承。每位夫人都示意她说:"你就要有自己的孩子了,亲爱的卡萝尔啊,你就先放下自己的梦想,安心地当妈妈吧!"

她感到自己已经情不自禁地融入家庭主妇的圈子里了,因为以孩子做要挟的话，她就会被永远地困住了。将来很快她就会一边喝着咖啡，一边摇着婴儿的摇篮，聊些与尿布相关的话题。

"我能站起来和她们战斗。这方面我非常有经验。但是我沦落到这个地步，还好像是应当的，那我也快忍受不了了，但是不管怎么说，我也必须忍耐啊！"

她偶尔会厌恶自己无法揣测那些仁慈的夫人的想法，偶尔又厌恶她们频繁地劝说自己：她们假装一副和蔼可亲的模样，示意卡萝尔她生产的时候会遭受很大的痛苦；她们凭借自己长久以来积累的丰富经验，苦口婆心地把她需要知道的婴儿卫生知识介绍清楚；她们也说到了些迷信的法子，劝说她想要拯救就要出生的婴儿的灵魂，她就不得不吃某些东西，念某些东西，看某些东西，而且还必须常常做那些让人厌烦的傻笑，咿呀咿呀地说些儿语。钱普·佩里夫人还专门跑过来拿给她那本《本·赫尔》，用来防止出生的婴儿将来会做出伤风败俗的事情来。那个寡妇博加特也来过，拖着长音大声说话，"我们亲爱的……未来的……孩子妈妈……今天……感觉好吗？哎呀呀，常言说得好，女人有喜，越来越美，你都要超过圣母马利亚了。对我说清楚……"她窃窃私语中包含着一些引诱的意味，"你是否……感觉到……胎动，你有没有感到……那个调皮的小东西……爱的结晶……在动呢？一直到今天……我仍旧没有忘记……我怀着赛伊那会儿，他在我的肚子里动来动去的感觉，也是，那会儿他已经长得比较大了……"

"博加特夫人，我现在的样子实在太丑了。我的样子很没精神，头发也掉个不停，就像那装土豆的袋子。而且我感到两腿发软没有力气。我觉得，即将出生的婴儿也不一定就是爱的结晶，也许会和我们长得一样。我也不信那所谓的母爱，不管怎么说，这些也只是令人讨厌的生理过程而已。"卡萝尔说道。

终于,婴儿出生了,而且比较顺利。是一个男婴,有着挺直的后背、结实的两条小腿。第一天,她并不喜欢这个婴儿,因为就是这个婴儿让她遭受了生产时的阵痛以及无望的害怕;她看见婴儿丑陋的模样,就更加愤怒了。不过后来她就出于本能,尽心尽力地宠爱她的孩子了,曾经她还嘲讽过这种母亲的本能。她看到婴儿那双精巧、可爱的小手,就和肯尼科特那样大声称赞起来。婴儿紧紧依偎在她的怀里,竟然那么安心平静,这让她感到无所适从的迷茫。尽管她如今必须要为他做一些令人烦恼而又没有任何诗情画意的琐碎小事,不过她越来越喜欢这个婴儿了。这个婴儿随自己外祖父的名字,叫作休。

休慢慢长大,已经成了一个高高瘦瘦的健康男孩了,脑袋挺大,长着浅棕色的柔软鬈发。他非常有心机,但是和别人熟悉亲近之后也不在意那些小礼节,就是活脱脱的一个肯尼科特。她在这两年内,专心养育孩子。不过她可不像那群喜好冷言冷语的夫人预测的那样:"等孩子出生之后,她就不可能再想着外面的那些事情了,更不会再操心别人家孩子的事情了。"她绝不可能只管自己的孩子,放弃别人家的孩子,这对她来说的确是无法做到的事。她情愿牺牲自己,她觉得这是一种崇高的奉献精神。肯尼科特提醒卡萝尔让休受洗时,她说:"我不会答应让我的儿子和我一样受气,让一个无知的身穿法衣的青年人给他洗礼,再交给我抚养!我绝不允许我的儿子接受这种讨厌的洗礼!假如说我生孩子……我的儿子时,经历了长达九个小时的阵痛之后,还无法给他洗净罪孽的话,那奇特雷尔神父又能给他什么祝福呢!"

"啊,浸礼能不能替小孩做洗礼,我觉得还是沃伦神父更靠谱一些。"肯尼科特说道。

休早就是她生命的中心,她的未来,感情的全部——而且还是给她消除忧愁的玩具。"我觉得自己才当妈妈,只知道一些皮毛,谁知道我和博加特夫人一样带孩子非常熟练。"她自我夸奖道。

这两年的时间里,镇子里的人早就熟知卡萝尔了。她就像麦加农夫人那样,是一个年轻妈妈。她已经不再自以为是了,而且也不再回避现实。她全身心扑在休的身上。

她看着休那如同珍珠一样的耳垂,就忍不住大声喊道:

"和他的皮肤相比,我的就像粗糙的砂纸一样,我就和一个老太婆一样,但是我心里竟然很高兴!他实在太完美了。他已经不必担心将来会缺少什么东西的。我觉得,他可能不会一直在戈镇待着……我可不清楚哪个大学最棒,耶鲁、牛津还是哈佛?"

二

卡萝尔的小世界因为惠蒂尔·N.斯梅尔先生与夫人的拜访而显得特别引人注意。他们便是肯尼科特的舅舅——惠蒂尔,舅妈——贝西。

久住大街上的人们,常常会把亲戚当成这么一类人:就算他没邀请你,但是你一样能到她的家里拜访,想住多长时间就住多长时间。假如你听别人说莱曼·卡斯到美国东部旅游的时候一直都在奥伊斯特镇住着,那也不能说明他就是非常喜欢这个奥伊斯特小镇,讨厌新英格兰的其他小镇,而只是因为在那个小镇上有他的亲戚,就那么简单。更不能说明这么多年以来他就和那帮亲戚一直有通信来往,也并非是他们曾有想要和他见面的想法。不过,"一个人的远房亲戚就在这里生活,却花费很多钱住到波士顿的宾馆里,这也不划算呀"。

斯梅尔夫妻二人盘出北达科他州的乳酪厂之后,就去拉克·基·迈特拜访肯尼科特的母亲——斯梅尔先生的妹妹,接着动身到戈镇,到肯尼科特家做客来了。卡萝尔没生孩子之前,他们就忽然到访了,觉得肯定会得到殷勤的招待,但是不久之后,他们便埋怨开了,说他们居住的那间房窗子朝北开着。

惠蒂尔舅舅与贝西舅妈觉得,大家既然亲戚一场,他们就有资格讽刺卡萝尔,而且他们还都是基督教徒,也有义务告诉卡萝尔,她的想法是多么荒谬。他们对饮食不满、对奥斯卡里娜的敌意不满,甚至对打雷下雨还有卡萝尔那并不合体的孕妇装都感到不满。他们有结实的身体,仿佛永远也不会感到累似的,他们只要一提问题就得用上一个小时的时间,问的问题也全都是关于她父亲的工资、她的信仰和她为什么上街不愿意穿胶鞋此类的问题。他们向来就喜欢小题大做、胡说八道,现在就连肯尼科特也学会了他们那一套对自己的妻子指手画脚的本事。

如果卡萝尔一个不注意低哼一声说自己有些头疼,那么斯梅尔老夫妇就和肯尼科特立刻过去问这问那。不管她是坐着,站着还是与女仆奥斯卡里娜聊天,他们都会每过五分钟就瓮声瓮气地说:"头疼好些了吗?是哪个地方疼?家里准备氨水了吗?今天走得是不是有点儿远呢?闻过氨水没有?怎么不在家里准备 些,随时就能用上啊。这会儿你感到好些了吗?你的眼睛疼不疼?一般你都是几点睡觉啊?难道都是这么晚吗?啊!你现在感觉怎么样?"

惠蒂尔舅舅在她的面前,也会对肯尼科特说:"卡萝尔经常头疼吗?哼!如果她不赶着去桥牌会的话,稍稍注意一下自己的身体,可能也不会头疼了!"

他们就是这么三番两次不停地盘问、议论,一直到她实在受不了了,只得颤抖着小声地说:"看在上苍的分上,别再说了!现在我的头已经不疼了!"

她听见斯梅尔夫妻与肯尼科特还没停止争辩,原因是贝西舅妈想把那一份《戈镇无畏周报》给住在艾伯塔的妹妹寄去,但是他们都不清楚要贴两分的邮票还是四分的邮票。卡萝尔原本非常乐意拿那份报纸去药房称一称的,但是,她又一想,自己被他们标榜成了一个幻想家,他们反而认为自己是讲实际效果的人,也就没有插手。因此他们就凭借自己的内在感知进行选择,决定该贴几分的邮票。这种凭借感知的选择,再结合那坦诚的自说自话,便是他们做事情的方式了。

斯梅尔夫妻觉得,要保守私人秘密以及保持沉默都是信口开河。有次,卡萝尔的姐姐写给她的信被她随手放到桌上了,后来她听见惠蒂尔舅舅说起信中的内容,忍不住惊讶起来。惠蒂尔舅舅说:"我看见你姐姐来信说,你姐夫生活得还不错,你应该经常去探望探望她。我曾经问过威尔,他说你甚少去探望你的姐姐。哎呀呀!你应该经常去探望探望她!"

如果卡萝尔打算写信给同学又或者设计好一周的菜谱的话,贝西舅妈肯定会冲过来,傻傻笑着说:"我并不想打搅你,只是想知道你到哪儿去了而已。我只待一会儿就离开,你不用刻意招待我。我猜,你可能觉得我今天午餐没吃洋葱,那是因为中午的洋葱炒得太难吃了,实际上这也不是真正的原因,我不认为炒得太难吃,说实话,你家里的每样东西都不错,而且非常讲究,尽管我总认为奥斯卡里娜偶尔会粗心大意,毫不在乎,你付给她那么多的薪水,她根本就不放在眼里。她的脾气坏透了，每个瑞典人脾气都很差。我真不懂你为什么要雇用这个瑞典人，但是——但是这也不是真正原因，我不吃洋葱，并不是洋葱炒得难吃，而是我并不喜欢吃洋葱。说起来也真奇怪，自打上一次得了胆病之后，不管是炒的洋葱还是生拌的，我都吃不下，可是惠蒂尔却特别喜欢吃糖醋生拌的洋葱……"

她说了那么多，不过也都是心里话。

卡萝尔感到，最令人讨厌的只有一样东西，那便是强迫别人喜欢自己。

卡萝尔暗自打定主意一定要在斯梅尔夫妻跟前尽可能地控制自己的情绪，言谈举止也要和镇上的人那样低调，不过他们早就已经发现了她特有的那些稀奇古怪的气息。索性他们全坐了下来，费尽力气想法把她的那些荒唐的念头给套出来，故意拿她取乐。他们就像周末下午去动物园观看猴子的人，那些比较特殊的动物在忍无可忍之下怒目而视时，他们却在一旁评头论足，龇牙咧嘴，丑态百出。

惠蒂尔舅舅露出一副土包子常表现出来的那种目中无人的笑容说："卡丽，我听说你觉得戈镇最好全拆除，再重新建造，这是为什么啊？真不明白这是哪里想到的点子。达科他州最近有些农民也在玩这些新东西，要把合作社办起来，还自以为是地认为要比商人更懂得做生意！哼！"

"只要我和惠蒂尔都还能种地，那我们就坚决不会弄什么合作社的！"贝西舅妈眉飞色舞地说，"卡萝尔你快点儿告诉舅妈，你周末去没去教堂做弥撒？你有时候也会去吧？但是，你最好每个周末都去！等你到了我这个年纪时，你就会发现，无论人们觉得他们有多聪明，但是上帝都要比他们聪明多了，那时你肯定会觉得神父讲道才是人一生中最大的乐事！"

他们夫妻俩仿佛是正巧看见一头长着两个脑袋的小牛犊一般异口同声地喊道："从未听过比这更有意思的事情了！"他们压根没想过，眼前这个能够摸到、看见的女人，娘家在明尼苏达州，之后和他们的外甥肯尼科特结婚，如今竟然觉得：离婚不一定都是违反道德的事情；私生子也不见得就得受到别人的诅咒；不只是希伯来的《圣经》算是道德上的权威；酗酒的人也并非一定要在贫民窟里死去；伊甸园里没有资本主义制度与浸礼会举办的婚礼；蘑菇就像咸牛肉杂拌，也是能吃的；如今"花花公子"一词也不再流行了；有的神父也认同进化论的思想；有的人的确聪慧能干，恰恰不愿意站在共和党阵营里；各地也已经不再流行冬天贴身穿法兰绒衣物的习惯了；实际上，小提琴不一定就是不堪入耳的，说不定可以和教堂的大风琴相提并论；诗人也不是每个都长着长头发的；并非犹太人全都是做小生意或收二手货的商人。

"她的这套歪理从哪里得来的？"惠蒂尔·斯梅尔舅舅忍不住大吃一惊，但是贝西舅妈却接过话来说："是不是有不少人都有她这种思想？我的天啊！如果是那样的话，我真不敢想象人类会是怎样的！"——从她的语气里就可以知道这种事根本就不会发生。

卡萝尔希望他们尽快离开这儿，因此她耐着性子等待着。三周之后，惠蒂尔舅舅说："我们非常热爱戈镇。我们打算在这里定居了。我们卖掉奶酪厂与农场之后，到底要做怎样的工作，一直没决定好。前不久我还和奥利·詹森聊起了他开的杂货铺，我打算盘下他的铺子，暂时做点儿小生意。"

他说得出做得到。

知道这些事情之后，卡萝尔很抵触。肯尼科特安慰她说：

"啊！我们不可能经常见到他们的。早晚他们都会有属于自己的房子的。"

她打算疏远他们，好离他们远一些。但是她又不擅长假装傲慢。他们已经定下了一栋房子，不过卡萝尔却没有摆脱他们，原因是他们经常不请自来，而且嘴上总是挂着别有用心的笑容说："今天夜里，我们专门来看望你，以免你一个人太孤单。哎呀呀，到现在你怎么还没洗过这些窗帘呢？"从另一个角度想的话，她认为是他们自己觉得孤单了，因此她也非常同情他们，但是他们提出的那些问题、指责和告诫却一下子浇冷了她的怜悯之心。

不久，他们就和与自己志同道合的卢克·道森夫妻、皮尔逊神父夫妻跟博加特夫人合为一体了，夜里他们还会突然一起到卡萝尔家串门。贝西舅妈好像给那群老太太建造了一座桥，让她们饱含忠言的礼物与愚蠢的教训，一起涌向卡萝尔这座孤岛。贝西舅妈还恣惠博加特夫人说："你一定得经常来看一看我这个外甥媳妇——卡丽。如今这些年轻的夫人和我们不同，她们根本不会做家务！"

博加特夫人心想，如果能和他们扯上关系，那可是梦寐以求的事情。

卡萝尔正想办法，怎么才不会受气，谁知这时，肯尼科特的母亲忽然来了，打算在自己哥哥——惠蒂尔家住上两个月。卡萝尔非常喜欢自己的婆婆，因此她之前的想法也就没能实现。

她感到自己仿佛掉进了一个陷阱里。

她早就已经被戈镇迷住了。她便是贝西舅妈家的外甥媳妇，并且不久的将来便是一位准妈妈了。人们都希望她可以坐下来聊聊天，经常说些孩子、针线、烹饪、蔬菜的价格和哪家的男人喜欢吃菠菜，哪家的男人讨厌吃菠菜，而且她自己也认为这么做都是理所当然的。

通常，她都会跑到芳华俱乐部，好暂时逃避。她突然意识到，如果大家一起嘲笑博加特太太，一定会有很多共同话题。如今她意识到，久恩尼塔·海多克的话并不俗气，反而十分有幽默，还有深刻的内涵。

在休呱呱坠地之前，她的生活就发生了极大的变化。她焦急地等待着芳华俱乐部下一次的纸牌会，那样她就可以跟自己的好友戴夫·戴尔太太、久恩尼塔和麦加农太太说上几句肺腑之言了。

她早已融入了戈镇的生活，受到戈镇的哲学和观念的主宰。

三

现在，卡萝尔再听到那些主妇的絮叨，以及"小孩子的饮食并不重要，重要的是要给他穿好看的衣服，用力亲吻他"之类的话，也不会生气了。不过，她自己得出了这样一个结论：照顾孩子和搞政治是一样的，睿智要比浮于表面的东西更加重要。每次和肯尼科特、舍温和伯恩斯塔姆谈起休，她的喜悦之情就溢于言表。有一次，她看到肯尼科特坐在地板上，不停地对孩子做鬼脸，深深地沉醉在这种天伦之乐中。伯恩斯塔姆对休说话的语气，就像对一个大人一样："如果我是你，我才不会穿女孩的裙子。来参加工会吧，我们一起罢工，强迫他们给你穿裤子。"卡萝尔听到这样无伤大雅的玩笑，心情也很高兴。

受到初为人父的喜悦的驱使，肯尼科特在戈镇举办了第一个儿童福利周。卡萝尔帮着孩子们测量体重，检查喉咙。有一些妈妈来自德国和斯堪的纳维亚国家，不会说英语，卡萝尔便帮着她们开了一些婴儿食谱。

戈镇的上流社会，包括那些善妒的医生的太太，也加入到了这个儿童福利周。一连多日，戈镇都被一种和睦的氛围笼罩着，但是，这种局面只持续到了碧雅和伯恩斯塔姆夫妇获得了最佳婴儿奖的时候。那些温文尔雅的太太看着奥拉夫·伯恩斯塔姆的蓝眼睛、黄头发和笔直的后背，不屑地说："肯尼科特太太，虽然我不得不承认，这个瑞典小子也许真的很健壮，但是对于这个孩子的未来，我真是深表忧虑。要知道，他的母亲曾经是别人家的女仆，他的父亲是个不信神的社会主义者，多可怕！"

卡萝尔听到这些人嚼舌根总是非常恼怒，但是她们说话时气势凌人，贝西舅妈又总是来打小报告，说她们总是在背后嚼舌根，因此每当卡萝尔带着休和奥拉夫一起玩，总是觉得有些尴尬。她一面责怪自己产生上面这种情绪，一面又祈祷自己在靠近伯恩斯塔姆的小屋的时候不会引人注意。每当她看到碧雅对两个孩子都同等对待，伯恩斯塔姆看着这两个孩子也是同样神情的时候，就会对自己和戈镇人民的冷酷更加痛恨。

伯恩斯塔姆有了一些积蓄，就不在埃尔德的锯木厂上班了，而是在自己的小屋附近找了一块空地，建起了奶酪厂。现在，他有三头母牛和六十只小鸡，他对此感到十分自豪，有时候还会在半夜里起来喂它们。

"我早就说过，我很快就能变成有钱人。告诉你，将来奥拉夫还会和海多克家的孩子们一起读东部的大学！现在，经常会有人来找我和碧雅聊天，甚至那个博加特老大娘也来了，我觉得这个老太太挺不错的。还有，锯木厂的领班来得也很频繁。哈哈，我们现在朋友可多着呢，不用我说你也懂。"

四

卡萝尔觉得，戈镇和它周围的田地一样，根本没有发生过任何变化，但是在过去的三年里，戈镇的人员发生了很大变化。可能是因为他们喜欢搬迁，也可能是因为他们觉得自己缺乏冒险精神，想到新的环境里打拼一下，因此居民们总是喜欢西迁。虽然戈镇的市容看起来没什么大变化，但是居民却如同大学里听课的学生一样，时常发生变化。戈镇上的一个珠宝商会卖掉现有的铺子，搬到艾伯塔或者华盛顿州，到一个和戈镇一样的小镇，开一个和在戈镇时一样的铺子。除了有专门职业的人和有钱人，其他居民通常会改变住址和职业。一个人可能今天是庄稼人，明天就成了杂货商、警察、汽车修理工、餐馆老板、邮政局长、保险公司代理人，后天又做回了庄稼人。不过，他每次改行都会因为缺乏经验而损失一些东西。

杂货商奥利·詹森搬去了南达科他，而肉铺老板达尔搬去了爱达荷。卢克·道森夫妇变卖了自己的一万英亩草原地，换回一个小支票簿，并去了帕萨迪纳。如今，他们住在一栋很有东方气息的平房里，每天沐浴着温暖的阳光，还时常去自助餐厅大快朵颐。切斯特·达韦沙转让了自己的家具和殡葬业务，搬去了洛杉矶。《戈镇无畏周报》宣称："我们的好朋友切斯特现在供职于一家地产公司，身居要职。他的妻子如今住于我国一个西南名城，并和在戈镇时一样，跻身上流社会。"

丽塔·西蒙斯已经和特里·古尔德成婚，成了一个少奶奶。在年纪比较轻的少奶奶中，最爱玩的就是她和久恩尼塔·海多克，不过她比起久恩尼塔还要略逊一筹。久恩尼塔的公公哈里去世后，她的丈夫就成了时装公司的股东，她就变得更加刻薄和精明了。她买了一件非常暴露的晚礼服，穿上后锁骨都露在外面，刻意到芳华俱乐部来炫耀，还不停地说要搬去明尼阿波利斯。

久恩尼塔想要和新婚不久的丽塔·西蒙斯一较高下，就不停地笼络卡萝尔，想让她加入自己的阵营。所以，她笑着告诉卡萝尔："有人觉得丽塔非常天真，不过我倒是觉得她比一般的新娘子高明许多。单从医术方面，特里就被你的丈夫甩开一大截。"

说实在的，卡萝尔很想跟着奥利·詹森搬去南达科他，至少也要搬去另一条大街。从一个熟悉而沉闷的环境，搬到一个陌生而沉闷的环境，虽然短期内会有一些变化，但是前景是否乐观也未可知。她曾经不止一次对肯尼科特说，也许他到蒙大拿或者俄勒冈行医会更好。她也很明白，肯尼科特对戈镇十分满意，轻易不会离开这里，但是每次她生出了要走的念头，就会去火车站要一些折叠式的铁路行车示意图，在上面不停地乱画，似乎这样做就能让愿望变成现实。不过，不仔细观察的人，根本无法发现她内心的不满，也想不到她居然会有离开戈镇这种想法。

镇上那些安守本分的居民都会认为，有叛逆倾向的人总是会牢骚不断。他们一听到卡萝尔·肯尼科特这个名字，就会倒吸一口凉气："这个可怕的人！跟她住在一起一定非常痛苦，还好我的家人都比较安守本分！"其实，卡萝尔每天用来胡思乱想的时间绝对不超过五分钟。但是，也许在她周围就隐藏着很多有叛逆想法的人，不过他们隐藏得太好，很难被发现。

卡萝尔生下休以后，就把戈镇和那栋褐色的房子当成了永久的住处。肯尼科特看到，她和自满又倚老卖老的克拉克太太和埃尔德相处得非常融洽，因此感到高兴极了。在听到人们谈论埃尔德家新买的"凯迪拉克"轿车，或者克拉克的大儿子进入面粉厂公事房做工的时候，她也可以插几句话。她觉得这些话题非常重要，谈论这些已经成了每日的必修课。

最近一两年，她在休身上投注了全部的精力。以往她喜欢批判那些商铺、街道、熟人……如今已根本无暇顾及这些。她匆匆忙忙地跑到惠蒂尔舅舅店里，想要买一包玉米片。惠蒂尔舅舅正在抱怨，上周二明明刮的是西南风，马丁·马奥尼却硬要说是南风，对此，卡萝尔有一搭无一搭地听着。回家的时候，她也无心留意遇到了什么人，发生了什么事。一路上，她的心思都被休长乳牙的事情占据了，根本不知道就是这个小店铺和一片片灰不溜丢的房子，把她困在了这里。她把照顾休的工作完成得非常不错。在打五百分纸牌的时候，卡萝尔还为赢了克拉克夫妇而十分得意。

五

休出生后的两年里，发生了很多事，最大的一件要数维达·舍温从中学辞职，嫁为人妇。她和丈夫在圣公会教堂举行了婚礼，卡萝尔担任伴娘。到场的所有女宾都穿着亮闪闪的新皮鞋，戴着用白色的羚羊皮制的长手套，看起来典雅又美丽。

维达一直像对待妹妹一样对待卡萝尔，可是，卡萝尔根本不明白维达到底是喜欢自己还是憎恨自己，她们俩的关系非常微妙。

第二十一章

一

时光飞逝,岁月如梭,维达·舍温觉得,榆树大道上的积雪是灰色的,太阳出来之前,整个黎明都灰色的,而灰色,就是她的三十九岁的主色调。

维达的个子不高,处世机灵,性格活泼。她的皮肤是淡黄色的,黄色的头发有些泛白,还略微有些干燥。她穿着一件领子上镶有素淡花边的蓝绸衫,踩着一双黑色长皮靴,戴着一顶水手帽,这些打扮非常单调,就像教室里的课桌一样,根本没有任何魅力可言。好在她有一双灵活的大眼睛,看起来炯炯有神,为她加分不少。从她的眼神中不但能看出她的坚毅,还能看出她坚信存在的就是合理的。她那双蓝色的大眼睛在不停地转动着,里面折射出快乐、怜悯和热情的目光。每当她入睡的时候,她的眼角边就满是皱纹，垂下的眼睑会遮住眼睛里散发出的光芒，这时她就不显得那么光彩照人了。

她的家乡在威斯康星州的一个群山环抱的小山村，父亲是一名穷牧师。她进了一所有名无实的大学，在那里半工半读地完成学业之后，就去了一个极为荒凉的铁矿区小镇，那里遍布着脏兮兮的鞑靼人和门的内格罗人。她在那里的学校待了两年，就来到了戈镇。当她看到这里蓊蓊郁郁的森林和草原上望不到边际的发光的麦田，就感觉自己到了天堂。

她曾经和身边的同事说，校舍稍微有些潮湿，但是教室很不错——"坐落在楼梯口的麦金莱总统的半身像非常不错，是一件美好的艺术品，凡是想到这位忠诚勇敢、以身殉职的总统的人，都会备受鼓舞"。在学校里，她教授的科目是法文、英文、历史和二年级拉丁文。

事实上，她讲的只是拉丁语法中的间接语段和绝对离格，糊弄糊弄学生，因为她觉得学生们的学习进度在逐年加快。她用了四年的时间筹备了一场辩论赛，并在一个周五的下午举办了一场热烈的辩论。好在学生们都激情澎湃，旗鼓相当，让她着实感到欣慰。

平日里，她每天都忙忙碌碌的，是别人眼中非常冷静的女人，但事实上，她的内心中却充满了恐惧和内疚。她知道这种感觉的根源在哪里，却不敢轻易说出口。每次听别人提到"性"这个字，她就会觉得非常讨厌。她经常会在梦中看到自己变成了一个家庭主妇，并害怕地从梦中惊醒，感觉自己这个黑漆漆的房间里根本没有安全可言。于是，她就会急忙向上帝祷告，向他献上自己的敬仰，说他是永远的救世主。一想到上帝的荣耀，她就会热血澎湃，觉得自己也瞬间高大起来。于是，她心中的恐惧也就渐渐散了。

每天白天,她都会安排上各种活动,把时间占得满满的,可是也难免会自嘲午夜梦回的时候心中那难以排遣的炽热的热情。她故意装出高兴的样子,走到哪里都说:"可能我生来就注定是个老处女。""我是一个不起眼的女教师,有谁会愿意娶我呢?""你们这些乱糟糟的男人,实在是太讨厌了,每次你们来,都会把整洁的房间弄得乱七八糟,女人们实在是不想让你们来。如果不是你们需要安慰和开导,我们早就把你们撵走了!"

可是,当她在舞会上被一位不知名的男士搂在怀里,甚至当乔治·埃德温·莫特"教授"一边和她说赛伊·博加特的顽皮,一边抚摸着她的纤纤玉手时,她都会不由自主地颤抖。有时候,她还会因为自己如今还是处女而感到隐隐地骄傲。

在威尔·肯尼科特结婚的前一年,也就是1911年,有一次,他和维达·舍温组成搭档,一起打桥牌五百分。那一年她三十四岁,肯尼科特三十六岁。在她眼里,肯尼科特是个了不起的人,稚气未脱,喜欢玩乐,身材高大魁梧,具备了英雄的所有要素。女主人做饭的时候,他们就打下手,帮忙端生拌凉菜、咖啡和姜饼。在所有的人都在厨房对面的房间里埋头大吃的时候,他们俩就肩并肩地坐在厨房里的一条长凳上。

肯尼科特是一个深谙接近女性的方法的男士,他一边摸着维达的手,一边假装不在意地用胳膊环住了她的肩膀。

"放手!"她严厉地说。

"你实在是太可爱了!"他一边试探性地说着这番话,一边拍了拍她的肩膀。

她一面在拼命躲闪,一面在内心渴望他可以离自己更近一些。

他俯下身，故意直勾勾地看着她。她低下头，盯着他放在自己膝盖上的左手。突然，她站起身来，开始洗盘子和碟子，肯尼科特也在一旁给她帮忙。由于懈怠，肯尼科特并没有进行进一步的试探，出于职业的原因，他感觉女人在他面前根本没有什么秘密可言。维达十分感激他，因为之后他们转移了话题，让她极力控制住了自己的感情。她知道，她成功地克制了内心的一些可笑的想法。

过了一个月，他们两个都参加了一个乘坐雪橇外出的活动，而且恰好坐在了一起，盖着水牛皮车毯。他小声对她说："虽然你觉得自己是一个成年女教师，实际上你不过还是个孩子。"他伸出胳膊，想要抱紧她，却被她拒绝了。

"你对我这个可怜又寂寞的单身汉就没有一丁点儿的喜欢吗？"他傻傻地嘟囔着。

"不，我不喜欢你，你也不喜欢我，你只是在骗我。"

"你知不知羞？我是真的很喜欢你啊！"

"可是我并不喜欢你，也不会允许自己喜欢你。"

他一直想让她离自己近一点儿，她却用力抓住了他的胳膊。然后，她一把掀开雪毯，从雪橇上一跃而下，跟哈里·海多克一起追着雪橇跑。从雪橇上下来之后，大家就跳起了舞。这时候，肯尼科特费尽心思想要接近那个娇艳欲滴的戴夫·戴尔太太，维达却建议大家一起跳弗吉尼亚舞。她并没有留心观察肯尼科特，也知道他再也没有把目光投向自己。

于是，维达的初恋就这样画上了句号。

肯尼科特再也没有向她表露出自己"非常喜欢"的意思。她却还是满怀期待，她一方面为这种期待所陶醉，一方面又心有芥蒂。她告诉自己：肯尼科特只表达了自己的一部分感情，所以她也无须这样。如果他不拿出全部的爱来爱她，她连一个手指头都不会让他碰。当她意识到自己的这些想法只不过是自我安慰，又在心里默默地鄙视自己。她跪在地上默默祷告，好让自己摆脱这种恐惧。她披着一件粉红色法兰绒睡衣，稀疏的头发搭在后肩上，前额看起来十分骇人。她发现，自己已经混淆了对上帝之子耶稣和对凡人的爱。她心想，这世界上还有别人跟我一样亵渎神明吗？她甚至还有过当修女的念头，想用自己的一生来信奉上帝。她还买了一串念珠，但是因为自己新教徒的身份，从来没有拿出来用过。

不管是同事还是舍友，都不知道她曾经有过这样一份萌芽中的爱情。每个认识她的人都说，她是一个"乐观开朗"的人。

很快维达的期待就变成了绝望，因为她听别人说，肯尼科特就要结婚了，对方来自圣保罗的城市，年轻又漂亮。

她祝贺了肯尼科特，还故作浑不在意地问他什么时候结婚。在肯尼科特结婚的时候，维达一个人坐在房间里，想象他们那个在圣保罗举行的婚礼。她似乎感到了一种异样的兴奋，这让她自己都觉得有些奇怪。她觉得，自己的灵魂跟着肯尼科特和那个取代她的姑娘一起上了火车，度过了一个美好的新婚之夜。

对于这种想法，她并不觉得羞耻，反而十分坦然。她觉得，自己跟卡萝尔之间存在着一种神秘的关系。她也有权通过卡萝尔和肯尼科特在一起。

卡萝尔刚刚抵达戈镇还不到五分钟，维达就看到了她。维达目送着小轿车从自己的面前驶过，直勾勾地看着肯尼科特和他身边那个女孩。虽然她心中有一种难以言说的感觉，却没有什么忌妒之情。她觉得，自己已经通过卡萝尔接受了肯尼科特的爱，那卡萝尔就变成了自己的灵魂的一部分，一个更高大、更可爱的自己。卡萝尔的魅力、黑亮的头发、美丽的面容和粉嫩的肩膀，都让她非常欢喜。但是，卡萝尔只看了她不到四分之一秒，就把目光投向路旁的一座老式谷仓，这让她生气极了。维达觉得，卡萝尔至少要对自己为她做出的牺牲心怀感激，于是，她越想越生气。可是，她又想起了自己为人师表，所以又竭力控制住了自己的痴情。

很快，她就去拜访卡萝尔了，名义上是欢迎一位同样酷爱读书的朋友来到戈镇，实际上是想知道对于肯尼科特曾经对自己产生好感这件事，卡萝尔是否知情。经过观察，她发现卡萝尔对肯尼科特曾经摸过别的女人的手这件事一无所知。卡萝尔天真烂漫，学识渊博。维达一面讲述妇女读书会的好处，一面恭维面前这位受过专业训练的图书馆馆员，一面幻想着她就是自己和肯尼科特爱的结晶。从这个幻想中，她获得了这几个月来最大的安慰。

她和肯尼科特夫妇以及盖伊·波洛克一起吃了晚饭，才高兴地回了家。一进门，她的那种爱恋又重新萌发起来。她跑回自己的房间，摘下帽子扔在床上，自言自语道："我一点儿都不在乎！我比那个女人差在哪里？也就是比她年长几岁。我也身材苗条，能言善辩，在我看来，男人都是傻瓜。如果我谈情说爱，我肯定远比那个聪明的孩子强多了。再说了，我本来就是个漂亮姑娘！"

可是她坐在床上，看到自己瘦得皮包骨头的大腿，对别人的蔑视就被悲伤取代了。她难过地说：

"唉，我比她差得远了！我们总是喜欢自欺欺人，我还以为自己是一个充满灵性的女孩，有两条美腿。可是实际上呢，并不是这样。我的腿皮包骨头，一看就是老处女的腿。唉，真是恨得我牙痒痒。这个年轻的姑娘又粗鲁又自私，阴险狡诈，心狠手辣，毫不留情地夺走了我的爱……但是，她还是很可爱的，不过，她和盖伊·波洛克是不是太过亲密了？"

在长达一年的时间里，维达都十分喜欢卡萝尔，虽然她非常想从卡萝尔那里打探到他们夫妻是怎么相处的，却总是没有勇气开口。在那些非常幼稚的茶会上，卡萝尔表现得非常爱玩，这让维达非常满意，暂时忘却了她们之间那种难以言说的关系。可是当她得知卡萝尔居然铆足了劲要进行这样那样的改革，立即火冒三丈。一年之后，维达内心的想法就暴露无遗了。她愤怒地想："这些人终日无所事事，却突发奇想要进行改革，真是讨厌至极。我四年前就来到了戈镇，在这四年里，我做了什么？我挑选了一些学生，训练他们辩论的技巧，逼迫他们看参考书，让他们自拟题目。我辛苦了四年，才让他们成功地进行了一两次辩论。而她呢，刚来不久就妄图让大家放下手中的事情，只去种郁金香和喝茶，在短短的一年内把戈镇变成天堂。无论如何，这里都是一个有悠久历史的宜居城镇呢！"

每次卡萝尔在镇上举办活动，比如改进妇女读书会的研究计划，把萧伯纳的剧本搬上舞台，兴建新校舍，维达总会腹诽一番，但是从来不开诚布公地说出来，又在事后追悔不已。

维达是一个彻底的改革家和自由主义者，在她看来，存在的世界就是合理的，无须改变，只需要对细节进行些许的修改。卡萝尔则不一样，她是一个革命家，一个激进分子，但实际上她并不理解革命到底为何物，她具有的，只是破坏者所具有的"建设性的思想"，因为改革者认为所有必要的建设工作早已竣工。在多年的交往中，让维达感到生气的，就是这种深深埋藏的反对态度，而不是她失去了对肯尼科特那份幻想中的爱。

可是，维达原本要趋于平复的心情又因为休的出生被打乱了。她发现，虽然卡萝尔已经给肯尼科特生下了儿子，却还不知足。对此，她非常不满。虽然她认为卡萝尔非常喜欢休,也对他细心呵护。但是,卡萝尔居然还有别的心思,这让她替肯尼科特感到不值。

她想到了一些从别的地方来到戈镇的女人,她们对这里并没有什么好感。曾经有一个郊区牧师和他的太太搬到了这里,她待人接物十分疏离,很快镇上就传开了很多关于她的谣言。有人说,牧师太太居然说:"这帮土老帽儿居然那么虔诚地应答祈祷文,真让人难以忍受。"人们还传说,那位太太的紧身腰围里衬着很多手绢,说得有鼻子有眼的。于是,牧师和他的太太只在镇上待了一两个月,就灰溜溜地走了。

之后,镇上又来了一个花枝招展的神秘女人,染着头发,画着眉毛。她穿着英国式紧身短上衣,浑身散发着一股麝香味道,十分刺鼻。在男人面前的时候,她总是喜欢搔首弄姿,让男人们垫付钱财为她打官司。对于维达在学校联欢晚会上进行的朗诵,她也是百般讽刺。离开戈镇的时候,她都没有钱支付旅馆的费用,不得不找别人借了三百块钱。

维达觉得,自己对卡萝尔挺有好感的,但是她又总喜欢把卡萝尔和镇上那些长舌妇归为一类。

二

维达很喜欢雷蒙德·伍瑟斯庞在圣公会唱诗班里唱歌。在卫理公会联欢会上和时装公司里,他们还有过交谈,谈了谈天气。可她真正理解他,是等到她搬到格雷太太那个兼供膳食的公寓大楼之后。这距离她向肯尼科特示爱失败已经五年了。她三十九岁了,雷蒙德可能是三十八岁。

她曾经真诚地说:"哎呀,你那么聪明圆滑,加上一副天生的好嗓子,你将来肯定大有作为!在《来自坎卡基的姑娘》这出戏里,你演得非常完美。和你相比,我和傻瓜无异。我敢肯定,你不比明尼阿波利斯那些有名的演员差呢。你现在生意做得也很好,这种事业也很有意义。"

"这是你的真实想法吗?"雷蒙德拿着苹果酱的碟子叹着气说。

有生以来,他们还是第一次觉得自己找到了合拍的伴侣。银行职员威利斯·伍德福特和他那个一门心思照顾孩子的太太,不善言辞的莱曼·卡斯夫妇,还有那常说俚语的旅行推销员以及住在格雷太太那里的那些没有文化的房客,他们都看不上眼。他们面对面地坐着,为可以这样推心置腹地谈心而高兴:

"萨姆·克拉克和哈里·海多克这种人,一点儿也不关注音乐、绘画,还有教堂里动听的讲道和艺术性很高的电影,可是,卡萝尔·肯尼科特对这些东西又十分痴迷。我觉得,虽然人们可以欣赏美的东西,但也不能脱离实际——美的事物要以实际的眼光来看待。"

维达和雷蒙德边笑着说,边把装着泡菜的玻璃碟子递来递去。他们看到格雷太太的晚餐桌布闪闪发光,那是他们友情的光辉。说着说着,他们就不由自主地谈到了卡萝尔的玫瑰红小圆帽,卡萝尔实在太可爱了,卡萝尔崭新的浅口皮鞋,卡萝尔觉得学校纪律不应该太严格的愚蠢观点,卡萝尔在时装公司里真是太大方迷人了,最后,还有卡萝尔那些令人猜不透的有些古怪的想法。

他们又谈到了雷蒙德:在时装公司里,雷蒙德把男式衬衫摆得很整齐;上周雷蒙德在教堂里为奉献仪式的伴唱表现得很优秀,实际上,没有任何一首歌曲独唱能和《金色的耶路撒冷》媲美;雷蒙德是怎样缠着久恩尼塔·海多克的,只要她跑到店里,他就会告诉她，她努力地想让大家知道自己是多么出色，所以她总是口是心非，最终只能是无功而返；现在皮鞋部的管理人是雷蒙德，如果久恩尼塔或哈里有意见，他们大可找其他管理员。

他们两个人又提到了维达：维达只要一穿上镶着皱褶花边的新上衣，就看起来只有三十二岁，或是只有雷蒙估计的二十二岁；维达想让中学的辩论会演出个小剧目；在运动场上，因为有赛伊·博加特这个捣蛋鬼，所以维达很难让其他男孩乖乖听话。

他们又提到，道森太太从帕萨迪纳给卡斯太太寄了一张印有二月绽放的玫瑰花的明信片；第四次列车改时间了，古尔德医生不会开汽车，现在开车的人都不要命似的；还说到有人觉得，社会主义者一旦践行他们的理论，就能长期统治政府，这真是天大的错误；并且，卡萝尔像个疯子，思维很跳跃，常常从一个问题跳到另一个问题上去。

之前维达一直觉得，雷蒙德戴着眼镜，个头儿高大，身材瘦削，有一头褪了色的硬头发，脸上无精打采。现在她才知道，他的下巴十分端正，他的手又白又长，动作灵活优美，他的眼睛很纯洁。刚开始的时候，维达叫他"雷"，每当久恩尼塔·海多克或是丽塔·古尔德在芳华俱乐部取笑他的时候，她就会立刻挺身而出，为他辩解，说他不仅无私，还很会关心人。

暮秋一个星期天的下午，他们两个人在明尼玛喜湖边散步。雷说他想去看看海洋，那里的风光一定很迷人，肯定比一个湖——甚至一个大湖还要美。这时，维达说她曾经在某个夏天，在科德角见识过。

"你真的去过科德角？去过马萨诸塞州吗？我知道你外出旅游过，但没想到你竟然到过那么遥远的地方呢！"

由于雷蒙德兴致勃勃，她觉得自己越发年轻、美丽，所以不停地说："哦，是的，我到过很遥远的地方。那次旅游真的很有趣。马萨诸塞州有很多名胜古迹，那里有我们打赢英国军队的莱克辛顿古战场，有朗费罗在剑桥的居住地，还有科德角——那里所有东西都很有趣——如渔夫、捕鲸船和沙丘等。"

忽然，她希望手里能有一根小拐杖。雷蒙德立刻给她折了一根柳条。

"天啊！你的力气太大了。"她说。

"不，不算大。我真希望这里有个基督教青年会，这样我就能经常过去锻炼身体了。过去我经常想，如果有机会，我肯定是一个很优秀的杂技演员。"

"你肯定可以的。虽然你个头儿很大，但动作却很灵敏。"

"哦，还差很远呢。但我真心希望能有一个青年会，可以到那里听演讲，那一定很有趣。我想去上课，锻炼自己的记忆力，我认为所有人都应该不停地学习，充实自己，即便是个商人，你说对吗，维达？我叫你'维达'会不会太唐突？"

"我一连好几个星期都叫你'雷'啊。"

他有点儿奇怪，不知为何她似乎有点儿生气。

他扶着她走到湖沿，但忽然又放开她的手。他们一起坐在一段砍倒的柳树上，他忽然不小心拂了一下她的衣袖。这时，他轻轻动了一下，低声说："哦，抱歉，我不小心的。"

她看着混浊的湖水，湖面上还漂着很多苇草。

"你看上去有心事。"他说。

她甩了甩手说："是啊，我有心事！请你告诉我，这个——我觉得一点儿用处也没有。哦，忽略我吧。我是一个多愁善感的女

359

人。赶紧和我说说你打算入股时装公司的想法。我觉得这个想法不错,哈里·海多克和那个抠门儿的老西蒙斯就应该给你股份。"

雷蒙德开始说到自己在店里曾多次失败的"战役",那时他虽然据理力争,可是,那些残酷的君王却从不把他的建议放在心上……"我曾多次告诉他们,要弄一些男人夏天的短裤来卖,他们最后去弄了,可是却被里弗金这个骗子骗了,这个买卖被别人抢走了,后来,哈里就说——你也知道哈里这个人,或许他并不是故意想发脾气,可他这个人脾气真的很不好……"

雷蒙德伸出手,想把维达扶起来:"别见怪,我觉得一个男人去陪伴一个女士散步,无法得到她的信任却一直调情,是非常糟糕的。"

"我觉得你这个人值得信赖!"她边大声说边自己站了起来,接着笑着说,"哦——你有没有觉得卡萝尔有时根本没有意识到威尔大夫是多么优秀?"

三

雷经常会征求维达的一些意见,比如橱窗装饰、新鞋摆设、在"东方明星社"演出的音乐以及他自己的穿着(虽然他是镇上公认的装扮权威)。她说,他打上小蝴蝶形领结就像主日学校的教师,让他最好不要这样做。有一次,她高声说:

"雷,我有时真想教训你一顿!你这个人总喜欢对别人说抱歉,你太不把自己当一回事了。有一次,卡萝尔·肯尼科特又说起了疯话,她说我们都应该成为无政府主义者,否则我们索性吃无花果和硬壳生活,你还讨好她。有时,哈里·海多克端着架子,说到营业额、贷款这些你更擅长的事情的时候,你也一言不发,静静地听他胡扯。你应当挺直腰板!盯着他们!用浑厚的声音说话!你要知道,你是镇上最聪明的人!"

他总是怀疑这一点,所以他总是要她给出证明。虽然现在他的确盯着别人,并用浑厚的声音说话。但是他委婉地暗示维达,有一次,他生气地瞪着哈里·海多克的时候,哈里却不停地问他,"你怎么了,雷蒙德?你觉得哪里不舒服吗?"隔了很久,哈里就问起"坎特比顿牌"短袜来,这时,雷觉得老板的态度又趾高气扬起来。

现在,他们俩坐在兼供膳食的公寓小客厅里的长靠椅上。雷反复说,如果哈里拒绝他的入股,他真的想离开了。说到这里,他还打了个手势,没想到却碰到了维达的肩膀。

"哦,抱歉!"他说。

"没什么,啊,我应该回去了。我的头有点儿不舒服。"她说。

四

三月的某个晚上,雷和她一起看电影,在回来的路上顺便到戴尔的铺子里小坐一会儿,喝一杯热巧克力。维达说:"我或许明年就要离开这里了。"

"你这是什么意思?"

他们坐在一张圆桌前,她用纤细的手指敲着玻璃桌面。透过玻璃桌面,她看到桌子底下放着黑色、金色和橘黄色的香水盒。她环顾商店,看到售货架上还摆着红色的热水袋、浅黄色的海绵、蓝边的大浴巾和樱桃红的发刷。她摇了摇头,就像一个巫婆,愁眉苦脸地看着他,说:

"我为何要留在这里呢?现在我一定要果断才行。时间飞逝,我很快就要签订明年的合约了。我想明年到其他镇任教。这里的人都不喜欢我，我还是早点儿离开好。趁着大家没有挑明对我的厌恶，我还是自己离开吧。今晚就要决定好。我或许——哦，先不说这个了。我们走吧，很晚了。"

她忽然站起来，丝毫不理会他在旁边哀伤地说："维达！等等！坐下！天啊！你吓死我了！唉！维达！"

这时，她大步走了出去。他结账的时候，她已经走远了。他拼命地在后面追："维达！等等！"

他拼命追啊追，最后在高杰林家门口的紫丁香棚架下才追到了她。他把手搭在她的肩膀上，防止她逃走。

"哦！别这样！别这样！这样一点儿意思也没有。"她边恳求，边抽泣起来，她的眼睑里饱含泪水，"没有人心疼我，也没人愿意帮我。我还是四处漂泊去吧，把我忘了吧。哦，雷，请放手。我决定不再留在这里任教，我要离开这里，到很远的地方去……"

他用力地握住她的肩膀。她低下头，用他的手背在自己脸上蹭来蹭去。

六月，他们终于结了婚。

五

他们租住在奥利·詹森曾经住过的那栋房子。"房子虽然不大。"维达说，"可有一个不错的菜园，可以和大自然接触，真是太棒了。"

按理说，她应该叫维达·伍瑟斯庞，虽然她也不想保持自我，继续使用自己的本姓，但大家依旧叫她维达·舍温。

她辞去了中学教师的工作,但依然兼任该校的英文课教师。妇女读书会开会的时候,她都很忙。她经常走进农妇休息室,让诺德尔奎斯特太太清扫干净地板。她接替了卡萝尔,担任了图书馆馆务委员。她在圣公会主日教女子高级班讲授课程,并为了恢复女子团契活动而奔走。她感到很幸福。如今她精力充沛,日渐发福,再也不像婚前那样心灰意冷了。虽然她还是喜欢嚼舌根,但她不再羡慕别人的婚姻生活,看到小孩也不伤心了。可是,她如今一门心思地想要戈镇每个人都赞成她的改革方案,甚至比以前意志更加坚定。她的方案就是:购买土地兴建公园,并要求大家都清扫干净自家的后院。

每次她到时装公司,就缠住办公室里的哈里·海多克。她打断他的笑话,毫不客气地告诉他,皮鞋部和男子服饰部都是雷操办起来的,所以要给他入股。哈里还没有回话,她就说,如果他不同意,她要和雷开一间新的铺子。"我自己当伙计,并且还有人愿意给我们出资。"

说实话,她也不知道是否有人愿意出资。

后来,雷如愿以偿,成了持有店面六分之一股本的股东。

现在雷可以神采飞扬地招待客人了。对于男客人,他常拿腔拿调的,看到美丽的女客人,他也不再一味地拍马屁了。每天他不是在竭力劝说顾客购买对他们来说毫无用处的东西,就是站在店堂后面发呆。可是,只要想到维达那热烈的爱情,他就会十分骄傲,觉得自己是个顶天立地的男子汉。

维达不希望肯尼科特和雷站在一起,她会忌妒,这是因为她觉得卡萝尔不过是自己的化身。这时,维达还会想:或许会有人觉得肯尼科特是雷的老板。她相信卡萝尔也会有这样的感觉,所以心里十分怨恨，恨不得大声喊，"你别太得意了！我一点儿也不稀罕你那个古怪的老男人！哼！他可不像我们家雷那么纯真高尚。"

第二十二章

一

一个人对称赞做出的反应并不难理解，最难理解的是他如何度过二十四个小时。正是因为如此，码头工人无法理解店员，伦敦人无法理解布须曼人。

正是因为如此，卡萝尔也无法理解婚后的维达。卡萝尔有了孩子，还要照看一栋大房子。肯尼科特在外出诊的时候，她还会帮忙接电话。除此之外，卡萝尔每看到一本书都想读一读，而维达只看报纸的大标题就停止了。

当维达不再寄宿在别人家的时候，就喜欢上了打理家务，管理所有琐事。她不想要用人。她做饭、做点心、清洁房间、清洗晚餐桌布，显得十分开心，就像一位到了新实验室的化学家。在她眼中，炉灶似乎是一座神圣的祭坛。她上街买东西的时候，通常会抱回一大堆肉汁罐头。她还会买一把洗碗刷或一块熏肉，就像要设宴招待客人一样。她跪在一棵豆苗旁边，小声地说："这是我亲手种的——我给这个世界带来了一个新生命。"

"我很开心看到她如此幸福。"卡萝尔心想，"我也要学学她。我爱自己的孩子，可是家务——哦，我算幸运的，我比那些农妇和贫民好太多了。"

可是，那些自认为生活得比别人优渥的人，也不一定就会感到满足，或一直保持满足的状态。

那么，卡萝尔是如何度过一天二十四个小时的呢？她起床就给孩子穿好衣服；吃完早餐后，就叮嘱奥斯卡里娜当天需要买什么东西，带着孩子到门廊玩，再去肉店挑选牛排和猪排，接着帮孩子洗澡，用钉子把架子钉紧；吃完午饭，让孩子午休，支付小费给送冰块的工友，看一个小时书，接着带孩子外出散步，随便去维达那里小坐一会儿；晚饭结束后，安排孩子睡觉，补补袜子，听着肯尼科特一边哈欠连天，一边责骂麦加农大夫实在是太傻了，居然用他那套差劲的X光仪器来治疗上皮癌；补好长袍后，她睡意渐浓，只能听到肯尼科特在给炉子加煤，睡前还强迫自己看了一页索尔斯坦·维布伦[1]的书。就这样，一天过去了。

卡萝尔也会感到开心，当她听到调皮的休在呜呜叫，或者哈哈大笑，又或是用大人的语气说"我爱我的小椅子"的时候就会觉得心情舒畅。在其余时候，她都感到有些孤独。每当想到这，她一点儿也不觉得自己幸运。她真希望自己可以和维达一样，满足于戈镇的生活，开开心心地擦地板。

---

[1]索尔斯坦·维布伦，美国社会学家，经济学家。

二

卡萝尔看了大量的书,这些书有她从公共图书馆里借来的,也有从圣保罗各书店买来的。刚开始的时候,肯尼科特有点儿担心,因为她买书的癖好太吓人了。书始终是书,这里的图书馆里有好几千册可以免费借来看的书,为何一定要自己花钱买呢?肯尼科特为这件事提心吊胆了两三年,后来他想通了,觉得她买书的癖好源于她曾是个图书馆馆员,这个坏习惯估计一辈子也改不掉了。

她所看过的书的作者,大部分都是维达·舍温讨厌的人。他们有年轻的美国社会学家、年轻的英国现实主义作家、俄国恐怖分子、安纳托尔·法郎士[1]、罗曼·罗兰、尼克索[2]、威尔斯[3]、萧伯纳、凯伊、埃德加·李·马斯特尔斯[4]、西奥多·德莱塞[5]、舍伍德·安德森[6]、亨利·门肯[7]以及所有具有创新性的哲学家和艺术家,不管是在纽约挂着花布帷幔的画室里,在堪萨斯的农场里,在旧金山的客厅里,或是在阿拉巴马的黑人学校里,很多妇女都在向他们学习。从他们那里,卡萝尔得到一种隐隐约约的、就像好几百万妇女都能感受到的希冀,同时,她也得到一种决心,这种决心具有阶级意识,但她弄不清自己属于哪个阶级。

她读的书扩展了她的知识面,有利于她观察大街、戈镇以及和

---

[1]安纳托尔·法郎士,法国作家,社会活动家。
[2]尼克索,丹麦无产阶级作家,有"丹麦的高尔基"之美誉。
[3]威尔斯,英国历史学家,社会学家,作家。
[4]埃德加·李·马斯特尔斯,美国诗人,曾在自己的作品中大力批判乡镇的市侩习气。
[5]西奥多·德莱塞,美国现实主义大师。
[6]舍伍德·安德森,美国诗人,曾经着力刻画过美国一些偏远小镇上的"小角色"的焦虑和孤独。
[7]亨利·门肯,美国评论家。

肯尼科特一起开车时所看到的乡镇。在她无所适从的思想里，某些信念在慢慢建立，当她睡觉的时候，或是在修剪指甲的时候，或是等待肯尼科特归家的时候，会零碎地冒出来。

后来，她把这些信念分享给了维达·舍温，也即维达·伍瑟斯庞。当时，她们坐在热水汀旁，那里有一碗质量一般的胡桃和美洲山核桃，那是从惠蒂尔舅舅的杂货店买回来的。那晚，斯巴达协会在瓦卡明的分会成立，肯尼科特、雷蒙德和协会的其他几位干事一起去主持成立仪式。所以，维达跑来和卡萝尔一起睡。她帮卡萝尔安抚休睡觉，并且还不停地称赞孩子的皮肤很娇嫩。接着，她们开始聊天，一直聊到深夜时分。

那晚，卡萝尔所说的和心中所想的，传达了草原乡镇千千万万个妇女的心声。她提出的方法不能有效解决现存的问题，不过是展示了一些徒劳的、可怜的憧憬罢了。她没有用简短的语言阐明自己的观点，只是稍微提了几句："哦，你知道。""你如果能明白我的意思。"还有"我不知道我是否说明白了"。实际上，她的意见十分明确，足够令人愤愤不平了。

三

卡萝尔说，她从通俗小说和戏剧中发现两个传统，这是美国乡镇独有的。第一个经常可以从每月出版的几十种杂志中发现，那就是美国大部分小镇至今都保持着淳朴传统的风气，在那里能娶到善良、可爱的姑娘。所以，那些巴黎有名的画家或是在纽约致富的金融家，迟早会厌烦那些性感的城市女人，甚至厌恶大城市。于是，他们带着荣耀荣归故里，和他们孩提时代的情侣结婚，快乐地在小镇上度过下半生。

第二个传统，就是美国的每一个小镇都具有某些特点：男人都留着胡子，草坪上都摆着铁狗雕像，门前都有璀璨夺目的砖饰，都有西洋跳棋和金色香蒲花纹的水壶，除此之外，还有一些被称为"土佬儿"的搞笑又聪明的老头儿，有时他们会忽然大叫："哼，我发誓就可以了。"这些迷人的传统到现在都是杂耍歌舞剧团、滑稽插画的画家以及幽默小品的题材的重要来源，但事实上，它们在四十年前就已经消失了。卡萝尔所在的那个小镇，人们所想的并非从前的贩卖骡马的生意经，取而代之的是汽车、电话、成衣、谷仓、紫苜蓿、柯达照相机、留声机、莫里斯式皮圈椅、桥牌奖、石油股票、电影、地产、不曾看过的《马克·吐温全集》以及简短的政治书。

肯尼科特或钱普·佩里这种人很喜欢这种小镇生活，但也有很多人——尤其是女人和年轻小伙儿并不感到很满足。聪明的年轻人以及那些幸运的寡妇，都到大城市去了。他们忽略小说中的传统，一心一意在那里安居，即便假日也鲜回老家。在这些小镇，即便是最狂热的爱国人士，到了暮年，也会想方设法离开那里，带着全家搬到加利福尼亚或其他大城市。

卡萝尔一直觉得，原因是乡镇上缺乏生活乐趣，而非乡镇小民的传统愚昧。

小镇所有的事物都是乏味、缺乏生机的，人们的言谈举止也十分呆滞。并且想要得到别人的尊敬，就必须严格节制精神。这是一种安于现状的情绪……是即将死去的人瞧不起生者的那种满足的情绪。在他们眼中，这种消极是高尚的美德。人们不能享乐，要心甘情愿接受奴役，信奉这种毫无生气的生活。

这些人呆滞乏味，吃的东西也毫无美味可言，饭后就躺在摇椅里，连外套也不穿，脑子里什么也不想，耳朵里听着呆板的音乐，嘴里吐出"福特"牌汽车性能好的话语，竟然还认为自己属于最伟大的民族。

四

卡萝尔曾经问过那些外国移民，这种并不鲜见的生活对他们产生了怎样的影响。她记得，第一代斯堪的纳维亚移民还保留着微弱的异国情调。有一次，碧雅带她去市集，市集设在教会礼拜堂前，是挪威人开设的。她看到一个正宗的挪威乡村小饭馆，里面有些脸色苍白的女人，身穿镶嵌着金丝绳边的彩色珠子的红坎肩，还有黑裙子，围着绿条子围裙，戴着小高圆帽，显得十分迷人——她们端着"rommegrod og lefse"——甜酥饼和肉桂酸牛奶布丁，送到客人面前。这是卡萝尔第一次在戈镇遇到这样新奇的事情，她被这种异国风情所吸引。

可她也看到，这些斯堪的纳维亚女人，愿意把她们带有肉桂风味的布丁换成炸猪排，把大红坎肩换成坚硬的白褂子，把挪威峡湾传统的圣诞颂歌换成《她是我的爵士乐美人》。慢慢地，她们的生活方式和美国的生活融为一体。在不到一代人的时间里，她们那些原本快乐的、新奇的生活习俗已经蒙上了暗淡的色彩。这种转变虽然也为小镇的生活带来了色彩，却没料到在她们的子女身上趋于成熟。他们穿成衣，说中学里流行的俚语，努力学习当地礼俗，这样一来，美国文化完全代替了这些异国的风俗习惯。

她觉得自己和这些外国移民很像，表面看来变得美丽，实际上却十分平庸。每当想到这，她就觉得毛骨悚然，总想着站起来反抗。

卡萝尔说，在很多小镇上，如果人们想保持体面，就要在知识面上力求匮乏。每个镇上，只有五六个人不把愚昧当成光荣。但凡是"有智慧"或是"有艺术涵养"或是他们口中的"博学"的人，都被当成品德不端正的人。

在美国西部和中西部，已经开展了政纲和合作社销售方面的实验，以及需要智慧、胆量和想象力的事业，可是，这些活动只是在农村进行，并非城市。在城市，只有少数教师、医生、律师、工会成员和像迈尔斯·伯恩斯塔姆那样的工人支持这些另类活动，他们通常会因此受到责骂，被人们嘲笑为"狂热病"和"半瓶醋的空想社会主义者"。报刊编辑和教会牧师都会不停地劝说他们。他们四周弥漫着那种不自知的愚昧，就像乌云一样笼罩在他们身边，让他们感到十分无奈。

五

维达说："对……哦……你知道，我总觉得雷原本可以成为一个优秀的牧师。我觉得他的灵魂皈依宗教。天啊，他的讲道肯定会十分精彩。我想，他现在已经来不及做一名牧师了，我和他说，卖鞋子也是造福人类的一种方式——我在犹豫，是否要进行家庭祷告会。"

六

卡萝尔觉得，无论在哪个时代、哪个国家，世界上的每一个小镇都会朝着这个趋势发展：小镇上十分沉闷，并且令人厌恶，除此之外，还包含着浓烈的好奇心。在法国或中国的西藏就像在怀俄明州印第安纳州一样，这些特征都一代一代地传承下来。

可当一个国家有意识地要求标准化，希望在维多利亚时代的英国之后成为世界上数一数二的市侩时，它的市镇早已遗失乡土气息，镇上的人们再也不可能像过去那样沉睡、无知了。这个小镇代表的是一种力量，它在努力去征服大地、高山大海，为戈镇赢得但丁的赞誉，并帮自命不凡的大人物穿上大学生的制服。这股力量信心十足，不把世界上其他国家的文明放在眼内，如一个戴着褐色圆顶礼帽的旅行推销员试图踏在中国先贤的头上，在刻着孔夫子格言的传统拱门上贴上香烟广告。

原本，像这样的社会能制造出大量的廉价汽车、便宜手表和安全刮脸刀，但它野心勃勃，想让全世界都觉得，只有坐上廉价的汽车，吹捧便宜手表，黄昏闲聊的是安全刮脸刀片的便捷性，而非爱情和勇气，才是真正的生活。

这样的社会，这样的国家，它们是由无数个小镇组成的。最厉害的制造商不过是大忙人萨姆·克拉克那样的人而已。那些肥胖的参议员和总统，事实上他们就是幸运的乡下律师和银行家。这样的小镇虽然自以为属于这个辽阔的世界，并自认为可以与罗马和维也纳并驾齐驱，但它缺乏也许能让它变得伟大的科学精神和国际主义思想。它为了赚取财富和名气，不停地打听消息。它关注的只是工钱便宜的厨师和价格飞涨的地产，它的理想一点儿也不伟大、崇高。它只能在小房子里打打纸牌，而不知先知们正在走廊讨论伟大的问题呢。

如果镇上所有人都和钱普·佩里与萨姆·克拉克那样善良，那就没有必要去追寻传统了。可是哈里·海多克、戴夫·戴尔、杰克逊·埃尔德这些忙碌的小商人，他们有共同的商业目标，他们自认为志向高远，但成天却围着收音机和搞笑电影转。这个小镇之所以变得寡淡无味，他们就是罪魁祸首。

七

卡萝尔努力想知道戈镇为何变得如此丑陋。她觉得，这是因为这个小镇的所有地方看起来都很像，镇上的建筑很普通，一点儿也不牢固，就和早年开疆拓土的移民的村子一样，由于没有顺应自然环境，山坡上长满矮树，湖滨胜景已被铁路截成两半，小溪边堆满了垃圾，色彩单一乏味，房子简直是一个模子印出来的，都是长方形，街道太宽太直，坑坑洼洼的，刮风的时候，人根本找不到藏身的地方，并且从那里就能看到郊外一片丑陋的荒地，根本无法看到曲折、迷人的风景。街道如此敞亮，如果两边耸立了宫殿式的建筑，肯定会显得气势磅礴，不用说，街道两边矮破小的店铺越发简陋不堪了。

看起来都差不多——这是对那些乏味、一成不变的外在哲学的描述。在美国，大部分的小镇都一样，游客很难不感到厌烦。在匹兹堡以西，随处可见——而在匹兹堡以东，有时也能看到——相同的锯木厂、火车站、"福特"汽车行、奶酪厂，还有盒式房子和两层楼店铺。一些特别的住宅虽然想创新，看上去还是差不了多少：它们依旧是小平房，依旧是用灰浆和彩色瓷砖砌起来的四方房子。店铺里都摆着相同规格的商品，它们的广告在全国各地都能看到；刊登着相同内容的报纸，在方圆三千里随处可见；在阿肯色州和德拉瓦州的小伙子身上都可以穿着同一件鲜艳的衣服，他们都能说出从体育版上看到的俚语，如果他们中有一个是理发师，有一个是大学生，你根本无从分辨。

如果肯尼科特忽然被人带到距离戈镇几十英里的另一个小镇，他可能都无法察觉出不同之处。很明显，他路过的大街（它的名字很有可能叫大街）是一样的，他会在相同的食品店里，看到相同的小伙子正拿着相同的冰激凌苏打，送给一个胳膊下也夹着相同的杂志和唱片的年轻女人。只有当他走上楼，来到诊所，发现门上挂着的牌子并非自己的，诊所里坐着的又是另一个肯尼科特医生——或许他才会发现异样。

最后，卡萝尔从她全部的指责背后看到一个事实：草原上的小镇之所以存在，是因为农民，但在为农民提供劳务方面，却会比大城市稍微逊色。它们靠着农民赚钱，为镇上的居民提供大汽车和高等的社会地位；它们和大城市不相同，在获取高额利润之后，它们不想把当地建设成一座宏大、永恒的中心城市，而是保留着这些简陋的小房子。这种是"寄生的希腊文化"，甚至都不应该加上"文化"二字。

"我们现在的情况就是这样的。"卡萝尔问，"是否有改变的方法呢？真的能改变吗？或许可以从批评开始。哦，批评那些碌碌无为的大人物，或许能起到一定的作用……也有可能没有任何效果。或许某天那些农民会建造属于自己的市镇，或许他们还会有自己的俱乐部呢。可是，我觉得我再也无法提出'改革方案'了。不可能再提了！唉，都是精神状态惹的祸，反正任何一个社团或政党会一直觉得公园比垃圾场好……我的想法是这样的，你如何看呢？"

"换言之，你想一切都尽善尽美，对吗？"维达答道。

"是啊，那样不好吗？"

"你似乎一点儿也不喜欢这个地方！你厌恶这里，怎么可能在这里大展拳脚呢？"

"嘿，不能说我一点儿也不喜欢它！其实，我挺喜欢这里的。否则，我就不会发那么大火了。现在我才知道：戈镇和我当初想的不一样，它不过是大草原上的一粒小疹子，事实上，它的面积和纽约一样。在纽约，我认识的人少于五十个，在这里，我认识的人有很多。你继续说，你还有什么想法？"

"哦，卡萝尔，亲爱的，如果我把你的话都当真，该多么让人伤心。换个角度想，别人会怎么想？要知道人家花了很多年，费了很多心血才建立起这个市镇，而你似乎从天而降，蔑视地说'太差劲了！'你觉得这样公平吗？"

"怎么不公平？如果让戈镇的人去一趟威尼斯，等他们看到差异性的时候，肯定也会感到难过的。"

"不可能！我觉得，坐在威尼斯那种细长的平底船上虽然很舒适，可我们这里的浴室更美！亲爱的卡萝尔，这个镇上并非只有你一个人想过这些问题，恕我冒昧，你似乎觉得自己是最聪明的人。当然，我们也要承认，这里有些东西并不是足够好。举个例子，我们表演的戏服，远没有巴黎的好。这是事实！可我并不想我们这里受到外来文化的干扰——无论是街道设计、礼仪风俗，还是疯狂的共产思想。"

维达简单地表达了她觉得能让戈镇变得更加美好的一些方法，这些办法和我们的生活息息相关，有些已经实现。她提到妇女读书会、农妇休息室、灭蚊运动以及有关园林绿化和疏浚下水道的运动——这事情都是具体的，可以实现的。

而卡萝尔给的答案有些不切实际。

"是……是……我明白。这些事情都很好。可是，如果我瞬间就能实现所有改革的话，我依旧需要一些外来的惊喜。这里的生活很舒适，踏实。现在我真希望它少一点儿舒适，多一些拼劲。我希望妇女读书会可以改善市政建设，方法就是：提倡斯特林堡①的戏剧，有古典舞蹈家（在薄纱下隐约能看到一双美腿），还有（我能清晰地看到他！）一个强壮、蓄着黑胡子的浪荡法国人坐下来，喝酒，唱咏叹调，说一些淫秽的故事，讽刺我们烦琐的礼节，并引用了拉伯雷作品里的一些片段，而且还亲吻了我的手！"

"哈——哈——哈！其他事情我不知道，可是你和其他欲求无度的年轻女子一样，渴望一个陌生人来吻你的手！"看到卡萝尔在用力呼吸，机警的维达立刻高声说："哦，卡萝尔，亲爱的，我只是在开玩笑……"

"我知道，这就是你的意思。接着说，我的灵魂需要你来拯救。说来可笑，我和戈镇都在努力，想要拯救对方的灵魂。你说，我还做了哪些傻事？"

"哦，还有很多呢。或许某天，我们这里能看到你刚才口中的那种愤世嫉俗的法国人（太可怕了，总是喜欢嘲笑别人，身上散发出烟草味，大口地喝酒，把脑子和消化器官都折腾坏了！）可是，感谢上天，我们还要忙着修整草坪和铺路面！你知道，这些事情很快就会到来。妇女读书会已经开始有效。可你……"她强调道，"令我失望的是，你太懒了，说实话，你干的活儿可比你瞧不起的那些人少多了！校董会的萨姆·克拉克，现在正在努力改善学校的通风设备。你觉得口才很好笑的埃拉·斯托博迪已经说服铁路局出点儿钱，在火车站前的那块空地上建一个小花园。

"你就喜欢讽刺别人。可是抱歉，你的态度很差劲，尤其是对

---

① 斯特林堡，瑞典有名的作家。

待宗教的态度。

"你要明白，你并非一个完完全全的改革家。你这个人心高气傲，做事情总是有始无终。你曾经倡导过的那些，新的市政厅大会堂、灭蝇运动、读书会的报告、图书馆馆务委员会，还要因为我们的水平无法演易卜生的剧本就被你放弃的戏剧社。你希望所有事情都尽善尽美。可你要明白，你做过的最了不起的事情只是生下休。还有一件事，就是你曾在儿童福利周给肯尼科特医生当过助手。你称每个婴儿的重量之前，并不要求他成为一个哲学家或艺术家，可你平时却那样要求我们。

"接下来我说的这件事或许会令你难过。最近两年，我们镇上要新建一栋校舍——可你从来都没有帮过我们，甚至连关注都没有。

"这么多年，莫特教授和我，还有其他人，一直努力向有钱人说这件事。我们没有来找你，因为在希望渺茫的情况下，要你总是提起这个问题，你一定无法忍受。可是，我们最终成功了！那些大人物允诺说，只要战时情况允许，他们将为新校舍发行公债。我们将会有一栋很棒的大楼，它的材料是褐红色的砖头，有很多大窗子，学校里还有农科和工艺科。等校舍建好，那将是我给你的最好的答案！"

"听到你这番话，我真是太开心了。我没能参与其中，对此我感到惭愧。可是，我提出下面一个问题，请你不要觉得我对这件事从来都没上过心：在那栋干净的新校舍里，教师们是否依旧和从前一样，告诉学生：波斯只是地图上的一个黄点，'恺撒'是一本文法难题集解的书名呢？"

八

听了这句话,维达十分生气,卡萝尔赶紧说对不起,她们两个人又聊了一个多小时,就像永恒的马利亚和马大——马利亚建议废除道德,马大建议进行改革①。最后,维达处于上风。

由于自己没有被邀请参与到筹建新校舍这件事,卡萝尔心里有些失落。她只能把完美的梦想搁置一旁。当维达要求她带领一小组营火会少女时,她毫不犹豫地点了头,并且对她们表演的印第安人的舞蹈、宗教仪式和着装都很满意。她越来越频繁地参加妇女读书会。她以维达作为帮手,四处奔走,筹备募捐,目的是为了雇用一位乡村护士,为贫困家庭解决医疗照顾的难题。她还亲自募捐,并要求那个护士一定要年轻、强壮、善良又机灵。

不过,卡萝尔并没有忘记那个浪荡的法国人,以及身着薄纱的舞蹈家,就像小孩子无法忘记自己的玩伴一样。维达说,卡萝尔之所以会喜欢营火会少女,并非因为这种训练会让她们以后成为贤良淑德的妻子,而是希望那些印度舞蹈可以为她们枯燥的生活增添一丝乐趣。

埃拉·斯托博迪打算在火车站旁的小三角公园里种上一些植物,卡萝尔就跑去帮忙,蹲在肮脏的地里,手里拿着一把小弯刀,戴着种花专用长手套。她和埃拉聊深受大家喜爱的倒挂金钟属植物和美人蕉属植物。她觉得,自己干活儿的地方就是一座被天神遗忘的神庙,这里没有香火,也没有圣乐。火车上的游客们看到她,还以为她是一个日渐年迈、举止优雅的农村妇女。她对行李搬运夫说:"哦,对的,对孩子来说,我是在以身作则。"这时,她似乎

---

①基督教福音派人物,一个踏实务实,一个注重理想。

看到自己头戴花冠,奔跑在巴比伦的大街上。

这次帮助埃拉的活动,让她喜欢上了研究植物。从前,她只认识两种植物:卷丹和野玫瑰。这时,她对休也产生了新的认识。"金凤花说的是什么呀,妈妈?"他高喊道。此时他的手里拿着一把乱草,脸上沾满金色的花粉。她一把抱住他。她承认他充实了自己的生活。在这一个小时中,她和他简直融为一体了。

可深夜时分,死亡的恐惧就会纠缠她。于是,她从肯尼科特的旁边爬出来,轻轻地走进浴室,对着药品柜门上的镜子,看着自己那张毫无血色的脸。

当维达变得越来越丰满、年轻的时候,她是否越来越老了呢?她的鼻子似乎变了,变得更尖削了。她的脖子似乎开始有皱纹了。她盯着自己,觉得胸口像压了一块大石头。她才三十岁,可她结婚已有五年——她似乎被打了麻药一样,糊里糊涂地度过了这五年。岁月不饶人啊!她用力地敲着浴缸的边沿,对着那些满不在乎的大人物发脾气:

"我一点儿也不在意!但我再也无法忍受了!他们都在说谎——维达、威尔、贝西舅妈——他们说我现在有了休,有了一个幸福的家庭,有种着七株金莲的火车站的小花园,我应该满足了!我——始终是我!我不愿意放弃大海和象牙塔——我也需要它们啊!该死的维达!他们都该死!难道他们真的觉得能让我相信豪兰·古尔德杂货铺里的破土豆很迷人、新奇吗?"

第二十三章

一

当美国卷入欧洲大战的时候，维达就把雷蒙德送到了军官训练营，那时距离他们结婚还不到一年。在那里，雷蒙德努力学习，结业后被授予步兵中尉，成为最早被派往海外的一批军人。

这时，卡萝尔十分害怕维达，此时的维达对战争十分狂热，并且她变得很不耐烦。卡萝尔被雷蒙德那种渴望当英雄的感情所感动，还把自己的仰慕之情婉转地表达出来。没想到维达却粗鲁地对待她。莱曼·卡斯、纳特·希克斯和萨姆·克拉克的儿子，都被送进了部队。但是，卡萝尔并不认识部队中其他的人，他们大部分都是德国和瑞典农民的孩子。特里·古尔德医生和麦加农太太成了随军医疗队的上尉军官，驻守在艾奥瓦和佐治亚的营房里。在戈镇的所有入伍人员中，只有他们两人和雷蒙德是军官。原本肯尼科特也想入伍,可镇上的那几位医生早就忘记了同业竞争这件事,开会讨论劝他留下来,让他在入伍之前先给镇上的人看病。那时的肯尼科特只有四十岁,算是当地比较年轻的医生。韦斯特莱克老医生一直喜欢舒适的生活,晚上坚持不到乡下去出诊,这时为了出征,也开始在盒子里找他从前的勋章襟绶。

卡萝尔不知道自己该如何对待肯尼科特想入伍这件事。当然,她并不是崇尚武力的斯巴达妇女。她知道他十分想去,也知道这是他的心愿,他的走路姿态和谈到天气时显露出来的神态都表明了这一点。她敬佩他,但没有热切地鼓励他去入伍。

赛伊·博加特原本就喜欢武力。现在,他不再躲在阁楼里琢磨卡萝尔以及刺探女人生孩子的秘密,他已经不是原来的野小子了。他十九岁了,长得很强壮,整天都忙忙碌碌的,是镇上出名的浪子。他擅长喝啤酒、抛骰子、讲黄色故事。他特地站在戴尔的药房门前,当有女孩经过的时候,他就逗弄她们,弄得她们十分尴尬。

赛伊到处说,如果他母亲博加特寡妇不允许他入伍,他就离家出走,独自去参军。他高声大叫,说他"讨厌每个无耻的德国兵,如果他可以拿刺刀捅死一个德国佬,让他学会规矩和民主,那他今生足矣"。赛伊还出过一阵风头,因为他用鞭子打了一个乡下孩子。这个可怜的孩子名叫阿道夫·波希鲍埃尔,赛伊说人家是"可恶的德国杂种"……后来,这个年轻的波希鲍埃尔在阿尔贡尼为了把美国上尉的尸体背回战壕,不幸为国捐躯。而此时,赛伊·博加特依然留在戈镇,打算上前线。

381

二

卡萝尔听到人们议论，这场战争将会彻底改变人的思想，所有的东西，从婚姻到国家政体都将得到进步和净化。她喜欢这种变化，但却一直没有发现它。她看到镇上的妇女早已丢掉桥牌，在帮红十字会做纱布绷带，还笑着说她们的生活离不开白糖。不过，她们做这些包扎用料的时候，没有提到上帝和人的灵魂，只是提到迈尔斯·伯恩斯塔姆的粗鲁，四年前特里·古尔德曾经和一个农民的女儿有过情感纠葛，以及如何烧卷心菜、怎样改短裙子等。当她们提起战争的时候，只会说它有多么恐怖。卡萝尔总是准时又高效地去做纱布绷带，但她做不到像莱曼·卡斯太太和博加特太太那样边做绷带边痛骂敌人。

卡萝尔对维达说："年轻人都在拼命地工作，而这些老奶奶却坐在我们旁边，开口闭口都是仇恨，或许是她们的身体太虚弱了，除了仇恨什么都做不了。"

但维达立刻对她说："你应该尊敬她们，不能如此冒犯啊！要知道这个时候，很多人都面临死亡。我们中有很多人都做出了牺牲，并且没有感到不满——至少我们不想看到你们这些人总是指责人。"

听到这番话，卡萝尔哭了。

卡萝尔真心希望普鲁士独裁政府的失败，她坚信，这个世界上只有普鲁士一个独裁政府。每当从电影上看到部队从纽约出发的情景，她就兴奋不已。可她在街上听到迈尔斯·伯恩斯塔姆说了一番话，这令她惴惴不安。

"你的那些事处理得如何？我混得挺好的，最近买了两头大母牛。你现在倒成了一个爱国者了？啊？肯定是他们带来的民主——

毫无生气的民主。对的，从伊甸园那时开始，每逢打仗，大老板总会说一些好听的话，怂恿工人们奔赴战场，互相残杀。现在我聪明多了。我才不管什么战争，我一点儿也不想听。"

听到伯恩斯塔姆这段话，卡萝尔想的并非是这场战争，而是敏锐地觉得：自己、维达以及一心一意为人民献身的人，都太渺小了。因为这些人民一旦了解事情的真相，他们就可能会反抗。她暗自琢磨，早晚有一天，数百万像伯恩斯塔姆那样的工人会统治一切，每当她想到这就会觉得很害怕。到那时，恐怕和她相处得很好的伯恩斯塔姆、碧雅和奥斯卡里娜，再也不会把她当成"善良大度的好太太"了——想到这，她再也不敢继续想下去了。

三

转眼已是六月，此时美国卷入欧洲大战已经有两个月了，戈镇出了一件很轰动的事，那就是赫赫有名的富翁珀西·布雷斯纳汉，波士顿维尔维特汽车公司的总经理衣锦还乡。这个从戈镇走出去的百万富翁立刻成了大家热议的话题。

连续两个星期，人们都在议论这个大人物。萨姆·克拉克高声对肯尼科特说："喂，听说珀西·布雷斯纳汉要回来了！天啊，真开心能见到这个老头。"后来，《戈镇无畏周报》在头版的头条刊登了布雷斯纳汉写给杰克逊·埃尔德的一封信：

亲爱的杰克：

您好，杰克，我想我很快就可以回去了。我即将前往华盛顿，在航空动力工业部门担任政府顾问，只收取一美元的年薪。我要和他们说，我还没完全弄清楚有关汽化器的问题。但在我即将成为英雄之前，我要回来钓几条黑鲈鱼，和你、萨姆·克拉克、哈里·海多克、威尔·肯尼科特等好友叙叙旧。我会在六月七号从明尼阿波利斯出发，乘坐第七次列车前往戈镇。我们见面再说，麻烦转告伯特·泰比，让他留一杯好啤酒给我。

你的朋友
珀西

在第七次列车到站的时候，戈镇的上层社会，金融、科学、人文和体育界的所有人员倾巢而出，前往迎接布雷斯纳汉。莱曼·卡斯太太站在理发师德尔·斯纳弗林身边，久恩尼塔·海多克对图书馆的维利茨小姐也很友好。卡萝尔看到，身材高大、衣服整齐、下巴突出、目光炯炯有神的布雷斯纳汉在车厢出口处，微笑着看着他们。他热情地高声说："各位父老乡亲，你们好！"当卡萝尔被介绍给他——而非他被介绍给她时，布雷斯纳汉盯着她，热切地握住她的手。

他拒绝了人们请他坐上汽车的建议，步行着出发了。他伸出手臂，搭在喜欢运动的裁缝纳特·希克斯的肩膀上。哈里·海多克和德尔·斯纳弗林两个人西装笔挺，此刻正帮他拿着两只灰色大皮包。杰克逊·埃尔德帮他拿着大衣，朱利叶斯·弗利克鲍帮他拿着钓竿和渔网。卡萝尔发现，虽然布雷斯纳汉穿着护腿套拄着拐杖，可所有小孩都没有勇气嘲笑他。她下定决心：我也要威尔拥有一件跟他一样的双排纽扣的蓝外套，一条高领，一个布满花点子的蝶形领结。

那天黄昏，肯尼科特正在花园两边剪草，布雷斯纳汉一个人坐车来了。此时他打扮得很有味道：身穿灯芯绒裤子、卡其布衬衫，敞开领口，头戴一顶白色划船小帽，穿着一双帆布鞋。"威尔兄弟，你现在还在忙啊！说实话，回家穿上合适的、宽松的裤子，我太舒服了。虽然人们都说大城市的生活舒适，可我认为，回家和老朋友聊聊天，钓几条大鲈鱼——这才是人生乐事啊！"

他飞快地奔向卡萝尔，高声说："小家伙在哪？听说你生了个胖儿子，快抱来给我看看！"

"他睡觉了。"她回答道。

"我知道，规矩是不能打破的。小孩子到商店的时候就会大声吵闹，就像马达一样。可是，大姐，你看，我是故意来打破规矩的，快去抱他出来，让我看看，麻烦了。"

他伸出胳膊搂住她的纤腰——那条胳膊强壮有力、老于世故，却又令人感到舒服。他冲着她露出狡黠的笑容，简直令她无法忍受，这时，肯尼科特脸上也突然笑了起来。卡萝尔羞红了脸——这位生活在大城市的贵宾，就这样随意地闯进了她防备重重的生活，这令她感到有些慌张。后来，她总算能够脱身了，就带着两位男士上楼，来到休睡觉的房间。肯尼科特轻声说："太好了，太好了，嘿，老东西，很开心看到你会来。"

休趴在床上，睡得正香。他把双眼埋在蓝色小枕头里躲避灯光。这时，他忽然坐了起来。他身穿毛线睡衣，看起来十分娇气，一头褐色鬈发显得很凌乱。他紧紧地抱住枕头，放声大哭起来。他直瞪着眼前两位陌生人，明显想要对方离开。之后，他才对卡萝尔说："天没亮，爸爸不可能答应的。这个枕头会说话吗？"

布雷斯纳汉亲热地揽住卡萝尔的肩膀说："天啊！你运气真好，生了一个这么可爱的小宝贝。威尔真厉害，竟能说服你嫁给他这个老光棍！我听他们说，你来自圣保罗。下次我要带你们

385

去波士顿玩玩儿。"说完,他低下头对床上的休说:"小子,我离开波士顿后,你是我见过的最漂亮的孩子。我送你一个小纪念品,好吗?"

说完,他拿出一个红橡皮做的搞笑剧里的小丑。休说:"给我吧。"休刚拿到,就把它藏在被子底下,又盯着布雷斯纳汉,似乎第一次看到这个老头儿。

卡萝尔这时才提醒休:"休,亲爱的,别人给你东西的时候,你应该说什么呢?"很明显,这个大人物在等着休的道谢呢。他们站在那里等了半天,都没有等到休的道谢。最后,还是布雷斯纳汉带着他们走出卧室,他低声对威尔说:"我们去钓鱼好不好?"

他在威尔家又待了半个小时,不停地夸着卡萝尔,说她长得漂亮,两眼贪婪地盯着她。

"对的。他或许有本事,很容易得到女人的爱,但最多只能维持一个星期。我讨厌他那种浮夸、虚情假意。他是个恶霸。我出于自卫,会毫不客气地对待他。哦,对的,他喜欢来我们家,他也很喜欢我们。他是个优秀的演员,觉得自己一定可以……如果他在波士顿,我会讨厌他。他拥有大城市里令人艳羡的一切,漂亮的汽车、精致的晚礼服。他能在奢华的餐厅里预订酒席。他的客厅摆着最出色的商号的精美家具。可是客厅里的画却令他蒙羞。我宁愿在盖伊·波洛克那个布满灰尘的公事房和他聊天……可是,我不能说谎!他的胳膊触摸着我的肩膀,看到他的眼睛,我不由得心生敬佩。我害怕他。我讨厌他!啊,女人家的心真难捉摸。因为我是威尔的妻子,他才会喜欢我。我怎能肆意评论这个和蔼精明的好人呢!"

四

肯尼科特夫妇、埃尔德夫妇、克拉克夫妇和布雷斯纳汉一起出发,前往雷德·斯克沃湖边钓鱼。他们开车前往,车是埃尔德新买的"凯迪拉克",开了四十公里之后,他们才到了湖边。

开车前,他们谈笑风生,帮忙把午餐篮子和钓竿都搬到车上,还反复问卡萝尔是否习惯座位下有一大堆围巾。他们出发之际,克拉克太太忽然惊呼:"哎呀,萨姆,我忘带那本杂志了。"布雷斯纳汉吓唬她说:"快点儿走吧,你们这些太太要是爱好文学,就别和我们这些莽汉出去了!"大家听到他这句话,都开怀大笑起来。路上,那些太太小睡了一会儿,只有克拉克太太在嘟囔,她还没看完那本杂志,要是不出门,她早就看完了,因为她看的是一篇连载小说,刚好看了一半——那个故事十分动人,说的是一个少女的故事,那个少女是土耳其舞女(事实上,她是一个美国女人和俄国亲王的女儿),虽然有很多男人拜倒在她的石榴裙下,但她依旧保持贞洁,其中有个这样的情景……

来到湖边,男人们就爬到船上,投饵钓黑鲈鱼去了。女人们则面带倦意,开始准备午餐。卡萝尔觉得很生气,因为男人们认为女人天生就不爱钓鱼。"虽然我不想和他们一起去,但他们总该问一声再出发吧。"

他们用餐时间很久,且很开心,他们谈起了这个荣归故里的大人物、大城市里的见闻、国内外大事件以及很多名人。他们幽默又谦虚地说,他们的朋友珀西取得的成就并不逊色于大多数波士顿的富豪,这些人都自以为很厉害,他们不过是出身好,生于传统的富商家庭,又到大学里读过书而已。今天波士顿的统治者是那些新兴的实干家,而非那些在俱乐部里打瞌睡的吹牛大王!

卡萝尔终于知道,布雷斯纳汉并非戈镇人所谓的"在东部各地起家——实际上是没有饿肚子——的戈镇子弟"。她还发现,布雷斯纳汉虽然面临着各种吹捧,但他对他的老朋友的确满怀深情。他对这次大战的看法引起了他们的振奋和关注。他们都低下身子,凑到他前面——其实附近根本没有人偷听。他轻声告诉他们,他在波士顿和华盛顿打听到很多内幕消息,都是来自美国参战大本营的,他经常和大本营里的某些人接触,但是因为他们都是国防部和国务院的要员,所以他不能把他们的名字说出来。他特别叮嘱大家,一定不能把这件事告诉其他人,这是大本营的机密,所以华盛顿之外的人对此一无所知,我和你们是无所不谈的好朋友,我才告诉你们。这个消息绝对靠谱,西班牙最终决定加入协约国,参与到战争中。对的,伙伴们,一个月内,西班牙将会派出两百万精良的军队,在法国境内和我们一起战斗。德国佬肯定会吓傻的!绝对的!

"那么,德国国内革命会如何发展呢?"肯尼科特恭恭敬敬地问。

这个有威望的人轻声说:"这个不能说。这方面只有一个可靠的消息,就是德国无论是输是赢,只要地狱里还有燃烧的烈火,德国人都会一心一意坚持德皇的通知。这个消息是华盛顿一个可靠的人说给我听的。不,伙计,我不能说太多有关国际事务方面的消息,但你们需要坚信的是,在之后的四十年内,德国依旧是一个帝国。我觉得这并非坏事。德国皇帝和年轻的德国贵族肯定会制止那些鼓动家,他们一旦成功,肯定比皇帝还要糟糕。"

"我比较感兴趣推翻俄国沙皇的这次起义。"

卡萝尔暗示道,她十分佩服这位无所不知的哲人。

肯尼科特连忙替她解释："卡丽对俄国的这次革命兴趣挺浓的。珀西，你有相关的消息吗？"

"没有！"布雷斯纳汉斩钉截铁地说，"亲爱的卡萝尔，现在我可以肯定，你刚才说话的神态，和纽约的那些俄国犹太人，或是那些留长头发的空谈家简直一模一样。太令我吃惊了！我可以和你说，可你千万别告诉别人。这是国家机密，是我从一个国务院政要那得到的。我说实话，沙皇会在年底之前重新夺回政权。虽然报纸上充斥着有关沙皇退位和被杀的消息，我想你也看到过，但据我了解，他还有一支庞大的军队，他肯定能战胜那些鼓动家、叫花子的。他们这些家伙躲在后面不敢现身，却差遣那些替他们送死的可怜虫。反正俄国沙皇肯定能打败他们的！"

卡萝尔听到沙皇会获得胜利，感到非常遗憾，但她什么都没说。俄国这个国家太遥远了，大家对此没有任何概念，所以他们也没有说话。后来，他们都努力靠过来，向布雷斯纳汉打听：他是如何看待"帕卡德"小汽车、得克萨斯州油井的投资以及明尼苏达和马萨诸塞两州出生的年轻人的，此外，他是如何看待禁酒和汽车轮胎日后的价格的。最后，他们还向他请教美国飞行员的技术如何，是否比法国飞行员更优秀。

他们很开心，因为布雷斯纳汉的看法和他们几乎是一样的。

卡萝尔听到布雷斯纳汉宣称："我们愿意和推选出来的工人委员谈话，可有些鼓动者却插进来，竟然要教我们管理工厂的方法，我不喜欢这样！"她记得以前杰克逊·埃尔德说起这个问题的时候，也发表了同样的言论，不过现在他正在接受"新思想"。

萨姆·克拉克搜肠刮肚，好不容易想起了一个啰里吧唆的故事——说一次他在豪华的普尔曼式卧铺车厢里对一个茶房提起过,他的名字好像叫乔治——布雷斯纳汉双手抱着膝盖,摇晃着身体,盯着卡萝尔。她觉得很奇怪,不知道他是否已经看透自己在强装笑颜,因为刚才肯尼科特取笑她,说她"整天拼命地敲打着大箱子",他这句话的意思是"她一门心思弹钢琴,却忽略了休"——这种琐事,其他男人肯定说不出口,他却反反复复说了十几次。她假装没听到肯尼科特向她发出的打牌的邀约,她想,布雷斯纳汉肯定知道她的心事。她害怕他会取笑自己,又觉得不用害怕,不由得生起闷气。

后来又发生了一件事,惹得她生气了:回来的时候,他们的车子刚到戈镇,大家都向布雷斯纳汉打招呼,连久恩尼塔·海多克也把身子探出车窗外,这是人们对布雷斯纳汉的尊敬,她也为能够享受到这份尊重而骄傲。她轻声对自己说:"好像我真的很想让人看到我和这个大亨在一起!"同时又想:"大家应该已经看到,威尔和我经常陪布雷斯纳汉外出呢。"

镇上的人都在议论他,说他为人和气,博学多闻,不记错别人的名字,又讨论他的穿着,说他捕鱼的诱饵,又说他喜欢慷慨解囊。这次他分别给了克卢博客神父和浸礼会牧师奇特雷尔先生一百块钱,并称赞了奇特雷尔牧师推行的美国化工作。

在时装公司,卡萝尔听到裁缝希克斯兴奋地说:

"这次珀西把那个总是说大话的伯恩斯塔姆教训了一顿,大家都觉得他活该。原以为他在婚后就会老实一些,没想到他这个人总是自以为是,这是他永远都改不了的本性。嘿,这个'红胡子瑞典佬'真是不知天高地厚,他竟然跑到戴夫·戴尔店里对珀西说:'啊,原来你就是那个喜欢搜刮人民钱财吃喝玩乐的人,我早就想见你了!'珀西看了他一眼,立刻说:'哼,怎么着?'接着说:

'我一直在找会扫地的人，薪水是每天四块钱。老兄，你愿意做吗？'哈，哈！你们也清楚，伯恩斯塔姆平时只能磨磨嘴皮子，这次却一句话也说不出。他为了挽回面子，就辱骂这个小镇，说这里糟透了。珀西立刻反驳道：'你如果不喜欢我们国家，可以立刻滚回瑞典老家去！'嘿，我们可从来没有这么讽刺过伯恩斯塔姆啊！嘿，珀西真厉害，太棒了！"

五

布雷斯纳汉开着从杰克逊·埃尔德那里借来的汽车，来到了肯尼科特的家门口，对着卡萝尔高声说："出来兜兜风。"这时，卡萝尔正在门廊摇动着休的摇篮。

她冰冷地说："谢谢你！我还要照顾孩子！"

"带他一起去！带他一起去！"

布雷斯纳汉跳下车，快步从甬道上走过来。对于他的举动，她有些大喜过望，就不好意思拒绝他了。

可是，她没有带上休。

布雷斯纳汉开了一英里，却没有说话，只是一直盯着她，似乎要她知道，他知道她心里的所有念头。

她发现，他的胸脯很宽厚。

"这里的风景真好看啊。"他说。

"你真喜欢这里？它们可不会给你带来财富。"

他笑了笑："大姐，别岔开话题，我对你了如指掌。你觉得我很会装，只会吓唬人。哦，或许我的确如此。可是，亲爱的大姐，你不也一样吗？何况你长得那么美，要不是怕你打我，我真想和你亲热。"

"布雷斯纳汉先生,难道你就是这样和你朋友的太太说话的吗?你都叫她们'大姐'吗?"

"说实话,的确如此!我能让她们开心。最终是一比〇,我赢了!"说完,他又笑了起来,但声音低了很多。他得意扬扬地看着车上的电流表。

过了一会儿,他又谨慎地说:"你的威尔·肯尼科特是个很优秀的好医生。这些乡下医生都很了不起。在华盛顿,我和一位有名的医生,就是约翰·霍普金斯医学院的教授交谈的时候,他说,人们从来都没有肯定过那些开业医生在乡下所起的作用,以及他们对居民给予的帮助和怜悯。我们那里顶级的医学专家,还有年轻的科学家,他们都很自信,成天把自己关在实验室里,心中早就没了病人。除了那些循规蹈矩的人不担心会染上罕见病之外,只有这些乡下医生真正对人民大众的健康起了作用。说实话,在我见过的所有开业医生中,威尔是最聪明、踏实的一个。"

"我知道他是这样的。他一心一意为人民服务。"

"你再说一次?哼,对呀。无论如何,你这话说得不假……可是,孩子,如果我没说错,你似乎一点儿也不喜欢戈镇,对吧?"

"对,不喜欢。"

"那太遗憾了。那些大城市其实很普通。请相信我,我最清楚了!总而言之,这个市镇很好。你能来到这里,这是你的福气。我真希望永远都能住在这里!"

"那好,你为何不永远住在这里呢?"

"嘿!天啊!难道我要放弃我的事业吗?"

"你没有必要住在这里。而我却要永远住在这里!所以我想改变这里。你知道，像你这样出色的人总是称赞你的家乡，这会产生多么严重的后果吗？我说，是你在鼓励当地人保持现状。他们还把你的话当成证词，一直觉得自己住在天堂里，而且……"她紧握拳头说，"这里太沉闷了！"

"好了，即便你的想法没有错，你也没必要对这个小镇发火啊！"

"我说过，这里太闷了，闷得要死！"

"可其他人不是这样觉得的。就像海多克夫妇，他们过得多开心，跳舞，还有玩纸牌……"

"不，他们也觉得很无聊。几乎镇上的所有人都一样。心里空虚，品行差劲，四处说别人的坏话——我最讨厌这些东西。"

"这些东西——在这里，肯定，这是无可避免的，即便在波士顿也是如此！世界上所有地方都是一样的！唉，你所说的戈镇的毛病是人类的天性，这是永远都无法改变的。"

"或许你说得没错。可在波士顿，还有很多像我这样正直的女人——我还得说，我觉得自己是善良的——互相之间还能聊聊天。现在，我却一个人在这里，十分孤单，就像掉进一个死水坑里——只有你这位优秀的布雷斯纳汉先生到来的时候，它才会动一下！"

"天啊！听你这番话，似乎这里的'土著'都很悲观绝望。可是，很奇怪，他们没有上吊寻死啊。他们看起来都很努力。"

"那是因为他们不知道自己缺乏什么。说到底，人还有一定的忍耐力。矿工和囚犯就是最好的例子。"

布雷斯纳汉开车到了明尼玛喜湖南岸。湖面的涟漪就像压皱的锡箔一样，闪闪发亮，芦苇倒映在湖中，还能看见远处岸边青葱的树林，还有银色的燕麦和深黄色的小麦。他拍了拍她的手，说：

"卡萝尔……大……姐啊，你太可爱了，但你这个人也很固执。你明白我的意思吗？"

"明白。"

"嘿，或许你明白，可是，依照我那粗鄙的看法，我认为你喜欢异于常人，自认为高人一等。嗯，你要明白，在纽约有成千上万的女人和你的想法一样，这样，你就再也不能把自己当成独一无二的天才了。你会去追赶浪头，高声呐喊'戈镇万岁'，踏实地过一种平凡普通的家庭生活。大约有上百万刚踏出大学校园的女孩子，看不惯这个看不惯那个，想去教她们的老奶奶煮鸡蛋的方法。"

"你这个俗气的比喻用得可真贴切呵！为了夸赞你的卑微出身，你应该在'宴会'和'董事会'上经常用吧。"

"哼！或许你说得有道理，我不想和你吵了。可是，你也要换个角度想，你对戈镇的意见太大了，未免有些过分了。在某些方面，某些人原本和你的想法一样，可你偏要和他们作对——可是，我想说，戈镇不可能全部是错的！"

"不，当然不会全部都错，但是总有错的。我说个故事给你听吧。当人类处于远古时代，居住在洞穴里的时候，有个女人向她的丈夫抱怨，她对所有事情都不满意，她最讨厌的就是潮湿的洞穴，从她赤裸的身上爬过去的老鼠，穿在身上硬邦邦的兽皮，嘴里吃的生的禽肉，还有她丈夫长满胡子的脸，常年不断的战争以及所谓的宗教信仰，如果她不把最漂亮的兽爪献给祭司，那么神就会惩罚她！可她的男人却不以为意，说：'你说的这些都挺好的！'他认为这样就能堵住她的嘴巴了。现在，你也肯定觉得：维尔维特汽车公司和他的大老板珀西·布雷斯纳汉就在这里成长，那这个地方一定不会差到哪儿去。事实真的如此吗？我们现在还不是停留在过渡阶段吗？我们以博加特太太为例，好了，只要还有你这样优秀的人为现状辩护，我们就一直会停留在野蛮状态。"

"孩子，你真会说话啊。天啊，我倒想看看你想设计出什么东西。你可以开一家工厂，请一帮来自捷克斯洛伐克、匈牙利，还有不知从什么地方来的赤色分子帮你干活儿！我能肯定，你很快就会把自己的那套理论丢得一干二净！当然，我并非一直站在现状这边；毫无疑问，现状很糟糕！不过对我而言，我还是很开明的。"

于是，他开始说自己那一套信条：喜欢户外运动，做事光明磊落，忠诚于朋友。卡萝尔忽然发觉：只要自己超出宗教宣传小册子的范围，即便受到反对崇拜偶像者的指责，那些保守派不会害怕，也不会语塞，而是会神气地用一些模糊的统计数字来反驳。

布雷斯纳汉就是这么一个男子汉、实干家和好朋友，卡萝尔越是拼命地和他争吵，对他的好感就越多。他是一个成功的总经理，她不想他看不起自己。虽然"空谈社会主义者"这个词语一点儿也不新颖，可是在谈到它的时候，他流露出的挖苦神态背后有一股强大的力量，让她产生一种希望，让她忍不住想和那些财源滚滚的经理先生握手言和。布雷斯纳汉问："你真想认识那些长着火鸡脖子、戴着牛角边框眼镜、蓬头垢面的胖乎乎的傻瓜？要知道那些人成天都说'条件'很差，可从来都不愿意踏实做事。"卡萝尔答道："肯定不愿意了，但反正都是一样的。"布雷斯纳汉继续说："即便你说的那个穴居女人解决了她所说的所有问题，我敢肯定，她最后肯定能遇上一个真正的男子汉为她寻得一处干燥舒服的洞穴，而非一个说三道四的激进分子。"卡萝尔扭了一下脑袋，没有说话。

他那双大手、性感的嘴唇以及洒脱的声音，似乎增强了他的自信心。现在,他和从前的肯尼科特一样,令她感到自己既年轻又舒服。这时,他垂下脑袋说:"亲爱的卡萝尔,非常遗憾,我马上要离开这里了。和你在一起真是太开心了。对,你长得很美!下次你到波士顿的时候,我一定要请你吃午饭。哎,见鬼,我们现在该回去了。"可是,卡萝尔还是一声不吭。

卡萝尔到家后,对他所说的那一套煎牛排式的信条,给出的唯一答复就是哭着说:"还不都是一样……"

在布雷斯纳汉出发前往华盛顿之前,卡萝尔再也没有见过他。

布雷斯纳汉离开了,但他的神态似乎还在卡萝尔的眼前。他仔细看着她的嘴唇、头发和肩膀时的神态,令她觉得自己除了是一个妻子,一个母亲,还是一个年轻的女人。世界上还有很多男人,和大学时代一样。

她打算重新认识肯尼科特,她要去揭开秘密,去探索她未知的新东西,这种力量来自于布雷斯纳汉对她的赞美之情。

第二十四章

一

整个夏天，卡萝尔都在审视着肯尼科特。她想起很多关于他的不同寻常的事情。他咀嚼烟叶，这让她十分生气；她晚上不停地念诗给他听的场景；还有很多事情，似乎已经忘得干干净净了。她不停地说，虽然他想去入伍，但现在时机并不成熟，还需耐心等候。有一些小事虽然不起眼，却让卡萝尔获得了安慰。她喜欢他的原因，就在于他特别喜欢做家务，修补东西方面更是有一手。他轻松地修好了坏掉的百叶窗的铰链；他发现鸟枪的枪管里生锈了，伤心不已，像个孩子一样要她安慰。反正她总是觉得休这个爸爸简直和休就是一个模子出来的，虽然休的前景很难预测，但肯定要比他爸爸更好吧。

六月底，有一天天气闷热，闪电不时划过天空。

镇上其他医生都入伍了，肯尼科特就承担起了所有的工作，所以他们没有时间到湖畔别墅去消暑。而镇上的日子这么无趣，有时候他们也会为此生气。那天下午，卡萝尔去奥利森·麦圭尔——原名达尔·奥利森杂货铺去买东西，那个刚从乡下出来的年轻小伙子说话竟然口无遮拦，这令她十分生气。实际上，那个小伙子的言谈举止和其他铺子里的掌柜相比，并没有什么不足的地方，但由于天气炎热，她就生气了。

她说要买鳕鱼做晚餐，那个年轻小伙子说："你为何要买那种东西啊，它糟透了。"

"我喜欢！"

"瞎扯！医生家可不会穷成这样吧？店里刚上的牛肉熏香肠，要不要来一点儿？真的很不错，海多克家也经常买。"

卡萝尔生气地说："小伙子，我家的事情轮不到你来管，海多克家喜欢买什么东西，跟我有关系吗？"

那个年轻小伙子灰溜溜地把劣质的鳕鱼片包好，惊讶地看着卡萝尔慢慢离开。卡萝尔心里似乎伤心地说："我刚才真不应该那样说他。其实他也没有什么坏心思，他还年轻，根本不知道自己有点儿不礼貌。"

卡萝尔又朝着惠蒂尔舅舅的杂货铺走去，准备买细盐和一包安全火柴。此时，她的那种懊悔早就烟消云散了。惠蒂尔舅舅太热了，身上流着汗，穿着的那件无领衬衫已经被汗水打湿了，他正朝着店里一个伙计高声说："过来，你赶紧把这一磅小甜饼送给卡斯太太！难道开店铺的掌柜就要整天接电话，送货吗？您好，卡丽。我觉得你这件衣服的领口太低了。你或许觉得很大方得体，可能我比较传统吧，我认为女人家不应该在全镇人们面前敞开自己的胸脯。哈，哈，哈！……希克斯太太，您好！你要买鼠尾草？抱歉，刚卖完了。买其他香料好吗？"惠蒂尔舅舅似乎很不开心，哼了一声说："我们这儿还有很多香料，质地不比鼠尾草差！来点儿甜胡椒如何？"希克斯太太前脚刚走出店堂，惠蒂尔舅舅就生气地说："有些人都走到柜台了，还没想好要买什么。"

"我丈夫的舅舅真是个吸血鬼啊！吸干人们的血汗，欺软怕硬，还要伪装成上帝的信徒！"

卡萝尔轻轻地走进戴夫·戴尔的店铺。戴夫举起两只手说："别开枪！我投降！"她笑了笑，不由自主地想，戴夫这五年来都在和她开这种玩笑，似乎她会伤害他一样。

她懒散地走在炎热的街道上，边走边想，戈镇的居民中只有戴夫一个人会开玩笑。在这五年里，每到严冬，莱曼·卡斯总会在早上说："幸亏天气不是特别冷——天气在转暖之前还要继续冷啊。"有一次，卡萝尔问埃兹拉·斯托博迪："我需要在这张支票后签名吗？"后来他总是把这件事说给大家听，至少说了五十遍。萨姆·克拉克也高声地问过她五十次："你从什么地方偷的这顶帽子？"镇上有个叫巴尼·卡胡思的运货马车夫，原本他是个不重要的小角色，可在肯尼科特口中却添油加醋地说了五十次之多。他竟然说，巴尼某天指着牧师鼻子说："赶紧去库房搬出你那箱子宗教书籍，它们都热出汗了！"

她每次都走相同的路回家。她熟悉每栋房子的门、每个十字路口、每块广告牌、每一棵树和每一条狗，连路边排水沟里每块变黑的香蕉皮和每只空香烟盒子，她都清楚，甚至连每个人见面时的问候方式，她都了如指掌。当吉姆·豪兰忽然停下脚步盯着她的时候，他并非想和她说心里话，而是对她抱怨道："哦，你今天那么慌张,要到什么地方去?"

难道她以后都要生活在这种环境中?面包房的橱窗里依旧放着红色篮子,里面装满了面包;斯托博迪家门口有一根拴马的花岗石柱,附近有一排房子,那里的人行道上依旧有顶针形状的缝隙……

她把买回来的东西交给奥斯卡里娜,一句话也没说,就坐在门廊的摇椅里,不停地扇着扇子。可是休在她旁边哭闹,她有些生气。

肯尼科特刚回家,就自言自语道:"该死,这孩子在哭什么?"

"他哭了一天我都熬过来了,难道这十分钟你就无法忍受了?"

吃完饭的时候,肯尼科特只穿着一件衬衫,敞开一半背心,破旧的吊裤带都露出来了。

"你为何不脱掉那件不像样的背心,换上你那件崭新的夏装呢?"她埋怨道。

"太麻烦了,天太热,懒得上楼。"

她转念一想,她这一年来都没有认真地看过他了。她先观察了一下他的吃相。他一边用刀子在盘子里翻来翻去,一边大口吃着挑出来的鱼片,最后还用嘴巴去舔刀上的残汁。她看了觉得有些反胃,只好安慰自己:"太好笑了!这不过是一些小事!我可真傻!"但她心里清楚,她无法不介怀他这种难看的吃相。

她发现,他们竟然找不到什么共同话题,现在他们就像那些坐在餐厅里默不作声的情侣。要知道,她当初还曾同情过他们。

如果布雷斯纳汉在这里,他肯定会欢天喜地、滔滔不绝地说……

她发现,肯尼科特身上的衣服皱巴巴的,很久没有熨烫过了。他的外套已经起皱,站起来,膝盖处的裤子就会凸出来。他的破皮鞋已经走了形,也很久没有刷油了。他总是戴着一顶僵硬的自以为威风的圆顶礼帽，回家之后也不舍得摘下来。她偷偷地看了一眼他的袖口，就像浆过的衬衫一样，早就破陋不堪。她曾经把衬衫袖口翻过来，重新弄了，并且她每周都要拿去洗。上周早上洗澡的时候，她请求他扔掉那件衬衣，他却心不在焉地说："哦，这衣服起码还能穿半年呢。"

他一周只刮三次脸，有时自己刮，有时让德尔·斯纳弗林帮忙。可今天早上，他偏忘了刮脸。

虽然如此，他却逢人就要称赞他新奇的大翻领和那时尚的领带。他经常说麦加农医生衣着不得体，甚至耻笑那些老头儿钟情于可以脱换的活袖口，或是早已过时的"格莱斯顿式"衣领。

那晚，卡萝尔一点儿也不喜欢那道奶油鳕鱼。

她留意到，他的指甲修剪得不平整，因为他对城里太太小姐们使用的指甲钳嗤之以鼻，总是习惯用小刀子剪指甲。肯尼科特作为外科医生，总是把他的十个手指头洗得很干净，这样就反衬得他落魄的外表更加不协调。他虽然聪明又善良，但偏不懂浪漫。

她忽然想起当年他追求她时的情景。那时，他绞尽脑汁想要讨得她的青睐，害羞地在自己的草帽上扎了一条彩带，就这样感动了她。难道说他们那些甜蜜的日子一去不回了吗？他为了赢取她的芳心，特地读了很多东西给她听，并且说她总是时刻准备着指正他的错误（现在想起，她只能苦笑）。有一次他说这番话的时候，他们正坐在斯内林堡墙根下一个安静的角落里……

她的回忆忽然中断。那种事情在神圣范围之内。可是，令人狼狈的是……

她像疯子一样把面前的蛋糕和甜杏仁羹推到一旁。

由于门廊的蚊子太多，他们吃完饭就走到了屋里。肯尼科特絮絮叨叨地说："门廊的纱窗该换新的了，蚊子都从破洞钻进来了。"这五年来，这句话他已经说了不止两百次了。现在他们坐在那里看书，忽然她看到他那个不文明的动作，她实在是看不惯他这个举动。只看到他歪坐在那张椅子上，两条腿放在另一张椅子上，正用小指头使劲地掏他的左耳，同时他还发出轻微的咂嘴声。

他忽然说："哦，有件事情忘记告诉你了，今晚有几个朋友要过来打纸牌。你能帮我们准备一些饼干、奶酪和啤酒吗？"

她点了点头，暗暗想道：

"他应该早点儿和我说啊。唉，反正这个家是他的。"

很快，他的牌友就陆陆续续来了：萨姆·克拉克、杰克逊·埃尔德、戴夫·戴尔、吉姆·豪兰。他们看到卡萝尔，只是拉长着脸说了一句"晚上好"，而一看到肯尼科特就直奔主题地说："我们现在开始？我有个感觉，今晚他肯定输得很惨。"他们谁都没有邀请卡萝尔一起打牌。她嘟囔道，这都怪自己，因为她平时对他们太冷淡了，可她转念又想，他们也一样没有找过萨姆·克拉克太太打牌。

如果布雷斯纳汉也在这里，或许他会邀请她一起打牌。

她坐在客厅，远远地看着他们围坐在过道那边的餐桌边打扑克牌。

他们身上都只穿着一件衬衫，有人抽卷烟，有人咀嚼烟叶，还有人随地吐痰。他们一会儿小声嘟囔着什么，以免让她听见，一会儿又高声笑起来。他们说了很久，内容都离不开打牌时常用的牌迷的行话。满屋子都充斥着难闻的雪茄烟味。他们嘴里叼着雪茄烟，所以他们的面孔下半部就变得死板，没有任何表情。看他们的样子，就像一群在不知廉耻地瓜分肥差的政客。

他们是怎么也无法理解她心中的那个世界的。

她那个虚幻的世界是否真的存在呢？她是个傻瓜吗？现在，她开始质疑心中的世界，甚至质疑自己。空气中充斥着难闻的烟味，她差点儿就吐了。

她又开始回想起他们日常生活中的点滴。

肯尼科特的日常生活很无味刻板，就像一个孤独的老光棍儿。开始的时候，他似乎深情地表示他很喜欢她亲自做的饭菜，但现在他只喜欢几道菜：牛排、烤牛肉、炖猪脚、燕麦粥、烤苹果。有时难得他也会变通一下，把吃柑橘改成吃葡萄柚，于是就觉得自己是个享乐主义者。

结婚后的第一个秋天，卡萝尔看到他十分珍视自己那套猎装，心里别提多开心了，可现在，猎装的皮面线缝已经开裂，浅黄色的线脚露了出来，衣摆扯破了，露出的粗布衬上沾满了野地里的污泥和擦枪时沾上的油渍，她看到就觉得很反胃。

难道她也会和那套皮面猎装有着相同的命运吗？

她对肯尼科特老太太在1895年买的那套餐具十分熟悉，连它上面的每个豁口和褐色斑点都记得清清楚楚——那套餐具是细瓷做的，上面原本有"勿忘草"的图案，现在已经褪色了，金边也变得十分模糊。整套餐具中有个装卤汁的碟子，和托盘一点儿也不搭。除此这套餐具还有些色彩凝重、印着福音书上的箴言、带盖子的菜盆以及两个大盘子。

还有一个中号盘子，碧雅不小心把它打碎了，肯尼科特还为此叹气了二十多次。

厨房——黑铁洗涤槽里一直都是湿漉漉的，早已发黄的滴水板也没有干过，由于潮湿和长久的擦拭，板子已经非常软了。那张小圆桌的桌面已经翘了起来，此外还有一个小闹钟。灶台上被奥斯卡里娜涂上了一层乌黑的生漆，却依旧不讨人喜欢——因为几扇炉门已经松动，通风管也无法用了，烘箱里的热度总是忽高忽低的。

卡萝尔努力想要改变这个厨房：首先，她把墙壁粉刷了一遍，又挂上了窗帘，最后还拿走了那个挂了六年的月份牌，放上了一张彩色图片。她希望厨房能砌上瓷砖，再买一个夏天煮饭用的煤油炉，可每次肯尼科特都不舍得花这笔钱。

事实上，她对厨房里厨具的了解远超过对维达·舍温和盖伊的了解。举个例子，那个用来开罐头的用灰色软金属做的起子，虽然前段时间有人用它来撬窗子，把它掰弯了，但卡萝尔觉得它很实用，甚至比欧洲所有大教堂的作用还要大。周日吃晚餐的时候，用什么刀子切开冰冻的童子鸡呢？是那把柄上没有涂过漆的尖头小菜刀，还是那把装上鹿角柄的专门切肉刀？这是他们每个星期都遇到的难题，现在它都还没能解决，在卡萝尔眼中，这件事远比亚洲的前途要重要。

二

那些男人只顾着打牌，对她不理不睬，直到深夜，她的丈夫才高声说："卡丽，给我们拿点儿好吃的，可以吗？"当她经过餐厅的时候，男人们都在笑她。可当为他们拿上饼干、奶酪、沙丁鱼和啤酒的时候，他们就开始对着食物微笑了。那时，他们玩得兴起，在议论为什么戴夫·戴尔在两个小时前忽然不再补新牌了。

他们离开后，卡萝尔对肯尼科特说："你那些狐朋狗友似乎把我们家当成酒吧了，我就是一个女服务员。可是，他们或许觉得我连女服务员都比不上呢，因为他们压根儿就不需要给我小费。太倒霉了！好了，晚安！"

其实在天不热的时候,她几乎不会像刚才那样抱怨。肯尼科特没有生气,只略感惊讶。"喂,稍等!你为什么说这些话啊?我真不明白你说什么。酒吧?难道我那些朋友都是酒鬼吗?你要知道,今晚来我们家的这些人,就是珀西·布雷斯纳汉不久前才夸赞过的天下最善良的实诚人。"

他们两夫妻就这样站在前厅。肯尼科特气愤不已,几乎把他应该做的事情给忘记了:关上门,给座钟上弦。

"布雷斯纳汉是什么东西!我讨厌这个人!"其实,她这句话只是随口说的,没有其他意思。

"你怎么了,卡丽,他可是我们国内出类拔萃的一个人!整个波士顿都得靠他吃饭呢!"

"我对此很怀疑。或许我们还会发现,在波士顿的贵族中间,大家指不定把他当成个乡巴佬呢。他一见到女人就叫大姐,这太俗气了……"

"好了,别说了!当然,我知道你心里并不是这样想的,你的怒火完全是因为天气炎热、身体疲乏引起的。可是,无论如何,我不允许你说珀西老兄的坏话。你就像你对待这次大战的态度一样,总要搞出些事端……"

"这样说来,你还是个爱国人士!"

"这毋庸置疑,我原本就是!"

"是啊,今晚我还听到你和萨姆·克拉克一起商量如何逃避所得税呢!"

这时,肯尼科特才惊醒,赶紧去锁上大门,步履沉重地走上楼。他对着身后的卡萝尔大叫:"你知不知道你在说什么?我一直是个奉公守法的人,我没有欠过税款,实际上,我对缴纳所得税并不反感，虽然如此，我依旧觉得这是在惩罚勤俭和进取精神。这种税收方法是不公平、不理智的。但无论如何，我从没逃过税。可是我只缴纳政府需要我们缴纳的部分，从不会多缴一分，我才没有那么傻。刚才我和萨姆·克拉克讨论的是汽车费是否要从总额中扣除。卡丽，你可以说我任何事，我都可以不介意，可你不能说我不爱国。你明知道我曾想方设法去参军。你也知道，这场战争开始的时候，我就说一旦德国人入侵比利时，我会义无反顾加入战争中。你真是太不了解我了。你一点儿也不了解男人的工作。你太不可理喻了。你应该是从那些骗人的小说和其他书，还有什么自以为很厉害的学问里学来的吧——你为何总喜欢和别人抬杠！"

一刻钟后，他叫她"精神病"，就侧过身子，假装自己睡着了，他们夫妻的这场争吵就此告一段落。

这是他们第一次发生争执。

"世界上有这么两种人，他们偏要生活在一起。他把我当成'精神病'，我把他们叫作'笨蛋'。我们之间不可能互相了解，不可能。要知道，如果我们一直这样吵下去，简直要疯了。在这个令人惊悚的房间里，这两个死对头偏要同床共枕。"

三

此刻，卡萝尔真想有一个她的专属地。

"天气太热了，我还是到客房去睡吧。"第二天，她对肯尼科特说。

"好主意。"他和蔼地说。

那个客厅摆了一张笨重的双人床和一个质量很差的松木五斗

柜，已经没有多余的空间。她把双人床放到阁楼上去，换上一张帆布床，给它罩上一块粗斜纹布床单，白天还能当沙发用。之后，她又在里面放了一只梳妆柜和一张套着提花布的摇椅。她还对迈尔斯·伯恩斯塔姆说，让他帮忙做几个书架。

肯尼科特这才明白，她一个人睡是在逃避他。他殷勤地问："整个房间都要重新布置吗？""把书都放进去吗？"他的话语中充满了沮丧。可这件事并不难解决，只要她关上房门，就再也看不到他的愁眉苦脸了。每当想到她轻松就能忘记他，她心里就有些伤心。

贝西·斯梅尔舅妈终于察觉出蛛丝马迹，她埋怨道："卡丽，难道你打算一个人睡觉？你不应该这样做。夫妻应该睡在一起，这是毋庸置疑的事。你别傻了。谁知道这件事会闹成什么样，你可以想一想，如果我忽然向你惠蒂尔老舅提出分房睡，那还得了。"

卡萝尔故意岔开了话题，说起玉米布丁的做法。

但是韦斯特莱克太太却给了她勇气。有一天下午，卡萝尔去探望韦斯特莱克太太，第一次被邀请上楼。她看到，这个和蔼的老太太坐在一个粉刷着白墙的房间里，正在缝衣服，房里放着一套桃花心木家具，还有一张小床。

"哦，原来你不和韦斯特莱克医生睡在一起啊？"卡萝尔问。

"是啊！韦斯特莱克医生说我吃饭的时候经常发脾气，他无法忍受。你呢？"韦斯特莱克太太盯着她，"嗯？你们也可以试试！"

"我还在想这件事呢。"卡萝尔有些尴尬，忍不住笑起来，"如果我只是想偶尔一个人睡，你不会觉得我朝三暮四吧？"

"孩子，你说什么呢。每个女人都应该有自己的专属地，这样能思考各种问题，想想孩子，想想上帝，想想自己脸色苍白，想想男人对自己的不体贴，想想家里干不完的活儿，以及需要多大的耐心去承受一个男人的爱!"

"你说得太对了!"卡萝尔一边大口喘气,一边不停地搓手。这时,她想坦白说自己很讨厌贝西舅妈,也对自己喜欢的人满腹怨恨:她和肯尼科特的距离越来越远,她对盖伊·波洛克十分失望,她看到维达就会觉得焦躁不安。但她还有一定的自控能力,所以只说了两句话:"是啊,那些男人走错了路,太可怜了!我们就应该躲得远远的,取笑一下他们!"

"当然,就这样做吧。不过肯尼科特医生还是不错的,可是,天啊,我家那个简直是难得一见的老怪物。他应该去做正事的时候,却坐在那里看小说。我这样和他说:'马克斯·韦斯特莱克,你真是个浪漫的糊涂蛋。'你猜他听到这句话有没有生气?唉,他没有生气,反而笑着说:'对啊,亲爱的,大家都说夫妻会越来越像呢!'这个死老头儿,你真是拿他没辙儿!"说完,韦斯特莱克太太笑了起来。

听了韦斯特莱克太太这番话,卡萝尔只好说:"无论如何,肯尼科特说不上浪漫吧。"离开的时候,她还和韦斯特莱克太太闲聊了一会儿,说她不喜欢贝西舅妈,现在肯尼科特的年收入有五千多块钱,以及她是如何看待维达和雷蒙德结婚这件事的(说起这件事的时候,她还违心地称赞了雷蒙德,说他很善良)。除此之外,她还说了说自己对图书馆馆务委员会的看法,还有肯尼科特说卡撒尔太太得过糖尿病,以及肯尼科特是如何看待圣保罗、明尼阿波利斯等城里某些外科医生的。

在回家的路上,她因为自己畅所欲言而感到舒服,同时也为自己交上一位知心好友而感到兴奋。

四

这里还上演了一场悲喜剧,和"治理家务"有关。

奥斯卡里娜要帮忙种地,就回了老家。卡萝尔连续雇用了好几个用人,其中也有雇不到人的时候,在多数草原小镇上,雇用人已经成了一个难题。越来越多的乡下女孩子都不想留在戈镇了,因为她们觉得这里太乏味了,并且久恩尼塔式的太太们到现在也瞧不起"女用人"。她们纷纷跑到大城市,有的帮人烧饭,有的到商店做店员,有的干脆进厂打工。这样,她们下班后就能体会到自由和自我的价值了。

芳华俱乐部的人听到忠心的奥斯卡里娜抛弃了卡萝尔,都窃笑不已。因为前段时间卡萝尔刚刚说过这样的话:"我家里不可能遇到有关用人的问题,你看,奥斯卡里娜正在我家里忙着呢。"她们故意说起这句话,问卡萝尔是否还记得。

卡萝尔请来的用人大部分来自北方偏远地区的芬兰姑娘,或来自大草原的德国人,极少数情况下还会有瑞典人、挪威人和冰岛人。要是赶上新旧用人没来得及交接,卡萝尔就会亲自做家务,而且,她还要时刻准备着应付贝西舅妈的突然到访。贝西舅妈就像一只鸭子一样,扑棱棱地跑进来,对她进行胡乱的指教。贝西舅妈说,如果在扫把上洒一点儿水,就能把尘土清理干净,还会教她如何往炸油饼里加糖稀和调制放进鹅肚子里的调料。卡萝尔干活儿十分麻利,经常能够获得肯尼科特的赞扬。可是她很快就发觉自己的肩胛骨隐隐作痛,如同针扎一般。她想,像她这么傻乎乎地做家务的人,天底下真不知道有多少。

以前她十分推崇一夫一妻的小家庭方式,如今却对其神圣性产生了质疑。

她又一想，自己不应该这么疑神疑鬼的。她努力不去想芳华俱乐部里的太太们，虽然她们经常骂自己的丈夫，但也常常被丈夫骂。

她努力控制自己，不允许自己向肯尼科特抱怨。现在，她总是觉得自己的眼睛有一种刺痛感。五年前她还是如花少女，身穿马裤和法兰绒衬衫，在科罗拉多群山的篝火前野餐，而这样的日子已经一去不复返了。如今她只有一个愿望，就是九点之前可以上床。她很讨厌自己六点半就得起来照顾休，总觉得自己起床的时候脖子在隐隐作痛。对于这种庸俗的生活的"乐趣"，她此前还大加嘲笑。现在她终于明白了，为什么就算雇主对用人很好，用人也不会感激他们。

到了上午十点，她的脖子和肩膀、背部的疼痛感会暂时消失，她对工作的乐趣也就恢复如常了。于是，她开始更加卖力地干活儿。报纸上经常会刊登一些描写全面的短评，它们的作者是一些须发皆白、能言善辩的老手，不过，此时卡萝尔已经没有心思去读这些了。她觉得自己的想法非常独特，还略显阴暗，不过她总是尽量不被别人看出来。

卡萝尔做大扫除的时候，想起了用人的那个小房间。房间的屋顶是倾斜的，只有一扇小窗户，和一间牢房无异。这个房间的下面就是厨房，所以夏天闷不透气，冬天却冻得手脚冰凉。直到现在她才明白，她向来都以一个不错的女主人自居，却让自己的好朋友长期住在这么一个破地方。她哭着把这件事告诉了肯尼科特。肯尼科特站在从厨房通往阁楼的那道危险的楼梯上时还有些不明原因，大声问："那里怎么了？"卡萝尔就指给他看：屋顶倾斜得厉害，也没有抹过灰浆，还因为漏雨留下了一圈褐色的污迹。屋里的地板坑坑洼洼的，帆布床和床上的被子也乱七八糟的，摇椅破烂不堪，镜子也凹凸不平。

"当然，这里并非雷迪森大旅店的客厅，但是比那些女用人的家要舒服多了，所以她们不会挑剔的。就算我们给她们花钱，她们也不会领情的。"

可那晚，肯尼科特出乎意料地想哄她开心，就说："卡丽，你知道吗，我们或许可以盖一栋新房子，你觉得如何？"

"怎么……"

"我说现在条件成熟了，我们有足够的钱建造一栋豪华的房子。我们要盖一栋镇上的人都没见过的房子！肯定让萨姆和哈里羡慕，让大家大开眼界。"

"对的。"她答道。

可他再也没有说话。

从这开始，肯尼科特每天都要提到盖房子的事，可究竟什么时候盖，盖怎样的房子，他一点儿主意也没有。刚开始的时候，她还以为他真的打算盖房子，她建议盖一栋矮平房，用石头做材料，窗子做成格子形状的，还要有花坛，她要在里面种郁金香；或是一栋具有拓殖时期风格的红房子，用砖头做材料；要不就索性建一栋白色的木头房子，装上绿色的百叶窗和屋顶窗。

每当他看到她真的把这件事当真了，就说："好，是的，很好。可你知道我的烟斗放哪里了吗？"在她的追问之下，他只好急躁地说："我自己也不清楚，可是，我不喜欢你刚才说的那些房子，款式太旧了，很老土。"

原来他心中的房子和萨姆·克拉克的房子是一样的，换言之，现在美国小镇上，每隔几户就有一栋这样的新房子：都是四方形、笨头笨脑的黄房子，周围都是鱼鳞状护墙板，显得很干净，房子前面是一道宽敞的门廊，上面还有顶棚，还有很多的草坪和混凝土甬道，这个房子就像现在商人的脑子那样枯燥单调。这些商人只会给某个政党候选人投票，每个月去教堂做一次礼拜，并且有一辆美丽的小汽车。

肯尼科特坦陈："是的，我想盖的房子或许没有艺术美，可实话实说，我也不想盖和萨姆完全一样的房子。我会敲掉他的屋顶上那个傻气的塔楼，给房子刷上一层奶油色，我觉得这样看起来会更柔和更好看些。说真的，萨姆的房子的颜色太土了。除此之外，还有一种房子的款式很好看、结实：房顶上铺的是美丽的褐色木板，根本用不上鱼鳞状护墙板。我在明尼阿波利斯的时候，就看到当地有很多这样的房子。所以，确切地说，我并不是只喜欢像萨姆的那种房子。"

有天晚上，卡萝尔已经昏昏欲睡，但还坚持说，新房子要有玫瑰园。突然，惠蒂尔舅舅和贝西舅妈进来了。

"舅妈，在治理家务方面，你老人家可算是高手。"肯尼科特似乎在向她求助，"你是否觉得新房子要规规矩矩，装上一座很棒的大火炉就可以了？至于房子的风格样式，那些花哨的东西是不是没有必要弄？"

贝西舅妈张开像橡皮圈一样富有弹性的嘴巴说："当然，他说得没错！卡丽，我知道你这种年轻人在想什么，就喜欢什么塔楼、凸窗、钢琴啊，以及其他什么幺蛾子，事实上，最关键的还是几个壁橱，一台实用的火炉，并且晾晒衣服的地方要方便，其他随便就可以了。"

这时，惠蒂尔舅舅不管嘴里流出来的口水，兴致勃勃地把脸凑近卡萝尔，乱说了一通："当然了，其他随便就可以了！你根本不必在意别人如何看待你的房子。要知道，你是住在房子里面的，所以根本不用在意外表。原本我不应该插手这件事，可我还是想说：你们这些年轻人，只喜欢吃蛋糕，不喜欢吃土豆，真是太气人了。"

卡萝尔为了避免自己情绪爆发，连忙跑到自己的房间里去了。但两个老东西在楼下说话的声音还会时不时飘到她的耳边：贝西舅妈自言自语的声音，就像一把扫把在扫地；惠蒂尔舅舅嘟囔的声音，却像一把拖把在拖地。她觉得十分恐惧，担心他们会忽然冲上楼，跑进自己的房间；但她又担心自己会屈服于戈镇的礼俗，低眉顺眼地下楼去向贝西舅妈"问好"。她似乎觉得，戈镇所有的居民都在盯着她，让她的言行举止符合戈镇的标准。她觉得，他们的要求就像永不停息的波浪，不断地冲向自己：他们坐在自己的客厅里，似乎用一种权威、不容侵犯的眼光盯着她。于是，她高声说："好吧，我下楼就是了！"她在鼻子上抹了一点儿粉，整理了一下衣领，冷漠地走下楼梯。没想到那三个年长于她的人都没有理她，原来他们早就抛弃了房子这个话题，在说一些轻松的话题。这时，贝西舅妈发出了啃面包一样的声音：

"我觉得，斯托博迪先生应该立刻给我们修好店里的水管。周二上午十点，不，应该是十点零二分，反正那时还不到中午呢，我去找过他。我记得时间还挺早的，因为我刚从银行出来，就去小菜场买牛排了，哎哟，天啊！奥利森店里的肉太贵了！质量也不是特别好，即便他给你切一块很好的肉，我也感觉已经放了很多天了！叫是，我最终还是买了肉。最后，我还去看了一下博加特太太，看她的风湿有没有转好些……"

卡萝尔一直仔细看着惠蒂尔舅舅。他显得很紧张，显然，他并没有听进贝西妈妈的唠叨，似乎他有心事，想随时插话。

果然，他说道：

"威尔，你说我去什么地方找一条裤子来配这件上衣和背心？不过，我不想买太贵的。"

"哦，你可以找纳特·希克斯帮你做一条啊。可我建议你到艾克·里弗金的店里去，他的定价要比时装公司便宜很多。"

"你给诊所装上新式火炉了吗？"

"还没呢。我在萨姆·克拉克的店里相中一个，可是……"

"嗯，你抓紧时间装一个吧，别拖了，夏天很快就过去了，天气就要转凉了。"

卡萝尔笑了笑，讨好道："我想早点儿休息了，请见谅。今天清洁房子，我感到有些乏了。"

说完，她就离开了。她知道他们表面上假装不在意，背地里还不知道会怎么议论。她一直辗转难眠，后来听到远处的床发出声音，知道肯尼科特已经躺下了，她才放下心来。

第二天吃早餐的时候，肯尼科特不知怎的突然提起了斯梅尔夫妇："惠蒂尔舅舅真是大智若愚。毋庸置疑，他那间店铺的生意很好。"

卡萝尔笑了笑："惠蒂尔舅舅说得没错，房子还是要讲究内部，至于别人对房子的看法，是可以直接忽略的。"肯尼科特听到她想通了，觉得很开心。

这样看来，他们家的房子也要建成和萨姆·克拉克家一样了。

肯尼科特不停地说，他之所以想要盖新房子，都是为了他们娘俩。他说要帮她做几个放衣服的壁橱，再做一间"舒适的缝纫间"。平日里他十分节省，喜欢收集纸张，现在却一反常态，从笔记本撕下一页纸,来拟订建新汽车房的计划。此时他关注的不是新房子里的缝纫间,而是一块混凝土地坪、一条工作凳和一条汽油槽。

这时,她向后挪动了一下身子,似乎是在害怕什么。

眼前的这栋旧房子里有很多奇怪的东西——吃饭间比前厅高一个台阶,一小丛枝叶上沾着泥土的紫丁香摆在小屋里也挺赏心悦目。可在新房子里,所有的事物都干净整洁、十分呆板。现在,肯尼科特已经过了不惑之年,也算得上是镇上有头有脸的人物,人们自然能预料,这座房子会倾注他的一切。只要她还留在这所破旧不堪的大房子里,她随时能改变它。可是,一旦住进新房子,她就要在那里住一辈子,在那里走完自己的余生。所以,她希望建房的事情可以无限拖延。当肯尼科特告诉她,要给汽车房装一道能自动开关的大门时,她似乎看到了一间房门大开的监狱。

从那时候开始,卡萝尔再也不主动提起盖房子的事了。肯尼科特心里也很难受,也不再拟订什么方案。反正十天后,他们再也没有提起盖房子的事。

五

结婚后,卡萝尔每年都渴望能到美国东部旅游一次。肯尼科特每年都说要去参加全美医学会大会,并说:"会议结束后,我们就去东部畅玩一番。我在纽约住过差不多一个星期,对那里还算熟悉。可是,我倒想去新英格兰看看,去那边的名胜古迹游览一番,吃吃海鲜。"他从二月说到五月,五月份的时候,他又说:"几个女人很快就要生孩子了,或是有好几笔地产生意要谈成了,看来今年没时间出远门了——可是,既然要出远门,就要有出远门的样,否则一点儿意思也没有。"

卡萝尔早已烦透了那些永远也洗不完的碗碟,去戈镇之外的地方旅游的愿望越来越强烈。她经常幻想自己到了东部,一会儿在爱默生①的故居;一会儿在洗海水浴,那浪花如同翡翠一样拍打着岸边;一会儿又穿着华贵的衣服,和一个很有贵族气质的外国人聊天。春天的时候,肯尼科特抱怨道:"你今年夏天应该想出一趟远门吧,可是自从古尔德和麦加农离开这里,我实在是太忙了,病人太多了,我根本没有时间带你去旅游。天啊,如果你这次还是去不了,我就觉得是因为自己舍不得那点儿钱才让你无法成行的。"自从布雷斯纳汉告诉卡萝尔他四处旅行的趣事之后,整个七月她的心都无法安定。她很想外出旅游,但没有说出口。他们曾说过要去明尼阿波利斯和圣保罗转转,但最后还是没有去。有次,她竟然开玩笑道:"我想独自带着休去科德角,留你一个人在家,如何?"她的丈夫只是这样回答:"天啊,如果明年我们还是无法出去旅游,可能你真得一个人出去了。"

七月底,肯尼科特建议道:"听说那些'比弗斯②'正在乔雷莱蒙开会,还在街头举办市集。听说那里有很多好东西,回头我们就去那里瞧瞧。我顺便去找找卡利布里大夫。就在那里停留一天,我们不去远门,姑且用这一趟来弥补吧。我说,卡利布里大夫很厉害!"

事实上,乔雷莱蒙也是大草原上的一个小镇,和戈镇差不多大小。

他们的汽车坏了,早上也没有旅客列车,没办法,他们只能乘坐货车前往。出发之前,他们费尽口水才说服贝西舅妈帮他们照

---

①爱默生,美国有名的文学家、诗人、哲学家。
②比弗斯,指的是"比弗斯兄弟会"会众,这个会可能是作者虚构的。

顾休。卡萝尔一听说要进行这次短途旅行，开心得不得了。自从休断奶后，这是除了遇见布雷斯纳汉之外的另外一件了不起的事情。

他们坐上了挂在列车后那一节红色圆顶的小车厢，也就是守车，坐在里面简直颠簸得要命。守车就像一间可以移动的矮棚屋，或者是四轮马车上一个带篷顶的客厢，靠边的地方有些黑漆布座位，还有一块钉在铰链上的松木板，放下来就是一张小桌。肯尼科特跟车上的乘务员和两个司闸员在一起，热火朝天地打牌。司闸员围着的一条蓝色的绸巾，让卡萝尔越看越喜欢。当她发现这些人非常热情、无拘无束的时候，心里就更高兴了。这里不会有汗流浃背的乘客经过，所以她可以不受任何打扰，沉浸在坐慢车的乐趣中。她感觉，此时自己似乎置身于滚滚麦浪中。车厢里弥漫着一种润滑油和被阳光曝晒后的泥土的芳香，这让她十分沉醉。她听见车轮的咔嗒声，如同在顶着烈日放声歌唱。

她有一种此刻正在去往落基山的错觉。即将抵达乔雷莱蒙的时候，卡萝尔就像过节一样高兴。

可是她一看到乔雷莱蒙火车站的那栋红色木头房子，就如同被兜头浇了一盆凉水，因为它和他们刚刚离开的戈镇火车站完全一样。肯尼科特哈欠连天地说："火车没有晚点，还赶得上去卡利布里家吃饭。我在戈镇给他打过电话，他知道我们今天要过来。我和他说：'我们坐货车来，十二点前能到。'他说会来车站接我们，一起去他家吃午饭。卡利布里这个人很不错，他妻子也聪明伶俐，是个贤妻良母。哎哟，你看，他来了。"

卡利布里四十岁上下，脸上没有胡子，个头矮小，与他那辆栗壳色的小汽车十分相像。唯一的区别是，他比小汽车多了一副防风眼镜。肯尼科特说："卡利布里医生，这是我的妻子卡丽。卡丽，快来和卡利布里医生打个招呼。"卡利布里鞠了一个躬,握住她的手,可他还没放开她的手,就认真地对肯尼科特说:"肯尼科特医生,很高兴见到你。对了,现在我有问题想要请教你,你是用什么方法治疗瓦赫基恩扬那个波希米亚女人患上的突眼性甲状腺肿的?"

这两位医生坐在车子前座,热火朝天地聊起甲状腺肿这个话题,早已想不起她来。可她也不在意,她现在正看着那些陌生的房子……千篇一律的小棚屋、人造石砌成的矮平房、笨笨的四方房子,虽然被油漆涂得很凌乱,但鱼鳞状的护墙板倒是十分整齐,并且都有宽阔的门廊和干净的草坪——她心想难得出一趟门,一定要好好看看沿途的风景。

卡利布里回到家里,把卡萝尔引荐给他的妻子。卡利布里太太长得很胖,把卡萝尔称为"亲爱的太太",然后就没话找话地问她热不热,又说了这么一句话:"哦,你和肯尼科特医生还有个小宝宝,对吗?"接着,卡利布里太太端上了一盆热气腾腾的卷心菜炖咸牛肉,而她的脸上似乎也在冒着丝丝热气。这两个男人都把自己的妻子抛诸脑后,先是按照大街的习俗,随便谈了谈天气、收成、汽车之类的话题,然后又谈起了专业问题。肯尼科特摸了摸下巴,装着知识渊博的样子,慢吞吞地说:"卡利布里医生,你用甲状腺素来治疗产妇生前的两腿疼痛,效果如何?"

他们觉得她见识短浅,一点儿也不明白男人之间谈的话。不过卡萝尔已经习惯了这些,所以根本没有动怒。可是看看眼前热气腾腾的卷心菜,听着卡利布里太太絮叨着说:"现在的女用人这么难找,以后可怎么办?"她感觉自己的眼皮上像挂了铅块。为了不至于睡着,她强打着精神说:"卡利布里医生,明尼苏达州医学界有没有人提议制定帮助哺乳母亲的法律条文?"

卡利布里慢吞吞地转过身和她说："哦……这个……我没有……没有了解过。我不喜欢参与政治问题。"说完他转过身，背对着卡萝尔，看了一眼肯尼科特，又谈起他们刚才的话题："肯尼科特医生，你遇上过单侧肾盂肾炎的病人吗？巴的摩尔的巴克伯恩医生认为应该采取剥脱肾脂和肾切除的方法，可我认为……"

他们的午餐到下午两点才结束。卡萝尔被这三个人簇拥着，来到了给"比弗斯兄弟会"年会增添了欢乐的市集上。在这里有很多"比弗斯兄弟会"的会众：上层会员身穿黑色的便服，头戴圆顶大礼帽；喜欢时尚的会员则穿着夏天潮流的毛巾布短上衣，头戴草帽；还有一些土气十足的会员，身穿一件单衬衫和一件坏的吊裤带；可是，每个"比弗斯兄弟会"会员不管身份如何，胸前都佩戴着一条鲜红的彩带，上面印着"比弗斯兄弟会会员"这几个银色的字。现场的每一位会员的太太也都在衬衣上别着一枚徽章，上面印着：比弗斯兄弟会会员夫人。都庐斯市代表团还带来了著名的"比弗斯业余管乐队"，全员都穿着义勇兵的华服：绿丝绒的夹克衫，天蓝色的裤子，红色的圆筒无边毡帽。奇怪的是，那些得意扬扬的义勇兵虽然衣着华丽，但脸孔却是地道的美国人的：满面红光，油腔滑调，还戴着眼镜。他们站在大街和第二条大街的转弯处围成一个圈，正在演奏。当他们卖力地演奏的时候，总是把眼睛瞪得大大的，显得十分严肃，似乎一本正经地坐在放着"工作勿扰"的牌子的写字桌后忙于公务一样。

原本卡萝尔觉得那些比弗斯是普通市民，他们是为了劝人参加便宜的人寿保险，每月第二个周三去会所打一次牌才会聚集到一起的。没想到，她看到了这样一幅大字帖：

比弗斯兄弟会，

所有优秀公民的榜样，

会集了世界上的优秀青年，

他们勤劳能干，心胸宽广，

乔雷莱蒙热烈欢迎大家加入。

看完这个字帖，肯尼科特对卡利布里说："比弗斯就像一个强大的社团！我从没加入过这样的社团，没准儿以后我会加入呢。"

卡利布里暗示道："他们这个社团挺厉害的，后台也足够强大。那边有个打小鼓的人，你看到没有？听说他是都庐斯最泼辣能干的杂货批发商呢。我觉得加入这个社团是值得的。喂，你不是经常要帮人寿保险做体格检查吗？"

他们一直朝前走，欣赏着街道两边的市集。

大街上随处可见很多吸引人的东西，有两个小摊在卖热狗，一个小摊在卖柠檬汁和爆米花，一台发出轰鸣声的旋转木马，还有好几个地方都是游乐场所。有兴趣的话，你还可以用小球去扔布娃娃。那些高贵的代表认为这会让自己掉价，所以看都不看一眼，可是那些来自乡下的小伙子却兴致勃勃。他们红褐色的脖子上套着浅蓝色领带，穿上黄得发亮的皮鞋，坐着脏兮兮的来回颠簸的"福特"汽车，携带自己的情人来到了镇上。他们正在大口吃着三明治，大口喝着草莓汽水，并且坐上深红色和金色的旋转木马，似乎它们是真的马一样，骑得正欢呢。他们又笑又叫，别提多兴奋了。这里充斥着各种声音，有从烤花生的摊位上发出的噼啪声，有从旋转木马发出的响亮的声音，还有商贩招徕顾客的叫喊声："好机会——好机会——喂，快来，小伙子，只要五分钱，就能让那个姑娘痛快地玩一次。五分钱，才半角钱，一块钱的二十分之一，或许你还能赚一块真正的金表呢！——机会难得，不要错过！"大草原上的太阳正炙烤着这条毫无遮拦的街道，在阳光的照射下，商店的砖房上白铁皮檐闪闪发亮。一阵热风吹过，吹起一团团的尘土，随后尘土就掉落在汗流浃背的比弗斯弟兄们的身上，他们穿着有些挤脚的新皮鞋，在大街上东奔西跑，绞尽脑汁想让大家玩得开心。

卡利布里夫妇一脸严肃，卡萝尔跟在他们身后一脸郁闷，就对肯尼科特说："我们也来玩一次吧！玩一下旋转木马，抓个金戒指回来！"

肯尼科特思索了一会儿，对卡利布里说："你们想去玩旋转木马吗？"

卡利布里想了一会儿，对他的妻子说："你想去玩旋转木马吗？"

卡利布里太太笑了笑，叹了一口气说："哦，不用了，我不喜欢玩这个，你们去吧。"

卡利布里干脆地对肯尼科特说："不了，我们对这个不感兴趣，你们两个去玩吧。"

肯尼科特想了想，也不想玩了。他说："卡丽，我们还是以后再玩吧。"

她只好放弃这个想法，开始仔细观察这个小镇。她发现自己虽然身处乔雷莱蒙，可似乎还停留在戈镇，一步也没有离开过。这里的杂货铺也是设在上下两层的砖房里，帆布篷上也挂着各式各样的会社牌子，女帽店同样也是木板平房，汽车行也是红砖房，街尾和草原紧紧相连，这里的人们也想知道：在大街上随意吃个热狗三明治，是否触犯了规定呢？

晚上九点,他们又踏上了戈镇的土地。

"你似乎有些生气。"肯尼科特说。

"对的。"

"你不觉得乔雷莱蒙是一个生气勃勃的市镇吗?"

她生气了:"不!那里简直和垃圾堆无异!"

"卡丽,发生什么事了?"

为了这件事,他苦恼了一个星期。每当他用刀子刮盘子,拨弄咸肉粒的时候,总会偷着瞧瞧她。

第二十五章

一

卡丽很乖，就是太过娇气，我想总有一天她会有所改变，当然我希望这一天能够早一些到来。她不会明白，在这样一个小镇上做医生，怎么会有闲暇时间关注那些高深的学问，听音乐会，或者把皮鞋擦得锃光瓦亮呢？其实，要是时间充裕，他绝对能够在艺术上有过人的成就。一个夏天的傍晚，威尔·肯尼科特大夫独自待在诊室里，陷入了沉思。在办公桌后面的那张高背椅子上，他低着头，解开了衬衫上的一粒扣子。他拿起《全美医学会杂志》，只匆匆扫了一眼封底的大事记，就把它放了回去，自己靠在了椅子上。他把右手的大拇指插在了背心腋下的开口处，左手的大拇指挠着自己的后脑勺。

"上帝啊，她实在是太有冒险精神了。我希望有朝一日她可以明白：我并不是混迹于沙龙里的纨绔子弟。她总说我们想改变她，其实却是她想改变我。她费了那么大力气，就是想把一个才华横溢的医生变成一个赤色分子，一个自恃高傲的诗人。如果她知道，只要我愿意，就会有大把的女人愿意来到我身边，依偎着我，陪伴着我，估计会气得晕倒在地。至今还有很多女人认为，这个老男人的风采不减当年。当然，我结婚之后，就不和那些女人眉来眼去了。可是，要是哪一天我遇到了一个热情奔放的姑娘，或者一个不会总是提到诗人朗费罗，却握着我的手告诉我'亲爱的，你是不是累了，那就先别说话了，好好休息一会儿'的少女，我难免会动心的。

"卡丽觉得自己是一个了不起的人，别人的心思都逃不过她的眼睛。其实，她刚来到小镇不过短短几天，就妄想着教训我们。

"要是她发现，这个小镇上有很多男人会背着妻子在外面勾三搭四，一定会气得发疯。但是我不一样，我向来对她痴心一片。说句心里话，虽然卡萝尔身上确实有不少缺点，但是瑕不掩瑜，在戈镇和明尼阿波利斯的所有女人中，她是最美丽、最正直、最聪明的。原本她是有希望成为一个女艺术家，或者女作家、女演员的，可是她现在已经结婚了，来到了戈镇，就应该收一收心思。虽然我得承认，她确实很漂亮，可是她也太冷淡了，根本不懂得夫妻之间的感情是什么。她无法明白，我这样一个血气方刚的男人却要时刻忍耐，故作满足，会是多么痛苦。我是一个正常人，却被她弄得好像一个囚犯，我简直过够了这样的日子。现在，她对我越发冷淡了，对我的亲吻都毫无反应。哎，我也无能为力啊！

"我想，我应该还可以忍受下去。以前我自力更生，赚钱读大学，后来做了医生，不就是一路这么忍过来的吗？可是，我不明白，难道在我自己的家里，我还要一直做一个不受欢迎的陌生人吗?"肯尼科特正在想着,就看见戴夫·戴尔太太走了进来,马上坐直了身体。戴夫·戴尔太太无力地倒在沙发上,天气太热,一时有些喘不过气来。肯尼科特笑容满面地说:

"你好啊,莫德,你的捐款簿在哪儿?你亲临寒舍,是不是想要敲我的竹杠?"

"威尔,我这次来可不是让你捐款,我是要看病的。"

"怎么了?我记得你是基督教科学派的信徒,难道你又改信别的了?那你现在是'新思想派①'还是'唯灵论派'?"

"没有啊。"

"那你怎么会来我这里看病呢?难道这不会对你的姐妹们造成沉重的打击?"

"怎么可能呢。我来找你,完全是因为我的意志不够坚定。众所周知,威尔在安慰人方面可是高手。我是说,你不光是个医生,还是个男人,身体健壮,为人和气。"

此刻他坐在办公桌的边上,没穿外套,背心敞开,滚粗的金表表链明晃晃地露在外面。他微微弯曲着手臂,双手插在裤袋,眯缝着眼睛,兴致勃勃地听着她的唠叨。眼前这位戴夫·戴尔太太神经兮兮的,信奉宗教,面容憔悴。她的感情十分脆弱,经常垂泪。她的身材算不上匀称,但是有两条匀称的大腿和两根美丽的胳膊。不足之处就是,她的脚踝有点儿大,还有身体上一些不该凸出的部位也外凸着。不过,她有乳白色的肌肤和水汪汪的大眼睛,还有一头泛着微光的栗壳色鬈发,以及从耳朵到脖子的优美线条。

半天之后,他才按照惯例问了一句:"莫德,你哪里不舒服?"这句话里充满着前所未有的深情。

---

①新思想派,起源于美国的一种唯心的宗教思想。

"背上总是疼得受不了,虽然你上次给我治好了,但是我感觉它又发作了。"

"有什么症状?"

"没有,但是我觉得你给我检查一下会好一些。"

"莫德,我觉得没有这个必要。我们都是老朋友了,我跟你说实话吧,你这病肯定是臆想出来的。所以,我认为根本没有必要检查。"

她的脸蛋一下子涨红了,只好不自然地把目光转向窗外,他似乎也觉得自己的嗓门有些失控。

很快,她又转过身来,说道:"威尔,你居然说我的病是臆想出来的,为什么不采取科学的方法为我治疗呢?我最近读了一篇文章,上面介绍了一些研究新型精神病的专家。他们说,很多臆想出来的病,和真正的病痛,都是精神病造成的。所以,为了避免这种情况发生,就应该改变女人的生活方式,让她放松心情。"

"别说了,基督教科学和心理学是完全不一样的,怎么可以相提并论呢?我想,你甚至会把社会主义也硬扯进来。哎,你怎么和卡萝尔似的,都这么神经兮兮的。真糟糕!莫德,要是盲人不吝钱财,到我的诊所看病;或者我在一个大城市开诊所,像那些专家一样厚着脸皮收取高额的诊金,那我也可以和他们一样,动不动就说一些神经病、精神病、抑制物、压抑疗法、变态疗法之类的。要是有一位精神病专家建议你,只要你付一百块的诊金,就可以去纽约静养,远离戴夫的唠叨,你肯定会毫不犹豫地接受,可那样的话,你不就是白白浪费了一百块钱吗?咱们都是老街坊,我是一个怎样的人,你应该十分清楚。你抬头往外一看,就能看到我在修剪草坪。你觉得,我是一个不太入流的医生。如果我让你去纽约静养,你和戴夫一定会笑掉大牙，说：'威尔的架子可真够大的，你看他这是发什么神经！'你刚才说的话也有道理，你之所以得这个病，是因为你的性本能被压抑了，所以影响了你的身体。现在，你需要离开戴夫，外出散心，和所谓的'新思想派''巴赫派①''斯瓦米派②'之类的多交流交流。我敢打包票，你一定可以做得很好。不过，我不能给你这样的建议，要不然戴夫一定会来杀死我的。让我去做家庭医生、牧师、管道工或者奶妈什么的，我都毫无怨言，但是我就是见不得戴夫浪费钱财。天气这么热，在门诊工作简直让人筋疲力尽。莫德，你知道吗，如果天气持续炎热，那距离下雨就不远了。"

"可是威尔，你应该知道，不管我说什么，戴夫都不会给我钱，更别说让我独自出门了。你也知道他的脾气，在别人面前，他总是故作大方，还喜欢赌钱，就算把钱全都输光也不会有任何抱怨。可是在家里呢，却一毛不拔。哪怕我伸手向他要一块钱，他都得唠叨半天。"

"亲爱的太太，你说的这些我都知道。不过，你应该持之以恒地纠缠他。他要是知道我跟你说这些话，一定会恨得咬牙切齿。"

肯尼科特走到她身边，伸手拍了拍她的肩膀。此刻，阳光无法透过沾满了尘埃和绒毛的窗帘，让诊室里看起来十分昏暗。大街上也很安静，只有一辆汽车停在路边，不断地传出马达声。她一把抓住他那只大手，贴在了自己的脸上。

"威尔，你不知道，戴夫那么小气，那么卑鄙，而你却宽宏大量，比起你，他就是一个小丑。他总是当着别人的面说一些低俗的

---

①巴赫派，也译为巴赫主义，强调人类精神一体的宗教思想，在当时的美国大行其道。
②斯瓦米派，印度教中的一个教派。

笑话，而你却躲在人群中冷眼旁观。他就是一只哈巴狗，而你是一只猛兽。"

作为一个医生，他不能附和着骂戴夫，只好说："戴夫为人还不错。"

她不舍地放开了他的手。"威尔，晚上来我家怎么样？好好把我训一顿，我又会变得和以前一样聪明。来吧，家里真的很冷清。"

"好的，我今晚会去，如果到时候戴夫也在家，我们就打牌好了。他今晚应该不去店里吧？"

"不，店里的伙计的母亲生病了，他已经回了科林斯。戴夫得待在店里，不到半夜回不来。你一定要来啊，我家里有很多冰镇啤酒，我们可以边喝边聊，这样不是很好吗？"

"当然不成，不管怎么说还是不太方便。"这时，他的眼前出现了卡萝尔纤细的身影，正在冷眼旁观他和别人鬼混。

"是不太方便，但是我一个人真的很孤独。"

此时，她穿着一件不合体的大肥细布褂子，上面还绣着花边。在这件衣服的映衬下，脖子周围的肌肤特别细嫩。

"说实话，莫德，我可以假装路过，进去待一会儿，但是不会超过一分钟。"

"到时候再说吧！"她装出一副正经的样子说，"威尔，我只是想有个人陪我聊天而已。你居然早早就结婚，还有了孩子，真是可惜。唉，我多想现在就是黄昏，我能靠在你身边，把戴夫忘掉。你说，你会来吗？"

"好的，我一定会去的。"

"好的，那我在家等你，如果你不来，我一定会特别孤独。晚上见吧！"

他在心里默默地说："这个该死的傻瓜，为什么要答应她呢？但是如果我食言，一定会让她不满的。她温文尔雅，善良多情，戴夫却是一只十足的铁公鸡。比起卡萝尔，她更有活力。不管怎么说，这都是我的错，我怎么就不能像卡利布里、麦加农和其他医生一样，刻意疏远病人呢？唉，其实我平时已经足够小心了，可是还是被莫德钻了空子。她用尽手段，就是想让我今晚去她家。这件事事关原则，我怎么能让她这么随意说呢？不行，我一定不能去，我可以给她电话，告诉她我今晚不去了。卡丽这么可爱，莫德·戴尔却像个疯婆子，我怎么能让卡丽独守空房，却去密会莫德呢？好了，别想这些乱七八糟的了。但是，我要是不去，又会让她伤心。我不如去待一会儿，一秒钟就好，然后跟她说我得马上走。唉，这件事错都在我，要是我当初不主动追求她，就不会有今天的事了，都怪我。如果这一切错误都是我引起的，我又有什么权利去让莫德受到惩罚呢？那我就去吧，然后借口需要下乡出诊，迅速逃离那里。为了这件事，我还得说谎，实在是太讨厌了。唉，难道女人就不能让你清净一会儿吗？就因为你以前做过一点儿错事，她就对你纠缠至死吗？可是这件事明明错在她啊！不行，我要离她远一点儿。今晚我就带卡丽去看电影好了，这样就能忘了她……不过我想今晚电影院里一定会很热。"

他的心里十分纠结，又不想再纠结下去。他突然拿起帽子戴上，把外套搭在胳膊上，用力摔上门，又上了锁，才缓慢地走下了楼梯。"我不去！"他发着狠说，可是心里却十分忐忑，没有拿定主意到底是去不去。

他出了门，看到那些熟悉的窗户和面孔，马上转忧为喜。萨姆·克拉克看到他，热情地打招呼："大夫，你今晚会去湖边游泳吗？今年夏天你们湖边别墅一直都是大门紧锁啊，大家都可惦记你呢。"他的心里乐开了花。他看到了汽车房——正在建造的房子，速度很快，一种自豪之情油然而生，因为这表明戈镇的明天会越来越好。奥利·森德奎斯特看到他，恭敬地说："大夫，晚上好，得亏了您给我妻子开的药，她现在已经好多了。"他心里又是抑制不住的喜悦。回到家之后，他又干了一些无聊的活儿：烧掉野樱桃树上的灰色虫网，用胶水粘好汽车右侧前轮开裂的轮胎，在门前的大路上洒水。他握着水管，看到从里面奔腾而出的水如同闪亮的箭，射到地上之后，地面的灰尘就散去，只剩下黑乎乎的水渍。

大街上，戴夫·戴尔正迎面走来。

"嘿，戴夫，你这是去哪儿呀？"

"我刚吃完晚饭，正要去店里呢。"

"我记得你每个周四晚上都歇班的呀？"

"没错，但是彼得的母亲生病了，所以他回家了。唉，现在的伙计没有一个省心的，工钱不少拿，活儿却不多干。"

"那你只能亲自去店里，到夜里十二点再回家？"

"是这样的。要是你去闹市区，可以顺便来店里，我们抽雪茄。"

"好的，我可能会去。我现在得去钱普·佩里太太那里看看，她生病了。再见了，戴夫。"

直到现在，肯尼科特还没有踏进房门半步。他知道，此时卡萝尔就在不远处，要是把她惹恼了，可就麻烦了。不过，他倒是宁愿在外面独自待着。洒完水之后，他才进屋，大步走向婴儿室。一看到休，他就大声说："爸爸给你讲故事好吗？"

此时卡萝尔正坐在窗边的一张矮椅子上，夕阳的余晖在她身上镀上了一层金色。她把孩子抱在膝盖上，用胳膊垫着他的头，严肃地唱着吉恩·菲尔德的儿歌：

> 早上唱的是小宝宝
> 勒迪达德，
> 晚上唱的也是小宝宝，
> 勒迪达德；
> 终日只唱这一支
> 动听的儿歌，
> 小淘气听了哈哈笑，
> 长大了一定很懂事。

肯尼科特安静地听着，似乎沉迷其中。"莫德·戴尔是吗？她差得可不止一星半点儿。"

女佣一边往楼梯上爬，一边大声说："可以吃晚饭了！"此时，肯尼科特正仰面朝天躺在地上，努力地摆动双手，假装自己是一只海豚。休则在使劲踢他，出乎他预料的是，休的力气居然这么大。他伸出胳膊环住卡萝尔，和她一起下楼吃完饭。他觉得，自己已经完全放弃了那个可怕的念头，十分轻松，十分高兴。卡萝尔去哄休睡觉的时候，他就独自坐在门前的台阶上。突然，裁缝纳特·希克斯——这个花花公子却悄悄地来到他身边坐下了。他一边用手赶走围着自己的蚊子，一边小声说："嘿，大夫，你今晚想不想跟个光棍儿一样，和我们一起出去找找乐子？"

"什么？"

"镇上新来了一个女裁缝，叫斯威夫特韦特太太，你知道吗？

她有满头金发，打扮入时，和她一起玩简直太销魂了。今晚我和哈里·海多克就带着她和在时装公司工作的那个胖姑娘一起去兜风。哈里最近刚买了一个农场，我们可能去那里。我们会带上一些啤酒，以及你从没尝过的黑麦威士忌，绝对够味儿。我敢打赌，如果没什么意外的话，我们一定会有一次野餐。"

"去你的吧，纳特，别想骗我，我对做你们的看客毫无兴趣。"

"等我把话说完嘛！斯威夫特韦特太太那里还有一位美人，是从威诺纳来的，也深谙风月。我想，你应该很乐意跟我们一起去找找乐子吧。"

"不，不。"

"好了，不要再装了。所谓的身份啊，面子啊，不需要时刻放在心上。你以前单身的时候，玩得也很疯啊！"

也许是因为肯尼科特对斯威夫特韦特太太那位名声不佳的美人有所耳闻，也许是他耳边还萦绕着傍晚的时候卡萝尔给休唱的儿歌，也许是因为他还怀有一丝值得称道的淳厚。总之，他坚定地说：

"别再胡说八道了，我已经成家了。我不想把自己伪装成一个圣人，对于出去饮酒寻欢，我也是非常喜欢的，不过，我们每个人都背负着一种责任。说实话，你在外面寻花问柳之后，再回到家里，面对你太太的时候，难道不会心虚吗？"

"我？我的经验就是，守口如瓶，后院安宁。俗话说，对付女人的好办法就是：下手快，管得紧，闭着嘴，少说话。"

"好吧，你的经验确实不错，但是我做不到。我觉得，和别的女人鬼混就像是一场注定要失败的赌局。要是你输了，就只能自认倒霉；要是你赢了，你想想自己为此付出的精力，却只有这么少的收获，就会觉得还不如输了呢！尽管我们每个人都有本能，会受到本能的驱使，但是一旦太太们发现她们的丈夫背地里干的勾当，绝对会震惊的。你说我说得有道理吗，老弟？"

"当然了，老兄，要是那些善良的太太得知她们的丈夫在明尼阿波利斯和圣保罗都干了些什么，保不住会晕过去！话说回来，你真的不去吗，医生？你想想，车子开去那么远的地方，夜风吹在你身上，你一定会觉得非常凉爽的。而且，想想斯威夫特韦特太太用她那像藕节一样的玉手为你调制的冰镇威士忌，难道你真的不动心？"

"对不起，我真的不去。"肯尼科特嗫嚅道。

他能看出来，纳特已经有了去意，心里既有些高兴又有些不安。这时候，他听到了卡萝尔下楼的声音，就热情地招呼道："快来坐一会儿，简直太棒了！"

可是，卡萝尔用冷漠回应了他的热情。她一个人坐在门廊里，安静地坐在摇椅里，来回晃动。过了一会儿，她才叹着气说："天啊，这里的蚊子可真多，纱窗还没有装好吗？"

他似乎故意要试探她，小声说："你又头疼了吗？"

"还好吧，只是这个女用人太笨，凡事都要我示范给她看才行。还有，每一件银器都需要我自己动手洗。今天天气太热，休有点儿受不了，整个下午都在闹腾，可把我累死了。"

"我记得你喜欢外出散步，对不？不如我们一起去湖滨散步，怎么样？那个女佣独自留在家里看家能行吗？或者我们去看电影也行，走，我们看电影去。要不就坐车去萨姆家游泳也行，怎么样？"

"对不起，亲爱的，我有点儿累了，可能没法儿陪你去。"

"亲爱的，你怎么还睡在沙发上？到楼下来吧，这里更凉快。我现在就上楼把我的凉席搬下来。快来陪陪我吧，亲爱的！要不我肯定会被小偷吓得魂飞魄散。你忍心把我一个人扔在楼下不管吗?"

"亲爱的,谢谢你,可是我还是最喜欢自己的小房间。你想下楼去睡就尽管去吧。你可以睡在沙发上,为什么要铺凉席睡地板?我想到屋里浏览一下最新的时装杂志,也许我过一会儿就会回来,跟你说晚安。我想,你应该不需要我留在这里陪你吧?要是你需要我的话……"

"没有,没有。钱普·佩里太太病了,我得赶紧去看看她。你先休息吧,我可能还得去药房一趟。要是你困了我还没回来,就不必等我,自己先睡吧。"

他给了她一个吻,就慢吞吞地出了门。在路上,他先是遇到了吉姆·豪兰,对他点了点头,又和特里·古尔德太太随便聊了几句。但是,他突然感觉心跳加速,肚皮发紧。他越走越慢,终于来到了戴夫·戴尔的院门前。他往院子里看了看,只看到了满院的野葡萄藤,还有一个穿白色衣服的女人坐在门廊里。突然,他听到摇椅嘎吱作响,原来是女人站起来,往外看了一眼,又坐回到摇椅上,假装休息。

"进去喝一杯冰镇啤酒倒是还不错,但是我只能待一会儿。"他一边这么想着,一边推开了戴尔家的门。

二

博加特太太和贝西·斯梅尔舅妈一起来看望卡萝尔。

"你听说了吗?镇上新来了一个女裁缝,头发是黄色的,叫斯威夫特韦特太太。"博加特太太一边说一边叹气,"她的家里每天都热闹极了。有一帮小伙子,和一些头发都白了的老浑蛋,总会趁着天黑摸进她家里,放浪形骸,喝得醉醺醺的。我们这些女人,一辈子都搞不清楚男人心里到底在想什么。说实话,虽然我是看着威尔·肯尼科特长大的,但是我也不敢保证他能抵住那些诱惑。谁也不敢保证,那些浪蹄子不会主动勾引他。尤其他还是一个医生,经常会有女人去他的诊所看他,纠缠他。你也知道,我不是个喜欢背后议论别人的人,但是你就不觉得……"

卡萝尔生气地说:"我并不偏袒威尔,觉得他十分完美,挑不出任何错误。但是我很明白一件事:他根本就不是你说的那种会出去放浪形骸的人,他非常单纯。如果他真的是一个总是盯着女人的色狼,我宁愿他去勾引别人,而不是像你说的这样等着别的女人来勾引他。"

"卡萝尔,你怎么可以这么说话?"贝西舅妈说。

"我说的都是实话。不过,我并不是不尊重博加特太太。但是,我明白他心里的算盘,哪怕他只是有这个念头,还没有付诸行动,我也能发现。昨天夜里,他很晚才出门,去看望生病的佩里太太,后来又给一个男人接上了脱臼的手臂。今天早上,他沉默地吃完了早饭,似乎满腹心事。"她故意凑到这两个凶恶的老太婆身边,咬着耳朵说,"你们猜,他在想什么?"

"什么?"博加特太太不安地问。

"也许他在想,需要抽时间修建草坪了。你们应该明白了吧,我刚才是在胡闹,还请你们原谅。我新做了一些葡萄干小甜酥饼,你们尝一尝吧!"

第二十六章

一

卡萝尔最喜欢做的事，就是带着休一起出去散步。休是一个好奇宝宝，喜欢提出各种各样的问题，比如黄杨树在说什么，"福特"汽车行在说什么，天上的一大片云彩在说什么。对于这些问题，卡萝尔一一进行了回答，并尽力让他觉得自己的回答是有根有据不是胡编乱造的。面粉厂前面有一根拴马桩，非常受他们喜欢。这是一根早已变成了褐色的粗木桩，但是并不难看。马桩下半截非常光滑，在阳光的照射下还会发光；但是上半截被马缰绳勒出了很多凹痕，用手摸起来痒痒的。以前卡萝尔只知道大自然的色彩和形体不断变化，从没有用心观察过。以前她在意的，是人和理想。如今，由于休总是提出各种各样的问题，她不得不去观察大自然，也开始发现：麻雀、知更鸟、蓝色䴉鸟和金翼啄木鸟之间似乎上演了很多闹剧。在看到雏燕试飞的时候，她会由衷地觉得高兴，但是想到它们的泥巢和家庭里爆发的争吵，她又会忧心不已。

此时，她似乎已经忘却了所有的烦恼，对休说："我们两个就像已经上了年纪的吟游诗人，居无定所，可怜至极。"休听到她的话，就会附和道："居无定所，居无定所。"

他们俩有一个冒险活动，就是去碧雅家，这是他们的秘密基地。

对于她和伯恩斯塔姆一家的来往，肯尼科特持反对态度。他说："那些人那么奇怪，你为什么要和他们交往？"很明显，他的意思是，那个前任的"瑞典女佣"的儿子，是没有资格跟威尔·肯尼科特医生的儿子一起玩的。对此，卡萝尔并没有立即反驳，因为连她自己都没有弄明白，自己到底应不应该和伯恩斯塔姆一家来往。她莫名其妙地和这一家人成了朋友，还受到了俱乐部成员们的冷嘲热讽。

为了躲避贝西舅妈的唠叨，卡萝尔曾经试图跟久恩尼塔·海多克和防滑俱乐部的人聊天，但是很快这个办法就失效了。她一看到那些年轻的少奶奶，就紧张得不知如何是好。她们的嗓门震天响，似乎连房顶都要被震下来了。不管是什么样的笑话，她们都要翻来覆去地说，且不说上八九遍不罢休。慢慢地，她远离了芳华俱乐部的人、盖伊·波洛克和维达。她选择来往的，只和韦斯特莱克医生太太，还有当时还不知道是不是朋友的伯恩斯塔姆一家。

在年幼的休的眼里，那个"红胡子瑞典佬"是这个世界上最伟大的英雄。每当迈尔斯·伯恩斯塔姆喂牛、赶那头牛性懒惰的猪或者杀鸡的时候，休总是像条小尾巴一样，满怀崇敬地跟在他身后。在休看来，奥拉夫就是一个高傲的王子，虽然比起他的父王迈尔斯·伯恩斯塔姆，他还不够高大，不够强壮，可是，他非常擅长耍棍弄棒、玩扑克牌和滚破铁环。

虽然卡萝尔不太想承认,但她还是认为,比起皮肤黝黑的休,奥拉夫要更加帅气,而且举止也更加大方。从外形上看,奥拉夫就像古代北欧部落的酋长:个头高大,满头金发,拥有强壮的四肢,与人为善。而休简直再普通不过,像一个终日奔波的商人。休蹦蹦跳跳地说:"可以和我一起玩吗?"奥拉夫总是把蓝色的大眼睛睁得大大的,和善地说:"好的。"要是休动手打他,他也不会害怕,只是略微有些吃惊。然后,他会大步走回屋内。而这时候,休就会因为自己犯了错误,失去了大家的宠爱而哭泣。

迈尔斯·伯恩斯塔姆用一个盛淀粉的盒子和四根红线做了一辆"豪华四轮马车",两个孩子玩得不亦乐乎。他们还找来了很多树枝,使劲往耗子洞里塞,虽然一无所获,但是他们非常高兴。

碧雅的脸蛋变得圆圆的,还喜欢哼歌。她把小甜酥饼平分给两个孩子,连责骂的时候都十分公平。要是卡萝尔面对她的一杯咖啡和几块奶油饼干都推三阻四的,她就会大失所望。

迈尔斯·伯恩斯塔姆把自己的制酪厂经营得十分红火,如今的规模很大,有六头母牛、二百只鸡、一台脱脂机和一辆用来运货的"福特"卡车。春天的时候,他在自己的小棚屋旁边新盖了两间棚屋。在搭建房子的时候,休就像过节一样兴奋。迈尔斯·伯恩斯塔姆大叔动作娴熟,在梯子上爬上爬下,还在房梁上挥舞榔头,哼唱着《大家快拿起武器》这首歌;他钉屋顶板的速度飞快,比贝西舅妈熨烫手绢都快。人们看到他的动作,都忍不住大声喝彩。最后,他还拿起一块两英寸宽、六英寸长的木板,让休和奥拉夫一人坐在一端,再高高举起木板。迈尔斯·伯恩斯塔姆叔叔还有一样拿手好戏:用松软的炭笔在锯好的松木板上画上各种惟妙惟肖的人物,实在是太好看了。

　　此外，迈尔斯大叔还有各式各样的工具。休知道，爸爸的诊所里也有很多工具，它们看起来闪闪发光，造型奇特，但是都十分锋利，还消过毒，小孩子根本不能乱摸。休在爸爸的诊所的时候，爸爸总是指着陈列在玻璃柜里的工具对他说，千万不可以乱摸。但是在迈尔斯·伯恩斯塔姆大叔这里，情况就不一样了。在这里，除了锯子，休可以想摸什么就摸什么。这里有一把头上镶银的榔头，一个"L"形的直角尺、一个有魔力的水平仪。这个水平仪是用红木和金子做的，里面有一根细管子，细管子里面有一滴液体——也说不好是什么，反正不是水。不管你多么小心，只要让这个仪器稍微倾斜一下，这滴液体就像受了惊吓一样，在细管子里到处乱跑。此外，他还有很多造型各异但同样精巧的钉子，有大号尖钉，看起来非常威风，还有一些小号钉子，并不太讨人喜欢。那些用来钉屋顶板的钉子，更是什么样的都有，比图画上的美女都有趣。

二

　　迈尔斯·伯恩斯塔姆一边盖棚屋，一边和卡萝尔进行了推心置腹的交谈。他承认，他在戈镇住着的每一天，都会被别人视为贱民。因为他不信神，还笑过上帝，所以碧雅的路德会教友一看到他就气不打一处来。而因为他太过激进，商人们一见到他也十分恼火。"可是我又不能总是沉默不语，我觉得我是一只柔弱的小羊，只不过喜欢实话实说，不敢发表什么长篇大论，可是我没想到，还是对别人造成了伤害。哎，虽然面粉厂的领班，丹麦鞋匠，埃尔德工厂的两个工人，以及一两个瑞典佬还跟以往一样，喜欢来我家串门，但你也知道，那是因为碧雅心地善良，热情待人，每次有客人来了都会忙里忙外，不累坏自己不罢休。

"有一次，她硬要拉我去卫理公会教堂做礼拜，我拗不过她，只好像博加特寡妇那样，虔诚地走进教堂，安静地坐着听牧师讲道。那天牧师讲的是进化论，虽然有很多纰漏，但是我也强忍着没有笑出声。做完礼拜之后，所有教友都聚集在教堂门口，一口一个兄弟姐妹叫着，互相握手告别。可是我走到门口的时候，他们都眼睁睁地看着，没有一个人跟我握手。我知道，大家都看不起我。他们觉得，我这辈子都不会有什么大出息。我想，我可不能让奥拉夫长大以后也跟我一样。有时候我实在忍不住，真想破口大骂：'我就是太因循守旧，我应该不顾一切，冲到镇里的锯木厂，给他们制造麻烦。'可是，碧雅身上好像有一种说不出的魔力，让我无法离开。肯尼科特太太，你应该知道她是一个善良正直的女人。还有，我也把奥拉夫视为我的心头肉。好了，我不能在你面前太过夸奖他们。

"当然，我也想过，不如干脆收拾摊子，搬到西部去好了。那里的人不知道我的过往，不知道我是在为自己过去的罪责赎罪。可是，我费了这么大的力气才建造起了这个制酪厂，要是让我舍弃它，带着碧雅和孩子去别的小棚屋重新开始，我还真是有点儿舍不得。于是，他们就用这个理由留下了我们，还劝我们要节约，努力攒钱买房。天啊，我居然觉得他们说得有点儿道理。他们知道，我们是绝对不敢冒险去损害陛下的尊严的。我的意思是，我不知道他们会密谋什么，宣扬反动言论。哎，只要我能和碧雅坐在一起打牌，对着奥拉夫吹吹牛，说说我在森林中是如何历险的，以及如何诱捕了一只白色的大猫头鹰，还有保罗·班扬①的故事，就算别人都

---

①保罗·班扬，美国传说中的一个英雄，从事伐木。

觉得我游手好闲，无所事事，又有什么关系呢？说实话，我在乎的人只有他们母子俩。我跟你说件事，但是你要替我向碧雅保密：等我盖好了这两间棚屋，我要给她买一架留声机。"

后来，他真的实现了自己的诺言。

碧雅一门心思忙着各种家务：洗衣服、熨衣服、补衣服、烤面包、扫地、做果酱、拔鸡毛、给水槽上漆等，每天都累得腰酸背痛，但是由于她和迈尔斯·伯恩斯塔姆之间深沉的爱，她并不觉得疲惫，不但干劲儿十足，还很有创造性，边听着留声机播放的歌曲边干活儿。看她高兴的样子，干起活儿来就像一只老母牛。新盖好的棚屋有两层，楼下是厨房，楼上是卧室。原本是单间的棚屋，如今变成了客厅，里面放着一架留声机，一张金黄色的真皮座面橡木摇椅，还有约翰·约翰逊州长的一张照片。

七月下旬，卡萝尔又来到了伯恩斯塔姆家，想要聊一聊自己对戈镇的一些人和事的感受。但是她惊讶地发现，奥拉夫发烧了，在床上躺着，脸色很不好看。碧雅的脸蛋也红扑扑的，似乎有些头疼，却还在坚持着干活儿。卡萝尔急忙叫来迈尔斯·伯恩斯塔姆，着急地问：

"他们俩怎么都病了？出什么事了？"

"他们在闹肚子。我本来打算让肯尼科特医生来帮他们诊治一下，但是碧雅认为，因为你老来我们家，医生不太高兴，也不太喜欢我们。唉，我可真是心急如焚啊！"

"别着急，我现在就回去叫肯尼科特医生来。"

她担忧地俯视着奥拉夫，他那双闪闪的大眼睛此时黯然无光。他一边发出痛苦的呻吟，一边用手摸着前额。

"他们是不是吃了什么不干净的东西？"卡萝尔问迈尔斯。

"我想，应该是水出了问题。以前我们总是穿过街道，去奥斯卡·埃克龙家的水井去打水。但是，每次奥斯卡见到我都会不停地唠叨，说我是个吝啬鬼，连花钱打一口井都舍不得。有一次他对我说：'我觉得你们这些社会主义者简直太棒了，就喜欢掏别人口袋里的钱，喝别人家的水！'我很清楚，他这么继续挖苦下去，我们之间一定会爆发一场争吵，然后场面就会失控，我很难保证自己不会狠狠地揍他。虽然我愿意付钱给他，但是他死活不收，还非要以此来嘲笑我。我没办法，只好去了费杰罗斯太太家的那口井打水。那口井位于洼地那边，好像不太干净。我已经决定了，今年秋天就自己挖一口井。"

卡萝尔听着他的讲述，脑海中浮现出了一个可怕的字眼：猩红热。她飞快地跑到了肯尼科特的诊所，把事情原原本本地告诉了他。他郑重地听着，点了点头说："我们现在就出发。"

他给碧雅和奥拉夫进行了仔细的检查，摇着头说："是的，好像是伤寒。"

"天啊，我在锯木厂工作的时候，见过别人得伤寒。"迈尔斯·伯恩斯塔姆绝望地说，感觉全身的力气都被抽干了，"他们的病情是不是很严重？"

"我一定尽力而为。"肯尼科特说，然后他冲着迈尔斯·伯恩斯塔姆笑了一下，还拍了拍他的肩膀。自从他们认识以来，这还是第一次。

"是不是需要一个护士？"卡萝尔问。

"哦……"

肯尼科特转过身子，对迈尔斯·伯恩斯塔姆说："你能不能找到碧雅的表姐蒂娜？"

"她不在，回了乡下老家。"

"我可以照顾他们。"卡萝尔坚定地说,"他们病了,需要有人帮忙做饭。而且伤寒患者应该用海绵擦澡,这会对他们的病有好处的。"

"你说得对。"肯尼科特医生言不由衷地说。他是个医生,以救死扶伤为天职。"现在要在镇上找个护士,还真不是件容易的事。斯蒂维尔太太忙着接生,我的护士又在度假。好吧,那白天就由你照顾,晚上由伯恩斯塔姆照顾。"

接下来的一个星期,卡萝尔每天早上八点就在病人身边忙碌,直到半夜才休息,她包揽了给病人喂饭、洗澡、烫床单和量体温的所有活计。迈尔斯·伯恩斯塔姆怕她太过辛苦,说什么都不让她做饭。他心里害怕极了,脸色苍白,脚上只穿着袜子,静静地做饭和收拾屋子,用他那双笨拙的大手灵巧地收拾着一切。每一天肯尼科特都会来三次,态度温和,对迈尔斯·伯恩斯塔姆也很客气,让病人觉得自己还有痊愈的希望。

卡萝尔知道,自己真的很喜欢碧雅。这种喜欢让她充满了力量,给他们擦澡的时候胳膊也很有劲,不知道什么叫累。但是,碧雅和奥拉夫的病情太严重,让她陷入了深深的绝望。受到病痛的折磨,他们的身体十分虚弱,每次吃完东西脸色都红通通的,实在是难受极了。他们只能寄希望于晚上,希望晚上能够好好休息。

患病的第二周,奥拉夫就发生了很大的变化:原本强壮的腿变得十分虚弱,前胸和后背也出现了很多红斑,脸颊也凹陷了。面对死亡,他害怕极了。他的舌头已经从红色变成了褐色,还经常呕吐。原本他的嗓门充满自信,如今声音已经很低,变成了一种含混不清的声音,似乎正在受到痛苦的折磨。

碧雅刚得病的时候还能咬牙坚持,可是由于病情拖得太久,等到肯尼科特医生叮嘱她好好休息的时候，她的病情也已经十分严重了。有一天黄昏，她突然因为肚子疼而放声尖叫，把大家都吓坏了。过了不到半个小时，她就开始胡言乱语。那天夜里，卡萝尔一夜没有合眼，一直陪着处于半昏迷状态的碧雅。迈尔斯隔一会儿就会从狭窄的楼梯口探头探脑地向里张望，这种无言的痛苦让卡萝尔心酸不已。第二天，卡萝尔短暂地休息了三个小时，回家待了一会儿就赶回来了。此时碧雅还在昏迷中，只是反复念叨一句话："奥拉夫，我们玩得好开心！"

十点钟，卡萝尔正在厨房里为病人准备冰袋。突然，门口传来了敲门声。迈尔斯·伯恩斯塔姆迅速跑到门口，打开门一看，原来是维达·舍温、莫德·戴尔和奇特雷尔太太——她是浸礼会那位牧师的太太。她们拿着一些葡萄以及有一些美丽的图案和轻松的小说的杂志。

"我们刚刚听说你妻子病了，特意来看看有没有什么能帮上忙的。"维达说。

迈尔斯·伯恩斯塔姆冷漠地看着眼前这三个女人："你们来得太迟了，现在没有什么需要你们帮忙的。以前碧雅总是翘首期盼，希望你们可以来看她。她真心想和你们做朋友，我总是看到她坐在这里，只等着有人来敲门。可是现在，你们全都滚蛋吧！"说完，他狠狠地甩上了门。

一整天，卡萝尔眼睁睁地看着奥拉夫慢慢地走向死神。其实，他的身体早就十分虚弱了，已经是皮包骨头，肋骨清晰可见，皮肤冰凉，脉搏虽然跳得快，但是十分微弱。然后，他的脉搏越跳越快，就像死神在咚咚咚地擂鼓。傍晚的时候，他咽下了最后一口气，离开了这个世界。

此时碧雅还在昏迷着，不知道儿子已经死了。第二天早上，她也咽气了。她永远也不会知道，奥拉夫再也不能在门前的台阶上玩木头剑，也不会去管理鸡窝，更不会去东部上大学了。

迈尔斯·伯恩斯塔姆、卡萝尔和肯尼科特都说不出话来。他们眼含泪水，最后一次清洗了娘俩的尸体。

"你回家去好好洗洗吧，最近实在是麻烦你了，你对我们的恩情，我此生都无法报答。"迈尔斯·伯恩斯塔姆小声对卡萝尔说。

"我现在先回去，明天来跟你一起送葬。"她强忍着内心的悲痛，吐出了这句话。

出殡的那天，卡萝尔却生病了，躺在床上爬不起来。她想，邻居们应该会去给他们送行。但是她不知道，整个镇上的人都知道了那天迈尔斯·伯恩斯塔姆让维达等人吃了闭门羹的事，大家都非常痛恨迈尔斯·伯恩斯塔姆。

巧合的是，她用胳膊支撑着自己从床上爬起来的时候，看到了窗外的场景：碧雅和奥拉夫出殡的时候非常凄凉，没有哀乐，没有车队，只有穿着结婚时那件黑色礼服的迈尔斯·伯恩斯塔姆一个人。他低着头，亦步亦趋地跟着那辆装着他妻儿尸体的破灵车。

一个小时后，休哭着来到了妈妈的房间。她强忍着泪水，挤出一个笑容问："宝贝，你这是怎么了？"他哭着说："妈妈，我要去和奥拉夫一起玩。"

那天下午，久恩尼塔·海多克来到家里，和卡萝尔聊天。

她说："你以前那个女佣碧雅，可真是个苦命人，但是我认为，她的丈夫根本不值得大家同情。大家都说，他每天喝得醉醺醺的，苛待家人，妻儿才会病死。"

第二十七章

一

雷蒙德·伍瑟斯庞从法国来信,说他前一段时间被派到了前线,还受了轻伤,现在已经荣升上尉。受到维达的自豪之情的影响,卡萝尔似乎也不再那么郁郁寡欢了。

这时候,迈尔斯·伯恩斯塔姆卖掉了自己的制酪厂,换回了几千块钱。他紧紧地握着卡萝尔的手告别,小声说:"我要远离这里,去北艾伯塔买个农场。"说完,他就大步离开了,此时他的步伐已经不像之前那么矫健,背影略显苍凉。

据说,他走之前对戈镇破口大骂。有人说,应该把迈尔斯·伯恩斯塔姆抓回来,捆在杠子上,驱逐出镇。也有人传言,老钱普·佩里在火车站遇到了迈尔斯·伯恩斯塔姆,还把他臭骂一顿:"你最好不要再踏进这个镇子半步。对于你已故的妻儿,我们十分尊重，但是对你这种亵渎上帝、于国于公都毫无贡献的人，我们一点儿敬意都没有。"

有人在火车站目睹了这一切，他们说，迈尔斯·伯恩斯塔姆迅速抛出了一番反动言论进行反驳，还说他对德国工人的喜欢远超过对美国银行家的喜欢。但是也有人证明，听了佩里的咒骂，迈尔斯·伯恩斯塔姆无言以对，只好灰溜溜地上了火车。大家一致认为，他内心一定愧疚不已，因为有人看到，他在火车离开戈镇的时候，站在车厢出口处不停地回望身后的戈镇。

他乘坐的火车飞快地驶过轨道，在距离轨道不远的地方，就是他的房子和他新盖的棚屋。

卡萝尔最后一次来到迈尔斯·伯恩斯塔姆的棚屋的时候，一眼就看见了奥拉夫玩过的那辆四轮马车，它就在马厩附近，被明媚的阳光照耀着。她不知道，一个目光锐利的人能否从行驶的火车上看到它。

接下来的一个星期，虽然卡萝尔人在红十字会，心却不知道飞向了哪里。她只顾着缝补和捆绑衣服，一言不发，维达就在大声念《作战公报》。之后，肯尼科特也开始咒骂迈尔斯·伯恩斯塔姆："如果真像佩里说的那样，那伯恩斯塔姆真是一个十恶不赦的坏蛋。撇开碧雅不谈，我不知道市民委员会采取什么手段才让他表现出一点儿爱国之心。要是他拒绝买战时公债，加入基督青年会，他们一定会把他关进大牢。他们想要对付那些德国佬，手段可多着呢。"每当这时，卡萝尔总是一言不发。

二

韦斯特莱克太太并没有让卡萝尔受到什么鼓舞，不过，卡萝尔觉得这个老太太亲切善良，值得信赖。最让她感动的是，这个老太太对于新事物的态度非常宽容。于是，她抽泣着向这个老太太讲述了碧雅的悲惨遭遇，说完这一切，她内心才觉得轻松了许多。

有时候，她也会在街上偶遇盖伊·波洛克，但是他总是不停地说查尔斯·兰姆和落日，乏味极了。

虽然随着交往的加深，卡萝尔和弗利克鲍律师的太太也慢慢熟悉起来，这算是她最大的收获了。弗利克鲍太太个子高挑，身量苗条，容易冲动。一天，卡萝尔走到了药房门口，巧遇了她。

"出来散步吗？"弗利克鲍太太说。

"是呀，随便走走。"

"在这个镇上，也就只有你还会用腿走路。怎么样，去我家一起喝杯茶？"

卡萝尔正好闲得无聊，就同意了。但是，弗利克鲍太太的打扮太奇怪了，引得路人纷纷侧目，这让卡萝尔觉得很不自在。虽然已经是八月初，但是气温还很高，弗利克鲍太太却戴了一顶男式帽子，穿着一件光板皮袄，活脱脱一只死猫。她的脖子上戴着一条仿真珍珠项链，穿着一件皱巴巴的绸面短裤子，以及一件厚粗呢裙子，前摆还翘得很高。

"进来坐，把小孩放在摇椅上就行。屋里太乱了，跟个猪圈一样，请别介意。其实我和你一样，对这个镇都没什么好感。"弗利克鲍太太说。

"为什么？"

"因为你对它没什么好感。"

"确实如此，但是我相信我总有一天会喜欢上它。也许我是一个六角形的钉子，只需要把戈镇变成一个六角形的洞眼，问题不就解决了吗？"

"你有把握吗？"

"就拿韦斯特莱克太太来说吧，她生来就是个高贵的女人，应该住在费城或者波士顿的古朴的房子里。可是她呢，为了逃避现实，她用书籍把自己埋藏起来。"

"难道你真的甘愿只读书，对别的一切都不闻不问吗？"

"我不愿意，哪一个人也不能对自己生活的城镇总是满腹怨恨吧？"

"为什么不能？我就是这样啊，我对戈镇的怨恨已经持续了三十二年。我以后会葬身于此，所以只要我还有一口气，我就会怨恨它。其实，我应该去做个商人，我对数字和计算有着过人的天赋。可是现在一切都太迟了。很多人都觉得我疯了，我也觉得我可能真的是疯了，因为我总是不停地发牢骚。我也会去教堂做礼拜、唱赞美诗，大家都以为我对上帝非常虔诚，是不是非常可笑？我只是想找个乐子，把洗衣服、熨床单、补袜子之类的琐事全部忘掉而已。我很想开个铺子，做点儿小买卖，朱利叶斯却坚决反对，唉，一切都太迟了！"

卡萝尔坐在略显僵硬的长沙发上，心中一凛。难道一直到生命的尽头，都要过这种无聊的日子吗？将来的某一天，她会不会也像韦斯特莱克太太一样，高傲自大，鄙视自己和邻居们？会不会也变成一个骨瘦如柴、举止古怪的老太太，穿着一件脏兮兮的猫皮短袄，在大街上步履蹒跚？她失魂落魄地往家里走的时候，发现自己真的被桎梏住了。当她抱着怀里那个昏昏欲睡的孩子，跟跄着回家的时候，她觉得自己变成了一个虚弱而渺小的家庭主妇。虽然她现在风韵犹存，可是眉眼间早已失去了希望。

当天夜里,她孤独地坐在门廊里。肯尼科特似乎又要出门,去给戴夫·戴尔太太看病。

暮色四合,寂静的街道上空无一人,偶尔也能听到一些声音,那是轮胎摩擦地面的声音,豪兰家门廊里的摇椅发出的嘎吱声,以及手掌拍打蚊子的声音。天气实在是太热了,人们连聊天都没有心情,声音断断续续的,还能听到蟋蟀的叫声和飞蛾撞在纱窗上的声音。这些声音,衬托得这个夜晚更加宁静了。这条街似乎位于另一个世界,已经无药可救。就算她余生都坐在这里,也不会出现什么有趣的事情。这是一条单调乏味、死气沉沉的大街。

这时候,莫特尔·卡斯和赛伊·博加特一起走来了。赛伊按照当地的风俗,热情地向姑娘献殷勤,莫特尔被他呵得耳朵发痒,咯咯直笑,还不停地蹦来跳去。他们走得毫无章法,一会儿像在跳舞的情侣,不是向两边踢脚,就是拖着脚跟跳摇曳舞步,在人行道上发出时断时续的四二节拍。在暮色中,他们的谈话时不时就会引发一些骚动。卡萝尔在门廊里坐着,突然觉得这个夜晚一下充满了活力,黑暗中充满了热烈的喘息,看来,要有什么事情发生了。

第二十八章

一

八月的一天,卡萝尔去参加芳华俱乐部的晚宴,席间,她从莫德·戴尔那里听说了"伊丽莎白"。

卡萝尔对莫德·戴尔很有好感,主要是因为两个原因:首先,最近她对卡萝尔特别热情;其次,她不再像以前那么神经兮兮,惹人厌烦了。现在,她们每次一碰面,莫德就会亲热地握着她的手,聊起关于休的话题。

肯尼科特说,莫德"非常可怜,是一个容易忧郁的女人,但是戴夫并不体贴她"。他们一起去湖滨别墅游泳的时候,肯尼科特总是对莫德非常客气。对于肯尼科特的这种同情心,卡萝尔非常引以为傲,所以也总是尽可能地多接近这位新朋友。

莫德说:"最近镇上来了一个叫'伊丽莎白'的小伙子,你们听说了吗？他在纳特·希克斯的裁缝铺干活儿，我敢打赌，他的周薪不会超过十八块。可是你第一眼看到他，一定会误以为自己看到了一个女人！他说话的时候喜欢咬文嚼字，还喜欢摆臭架子。他穿着束腰带的夹克衫，凸纹布衣领上还有一枚金别针，还要让袜子跟领带的颜色协调一致。你们知道格雷太太的公寓楼吧？虽然十分破旧，但是供应膳食。我听说，他就住在那里，还问过格雷太太，要不要在晚餐的时候穿上晚礼服。你们一定不会想到会有这种事吧？他的真实身份不过就是一个瑞典小裁缝，名叫埃里克·瓦尔博格。他曾经在明尼阿波利斯的裁缝店工作过，针线活儿做得也不错，受到了大家的称赞，于是他就努力把自己伪装成一个土生土长的城里人。而且，他不管走到哪里，都会拿着本书装模作样，好让大家以为他是个诗人。莫特尔·卡斯说，她曾经在舞会上偶遇了他，当时他正像一只无头苍蝇一样乱转，鲜花、诗歌、音乐之类的不离嘴，那架势就跟国会议员似的。莫特尔是个古灵精怪的丫头，就没话找话，故意套他的话。嘿，你们猜猜他怎么说？他说，他还没有在镇上找到一个可以交心的朋友。嘿，是不是挺难想象的？简直让人笑掉大牙。他是什么人？只不过是个小裁缝而已！天啊，人们都说他跟姑娘一样娇嫩，所以男孩们都叫他'伊丽莎白'。他们在大街上拦住他，故意问他读什么书，他还一本正经地跟他们说了。他们故意装出一副相信他的话的样子，还使劲挖苦他，但是他根本不知道男孩们是在挖苦他！哈哈哈，简直笑死人了！"

芳华俱乐部的所有会员听到她的话，哄堂大笑，卡萝尔也跟着笑了。杰克逊·埃尔德太太又说，这个埃里克·瓦尔博格还曾经偷偷对格雷太太说，他"非常渴望给太太小姐们设计衣服"。怎么样，是不是挺出乎意料的？哈维·狄龙太太也见过他，还说他十分帅气。但是，银行家高杰林的夫人B.J.高杰林太太迅速跳出来反驳了她的这一说法。高杰林太太说，她曾经仔细地观察过这个瓦尔博格。当时，她和丈夫高杰林先生开车外出，在路过麦格鲁德大桥的时候，就遇到了"伊丽莎白"。当时，他穿着一身非常难看的衣服，长长的腰身收紧，看起来活脱脱就是个娘儿们。当时他正枯坐在桥边的一块石头上，可是，当他听到高杰林的汽车喇叭声时，就迅速从口袋里拿出了一本书。车子经过他身边的时候，他就假装在看书。很明显，他就是摆个样子给别人看。其实，他长得非常一般，用高杰林先生的话说，就是毫无男子汉气概。

男士们到场之后，听到了女士们对瓦尔博格的议论，也加入到了揭他短处的行列。"我叫'伊丽莎白'，是个水平一流的裁缝，在音乐方面也很有造诣，受到很多女人的追捧。麻烦您，给我一点儿面包夹牛肉，谢谢。"戴夫·戴尔怪腔怪调地说。然后，他又说了说镇上的小伙子们是怎么捉弄瓦尔博格的。比如，他们拿了一条烂鲈鱼，偷偷扔进他的口袋，还在他的后背贴上写着"我是个傻子，请狠狠地踢我吧"的牌子。

卡萝尔有机会和大家笑闹一番，心里也很高兴。突然，她说了一句让在座的人都非常惊讶的话："戴夫，你理过发之后，真是帅气极了！"大家听到卡萝尔的这句俏皮话，都高兴地拍手。肯尼科特见状，得意极了。

她心想，哪天有机会从希克斯的裁缝铺路过，一定要亲眼看看这个怪人。

二

星期天早上，卡萝尔一家三口、惠蒂尔舅舅和贝西舅妈都去了浸礼会教堂做礼拜，他们坐在一排座椅上，神情肃穆。

为了让他们去做礼拜，贝西舅妈会反复唠叨，但是肯尼科特夫妇去的次数并不多。肯尼科特医生说过："宗教确实具有强大的魔力，是笼络下层阶级社会的有效手段，而且，宗教也是蒙蔽那些家伙的唯一手段，让他们相信私有。我觉得，那些比我们见多识广的老古董琢磨出的神学，其实也就一般般吧。"他信仰基督教，却没有认真研究过；他相信教会，却不太去做礼拜；他惊诧于卡萝尔的没有宗教信仰，却没有深入探究其原因。

其实卡萝尔自己也不知道，但是，她有时候会觉得和基督教徒在一起非常不自在，因此会尽可能避免。

卡萝尔居然冒失地到主日学校，听老师们讲课。她听到，老师们瓮声瓮气地告诉孩子们，在伦理学上，像沙姆谢赖①这样的宗谱是值得深究的可贵问题。

每周三的晚祷会上，她都能听到那些年事已高的老掌柜的祈祷，他们总是会引用一些古老的性爱象征和十分血腥的话语，比如迦勒底人用过的"用羔羊的血洗涤自己的罪孽"和"复仇之神"。博加特太太也说，从赛伊幼年时期开始，她就会让他按照《圣经》上的十诫进行忏悔，日日如此。当时，卡萝尔吃惊地发现，20世纪的美国基督教就和袄教②一样反常，但是却没有袄教昔日的辉煌。但是话说回来，她去教堂参加晚宴的时候，看到姐妹们高兴地端上冷火腿和烤土豆，

---

① 沙姆谢赖，古代的以色列王。
② 袄教，在我国也称"拜火教"，认为世界有两种对立的本原。

真切感受到教堂里弥漫着一种友爱的氛围。有一天钱普·佩里太太给她打电话，对她说："亲爱的，你应该知道，蒙受上帝永恒的恩典实在是最幸福的事情。"卡萝尔这才意识到，充满血腥的、让她根本提不起兴趣的神学背后，也有人性的一面。她一直都觉得，卫理公会、浸礼会、公理会和天主教等各个教派，对于她童年生活的那个法官家庭毫无用处。后来她到了圣保罗，又为了生活而到处奔波，她和教会更是渐行渐远。自从来到戈镇，她又有了一种新感觉：各个教派是让人们明哲保身的最强大的力量。

八月的一个星期天，卡萝尔听说埃德蒙·奇特雷尔牧师要进行题为"美国需要正视自己的问题"的宣讲，高兴极了。当时正是"一战"时期，每个国家的工人都渴望控制工业和政权，妇女的参政已经提上日程。这一切问题，看起来都值得奇特雷尔牧师呼吁美国当局认真对待。于是，卡萝尔跟在惠蒂尔舅舅身后一路小跑，朝着教堂跑去。

炎热的天气让与会的人们都顾不上礼仪了。男人们把头发梳得纹丝不乱，用力地刮胡子，差点儿刮破脸皮。他们脱下外套，又把笔挺的马甲解开了两个扣子，默默地松了口气。那些穿着白罩衫的老太太有着丰满的胸脯，此刻热得大汗淋漓，鼻子上还架着眼镜，正不停地挥动手里的棕榈叶扇子。她们这些"古代以色列的老妈妈"是钱普·佩里太太的朋友，也是拓殖时期的教友。

小伙子们都挤到后排坐着，可能是因为害羞。此时，他们正开着玩笑。而小姑娘们则随着母亲坐在前排，由于羞涩，她们也正襟危坐。

这个教堂有点儿像谷仓，又有点儿像镇上的人家里的客厅。墙上贴着一些褐色的条纹纸，挂着"跟我来吧"和"耶和华是我的牧者"的横幅以及一份赞美诗目录和一张画。这张画看起来五颜六色的，画在一张灰色的纸上，内容是一个年轻人可以在转瞬之间从"欢乐之宫"和"荣耀之家"坠入"万劫不复的深渊"。不过，那些被油漆刷得锃亮的橡木座椅、红色的新地毯和讲台后面的三把安乐椅，却会给人带来舒适的感觉。

卡萝尔今天见到谁都是一团和气，引得大家交口称赞。她笑容满面，遇到熟人还会鞠个躬，还跟大家唱起了赞美诗：

> 日月的光辉如此灿烂，
> 会众高兴地来此聚会。
> 放弃人的各种胡思乱想，
> 远离各种罪恶。

上过浆的裙子和僵硬的衬衣都发出了沙沙的声音，所有的会众都在座位上坐好，等着奇特雷尔牧师开口布道。牧师年纪不大，是个黑皮肤的瘦子，待人十分热情，嗓门很大。他穿着一件黑色的便服，打着一条淡紫色的领带。他用力地敲打着讲台上那本厚厚的《圣经》，大声说："兄弟姐妹们，就让我们一起开始思考吧！"然后，他就向崇高的上帝祷告，报告过去一周都发生了什么，然后才开始布道。

原来，他认为眼下美国面临的问题只有摩门教[①]和禁酒令。

"有一些心高气傲的家伙四处捣乱，你们可不要被他们蒙蔽了，觉得那些自以为是的运动非常有意义。那些由工行和农会自行决定工资和物价的办法，会扼杀所有的进取心和事业心。任何缺乏精神基础的运动，都只不过是一阵风。我想提醒你们，每当人们在

[①] 摩门教，1830年在美国诞生的一个教派，在美国西部比较流行。

为'经济学''社会主义学''科学'和伪装的无神论争论不休的时候,撒旦已经把自己伪装成了约瑟夫·史密斯①、布里格姆·扬或者其他的什么领袖,在犹他州散布一些奇怪的言论。现在,他们居然开始嘲笑《圣经》了。要知道,我们美国人就是在《圣经》的指引下,才克服重重困难,取得了今天的辉煌,所以预言成为现实,美国如今是世界公认的领袖。在《圣经·新约全书·使徒行传》第二章第三十四节里,上帝说过:'你坐在我的右边,等我让你的仇敌做你的脚凳。'现在我就要告诉你们,你们每天清晨都应该早早起床,比你们要出去钓鱼的时候还要早,你要想变得聪明能干,就必须遵循上帝的圣训,偏离它的人都会坠入地狱。现在我们再回来说说摩门教,这个问题非常严重,也非常可怕,但是更可怕的是我们迄今还没有意识到,邪恶的摩门教已经渗透进了我们的生活,离我们非常近了。可是更可耻的是,美国国会对此毫不关注,只拿出大把的时间讨论金融问题。我认为,财政问题自然会有财政部门解决,可是美国国会却不愿动用自己的权力,通过法令来驱逐或者流放那些可恶的摩门教徒。我们的国家崇尚自由,绝对无法忍受一夫多妻制,也不能任由撒旦在这里嚣张!

"我们先把美国国会这件事放一放,说一说这一代年轻的女孩子,她们爱慕虚荣,如果听之任之,还不知道会有怎样严重的后果!这些女孩子的脑袋里装的只有长筒袜,不管母亲说什么都听不进去,更不会去学习烤面包。更有甚者,一些女孩子甚至去听那些摩门教教士胡言乱语。你们要知道,在我们这个州,这种女孩到处都有,其数量已经超过了摩门教的男教士。几年前,我在都庐斯市一条大街的拐角处,亲耳听到了一名摩门教教士在传教,可是那里

①约瑟夫·史密斯,开创了美国摩门教会,后来被教会中的仇敌杀死。

的警官根本就不管。眼下我们还有一件棘手的小事需要解决，就是那些安息日会教徒。当然，我不是说他们不道德，只是耶稣已经定好了安息日，这些人却非要把星期六定为安息日，我觉得，立法机构不应该对此置若罔闻。"

卡萝尔直到听到这句话，才算弄明白。

之后的几分钟，卡萝尔并没有听讲，而是密切注视着对面座椅上的一个小女孩的脸：她看起来多愁善感，又郁郁寡欢，看着奇特雷尔牧师的表情既害怕又羡慕。卡萝尔不认识这个小姑娘，不过曾经在教堂共进晚餐的时候见过她。她想：镇上一共有三千名居民，自己有那么多不认识的；有人把妇女读书会和芳华俱乐部视为上流人士的集会，认为它高高在上；还有人虽然比她更加灰心，却还在奋力挣扎。

她玩了玩自己的指甲，读了两首赞美诗，又捏了捏有些痒的手指关节，似乎觉得舒服了一些。她让休把头靠着自己的肩膀。休也像妈妈那样磨蹭了一会儿，就甜甜地睡去了。她翻开赞美诗，看了看序言、书名页和版权页。她突然很想知道，肯尼科特为什么从来不戴围巾，把敞开的领口遮住。

她枯坐在座椅上，觉得实在是无趣，就转过头来，看看别人在做什么。她觉得自己应该跟钱普·佩里太太热情地打个招呼。就在她慢慢转头的时候，她突然顿住了。

她看见了一个从未见过的小伙子，就在中间过道那边的两排座椅后面坐着。在一众吸烟的市民的衬托下，他格外显眼，如同上帝派来的使者——一头琥珀色鬈发，低额角，细鼻子，下巴上没有胡子，看起来他有经常刮胡子的习惯。最让卡萝尔惊叹的，是他的嘴唇。戈镇男人的嘴唇通常都是扁平、呆板的，一看就不怀好意，而他的嘴唇却是弯曲的，上唇略短。他穿着一件白绸衬衫，外面套着一件褐色细线衫，裤子是白色法兰绒的，脖子上还系着一个蝴蝶结，是天蓝色的。他的形象，让人不由自主地联想到海滩、网球场，还有除了被烈日晒得起了泡的大街之外的所有让人向往的地方。

他是不是来自明尼阿波利斯的客商，到戈镇来洽谈业务？但是他看起来并不像客商，而是像一位诗人。看他的神情，倒很有济慈、雪莱和阿瑟·厄普森①的神韵（她在明尼阿波利斯的时候，还有幸亲见了阿瑟·厄普森）。直觉告诉她，这个人感情充沛、温文尔雅，绝对不是商人。此刻，他的目光集中在正叽里呱啦讲道的奇特雷尔牧师身上，露出了一丝嘲讽，且分寸把握得十分到位。卡萝尔此刻觉得自己该为戈镇负责，所以她觉得让这个神秘人物听牧师的瞎唠叨实在是一件丢脸的事。这个陌生人看到他们在礼拜仪式上的神情发起了呆，这也让她气愤不已。她红着脸扭过头去，却觉得这个人就站在自己身后。

怎么才能见到他呢？她真想见他一面，和他畅谈一个小时。她是那样地盼望着他，因此，她绝对不会轻易就让他走了，一定要跟他聊一聊。她甚至产生了一个自己都觉得可笑的念头：直接走过去跟他搭讪，对他说："我在乡下的时间太久了，感觉自己已经不可救药。你能不能告诉我，纽约现在是什么样子的？"她不敢想象，如果她这么问了，肯尼科特会怎么说："宝贝，你为什么不邀请那位穿褐色细线衫的年轻人到我家来，和我们共进晚餐呢？"

她不再往后看，而是独自沉思起来。她警告自己：一定是我太夸张了，他如此年轻，又怎么会有那么多高贵的品质？难道是因为他仪表堂堂，再加上新衣服的衬托，才会如此显眼？看起来，他

---

①阿瑟·厄普森，美国抒情诗人。

有点儿像电影演员。他很有可能是一个会唱男高音的旅行推销员，穿着一件仿纽波特衫，觉得自己打扮入时，嘴边常挂着"夺人眼球的生意经，绝对能大赚一笔"。她忍不住慌乱地扭头看了他一眼。不，这个小伙子的嘴唇极富线条，眼睛极为深邃，如同一尊古希腊雕像，不太可能是一个东奔西走的推销员。

礼拜刚一结束，她迅速站起身来，小心地用手挽住肯尼科特的胳膊，对他露出了一个甜美的微笑，似乎是在告诉他，自己会一直伴随着他走到这个世界的尽头。然后，他们就跟在那个"神秘客人"的身后，离开了教堂。

小胖子希克斯是纳特的儿子，他的声音非常尖锐，就像一头猪在叫。只见他伸出手拍了拍这个陌生人的肩膀，讽刺地说："小妞儿，今天打扮得不赖呀，是要嫁人吗？"

卡萝尔听到这番话，不由得感到十分反胃，原来这个从外地来的贵客，就是埃里克·瓦尔博格，也就是大家口中的那个"伊丽莎白"。他在裁缝铺里做学徒，拿着热熨斗和汽油瓶，帮别人缝补脏兮兮的夹克，还拿着软尺，低眉顺眼地为一个胖子量尺寸。

但是卡萝尔心中想的是，这个小伙子可不简单。

三

星期天晚上，他们一起在斯梅尔舅舅家吃饭。餐厅里除了放着鲜花和一盘水果，还有一张放大的惠蒂尔舅舅的铅笔画肖像。贝西舅妈唠叨个没完，不是说罗伯特·B.施明克太太的珠子项链不好看，就是说惠蒂尔不应该穿着肥大的条纹裤来招待客人。但是，卡萝尔对她的唠叨充耳不闻。她顾不上品尝烤猪肉片是什么味道，就没来由地冒出一句：

"威尔，我今天上午在教堂里看到了一个穿着白色法兰绒裤子的年轻小伙子，他是不是就是大家议论的那个瓦尔博格？"

"没错，就是他，他打扮得确实很帅气。"肯尼科特一边说，一边用力地刮着自己那硬邦邦的灰色袖口，那里不知道什么时候沾上了一些白色的污渍。

"他的行头确实不错。不过，他是哪里人？是不是在大城市待过？是从东部来的吗？"

"什么东部？不是，他就是本地人，家在镇北的一个靠近杰弗逊的农场。我还认识他的父亲，他是一个瑞典佬，叫作阿道夫·瓦尔博格，是一个古怪的老农民，一辈子和土地打交道。"

"真的吗？"她故作平静地问。

"没错，我想他应该在明尼阿波利斯跟着一位裁缝学习过很长时间。我觉得他这个人比较聪明，有点儿本事。而且他读书很多，我听波洛克说，他经常去图书馆借书，是咱们镇上借书最多的人，这一点倒是跟你很像。"

听到这个巧妙的玩笑，斯梅尔夫妇和肯尼科特笑得眼泪都流出来了。惠蒂尔插话道："你们是不是在说希克斯的那个学徒？他跟个姑娘似的，根本算不上个男子汉。一个男人，就应该上战场，或者当个庄稼汉，跟我年轻的时候一样踏踏实实过日子。他可倒好，一个男人，做些女人的事情。而且还要穿得跟个娘儿们一样，在大街上晃荡，让人看了真恶心。我像他这么大岁数的时候……"

卡萝尔看着桌子上那把切肉刀，多么希望它可以变成一把锋利的匕首，一下刺死惠蒂尔舅舅，那样的话一定会成为报纸上的头条新闻。

这时候,肯尼科特站出来,替瓦尔博格说了几句公道话:"这件事我得为他辩解一下。我记得,他确实参加过当兵之前的体检,查出了有轻微的静脉曲张,不能当兵。不过,我觉得就算他真的上了战场,也不敢动手杀德国兵。"

"威尔,你说话的时候不能留点儿情面吗?"

"我猜他也没这个胆子。看他那扭捏的样子,活脱脱是个娘儿们。我听说,他星期六去理发的时候,还告诉德尔·斯纳弗林,他想学钢琴。"

"别看咱们的镇子小,人们倒是很乐意传播别人的八卦,真是太有意思了。"卡萝尔天真地说。

肯尼科特听到这话,觉得其中另有深意。他还没来得及开口,就被贝西舅妈打断了。她一边往桌子上端奶油布丁蛋糕,一边对卡萝尔的说法表示赞同:"是挺有意思的,大城市真是难以想象,就算有人在那里坏事做尽,也不会有人知道。可是在咱们这个小镇上,可就完全不一样了。今天上午在教堂的时候,我就注意到那个小裁缝了。当时我听到里格斯太太对他说,想跟他一起看她那本散文诗集,他却摇摇头拒绝了。在我们大家都唱赞美诗的时候,他却像一根木头桩子一样杵在那里一言不发。大家都说他觉得自己比我们斯文,但是我倒想知道他斯文在哪里了。"

卡萝尔又开始盯着桌子上的那把切肉刀。洁白的餐布,配上鲜红的血液,简直太美丽了。

然后她又暗暗想道:

"傻瓜,可千万不要做这种事情。我都三十岁了,怎么还这么幼稚。天啊,我真的三十岁了吗?那个小伙子只怕还不到二十五岁。"

四

现在，卡萝尔到了博加特寡妇的公寓做客。这里来了一个二十二岁的姑娘，叫弗恩·马林斯。从下学期开始，她将在中学里教授英文、法文和体育等。在入职之前，马林斯需要参加为期六周的乡村教师讲习班，所以她提前来了。卡萝尔在街上遇到过她，还听到了人们对她的议论，说实在的，和对埃里克·瓦尔博格的议论差不多。马林斯个头高挑，外表甜美，但是为人轻浮。不管是低胸水手大外袍，还是学校里的素雅的高领罩袍，都能让她穿出一股风尘味。萨姆·克拉克太太这样的人见到她，都会摇着头说："她就像个妓女。"而久恩尼塔·海多克太太那样的人，却在暗地里羡慕她。

星期天傍晚，肯尼科特夫妇在屋子旁边草坪上的帆布折叠椅上闲坐着，突然看到弗恩和赛伊·博加特在一起，时不时放声大笑。现在赛伊还在读初中，但是发育得很快，身强力壮。论年纪，他只比弗恩小两三岁。这时候，赛伊可能是因为弹子房的问题，需要去闹市区一趟，就匆匆走了。弗恩只好一个人坐在博加特家的门廊里，看起来无聊极了。

"她似乎很孤独。"肯尼科特说。

"她确实很孤独，我好想走过去和她说会话。在戴夫的店里，我曾经见过她，但是我一直没有去拜访过她。"卡萝尔悄悄地穿过草坪，在暮色中，只能隐约看到一个白色的背影穿过了满是露水的草地。突然，她不知怎的想到了埃里克，以及自己此时正站在露珠里。她脱口而出："晚上好啊，我和医生都觉得，你应该挺寂寞的。"

弗恩不太高兴地说："是呀！"

卡萝尔专注地看着弗恩："马林斯小姐，你看上去很无聊，这一点可逃不过我的眼睛。我以前在图书馆做馆员,那时候我也觉得挺无聊的。我是布洛杰特学院毕业的,你呢?"

弗恩兴致勃勃地说:"我是明大的。"明大指的是明尼苏达大学。

"你在明大是不是挺快乐的?我觉得布洛杰特学院挺无趣。"

"那你是在哪个图书馆工作?"弗恩问卡萝尔。

"圣保罗的图书馆。"

"真的吗?我多希望自己可以再回到明尼阿波利斯和圣保罗啊!我在这里的教书生涯还没开始,就感觉不太好。现在想起来,大学的时光多么美好:我可以演戏、打篮球,像个疯子一样放纵,还可以跳舞。可是自从我来到这里,就不行了:只有上体育课和参加篮球赛的时候,我才能放纵一下,其他时间我简直连一步都不敢走,甚至不敢吭声。我觉得,他们根本不在意你教得怎么样,只需要你在学校外的时候行得端做得正,可以引导人们行善就行。我的意思是,下课之后,千万不要按照自己的意愿去做事。这里的教师进修讲习班水平很差,我想学校正式开课之后肯定会比现在还糟糕。要是我现在后悔还来得及,能够去明尼阿波利斯和圣保罗另寻出路,我一定会辞掉这里的工作。今年一整个冬天,我都没敢出去跳一次舞。如果我稍微放纵自己一下,去跳个舞,就会被大家认为是母夜叉,唉,我简直要冤枉死了。哦,不好意思,我说得太多了,每次我一说话就控制不住。"

"不用害怕,弗恩,我说这番话的口吻倒有些倚老卖老了。其实,当年韦斯特莱克太太也像我现在这样,用这种口吻跟我说话。可能是因为我已经嫁做人妇,熬了这么长时间的缘故吧。但是,我现在还觉得自己青春依旧,甚至希望像一个'母夜叉'一样畅快地跳舞。所以，我完全可以理解你此刻的心情。"

弗恩感激地点了点头。卡萝尔又问："你念大学的时候演过什么戏？我以前曾经在戈镇推广一种酷似'小剧场'的剧本，虽然费了很大的力气，但是效果并不理想。等我有空了，我好好给你讲讲。"

两个小时后，肯尼科特走了过来，他和弗恩打了个招呼，打着哈欠说："好了，卡丽，我们该回去睡觉了，明天我还得工作呢，太累了。"此刻二人相谈甚欢。

有了丈夫的陪伴，卡萝尔觉得很有面子，她大方地提起裙子，高兴地想："现在发生了很大的变化，我又有了两个朋友，弗恩和……另外一个朋友是谁？嘿，我怎么会想到他呢？真是太奇怪了！"

五

卡萝尔上街的时候，经常能够遇到埃里克·瓦尔博格，对他那件褐色细线衫也不那么大惊小怪了。她和肯尼科特在傍晚的时候一起乘车外出，看到瓦尔博格独自坐在湖边，手里拿着一本薄薄的书，有可能是诗集。她发现，如今镇上的人们都喜欢以车代步，唯有他还是喜欢步行。她心想，自己是法官的女儿，医生的妻子，怎么能屈尊去认识一位小裁缝呢？她想，对于向自己大献殷勤的男人，她一贯都是冷淡对待，对珀西·布雷斯纳汉也是如此。她想，要是一个三十岁的女人对一个二十五岁的小伙子产生好感，那简直是要让人笑掉大牙。但是到了星期五，她实在是情难自已，觉得自己非要去纳特·希克斯的铺子一趟不可。于是，她拎起那个毫无浪漫色彩的包袱，在里面放上她丈夫的一条裤子，径直奔向了裁缝铺。这时候，希克斯正在后面的一个房间里，她迎面就撞见了这个

"古希腊之神"。但是,他此刻并没有神的韵味,正埋头在一架上了年头的缝纫机上工作。在他的四周,是一些污迹斑斑的泥墙。

他的那双手因为总是接触针线、热熨斗和犁耙柄,变得又粗又厚,跟他那张富有古希腊韵味的脸一点儿都不协调。虽然此刻他在铺子里干活儿,却还是打扮得十分妥帖:绸衬衫,玉色透明围巾,质地轻软的黄皮鞋。

她仔细打量了一番,问道:"能不能麻烦您熨一熨这条裤子?"

他没有起身,只是伸出一只手,小声说:"您什么时候要?"

"星期一。"

她结束了自己的"历险",准备走向门口。

他对着她的背影大叫:"请问您贵姓?"

他手上拿着威尔·肯尼科特大夫的裤子,从凳子上一跃而起,动作非常轻盈。凡是看到他这个动作的人,一定会忍不住笑出声来。

"肯尼科特。"

"肯尼科特,也就是说您是肯尼科特太太,对吗?"

"是的。"她在门口站住了。一开始,她只是出于冲动,才想过来看看。现在既然已经达到了目的,她反而冷静下来了。她已经下定决心,要以贞洁的埃拉·斯托博迪小姐为榜样,不让他察觉到自己对他过分亲密。

"我对您早有耳闻。莫特尔·卡斯说,您曾经组织过戏剧社,进行过精彩的演出。我一直都想参加小剧场的组织,演一演欧洲的剧本或者巴利[①]的烧脑剧本,直接上演露天古装历史剧也可以。"

露天古装历史剧的英文单词是"pageant",瓦尔博格却念成了"pagent",还把"pag"念成了"rag"。

[①]巴利,苏格兰剧作家、小说家。

此刻，身为人妻的卡萝尔一边点头，表示对瓦尔博格手艺的赞赏，一边在内心嘲笑："可怜的埃里克，其实就是一个生不逢时的约翰·济慈。"他的声音里带着恳求，急切地说："那您可以在今年秋天重新组织一个戏剧社吗？"

"这听起来挺合理。"她暂时忘记了自己心里那些荒唐的想法，坦诚地说，"我们这里新来了一个有天赋的教师，也就是马林斯小姐。我们三个做主力，再找五六个人，就可以组建一个演员班子演出了。您演过戏吗？"

"以前我在明尼阿波利斯工作的时候，曾经和朋友在一起搞过一个不太好的剧社。不过，里面还真的有一位艺术家，他是一个缺乏男子汉气概的室内装潢设计师。我记得，我们当时还上演了一出非常叫座的戏。至于我嘛，我承认，我在感情上有一点儿脆弱，但是我一直都在努力工作，热爱自学，我觉得只要认真排练，我一定可以把戏演好。说实话，我更喜欢严格的导演。如果你们觉得我没有资格做演员，让我替演员们设计服装也可以。因为我对各种纺织物，不管是质地、色彩还是花纹，都十分痴迷。"

她知道，他之所以厚着脸皮把自己留下来，是为了让她知道，他并非只是一个专门伺候别人，为别人熨烫衣服的小裁缝。他滔滔不绝地说着：

"我希望，我有一天可以攒下一笔钱，摆脱这个小破裁缝店。我想到东部的大时装公司里做一个时装设计师，专门从事绘画。你是不是觉得我的这种兴趣不值一提？我出身农民，却和服装有了交集。以后我也不知道以后会怎样，您有什么意见吗？莫特尔·卡斯告诉我，您饱读诗书呢！"

"没错，我确实读过很多书。那你能不能告诉我，你的朋友们有没有取笑过你的雄心壮志？"

她觉得此刻自己已经垂垂老矣，刻薄古板，比维达·舍温还会教训人。

"当然，我在明尼阿波利斯的时候和在这里的时候，都被他们取笑过。他们当着我的面就对我说，只有娘儿们才会做裁缝。其实，我本来是想当兵的，而且我还去征兵站，但是虽然我非常想去，却被拒绝了。后来我去了一家男子服装公司工作，还给一家服装店做过旅行推销员，可是我也不知道怎么回事，我居然对裁缝产生了兴趣，对于旅行推销员一点儿也提不起兴趣。我每天都想象自己身处一间画室，四周糊着灰黄色的墙纸，墙上挂着很多窄边镶进画框，当然也有可能还有一些白色镶板，那就更好了。而且，窗户外面就是第五大街。我可以在房间里设计一套华丽的——"在这里，他把"华丽"说成了"华离"。"——绿得像菩提树一样的透明薄纱绣金长袍！您知道椴树花吗？我想，要是绣在上面，一定十分雅致。您觉得我这些想法怎么样？"

"这有什么不行的？不管是城里的流氓还是乡下的小伙，随便他们说去吧，你不必放在心上。不过，我和你萍水相逢，你也不能根据我的话做出决定。"

"我可不觉得您是跟我萍水相逢的人，莫特尔·卡斯，或者说卡斯小姐，可是经常把您挂在嘴边的。我早就想结识您和肯尼科特医生了，不过我一直没有这个勇气。有一天傍晚，我从您家门口经过，看到你们夫妻俩正在门廊里聊天，感情非常融洽，所以我根本没有勇气过去打扰你们。"

卡萝尔和蔼地说："我觉得，你最好再跟一位导演学习发音，我在这方面也许可以助你一臂之力。虽然我只是一个普通的老师，但是我的思路非常清晰,可以说很有社会阅历。"

"不,我觉得您这么说有失偏颇。"

此时,卡萝尔令人可笑地认为自己是一个老成的女人,但是,她觉得他的恭维太过热情,实在是有些难以接受。过了一会儿,她才理智地说:"谢谢你,我们不妨试一试,看能不能成立一个戏剧社。今晚八点你到我家来吧,我再把马林斯小姐也请过来,我们好好讨论一下。"

六

他这个人几乎毫无幽默感,根本比不上威尔,但是他……可是我说的这个"幽默感"是什么?是不是镇上的人喜欢开的那种低俗的玩笑?这个可怜的小羔羊缠着我不放,想让我跟他聊天,排遣寂寞。唉,这个可怜的小羔羊,要是他离开纳特·希克斯,离开那些嘲笑他的人,会不会有更好的发展呢?

我想知道,惠特曼[①]小时候有没有开过一些低俗的玩笑呢?

不,他不是惠特曼,而是钟爱优雅的东西的济慈。"数不清的瑰丽斑斓的纹路,就像灯蛾多彩的翅膀。"这就是济慈所作的诗啊!他来到陌生的大街,感到无所适从,大街却冲他哈哈大笑,笑得他对自己产生怀疑,只好放弃舞台,去男子服装店工作。戈镇有一条著名的混凝土人行道,长达十一公里,我不知道这条像墓石一样的道路,下面埋葬了多少个约翰·济慈。

---

①惠特曼,美国著名诗人。

七

肯尼科特对弗恩·马林斯小姐表现出了极大的热情,动不动就和她开玩笑,说"自己愿意跟漂亮的女教师一起逃往天涯海角",还拍着胸脯保证,"要是董事会胆敢对她跳舞提出异议,自己就打他们的脑袋,告诉他们,他们是走了大运,才能得到这么一位充满精力的女教师"。

可是对埃里克·瓦尔博格,他只是不咸不淡地伸出手握了握,说了声"你好"。

纳特·希克斯在戈镇已经定居多年,还开了一个铺子,在上流社会还算能说得上话。可是瓦尔博格只不过是一个伙计,虽然戈镇的居民向来都吹嘘自己的民主平等,然而民主平等也不是可以不分范围地乱用的。

按照常理来说,肯尼科特是应该参加这个筹备戏剧社的碰头会的,可是他却远远地坐在一边,时不时用手捂住脸打个哈欠,有时候偷偷地瞄一瞄弗恩,有时候却像在看孩子们游戏一样,露出和蔼的微笑。

弗恩不停地发着牢骚,似乎不吐不快。卡萝尔则在为《来自坎卡基的姑娘》生气,真正提出建议的,还是埃里克。虽然他博闻强识,却缺乏审美的眼光。他虽然不太会说专业的词,却喜欢用"glorious"这个词。因此,在他转引的书上的词中,有十分之一都读错了,对此他也是心知肚明。所以,他在引用的时候并不是很有底气。

卡萝尔一听到瓦尔博格提出的上演由库克和格拉斯佩尔小姐合编的《埋藏在心底的欲望》的时候,对他的印象马上大为改观。

他不是只会照搬书本的人，他是艺术家，有自己的想法："如果让我来为这部戏剧设计布景，会非常简单。只需要在后面开一扇大窗子，旁边加上一道画幕，配上炫目的蓝色背景，再从窗口伸进一个树枝，表明下面是一个花园。早餐桌要摆在高台上，色彩优雅，充满茶室氛围——橘红色的椅子，橘红色夹杂着蓝色的桌子，天蓝色的日本早餐餐具，然后我还要拿着笔在一个地上画上一块黑斑，就非常完美了。我还希望我们能够上演坦尼森·杰西的《黑面具》，我没有看过这部戏，但是据说结局非常精彩。那个女人看到自己丈夫的脸被炸得稀巴烂，就尖叫起来。"

"天啊，你居然说这样的结局非常精彩？"肯尼科特吃惊地说。

"这实在是太残酷了，虽然我喜欢艺术，但是我不喜欢那些恐怖的东西。"弗恩·马林斯叹着气说。埃里克有些失望，他看向了卡萝尔，她却点头表示赞同。

这一次他们的商量无果而终。

第二十九章

一

星期一下午,卡萝尔和休一起,在铁轨旁散步。

突然,她看到埃里克·瓦尔博格正走向自己。他穿着一套短小的老式便服,脸拉得很长,手里拿着一根拐棍,一边摇摇晃晃地走着,一边用拐棍敲打着铁轨。她下意识地想要避开他,最终还是往前走了。她镇定地和休谈论着上帝,休听到头顶上纵横的电线发出嗡嗡的声音,以为那就是上帝在说话。埃里克看到他们,马上挺直了腰板,彼此打起招呼来。

"休,快和瓦尔博格先生问好。"

"这是您的宝贝儿子呀,他的褂子上有个扣子松了。"埃里克话音刚落,马上蹲下身去,帮休扣好了扣子。卡萝尔皱着眉头,看到他单手举起了休,就知道他的力气很大。

"我可以陪您散步吗？"

"我有点儿累了，不如一起去那边的枕木坐一会儿，我就得回家去了。"

他们来到了一堆弃置已久的枕木旁边。这是些橡树枕木，上面布满了肉桂色的腐烂斑点，曾经铺设铁轨的地方，如今还有清晰的褐色铁锈。休知道，那些印第安人经常会藏在枕木这里，所以兴致勃勃地去找他们了。现在只剩下卡萝尔和埃里克坐在一起，谈论一些无聊的话题。

他们头上的电线在不停地轰鸣着，铁轨发出耀眼的光芒，蜿蜒向远方。秋麒麟草发出一种若有若无的气味。在铁路的那边，有一大片草场，那里有刚刚萌芽的苜蓿，还有被母牛踩出的纵横交错的小路。穿过这片狭长寂静的草地，就能看到一大片麦地。此时麦子刚刚收完，只有一些麦茬还留在地里。从远处看去，那零星的麦堆就像一个个大菠萝。

埃里克就像一个刚入教的信徒，对书充满了极大的热情，开口闭口都是书。他把自己知道的所有书名和作者都罗列出来，偶尔也会停下来问卡萝尔："您有没有看他的最后一部作品？您是否觉得他才华横溢？"

她听得有些头晕，他却要刨根问底："您曾经担任过图书管理员，那请您说一说，我看过的小说多不多？"于是，她骄傲地给他出了很多主意，还着重指出，他对这些书并没有什么深入的研究，只是大概浏览了一番，在不同的情节之间随意跳跃。她犹豫了一会儿，才直白地说，对于他念不出来的字，不应该随便乱猜，应该去查字典。

"我说话的口吻是不是像一个古板的女教师？"她叹着气说。

"不,您可不是这样的。我一定会勤快一些,从头到尾仔细阅读那部字典。"他交叉着双腿,弯下腰去摸自己的脚踝,"我明白您要表达的是什么意思。我就像一个初次进入画廊的小孩,流连于不同的画作。我新发现的这个世界是如此美丽,我看什么都觉得很漂亮。19岁的时候,我才离开农场。我的父亲这一辈子都和农场打交道,对别的东西一无所知。您知道他让我做裁缝的初衷是什么吗?原本我想学的是绘画,可是他的表弟,也就是我的表叔,在达科他州做裁缝,赚了不少钱。我父亲就说:学裁缝和学画画儿的区别并不大嘛!于是,他把我送到了柯卢这个小地方,找了一家裁缝铺把我安顿下来。在那之前,我的读书生涯一共持续了三个月。我的家距离学校两英里,我经常要冒着没膝的大雪去上学。而且,我能接触到的书只有学校里的课本,我的父亲一本别的书都没有给我买过。

"后来我去了柯卢图书馆,从那里借出了一本《哈登府邸的多萝西·弗农》①。这是我这辈子看的第一部小说,我觉得它写得太棒了!后来我又看了《围栅已被烧毁》②,还有蒲柏翻译的荷马的作品。我这么搭配是不是挺合理的?我在那里待了两年之后,就去了明尼阿波利斯,原本我以为自己已经读遍了柯卢图书馆的书,没想到,对于罗塞蒂、约翰·萨金特③、巴尔扎克或是勃拉姆斯④这些人的名字,我根本闻所未闻。等我有时间了,我还得好好研究他们。您觉得,我是不是应该彻底放弃裁缝这个职业?"

"我觉得你没有必要花那么多时间去看书。"

---

①美国作家查尔斯·迈耶的长篇小说,出版于1902年,在当时的美国青少年中大受欢迎。
②一部长篇小说,作者是美国作家爱伦·坡。
③约翰·萨金特,美国画家。
④勃拉姆斯,德国作曲家、钢琴家。

"可是，要是我既不会画画儿又不会设计图样，我该怎么办？要是我去纽约或者芝加哥折腾了一阵子，最后还得去一家男人服装店干活儿，岂不是很丢人？"

"您应该改口，称之为'男子服饰用品商店'。"

"好的，我记住了，男子服饰用品商店。"他耸了耸肩，张开了手。

卡萝尔见他如此谦虚，内心也不由得变得柔软起来。至于他是不是太过天真的问题，还是先暂时搁置，以后再说吧。所以她劝说道："就算回到老地方又能如何？这件事其实很常见，毕竟不是每个人都能成为艺术家。就说我吧，我们都要自己动手缝补袜子，但是我们不能一天到晚只想着这么一件事。如果我是你，我就会想尽一切办法去获得我想要的东西。至于我以后是设计长袍，是修建庙宇，还是熨烫裤子，我也不得而知。就算你以后无法成为艺术家又怎么样呢？你起码还见过世面呢！在生命面前不能太胆怯，要勇往直前！现在你还年轻，也没有成婚，可以大胆去做！纳特·希克斯和萨姆·克拉克对你说那些话，只是想让你帮他们赚钱，你可千万别听。你是一个纯洁的年轻人，上帝会保佑你的。趁着那些'好心人'还没有束缚住你的手脚，尽情地去跳跃玩耍吧！"

"但是我根本没有心思玩，我只是想创造出一些美的东西，却受到了知识太少的限制。我这么说你能明白吗？你能理解我吗？我到现在都没有找到一个理解我的人，你能理解我吗？""我能理解。""所以嘛，可是我疑惑的地方在于，我喜欢纺织物和其他一些类似的精致的东西，小巧精致的图画，还有阳春白雪的辞藻。然而，那一望无际的田野对我来说也有很大的吸引力，它看起来那么可爱。我总是觉得，离开这里，前往东部和欧洲，做和别人类似的工作，对我来说是莫大的遗憾。当这里产出的小麦多达几百万蒲式耳的时候，我却在锤炼词句，把心思放在一些没有意义的东西上面。我原本是应该跟着我父亲一起开荒的，却把精力都放在了佩特[①]先生的作品上。"

"虽然开荒是一件很有意义的事情，但是并不适合你。我记得有这么一句美国谚语：'广阔的平原让人心胸开阔，巍峨的高山让人理想崇高。'我对这个大草原的第一印象，就是'辽阔广大，清新可爱'。当然，我并不是想说这个大草原毫无前途，我得承认，它会有一个灿烂的前途。不过，我也不愿意为了它的未来，为了大街，而和人们发生口角，强迫大家相信它会有灿烂的前途，让大家对遍布草原的麦垛顶礼膜拜，还坚定地说这是'上帝的故乡'。当然，我也不会无所不用其极去促进末日早日到来。总而言之，你在这里根本无法立足。像萨姆·克拉克和纳特·希克斯这种人，才适合这片土壤。你要赶紧离开这里，否则迟早有一天，你会和我们中的一些人一样，觉得为时已晚。年轻人，你要快点儿去东部，和大革命一起成长。也许有一天，你重新回到这里，我们会愿意听从你的话，而不是讽刺你，就请你耐心地告诉我们，该怎么处理我们开垦完毕的这些土地。"

他直勾勾地看着她，目光中充满了敬意。她似乎能听到他内心的独白："我早就渴望能够遇到一个可以跟我说这番话的人。"

不过这只是她的幻听。他并没有说这种话，而是问："您跟您的丈夫生活在一起，觉得幸福吗？"

"我……你……"

[①] 佩特，英国散文家、艺术批评家，深入研究过古希腊及欧洲文艺复兴时期的哲学、文学与绘画。

"也就是说，对您那种'天真的理想'，他并不喜欢，对不对？"

"埃里克，你不可以……"

"您先是劝我离开此地，过自由的生活，现在又说'你不可以……'。"

"我知道你想说什么，可是你不可以……你不要太过幻想，将别人也牵涉进去。"

他就像一只小猫头鹰一样，狠狠地瞪了她一眼。她隐隐约约听到他说："如果我有那样的念头，死无葬身之地。"她一想到劝谏他可能会承受的后果，就觉得害怕极了，只好小心地说："我们现在回去吧？"

他默默地想："您比我年轻，您那娇艳欲滴的红唇，就是为给晨雾中的江河和暮霭里的湖泊歌唱而生的。难道还有人敢欺负您？我想不明白。没错，我们现在该回去了。"

他跟她并排走着，却不敢直视她。休非常迟疑地伸出手，握住了他的大拇指。他严肃地看了看休，突然大声说："那就这么定了。我先在这里待一年，以后我不会把钱浪费在乱买衣服上了。等我攒下一笔钱，我就去东部上艺校。到时候我可以去裁缝铺或者女子时装公司找个活儿干，赚点儿钱。您觉得我适合做哪一行呢？我应该做服装设计，还是画舞台布景？是给书籍画插画，还是向胖子推销衣服？好吧，就这么定了。"他神情严肃地看着她。

"那你能够忍受在戈镇待上一年的时间吗？"

"如果能够时常见到您的话，我是可以忍受的。"

"请您不要这么说。我要说的是，你会不会被镇上的人视为怪物？其实，他们就把我视为怪物。"

"我不知道,也不在意。我总是会受到他们,尤其是那些退伍军人和不用上战场的老头儿的嘲笑,他们说我不去当兵。除了这些人,还有博加特的儿子和希克斯先生的缺德儿子。他自诩为小老板,对在他父亲手下工作的我,总是想怎么说就怎么说。"

"这个可恶的家伙!"

他们一起回到了镇上。走到贝西舅妈家的大门口时,贝西舅妈和博加特太太正好在门口站着,一看到他们,就吃惊地瞪大了眼睛。卡萝尔挥了挥手,向她们致意,她们只不过像机器人一样,僵硬地回了个礼。走过下一排房子的时候,韦斯特莱克太太正站在门廊上,也目不转睛地看着他们。卡萝尔觉得很不好意思,声音颤抖地说:

"我想进去看看韦斯特莱克太太,咱们回头再见吧!"

她说这番话时,一直不敢看他的眼睛。

韦斯特莱克太太热情地招待了她。但是卡萝尔隐隐觉得,这个老太太正等着她对刚才的事情做出合理的解释。她觉得,就算要她的命,她也不想解释。不过最后,她还是开口解释道:

"刚才我带着休去铁轨附近散步,遇到了瓦尔博格,结果休缠着他不放,两个人就这样成了朋友。于是,我也跟他聊了几句。我听别人说,他的脾气非常古怪,可是跟他交谈了才发现,他是一个头脑灵活的人。虽然他十分粗鲁,但是他和韦斯特莱克太太一样,对书十分痴迷。"

"那还不错,可是他为什么非要留在戈镇呢?我听别人说,他跟莫特尔·卡斯走得很近,是吗?"

"这我可不清楚,这是真的吗?我觉得不太可能,他还说自己非常孤独。而且,莫特尔·卡斯还是个乳臭未干的丫头啊!"

"她都是个二十一岁的大姑娘了!"

"是吗？今年秋天，韦斯特莱克大夫还有去狩猎的打算吗？"

二

卡萝尔想起埃里克的事情，又陷入了沉思。虽然他爱好读书，待人接物都十分热情，但是他充其量也是一个在农村出生，后来来到镇上当小裁缝的小伙子。看看他的手，那么粗糙。看来，只有她父亲那种纤细的手才值得她产生兴趣。而且，她的父亲虽然双手纤细，但是意志坚定。埃里克这个小伙子却恰恰相反，他双手粗糙，意志薄弱。"只有依靠强大的力量，才能让戈镇发生变化。他的性格那么软弱，是无法改变戈镇的。可是，为什么我会说出这样的话？难道我是在支持维达的意见？眼前的这个世界，一直处于声音洪亮、力量强大的政治家和军人的控制之下。可是，那些虚有其表的傻瓜做了些什么？什么才是'力量'？

"人以群分，我觉得，裁缝跟小偷或国王是有很大的不同的。

"埃里克突然提到我，可把我吓坏了。虽然他并无恶意，但是我也不能让他干涉我的生活。

"他是一个冒失鬼，真可笑。

"可他这完全是无心之举。

"他的手孔武有力，很有成为雕塑家的潜质。

"当然，要是我能帮助到他……那些多嘴多舌的人可真讨厌。我想，他一定有很强的自尊心。"

三

一星期后，埃里克根本没有知会她，就自己做主主办了网球比赛，这让她生气极了。原来，埃里克在明尼阿波利斯的时候，就已经学会了打网球，还有着高超的发球技术。放眼整个镇上，也只有久恩尼塔·海多克的发球技术能够超过他。虽然戈镇人总是喜欢把球挂在嘴边，可是真正打过网球的却屈指可数。在整个戈镇上，只有三个网球场：第一个是哈里·海多克的；第二个在湖滨别墅，第三个弃置已久，原本属于那个已经解散的网球协会的。

埃里克穿着法兰绒裤子，戴着一顶仿巴拿马草帽，正在那个弃置已久的网球场上，和威利斯·伍德福特打球，后者任职于斯托博迪银行。后来，他又倡议恢复网球协会，还专门去戴尔店里买了一本价值一角五分钱的笔记本，好让同意入会者签名。后来，埃里克以协会发起人的身份去看望卡萝尔，心情异常兴奋，他只稍微提了提自己，很快就谈起了奥布里·比尔兹利[1]。他恳切地说："您能不能介绍几位熟人入会？"卡萝尔点了点头。

他提议，可以先举办一场非正式的表演赛，给网球协会营造声势。他还提议，应该举办男女混合双打，他和卡萝尔一组，海多克夫妇、伍德福特夫妇和狄龙夫妇是另外三组，凡是热心网球活动的人，都可以加入协会。他还向哈里·海多克发出邀请，请他做协会的临时会长。他说，哈里毫不犹豫地答应了，还说："可以，但是我只负责表态，你负责具体实施。"埃里克决定，表演赛在下周六举行，地点就选在市郊那个早已废弃的网球场。自从来到戈镇，他还是第一次和戈镇居民这样打成一片，心里别提多高兴了。

---

[1] 奥布里·比尔兹利，英国作家、艺术家。

那个星期，镇上的上层人物都表示，到时候一定会去球场捧场。肯尼科特却大吼道，他是绝对不会到场的。

他是不是不愿意让卡萝尔跟埃里克在一起打球？

不是，他很希望她可以打球，增加运动量。

球赛那天，卡萝尔早早就到场了。球场位于新安东尼亚东路旁边的一块草地上。她到的时候，场上只有埃里克一个人。他拿着一个耙子，在草地上走来走去，想要尽量让草地平整一些，以免让来看球赛的人吐槽说它像一块刚犁过的耕地。他说，一想到马上会有很多观众到场，他紧张得心脏都快跳出来了。过了一会儿，威利斯·伍德福特夫妇就来了。威利斯穿着一条自己裁制的灯笼裤，以及趾头都露在外面的黑色胶底鞋。然后是哈维·狄龙夫妇，他们俩和伍德福特夫妇一样，为人和善。

卡萝尔也不知道自己是怎么了，莫名地有一点儿窘迫，言谈非常小心客气，如同一个为了慈善事业而在浸礼会上举办义卖会的主教夫人。

大家都在翘首期盼。

原本预定的开赛时间是三点，可是此刻网球场上的观众，只有开着送货的福特车前来的杂货铺的小伙计。他坐在车里，不停地望着窗外。此外，还有一个表情严肃的小男孩和他的鼻涕虫妹妹。

"海多克夫妇在哪儿呢？他们一会儿就该出场了呀！"埃里克说。

卡萝尔艰难地向他挤出了一个笑容，然后偷偷地看着那条通往市区的道路。路上空无一人，入眼的只有蒸腾的气流、飞扬的尘土，以及一片无精打采的野草。

时间到了三点半，却还是没有观众到来。杂货铺的小伙计失去了耐心,就从车上跳下来,拿起曲柄,发动起福特车,无奈地瞪了他们一眼,绝尘而去。小男孩和他的妹妹也觉得很无聊,一边嚼着草叶一边叹气。

网球选手们都强颜欢笑,每当有汽车经过,他们都会充满希望,最后却只能看着它们绝尘而去。三点四十五分的时候,肯尼科特开着车来了。

卡萝尔觉得骄傲极了。

"看看肯尼科特,是多么忠心又可靠的一个人,别人都不来,他也坚持来,虽然他对网球其实没什么兴趣。他真是我的好丈夫。"

肯尼科特坐在车里大喊:"卡丽!刚才哈里·海多克给我打电话,说把你们这场所谓的邀请赛,或者叫别的什么玩意儿,改在海滨别墅举行。也就是说,要变换场地。现在,海多克夫妇、戴尔夫妇、克拉克夫妇,还有一些别的人,都去了海滨别墅。哈里让我送你过去,我想了想,我现在送你去,吃完晚饭就回家。"

卡萝尔还没有听清楚肯尼科特的话,埃里克就抢着说:"奇怪,关于变换场地这件事,海多克并没有告诉我。当然,他是'网球协会的会长',有权这么做,可是我觉得……"

肯尼科特拉长了脸,不高兴地瞪了他一眼,生气地说:"你说的这些我可不知情,卡丽,走吧!"

"我不走,既然已经把球赛定在了这里,就应该在这里举行。请你转告哈里·海多克,他这么做有点儿过分了!"卡萝尔把面前这几个人召集到自己面前——平日里,哈里也不跟他们往来,今天更没有通知他们改场地的事情。她大声地说:"来吧,我们来抽签,看看哪四个人能够赢得参加第一届福雷斯特·希尔斯、德尔·蒙特和戈镇的网球联赛的资格。"

"随便你怎么办好了。"肯尼科特说,"晚上回去吃饭!"然后他就开车走了。

看见他冷若冰霜的样子,她生气极了,刚才的好胜心一下子烟消云散。她转过身来,看到自己身边的伙伴,觉得自己比起苏珊·B.安东尼[①]简直差了十万八千里。

狄龙太太和威利斯·伍德福特没有抽到签。其他的人参加了比赛,也都意兴阑珊,不是在崎岖不平的场地上摔倒,就是丢掉最简单的球。所幸,现场除了那个小男孩和他的鼻涕虫妹妹也没有别的观众了。在网球场的另一边,是一望无际的麦茬地。在烈日灼烧的大地上,他们几个人显得越发渺小。就算好不容易得了分,他们也懒得叫好,反而像是在表达歉意。比赛结束的时候,他们抬起头环顾球场一圈,似乎在等待别人的嘲笑。

赛后,大家一起步行回家。卡萝尔挽着埃里克的胳膊,她能感觉到他那件褐色细线夹克衫散发的温暖穿透了自己薄薄的衣袖。她注意到,这件夹克衫是用紫色、金色和褐色细线编织而成的。第一次见到这件夹克衫时的情景,此刻又浮现在她眼前。

一路上,他们都在谈论海多克:"海多克是一个讨厌的人,他只顾着自己。"狄龙夫妇和伍德福特夫妇走在他们前面,谈的是天气和B.J.高杰林刚刚盖好的平房,却绝口不提这次网球赛的事情。走到自家门口的时候,卡萝尔紧紧地握了握埃里克的手,还对他微笑了一下。

第二天是星期天,一大早,卡萝尔正在门廊里,海多克夫妇就坐着车来了。

"亲爱的卡萝尔,我们并非故意要惹你生气的。"久恩尼塔恳

[①]苏珊·B.安东尼,美国争取妇女参政运动里的领袖。

切地说,"你应该不会怪我们吧?本来我们是打算邀请你们夫妇俩去我们的别墅,和我们共进晚餐的。"

"我相信你们不是故意的。"卡萝尔的语气非常亲切,"但是我觉得,你们应该给埃里克·瓦尔博格道歉,这件事大大伤害了他的自尊心。"

"你说瓦尔博格?我才不管他是怎么想的呢!"哈里毫不在意地说,"他总是自以为是,觉得自己很了不起。我和久恩尼塔都觉得,他对这次网球赛的筹备太大张旗鼓了。"

"但是这些都是你授意他做的啊!"

"我知道啊,我只是说说而已,我实在是对他没什么好感。上帝啊,这件事真的会伤害他的自尊心吗?你看他,每天打扮得像个娘儿们。其实,他就是个来自农村的瑞典佬的儿子,这些外国人的脸皮就和犀牛皮一样厚。"

"可是,这件事确实伤害了他的自尊心。"

"没错,但是我觉得我不应该操之过急,去哄骗他,讨得他的欢心。我可以递给他一支雪茄烟,那样他……"

久恩尼塔不停地舔着嘴唇,直勾勾地看着卡萝尔。突然,久恩尼塔打断了哈里的话,说:"我觉得,哈里确实应该向他道歉。卡萝尔,你是不是非常喜欢他?"

卡萝尔吓坏了,小声说:"我怎么会喜欢他呢?我只是觉得,他是一个很懂礼貌的小伙子。我想,他为了这场网球赛劳神费力,还要受到我们的刁难,实在是有点儿说不过去。"

"也许你说得对。"哈里嘀咕道。过了一会儿,他看到肯尼科特从墙角走出来,正往这边走来,手里还拿着一根红色管子,才如释重负地说:"医生,你在做什么呢?"

肯尼科特摸着自己的下巴,故作正经地解释道:"我看到草叶上出现了很多黄斑,我觉得也许它们需要浇水了。"哈里一听,马上就接过话茬,说这是个好主意。久恩尼塔也附和着说好,可是她一边笑着,一边却目不转睛地看着卡萝尔,想看看她有怎样的表情。

四

卡萝尔很想去看看埃里克,她迫切地需要一个玩伴,可是现在,她根本找不到一个合理的借口。她检查了一下,发现肯尼科特的三条裤子都非常整洁,觉得失望极了。突然,她看到纳特·希克斯在弹子房玩耍,也就是说,此刻埃里克一个人在店里,于是她决定去冒一冒险。她忐忑地走向裁缝铺,踏进了那个邋遢又闷热的房间。可笑的是,那里有一株枯萎的卷丹,一只蜂鸟正在它旁边不停地乱啄。直到她走进房间之后,她才想到了一个好借口。

此刻埃里克正在后面的房间里,盘腿坐在一张长桌子上,手里拿着一件背心缝制。不过,与其说他是在干活儿,倒不如说他在排遣郁闷。

"你好,能不能麻烦你帮我做一套运动服?"她气喘吁吁地说。

他恨恨地瞪了她一眼,生气地说:"不,不可以,我怎么可以给您做衣服呢!"

"埃里克,你这是怎么了?"她像一个母亲一样,和蔼地问道,但是里面又夹杂着一丝疑惑。

她转念一想,自己根本没做运动服的必要,以免将来无法向肯尼科特解释清楚。

他从长桌子前面转过身来说:"我有一样东西给你看。"

他拉开抽屉，在里面找来找去，里面有纳特·希克斯藏匿的账单、纽扣、日历、带扣、被线团磨出凹槽的蜡块、气枪子弹壳、缎面背心的样品、钓鱼竿上的线轴、春画明信片，还有硬布衬里片等。埃里克翻了半天，从里面拿出了一张布里斯托[①]造的硬纸板，只见上面沾满了污渍。他拿起硬纸板递给了她。那是他设计的一件长袍的图样，看起来画得并不好，由于太过追求精致，使得后面的柱子看起来又矮又粗，非常可笑。但是这个图样也有优点，就是长袍的样式非常别致：背后的领圈开得比较低，在腰背和脖子中间，露出了一块三角形的空白。

"好漂亮啊！要是克拉克太太看到它，一定会大吃一惊。"

"您说得对。"

"我觉得你画的时候应该更大胆一些，效果会更好。"

"这恐怕超出了我目前的能力，毕竟我开始学画的时候已经有点儿晚了。不过，您知道我这两个星期在忙什么吗？我把一本拉丁文文法通读了一遍，还看了二十页《恺撒大帝》。"

"太好了，虽然你没有老师的指导，但是画得非常自然。"

"不，您就是我的老师啊！"

她从他的话里听出了一丝危险的气息，生气极了。她迅速转过身，透过后窗，看着窗外这个典型的大街街区所组成的典型中心区——途经此处的行人是很难看到这样的景象的。在镇上的所有建筑物的后面，都有一块无人管理的脏乱差区域。虽然豪兰·古尔德食品杂货铺的门脸比较整洁，铺子后面却有一间破屋，四周钉着很多破松板，屋顶上浇的是掺杂着沙子的焦油沥青。在这件摇摇欲坠的破屋后面，有各种乱七八糟的东西：一大堆煤灰，破烂的装货

---

① 布里斯托，英国工业城市，以制造优质的硬板纸闻名。

箱，零落的细刨木花，皱巴巴的马粪纸，破瓶子里还有一些橄榄、腐烂的水果和烂透了的蔬菜：烂成黑色的胡萝卜，烂成泥的土豆。而在时装公司后面，是一排黑漆铁皮的百叶窗，看起来阴森恐怖。窗户底下是几个红色衬衫纸盒，原本它们是十分显眼的，可是在最近的一场大雨的摧残下，如今已经变成了纸浆。

从大街上看去，奥利森·麦圭尔的肉铺相比之下还算比较卫生的，店容也能看得过去：柜台上新铺了瓷砖，地板上铺着刚锯下不久的木屑，钩子上挂着一块块牛肉。不过，此时卡萝尔看到的却是肉铺后面的房间，里面有一台黄色的旧冰箱，外表已经被油渍覆盖了。还有一个伙计，围着一块血迹斑斑的围裙，正打开冰箱，从里面拿出一块硬邦邦的冻肉。

在比利餐馆后面，厨师系着一块早已失去了原本的白色的围裙，一边抽烟，一边朝着被胶汁粘住、正在垂死挣扎的苍蝇吐唾沫。街区的中心地带有一个运货马车夫的厕房，在厕房旁边，还有一堆粪肥。

埃兹拉·斯托博迪银行大楼的后墙壁已经被刷成了白色，沿着墙根有一条混凝土人行道，以及一块边长为三英尺的正方形草地，不过每个窗子的外面都装着铁栏杆。她看到，此时威利斯·伍德福特正在铁栏杆后面，守着一堆又大又厚的账本，仔细地辨认着上面那密密麻麻的小字。他抬起头揉了揉眼睛，又低下头继续看账目了。

其他商铺的后院，看起来就像印象派大师的画作：在一片邋遢的、发灰的黄褐色的衬托下，到处都是乱糟糟的垃圾堆。

"在这个脏兮兮的后院里，我居然和这种四处漂泊的小裁缝来了一段艳遇？"

想到这里，她忍不住叹息自己的可怜可鄙，可是，一想到埃里克终日在这样的环境中工作,她又释然了。于是,她转过身,生气地看着他说:"你终日面对这些,难道不会觉得恶心?"

他稍加思索,才说:"你说的是窗外那些东西吗?我很少去关注。我关注的,只有屋子里的东西。当然,做到这一点是很有难度的。"

"对……我该回去了。"

在回去的路上,她一边慢慢地往前挪,一边想起在自己十岁的时候,父亲曾经对自己说的话:"宝贝,你要明白:只有傻瓜才会不喜欢精装书,但是只读精装书的人,却比傻瓜更傻。"

此刻她居然想起了父亲,这不免让她有些吃惊。她觉得,自己在这个拥有淡黄色头发的年轻人身上看到了父亲——那个满头白发、少言寡语的老法官——的影子。而在她的心目中,父亲一直象征着圣洁的爱和宽容。她的心里在进行着激烈的斗争,强烈地否认,再重新肯定,最后,她觉得自己实在是太滑稽了。可是让她难过的是,她在肯尼科特身上,却没有发现父亲的半点儿影子。

五

卡萝尔自己都不明白,为什么自己对唱歌那么热爱,还总是能发现那么多让人高兴的东西——凉风习习的夜晚,树林中斑驳的灯光;照射在栗色护墙板上的阳光;清晨喳喳叫的麻雀;在暗淡的月光的照耀下,银装素裹的陡斜屋面。让人心情愉悦的东西,亲昵的小事,还有风景秀丽的地方——遍布着秋麒麟草的田野,小溪奔腾而过的草地,这一切似乎让镇上的人们也变得和气起来。在外科护士训练班上,维达总是特别照顾卡萝尔;戴尔太太也对她阿谀奉承起来,问她的身体、孩子和厨师,还有对战争的观点。

　　看来,戴尔太太对于埃里克并没有什么偏见。她说:"他长得很帅?那我们以后去野餐的时候也把他叫上。"更出乎人们意料的是,戴夫·戴尔对他也很有好感。这个爱说笑话的吝啬鬼,总是特别崇敬自认为优雅或者聪明的东西。对哈里的嘲笑,他大声反驳道:"那又如何?就算'伊丽莎白'热衷于打扮自己,也不妨碍他是个聪明人。有一次,我想知道乌克兰在哪里,就向别人打听,可是谁都不知道,最后还是他告诉了我。你们总是嫌他说话太过斯文,那又如何?你们完全是在信口雌黄。哈里,我觉得说话斯文并不是什么坏事。有一些充满男子汉气概的人,说起话来也和娘儿们一样斯斯文文的啊!"

　　卡萝尔很乐于四处走动,"镇上的人们都十分热情"。可是,她忍不住为自己的这个念头感到吃惊。"难道我一定要爱上那个小子吗?那简直太可笑了!我只是觉得他是个有趣的人,所以想要助他一臂之力,希望他能够成功。"

　　可是,当她在小客厅里清理灰尘,缝补衣领带子,给休洗澡的时候,她一直幻想着自己和一个年纪轻轻、外表俊秀的艺术家在一起。他寂寂无名,像阿波罗①一样难以形容。我们来到柏克夏群山或是弗吉尼亚州,建起一栋房子;用他赚回的第一张支票买回一把椅子,心里美滋滋的;我们在一起读诗,认真讨论与劳工待遇有关的问题;每个星期天早上都早早起床,一起去散步,一起在湖边吃黄油面包,说说笑笑(如果是肯尼科特,他一定会哈欠连天)。这时候她又想到了休,他一定会对这位年轻艺术家十分崇拜,因为他曾经用椅子和地毯给他搭建起了一座城堡。遐想之外,她还会思考:

---

①阿波罗,希腊神话中的太阳神,也被用来形容年轻帅气的男人。

"我能为埃里克做点儿什么呢？"而且她承认，埃里克十分契合她心中的完美艺术家的形象。

她一下子清醒过来，觉得自己应该更加体贴肯尼科特，没想到他此刻却自己拿着一张报纸，走到一边读去了。

六

卡萝尔需要几件新衣服。肯尼科特曾经向她许诺："今年秋天我带你去明尼阿波利斯和圣保罗去，咱们好好玩几天。到时候，你就做几件考究的衣服。"她把整个衣柜翻了一遍，拿出了那件黑丝绒老式长袍子，恨恨地扔在地板上，生气地说："穿出去简直要丢死人，衣服都开线了，还叫什么衣服！"

镇上新来了一个女裁缝，还卖女款帽子，人们都叫她斯威夫特韦特太太。大家都说她不是什么正经人，总是勾引男人，就连有妇之夫也不放过。如果真的有斯威夫特韦特先生这个人，"那毫无疑问，从来没有人听说过斯威夫特韦特先生"。但是，她为丽塔·古尔德做了一件长袍，薄如蝉翼，还配有一顶帽子，大家都觉得"美极了"。此时，斯威夫特韦特太太已经租下了门面，就位于弗洛拉尔大街卢克·道森旧宅。镇上的太太们蜂拥而至，进门的时候，她们都谨小慎微，还四处打量着，态度礼貌得有些过分。

在戈镇，人们在买衣服之前总要盘算很久，迟迟无法下定决心。但是，卡萝尔跟别人不一样，她走进斯威夫特韦特太太的店铺之后，就直截了当地说："我需要一顶帽子，如果有可能，再配上一件裙子。"

在光线昏暗的客厅里，斯威夫特韦特太太放置了一面穿衣镜，以及一些时装杂志的封面和色彩暗淡的法国版画,尽量让客厅显得漂亮一点儿。斯威夫特韦特太太穿行在模特儿衣架和帽子架之间,脚步十分轻盈。卡萝尔等了一会儿,就看到她拿着一顶红绿相间的无边小圆帽走了过来。她巧舌如簧地说:"太太,您看看这顶帽子,我保证您会喜欢。"

"大红配大绿,这顶帽子简直土掉渣了。"卡萝尔心里是这么想的,嘴上却说,"我觉得我戴这种帽子不太合适。"

"这顶帽子是我这个店里最好的一顶了,你戴上它一定会十分满意的。它真的很时髦,你试一试吧!"斯威夫特韦特太太更加谄媚地说。

卡萝尔认真地看了看眼前这个女人,她简直是太虚伪了,硬要把玻璃说成钻石。她越是摆出城里人的姿态,就显得越土气。她穿着一件素净的高领口的褂子,前面有一排黑色的纽扣。斯威夫特韦特太太胸部平平,身材颀长,穿这件衣服倒是非常得体。不过,她的方格裙子鲜艳得有些扎眼,脸上的脂粉太厚,嘴唇红得吓人。她看起来活脱脱就是一个厉害女人,早已年过四十,目不识丁,却非要打扮成一个三十几岁的机灵人。

卡萝尔拿起了那顶自己并没有看上的帽子,戴到了头上。过了一会儿,她摘下帽子,摇了摇头,用一副对待下人的笑容说:"我还是觉得这顶帽子不太合适,不过在这个小镇上,它已经算很漂亮的了。"

"不过这真的是纽约十分流行的款式呢。"

"哦……"

"我不是吹牛,但是我对纽约的风格可是一清二楚。我曾经在纽约住过好几年,在艾克龙①也住过一年左右。"

"真的吗?"卡萝尔敷衍地说了一句,就匆匆离开了。走在回家的路上,她的心情并不好。她心想,自己刚才的神态是否也像斯威夫特韦特太太那么滑稽。她拿出肯尼科特最近为她买的眼镜,这是让她看书用的。她戴上眼镜,看了看杂货铺送来的账单,就匆匆地回到房间,冲到镜子前面。此时她心烦意乱,就有些自我贬低。她不顾镜中的自己,只看到一幅这样的景象:

一副素净的无边框眼镜;乌黑的乱糟糟的头发,被盘在适合老处女的绛紫色草帽底下。苍白的脸颊一点儿血色都没有,瘦削的鼻子,柔软的嘴唇和下巴。一件朴素的薄纱衬衫,领袖绣着花边。脸上带着少女的娇羞和温柔,可是看起来并不觉得快乐,也看不出她来自大城市,喜欢音乐和玩闹。

"我现在已经变成了一个彻头彻尾的乡下女人。要谦虚,要清心寡欲,要端庄,完全被生活所束缚,还要故作姿态,当一个阔太太,还要把'乡村病毒'硬要说成'乡村美德'。我的头发像个鸟窝一样乱,要是埃里克看到镜子里这个已经嫁做人妇的老姑娘,会作何感想?他确实很喜欢我,因为我是所有女人中唯一对他好的。唉,他什么时候才能明白我心中所想呢?现在我已经明白了自己的心意,难道我真的像实际年龄那么老吗?

"不,我并不老,只是疏于打扮,才会看起来这么邋遢。

"我要把现有的衣服全扔掉,乌黑的头发和苍白的脸颊,就需要用西班牙舞女的服装来搭配——耳朵后面别上一枝玫瑰花,在一个肩膀上盖一条猩红色的薄纱披巾,若隐若现,另外一个肩膀就裸露在外好了。"

---

①艾克龙,当时纽约的一家知名时装公司。

她随手抓起胭脂，使劲在脸上涂抹，又抓起朱红色的唇线笔，用力地涂在嘴唇上，直到嘴唇传来刺痛的感觉。她扯开衣领，伸出两只瘦弱的胳膊，摆出跳西班牙舞的姿势，却又突然放下了胳膊，摇着头说："我的心并不想跳舞。"她涨红了脸，慢慢扣好了领口。

"不管怎么说，我比那个弗恩·马林斯可优雅多了。

"天啊，我记得我刚从明尼阿波利斯来到这里的时候，还是姑娘们争相模仿的对象，如今我却反过来要模仿城里姑娘了。"

第三十章

一

这是九月上旬的一个星期六,一大早,卡萝尔正在房间里,弗恩·马林斯冲了进来,大声说:"下周二开学!在我失去自由之前,我得玩个够。不如我们今天下午一起去湖上野餐,怎么样?肯尼科特太太,你跟我一起去吧,肯尼科特大夫也会来吧?还有那个赛伊·博加特也想去,虽然他年纪不大,倒是挺活泼的。"

"很抱歉,肯尼科特大夫可能去不了。"卡萝尔从容地说,"他跟我说过,下午要去乡下出诊,不过我很乐意和你一起去。"

"太棒了!我们还可以叫谁一起去?"

"戴尔太太吧,她是一个和善的人,一定愿意和你一起去。如果店里能走开,我想戴夫也很乐意去的。"

"埃里克·瓦尔博格怎么样?我觉得在镇上这些小伙子中,他是最有型的一个。你是不是对他也很有好感。"

如此一来,卡萝尔、弗恩、埃里克、赛伊·博加特以及戴尔夫妇发起的野餐会就显得势在必行了。

他们坐上汽车,一起来到了明尼玛喜湖南岸,这里有一片白桦林。戴夫·戴尔动作滑稽,让人们大笑不已。他一会儿"汪汪汪"地学狗叫,一会儿举着手跳起快步舞,一会儿把卡萝尔的小帽子戴到自己头上,一会儿又搞起恶作剧,拿起一只蚂蚁放在弗恩的脖子后面。下水游泳的时候,女人们就坐在车里,在车窗两侧的帘子的遮挡下换衣服。而男人们就到灌木丛后面,一边嚷嚷着"上帝啊,千万不要让我碰到有毒的野藤上的刺",一边换衣服。下水之后,戴尔不但用力地朝大家泼水,还经常潜到深水里,去摸他老婆的脚踝。受到他的感染,大家都纷纷效仿。埃里克模仿起自己以前看过的轻歌舞剧团里的古希腊舞蹈,卖力地表演起来。玩够了之后,大家都爬到岸上,围坐在铺在草地上的毯子上,准备享用野餐。搞怪的赛伊这时爬到了树上,拿起橡子扔到他们的头上。

不过,卡萝尔并没有加入他们的打闹。

出门之前,她精心打扮了一番,头发是中分的,穿着一套水手服,还系着一个天蓝色的蝴蝶结。下身穿了一件亚麻布短裙,一双白色的帆布鞋,青春逼人。她看着镜子中的自己,觉得自己好像又回到了大学时代,纤细的脖子光洁细腻,连锁骨都不明显。不过,她还是尽力掩饰自己的情绪,不让别人发现自己的喜悦。刚才洗澡的时候,她一看到那澄澈的湖水就非常高兴,可是对于赛伊的恶作剧和戴夫的胡闹,却非常反感。她非常喜欢埃里克的舞蹈,觉得他不会像赛伊或者戴夫那样搞怪,惹人厌烦。此刻,她正满心希望着他可以来到自己身边,但是他并没有过来。很明显,戴尔夫妇对埃里克的那种年轻活泼是非常高兴的。莫德的目光一直停留在他身上。吃完晚饭后，莫德大声对埃里克说："你这个坏小子，快过来，坐在我身边。"而埃里克居然真的做了一个"坏小子"，他兴冲冲地跑到莫德身边坐下，还跟莫德、戴夫和赛伊玩了一个蹩脚的游戏——从盘子里抢冷切牛舌片吃。卡萝尔看到这种情景，就悄悄地坐得离他们远了一些。莫德游完泳之后，似乎有些忘乎所以，得意地大声说："肯尼科特大夫还特意给我定制了食谱，真不错。"可是刚过了一会儿，她就和埃里克说起了悄悄话，说自己是一个多愁善感的人，受不得任何委屈，还说她很想认识一些能让人开心的朋友。

诚然，埃里克就是一个能让人开心的人。

卡萝尔安慰道："虽然我的缺点很多，可是我敢说，我一丁点儿忌妒心都没有。我确实很喜欢莫德，她是一个很讨人喜欢的人。可是我觉得，她好像很喜欢向男人卖弄风情，讨男人喜欢。她是戴夫的妻子，却跟埃里克玩闹，还深情地看着他，魂不守舍，还故作正经，真是太恶心了！"

赛伊·博加特仰躺在白桦树的树根之间，一边吞云吐雾，一边逗弄弗恩，假装严肃地对她说，一个星期之后，他就会回到中学读书，她会成为他的老师。但是，他还会在班上跟她打闹。莫德·戴尔极力怂恿埃里克，让他"跟她一起去湖边看看那些可爱的鱼儿"。现在只剩下卡萝尔了，她别无选择，只好和戴夫待在一起。戴夫为了讨她欢心，就说起了埃拉·斯托博迪喜欢吃巧克力薄荷糖之类的滑稽的事情。这时候，卡萝尔却看到了湖边的莫德·戴尔伸出手，放在了埃里克的肩膀上，也许是为了避免自己不小心摔倒吧。

"恶心！"她生气地想。

赛伊·博加特伸出手,摁住了弗恩那紧张的手,后者一跃而起,生气地尖叫:"放开我!"没想到,他一边对她露出色眯眯的微笑,一边摆弄自己的烟斗。他真是一个瘦弱、年幼的小色狼!

"恶心!"

莫德和埃里克回来之后,就各自去找别的玩伴了。埃里克走到卡萝尔身边,小声说:"岸边有一条小船,我可以邀请你一起去划船吗?"

"那别人会怎么想?"卡萝尔担忧地问。这时,她看到莫德·戴尔目光灼灼地看着埃里克,里面充满了欲望。她马上大声说:"好啊,我们现在就去。"

她得意地大声说:"各位,我要跟你们告别了。等我们一到达中国,就会立刻给你们发电报。"

卡萝尔看着眼前落日的余晖,烟灰色的湖面,听到湖面上的桨声,觉得自己好像来到了静谧的仙境,刚才对赛伊和莫德的气恼也就烟消云散了。埃里克心情不错,频频对她展露笑容。卡萝尔仔细地看了看他:他穿着一件白色的薄衬衫,没有穿外套,男子汉的气息喷薄而出——平坦的肋骨,瘦削的双腿,和划桨时的轻松自如。他们谈了谈图书馆和电影。他轻声哼唱着《马车,从天上下来》,她就小声应和着。微风拂过,一池湖水都被吹皱了,泛起阵阵涟漪,如同在湖面覆盖了一件做工精细的马甲。清风吹过,带来了丝丝凉意。卡萝尔急忙竖起了水手服的领子,挡住了自己的脖子。

"天气凉了,我们回去吧。"她说。

"现在时间还早,我们不用着急回去,也许他们还在打闹呢,我们再划一会儿吧!"

"你自己不也是喜欢打闹吗?我看你刚才和莫德玩得也很开

心啊！"

"嗳，我们只是随便走了走，说了说钓鱼的事情。"

这时候，卡萝尔不再那么吃醋了，反而对莫德心生歉意："我刚才只是在和你开玩笑而已。"

"我有个好主意，我们把船停在这里，到岸边的榛树丛那里坐一坐，它还能给我们挡一挡风。坐在那里，还可以看到夕阳，就好像熔化了的铅水，只不过转瞬即逝，实在是有些可惜。我们不要回去听他们胡说八道。"

"那……"卡萝尔无话可说，埃里克就用力把船划向岸边。随着"砰"的一声，小船的龙骨撞到了岸边。埃里克站在船头，对着卡萝尔伸出手，要拉她上岸。现在，四周寂静无人，只有水波拍打岸边的声音。她缓缓起身，绕过舱底的积水，充满信任地抓住了他伸向自己的手。他们两个都没有说话，找到了一根早已发白的圆木头，一起坐在了上面。金灿灿的夕阳提醒人们，此时已经是深秋时节。菩提树上的树叶在秋风的吹拂下，发出簌簌的响声。

"我希望……你现在还冷吗？"他小声说。

"有一点儿。"她浑身颤抖着，不过不是因为冷。

"我多希望我们可以藏到那堆枯树叶里，欣赏这秋天黄昏的湖景。"

"我也这么希望。"她似乎在开玩笑地回答，却引人遐思。

"诗人们总是说，皮肤黝黑的湖上女神，农牧之神。"

"唉，我已经老了，算不上什么湖上女神。埃里克，你说我是不是韶华已逝，变成了一个农村的黄脸婆？"

"不不不，您看起来比谁都年轻，特别是那双眼睛，完全就是小姑娘的眼睛呀。它们跟您一样，对一切都充满了信任。虽然您总是给予我指点，我也只比您年轻一两岁，但是我觉得我比您年纪大。"

"你比我小四五岁呢！"

"无论如何，您的眼神里总是充满了天真，脸蛋总是那么娇嫩。每当我看见您，我总是想要大声说：'您是这么柔弱，根本无法保护自己，我非常想要保护您，可是您看起来根本不需要。'"

"你是说，我依然年轻，对吗？你可不要骗我呀！"平日里她说话的时候总是非常严肃，可是现在，她被面前这个年轻人当成了小姑娘，语气也变得娇滴滴的。现在，她噘着嘴巴，羞涩地笑着，看她说话的声调和神态，宛若一个小孩。

"您当然年轻了。"

"埃里克，我没想到你居然会这么想。"

"您愿意跟我一起玩吗？我可以经常见到您吗？"

"也许吧。"

"您真的愿意和我一起躺在枯叶里，看天上的流星划过吗？"

"我更喜欢像现在这么坐着。"

他牢牢地握住了她的手。

"好了，埃里克，我们该回去了。"

"为什么？"

"再不回去就有违礼俗了，现在我也没时间给你仔细讲。"

"我知道了，那我们回去吧。不过，您喜欢我们刚才这样的'私奔'吗？"

"是的。"她坦率又真诚地说了这么一句话，然后站了起来。

他突兀地伸出手，搂住了她的腰，但是她并没有拒绝，也不在意。此时，她觉得他不是农民出身的裁缝，也不是未来的艺术家，也不是棘手的社会问题，更不是危险。他只是一个普通人，卡萝尔对他本人和他的个性都十分满意。此刻，埃里克与她近在咫尺，她又仔细地打量着他：落日的余晖把他脖子上的曲线、扁平的脸颊、鼻子的侧脸和微微凹陷的太阳穴刻画得更加清晰。他们走向小船的时候，看起来并不像一对羞涩的情侣，而是像一对挚友。埃里克把她抱起来，放在了船头。

卡萝尔一边看着他划船，一边恳切地说："埃里克，你要好好工作，成为一个大人物。虽然现在机会还没有来到，但是你不要放弃努力。你可以去参加绘画的函授课程，虽然它们本身可能没什么价值，但是你可以通过它们学会画画儿……"

等他们回到野餐的地方，天已经黑了。她这才意识到，他们离开的时间有点儿久了。

"也不知道别人会怎么说。"她疑惑地想。

大家似乎都等得失去了耐心，就拿他们开起了玩笑："嘿，你们俩藏到哪里去了？""你们俩可真是志趣相投啊！"埃里克和卡萝尔都有些窘迫，又不知道该如何反驳。在回家的路上，卡萝尔总是觉得不自在。赛伊居然也色胆包天，冲着她抛媚眼。这个赛伊，以前就在汽车间阁楼上偷看她，如今还觉得她喜欢和别人鬼混。她又生气，又害怕，又高兴，情绪变化很快。但她清楚，肯尼科特看到她的脸色，就会知道她这场"冒险"经历。

进屋的时候，她的神色既尴尬又不服气。

她的丈夫正坐在灯下，迷迷糊糊地打瞌睡，听到她进门的声音，就对她说："怎样，今天玩得高兴吗？"

她不知道该如何回答，就没有作声。他迷迷糊糊地看了她一眼，给手表上好弦后就打着哈欠说出了那句老生常谈的话："那该上床睡觉了。"

这件事就这么被轻易地糊弄过去了,但她非但不觉得高兴,反而有些失望。

二

第二天,博加特太太就登门拜访了。她勉强挤出了一个笑容,就像一只到处寻找面包屑的老母鸡。她那虚假的笑容,让人一眼就能看透。"我听赛伊说,你们昨天去野餐了,是不是玩得非常开心?"

"是啊,我还和赛伊比赛游泳了,被他远远地甩在后面。不得不说,他的身体非常强壮。"

"唉,这个可怜的孩子,做梦都想去打仗,可就是去不了。我听说,那个埃里克·瓦尔博格也跟你们一起去了?"

"是的。"

"我觉得他外表帅气,而且他们还说他很明白,我想,你对他也很有好感吧?"

"他看起来是个很有礼貌的人。"

"赛伊说,你还和埃里克去划船了,是不是非常开心?"

"是的,可是我费了好大的力气,都没有办法让瓦尔博格先生跟我说一句话。我本来是要向他打听一下,希克斯先生给我先生做的衣服现在是什么进展,可是他只顾着大声唱歌。当然,荡舟湖面确实让人非常开心的。只可惜,镇上的人总是喜欢嚼舌根,却不喜欢搞这种陶冶身心的活动,实在是太可惜了。"

"是的……"

博加特太太愣住了,不知道该怎么接话。她歪戴着一顶帽子,看起来非常邋遢。卡萝尔轻蔑地看着她,暗自揣测她会耍什么花招儿。果然,这个死老太婆又想从她嘴里套话:"你有没有以后多举办野餐的打算?"

卡萝尔马上说:"我还真没有想过这个问题。哎哟,休哭了,我先去看看他。"

卡萝尔刚一上楼,就回想起自己和埃里克从铁道走回镇上的那一天,也是被博加特太太撞见的。她忍不住哆嗦了一下,心里十分忐忑。

两天后,她来到了芳华俱乐部,跟莫德·戴尔和久恩尼塔·海多克聊天,突然觉得大家都在盯着自己看。可是,此时她感觉自己全身都充满了力量,根本不把这些放在心上。对于镇上的人喜欢嚼舌根的陋习,她似乎有了反抗的勇气,虽然这种力量还是很明确。

要是她想离家出走,就必须先确定两点:第一,从哪里逃走;第二,逃到哪里去。虽然卡萝尔早就有摆脱戈镇、大街以及和它有关的所有东西的念头,可是对于该走到哪里,她还不清楚。现在,她总算是有了目标。不过,这个目标并不是埃里克·瓦尔博格,也不是对他的爱。她坚信,自己并不是爱上了埃里克,只是"对他有好感,希望他可以出人头地"。可是,自从遇到了埃里克,她那沉睡已久的青春,似乎又被唤醒了。她也能感受到青春对她发出的热烈的召唤。她知道,自己渴望的不是埃里克,而是欢乐的青春。这种青春无处不在,在教室里,在画室里,在办公室里,在集会上。可是,这种青春跟埃里克是多么相似呀!

整整一个星期,她都觉得自己有很多高尚又有益的事情,想要向他一吐为快。她开始承认:如果他不在自己身边,她就会觉得害怕又孤单。

野餐会之后的一个星期,卡萝尔跟肯尼科特和贝西舅妈一起去参加了浸礼会的晚餐会，还遇到了埃里克。这场晚餐会安排在教堂的地下室里，餐桌都是用叉形支架支起来的，桌面上还铺着油布。此时，埃里克正和莫特尔·卡斯一起往杯子里倒咖啡，然后由女招待端给客人们。今天，教友们并不像祷告时那么虔诚。孩子们躲到桌子下面，尽情地玩闹。教堂长老皮尔逊牧师大声对女宾们说："女士们，琼斯教友呢？他怎么还没来？哦，快让佩里大姐给你拿一个盘子，让他们多给你一些牡蛎饼。"

此时埃里克看起来心情很好，他和莫特尔一起放声大笑，还会在倒咖啡的间隙，用手轻轻触碰她的胳膊。女招待过来端倒好的咖啡时，他也会开玩笑似的给她们鞠躬。莫特尔看着他搞怪的样子，高兴极了。在所有到场的太太中间，卡萝尔是最平静的。她坐在房间的另一头，目不转睛地看着莫特尔，越看就越生气。可是她转念一想，觉得这不过是小事，自己根本没有生气。"看那个乡下姑娘，就像个泥偶，我怎么会吃她的醋？"尽管如此，她还是难以控制心中的怒气，连带着看埃里克也不顺眼起来。她冷眼旁观，看着他向别人献殷勤，看着他出洋相。看起来，埃里克过于激动了，他去巴结皮尔逊牧师，却惹来了一顿嘲笑。卡萝尔看到这一幕，既感觉非常高兴，又有些替他难过。后来，埃里克同时向三个姑娘献殷勤，却不小心失手摔了杯子，还发出了娇弱的"天啊"的叫声。三个姑娘看到他的样子，非常不屑，偷偷地交换了一下眼色。卡萝尔看到了，又莫名地对他产生了同情心。

一开始她是很恨他的，可是看到他向人们大献殷勤的样子，又觉得他很可怜。她觉得，这和自己之前的判断有着天壤之别。在野餐会，她觉得莫德·戴尔跟埃里克走得太近，还暗中咒骂：她是戴夫的妻子，却跟埃里克玩闹，真是太恶心了！可是在这次晚餐会上，莫德自愿担任起了女招待的角色，在人群中穿梭着，给客人端蛋糕，对一些老妇人十分和蔼，却根本不搭理埃里克。她坐下来吃饭的时候，还特意跑到了肯尼科特夫妇身边。平日里，大家都觉得莫德是个不守妇道的女人，和一些小伙子勾勾搭搭，可是现在卡萝尔却看到，她根本没有和哪个小伙子说话，却主动找老实的肯尼科特聊天，难道是以前误解她了？

当卡萝尔转过头，想再看看埃里克的时候，却发现博加特太太正在盯着自己。想到这个喜欢窥探别人的秘密的老太婆抓到了自己的把柄，她吓出了一身冷汗。

"我在干什么呢？难道我不守妇道，喜欢上了埃里克？我渴望的只是青春，并不是他，我的青春不可能再回来了。我不可能为了他毁掉自己的生活，我得赶紧断了这个念想，立刻，马上！"

在回家的路上，她对肯尼科特说："威尔，我想去芝加哥玩几天，你愿意和我一起去吗？"

"现在那里的天气非常炎热，大城市只有冬天好玩。你怎么想起要去那里？去做什么？"

"我去看看那里的人，找找刺激。"

"找刺激？"他和气地说，"你从哪里听来的这个方法？'刺激'这个词，肯定是描写那些终日无所事事的太太的小说教给你的吧？好了，别开玩笑了，我的工作很忙。"

"那我可以一个人去吗？"

"为什么？你知道，钱不是问题，问题是休，他怎么办？"

"交给贝西舅妈好了，我过不了几天就会回来。"

"我不同意你把孩子扔下，再说我也不放心把休交给舅妈。"

"也就是说你不同意？"

"说实话,我觉得我们最好等到大战结束之后,再一起出去旅行。所以,我现在不同意你出门。"

就这样,肯尼科特把她推向了埃里克。

三

凌晨三点,卡萝尔突然从梦中惊醒。她模仿父亲给穷凶极恶的骗子判刑的语气,冷冰冰地对自己说:"这是多么可悲又庸俗的恋爱!

"没有闪光,也没浪漫。一个自命清高的小妇人,和一个沾沾自喜的小男人,躲在墙角小声谋划着。

"不,他可不是那种人。他是一个志向高远的好人,并没有任何过错。他看着我的时候,眼神中透出青春和热情,实在是可爱极了。"

她一想到自己居然会可怜地爱上这个人,就不由得心疼起自己。她叹了一口气,突然又觉得埃里克成了一个庸俗的人。

后来,她恨不得把自己内心的所有仇恨一下子倾泻出来。"我的爱情越卑微,大街的罪孽就越深重。这说明我外逃的心思有多么迫切,可是哪里都是一样的。只要可以逃掉,我根本不在意后果。这一切都是大街对我造的孽。当初,我怀着一颗炽热的心来到这里,满怀理想,准备投入工作,可现在的我去哪里都无所谓了。

"我刚来这里的时候,对他们十分信任,可是他们呢,却拿起沉闷乏味的生活这根鞭子,狠狠地抽打在我身上。他们永远都不会知道,这种自鸣得意的乏味的生活,对我造成了多大的折磨,就像无数只蚂蚁在啃噬我的伤口,就像八月的烈日在曝晒我的身体。

"多么可怜，多么庸俗，卡萝尔原本是一个善良纯洁、体态轻盈的姑娘，如今却藏身在黑暗的角落，还在教堂的晚餐会上大吃飞醋。"

第二天吃早饭的时候，困扰了她一夜的苦恼已经烟消云散，只有一种紧张不安的犹豫还萦绕在她身边。

四

威利斯·伍德福特夫妇、狄龙夫妇、钱普·佩里夫妇、肉铺子掌柜奥利森、白铁匠布雷德·比米斯和皮尔逊牧师这些平民百姓，才会经常到浸礼会和卫理公会一起吃晚饭，顺便聊天解闷。而那些有钱人和他们的太太却很少在这里出现，他们去的更多的地方是圣公会的草坪宴会。他们总是觉得自己比别人强，对会外的教友虽然比较客气，却有些疏离。

现在正在举行的本季度的最后一次草坪宴会，主办人是哈里·海多克夫妇。宴会上有各式各样的东西：光彩夺目的日本灯笼、牌桌、鸡肉馅饼、那不勒斯冰激凌等，应有尽有。此时，埃里克已经被人们接受了。他正和同一个"圈子里"的人——戴尔夫妇、莫特尔·卡斯、盖伊·波洛克和杰克逊·埃尔德夫妇——吃着冰激凌。虽然海多克夫妇依然拒绝接受他，可是不妨碍别人接受他。卡萝尔觉得，他几乎没有可能融进戈镇的上流社会，因为迄今为止，他对打猎、驾车、玩扑克牌还是毫无兴趣。但是，他快乐活泼的天性，已经为他赢得了人们的喜爱，虽然这种天性并非他身上最重要的东西。

这时候，卡萝尔已经因为无法拒绝他们的招呼而来到了他们身边,敷衍地说几句。

莫特尔大声对埃里克说:"好了,我们就不要和这些老东西在一起浪费时间了。我要介绍一个姑娘给你认识,她非常了不起,刚从瓦卡明来,此时正在玛丽·豪兰那里。"

卡萝尔看到他欣然同意去见那个姑娘,还看到他和莫特尔一边散步一边说悄悄话。她一时情难自抑,就转过身和韦斯特莱克太太说:"瓦尔博格和莫特尔是不是交往甚密?"

韦斯特莱克太太奇怪地看了她一眼,才小声说:"是呀,那又如何?"

"我怎么可以说出这样的话,我是不是疯了?"她转念一想,心里又有些惴惴。

她想,自己还是要在这里交际一下,就转身对久恩尼塔·海多克说:"您挂在草坪上的日本灯笼可真漂亮。"她刚说完这番话,就看到埃里克悄悄地摸了过来。此时,他双手插在口袋里,似乎在独自散步,眼神也没有往这边看。她却突然知道:他在叫自己。于是,她迅速离开了久恩尼塔。他也加快了步伐,朝着她走过来。她漠然地向他点了点头(心里却在为自己能够做出这样冷漠的表情而窃喜)。

"卡萝尔,我得到了一个绝佳的机会,比起去东部学艺术要强千百倍。昨天晚上我去了莫特尔·卡斯家串门,跟她的父亲谈了很久。他说,他正在寻找一个可以去面粉厂工作的小伙子,等把所有的业务都掌握了之后,将来就有可能继任总经理。我在家的时候也种过庄稼,对于小麦也略知一二。后来我在柯卢的时候,曾经厌倦了做裁缝,就去当地的一家面粉厂工作了两个月。依您之见,面粉厂这份工作如何?就在不久前您还跟我说,艺术家亲自动手做的每一种工作,都有艺术美。而面粉厂,也和人们的生活息息相关,所以您觉得这份工作如何？"

"别着急！"

唉，这个小伙子心思单纯，莱曼·卡斯和他的女儿说了几句甜言蜜语，他就被蛊惑了。可是，她怎么能以此为借口，反对他们的计划呢？我得实话实说，不能只顾自己的面子，将他的光明前途毁于一旦。

可是她现在也想不出什么好主意，只好转过身对他说：

"这是你自己的事，我可不能替你做主。你说，将来你是想成为莱曼·卡斯那样的人，还是想成为我这样的人？你不要急着回答我，好好考虑一下。现在你完全不需要考虑我的感受，一定要实话实说，这对你的一生都至关重要。"

"那我明白了，我觉得我和您很像。我是说，我也要造反。"

"没错，我们确实很像。"她严肃地说。

"但是说实话，我不能确定我们的计划一定能实现。说实话，我不太会画画。虽然我觉得自己对纺织物很感兴趣，但是自从遇到您，我就没有再想过搞服装设计的事。不过，如果我可以成为面粉厂的总经理，我就会有大把的金钱，买书，买钢琴，出门旅行，对我来说都不是难事。"

"恕我直言，莫特尔对你的热情，并非是因为她父亲的厂子现在需要一个聪明能干的小伙子来接手。等你落到了她手里，你知道她会让你做什么吗？她一定会逼你去教堂做礼拜，让你做一个谦谦君子呢！"

他瞪了她一眼说："我也不知道，有这个可能。"

"你这个人真是缺乏主见。"

"那我也没有办法，我就是一条脱离了水的鱼。千万不要学博加特太太那样,唠叨个没完。您应该看看,我是为什么会'缺乏主见'的。我先是从农场到了裁缝铺,后是从裁缝铺到了书本。我读书不多,就想多看点儿书。也许我很快就会面临失败。我知道,我这个人可能不太可靠。但是,我对于面粉厂的职位和莫特尔这个问题,是一清二楚的。我想要的是什么,我心知肚明——我想要的就是您!"

"好了,不要再说了。"

"我想要的就是您!我现在是一个大人,不是小学生,我想要的就是您。我刻意接近莫特尔的目的,就是为了忘记您。"

"别说了!"

"实际上,真正缺乏主见的人是您。虽然您能说会道,也会开导别人,可是好像心里有鬼,总是畏首畏尾。如果我们都身无分文,我不得不去给人家挖阴沟——我可以忍受这些,但是您肯定是无法忍受的。我想,您一定会喜欢我的,可是您居然不承认。如果您刚才不说那些话讽刺莫特尔和面粉厂,我也不会对您说这番话。就算我现在拒绝了面粉厂的好差事,难道您以为我就会甘愿听您的话,做一个小裁缝吗?难道您现在对待我的态度就是公平的吗?"

"不,我觉得不公平。"

"那您喜欢我对不对?"

"是的——不!不要再说了,就此打住吧!"

"在这里交谈是不是不方便?看,海多克太太正盯着我们呢!"

"在哪里都不方便。埃里克,虽然我很喜欢你,但是我不敢。"

"为什么不敢?"

"我害怕他们,害怕主宰我的一切——戈镇,埃里克,我们不要再说傻话了,我已经嫁做人妇,还有了孩子,你却这么年轻。"

"但是您喜欢我！我会想尽办法，让您爱上我的！"

她故作不在意地看了他一眼，就走了。虽然她努力装出一副十分从容的样子，实际上却是狼狈而逃。

在回家的路上，肯尼科特似乎不太高兴，他嘀咕道："我看你跟那个瓦尔博格走得很近。"

"我们是走得很近，他对莫特尔·卡斯有兴趣，我就给他进行了介绍。"

卡萝尔回到自己的房间之后，不由得害怕起来："我怎么可以说谎呢？以前我是一个心灵纯洁、自信满满的人，如今我却满口谎话，脑子里充满了模模糊糊的欲念。"

她受到一种难言的力量的驱使，走进了肯尼科特的房间，坐在他的床沿上。他睡得迷迷糊糊的，从被窝和枕头里伸出一只手，温柔地抚摩着她。

"威尔，我真的觉得我应该出去走一走，去圣保罗或者芝加哥。"

"我们前几天不是就说好了吗？你要有耐心，总有一天我们会出门旅行的。"他摇了摇头，似乎睡意全无，"好了，在睡觉之前亲我一口吧！"

她如同完成任务一样，低下头亲吻了他。他紧紧地亲吻着她的嘴唇，过了半天才松开。"你对我这个老头子已经没有爱情了，对不对？"

他的神情像是在问一个孩子。然后他从床上坐了起来，羞涩地伸出手，挽住了她的细腰。

"我当然爱你啊！"她自己都能听出这句话中充满了敷衍。她多么希望自己可以像一个灵巧的女人一样，柔声细语地说出这番话。她伸出手，温柔地抚摩着他的脸颊。

他叹着气说:"看到你这么累,我好伤心。看起来好像是……不过你的身体本来就不太好。"

"是的……那你还认为我应该一直留在戈镇吗?"

"我不是和你说过了吗?不要再说这个了。"

然后,一个身量苗条的白色人影哆哆嗦嗦地移动起来——她慢慢地回到了自己的房间。

"我无法说服威尔,让他同意我一个人去旅行。他是个固执的人,我又不能从此离开他独立生活。我看我已经不习惯外面的生活了。可是他在不停地逼迫我,也不知道要把我逼到什么地步,太可怕了。

"那个封闭的房间传来了震天响的雷声,这是我的丈夫发出来的吗?难道自从婚礼仪式结束的那一刻,我就被他永远束缚在身边了吗?

"不,我不想让他难过,我要爱他。可是一想到埃里克,我就没法儿爱他了。难道是因为我太诚实了?这种诚实颠倒黑白,实在是太好笑了。唉,我可做不到像男人那样,同时爱上几个人。唉,我的埃里克,我的孩子埃里克,他非常需要我,我对他是这么专一。

"婚外恋就像输了之后偿还赌债一样,比明媒正娶更需要绝对的忠诚,因为它完全出于自愿,不能靠法律去强制执行。

"这完全是胡说八道,我对那个埃里克一点儿好感都没有!我不喜欢任何男人!我要独自待在自己的天地里,在那里,什么政客、大街、商人,统统都没有,也没有露出色眯眯的目光的贱男人,已婚的女人都知道这是什么神情。

"要是埃里克在这里,要是他安静地坐在这里和我交谈,我一定会甜甜地睡去。我真是筋疲力尽,多想可以这么睡着。"

第三十一章

一

他们约会的好时机突然降临了。

肯尼科特去乡下给人看病了。天气已经转凉,卡萝尔却还是坐在门廊的摇椅里,蜷成一团,一边摇晃一边沉思。屋子里太清静了,让人觉得有些厌烦。她叹息着说:"该回屋去看书了,可以看的书那么多,该回去了。"不过,她还是坐在那里没有动。突然,埃里克出现了,他推开纱门,走进院子,紧紧地握住了她的手。

"埃里克!"

"我刚才看到你丈夫了,他开车去了乡下。我想你想得要疯了。"

"你停留的时间最好不要超过五分钟。"

"这么长时间没有见您,我都快疯了。每天傍晚,我都想来见您。我感觉您就在我的眼前,我费了很大的力气来控制住自己来这里见您的冲动。"

"以后你要控制住。"

"为什么?"

"好了,我们不要站在门廊里了。街对面的豪兰一家总喜欢从窗缝里偷窥别人,还有那个博加特太太……"

虽然她没有盯着他看,却能感觉到,他跟着自己进屋时,紧张得全身颤抖。她觉得,在埃里克来之前,自己还觉得空虚寂寞,此刻却充满了强烈的欲望。好在女人们一旦和自己婚前的恋人斩断情丝,结婚之后就很容易保持头脑清醒了。所以卡萝尔小声问:"你饿不饿?我刚烤了一些美味的小甜酥饼,你尝一尝,就快点儿回去吧。"

"带我上楼去看看休吧!"

"我觉得没有这个必要。"

"我只看一眼。"

"好吧!"

她犹豫着领着他上了楼,走向婴儿室。他们的头离得很近,埃里克的头发都碰到了她的脸颊,这让她觉得非常惬意。他们站在窗外,望着躺在婴儿室里的休。现在休睡得十分香甜,脸颊红红的。他用力地往枕头里钻,似乎呼吸都有些困难了。

在休的枕头旁边,有一个赛璐珞的犀牛玩具,他的手里还攥着一张已经撕坏的科尔国王[①]的画像。

"嘘!"卡萝尔小声地嘘了一声,就蹑手蹑脚地走进了婴儿

[①]科尔国王,传说中的英国国王。

室，温柔地摸了摸休的枕头。等她转身回到埃里克身边，看到他还在等着自己，心里像吃了蜜一样甜。他们对视着，微笑着。此时，她早就忘记了孩子的父亲肯尼科特。卡萝尔心想，要是能有一个酷似埃里克，而且比埃里克年轻强壮、忠实可靠的人来做休的父亲，简直太完美了。到时候他们三个人就可以在一起，做令人难以置信的游戏。

"卡萝尔，带我去瞧瞧您给我说过的卧室吧！"

"但是你不能在里面停留，一秒钟都不行。好了，我们下楼吧。"

"好吧！"

"一言为定！"

"难道您不相信我吗？"埃里克脸色苍白，瞪大眼睛看着她。

"你说话可要算数。"她觉得自己聪明过人，就用力推开了房门。

平时肯尼科特一走进这个房间，就觉得十分局促，可是埃里克一进去，就看看书，摸摸画，如同这个房间的主人一般。他伸出手，走向她。她觉得自己被一股柔情一击而中，全身酥软，头往后仰，双眼紧闭。此时，她想到的是一些虚无又绚烂的东西。她能感觉到，他正在尊敬又亲昵地亲吻着自己的眼睛。

她突然意识到，这种事是不能发生的。

她打了个哆嗦，一下挣脱了他的怀抱，大声说："放开我！"

他还是固执地看着她。

"我确实喜欢你。"她说，"请你不要毁坏现在的一切，我和你只是朋友。"

"千万个女人都说过这样的话，现在您也这么说。不过，我觉得这不但不会毁掉现在的一切，还会让一切更加美好。"

"亲爱的,我觉得你有一种迷人的魅力。放在以前,我一定会义无反顾地爱上你,可是现在,一切都太迟了。无论如何,我以后还会继续喜欢你。可是,请不要再逼我了。当然,这不是说我对你的喜欢只停留在口头上。我知道,你现在一定很需要我,只有你和我的儿子需要我,我感觉非常高兴。我是多么希望有人需要我啊!以前我一直渴望别人的爱,可现在我知道有人需要我,我就觉得心满意足了。

"女人本来就是爱男人的。唉,可怜的男人,我们总是趁你们不备,突然袭击你们,纠缠你们。我们总是想着要改变男人,这是我们身上根深蒂固的本性。你,埃里克,就是我此生唯一的信念。我希望你可以事业有成,哪怕是去卖棉花。中国商人那里有很多棉花,你可以去……"

"好了,卡萝尔,不要再说了!你真的爱我吗?"

"不,我只是……你能明白吗?我身边所有的东西,还有那些以看热闹为乐趣的人,都在向我施压,如今我正在努力寻找出路。好了,你不要管我了,你赶紧走吧,我真的受不了了!快走!"

埃里克走了,屋子里重归寂静。她不但没有放松,反而觉得更加难过了。她的房间和心灵,都是空落落的。此刻她迫切需要埃里克,希望跟他继续说话,把自己所有的烦恼都向他倾诉,好获得内心的宁静。她踉跄着走进客厅,透过窗户向外看。此时,埃里克早已不见踪影。可是,韦斯特莱克太太却在借助街角的灯光,看着卡萝尔家的门廊和窗户。

卡萝尔急忙放下窗帘,站在那里发呆,连思想活动都停止了。过了半晌,她才回过神来,喃喃自语:"我要马上见到他,跟他说清楚,我和他只是朋友。"可是这个空荡荡的房子只用回声来回应她。

二

两天之后的晚饭时间,肯尼科特烦躁地在客厅里走来走去。突然,他大吼起来:

"你对韦斯特莱克太太那个老太婆说过什么?"

卡萝尔合上手里的书,问道:"你什么意思?"

"我早就和你说过,韦斯特莱克夫妇俩非常眼红我们,可是你呢,非要和他们走得那么近。戴夫跟我说,最近韦斯特莱克在镇上四处宣扬,说你亲口告诉她,你痛恨贝西舅妈;还说你讨厌我睡觉的时候打鼾,跟我分居;还说碧雅只是个穷苦人家的姑娘,和伯恩斯塔姆并不般配;最近还说你因为大家没有争相邀请瓦尔博格到家里吃饭而对戈镇非常生气。她还说,至于你还说过别的什么,就只有上帝知道了。"

"胡说八道!没错,我对韦斯特莱克太太很有好感,还去她家拜访过她。但是很明显,她故意曲解了我的意思,还添油加醋。"

"这是多么明显的一件事。我早就和你说过了,她的心思非常坏,跟她那个一言不发、死命捞东西的丈夫是一个德行。天啊,要是有一天我得了病,我宁愿去求助于信仰疗法①的人,也不会去找韦斯特莱克。他们夫妻俩半斤八两,似乎是从同一块臭咸肉切下来的。但是我一直都不明白……"

她忐忑地等着他说下半截话。

"你是一个冰雪聪明的女人,怎么会让她套出内心的秘密呢?我并不在意你跟她说了什么,有时候我们发生口角也是在所难免的,甚至有时候会大发雷霆。可是,如果你不想向我倾诉,完全可

---

①信仰疗法,靠祈祷治病的方法。

以发表在《戈镇无畏周报》上，或者拿着喇叭到屋顶上去喊，随便你怎么做都可以，你为什么非要告诉她呢？"

"我知道，你确实跟我说，要跟她保持距离。可是她对我真的很好，而且我身边也没有什么知心的好朋友。你也知道，维达全身心地投入到了自己的婚后生活。"

"好了，以后注意就好了。"

他摸了摸她的头，就拿着一张报纸看了起来。

此时，她的仇敌们偷偷地从前厅摸进来，把眼睛靠在窗户上偷窥她。她只有埃里克这么一个知心人。肯尼科特心地善良，就像个大哥哥。只有埃里克和她一样，都被戈镇拒之门外，她非常想到他身边，让他呵护自己。在这场风暴中，她的外表依然保持平静，手指无意识地翻阅一本浅蓝色的缝纫大全。可是，她对韦斯特莱克太太的背叛感到十分恐惧。对于她和埃里克的关系，那个死老太婆又会说些什么？她看到过什么？听到过什么？谁还会跟她一起围攻自己呢？有谁看到过自己和埃里克一起散步？还有戴尔夫妇、赛伊·博加特、久恩尼塔、贝西舅妈，他们又会怎么说？要是博加特太太追问自己，该怎么回答？

第二天，她的心里十分焦急，坐立不安，就找了个借口溜到街上。可是到了街上，不管遇到谁，她都觉得非常害怕，等着别人先开口和自己说话。她感觉，一场大难即将来临。她反复对自己说："我这辈子都不会再见埃里克。"不过，她也只是说说而已。她在心里默默地思念着埃里克，有了他，枯燥的生活就增添了一些趣味。

傍晚五点钟左右，她倒在客厅的安乐椅上，把自己蜷成一团。突然，门铃响了，她被吓了一跳。她听到有人推门而入的声音，就忐忑地等待着。不一会儿，维达·舍温像一阵风一样冲进了房间。

"我可以信赖的人终于来了！"卡萝尔高兴地对自己说。

维达的表情十分严肃，却又透露着一丝亲切。她像放连珠炮一样对卡萝尔说："嘿，亲爱的，我真高兴你在家。快点儿坐下，我有话和你说。"

卡萝尔乖乖地坐了下来。

维达拖过来一把大安乐椅，坐下来之后，就急切地说："现在有人传闲话，你很喜欢埃里克·瓦尔博格，不过我觉得你不会这么做，对此我十分坚信。你看你，还是个天真的小女孩呢！"

"要是有一位体面的太太觉得很内疚，那她应该是怎样的表情？"

卡萝尔的声音里有一丝气恼。

"哦……我说……要是看不出来，才叫奇怪呢！我们先不说这个。我知道，在我们镇上，只有你一个人真心喜欢威尔·肯尼科特大夫。"

"你听到了什么闲话？"

"其实也没什么，但是博加特太太对我说，她经常看到你和瓦尔博格一起散步。"说到这里，维达放慢了语速。她低下头，盯着自己的手指甲发了一会儿呆，才又接着说："但是我觉得，你似乎真的对这个瓦尔博格有好感。我这么说并无恶意，不过你还年轻，并不知道你此时的这种好感会带来怎样的后果。你总是自以为成熟，其实你还是个小女孩。我觉得，你太过天真，难道你没有想过他到底有什么目的吗？"

"难道你以为瓦尔博格真的有勇气跟我恋爱？"

听到卡萝尔这个平淡的玩笑，维达差点儿把鼻子气歪了，她大声嚷嚷道："你怎么知道别人在想什么？你觉得你可以改造世界，可是你知道什么是痛苦吗?"

说到当面受辱,通常有两种情况是绝对无法忍受的:一是被人坚决地说自己身上毫无幽默感;二是更加蛮横,被说成从来不知道痛苦为何物。因此,卡萝尔生气地说:"难道你觉得我从来没有吃过苦?你觉得我一直都过得非常舒适……"

"你就是没有吃过苦。现在我要跟你说一件事,以前我从来没有告诉过任何人,就连雷都不知道。"多年以来,维达一直在心中构筑着一个堤坝,虽然雷上了战场,她还是在不停地加固这道堤坝,可是现在,这道堤坝决口了。"我以前非常喜欢威尔,有一次我们去参加宴会——当然是在他认识你之前——我们坐在一起,手牵着手,别提多幸福了。可是我觉得,自己根本配不上他,就慢慢疏远了他。请你不要误会我现在还在爱着他。现在我知道,我注定要和雷白头偕老。但是,因为我喜欢过威尔,我才知道他是一个多么真诚、纯洁、高贵、正派的人。他总是中规中矩,从没有任何偏差。还有,既然你从我手里得到了他,就要好好珍惜他。我曾经跟他一起跳过舞,欢笑过,最后却放弃了他,不过这是我个人的事情。不过,我现在并不是在多管闲事。你听完我说的这一切,就知道我跟他有着同样的看法。也许我要因为向你袒露所有的隐私而羞愧,可是我之所以要把这一切都告诉你,就是为了他,也为了你们俩。"

卡萝尔知道,维达似乎觉得自己在厚颜无耻、满怀凄凉地讲述一个爱情故事;她也知道,维达在震惊之余,也在努力掩饰自己的羞愧,想要说完所有的话。"以前我是堂堂正正地喜欢他,可是如果我如今依然为他考虑,似乎就不太合适了——但是,既然我把他让给了你,你就要谨慎一些,绝对不能伤害他,要把任何不好的苗头都扼杀掉。"说到这里,她开始抽泣,脸颊通红,样子别提有多难看了。

卡萝尔情难自抑，就跑到维达身边，亲吻了她的额头，还说了一些没有什么实际意义的话来安慰她："我非常感激你。""你是个厚道的人。""我可以向你保证，你听到的都是些胡说八道。""我知道，威尔是一个真诚的人，正如你刚才所说，是一个非常真诚的人呢。"

维达似乎觉得，压在自己心头多年的悄悄话都已经说出来了。她就像一只抖搂翅膀上的雨点的麻雀，一下子如释重负，也不再像刚才那么疯狂了。她坐直了身子，整理了一下衣服，趁热打铁地说：

"这些不愉快的往事，我原本是不想提的。但是你现在应该能看出来了，这一切都是你造成的。你平日里太过高傲，才会招致人们的不满。此外还有一点，像我我这样热衷改革的人，要特别注意自己的言行。你想想，只要你严格遵从了当地的风俗习惯，才能要求别人也这么做。到时候，别人就不会说你是为了掩盖自己的不足才攻击别人的。"

突然，卡萝尔明白了一个道理，也知道了之前的几次优柔寡断的改革失败的原因。"没错，我早就听说过那个奇妙的大道理。它就是要制约反抗的人，束缚住他们的手脚，如同不让小羔羊离群一样。也就是说：'不管你是否相信这里公认的习俗，都只能别无选择地遵守。'"

"不过我并不是这样想的。"维达失望地说，看起来很不高兴。没办法，卡萝尔只好听着她胡言乱语。

三

不管怎么说,维达帮助卡萝尔认识到,所有的苦闷都是可笑的,因此她也就不再觉得苦闷了。而且,她还找到了问题的根源:她是对埃里克的个人志向产生了兴趣,在这种兴趣的基础上,她对埃里克产生了爱情。不过,她相信自己和埃里克的这种关系迟早有一天能够说清楚。

可是每天晚上她躺在床上,都会闭目深思,产生这样的想法:"我并非一个遭受诬告的无辜的人。如果不是埃里克,也会是别人,比如一个有着更加坚定的意志的斗士,一个蓄着胡子、有着傲慢的嘴唇的艺术家。只可惜,这种人在现实中并不存在。原本悲剧是不会降临到我身上的,可是我却陷入了这种纠葛,这是不是就是我的悲剧呢?

"世界上会不会真的有这种人,不管他伟大还是卑贱,我都愿意为他牺牲?维达单恋着威尔,却落得一个凄惨的下场。爱情和情欲,就像煤油炉里受到控制的火苗。生活里充满了污秽,大街上的一切都这么卑鄙,却偏要伪装出高雅的样子。大街两侧的人们都躲在花窗帘背后,偷窥别人的恋爱。"

第二天,贝西舅妈悄悄地来到她的房间,费尽心思想要从她嘴里打听出点儿什么。为了逼迫她吐露真情,贝西舅妈甚至暗示说,也许肯尼科特也和别人有私情。卡萝尔气呼呼地顶撞道:"无论我做什么,肯尼科特都不会怀疑我,就不劳你费心了!"可是她说完就后悔了,觉得自己的语气太过傲慢。万一贝西舅妈抓住"无论我做什么"这句话大做文章,她该怎么办?

肯尼科特一到家就忙个不停,到处乱摸,还哼着小调。最后他才嘀咕道:"我下午遇到贝西舅妈了,她说你跟她说话很不客气!"

卡萝尔忍不住笑了。肯尼科特不明所以地看着她,然后摇了摇头,就去看报纸了。

四

卡萝尔躺在床上辗转反侧,难以成眠。她一会儿想着该怎么才能离开肯尼科特,一面又想起了他平日里对自己的呵护,开始可怜他。虽然他是一名医生,可是如果遇到药石罔顾的严重胃溃疡,他又无法开刀切除,就会手足无措。也许比起沉迷读书的埃里克,他对她的需要会少一些吧?要是他突然撒手人寰,该怎么办呢?那她就再也看不到他一边安静地吃着早饭,一边和气地听着她的絮叨的样子了。要是以后他再也不能为休扮演大象,该怎么办?要是乡下的道路满是泥泞,车轮一打滑,车子蹿出公路,冲到塌方的地方,一下子翻过来把威尔压在下面,让他疼痛难忍,被送到家时已经变成了残废,只能可怜巴巴地看着她,该怎么办呢?或者他对她翘首期盼,反复念叨她的名字,而此时她却在芝加哥,对发生的一切都一无所知,又该怎么办呢?要是遇到一个蛮不讲理的泼妇,指控他是庸医草菅人命呢?此时他需要有人为他做证,韦斯特莱克却不停地散布谣言,连朋友们都怀疑他。本来他是一个对自己非常自信、办事果决的人,如今却畏首畏尾,优柔寡断,好像变成了另外一个人。后来他被判有罪,被戴上手铐,押上了火车……

想到这里,她一跃而起,冲向肯尼科特的房间。她用力一推房门,把一把椅子给推倒了。他从睡梦中醒来,叹了一口气,才和气地说:"亲爱的,出什么事了?"她大步冲到他的身边,摸着她熟悉的那个胡子拉碴的脸颊，以及上面的每一道皱纹，坚硬的颧骨和凸起的肥肉。肯尼科特和气地说："我居然看到了你，实在是太难得了。"然后，他伸出了手，抚摩着她衣衫单薄的肩膀。她挤出一个笑容，对他说："我刚才似乎听到你在哼哧哼哧的，可把我吓坏了。晚安吧，宝贝。"

五

距离卡萝尔和埃里克上次的交谈已经过去了半个月，在此期间，她只是在教堂里和裁缝铺里和他打过照面儿。那天她为了协商每年给肯尼科特缝制新便服的事情，就去了裁缝铺。当时纳特·希克斯就在铺子里，却并不像以前那样对她态度恭敬。他笑着说："新到了一匹特级法兰绒，您想看看样品吗？"他还故意碰了碰她的胳膊，让她去看那些最新流行的时装图片。他的眼睛滴溜溜地转，在卡萝尔和埃里克身上瞟来瞟去，样子十分滑稽。回到家之后，她心想，也许那个可怜的小店主把埃里克当成了情敌。当然，她十分鄙夷这种猥琐的念头。

透过窗户，她看到久恩尼塔·海多克正慢慢悠悠地从自家门口走过去，跟上次韦斯特莱克太太从这里走过时没什么区别。

在惠蒂尔舅舅的店铺里，卡萝尔和韦斯特莱克太太不期而遇。本来卡萝尔是想不搭理她的，可是看到她的眼神，她有些没有底气，只好客气地对待她。

她坚信，街上的每一个男人——包括盖伊·波洛克和萨姆·克拉克，都在用异样的目光看着她，说她是个风流的女人。她觉得自己走投无路，如同一个被人穷追不舍的罪犯。她迫切地想要见到埃里克，却又希望自己从来没有遇到过他。她想，在整个戈镇，也许只有肯尼科特还对她和埃里克的事情毫不知情。她蜷缩在安乐椅中，心中暗自思忖：那些在理发馆和弥漫着烟雾的弹子房里，也许男人们声音嘶哑地对她评头论足。

入秋之后，弗恩·马林斯就经常登门拜访，只有这时候，她才会觉得稍微好受一些。这个天真活泼的女教师，把卡萝尔看成了自己的同龄人。虽然学校早已开学，但是并不妨碍她每天跑到这里来，还嚷着要举办舞会和野餐会。

一个星期六的晚上，弗恩邀请卡萝尔一起去乡下参加舞会，但是卡萝尔拒绝了。没想到，第二天就出了大事。

第三十二章

一

星期天下午,卡萝尔正在后面的走廊里,忙着拧紧童车上的螺丝。突然,她听到了从博加特家敞开的窗户里传来的尖叫。飘入她耳中的,是博加特太太这个老巫婆的咒骂声:

"瞧瞧你干的好事,休想抵赖。要是你敢再踏进我家门半步……我活了这么大,还没有听说过这样的事情……还没有人敢这么跟我说话……走上了卑鄙的歧途……贱人……把你的衣服扔在这里,你怎么配穿……再顶嘴我就去叫警察过来!"

卡萝尔无法听清是谁在和博加特太太吵架。虽然博加特太太一直叫嚣,但是卡萝尔并没有听到她的得力助手——她儿子的声音。

"她又在骂赛伊了。"卡萝尔心想。

她推着童车下到了后面的台阶,很满意自己修理的成果。然后,她打算推着童车去院子里转一转,突然听到人行道传来的脚步声。她抬起头来,看到的并不是赛伊·博加特,而是弗恩·马林斯,她低着头,手里拎着一个手提箱,步履匆匆地走向大街。而博加特太太此时则站在门廊里,胖乎乎的双手叉着腰,盯着那个姑娘渐行渐远的背影,大声抱怨:

"要是你敢再踏入这个街区,别怪我对你不客气。叫一辆运货马车过来,把你的破烂儿搬走。你看你把我的家风折腾成什么样了。上帝呀,你为什么要惩罚我?"

这时候,弗恩早已走得不见了踪影。这个自以为是的寡妇瞪大了眼睛,里面似乎要喷射出火花。她狠狠地甩上门,回到了房间,很快又戴着一只小圆帽出来,走到了大街上。刚才发生的这一切,一点儿不落地落进了卡萝尔的眼睛里。此时,她的举止和躲在窗帘背后偷窥别人的居民变得没有任何区别。她眼睁睁地看着,博加特太太先去了豪兰家,又去了卡斯家。到了晚饭时间,博加特太太才来到了肯尼科特家门口。肯尼科特听到门铃声,就过去为她开门,还大声说:"你好呀,我的好邻居。"

这位好邻居手里拿着一副黑色的羊皮手套,不停地挥舞着。她看起来十分兴奋,一张口就唾沫星子四溅:

"亏你还能问我好不好,我自己都不知道,今天怎么会遇到这么多可怕的事情。说真的,我今天差点儿被气死了。那个贱人说话十分粗鲁,气死我了,我真想割掉她的舌头。"

"好了,有话好好说。"肯尼科特吼道,"博加特大娘,你起码要告诉我,你说的贱人是谁。先坐下冷静一会儿,再详细地跟我说吧!"

"我不坐了,这就回去了。但是,我不可以只关注自己的私事,却不提醒你。上帝知道，我总是想办法警告镇上所有的居民都要提防她，却不贪图任何回报。这个世界充满了邪恶，就算你好心提醒人们，他们也不会感激你。这种事已经发生了无数次了。我亲眼看到她多次出入你们家，给你和卡丽添麻烦。感谢上天，我及时发现了她，才没有让她造成更大的伤害。可是，一想到她可能造成的伤害——虽然我们中的一些人已经意识到了——我的心都快碎了。"

"够了，你说的到底是谁？"

"她说的是弗恩·马林斯。"卡萝尔不高兴地插了一句。

"是吗？"

肯尼科特看起来并不相信。

"没错，我说的就是她。"博加特太太的口气里充满了得意，"卡萝尔，你真应该好好感谢我，要不是我及时发现，你也会被牵涉其中的。当然，你是我的邻居，威尔夫人。你受教育程度很高，但是说实话，卡萝尔·肯尼科特，有时候你对人不够尊重，也没有虔诚地按照上帝在《圣经》中给我们的指引行事。当然，偶尔大笑一番也不是什么大事，我知道，你是个善良的人。可是，你对上帝并没有心存敬畏，对于那些违背《十诫》的人，你也没有深恶痛绝。你应该觉得幸运，因为我在喂养自己怀中的这条毒蛇时，发现了她的真面目。你想吧，如今鸡蛋的价格是六毛钱一打，别人吃一个就够了，这位小姐却非要吃两个，而且还觉得两个都不够。她根本不关心现在鸡蛋的价格有多么昂贵，也不问我供她吃住要花多少钱。一开始，我只是觉得她很可怜，同意让她在我家里寄住。但是从她带到我家里的长筒丝袜和衣服，我就能看出她是个贱人。"

在详细讲述这个故事之前，博加特太太足足用了五分钟的时间来讲了些脏话。经过这位戴着黑色羊皮手套的复仇女神的渲染，一个发生在贫民窟的喜剧,硬生生地变成了一场悲剧。其实,原本这是一个简单无趣的故事,根本不重要。其实,博加特太太自己都说不清到底是怎么回事,只要有人敢追问她,她就会发脾气。

前一天晚上,弗恩·马林斯和赛伊一起开车去了乡下,要参加舞会(卡萝尔说,弗恩也来找过自己,想让自己陪她一起去)。在舞会上,赛伊亲吻了弗恩,对此弗恩也承认了。赛伊不知从何处弄到了一瓶威士忌——博加特太太一口咬定是弗恩给他的,弗恩却坚称那是赛伊从一个农民的口袋里偷的。博加特太太听到这番话后火冒三丈,认为弗恩是在撒谎。总之,最后赛伊喝得醉醺醺的,还是弗恩开车把他送回来的。回来之后,弗恩就把口吐白沫、站立不稳的赛伊扔在了博加特太太的门廊里。

博加特太太宣称,自己的儿子以前从来没有喝醉过。肯尼科特马上指出,她这是谎话。于是博加特太太被迫承认:"有那么一两次,我闻到他的身上有酒味儿。"她同时还故作认真地承认,她的儿子确实有几次是在凌晨回家的,但是他从来都不会喝醉,因为他每次都可以编造出让你无从反驳的理由:他受到别的小伙子的诱惑,跟他们一起去湖边叉鱼了;他乘坐的车子没有油了,只好停在半路。无论如何,她的儿子从来没有落到任何"妖艳贱货"手里。

"那你觉得马林斯小姐对你儿子有什么企图呢?"卡萝尔问。

博加特太太哑口无言,过了半天,她才转移了话题。今天早上,她要求两人当面对质。赛伊已经承认,所有的错误都要归咎于弗恩。因为弗恩身为教师,还邀他喝酒。弗恩则矢口否认这项指控。

"然后,"博加特太太含混不清地说,"那个贱人居然恬不知耻地说:'我为什么要灌醉这个脏兮兮的狗崽子?'你听,她身为教师,居然说自己的学生是狗崽子。我马上就对她说:'我绝对不允许我的家里出现这种脏话。你看你人模狗样的,还用障眼法欺骗大家,让大家以为你接受过高等教育,有资格做教师,是年轻人的榜样。可实际上,你连个妓女都比不上!'我知道自己笃信上帝,所以我从来不敢逃避自己的天职,让她觉得我们这些正人君子就只能忍受她的脏话。'你有什么企图?'我说,'既然你不承认自己有什么企图,就别怪我揭你的老底儿了。我平日里经常看到你费尽心思去勾引男人,跟他们打闹鬼混;我经常看到你穿着短裙,故意露出两条大腿,在大街上跑来跑去。你敢说你这么疯跑,不是在卖弄风情?'"

卡萝尔听到青春靓丽的弗恩居然被博加特太太描述成这副样子,气就不打一处来。可是听到博加特太太后面的话,她就更加生气了。博加特太太暗示道,弗恩和赛伊在开车回家的路上到底发生了什么,根本无人知晓。这个老巫婆对于那个乡村舞会并没有具体的描述,只是单靠色情想象力而胡说八道。漆黑的山谷,朦胧的灯笼,粗野的小提琴,还有相拥着的一对对情侣。在乡下的昏暗的角落,这些人肯定会毫无节制地发泄自己的欲望。卡萝尔听到这番话,只觉得一阵恶心,根本不想插话。肯尼科特实在是听不下去了,大吼道:"上帝啊,求你不要再说了。你根本不知道当时到底发生了什么,也没有证据证明弗恩是一个轻浮的姑娘。"

"你说我没有证据?那咱们就来说说证据。我问她有没有喝过赛伊的威士忌,她说在赛伊的逼迫下,她喝了一小口——对此你怎么说?她都承认了这么多,那自然可以想象……"

"你就由此断定她是个妓女?"卡萝尔问。

"卡丽,请你以后不要再说这样的词了!"这个气愤的清教徒差一点儿就哭了。

"好吧,那你能通过她喝了一口威士忌,就断定她是个坏女人吗?我也喝过威士忌呀!"

"她喝跟你喝不一样。不过我也不赞成你喝酒,《圣经》是怎么说的来着?'烈酒嘲弄人',可弗恩是老师啊,她怎么可以跟学生一起喝酒?"

"这么做听起来确实不太好。没错,这说明弗恩是个傻姑娘。可是,她其实只比赛伊大一两岁,在胡闹方面,她面对赛伊还要自叹不如呢!"

"那可未必,她已经不是小孩子了,一定是她教坏了赛伊。"

"并不是这样的,早在五年前,你们这个神圣的戈镇就把他教坏了。"

这一次博加特太太并没有生气,反而露出了绝望的神色,低下了头。她轻轻地拍着自己的黑色羊皮手套,又揪起了褪了色的栗壳色裙子上的一根线头揉搓着,叹着气说:"我的赛伊可是个好孩子,如果用真心对他,他就会用真心回报。有些人觉得他太狂野,我只能说这是他太年轻的缘故。其实,他是一个诚实勇敢的孩子,所以,他才是镇上第一批报名参军的人。为了避免他去当兵,我不得不狠狠地把他训斥了一顿。说真的,我并不想送他去军营,让他沾染一身的坏毛病。后来,"说到这里,博加特太太那种绝望的神情早已消失不见,反而又口若悬河了,"后来,我让一个女人来到了家里,可是,这个女人却比他认识的任何一个女人都要坏。你们说马林斯年纪不大,经验不多,不可能带坏赛伊。那我就只好说,她年纪不大,经验不多,没有办法教好赛伊。总之不是前者就是后者,二者不可兼得。总之,不管他们以什么理由解聘她,都和我跟校董会反映的没有太大出入。"

"你把这件事反映给了校董会的各位董事?"

"当然,每一位董事,还有他们的太太,都知道了这件事。我说:'我不管你们会怎么处理你们的老师,我不会再追究,也不会强迫你们解聘她。我只是想知道。'我说,'我不知道你们会不会把这件事记录下来。这么多天真的学生,却有这样的一个女教师。她抽烟、喝酒、骂人,说脏话,还干了一些见不得人的勾当,我都不好意思说,你们应该心知肚明了。'我接着说,'如果是这样,我会把这件事告诉镇上的所有人。'然后,我就向莫特教授详细地讲述了这件事。他是一个正直的督学,跟那些喜欢在安息日开车兜风的董事完全不同。就连教授自己都承认,他确实对马林斯有所怀疑。"

二

博加特太太走后,肯尼科特表现得并没卡萝尔那么吃惊,他还惟妙惟肖地模仿了她。

莫德·戴尔给卡萝尔打了一个电话,咨询扁豆煮咸肉的问题,让卡萝尔觉得有些莫名其妙。然后,她又问:"你有没有听说马林斯小姐和赛伊·博加特的那桩丑闻?我敢说这就是胡说八道。"

"可能是吧。"莫德的语气很有些幸灾乐祸。看来,她并不在意这件事到底是真是假。

卡萝尔慢慢地回到了自己的房间坐下来,双手紧握。

她觉得,自己的耳边萦绕着一种令人烦躁的声音。她知道,此时戈镇的每一个人,都在唾沫横飞地谈论这件事。有的人一听到一点儿细节就喜上眉梢;有的人添油加醋,还沾沾自喜。他们费尽心思，把自己敢想却不敢做的事情编派到别人身上。不过，说他们不敢做似乎并不准确，只是他们谨慎小心，喜欢偷偷地做罢了。终日流连于理发店的浪子和经常光顾女帽店的交际花，看他们笑得多开心。她似乎能听到他们的嘲笑声，就像母鸡下了蛋之后发出的叫声。他们一边笑着，一边极力表现自己的文雅："幸亏你向我揭露了她的真面目，要不我就被她骗了！"

在整个戈镇上，没有一个人具有拓荒精神，敢于蔑视和痛斥这些人；也没有一个人敢于站出来，证明他们中西部"粗犷的骑士精神"和"淳朴的品质"，以及他们的胸怀，比那些只顾着挖掘别人的丑闻的北方佬更有雅量；也没有敢模仿小说中的开拓边界的英雄的样子，跳出来痛骂他们："你们是什么意思？有什么好笑的？你们嘴上说痛恨罪恶，实际上却乐此不疲，到底是为什么？"

没有人敢跳出来说这样的话，不管是肯尼科特、盖伊·波洛克，还是钱普·佩里。

那埃里克会不会说呢？有可能，他可能会激动地表达自己的不满。

她突然想到，她和埃里克的事，是不是跟这件事有什么秘密联系呢？是不是他们顾忌她的社会地位，不敢轻易惹她，才会向弗恩开刀？

三

晚饭之前，卡萝尔一连打了好几个电话，才打听出弗恩的下落，原来她此刻正藏身在明尼玛喜大旅馆。她一路急匆匆地赶过去，故意忽视街上那些对自己交头接耳的人。旅馆的账房面无表情地告诉她,马林斯小姐也许是住在楼上的37号房间,让她自己上楼去找。卡萝尔顺着弥漫着霉味的走廊一直往前走,她看见,两边的墙壁上贴满了墙纸,上面都是鲜红的雏菊和暗绿的玫瑰花图案,被水浸过的地方,还依稀能看出白斑。走廊里铺着红黄相间的草席,但是早已破败不堪。房门是松木板做成的,外面漆了很薄的一层蓝色漆。她找了半天,也没有看到37号房间在哪里。走廊尽头漆黑一片,她只好伸出手,用手感觉房门上的铝制门牌到底写的是什么数字。有一次,她听到门内传来了一个男人的声音:"是谁?有什么事?"她吓得扭头就跑。找了半天,她终于找到了那个房间。她站在门口,聆听着房间内的声音,似乎隐隐约约听到了一阵呜咽声。她敲了三次门,才听到门里的人害怕地说:"是谁?走开!"

卡萝尔怀着对戈镇的痛恨,推开了房门。

昨天见到弗恩·马林斯的时候,她穿的是长筒靴、苏格兰呢裙子、淡黄色毛线衣,体态轻盈,信心十足,可是只过了一天她却斜躺在床上,穿着一件满是褶皱的淡紫色布外套和一双破旧的鞋子,看起来十分柔弱。卡萝尔看到,她似乎被吓坏了,惊恐地抬起头来。此刻,她披头散发,面如土色,眼睛肿得都快睁不开了。

"我是被冤枉的!"一看到卡萝尔,她就放声大叫。卡萝尔尝试着亲吻了她的脸颊,揉着她的头发,还用自己的头巾擦拭了她的额头,她却在不停地喊冤。等她稍微平静了一些,卡萝尔才有时间观察这个房间。这是好客的大街上的神圣殿堂,外来人员的暂住处,肯尼科特的朋友杰克逊·埃尔德的聚宝盆。房间里充斥着各种味道,有旧床单的味道,发霉的地毯的味道,还有刺鼻的烟味。那张东倒西歪的床上,铺着一张破旧的薄床垫。沙土色的墙壁上,到处是手指的划痕和窟窿。每个角落都有一层厚厚的灰尘和烟灰。

倾斜的梳妆台上放着一个低矮的水壶，上面已经有了裂缝。唯一的一把椅子有着挺直的靠背，油漆早已剥落，显得十分寒酸。奇怪的是，在这么破败的房间里，居然还有一个镀金的玫瑰痰盂。

卡萝尔本来不想对这件事刨根问底，可弗恩却坚持要给她讲。

弗恩说，本来她那天是不打算带赛伊去参加舞会的，可是毕竟这次舞会十分难得，还能趁机摆脱博加特太太的唠叨。再加上开学以来的这几个星期自己一直精神紧绷，需要缓解一下，所以她就同意带赛伊去了。而且，赛伊也拍着胸脯保证，一定会好好表现。在路上，赛伊确实表现得很不错。参加舞会的人中，有几个是来自戈镇的工人，大部分是年轻农民。其间，有几个醉汉闯了进来，大吵大闹的。他们在灌木丛生的洼地里生活，来自社会底层，其中一些靠种植土豆为生，还有一些靠小偷小摸为生。理发师德尔·斯纳弗林拉着小提琴，大声提醒着跳舞的人们改变舞步和舞姿。根据他的指令，大家跳起了方阵舞，搂紧自己怀里的舞伴，尽情地跳着，踩得谷仓的地板发出巨大的响声。这时候，赛伊连续两次从别人的口袋里拿出酒瓶，偷偷喝了几口。弗恩亲眼看到，他在翻找距离谷仓最远的一个角落的饲料箱上的外套。不久，她就听到有个农民嚷嚷自己的酒被偷走了。弗恩指责赛伊，说他不应该偷喝别人的酒，他却傻笑着说，自己只是在开玩笑，一会儿就会送回去。而且，他还坚持让她也喝一口，否则他就拒绝把酒送回去。

"我只用那酒沾湿了嘴唇，就还给了他。"说到这里，她放声痛哭，然后她坐了起来，目光灼灼地看着卡萝尔说，"你以前喝过酒吗？"

"我喝过，也只是屈指可数的几次。此刻我倒真想痛快地喝一场，我对这种假正经实在是厌恶至极。"

弗恩终于停止了哭泣:"我想喝一口,我这辈子一共也没有喝过几次酒,绝对不超过五次。不过,我希望再也不会遇到博加特太太和她儿子那样的人。其实,那瓶酒是烈性威士忌,我根本就没有碰,要是甜酒的话,我倒是很喜欢。在舞会上的时候,我觉得开心极了。在我看来,那个谷仓就是一个大舞台,高大的橡木,漆黑的牛栏一个一个排列,白铁皮灯笼发出的光随风摇曳,远处的切草机看起来十分神秘。我觉得,和那些年轻英俊的农民跳舞的感觉真是太棒了,他们身强力壮,为人善良,还非常聪明。这时候再看看赛伊,我就觉得非常不舒服。所以,我知道我根本没有喝那个狗崽子一滴酒。你说,神是因为我有了喝酒的念头才要惩罚我的吗?"

"亲爱的,也许是博加特太太这个凶神,也就是大街这个凶神想要惩罚你。可是,所有机智勇敢的人都会奋起反抗,虽然这个凶神想要置我们于死地。"

弗恩接着说她又和那个年轻的农民跳起了舞,然后又和一个学农业的年轻女大学生聊起了天,早就忘记了赛伊那回事。很明显,赛伊并没有把酒还回去。很快,他就踉跄着走向了她。而且,他一看见年轻的女孩子,就各种调戏,又跳起了快步舞。

弗恩磨破了嘴皮子,才让他同意跟着自己回家。他跟在她身后,一边傻笑一边跳舞。可是刚走出谷仓大门,他就亲吻了她。

"以前我总是想,要是能在舞会上和男士接吻,是多么美妙啊!"

但是弗恩此时只有一个念头,无论如何都要把他弄回家,以免他发酒疯和别人打架,所以也就顾不上他亲吻自己的事了。一个农民帮着她套好车,赛伊却躺在座位上鼾声震天。可是刚要出发,他又醒了过来。在路上,他醒了好几次,总是想占她的便宜。

"毫无疑问，我的体力并不如他。于是我只好一边驾车，一边尽量跟他保持距离。而且，我们乘坐的马车十分破旧，摇摇晃晃的。我觉得自己根本不像个女孩，反而更像一个女仆。不，可能是我太害怕，什么感觉都没有了。夜里很黑，伸手不见五指，我心里直发毛。不管怎么说，我总算是回家了，但是过程非常艰难，因为路上一片泥泞，而我还得经常跳下马车来看路标。为了看得清楚一点儿，我只好翻开赛伊的口袋找火柴，结果他跟着我下了车，不小心从马车的踏级栽进了泥坑。他挣扎着爬起来，还想着对我动手动脚。我十分害怕，就狠狠地打了他一顿，自己赶着马车走了，让他跟在后面追。然后，我听到了他像孩子一样的哭声，又觉得他十分可怜，只好让他上了车。可是到了车上，他又故态复萌，最后我总算是带着他回了家，把他送到了门廊。那时候博加特太太正在等着我们……

"可笑的是，博加特一看到我就滔滔不绝地说起话来。此时，赛伊正在口吐白沫，我还惦记着把马车送回车行，也不知道车行的老板是不是已经上床睡觉了。不管怎么说，我最后还是把马车送回了车行，然后回到了自己的房间。我锁上房门之后，博加特太太还是在骂骂咧咧。她不停地满嘴脏话地骂我。她不但骂我，还动手拧门把手，把门弄得咔嗒咔嗒响。这时候，我听到后院传来了赛伊的呕吐声。我觉得，我这辈子可不想嫁人了，不管对方是谁。今天一早，她更是过分，直接把我赶走了。一整个早上，她都不听我的辩解，赛伊怎么说她就怎么信。我想，现在他的头应该不疼了。吃早饭的时候，他还把这件事看成一个大笑话。现在，他一定是在小镇上到处宣扬着自己的丰功伟绩吧！你明白吧？我要离他远一点儿，可是，我哪还有脸回学校呢？人们都说，镇上的孩子们可以接受良好的教育，可是我根本无法相信，此刻我居然会躺在这里，跟你哭诉这一切。对于昨晚发生的事情，我更是不敢相信。

"说来也怪，我昨晚一脱下我那件漂亮的衣服，就发现它满是污泥。唉，那件衣服很漂亮，我是很喜欢的。就因为它被弄脏了，我还痛哭了一场。唉，先不说它了。可是我又发现，我的白色长筒丝袜上也全都是口子，不知道是我下车看路标的时候被荆棘扎破的，还是他试图侵犯我的时候给我抓破的。"

四

戈镇中学董事会的现任董事长是萨姆·克拉克，他听完卡萝尔转述的弗恩的故事，表现出极大的同情。克拉克太太也坐在一边柔声说："她真是太不幸了！"卡萝尔刚要继续说，克拉克太太就说："卡萝尔，请你不要把那些'虔诚'的人说得那么刻薄。镇上有很多虔诚的基督徒，他们真心遵守规则，为人宽容，比如钱普·佩里夫妇。"

"我知道，只可惜这种人在教会里难以立足，总有人想赶走他们。"

卡萝尔说完之后，克拉克太太又自言自语道："这个可怜的姑娘，我觉得她说的都是真的。"萨姆也嘀咕道："是啊，毫无疑问。要怪，就只能怪马林斯小姐涉世不深，容易上当。在这个镇上，除了博加特大娘，别人都知道赛伊是个什么货色。马林斯小姐实在是太傻了，居然和他在一起。"

"那她也不应该蒙受这样的屈辱吧？"

"是不应该，可是……"萨姆没有做出决断，只是抓住那个故事中的细节不放,"博加特太太是不是骂了她一上午?还揪住她的衣领把她赶出了门?她就是个泼妇。"

"没错,你也知道她是个什么人,泼妇。"

"是啊,不过泼辣还不是她的最强项。她把自己伪装成一个虔诚的基督徒,面带笑容地走进我们的店,支使我们店里的伙计给她拿这拿那,忙活了一个小时。结果呢,她只买六颗小钉子。我还记得……"

"萨姆!"卡萝尔着急地说,"你一定要为弗恩做主啊!博加特太太有没有说要怎么惩罚弗恩?"

"说了。"

"我觉得董事会不应该她说什么就是什么吧!"

"怎么也得听一听的。"

"可是你们要说弗恩是被冤枉的啊!"

"我个人当然会尽力帮助她,可是你也知道董事会的那些人。先说奇特雷尔牧师,博加特太太为他操持了教堂的一大半事务,他自然会为她说话。再说埃兹拉·斯托博迪,身为银行家的他关心的只有道德和贞节。卡丽啊,这都是我们无法否认的事实。怕只怕,董事会的成员大部分都会反对弗恩。你不要觉得我们是在听从赛伊的一面之词,他这个人,就算指着《圣经》赌咒发誓,我们也不会相信他的话。但是,现在这件事闹得沸沸扬扬,马林斯小姐只怕无法带着我们的篮球队去外地进行篮球比赛了。"

"也许吧,那别人不行吗?"

"我们当初聘请她,这就是一个重要的原因。"萨姆固执地说。

"但是你要知道,这并不是一份工作的问题。你们先聘请了她,又要把她赶走,那就是让一个清白的姑娘蒙受不白之冤,让像博加特母子俩那样的人肆意地坑害她。要是你们把她解聘了，那出现这种结果就是必然的。"

萨姆觉得非常不自在，他看了妻子一眼，抓了抓头皮，叹了口气，一言不发。

"你不在董事会上为她辩白吗？万一申诉失败，你愿意和那些跟你有相同看法的人一起递交一份报告书吗？"

"这种情况，什么报告书都不管用。按照我们董事会的规定，不管这个决定有没有得到全体成员的同意，只需要宣布最终结果就可以。"

"天啊，这是什么规定？这样的话，一个女孩子就被彻底毁了！这是什么规定！萨姆，你应该支持弗恩，你会不会以退出董事会来威胁他们？"

萨姆听到这么多难题，心里十分恼火，抱怨道："我会尽力的，但是不管怎么说，我们得等到董事会召开。"

虽然，卡萝尔又去找了督学乔治·埃德温·莫特教授、埃兹拉·斯托博迪、奇特雷尔牧师先生，还有董事会的其他成员。他们众口一词，都说"我会尽力"，或者"对于博加特太太这个人的为人，你我都心知肚明"。

事后她回忆起这件事，才想到奇特雷尔牧师的几句话也许就是说给她听的："镇上的一些上层人士做事恣意妄为，不过，作孽的人都要受到惩罚，至少也会被解雇。"每次她回想起来，都能清晰地回忆起牧师乜着眼看着自己的情景。

第二天早上还不到八点，卡萝尔就到了明尼玛喜大旅馆。此刻，弗恩迫切地想要回到学校，正面别人的嘲笑，但是她太过软弱，根本没有这个胆量。卡萝尔给她读了一天的书报，想要让她放宽心，还安慰她董事会一定会公正处理这件事。可是晚上去看电影的时候，她就不那么自信了。在电影院的时候，她亲耳听到高杰林太太大声对豪兰太太说："也许她是个纯洁的姑娘，可是要是正如大家所说，她在舞会上喝了一整瓶威士忌，那也许记不得自己做了什么出格的事。"听到她的话，坐在前排的莫德·戴尔也扭过头插了一句："我早就说过了。我不想捉弄任何人，但是你们有没有注意她和男人们眉目传情？"

"他们会在什么时候送我上绞刑架？"卡萝尔心想。

在回家的路上，纳特·希克斯拦住了肯尼科特夫妇。他总是做出一副和卡萝尔有私情的样子，让卡萝尔厌恶之至。他想向她眨眼，又不敢明目张胆，只好笑着说："你们觉得马林斯小姐这个人怎么样？虽然我并不刻板，但是我觉得，只有知书达理的人才有资格成为学校的教师。现在大家都在说，不管她在舞会后做了什么，但是她是带着两夸脱①威士忌去参加舞会的。赛伊刚喝了几口，她就喝得醉醺醺的了。没想到，这个小妞儿酒量还不小。"

"你胡说八道！"肯尼科特嘀咕道。

卡萝尔还没有张口，就被肯尼科特拖走了。

她看到埃里克深夜独自从门口经过，就凝望着他，希望他可以破口大骂戈镇的陋习。肯尼科特不痛不痒地说："人家都喜欢听一些刺激的丑闻，实际上他们没什么恶意。"

她一边上楼睡觉，一边想着校董会的董事们确实都很倨傲。

到了周二下午，她才听说董事会已经于上午十点开过会议，"批准弗恩·马林斯"的辞职请求。萨姆·克拉克给她打了一个电话，通知她这个消息。"我们并没有指控她，只是建议她自动

---

①夸脱，美国干量或液量单位，两夸脱约合1.1公升。

辞职。能不能麻烦您去一趟旅馆,让她写一份辞职申请书?我们接受她的辞职。我好不容易才说服董事会这样处理这件事,这也多亏了你。"

"难道你不知道,镇上的人会把这视为她的罪证?"

"可是我们并没有指控她啊。"萨姆的声音里透出很明显的不耐烦。

那天夜里,弗恩就离开了戈镇。

卡萝尔去了火车站,送她上火车。她们两个一言不发,默默地穿过了拥挤的人群。周围的人们都在看着她们,本来卡萝尔想要瞪他们,可是在顽皮的男孩和拥有牛泡眼的男人面前,她又觉得十分窘迫。弗恩低着头,谁也不看。她无精打采,步履沉重地往前走。虽然她没有掉泪,卡萝尔却能感觉到她的胳膊在颤抖。她握住卡萝尔的手,说了几句莫名其妙的话,就颓然地爬上了火车。

卡萝尔记得,当年迈尔斯·伯恩斯塔姆离开戈镇的时候,乘坐的也是这趟火车。她想,如果有一天自己也要乘坐这趟火车离开戈镇,又会是怎样的一番景象呢?

在回家的路上,有两个外地人走在她前面。

其中一个傻笑着说:"刚才上火车的那个漂亮妞儿,你看到没有?就是戴着一顶黑色帽子的那个,长得多迷人呀!我昨天来到这里,准备转车去奥吉巴韦-福尔斯,就听到人们议论她的故事。据说她是个女教师,花钱如流水,而且喜欢卖弄风情。她和几个姑娘买了一箱威士忌,开怀畅饮。一天晚上,她们找不到年轻的小伙子,就拉了几个小男孩充数。他们每个人都喝了很多酒,闹得不像话,就像置身于闹市区,然后他们还去参加了一个舞会,跳一些下流的舞,他们还说……"

说话的这个人看起来不像普通人，也不像做体力劳动的工人，而是像一个机灵的推销员，或者一家之主。也许他发现自己身后有个女人，就压低了声音接着讲。旁边那个人听着他的话，时不时发出刺耳的笑声。

卡萝尔拐了个弯，走向一条小街。

她路过赛伊·博加特家门口。此时，他正眉飞色舞地对着大家讲述自己的光辉事迹，他的听众有纳特·希克斯、德尔·斯纳弗林、酒吧间侍者伯特·泰比和讼棍A.坦尼森·奥赫恩。他们的年纪都比赛伊大，此刻却把他看成挚友，鼓励他继续说。

一周后，她收到了弗恩的来信。在信中，弗恩写了这么两段话：

我的家人根本就不相信这个故事，他们认定我一定是做错了什么，狠狠地教训了我一顿，不停地骂我，让我实在是听不下去。没办法，我只好搬去了一个供应膳食的公寓住。我想，这件事已经在教师职业介绍所传遍了。有一天我去找工作，有一个男人几乎当着我的面，狠狠地甩上了门。我又去了另外一家职业介绍所，那个女负责人对我的态度极其恶劣。我实在不知道该怎么办，心里难受极了。现在我有一个追求者，可能我会很快与他完婚，但是他有点儿傻乎乎的。

亲爱的肯尼科特太太，只有你相信我。我想，他们是故意要戏弄我，我太傻了。那天晚上我一边赶马车，一边对抗赛伊，还自以为英勇无比，以为自己会赢得戈镇人民的赞誉。五个月前我在读大学的时候，我确实赢得了人们的赞誉，他们说我是个体育天才。

第三十三章

一

接下来的一个月,卡萝尔都担惊受怕的,她只是偶尔能在"东方明星社"的舞会上,以及裁缝铺里遇到埃里克,但是没有机会和他独处。在裁缝铺的时候,由于纳特·希克斯在眼前转来转去,他们只好不断地争论到底应该在肯尼科特新做的衣服的袖口上钉一个扣子还是两个扣子。为了不授人以柄,他们只好随便聊几句客套话。

卡萝尔因为和他若即若离,又因为在为弗恩难过,她突然第一次发现,自己居然爱上了他。

她想,他只要遇到机会,就会说一些话来激励自己,所以,她难免对他心生爱慕。可是,她没有胆量把他叫来。对此他也是心知肚明,所以从来不去找她。

她不再怀疑他,也不嫌弃他的出身了。因为见不到他,卡萝尔觉得非常寂寞,觉得时间特别漫长。不管是上午、下午还是晚上,有时候她会突然冒出这么一句话:"埃里克,我好想见到你啊!"这句话非常悲切,令闻者心碎。

有时候，她觉得自己怎么努力都想不起他的样子，心情就会非常沮丧。有时候，他的样子会出现在她的脑海里，比如他一边漫不经心地熨衣服，一边东张西望，或者他和莫德·戴尔在湖边奔跑。但是有时候，他的样子又会突然消失，只剩下一个模糊难辨的印象。这时候，她又开始为他的样子担心：他的手腕是不是太红了？他的鼻子是不是像斯堪的纳维亚人那样的狮子鼻？他长得有她心目中的他那么漂亮吗？直到在街上与他重逢，她才打消了这个疑虑。虽然她经常会因为想不起他的样子而苦恼，可是想起他们前不久才一起度过的甜蜜时光，她就激动不已：那天去湖滨野餐的时候，他们并肩走上小船，她仔细打量着他，夕阳照耀着他的鬓角、脖子和脸颊。

十一月的一个晚上，肯尼科特去了乡下。突然，卡萝尔听到有人在按门铃，就急匆匆地去开门。开门之后，她就看到了门口的埃里克，这让她一下子心烦意乱。他双手插在口袋里，神情幽怨，似乎在默背台词。一看到卡萝尔，他马上说道：

"我看到您的丈夫开车走了。我忍不住才过来的。您能陪我出去走走吗？我知道您害怕别人看到我们，没关系，我们可以去郊外。现在我去谷仓那里等您，请您快一点儿。"

"好的，我一会儿就去。"她爽快地答应了。

她自言自语道："我只去一刻钟，时间一到马上回来。"说完，她就披上了苏格兰呢外套，穿上了胶鞋。看着这双鞋，她暗想：这双鞋子这么朴素，不会让人联想到我是去和情人幽会的。

她看到，埃里克此时正站在谷仓的阴影里，神情严肃，随意地用脚踢着铁轨。她慢慢地走向他，感觉他的身形越来越大。不过，他们两个都没有说话，只是牵着对方的袖子往前走。然后，他们穿过铁轨,沿着一条小路走向郊外,步履十分沉重。

"今晚有点儿冷,但是我很喜欢这种阴冷的感觉。"他说道。

"嗯。"

他们穿过簌簌的灌木丛。雨后的路上十分泥泞,到处都是雨水,他们走在上面,溅了一身泥浆。埃里克牵着她的手,放进了自己的口袋。她握着他的大拇指,就像她带着休散步的时候休握住她的大拇指一样。然后,她叹了一口气。她想起了休。今晚女佣在家,但是自己能够放心把休交给她吗?不过,她尽力不去想这件事,并最终把它忘记了。

埃里克缓缓地开口了,为她讲述自己的身世。他生动地讲述了自己在明尼阿波利斯的生活,当时他在一家大裁缝店工作:店里水蒸汽弥漫,热得喘不过气,工作出奇地沉重。男人们都穿着破背心和皱成一团的裤子,见了酒就不要命。他们喜欢谈论女人,还经常取笑他,开他的玩笑。"不过我并不放在心上,我总是远离他们。我经常去艺术学校、沃尔克画廊或者哈里特湖边,有时候我也会步行出城,到盖茨山庄去。我把这个山庄幻想成意大利的乡间别墅,而我就是一位侯爵,住在这个别墅中。后来我在帕多瓦①受了伤,就回到别墅,开始收集挂毯。倒霉的是,一位名叫芬克尔法布的裁缝发现了我的日记,就拿到店里,当众朗读。我生气极了,就跟他结结实实地打了一架。"说到这里,埃里克笑了笑,"于是,我被罚款五美元。不过,这些都是前尘往事了。此刻,我觉得您就站在我和汽油炉之间。您看,长长的紫色火舌正从炉子周围向外延展,越过烙铁熨斗,发出一整天的冷笑:呜呜呜!"

卡萝尔眼前浮现出了这样的情景:在一个矮小闷热的房间里,

---

①帕多瓦,意大利城市。

烙铁熨斗发出咝咝的响声,空气中弥漫着衣服被烫焦的臭味,而埃里克就站在一群侏儒之间。于是,她用力地握住了他的大拇指。他把手慢慢地伸进了卡萝尔的手套里,温柔地摩挲着她的掌心。她赶紧摘下手套,把手伸向他,让他尽情摩挲。

此时他好像在说一个"大人物"的故事,但是她正沉浸在这种安静祥和的氛围中,并没有在意他的话。她只感觉到,他说话的声音就像鸟儿在扑棱翅膀。

她知道,他此刻正在搜肠刮肚,想要说出一些深情的话。

"卡萝尔,我……我为您写了一首诗。"

"好呀,那念给我听听吧!"

"您的语气能不能不要这么敷衍,能不能深情一点儿呢?"

"亲爱的,难道我还不够深情吗?我只是不希望我们将来会受到伤害。好了,你快点儿给我念吧,以前还从来没有人给我写过诗呢!"

"严格意义上说,这并不是一首诗,只是我喜欢的一些词汇,我觉得它们能恰到好处地描绘出您的神韵,当然别人也许不会这么认为。好了,我现在就为您念——

可爱、温柔、欢乐、聪明,

明眸善睐,脉脉含情。

您能像我一样明白其中的意思吗?"

"当然,我很感激您。"没错,虽然卡萝尔觉得这首诗写得确实很差,却依然很感激他。

看着夜幕降临,她突然感受到了一种野性的美。巨大的残云围绕着孤月,岩石和水坑似乎也在熠熠生辉。现在,他们正从一片白杨林旁边经过。白天的时候它们毫不起眼，此时却成了一堵器宇轩昂的墙。突然，她停住了脚步。此时，水珠正滴滴答答地从树上滴落到地上，潮湿的树叶无奈地落在湿漉漉的地上。

"一切都在等待……"她小声咕哝道，然后把自己的手抽回来，握紧拳头放在嘴边。此时，她突然陷入了一种迷茫。"我现在很开心，现在就回去吧，以免遇到不开心的事。不过，我们能不能先在那段原木上坐几分钟，听一听四周的静谧？"

"算了，太湿了。不过要是能够在这里生一堆篝火，让您坐在我的外套上，该有多好啊！也许您还不知道吧，我非常擅长在野外生火呢！有一次我和表弟拉尔斯去了大森林，没想到遭遇了大雪，我们只好去一个原木小屋待了大概一星期。我们刚进小屋时，发现壁炉里结满了冰，但是我们想尽办法把冰捣碎，掏出碎冰块，往里塞满了松枝。我们现在能不能去树林里点一堆篝火，再坐一会儿呢？"

卡萝尔犹豫了，她想答应，又想拒绝。她觉得自己的头都痛了，似乎没有了目标。这个夜晚，埃里克的轮廓，以及未来，一切都是虚无缥缈的，似乎飘浮在"四维空间"。她正在迟疑不决的时候，拐弯处突然出现了汽车的灯光。他们看到了，急忙站得远远的。"我该怎么办？"她想，"我可不愿意被剥夺所有的权利，我向来是循规蹈矩的。如果我连跟别的男人坐在火堆旁聊天的权利都没有，还不如让我死了呢！"

轰隆隆的汽车声越来越近，越来越大，车灯也越来越亮。车灯照到他们身上的时候，车突然停了下来。挡风玻璃后突然传来了一声怒吼："喂！"

她知道，这是肯尼科特的吼声。

他平和地说："你们在散步？"

他们像小学生一样，连连点头称是。

"路上很滑，我载你们回去吧。瓦尔博格，你上来吧，坐在前面。"

然后，他器宇轩昂地打开了车门。卡萝尔看到埃里克坐在了前座，自己只好打开后面的车门坐了进去。刚才她的情绪十分高昂，如同烈焰在燃烧，此刻却像被凉水浇灭了。现在，她是戈镇的威尔·P.肯尼科特太太，坐在一辆破旧的汽车里，等着接受丈夫的教训。

她心里十分忐忑，不知道肯尼科特会说些什么。于是，她使劲往前凑了凑，听到肯尼科特说："今晚会下雨吧！"

"也许吧！"埃里克说。

"今年的季节不太正常。十月非常寒冷，十一月又非常暖和，这是非常罕见的。十月九号还洋洋洒洒地下了一场大雪，我觉得，这个月二十一号之前天气都不错。我记得在这个十一月里，至今一片雪花都没有落下来。不过我记得，这几天很有可能会下雪。"

"是很有可能。"埃里克说。

"我希望我今年秋天可以时间充足一点儿，我就能去打野鸭子了，你觉得呢？"肯尼科特问，"我那个在曼特拉普湖的同事给我写了一封信，他说他用了不到一个小时，就打中了七只黑头野鸭和两只红头野鸭。"

"他的运气真不错。"埃里克说。

卡萝尔坐在后座上无人理睬，肯尼科特却兴高采烈地谈天说地。他看到迎面有一个农夫赶着马车过来，就放慢了速度，缓缓地和那匹受惊的马擦肩而过，还大声说："小心点儿，没事！"她坐在后座里无人问津，就像要被冻僵了一样。她觉得，此刻自己就是一部没有剧情的戏里的一个可怜的女主角。她下了很大的决心,才想要和肯尼科特说话,但是她该说什么?她肯定不能告诉他,她爱埃里克。她真的爱他吗?不管怎么说,她都不能继续沉默。此刻面对着毫不知情的肯尼科特,她不知道是该同情他,还是对他自以为是完美丈夫的自满感到愤怒。她只知道,她不能再这么踌躇不定,她必须坦诚地和他谈一谈。一想到这件事充满极大的风险,她竟然觉得有些兴奋。而此刻,肯尼科特和埃里克在前面聊得正欢。

"打上一个小时的野鸭子是最美妙的事情,让你胃口大开,而且——他妈的,这个破引擎,比起一支钢笔还不如。我估计汽缸里又塞满了炭渣,看来我得换一套新活塞环了。"

他把车停在大街上,热情地说:"你再往前面走一个路口就可以回家了,晚安!"

卡萝尔十分忐忑,埃里克会不会溜之大吉呢?

埃里克平静地走到后窗,对着卡萝尔伸出手,小声说:"晚安吧,卡萝尔,我很高兴能和您一起散步。"她握了握他的手,肯尼科特就发动汽车开走了。然后,她看到埃里克的身影消失在大街拐角的药房附近。

肯尼科特一直没有理会她,开着车回到了家门口,然后才客气地对她说:"你先在这里下车吧,我要把车开去后面。另外,还要麻烦你看看后门开着没有。"她打开了后门,发现自己还紧握着和埃里克握手时摘下的那只湿手套,赶紧把它戴上了。她穿着湿漉漉的外套和脏兮兮的鞋子,站在客厅中间一动不动。肯尼科特还是老样子,目光呆滞。看来,她面临的难题并不是静静地听他训斥,而是怎么想出一个合理的理由打消他的疑虑,而不是像往常一样,她在说话,他却哈欠连天,给座钟上了弦就沉沉睡去。果然,不一会儿就传来了他给火炉添煤的声音。然后，他雄赳赳气昂昂地穿过厨房，走向了客厅。不过，他并没有跟她说话，而是跟她预料的一样，先给座钟上了弦。

他进了客厅之后，先是从头到脚打量了她一番。她已经预感到了他的动作、声音、气息、抚摩。"卡丽，你的外套都湿透了，赶紧脱下来。" 果然，他开口了："卡丽呀，你最好……"他脱下外套扔在椅子上，昂首挺胸地走到她身边，大声说，"你最好悬崖勒马。我可不想成为一个戴绿帽子的丈夫，让别人笑话。我爱你，也很尊敬你。如果我把这件事情闹大，只会被别人当成傻子。我觉得，你现在应该和瓦尔博格断绝来往，否则弗恩·马林斯就是你的前车之鉴。"

"你……"

"没错，我已经知道了。你应该知道，这个镇上的闲人那么多，他们有大把时间打探别人的隐私。虽然他们不敢当着我的面说，却总是含沙射影。而且我也看出来了，你很喜欢他。当然我也知道，你是一个非常冷静的人，就算他想握你的手，或者想亲吻你的脸颊，你都会断然拒绝，所以我对你非常放心。但是，我希望你不会对这个瑞典佬抱有幻想，以为他跟你一样天真，信奉柏拉图式的爱情。你不要生气，我不是要对你说他的坏话。这个小子并不坏，年轻好学，所以你喜欢他我是可以理解的。不过，问题并不在这里。你有没有想过，镇上的人们对待伤风败俗的人，和对待弗恩有什么区别？也许你觉得，两个年轻人幽会完全可以做到神不知鬼不觉，可是你大错特错，在这个镇上，不管你做什么，背后都会有无数双眼睛盯着你。你应该知道，要是韦斯特莱克大娘开始说你的坏话，就会把你逼得走投无路。不管他们走到哪里，都会大肆宣扬你和瓦尔博格的恋情。就算他们都是在造谣,你却跳进黄河也洗不清。"

此时,卡萝尔说了一句"让我先坐一会儿"就无力地瘫倒在了沙发上。

他打着哈欠,含混不清地说:"把你的衣服和鞋子递给我。"在她脱衣换鞋的间隙,他弄了弄表链,摸了摸热水汀,还抽空看了看寒暑表。然后,他拿着她脱下的外套和围巾去了门厅,用力地抖了抖,然后像平时一样仔细地一件一件挂起来。做完这一切,他就拖着一张椅子坐到了她身边,坐得直直的,就像一个硬要病人接受自己医嘱的医生。

不过,在他开始进行自己冗长的演讲之前,她抢先说:"闭嘴,我今天就跟你开诚布公地谈一谈。"

"可是我觉得并没有那么多话可说啊!"

"可是我有话要说。我很喜欢埃里克,为他着迷。"她指着自己的胸脯说,"而且我非常欣赏他,他不光是个'瑞典佬',还是个艺术家。"

"等一下!他今晚一直跟你说他是多么优秀,现在轮到我说了。卡丽,虽然我不懂诗情画意,不懂艺术,但是你应该知道我的工作有多么重要吧?"他的身子微微前倾,把粗大的手搭在结实的大腿上,原本稳重的他此时却露出了一副恳求的神情,"不管你对我多么冷漠,但是在这个世界上,你是我唯一爱的人。以前我曾对你说过,你是我的灵魂,可是现在我还是会这么说。你就像,怎么形容呢?我从乡下开车回来时看到的夕阳下的美景。不管我多么喜欢它,我也无法用诗歌把它描述出来。你也知道我的工作吧?我几乎要二十四小时连轴转,顶风冒雪,踏着泥泞去给病人治病。不管病人有没有钱,我都会同样对待。你总说,科学家应该取代那些狂妄的政客，来统治这个世界，难道你看不出来，我就是这整个戈镇的科学家吗？不管外面是不是冰天雪地，路上是不是坎坷难行，回家的路途是不是非常冷清，我都可以忍受，我需要的只是你在家里等着我回来。我并不渴望你热情地对待我，我从来没有过这样的渴望。我只是希望，你可以尊重我的工作。我为人接生，把新生儿带到这个世界上来；我给病人看病送药，挽救别人的性命；我还劝告那些脾气暴躁的丈夫，让他们善待自己的妻子。可你呢，你却沉迷在对一个瑞典小裁缝的爱中无法自拔。你喜欢听他吹嘘如何在裙子上绣花边，可是我觉得，一个男子汉大丈夫做这样的活计，实在是没出息！"

她生气地说："你说完了吗？现在轮到我说了！我觉得，除了说埃里克的那段话，你的话都很有道理。可是，难道只有你和孩子需要我，向我提出各种要求吗？不是的，我觉得整个小镇的人都是这么想的，我能够感受到他们偷窥的时候火辣的呼吸。贝西舅妈、那个不停流着涎水的惠蒂尔舅舅、久恩尼塔、韦斯特莱克太太、博加特太太等人，他们都是这样的。可是你呢，你却对他们很有好感，鼓励他们置我于死地，这让我如何受得了？你听到了吗？我的一切都完了。能够给我勇气的，只有埃里克。你说他只会绣花边，但是我要告诉你，女人的裙子通常都没有花边。说实话，埃里克信奉上帝，就是那个被博加特太太用一块方格细布包裹起来的上帝！我确信，埃里克总有一天能够飞黄腾达，我会尽我最大的努力去帮助他。"

"好了，你不要再说了，你是说，埃里克总有一天可以出人头地，对吧？但是我敢说，等他到了我这个年纪，最多只能在像朔恩斯特鲁姆那样的小镇上开一个只有他一个人的裁缝店。"

"那倒未必！"

"以他目前的情况，看不出来有什么大发展。现在他已经二十五六岁了，你是凭什么断定他以后就不用给别人熨裤子了？"

"他聪明过人，才华卓越。"

"对不起，请你告诉我，他在艺术上有什么造诣呢？他有没有画出过什么一流的画作？素描或者速写也行。他有没有写过诗？他会弹钢琴吗？你还能说出他的别的才能吗？我看，他最擅长的就是自吹自擂吧？"

她陷入了沉思。

"我看，他成功的可能性微乎其微。我承认，确实有很多他那样的小伙子，在家里的时候很优秀，可是进入艺术学校学习之后，只有十分之一，甚至百分之一，能够混口饭吃，不至于乞讨度日。但是说他们是艺术家，倒不如说是管道工更合适。至于这个小裁缝，难道你还不明白……亏你还自以为精通心理学……难道你看不出来，比起麦加农大夫或莱曼·卡斯，他确实是挺懂艺术。我想，如果你们的初次见面是在纽约那些常见的画室里，我想你都不会正眼瞧他吧？"

她浑身蜷成一团，双手合抱，像一个修女一样跪在火光微弱的火盆前面，浑身哆嗦，无言以对。肯尼科特迅速站起来，坐到了沙发上，握紧她的双手："试想一下，如果他失败了——这是很有可能的，或者他又做回了裁缝，而你嫁给了他，你憧憬的艺术家的生活就是这样的吗？他住在一个低矮简陋的棚屋里，靠给人熨烫裤子和缝制衣服为生，对那些自恃有钱的坏脾气阔佬，还得点头哈腰。这些人随时会冲到你们的店里，扔下一件臭烘烘的破衣服，大声说：'快点儿给我弄好，耽误事看我怎么收拾你！'瓦尔博格没有能力开个大的裁缝店，平日里干活儿又磨蹭，你作为他的妻子，只能去店里帮忙。你每天都要站在桌子前面，举着一个大熨斗，不停地熨烫衣服。熨斗的温度这么高，等你被它烤个十五六年，想必你的脸色会比现在好看多了，对不对？而且，你终日都要弯着腰干活儿，一定会变成一个驼背的老太婆。到时候，你可能会住在铺子后面的一个小房间，到了深夜，你的艺术家就带着一身的汽油味走到你身边。他每天辛苦劳作，可能脾气也不会太好，经常影影绰绰地说，要不是因为你，他早就去了西部，变成知名的艺术家了。

"毫无疑问，他以后一定会这么抱怨的。而且，他还会有很多乡下亲戚上门，你要好好招待。现在你每天都抱怨惠蒂尔舅舅，到时候你要招待一个叫阿克塞尔·阿克塞尔伯格的老头儿，他会穿着一双沾满牛粪的长筒靴进门。然后，他会只穿着袜子坐下来吃饭，一边吃还要一边抱怨：'快点儿，你这个讨厌的娘儿们！'之后的每一年，你都会生一个哇哇大哭的小孩。在你熨衣服的时候，他们就会围在你身边，撕扯你的衣服。到时候，你还能像疼爱现在在楼上睡觉的休一样疼爱他们吗？"

"好了，不要再说了！"

她把脸伏在了他的膝盖上。

他低下头吻了她一下："说句公道话，爱情是非常伟大的，可是爱情里还有别的东西。亲爱的卡丽，我就这么差吗？你一点儿都不爱我吗？要知道，我一直都在全身心地爱你啊！"

她突然握住他的手，亲吻了一下，抽泣着说："以后我再也不会跟他见面了！现在我也不想看到他。让我住在裁缝铺后面那个闷热的棚子里，我想我对他的爱还没有那么深沉，可是你……虽然我很相信他，而且很有共同语言，不过，我不会离开你。天作之合，就像用线织成的一张网,把我们聚在一起,想要扯断它并不容易,就算到了非扯断不可的时候,只怕也不容易。"

"那你现在想扯断它吗?"

"不!"

他举起她,抱着她上了楼,把她放在床上之后就转身要走。

"吻我一下好吗?"她抽泣着说。

他蜻蜓点水般地吻了她一下,就从房间走了出去。之后的一个多小时,她都能听到他在房间里踱步的声音。他还点燃了一支香烟,用手指敲打椅子。此时,她觉得他变成了一堵高大的墙,为他抵挡了姗姗来迟的夹杂着冰雹的暴风雪。

二

吃早饭的时候,肯尼科特看起来心情不错,比以往的他随和多了。整整一天,卡萝尔都在绞尽脑汁想要通知埃里克,自己以后要跟他一刀两断。她想,要是打电话通知他,无疑会被镇上的电话交换台"偷听"到;要是写信通知他,只怕会被别人看到;那要是当面通知他呢?更是有很多顾虑。晚上,肯尼科特默默地递给她一封信,上面的署名是"埃·瓦":

> 我知道,当你看到这封信的时候,一定会非常难过。我今晚就会去明尼阿波利斯,从那里转车前往纽约或者芝加哥。我会努力,早日干成一番事业。我就要和你分别了,简直无法继续写下去。我爱你,愿上帝保佑你。

555

看完这封信,她呆住了。直到听到火车的汽笛声,她才回过神来,知道前往明尼阿波利斯的火车此时正在缓缓驶离戈镇。一切都结束了,什么计划,什么欲望,都没有了。

此时肯尼科特正在看报,她看到他的目光穿过报纸的上方落到自己身上。于是,她迅速地跑到他的身边,扑进他的怀里,随手把他手里的报纸扔在一边。过了这么多年之后,他们又成了恩爱情侣。但是她知道,她的未来十分渺茫。从今往后,她会走在依然如故的街道上,穿梭在依然如故的人之间,流连于依然如故的店铺里。

三

埃里克走了一个星期之后,女佣上来通报:"楼下来了一个瓦尔博格先生要见您。"卡萝尔闻言大吃一惊。

女佣的眼神中充满了好奇,这让她心绪不宁,生气急了。她慢慢地下了楼,瞥了客厅一眼,看到客厅里站的并不是埃里克·瓦尔博格,而是一个个头很矮、脸色发黄的白胡子老头儿。他身上穿着一件粗帆布夹克,一双满是污泥的长筒靴,手里还拿着一副红色手套。他的眼睛是红色的,闪着狡黠的光芒,直勾勾地看着她:

"你是大夫的太太?"

"是的。"

"我叫阿道夫·瓦尔博格,来自杰弗逊,是埃里克的父亲。"

"哦。"眼前这个老头儿身材矮小,长着一张猴子脸。

"我的儿子怎么了?"

"你什么意思?"

"很快你就会明白我什么意思,他去哪儿了?"

"说实在的，此刻他可能在明尼阿波利斯。"

"你只是在胡乱猜测是吗？"他表现出了傲慢又轻蔑的神情。他说话阴阳怪气的，满口方言，口齿还有些不清楚。他大声说："你只是在胡乱猜测是吗？别说那些好听的，跟我说实话！"

"瓦尔博格先生，请注意您说话的态度，我又不是您家农场上的女佣。我不知道您的儿子在哪里，我凭什么就得知道您的儿子在哪里。"她本想态度强硬一些，但是看到他那倔强的样子，她的态度又缓和了一些。阿道夫·瓦尔博格挥舞着一个拳头，似乎异常愤怒，又把卡萝尔给挖苦了一顿：

"你们城里的娘儿们就是卑鄙！看你们穿得人模狗样的，却总是谎话连篇！我大老远来到这里，就是为了救我的儿子，防止他误入歧途，你却态度这么强硬！天啊，不管是你还是你的丈夫，我可不买账！我可不是给你家干活儿的长工！好了，现在轮到你看看你自己是什么人了，不过，我说话可没有城里人那么好听！"

"你真的要说吗，瓦尔博格先生？"

"你跟他做过什么？要是你不说，就让我来说。他本来是个好孩子，虽然有点儿傻。现在我要让他回农场干活儿，因为做裁缝又赚不到钱，目前我也不好找短工，就让他跟我回去干活儿吧。可是你却横插一杠子，玩弄他的感情，现在更是鼓动他逃跑了！"

"你胡说八道，诬陷好人！就算这些是真的，也轮不到你来说！"

"你别抵赖了，我什么都知道。我听镇上的人说，你勾引我的儿了，我知道你们做过什么！你们经常去郊外私会，还经常跑去树林里！你说，你们孤男寡女的，去树林子干什么？像你这样的阔太太，也没比那些妓女好到哪里去！你这样的阔太太，有体面的丈夫,却总做些龌龊事。而我呢,请你看看我的手,一看就是双劳作的手。而你呢,你什么活儿都不用干,娇滴滴的,过着轻松的日子。所以,你就去勾引年轻小伙儿,跟他寻欢作乐,你说你跟畜生有什么区别?你以后再也不要骚扰我的儿子了,记住了吗!"他挥舞着拳头,她闻到了一股大粪和汗臭味儿。"跟你这种女人,什么都说不明白,我下次直接去找你丈夫!"

老头子直奔门厅而去,卡萝尔急忙追上他,一把抓住了他那沾满尘土和草籽的袖子:"你这个坏心眼儿的老头儿!你一心想让埃里克当你的奴隶,为你赚钱。你一面嘲笑他,一面督促他努力干活儿,让他根本没有时间进步。是不是让他天天围着大粪打转,你就满意了?现在你找不到他,就跑到这里撒野。好啊,你去跟我丈夫说吧!我敢向你保证,他一定会宰了你的!"

老头嘟囔了几句什么,生气地看了看她,又吐出一个字,就气呼呼地走了。

卡萝尔清楚地听到了他说的那个字。

她朝着沙发走去,可是距离沙发还有一段的时候,她就双腿一软,倒在了地上。她依稀听到自己在对自己说:"你没有晕倒,这太好笑了,是不是在做戏呢?赶紧起来。"可是她根本站不起来。肯尼科特回来的时候,看到她正蜷缩在沙发里,就急忙冲到她身边,着急地问:"卡丽,你这是怎么了?脸色怎么这么难看?"

她紧紧地抓着他的胳膊:"亲爱的,你对我真好。不要生我的气了,我想去加利福尼亚,看看那里的高山和大海。你什么都别说,答应我好吗?我必须得去。"

他小声说:"好啊,我和你一起去,把孩子交给贝西舅妈照顾。"

"我们现在就出发好吗?"

"好啊，只要我们有空。好了，我们不要再说这个了，你可以设想我们已经出发了。"他一边说，一边摸着她的头发。吃完晚饭之后，他才重新谈起了这个话题："我同意去加利福尼亚。不过，请你给我三个星期的时间，我需要先找一个退伍的年轻医生来替代我的位置。现在外面流言满天飞，要是你现在走了，他们就更会造谣了。要我说，你再等三个星期，好不好？"

"好吧！"她失望地说。

四

所有的人都在暗中窥探卡萝尔。贝西舅妈一看到她，就追问埃里克怎么突然不见了。结果，肯尼科特当面把她训斥了一顿："你什么意思？你是说卡丽跟那个家伙的出走有关？那我就跟你好好说道说道，请你去转告整个戈镇的居民。那一天，我和卡丽、埃里克，我们三个人一起开车出去玩，他告诉我们，想去明尼阿波利斯找一份好工作，还征求我的意见，我就劝他去试一试。看来你们店里最近买进的糖不少啊？"

盖伊·波洛克从街对面跑过来，兴致勃勃地说起了加利福尼亚和新出版的小说。刚说了几句，维达·舍温就拉着卡萝尔去了芳华俱乐部。莫德·戴尔突然凑上来说："我听说埃里克离开了戈镇？"每个人都机警地竖起耳朵听着。卡萝尔大方地说；"我听说了。其实他走之前还给我打电话，说在明尼阿波利斯找了一份好工作。其实，我对他的离开感到非常惋惜，因为我觉得他是重建戏剧社的不二人选。不过，以后我也没法儿重建戏剧社了，因为威尔每天结束工作时都非常累，我们准备一起去加利福尼亚放松一下。久恩尼塔,你不是很熟悉加州沿海一带吗,那你能不能帮我参谋一下,我应该从洛杉矶出发还是从旧金山出发?有哪些比较好的旅馆?"

俱乐部里的人听到卡萝尔的回答都很失望,可是听到她的后半句话,他们又重新燃起了兴趣,纷纷出谋划策,大肆吹嘘自己曾经下榻过的租金最贵的旅馆(哪怕只不过是在里面吃过一顿饭)。她们还来不及继续追问卡萝尔,卡萝尔就换了话题,谈起了雷蒙德·伍瑟斯庞。维达也说出了自己的丈夫的最新消息,说他在战壕里中了毒气,不得不在医院里待了两个星期。现在,他被提拔为上校,还在学习法文。

五

卡萝尔把休留给了贝西舅妈照顾。要不是肯尼科特反对,她想把休也带上。她多希望可以出现奇迹,能让她定居在加利福尼亚,此生再也不回戈镇。

卡萝尔离家期间,斯梅尔夫妇会搬过来暂住。在出发之前的一个月,唯一让卡萝尔难以接受的事情就是惠蒂尔舅舅三番五次过来,问如何在汽车间搭炉子,以及如何清扫炉子的管道之类的琐事。

肯尼科特问:"我们要不要在明尼阿波利斯待几天,买几件新衣服?"

"不,我只希望咱们尽快出发,走得越远越好,别的事情就等我们到了洛杉矶再说好了。"

"很好,都听你的。不过,你要高兴一点儿,我们一定要畅玩一番,等我们回到这里,一切都会大变样的。"

六

十二月里一个下雪天的黄昏,一列卧车咔嚓咔嚓地驶离了圣保罗,到了堪萨斯城之后,它会与开往加利福尼亚的列车拼接在一起。列车摇摆着穿过工业区之后,就不断提速。卡萝尔从戈镇上了车,呈现她眼前的是无边无际的田野,而前方夜色渐浓。

"列车会在明尼阿波利斯停留一小时,我离埃里克那么近。现在他在那里,等我再回来,也许他就走了,我此生都不知道他的下落。"

肯尼科特打开了座椅上的电灯,卡萝尔拿起一本电影杂志,百无聊赖地看着里面的插图。

第三十四章

一

肯尼科特夫妇俩这次出门之后,就进行了一场长达三个月的旅行。他们不但游览了大峡谷[1]、圣菲[2]的泥砖砌成的墙垣,还从帕索[3]出发,乘车前往了墨西哥。有生以来,这还是他们第一次出国旅行。然后他们又乘坐汽车,一路颠簸地经过圣迭戈[4]和拉霍亚[5],抵达了洛杉矶、帕萨迪纳[6]和里弗赛德[7],在路上,他们还看到了

---

[1] 大峡谷,在美国亚利桑那州北部。
[2] 圣菲,美国新墨西哥州首府。
[3] 帕索,美国得克萨斯州西部城市。
[4] 圣迭戈,美国加利福尼亚州的一个海港。
[5] 拉霍亚,位于圣迭戈北面的一个城市。
[6] 帕萨迪纳,美国洛杉矶附近的一个著名旅游城市。
[7] 里弗赛德,洛杉矶东南的一个城市。

各个镇上的教堂和橘子园。之后，他们又去了蒙特雷①、旧金山，以及一片占地面积很大的红杉树保护区。他们下过海，登过山，跳过舞，还看过马球比赛。此外，他们还去了电影厂，观摩了影片是如何摄制的。为了给镇上的人们寄一些纪念品，他们还买了整整一百一十七张明信片。在一个雾天，卡萝尔独自去海滨散步，途经一片沙丘的时候，她邂逅了一位画家。他对她说："这里实在是太潮湿了，我根本无法作画，不如我们聊一会儿好吗？"于是，他们一起聊了十分钟，卡萝尔甚至有了一种自己是浪漫小说里的女主角的错觉。

她心中牢记一个念头，就是苦口婆心地劝说肯尼科特，让他不要在聊天上浪费时间。因为他一遇到来自别的乡镇的游客，就会兴致勃勃地去找对方聊天。要知道，每年冬天，来自艾奥瓦、内布拉斯加、俄亥俄和俄克拉何马等州的游客就会像潮水一样汇集到加利福尼亚。他们从自己深爱的村庄经过几千里的长途跋涉来到这里，却还以为自己是在老家。于是，他们根本没有心思观赏风景，反而醉心于跟和自己来自同一个州的人攀谈。不管他们是在卧车上、旅馆的前廊、自助餐厅，还是电影院相遇，都会马上打开话匣子，没完没了地聊有关汽车、庄稼收成和本县的施政纲领的话题。肯尼科特遇到他们，就会兴致勃勃地跟他们说起地产的价格，以及不同品牌的汽车都有什么优点。就连遇到列车上的侍应生，他都要去套套近乎。他们在帕萨迪纳游览期间，他非要去卢克·道森夫妇那座简陋的平房里做客不可。此时卢克·道森在家无事可干，想要回戈镇，再捞点儿钱。肯尼科特却对他说，他必须适应这种轻松的生活。在科罗拉多泳池的时候，肯尼科特甚至开玩笑说要买一套晚礼

---

①蒙特雷，美国加州的一个海滨城市。

服。去画廊里观赏艺术作品时,他总是聚精会神。在参观教堂的时候,他总是跟在为他们充当导游的教士身后,细心聆听每个教堂的建造年代和面积。每次卡萝尔看到他的这副模样,总是深受感动。

她觉得自己的身体健康情况不错。每当她觉得内心烦躁的时候,就会欺骗自己,或者干脆不要去想那些龃龉事,以免触景生情,更添愁思。这样,她才能让自己的心情平复下来。第二年三月,肯尼科特说他们该回家了。她想起休还在家里,就欣然同意了。

四月一日这一天,天气十分晴朗。他们在漫山遍野的罂粟花和初夏的海滨的陪伴下,离开了蒙特雷,踏上了回家的路途。

就在火车穿行于一座又一座山脉之间时,卡萝尔内心也做出了决定:"在戈镇,让我最为喜爱的就是肯尼科特的崇高而又健全的理智。很快我就要见到维达、盖伊和克拉克夫妇,还有我亲爱的儿子休了,我简直太高兴了。我这么长时间没有见到他,想必他现在已经会说很多话了吧!对我来说,这是一个新的起点,从今以后一切都会截然不同。"

四月初的山冈上闪烁着斑驳的影子,古铜色的橡树已经在慢慢吐露新芽。肯尼科特把两只脚丫撂起来,高兴地说:"你说休见到我们之后会说什么呢?"

三天后,他们回到了戈镇,迎接他们的是夹杂着冰雹的大风雪。

二

他们没有把回来的消息通知任何人,所以并没有人去车站迎接他们。由于地上全是冰雪,很多汽车都没有出来,火车站附近只有一辆旅馆接送客人的大客车。肯尼科特去把行李交给唯一欢迎他们回来的人——火车站站长了,所以误了这辆汽车。卡萝尔在火车站里等着他回来。她的身边有很多人,有戴着头巾、手拿雨伞、冻得直哆嗦的德国农妇,有满脸胡子、穿着灯芯绒外套的农民,还有像牛犊一样壮硕、一言不发的长工。候车室里混乱不堪,充斥着淋湿的外套蒸腾出的水汽,红通通的炉子发出的煳味,还有盛有锯木屑的箱子(现在当起了痰盂)散发出的臭味。此时天色昏暗,如同冬天灰蒙蒙的早晨。

"这是一个知名的贸易集散地,也是一个很有趣的小镇,但是我不会永远留在这里。"卡萝尔就像一个初次来到戈镇的游客一样,在心中默默地想着。

肯尼科特说:"我原打算叫一辆车来接我们,可是得等很长一段时间,还不如直接走回去呢。"

于是,他们小心翼翼地从站台的木头地板上走过,为了保持平衡,他们不得不踮着脚尖。走在大路上,他们每迈出一步都心惊胆战的。这时候冰雹已经停了,雪却越来越大,寒彻骨髓。地上的积水足有一英寸厚,表面上结了冰,他们拎着箱子走在上面,就像在滑冰一样,一步一趔趄。此刻,他们的手套已经被雪打湿了,脚踝也被积水打湿了。就这样连走带滑地走了半天,他们才走过了三个街区,到了哈里·海多克家门口。肯尼科特无奈地说:

"算了,我们先在这里歇一会儿,打电话叫车来接我们吧!"

此刻她浑身湿透,在他身后哆哆嗦嗦,如同一只掉进水缸的小猫。

海多克夫妇在房间里看到他们夫妻俩好不容易才走到满是泥泞的混凝土人行道上,然后踏上了门前的台阶。于是,海多克夫妇从房间走出来,来到大门口,热情地和他们打招呼:

"哈哈,你们可算回来了!太棒了!这次你们玩得高兴吗?卡萝尔,你看起来真像一朵美丽的玫瑰花。大夫,你喜不喜欢海滨?你们都去哪里玩了?"

肯尼科特如数家珍地向他们介绍了自己去过的地方,哈里总会见缝插针地插话,说有的地方他两年前也去过。肯尼科特吹嘘道:"我们还去了圣巴巴腊①的大教堂呢!"哈里赶忙插话:"对啊,那可是个古朴的教堂,十分气派。还有圣巴巴腊的那个大旅馆,别提多阔气了,真是让我终生难忘。那里面的房间布置得,啧啧,真像古朴的修道院。我还和久恩尼塔开车从圣巴巴腊出发,去圣路易奥比斯波②玩了一趟,你们去圣路易奥比斯波了吗?"

"没有呢,不过……"

"你要是去了圣路易奥比斯波,一定会觉得不虚此行。后来,我们又从那里去了一个别人称为大牧场的地方。"

肯尼科特抓住时机,说起了自己在火车上的奇遇。

"以前我对此可一无所知。哈里,你有没有听说过,在芝加哥那里,'库兹'车和'澳弗兰德'都很畅销呢?其实我以前并不看好'库兹',但是我在车上遇到的一个人跟我说——当时我们刚从阿尔布开克③出发不久,我坐在供乘客瞭望的车厢后面的平台上,这个人就坐在我旁边。他问我有没有火,于是我们就聊了几句。他告诉我,他来自奥罗拉,我就告诉他,我来自明尼苏达。他一听到我这么说,马上问我是否认识德—温市的克莱曼沃思大夫。虽然我跟这位大夫素未谋面,但是早有耳闻。据我猜测,这位先生是那位大

---

① 圣巴巴腊,城市名,位于美国加利福尼亚州。
② 圣路易奥比斯波,海滨城市,位于圣巴巴腊以北。
③ 阿尔布开克,美国新墨西哥州中部城市。

夫的兄弟，是不是太巧了？我们一边聊着，一边把车上的茶房叫了来。这位茶房真是不错，对所有的旅客都毕恭毕敬的。不一会儿，他就为我们拿来了两瓶姜汁啤酒。在我们聊天的过程中，我无意中提到了'库兹'车，没想到这位先生对汽车很有研究，几乎开过所有种类的车，现在他开的是一辆'富兰克林'车。他跟我说，他以前也开过'库兹'车，并对这种车赞不绝口。后来列车又到了一站，不过我不记得站名了——卡丽，我们离开阿尔布开克后的第一个站叫什么来着？不管它了，反正我们的车停在了这个站，准备加水，我就和这位先生下车去放松一会儿。没想到，站台上刚好停着一辆'库兹'车，于是，他饶有兴致地跟我说了一件事。要知道，我还是第一次听说呢——'库兹'车的排挡杆居然比别的车子长了足足一英寸。"

即便肯尼科特在兴致勃勃地讲旅途中的趣事，哈里隔三岔五也要插几句嘴，说一说球状变速装置的优点。

肯尼科特原本以为，他们会非常艳羡自己的这次游历，现在却完全断了这个念头。他迅速给汽车行打了一个电话，订了一辆"福特"出租车。此时，久恩尼塔亲吻了卡萝尔一下，就喋喋不休地向她汇报起镇上的最新消息。其中包括斯威夫特韦特太太的已经被人们证实的七大丑闻，以及对赛伊·博加特的人品的质疑。

很快，他们就看到远处有一辆"福特"小轿车，正顶风冒雪地穿过冰凌缓缓驶来，如同在大雾弥漫的海面上突然出现的一艘拖船。司机试图在一个拐角上停车，没想到车子一打滑，驶出了一段距离，直直地撞上了一棵树，撞坏了一个轮子，看起来狼狈极了。哈里·海多克虚情假意地说，愿意开自己的车把他们送回家，肯尼科特夫妇急忙拒绝了。哈里·海多克的原话是："要不是今天天气不好,我早就把车子开出汽车间了。现在我只好在家待着,连铺子都没去,如果你们需要的话,我可以开出去试试。"卡萝尔笑着说:"不要麻烦你了,我们走回去就行,没准儿比你开车送我们还要快呢!我现在就想见到我的儿子,我一分钟都等不了!"说完,他们又拿起行李箱,摇摇晃晃地出了门。现在,他们的外套已经湿透了。

卡萝尔原本以为自己的愿望很快就可以实现,没想到它的实现却遥遥无期,顿时觉得透心凉。而此时的肯尼科特虽然连睫毛上都沾满了雾,却依然满怀即将回家的喜悦。在这样的暴风雪中,她能看到的只有光秃秃的树干、黑乎乎的树枝。草坪上有几处已经化雪,露出了褐色的泥土。空地上长满了枯草,足有半人高。夏天的时候,镇上的房子在绿荫的掩映下,还能看得过去。此刻再看,真是像临时避难所一样,难看极了。

肯尼科特却十分兴奋,他笑着说:"快看,那边是杰克逊·埃尔德的汽车房,看来他已经刷过漆了。你看,那是马丁·马奥尼的养鸡场,他在四周修建了新的围墙,修得还真不错呢!有了这道围墙,鸡也飞不出来,狗也钻不进去,很是实用,也不知道一码①要花费多少钱。我们戈镇人总是热衷于垒泥砌砖,就算天寒地冻也不停歇。说起我们戈镇人的事业心,简直甩开那些加利福尼亚人十万八千里。唉,金窝银窝,都不如自己的狗窝呀!"

她发现,镇上的居民总喜欢在冬天的时候把垃圾倒进自家后院,等来年春天再全部清理掉。最近气温上升,冰雪消融,所以后院里的那些垃圾都显露出来了:有煤灰渣子、碎骨头、破被褥,还有已经凝固的油漆罐头,上半部分结了冰,下半部分淹在低处的脏

---

①一码,英美长度单位,一码约合两市尺半。

水里。由于有各种各样的垃圾，积水也变得五颜六色：血红色、暗红色、赭黑色，应有尽有，让人作呕。

肯尼科特笑着说："你看大街那边，饲料商店修整了门店，新挂了一块气派的招牌，黑底金字，整个街区的面貌都不一样了呢！"

在回家的路途中，他们也遇到了几个人，可能是因为天气太过寒冷，他们个个都衣衫褴褛，看起来倒像稻草人。"真是难以想象。"她暗自思忖，"我从两千英里之外的地方，跋山涉水，还经过了无数个大城市，最后居然来到这里定居。我真是不明白，我为什么一定要来这里呢？"

迎面走来了一个人，她看到对方穿着一件褪色的外套，戴着一顶鸭舌帽。

肯尼科特大笑着说："嘿，你看谁来了，这不是萨姆·克拉克嘛！天气不好，人们也不好好打扮了。"

这两个男人一见面就没完没了地握手，握了至少十二次。然后，他们又像美国西部人经常做的那样，粗哑着嗓子互相调侃："嘿，你这个老东西，最近怎么样？""你这个偷马贼，我多希望我没遇到你啊！"萨姆还隔着肯尼科特的肩膀，对卡萝尔点头示意，让她觉得很不自在。

"或许我真不该有这次长途旅行。以后我不会再撒谎了，希望他们早就忘得一干二净了。好了，穿过这个街区，我就能看到我亲爱的儿子了！"

终于，他们回到了家。贝西舅妈出来迎接他们，卡萝尔匆匆越过她，走到休身边跪了下来。休紧张地说："妈妈，你以后不要离开我了，妈妈！"

她情不自禁地大声说："我这辈子都不会离开你了！"

569

休又嘀咕道:"那是……爸爸。"

"天啊,他一眼就认出了我们,就好像我们一直都陪在他身边一样。"肯尼科特说,"比起他在加利福尼亚的同龄人,他简直太聪明了!"

托运的行李刚送回家,他们就从里面拿出了很多玩具,摆在了休身边:有一些长着络腮胡的小木雕,是从旧金山唐人街买的;有小小的平底舢板船和小铜鼓;有手工雕刻的吉姆,是从圣迭戈的法国老艺人手里买的;还有套索,这是圣安东尼奥①的特产。

"妈妈离开了你这么久,你会不会怪妈妈?"她小声问休。

她此刻顾不上别的,只是一门心思追问休:有没有感冒,吃麦片粥的时候会不会捣蛋,早上有没有遇到什么不顺心的事。这时候,贝西舅妈跑到她面前,讨好地举起一根手指头,说:"好了,你已经长途旅行了这么久,还花了那么多钱,总该满意了吧?我希望你以后可以留在家里,别再想着到处跑了。"没想到,贝西舅妈在卡萝尔眼中的形象就是一个喜欢唠叨的八婆,因此,她不但没有理睬贝西舅妈的话,还问道:

"他喜不喜欢吃胡萝卜?"

在纷纷扬扬的大雪的覆盖下,肮脏的后院被完全遮盖住了。这让她非常高兴,暗自思忖:遇到这样的鬼天气,就算纽约和芝加哥的大街也干净不到哪儿去。可是她转念一想:"可是那里的室内是干净漂亮、温暖舒适的。"然后,她就一边哼着小调,一边检查休的衣服。

午后,天色变得更加阴沉了。贝西舅妈把休交给她,就回家去了。卡萝尔带着休回到了自己的房间。女佣走进来抱怨道:"今天

---
①圣安东尼奥,美国城市,位于得克萨斯州中部。

晚上还要熏制牛肉，可是没有牛奶，根本就没法儿做。"休闹腾着要睡觉，不是哭闹，就是抢卡萝尔的银柄刷子。卡萝尔知道，他这段时间是被贝西舅妈给惯坏了。休不停地抢刷子，一直抢了七次，虽然卡萝尔和休久别重逢，但内心也感到十分厌烦。此时，整个屋子里只有休的吵闹声和厨房里的响声，毫无生气。

突然，窗外传来了肯尼科特的说话声，他在和博加特太太说话，这已经成了傍晚下雪之后的惯例。他说："我觉得这雪要下一整夜。"她竖起耳朵，等着听后面会发生什么。果然，自从入冬以来，他每天晚上的生活都是一样的：打开炉门，把煤灰扒掉，用铲子一铲一铲地加煤。

是的，她现在回家了，一切都是老样子，似乎她从未离开过。加利福尼亚？她去过吗？要是她可以听不到这种铁铲通炉子的声音，哪怕只有一分钟，她也会心满意足。她和肯尼科特的想法不一样，肯尼科特觉得她刚刚远足归来，她却觉得自己从未离开。此时此刻，她觉得以前的所有想法又都回来了。她突然明白，自己在这次旅行中只顾着观赏风景，暂时忘记了自己心中的梦想。

"天啊，让烦恼远离我吧！"她哭着说。休看到她哭了，也跟着哭了。

"稍等一会儿，妈妈马上回来！"她丢下这句话，就冲向了地下室，她要去找肯尼科特。

这时候，肯尼科特正站在火炉前面。虽然总体来说，这座房子非常破旧，但是他非常看重这个地下室，总是让它纤尘不染。不信你看，那四方的柱子被刷得雪白雪白的。在这个地下室里，盛放煤块儿的木箱，盛放土豆的箩筐，还有大衣箱，所有的东西都摆放得整整齐齐。他脚下的那块灰色的混凝土地坪此刻在火光的照耀下，显得亮堂极了。他吹着口哨,看着火炉发呆。他想:这个黑色圆顶的怪物就是他安身立命的地方,现在他回来了,又可以做自己最喜欢做的事。虽然前一段时间颠沛流离,就像吉卜赛人一样,可是此刻一切都结束了。他尽职尽责地陪着太太浏览过很多名胜古迹。现在,他俯身观察着炉膛里跳跃的蓝色火苗,并没有发觉卡萝尔已经走到了自己身边。刚才,他轻轻地关上了炉门,大大地伸了个懒腰,心里别提多高兴了。

他一看到她,就大声说:"是你啊,我亲爱的太太,是不是还是自己家里舒服?"

"还好吧。"她撒了一个谎,心中却忍不住开始想,我现在不能跟他解释,根本解释不明白。他心地善良,对我十分信任,我这么做会伤他的心。

卡萝尔对他挤出了一个笑容,开始帮他收拾这个神圣的地下室。她捡起了一只蓝色的空瓶子,顺手扔进了垃圾箱。她嗫嚅道:"只有孩子才能留住我,如果休死了……"想到这里,她惊恐不已,迅速冲到了楼上,看到在她离开的这一会儿里,休还好好着呢。

她瞥了一眼窗台,看到那里有一个铅笔记号。那是她九月份的时候做下的,当时她准备跟弗恩·马林斯和埃里克一起去野餐。要是弗恩没有出那件事,他们一定会玩得酣畅淋漓,她甚至有在冬天开狂欢舞会的计划。她看了看街对面的一个房间,就在不久之前,弗恩还住在里面。可是现在那里非常安静,只能看到窗户上挂着的一块破窗帘。

她很想跟人打个电话倾诉一下,但是又想不出该找谁。

晚上,萨姆·克拉克夫妇来做客,缠着她讲讲这次旅行的所见所闻。他们反复说,很高兴见到她回来了。

"也许受人欢迎也不是件坏事。"她想,"可是它会让我变得麻木。可是……难道我的一生都要在'可是'中度过吗?"

第三十五章

一

卡萝尔努力想要装出一副心满意足的样子，可心里却觉得十分别扭。整个四月，她都像疯了一样，不停地收拾屋子。她还给休织了一件毛衣。在红十字会的时候，她也是埋头工作，一言不发。维达在那里口若悬河，说美国素来讨厌战争，可是还是要攻打德国，杀光德国人，因为德国士兵总是虐待俘虏，残害婴儿。即便听到这样的话，卡萝尔也总是闭口不言。

钱普·佩里太太得了肺炎，卡萝尔主动提出去照顾她，但是最后佩里太太还是被病魔夺走了生命。

有十一位参加过南北战争的老兵和拓荒时代的先驱前来为佩里太太出殡，现在他们都风烛残年，老态龙钟。可是几十年前，他们风华正茂，骑着还未驯服的野马奔腾在辽阔的草原上，掠过茂密的青草。可现在呢,他们步履蹒跚,跟在一支乐队后面。这支乐队的主要成员是镇上的商人和中学生,他们步伐凌乱,没有制服,没有队形,在无人指挥的情况下吹奏着肖邦的葬礼进行曲。一群衣衫破烂、神情严肃的街坊邻里,就在这庄严的哀乐的伴奏下,踩着残雪淤泥,深一脚浅一脚地艰难前行。

钱普因为太太的去世而伤心欲绝,他的风湿病也加重了。

店铺楼上的那些房间里,经常是死一般的宁静。现在,他连在谷仓里收购小麦这种简单的活计都无法完成了。农民们好不容易用雪橇把小麦运来,却对他满腹牢骚,说钱普已经连秤都不认识了。他一个人在幽暗的谷仓里,也不知道在做什么。人们经常看到他一个人像做贼一样穿过大街小巷,尽量避开别人的视线,嘴里还嘀咕着什么。最后,人们看到他悄悄地进了墓地。有一次,卡萝尔偷偷地跟踪他,发现这个举止怪异的老头儿一下子扑倒在被白雪覆盖的墓地上,还张开双臂拥抱那个冷冰冰的坟头,好像担心自己的太太会感到冷。过去的六十年,他每个夜晚都会小心地为她盖上被子。如今她独自一人躺在这里,无人照顾。

谷仓公司的总经理埃兹拉·斯托博迪辞退了钱普,他对卡萝尔说,公司无力支付钱普的养老金。卡萝尔就想尽办法让钱普去邮政所挂名,那是个闲职,只领薪水,不用干活儿,因为工作都由小职员完成。一般来说,只有在政治上非常完美的人才能得到这份工作。没想到,曾任酒吧服务员的伯特·泰比捷足先登,获得了这个肥差。

莱曼·卡斯看在卡萝尔的面子上,让钱普进了面粉厂守夜。如此一来,钱普总算有了个落脚的地方。不过,总有些小孩会趁着钱普值夜班打瞌睡的时候戏弄他。

二

卡萝尔听说雷蒙德·伍瑟斯庞少校回到镇上的消息，心里非常高兴。他中毒之后已经恢复得差不多了，但是身体还是很虚弱。现在雷蒙德已经退伍，和首批复员军人一起回到美国。他并没有在信中提前透露要回国的事儿，所以维达看到他的时候激动万分，直接晕了过去。之后，他们就在家里互诉衷肠，直聊了一天一夜，镇上的人根本见不到他。卡萝尔去看望他们的时候，维达说的每一句话都离不开雷蒙德，还紧紧地握着他的手不松开。卡萝尔自己也说不上来是为什么，一看到他们俩如此甜蜜，心中就有一种难以言说的滋味。如今的雷蒙德和以前的雷蒙德相比，就像变了一个人一样。他穿着得体的军装，佩戴着肩章，脚蹬一双亮闪闪的皮靴，看起来比以前成熟多了，就像是他的哥哥。他的表情和以前有很大的不同，嘴唇紧闭。今时不同往日，他已经变成了意气风发的伍瑟斯庞少校。他反复强调，巴黎的景色比起明尼阿波利斯差远了，美国士兵外出休假的时候都循规蹈矩，因此赢得了纪律严明的美誉。肯尼科特和卡萝尔听到他的话，都打心底里为他高兴。肯尼科特还恭敬地问他，德国有没有性能良好的飞机，是不是叫"突出部""虱子""命归西天"之类的名字。

伍瑟斯庞少校回到镇上还不到一周，就成了时装公司有权有势的经理。哈里·海多克准备集中精神，在位于交叉路口的几个村子里开设五六家分店。不难想象，在接下来的三十年里，哈里会成为戈镇首屈一指的富商，伍瑟斯庞少校自然也会跟着他飞黄腾达。想到这些，维达心里就乐开了花。遗憾的是，她需要暂时辞去在红十字会的大部分工作，因为雷蒙德现在需要她的照顾。

卡萝尔看着他脱下军服，换上一身椒盐色的衣服，戴上一顶圆顶软礼帽，感到十分痛心。她觉得他不再是伍瑟斯庞少校了，站柜台的雷蒙德又回来了。

雷蒙德刚回来的第一个月，镇上所有的男孩子都喜欢跟随着他，叫他"少校"。可是过了不久，对他的称呼就变成了"扫街"。现在他从街上走过，孩子们只顾着玩打弹，连眼皮都懒得抬了。

三

战争时期，小麦的价格飞涨，作为小麦高产区的戈镇一派繁华景象。

农民们并没有把卖小麦得到的钱长期放在口袋里，产地附近的很多市镇都对此垂涎欲滴。艾奥瓦的农场主以每英亩四百元的价格出售自己手里的土地，然后拿着钱搬到明尼苏达来。在土地买卖和抵押的过程当中，镇上的所有人，包括面粉厂老板、地产经纪商、律师、商人和威尔·肯尼科特大夫，都会分得一杯羹。他们以每英亩一百五十元的价格买进土地，再以每英亩一百七十元的价格卖出，不停地重复这个过程。在短短不到三个月的时间里，肯尼科特就赚到了七千元，这比他给人看病的诊金高出了四倍之多。

初夏时节，"繁荣戈镇运动"热火朝天地开展起来。商会认为：戈镇不但是小麦高产区，也是开办工厂、建立避暑别墅和政府机关的好地方。这项运动的主持者是詹姆斯·布劳塞先生，他是最近刚来到戈镇的，准备做地产投资生意。这位先生是远近闻名的实干家，他很乐意听到人们叫他"诚实的吉姆"。他身材魁梧，举止稳重，喜欢热闹，还很有幽默感。他有着红色的脸颊和眯缝的双眼，粗大的双手红彤彤的,爱好穿色彩艳丽的衣服。他只要见到女人,就会大献殷勤。在这个镇子上,他是唯一一个因为感觉迟钝而感受不到卡萝尔的冷淡的人。有一次,他居然伸手环住了卡萝尔的腰,还轻浮地对肯尼科特说:"大夫,你太太可真是娇小呢!"卡萝尔听到他的话,恼怒地说:"谢谢您的夸奖,我真是感激之至!"他却还趁机往她的脖子吹了一口气,根本不知道自己碰壁了。

布劳塞举止轻浮,每次他来肯尼科特家,都会摸一摸卡萝尔,不是碰她的手臂,就是碰她的纤腰。卡萝尔心里很讨厌他,又有点儿畏惧他。她暗想,他可能是听别人说了埃里克的事情,才会如此胆大妄为。所以,不管是在人前人后,卡萝尔都没有说过布劳塞的好话。不过,肯尼科特和其他人对他的评价却很高,他们说:"虽然他的举止不太得体,但是论起干劲儿和头脑,镇上所有的人都望尘莫及。你有没有听过他对埃兹拉老头儿说的话?他拍着对方的胸脯说:'老兄,你为什么要去丹佛呢?只要给我充足的时间,天大的问题都能解决。只要我们修建起灯火通明的大街,就能解决所有问题!'"

虽然卡萝尔对这位布劳塞先生恨得牙痒痒,可是镇上其他的人对他却充满了热情。为了迎接这位贵宾,戈镇商会在明尼玛喜大旅馆大摆筵席,场面非常气派,还专门制作了金字菜单(只可惜上面错字连篇)。宴席上还有免费的雪茄烟和苏必利尔湖特产的鲑鱼,不过这些鲑鱼身上涂的黄油太厚了,看起来倒像是箸鳎鱼了。很快,喝咖啡用的小碟子里面就装满了烟灰。大家口若悬河,说要埋头苦干,要有事业心,还说要有坚强的意志,做真正的男子汉;然后,他们又和往常一样,说起了女人、本地和詹姆斯·J.希尔;又从蓝天白云、青山绿水说到了庄稼丰收和不断增加的人口,投资的高额利润，不断煽风点火、危及国家安全的外国人，美国政体稳固的基础，议员克努特·纳尔逊，纯正的美国精神，光荣的业绩，总之什么话题都有。

大会主席哈里·海多克是这么介绍诚实的吉姆·布劳塞的："各位乡亲父老，鄙人今天很荣幸地告诉大家，虽然布劳塞先生来我们镇上的时间不长，但是已经成为我的莫逆之交，更是我们繁荣戈镇运动的领军人物。那么，我们这个运动具体该怎么实施呢？接下来就请布劳塞先生详细地为我们讲一讲，他有很多宝贵意见，希望大家认真听讲。"

布劳塞先生闻言站起身来，卡萝尔觉得，自己看到的是一头长着骆驼脖子的大象——红红的脸颊和眼睛，大大的拳头，不过隔三岔五就要打个嗝。他生来就是个领袖，有当国会议员的命，没想到却成了一个地产老板。布劳塞先生先朝着他那些热情的朋友和跟他有共同志向的伙伴笑了笑，就开始了高谈阔论：

"前几天，我在这个小城的街上大吃一惊，这可真是出乎我的意料。原来，我碰到了一个喜欢吹毛求疵的人，我觉得他是这天底下心眼最坏的人，长了角的癞蛤蟆或者得克萨斯的蝮蛇比起它都望尘莫及。（哄堂大笑）你们知不知道这是什么东西？就是喜欢乱挑别人的毛病的人。

"我可以保证，接下来我要跟你们说的，句句都是肺腑之言：我们美国人跟国外那些胆小鬼和吹牛大王是截然不同的，比起他们，我们更有冲劲儿。对于一个真正敬畏上帝的美国人来说，什么样的难题都不会让他有所畏惧。不管做什么都不会拖泥带水，就是他的座右铭。比如说吧，如果他想回来吃早餐，哪怕远隔千山万水，他都会赶回来。可是这时候，有一个笨蛋突然蹦出来，想要阻

拦他，你们说他是不是挺倒霉的？其实，这个笨蛋自己都说不清楚，他是如何被旋风带到这个地方的。（哄堂大笑）

"可是朋友们，我们眼前就有几个鼠目寸光的人，认为我们这些有大抱负的人都疯了。他们觉得，我们根本没有能力把戈镇发展成像明尼阿波利斯、圣保罗或都庐斯那样繁华的地方。上帝啊，保佑他们吧！但是我在这里要说一句，如今的戈镇拥有着其他任何市镇都没有的好机会，很快就可以成为一个繁华的大都市。如果谁对我们的运动持悲观态度，不想跟着我吉姆·布劳塞好好干，那就请从戈镇滚出去吧！据我所知，各位都非常热爱自己的家乡，不管是多么精明能干的人，只要他胆敢对我们的家乡冷嘲热讽，横挑鼻子竖挑眼，那我们就绝不姑息！我还要说一句，所有农场主联盟和所有社会主义者都属于此类。既然他们反对社会繁荣，跟个人产权唱反调，那就让他们都滚蛋吧！

"各位乡亲，大家都知道我们的家乡景色宜人，物产丰富，在全国都首屈一指。可是，居然还有人觉得我们低人一等，觉得我们西北部比起东部和欧洲各国都差了一大截。既然如此，我就要在这里当面戳穿这种谎言。他们说：'呵呵，吉姆·布劳塞这个笨蛋不是说，戈镇并不逊色于伦敦、罗马和其他的大城市吗，可是他又是如何得知的？'现在我就好好跟你们说一说，我是怎么得知的，因为我曾经去过这些大城市。我的足迹已经遍布了整个欧洲，就连很小的地方我都去过，所以谁都别想骗我。我还要告诉你们，在整个欧洲，唯一富有生气的就是我们正在浴血奋战的子弟兵。我在伦敦待了三天，每一天我都会拿出十六个小时前往各处察看。但是说实话，我什么都没有看到，只看到了红色的雾笼罩下的老房子。要是我们美国人去了，根本就待不下去。说起来你们也许不信，在整个伦敦，连一座入流的摩天大楼都没有。我国东部那些喜欢挑毛病的小人，跟欧洲人比起来也强不到哪儿去。如果下次有来自赫德森河两岸的阔少跟你们抱怨，竭力想要激起你们内心的怒火，那你们可以直截了当地说，我们西部人身强体健，追求上进。就算举起纽约市恭敬地送给我们，我们都不屑一顾！

"我最后再说一点：我深刻地体会到，在不久的将来，戈镇将会成为明尼苏达州的骄傲，成为一颗冉冉升起的新星，发出璀璨的光明。这里将会成为一个宜居的城镇，成为我们培育优秀子孙的好地方。它和受到上帝庇佑的锦绣大地上所有的城市一样，并不缺少高雅的风尚和发达的文化。请你们相信，我说的每一句话都是肺腑之言。"

吉姆的吹嘘整整持续了半个小时，然后海多克主席才向大家发出倡议，让大家一起向布劳塞先生致谢。

于是，"繁荣戈镇运动"正式拉开帷幕。

镇上的人认为，要想打响名气，必须有时髦的"出风头"的地方。于是，商会出资重建了乐队，队员们都获得了镶金边的紫色制服。业余棒球队从得梅因[①]雇了一名高手过来，并给方圆五十英里内所有的城镇制定了比赛日程。球队出战的时候，市民们也会乘坐专车跟随着他们，充当啦啦队。专车上挂着一面旗帜，上面写着"请看今日繁荣的戈镇"几个大字。乐队也演奏起《笑吧，笑吧，笑吧》的乐曲。不管球队是输是赢，《戈镇无畏周报》上都会赫然写着："小伙子们加油干！大家一起努力，让我们戈镇的威名传遍四方。我镇的球队所向披靡，再次夺得胜利！"

不久又有好消息传来，"灯火通明的大街"竣工了，这种大街

[①]得梅因，美国艾奥瓦州首府。

一时间在中西部风头无二。所谓的"灯火通明的大街",就是在沿着大街的两三个街区上竖起一些灯柱,起到装饰作用。对此,《戈镇无畏周报》上刊登出了醒目的标题:

灯火通明的大街已经竣工,
夜里的戈镇灯火通明,如同百老汇一般
尊敬的吉姆·布劳塞先生致辞
欢迎双城来跟我们比试一番

戈镇商会斥巨资聘请明尼阿波利斯某广告公司的主笔,为戈镇编写了一本小册子。这位主笔年纪不大,有一头红色的头发,喜欢抽烟。卡萝尔看到这本册子后,才惊奇地发现:原来燕子湖和明尼玛喜湖是国内的梭子鱼和鲈鱼的唯一产地,湖边的树林风景秀丽,享誉国内外;戈镇的图书馆宽敞明亮,庄严典雅,在州内首屈一指;戈镇各面粉厂制造的面粉遥遥领先国内其他的面粉厂;戈镇附近所有农场都有很高的生活水平,每家每户都吃黄油面包,他们生产的一号硬粒小麦和霍尔斯坦种奶牛更是精品;戈镇所有的商店出售的产品不但品类繁多,而且质量上乘,店员接待顾客耐心周到,绝不逊色于明尼阿波利斯和芝加哥的百货商店。总之,在这位主笔的描述下,戈镇已经成了人间天堂。

"原来这就是我心驰神往的那个地方。"卡萝尔说。

后来,戈镇商会真的招到了一位缺乏资金的小厂商,是生产木制方向盘的。得知这件事后,肯尼科特非常高兴,但是卡萝尔一见到那位厂商,就觉得凭他是无法在戈镇掀起多大的波澜的。果然,他只待了一年就宣告破产了。因为早有预料,所以卡萝尔并不觉得难过。

很多农场主变卖了自己手上的土地之后，就搬到了镇上，地产的价格也水涨船高，上涨了三分之一。不过，如今的卡萝尔已经不再去想那些风雪花月和美味佳肴，也不去想鼓瑟笙箫和独到的见解，更不去想什么圣贤人物。她觉得，以前的戈镇虽然破旧，但民风淳朴，她可以接受；如今的戈镇依然破旧，却多了一些狂妄，这让她实在难以接受。虽然她愿意放下身段去照顾钱普·佩里太太，也可以接受萨姆·克拉克的憨厚，但是让她给"诚实的吉姆·布劳塞"鼓掌，她实在是做不到。当年肯尼科特向她求爱的时候，曾拜托她为戈镇的繁荣出一份力。如今，既然戈镇已经变得和布劳塞先生以及《戈镇无畏周报》所说的那么完美，那她也就无须再为此费神了。也就是说，她可以离开戈镇了。

第三十六章

一

肯尼科特觉得自己的忍耐已经到了限度，他不再像去加利福尼亚旅行的时候那样处处迁就卡萝尔的异端邪说了。她本来不想有所表现，以免惹人耳目，没想到却暴露了她对"戈镇繁荣运动"的冷淡。肯尼科特对这个运动非常痴迷，所以也让她关注"灯火通明的大街"和新工厂。他说："不瞒你说，我已经尽我所能，所以接下来就看你的了。过去的这么多年，你总是抱怨我们戈镇没有生气。现在布劳塞来到了这里，大家都振奋不已，想要彻底美化戈镇。这不是你一直以来的夙愿吗？为什么你这么冷淡呢？你说他是个粗鲁的人，非要和大家对着干。"

有一天，肯尼科特正吃着午饭，突然大声说："你听说了没有，我们这里可能要开一个奶油分离器工厂。我说，就算你对此毫无兴趣，也应该稍作表示吧？"他的嗓门就像炸雷一样，吓得休"哇"的一声哭了出来，然后扑到卡萝尔身边，栽倒在她怀里。肯尼科特没办法，只好向他们娘儿俩道歉。他一想，连自己的儿子都不了解自己，心里郁闷极了。

后来，一件与他们毫无关系的事情，使得他把自己的怒火一股脑儿地发泄了出来。

这一年初秋，反战运动愈演愈烈。从瓦卡明传来的消息说，县里的行政司法长官严令禁止发起"全国不参战者联盟"的人进行反战演说。没想到，那个发起人居然冒天下之大不韪，公开宣布在一两天内，自己就会在某一个农场主议政的会上进行演说。当天晚上，这个消息就被人告到了官府。于是，那位行政长官亲自率领着一百位商人，浩浩荡荡地在镇上进行搜捕。他们手里拿着的提灯，把毫无生气的街道照得十分明亮，也把村民的脸照得发红。队伍搜索了街上的每一个角落，最后，他们在一个小旅馆里找到了那位发起人。他们罚他跪在铁栏杆上游街示众，然后把他塞进了一辆运输货物的火车，让火车带他离开这里，还警告他以后不得踏入戈镇半步。

在戴夫·戴尔的药房里，大家开始议论这件事，萨姆·克拉克、肯尼科特和卡萝尔都在场。

"这些家伙就应该落得这样的下场——要是他被处死，才更大快人心呢！"萨姆说。肯尼科特和戴夫也附和道："没错！"

卡萝尔听到他们的话，气呼呼地离开了药店，肯尼科特一直注视着她走出门口。

吃完晚饭，她知道他心里正憋着气，一场暴风雨即将来临。休上床睡觉之后，他们就来到了门廊，坐在帆布椅上闲聊。他试探地说："你是不是觉得对那个反战分子的惩罚太严重了？"

"难道你不觉得萨姆是一个爱出风头的人吗？"

"所有这些发起人，还有一些德国佬和北欧乡巴佬，只会到处煽风点火，对自己的故乡毫无感情！"

"这位发起人曾经说过亲德的话吗？"

"并没有，他们的诡计流产了！"他装模作样地笑起来。

"也就是说，这件事是违法的，还是一位县行政司法长官带头干的。作为一位执法者，他带头犯法，你怎么可以奢望那些侨民守法？你觉得这是一种新逻辑吗？"

"也许不是完全合理合法的，可是又有什么关系呢？反正早晚有一天，他们都会造反的。为了维护美国的利益和美国公民的权利，当然可以暂时搁置那些死板的东西。"

卡萝尔想他是从哪一篇社论看到这些谬论的，然后她抗议道："亲爱的，你们这些保守派为什么不正面向他宣战呢？你们反对他，不是因为他在煽风点火，而是害怕他联合农场主，阻断你们通过承接抵押、收购小麦和开店经商等方式赚得高额利润的途径。当然，现在正值对德作战时期，所以，凡是你们不喜欢的东西，不管是商业竞争还是低俗音乐，你们都可以丢一顶'亲德'的帽子给它。如果此时我们是在对英作战，那一定会叫他们'亲英派'，战争结束之后，你们又会叫他们'赤色无政府主义者'。这种伎俩早就有了，随便就可以给我们的反对派扣帽子。我们做这一切，都是为了让万能的金钱落进自己的口袋里。在我们竭力保护自己的金钱的时候，总是以为上帝站在自己这边。这是教会和政治演说家的常见做法。我想，当我称博加特太太为'清教徒'，称斯托博迪先生为'资本家'的时候，持有的是同样的想法。不过你们这些商人脸皮更厚，更加心狠手辣，所以你们的手段是我比不了的。"

卡萝尔剩下的话被生生截断了,因为肯尼科特抛弃了往日对她的尊敬,跳着脚打断了她:

"别说了,你这些话听得我的耳朵都起茧子了。你总是看不起戈镇,说它寒碜,说它死气沉沉,我都强忍住了。你还瞧不起像萨姆那样的好人,这我也没有干涉你。但是,你居然去煽动别人,这是我无论如何都忍受不了的。虽然你闪烁其词,但是你很明白:就像你说的那样,激进派都是反战的。现在我就郑重地告诉你:所有你们这些煽动者,不管是男是女,最后都不会有好下场的!他们毫无爱国之心,还需要我们去教育他们!我从来都没有想过,我居然还要教我自己的妻子爱国。你要是执意一条道走到黑,就别怪我不顾咱们俩这么多年的感情。我想,你肯定还会瞎扯什么言论自由,哼,去他的言论自由,我告诉你吧,我们这儿的自由多着呢!什么言论自由、煤气自由、啤酒自由、恋爱自由,还有你那该死的说话自由。如果按我的想法来办,我就让你们这些人都老老实实的,就算需要我把你抓起来!"

"威尔!"卡萝尔勇敢地说,"你是不是觉得,我没有受到那个'诚实的吉姆·布劳塞'的讲话的蛊惑,也是在支持德国。我看,你是想让我老老实实给你做妻子吧!"

他还在发着牢骚:"你刚才说的话,跟你平日里的批评如出一辙。我就知道,任何对戈镇有益的事情,你都会跳出来反对。"

"没错,我向来都是这样,我不是戈镇人,也不属于这里!我这么说,并不是说戈镇有错,可能错在我吧!无所谓了,既然我不属于这里,那我就离开这里好了。我根本不用征求你的意见,直接离开就可以。我要走了。"

他嘀咕道:"那你能不能告诉我,你要离开多久?"

"说不好,也许是一年,也许永远不会再回来。"

"我明白了。如果你让我把诊所卖掉,陪你浪迹天涯,我也乐意之至。你想让我陪着你去巴黎学艺术吗?我在那里可以穿棉绒裤子,戴着女人的帽子,跟你一起吃意大利面。"

"不,我不想这么麻烦你。你根本就不懂我。现在我真的要走了,我要一个人离开这里,去找一份合适的工作。"

"工作?没错,这就是你的问题的根源。你终日无所事事,闲得要命。要是你有五个孩子需要照料,也没有女用人服侍你,还得像农夫那样一边干家务一边撇奶油,我想你也不会像现在这样这么不知足。"

"我知道,像你这样的人都会这么说。他们对我的看法跟你一样。不过,我不想跟他们争。那些每天在办公室里坐七个小时,除了吹牛无所事事的生意人,却淡然地说让我生十二个孩子。其实,我也过过那样的生活。我们有很多时候都雇不到女佣,我只好自己做所有的家务。我不但要把休照顾好,还要把红十字会的工作做好。你敢说,我不是烧菜和清洁的高手吗?"

"不,不敢,你确实⋯⋯"

"你是不是觉得我很乐意做这些又脏又累的活儿?并不是。我身上经常被弄得脏兮兮、湿漉漉的,根本没有乐趣可言。我承认那是工作,可那是我的本职工作吗?如果让我去管理办公室或图书馆,或者做护士,或者教孩子,我一定能做得很好。但是,我和别的很多女人一样,都不喜欢这样的活儿。现在我们要罢工了,以后这些活儿就让洗碗机去做吧!我们要走出厨房,走进向来被男人把持的办公室、俱乐部和政治机构。我们这些永不知足的女人并没有太多的奢望。你们为什么要强留我们在身边,惹自己生气呢?为了你,我情愿离开这里。"

"你忍心把休撇在这里吗?"

"当然不忍心,所以我会带走他。"

"如果我不答应呢?"

"你不会不答应的。"

肯尼科特可怜巴巴地说:"卡丽,你到底想怎么样啊?"

"我只是说说,但不是说说而已。我想生活的伟大之处就在于此,不管它怎么好,也不要做草芥。"

"你应该明白,逃避并不是解决问题的最好办法。"

"也许吧,不过我理解的逃避跟你理解的逃避是不一样的,我并不叫它'逃避'。世界这么大,我不能困死在戈镇上。也许等到我取得成功的那一天,我还会回来。现在,你就当我是因为胆小才逃走的吧,随便你怎么说都可以。为了不让别人说三道四,我已经压抑了很久了。所以,我要离开这里,找一个安静的地方好好地思考一下。好了,我要走了,我有自己的生命权。"

"那我也有自己的生命权啊?"

"你什么意思?"

"我的意思是,我也有生命权,那就是你,你就是我的全部。虽然我不同意你那些荒谬的想法,但是我须臾都离不开你。当你要离开去过随心所欲的生活、自由地恋爱的时候,你根本就不知道这些。"

"但你也有权利把我留下来,对吗?"

肯尼科特不安地看了看她。

二

接下来的一个月,他们一直在讨论这个问题。有时候情到深处,他们两个都快哭了。每次肯尼科特都会搬出一些老掉牙的论调,强调卡萝尔作为妻子,就应该尽到妻子的责任。而卡萝尔也会坚称,妇女也拥有自由。她觉得,如果能离开大街,就会像回到初恋时那般甜蜜。不过,肯尼科特从来不松口表示同意。他会对大家说,她"要去短途旅行,看看战时的东部是什么样子"。

在欧战即将进入尾声的十月,她从戈镇出发,去了华盛顿。

她选定华盛顿的原因有三个:第一,华盛顿不像纽约那么可怕;第二,她想在那里找一些幽静的地方,让休好好玩玩;第三,战时任务紧张,临时职员的缺口较大,也许她有获得公职的机会。

贝西舅妈老泪纵横,苦口婆心地列举了一大堆理由,希望她不要把休带走,但是她最终还是决定带着休一起走。

有那么一瞬间,她甚至想到自己会不会在东部遇到埃里克,但是很快这个念头就消失了。

三

卡萝尔走的时候,看到肯尼科特独自站在站台上,一本正经地向她挥手告别。他的表情看起来十分迷茫,嘴唇绷得紧紧的,一丝笑容都没有。她也不停地向他挥手,直到再也看不到他。这时候,她多么想从飞驰的火车上跳下来,回到他的身旁。此时她才意识到,过去自己忽视了他对自己的百般呵护。

现在,她自由了,内心却觉得十分空虚。此时她并不是处于人生的巅峰，而是低谷，简直凄凉无比。不过，这也是她获得新生的机会，因为她此刻已经停止下跌，开始反弹了。

她叹了一口气说："要不是宽容大度的威尔给了我一笔钱，我今天是绝对走不了的。"但是她转念一想："要是别的女人也有了钱，她们还会甘愿待在家里吗？"

很快休就觉得厌烦了："妈妈，坐火车一点儿都不舒服。"他们娘俩儿坐在一节普通旅客车厢的红丝绒座椅上，紧紧地挨在一起。毕竟他只是一个三岁半的小孩，天真无邪。"坐火车一点儿意思都没有，我们能不能去看看博加特大娘呢？"

"不行呢，宝贝。你是不是很喜欢博加特太太？"

"是呀，她不光给我甜饼吃，还给我讲上帝，这你都没有给我讲过。妈妈，你跟我谈谈上帝吧。博加特大娘说，我以后会是一个传教士。妈妈，你说我能做传教士吗？我能替上帝传播福音吗？"

"那恐怕要等我们这一代人停止反抗，你们接任的时候。"

"妈妈，什么是'一代人'？"

"就是一道光辉，它可以照亮人们的内心世界。"

"无聊！"他这个孩子中规中矩，毫无想象力和幽默感。她对着他紧皱的眉头落下了一个吻，心里觉得非常奇怪：我倒像是一部浪漫小说的女主角，曾经对一个没什么用处的瑞典小伙心生好感，说过一些叛逆的想法，如今撇下丈夫自己走了，连我的儿子都问我为什么不给他讲讲上帝。不过，这部小说绝对不会按照别的小说的剧情推进，因为我不会无病呻吟，也不会有什么令人激动的场面来救赎我。看来，我已经越跑越远，但是越远我就越高兴，欣喜若狂。现在戈镇已经被我甩在身后，它掩映在一片残枝之中，而我却在看着前方。

她转过身来看着休:"小宝贝,你知不知道蓝色地平线那里有什么?"

"什么?"孩子好奇地问。

"那里有很多大象,大象的背上驮着金色的象轿,象轿里坐着印度公主。她非常年轻,戴着红宝石项链,正在向外张望。在那里,我们可以看到大海,拂晓时分,它的颜色洁白无瑕,就像鸽子的胸脯一样。在那里,我们可以看到一座白绿相映的房子,里面摆满了书,还有很多银制茶具。"

"有小甜酥饼吗?"

"小酥饼?别着急,肯定会有的,我们吃面包和麦片粥也可以啊。你要是吃太多的小酥饼,也会腻味的,也许见不到会更好呢。"

"真无聊。"

"你真是名副其实的肯尼科特家的儿子。"

"当然了!"肯尼科特二世一边说,一边枕着妈妈的肩膀睡着了。

四

对于卡萝尔的出走,《戈镇无畏周报》是这么报道的:

上周六,威尔·肯尼科特太太携幼子休乘坐第二十四次列车离开戈镇,前往明尼阿波利斯、芝加哥、纽约和华盛顿,并会在上述地方停留数月。肯尼科特太太告诉本报记者,目前全国都在以华府为中心为战争服务,因此她决定短期内留在当地,为战事贡献力量。卡萝尔在当地红十字会服务时尽职尽责,受到各位同人的交口称赞。今后不论她服务于哪一机构，必然都会做出巨大贡献。因此，戈镇报效祖国的旗帜上，势必会新增一颗璀璨夺目的新星。虽然我们无意与兄弟各镇竞争，但是事实上，目前我镇与州内所有规模相同的市镇相比，是遥遥领先的。因此，各位以后定要时刻关注不断崛起中的戈镇。

另悉，戴夫·戴尔夫妇，戴尔太太的妹妹珍妮·戴博恩太太，以及威尔·肯尼科特大夫在本周二结伴前往明尼玛喜湖畔举办了野餐会。

第三十七章

一

卡萝尔几经辗转，终于在军人保险局找了一份工作。虽然在她刚到华盛顿后的几周，对德休战和约就签署了，但是这个局的业务还是一切如故。她每天的工作内容就是：归档往来的信函，口授答复函询的信稿。这种工作没有尽头，枯燥无味，但是在卡萝尔看来，她找到了"真正的工作"。

可是过了不久，她就发现自己的幻想又破灭了。她发现，机关里每天下午的工作都非常忙碌。她发现，机关团体里和戈镇没什么不同，也充满着各种派系争斗。她发现，百分之八九十的女政府机关职员的日子都过得非常马虎，她们在拥挤的小房间里进餐的时候总是有什么吃什么，根本不去考虑什么营养。但她也发现，职业妇女可以过得像男人一样，可以交朋友，也可以树仇敌，还可以自由地度过周末，这都是一个家庭妇女可望而不可即的。看来，这个广阔的世界对她的艺术修养并没有很高的要求。但是她却觉得，从自己手中发出的信件，和自己跟全国各地的所有忧心忡忡的男男女女所保持的联系，是一件极为重要的事情。因为这些重要的事情并不只限于大街和厨房，而是和巴黎、曼谷、马德里紧密相连。

她觉得，自己可以在做机关工作的同时，保持住自己持家的本领。比如，原本洗衣烧饭这种工作是不太费时间的，可是在戈镇的时候，由于贝西舅妈总是捣乱，她至少要花费比原来多十倍的时间。

在办公室工作一天下来，她总是觉得疲惫不堪，但她心里还是感到极大的安慰。从今以后，她再也不需要谨言慎行，因为和芳华俱乐部的会友们意见相左而向他们道歉。从今以后，她再也不用每天晚上向肯尼科特汇报自己白天做了什么了。她觉得自己不再是丈夫的附属品，而成了一个完整的人。

二

卡萝尔曾经憧憬了无数次的优美和雅致的城市风光，都在华盛顿找到了：层层叠叠的绿荫深处，隐约可见几根白色的圆柱。放眼望去，入眼的不是宽敞的林荫大道，就是幽静曲折的小巷。每天早上她去上班的时候，都会经过一座四四方方的房子，这座房子黑魆魆的，还有一个栽种着木兰花的院子。在二楼的窗口那里，总会站着一个女人，她透过窗帘张望着外面的世界。卡萝尔觉得，这个女人就是浪漫小说里神秘的女主角，但是小说的情节每天都不一样：她时而是一名女杀手，时而是被大使丈夫抛弃的女人。以前在戈镇的时候，卡萝尔从未体验过这种高深莫测的神秘。在戈镇的时候，每个居民都敞开大门，家里发生了什么一眼就能看到，大家彼此之间都很熟悉。而且在戈镇，根本没有什么秘密小门，让人们沿着长满苔藓的小路走进去，就能看到一座很有古典气息的花园，遇到很多奇怪的事。

一天下午，克莱斯勒①为政府职员举办了一场独奏音乐会。卡萝尔听完音乐会的时候，已经是华灯初上。她缓缓地走到了第十六大街，此刻，大街两侧的路灯散发着柔光。微风吹来，带着草原的清新，让人顿感一丝温暖。马萨诸塞林荫大道上，一棵棵榆树耸立着，亭亭如盖。苏格兰神庙前，一切都保存得那么完好。看着这一切，她沉沦了，她像爱休一样，爱上了这座城市。她无意中看到，原本居住着黑人的小棚屋现在已经被改造成了画室，挂着橘黄色的窗帘，还摆上了很多木槲花；新罕布什尔林荫大道上坐落着很多大理石私人宅第，每家都配备了男管家，还有看起来很高档的漂亮的轿车；路上还有一些男人，如同小说里描写的探险家和飞行员。她觉得日子就像流水一样滑过，虽然她自己也觉得这次离家出走的行为非常荒唐，但是又收获满满。

刚来华盛顿的时候，她就到处找房子，但是这里人口太多，找房子很有难度，这也会让她觉得灰心。她没办法，只好在一个破旧的大楼里租了一个小房间，暂时住下了。房东是个老太太，脾气非常火暴，经常跟人发生口角。照顾休的保姆似乎也不太可靠。好在不久之后，她就有了自己的家。

三

卡萝尔最先认识的人是廷库姆卫理公会的教友，这个公会是由红

---

①克莱斯勒，美国小提琴家、作曲家，出生于奥地利。

砖砌成的,十分雄伟壮观。维达·舍温专门给她写了一封介绍信,向她介绍了一个女教友。她是一位戴着一副眼镜,身着方格花纹绸背心的教友,对读经班一直深信不疑。通过她,卡萝尔才有机会和廷库姆教会的牧师和另外一些比较虔诚的教友相识。卡萝尔虽然在华盛顿,可她发现了一条同加利福尼亚相同的、从远方移植过来的、受到大家悉心维护的大街。来自于众多草原小镇的教友占据了整个公会教友的一多半,所以他们在这个教会就像在自己的家乡一样,把这里当成了交流场所,有着相同的信仰。在星期日的时候去做礼拜,参加主日学校,爱泼沃思联谊会,听牧师讲道和到教堂来聚餐。在他们眼里,外交使节、狂妄自大的新闻记者和无视神存在的科学家都居心不良,必须要和他们保持安全的距离,他们信仰、坚守着廷库姆教会的规则,以此保持自己纯洁的内心不受到玷污。

卡萝尔到来之后,受到了他们的热情招待,他们向她询问她丈夫的状况,教她缓解小孩子腹痛的妙招,在教堂聚会时,经常把姜饼和烤土豆给她吃。大家都很热情,可卡萝尔内心依然很孤寂难过,甚至想成为妇女参政活动的一员,就算被抓起来蹲牢房她都心甘情愿。

在华盛顿,她发觉处处可见浓烈的大街色彩(毋庸置疑,在纽约或伦敦,也会引起她相同的感受)。在华盛顿兼供膳食的公寓大楼,时常会产生一种拘束压抑的氛围,就和戈镇一样。在这座大楼里,有着把自己当成高贵太太的机关女职员,她们正和有礼貌的军官闲聊着电影;星期天川流不息的车辆洪流、聚集在电影院的群众、各州同乡会的聚会,她仿佛看到了无数个活生生的萨姆·克拉克,偶尔还可以见到几个像博加特寡妇那样的人。况且,来自得克萨斯州或密歇根州的老乡会愤慨激昂地说:"我们的小镇比这个自以为是的东部更加富有生机,而且更加富有同情心和爱心。"他们对这点深信不疑。

但她觉得和大街相比,华盛顿也有它独特的魅力。

通过盖伊·波洛克的介绍信,卡萝尔结识了他的表弟。他的这位表弟目前是陆军上尉,性格开朗活泼,喜欢领卡萝尔去参加晚会,一起喝茶跳舞。他很喜欢哈哈大笑,这种嘻嘻哈哈、无忧无虑、爽朗的笑声是卡萝尔很想听见的。通过这位陆军上尉,卡萝尔结识了国会议员的一名女助理,她是一个看不惯这个世道的年轻寡妇,认识很多海军,由此卡萝尔又通过她和不少司令官、少校、新闻记者、化学家、地理学家、财政金融专家成为朋友。值得一提的还有一位女教师,她和激进的妇女参政运动总部有交集,于是就顺带把卡萝尔带到了总部。可是卡萝尔并没有成为领袖人物的潜能,在群众心里,她只能算是个擅长写书信的写手罢了。不过,这个阵营里的妇女们都平易近人,卡萝尔在这个圈子里游刃有余,当她们平安无事的时候,就喜欢学学跳舞,去切萨比克运河上游去野餐,抑或是探讨一下美国劳联的问题。

卡萝尔、国会议员的女秘书、那位女教师三人共同租了一间小公寓。她有了自己的住处,有了自己的小天地,还有一群真诚相待的朋友。为了给休请一个好的保姆,她几乎花光了自己的工资。她坚持每晚亲自送休上床休息,在节假日的时候和休一起出去玩耍。有时她会和休出去散步,有时候干脆宅在家里看书,不过在华盛顿,人员交往机会频繁,小公寓里总是有络绎不绝的客人,常常是几十人聚在一起高谈阔论,无话不说,即使大家谈的都很简单易懂,不过大家的兴致还是很浓厚。不可否认,这和卡萝尔想象中的"艺术家的画廊"有着千差万别,因为那是小说里虚构出来的,并不是真实存在的。他们每天宅在办公室,脑袋里装的都是卡片、目录、数字,而不是弥撒和色彩。他们会开些适度的玩笑,对现在的生活也很满足。

那些嘴里叼着烟但却见多识广的女孩子让卡萝尔大吃一惊,就像她刚看到戈镇的人也感到十分惊讶一样。苏联人现在如何了?怎么划独木舟?这都是这些女孩子爱探讨的问题,她在旁边安静地听着,有时候真想对这些问题也高谈阔论一番,可是却不知道该说些什么,只能怪自己从家出来得太晚了,眼界太窄,知识太过于匮乏了。肯尼科特和大街早已将她的信心消磨殆尽。休就在自己的旁边,这就决定了她在华盛顿也只是一位匆匆过客。也许,将来的某一天,迫于压力,她会带着休回到戈镇,休可以在漫无边际的田野里尽情嬉笑玩耍,还可以肆无忌惮地爬草堆。

即使她只是这群喜欢嘲讽的激进分子中渺小的一员,可他们是她的自豪,如果要和肯尼科特交谈,她会毫不犹豫地站在他们的阵营。肯尼科特肯定会觉得这些人只是虚张声势,纸上谈兵,他肯定会说:"赶浪头、学时髦就是在浪费我的时间,我正忙着工作,好多攒些积蓄防老呢!"

来她公寓做客的男嘉宾有陆军的军官,也有痛恨陆军的激进派,可是他们都十分有素养,懂得基本的礼仪,在女人面前言谈举止也十分得体,不会让女人们尴尬,这也是她在戈镇一心向往得到的。况且,他们好似萨姆·克拉克夫妇一样聪明勤劳。可能正是因为他们声名远扬,所以不会像乡下人那样争名夺利,可肯尼科特认为,贫穷才是乡下人蛮横不讲理的根源所在。"我们和东部来的腰缠万贯的公子哥不同,我们一贫如洗。"他肯定会这样狡辩。可是,陆海军军官、政府各部门专家及各社会团体创办人,他们的工资只有三四千元，仍把生活过得有声有色。而肯尼科特即使不算地产开发投资生意，每年薪资也可以在六千元以上，萨姆更是可以达到八千元以上。

有很多无依无靠的人在济贫院里死去，她多方打探，可还是不知道具体死了多少人。济贫院这类机构，就是为肯尼科特这类人所服务的。肯尼科特勤勤恳恳、任劳任怨工作五十年，想多攒些钱防老，如果最后把这些钱押注在虚假的石油股票上，赔个一塌糊涂，那最后也只能在济贫院养老了。

四

在卡萝尔眼里，戈镇是个十分压抑邋遢的地方，对此，别人的观点也是一样的。她还发现，年轻的女孩和那些假正经的老女人的看法也是一致的。这些女孩子不甘心沦为洗衣、做饭、照看小孩的家庭主妇，便逃离了这个地方，而这些失去了自己的丈夫、失去住宅的老太太，未免让人心生怜悯，不过现在能住在小公寓，闲暇时间读读书，也算是人生的一种享受了。

撇开这些不谈，比起其他的小镇，戈镇大胆的色彩、精细的设计、惊人的智慧，都可以称得上是一个典型。有一次她和同住的女教师聊天，从女教师满是鄙夷的口气中知道了中西部铁路沿线某个小镇规模和戈镇不相上下，可是连草坪和树木都没有，铁轨毫无秩序可言，随意穿插在布满煤渣的大街，铁路工厂浓烟滚滚，直冲云际。

通过和其他人交流，她对其他小镇有了些印象。例如：有个坐落在草原上的村子，入春时每日刮风不止，地上的烂泥可达两尺深，到了夏天，漫天尘土飞扬，刚漆过的房屋早已面目全非，花朵上也落满了灰尘。而在新格兰，工人们居住的地方是一排排宿舍，就像火山爆发后遗留的熔浆。新泽西州，有个坐落在铁路线以外的农业中心很是富有，那里的居民怀着忠诚的心，无比执着地信奉上帝，令人难以置信的是管理者却是愚蠢至极，是个把詹姆斯·G.布莱恩①整日挂在嘴边的愚叟。

在南方的某个小镇，到处可见木兰花和白色圆柱，这原本是浪漫的象征，可卡萝尔怎么也想不明白这里的居民为什么对黑人十分厌恶，而想方设法地去迎合名门贵族。西部有个类似毒瘤的矿工居住地。还有个生机勃勃的小型花园城市，聪明的工程师，闻名遐迩的钢琴家、演说家都喜欢来这里游玩，只不过，在这样壮丽的房屋里，也不可避免地发生着由劳资矛盾所引起的激烈的斗争。

五

卡萝尔现在的心情非常复杂，就算是用曲线图来进行表达，可能都不是那么完美。这并不是一条连续的曲线，有很多地方都是断裂的，有一些地方很明显是应该顺势上升的，在这一刻也都一溜歪斜地低了下去；这幅曲线图上的颜色是在不停地变化的，时而淡蓝，时而粉红，甚至有时候铅笔符号没有被擦干净所留下的灰色笔记都若隐若现。还可以勉强辨别出来的，也就是个别几根线条。

当女人的心情处于低谷的时候，大多数的女人所表现出来的状态都很是相似，她们希望自己能够通过放荡不羁的生活寻求心灵上的安慰，通过身边的流言蜚语转移自己的注意力，通过和其他人的抱怨释放自己，甚至于直接信仰上帝或者将缥缈的希望寄托于宗教

---

①詹姆斯·G.布莱恩，美国政治家。

的思想上，只为了能够掩盖住自己心情的低落。卡萝尔是大多数女人当中的例外，她没有像那些女人一样将自己隐藏起来，但曾经温柔乐观的她如今也已经被戈镇弄得胆小如鼠了。最后一时的冲动与勇气，让这个女人选择了这次的离家出走。在华盛顿她要熟悉工会方面的情况以及相关的一些行政事务，她从这些当中重新获得了属于自己的勇气，一种淡泊名利的处世态度，"泰然自若"可能是这种勇气的完美表达。当一份与数百万人、几十个国家息息相关的工作与她心里的大街相比，大街变得那么渺小，在心里也没有那么重要了。对于维达、布劳塞、博加特那些以前认为神通广大的人，她总有一种望其项背的感觉，但是现在这种感觉已经不复存在了。

通过她的工作，通过与那些参加参政运动妇女们的交流，她学习到了一种能保持清醒似泰山样岿然不动的心态，她此时才恍然大悟，她和莫德·戴尔没什么两样，自大狂妄，对一些小事斤斤计较、耿耿于怀。

她转念一想，是什么引起了她的愤怒？个人、机构都和她站在相反的阵营里，成了敌人，可真正腐朽的是那些陈规旧俗，这才是真正的敌人，那些越忠心地为它们效劳的人越会受到更大的牵连。这些虚假的包装和富丽堂皇的概念，例如"上流社会""家庭""教会""健全的企业""政党""祖国""优越的白种人"等，在卡萝尔眼里，要想应对这些陈词滥调，最好的办法就是一笑了之。

第三十八章

一

转眼卡萝尔在华盛顿从事军人保险局的工作已经一年了,她感到有些厌烦了。不过,这个工作还说得过去,和做家务相比,简直好多了,就是感觉太机械、太碌碌无为了。

这一天,她一个人在劳舍尔糖果点心店阳台上一张小圆桌旁边,一边喝着茶,一边吃着烤得蜡黄的吐司,突然听见一阵吵闹声,原来是四个少女闯了进来。上一秒卡萝尔还认为自己很年轻漂亮,这身黑绿相间的衣服也很适合自己,可眼前这些少女也就十七八岁,她们有着纤细的脚踝、柔嫩的脖子,熟练地夹着烟卷,吞云吐雾着,嘴里滔滔不绝地探讨着房帏艳事,说恨不得"能去纽约开开眼界",这一对比,卡萝尔觉得自己就是一个人老珠黄的乡下老太婆。她一秒都不想再看见这些青春活力的美女,想马上回到一种更加淳朴、更加富有人情味儿的生活中去。她们一哄而散,还有一位姑娘絮絮叨叨地向汽车司机叮嘱了些什么。此刻,卡萝尔觉得自己从一个藐视一切的哲学家变成了来自明尼苏达州戈镇的一个人老珠黄的女公务员。

她垂头丧气地漫步于康涅狄格林荫大道,突然停下了脚步,在那一瞬间心跳都仿佛停止了。让她没想到的是,哈里和久恩尼塔·海多克正朝着她走来,她欣喜若狂赶紧跑了过去,吻了久恩尼塔一下。

"说实在的,我们打算到纽约去买点儿东西,并没有想来华盛顿,我们不知道你住哪儿,今天早晨才到,刚才还在琢磨,这茫茫人海,去哪里找你啊,没想到却在这儿碰见你了。"

当听到海多克夫妇当天晚上九点钟就要起身返回时,她有深深的失落感,想要好好珍惜和他们在一起的每分每秒。她带他们到圣马克去吃晚饭,把两胳膊肘支在餐桌上,身子稍微前倾,聚精会神地听他们讲着:"赛伊·博加特了流行性感冒,可是这个小坏蛋生命力顽强得很,短时间不会死去的。"

"威尔来信告诉我,布劳塞先生离开了,也不知道他说要办的那些事怎么样了。"

"太棒了!太棒了!他的离开也可以称得上是戈镇的损失,他勤勤恳恳、一心为公的工作态度是毋庸置疑的!"

不过,她发觉自己和布劳塞先生并无交集,于是就心生怜悯地问道:"那你们还要继续搞'繁荣戈镇运动'吗?"

哈里支支吾吾、磕磕巴巴地说道:"要继续搞下去,我们只是停一段时间,到时候还是要坚持下去的,大夫没有写信告诉你吗?B.J.高杰林在得克萨斯打野鸭子真是收获了不小的战绩呢!"

等这些趣事讲完，他们的激情也就消退了一大半儿。卡萝尔环顾四周，告诉他们她手指着的那位是某某参议员，又跟他们讲述了花园的精妙之处。此时，她发觉一位身穿晚礼服、胡子上涂着蜡的男人，死死地盯着哈里那套闪耀的栗壳色紧身便服和久恩尼塔身上那件接缝处开了线的豆沙色绸裙子，眼里充满了鄙夷。卡萝尔立马向他回了一个白眼，这样不礼貌地盯着自己的朋友，太过分了！

最后，他们登上了回乡的列车，她不停地挥手，火车渐行渐远，终究在她的视线里消失了。她念着哈里斯堡、匹兹堡、芝加哥这些车站的名字，当火车驶过芝加哥……

她好似看到了熟悉的湖泊和麦田，秋虫的啁鸣声和四轮单座马车的吱嘎声也传入耳际，萨姆·克拉克正朝她走来，笑呵呵地喊道："哟，大嫂子，你还好吗？"

在这广阔的华盛顿，茫茫人海中，她找不到一个像萨姆那样关心自己的人。可当天晚上，一位刚从芬兰回来的男人来公寓拜访了她。

二

卡萝尔和上尉坐在波瓦坦餐厅的屋顶花园里闲聊，突然从离他们不远的桌子传来一声喊叫，原来是有个男人嚷着要给那两个头发蓬松的姑娘买"软饮料"。卡萝尔觉得，自己好像在哪儿见过这个男人。

"我好像认识这个男人。"她自言自语地嘟囔着。

"你是说刚才大喊的那个男人吗？他是布雷斯纳汉，珀西·布雷斯纳汉。"

"就是他，你也认识他吗？他为人如何？"

"他挺善良的，就是有点儿呆呆的。不过，就算是这样，我还是挺喜欢他的。他很精通汽车买卖，可是在航空部门就惹人厌恶了，即使他很想努力做出点儿成绩，可是他对航空这方面的知识一无所知。有钱的人就是爱瞎折腾，总爱做自己力所不及的事，这确实挺悲哀的，你现在想和他聊聊吗？"

"不用了，不用了，我没这个打算。"

三

卡萝尔正在看电影，这是一部被吹嘘为有深刻意义的艺术杰作的影片。影片里有着傻呵呵的美容师，有低廉的香水味儿，有闹市区后街上的红丝绒家具陈列的沙龙，甚至有着一些嘴里嚼着口香糖、自鸣得意的胖女人，简直是个大杂烩。这部电影讲述了男主人公的画室生涯，他画了一幅被称为杰作的肖像画，他还喜欢抽烟，在吞云吐雾中胡思乱想。英勇单纯的他是个一贫如洗的艺术家。他长着一头卷曲的头发，他画的那幅肖像就是被放大的照片，真是奇怪至极。

卡萝尔实在无法继续忍受这电影的情节了，打算溜出电影院。

这时，屏幕上出现了一位由演员埃里克·瓦尔博格饰演的作曲家。

她感到很诧异，刚开始是不愿意相信，紧接着又是惆怅。他戴着一顶扁圆形无檐的贝雷帽，身上穿着一件天鹅绒夹克衫，眼睛瞪得溜圆，好似在盯着她。

他饰演的就是一个可有可无的角色，演技也一般。她自己琢磨着："原本我以为他会有更大的出息呢！"

想到这儿，她停止了胡思乱想。

回到家后，她贪婪地阅读着肯尼科特的信件，即使是只言片语，无丝毫新意，可是却包含着另一种气质，这和那个穿着天鹅绒夹克衫、在用帆布搭成的房间里垂头丧气弹假钢琴的小伙子身上的品性有着千差万别。

四

转眼她来华盛顿已有一年零一个月。十一月间，肯尼科特首次提出来看望她。听闻他要来的消息，她一刹那也不知道自己想不想和他见面。可是，既然是他主动提出来看望她，她的心情不禁明媚起来。

这天，她向军人保险局请了两天假。

她来到火车站，只见他从火车上走下来，稳步向前，自信满满，手里拿着厚重的手提箱，她竟然脸红了！这是多么高大魁梧的一个人啊！

他们刚开始有些不自在，随即紧紧相拥亲吻了一阵，寒暄了几句。"你看起来气色不错，孩子还好吗？""亲爱的，你看上去气色好极了，工作生活还顺利吗？"

他嘟嚷着说："我并不想扰乱你正常的生活节奏，比如你的朋友或是其他的事。可我还是希望如果你有空闲的话，可以陪我逛逛华盛顿，吃吃饭，看场电影，暂时把你的工作放在一边，你觉得可以吗？"

卡萝尔和他一起上了出租车，才发现他穿着一套质地柔软的浅灰色便服，戴着一顶轻便的软呢帽，打着一条花色领带。

"我猜你喜欢这样的装扮，这是我在芝加哥买的，你觉得怎么样？"

在公寓里待了半个小时以后，卡萝尔有些不知所措，但是肯尼科特并没有想再亲吻她一下的意思。

他往返于这些小房间，脚上的黄皮鞋擦得锃亮。他肯定是在列车即将驶入华盛顿的时候刮了胡子，他的下巴颏儿上有个近期形成的小伤疤，这就是最好的证据。

她带领他观赏了国会大厦，自己能在华盛顿结识这么多人，有自己的小成就，她觉得很骄傲也很开心。当他询问国会大厦的圆拱顶有多高时，她自己估计了个数字告诉他，又把参议员拉福莱特和副总统指给他看。中午的时候，她很熟练地带着他来到参议院的餐厅吃午饭。

她的目光停留在他的头发上，他竟有些秃了，依旧留着左右分开的老发式，让她心生厌恶。她又瞥见那修得和以前一样难看的指甲，这比看到他特意为她擦得锃亮的黄皮鞋还让她感到不爽。

"下午我们乘车去弗农山去看华盛顿的故居，你觉得这个主意怎么样？"她问。

这正合他的心意，他早就想来这个上层社会人士经常来的旅游胜地看一看。在车上，他很不自在地牵起她的手，给她讲了一些家乡的讯息：新校舍已经在挖地下室了，维达总是聚精会神地看着她的"扫街"，让他特别反感。另外，一场发生在西海岸的突如其来的车祸夺去了切斯特·达沙韦的生命。肯尼科特并没有说些甜言蜜语来引诱她喜爱他。当参观到弗农山的时候，他对图书室和已故总统华盛顿的牙科器械赞不绝口。

他平常喜欢吃牡蛎，想必也一定对因格兰特和布莱恩常常光临而名噪一时的哈维餐厅有所耳闻，于是她就带着他去那儿了。到吃饭的时候，他由欢度假日的欣喜变得烦躁不安。他有很多问题想弄清楚，例如发生在她身上的新鲜事，她还算不算他的妻子，不过他一个问题都没有说出口,也没有邀请她回去。他只是咳嗽了一下,说着:"你看,我把我们曾经的照相机拿出来拍了几张照片,这些照片看上去不错吧。"

他把戈镇及其四郊的三十张风景照递给她,她有些惊慌失措,思绪被拉回到他们最初相识的时候。他就是用拍照片这种方式打动了她的芳心,她又想到了他那忠贞不渝的感情,他喜欢引用被验证过的有效的理论,可当这熟悉的地方再次映入眼帘的时候,她就把刚才的想法抛到九霄云外去了。她从这些照片中看到的是:明尼玛喜湖畔的白桦树丛中带着太阳光斑的蕨类植物,辽阔的麦田,以前休常常爱玩的地方——自家的门廊,还有那些早已深深刻在脑海里不能忘却的每一扇窗和每一张笑脸。她赶紧把照片还给他,笑着夸赞他高超的拍照技术。由此,肯尼科特就开始对照相机的各种镜头和曝光时间夸夸其谈起来。

晚饭过后,他们开始聊公寓里的朋友们,可是他们的意见总是会出现分歧,最后她实在按捺不住,支支吾吾地说:

"我把你的行李寄存到了火车站,因为我实在不知道你打算在哪里住,我的公寓太小了,安排不下你,我觉得很不好意思。我应该提前给你订间房子的,要不你给'威拉德'或'华盛顿'旅馆打个电话,看看能不能给你安排一个住处吧。"

他愁容满面地扫了她一眼,好似在问她,而她也好像在回答是否要和他一起去"威拉德"或"华盛顿"旅馆,不过她装作压根儿就没想到这个问题的样子。他要是感到恐惧,肯定会招来她的憎恨。其实他不害怕也不生气。即使他对她这种揣着明白装糊涂的样子很无奈,可他依然不紧不慢地说道:

"那就按你说的吧,你给我点儿时间,我可以叫辆出租车一起去参观一下你的公寓吗？天啊，这个车在转弯时怎么不降降速度，这是超速啊，比我还鲁莽。我想看看你们那帮有趣的朋友们，也想看一下休的睡眠状态和了解一下他的呼吸机能。但是我不是说他可能得了小儿扁桃体肿大，不过我还是看看比较放心，你说对吗？"说着，他拍了拍她的肩膀。

回到公寓后，他见识到了她的两位室友以及不久前因搞妇女参政运动坐过牢的女孩子。真是不能理解，他居然和她们聊得很开心。那个坐牢的女孩子讲述了在监狱中绝食反抗的新鲜事儿，惹得他哈哈大笑。他把打字久了如何缓解眼部疲劳的秘方告诉了那位女秘书，那位女教师也询问他"给感冒病人注射预防针"真的有效吗？在女教师眼里，早已把他当成了大夫，而不是朋友的丈夫。

卡萝尔觉得，他的乡下话和她们的俚语也不相上下呢！

他在众人面前亲吻了她一下，就像大哥哥吻妹妹似的，说了一句晚安就离开公寓了。

"他是个十分不错的人。"她的室友随后说道，满怀期待地等着她讲述更多和他之间的故事，可她什么也没说，她也不知道该说些什么，她没什么使她烦恼的事。她觉得自己已经丧失了自我分析和掌控的能力，就像一个任凭他人摆布的玩偶。

第二天，他来公寓吃了早饭，饭后就去刷碗，这让她觉得十分尴尬，他在家压根儿就没想过要洗碗这件事！

财政部大厦、纪念碑、科科伦画廊、泛美大厦、林肯纪念堂以及它后面的波托马克河，阿林顿公墓和李将军旧邸的圆柱，这些华盛顿的景点她都带着他走了一遍。肯尼科特看着很开心的样子，可她隐隐约约感受到了他很不开心，心里不由觉得有些沮丧。以前他的神情很坦率，可现在却有点儿让她摸不着头脑，好似有什么事瞒着她。他们穿过拉法埃特广场,伫立在杰克逊的塑像前,凝视着白宫静谧淡雅的正门,他叹了一口气,说:"没有早些出来看看这个世界的精彩是我的遗憾,当时我一边上学一边勤工俭学,无所事事的日子就宅在宿舍和大家瞎扯淡。如果我年轻的时候去接触接触音乐或是艺术画廊,可能就能变成你口中所谓的知识分子了吧。"

"亲爱的,你不要这么没信心,你本身就是个才华横溢的人啊,你看你都成为我室友口中精明的医生了……"

他欲言又止,后来他说道:

"你喜欢戈镇的那些照片吗?"

"这还用问吗?我很喜欢。"

"看见我们这个老旧的小镇没有让你心情不愉快吧?"

"怎么会呢,前些日子,我偶遇了海多克夫妇,可把我开心坏了。但是你得理解我,这不代表我不会再评头论足,在未来的某天,我也许很想回去和老朋友们聚聚,不过我这点儿小事,恐怕和戈镇节日里应不应该举行酒宴或者店铺里卖不卖羔羊肉没什么关联吧?"

"肯定没有!肯定没有!这点我心里清楚得很。"他赶紧说道。

"我是个凡事都追求完美的女人,和我在一起久了,你会感到厌烦吧?"

他咧开嘴笑了,她喜欢他这样的笑容。

五

这几天在华盛顿的经历让肯尼科特欣喜若狂,他见识到了很多新鲜玩意儿:上了年纪的黑人马车夫、海军上将、飞机、国税大厦(这是他缴纳的所得税最终入库的地方)、"罗尔斯-罗伊斯"牌汽车、林黑文特产的牡蛎、最高法院大厅、正在观看彩排的纽约剧院经理、林肯离世时所住的那幢房子、意大利军官的大氅、中午向机关职员兜售盒饭的手推车、切萨皮克运河上的豪华游艇和马里兰州牌照的哥伦比亚特区汽车等等。

她坚持要带他去欣赏白绿掩映的小别墅以及具有乔治亚风格的住宅建筑,这是她最喜欢的地方。他也觉得以玫瑰红砖墙为衬底,配上扇形气窗和白色百叶窗,和油漆过的盒子似的木头房子相比,更能体会到家庭的温馨感。他感慨道:"我才知道你的用意,看到这些房子,我的脑海里浮现出老一辈人过圣诞节的情景。如果你一直坚持逼萨姆和我的话,没准儿我们现在也可以吟吟诗了。杰克逊·埃尔德已把他的车子漆成了绿色,我和你说过这件事没?"

六

他们在吃晚餐。

肯尼科特故意说道:"在你领我去参观这些房子之前,我就已经下定决心了,我们以前不是探讨着将来盖一间新房吗,如果真到了那一天,我就按照你的想法来建。我只是稍微懂点儿地基和取暖设备方面的事宜,我有自知之明,知道自己对于建筑艺术一窍不通。"

"亲爱的,我和你还不是一样,对这些事情只是略懂皮毛。"

"总之,我可以负责汽车间和抽水马桶的工程设计,其他方面就得你来主办了,我的意思是说如果你愿意的话。"

"谢谢你对我这么好。"卡萝尔心里有点儿不相信。

"卡丽,你别多想,我不是在祈求或是讨好你,也并没有让你回戈镇的意思。"

听到这句话，卡萝尔感到很震惊也很失落。

"说真的，我的内心也很纠结。不过我觉得，除非是你主动想回来，要不你对戈镇的生活也没办法适应。我很想你回来，天天期盼着，不过我不愿意强迫你，也不想苦苦祈求你。你要知道，我始终是在等着你回来的。当邮差送信的时候，我多么希望能收到你的来信啊！多希望在信中看到你马上就要回来的消息啊！每到夕阳落山的时候，我都很失落，湖滨别墅的那间小屋，我去年整整一个夏天都没去过。我害怕只能看着他人嬉笑玩乐，看着他们都在开心地游泳戏水，而你不在我的身边，这种落差我是没办法忍受的。我选择待在镇子里，到了晚上我就坐在门廊里，甚至会出现一种你只是去了一趟杂货店一会儿就回来了的错觉。我凝视着远方，一直到深夜，可你还是没出现在我的眼前。家里只有我一个人，太安静了，我不想进去睡。有时候我干脆躺在椅子上睡，半夜突然惊醒，发觉这个屋子里只有我孤零零的一个人，心里十分难过。卡丽，我希望你明白，如果是你主动提出要回到我身边，我会非常开心的。即使是现在，我也不愿意低着头苦苦央求你回到我身边……"

"你这真是……也太……"

"另外还有些事，我要很坦诚地告诉你，我承认我有些地方做得不好，可是在这个世界上我最放心不下的就是你和孩子了。只是有时候你对我的冷漠无情让我很孤独、伤心，不小心就跑了出去……这也是无可奈何的。"

她听到这些，急忙为他打圆场，说道："没关系，我们把这些不开心的事情都忘掉吧。"

"你结婚前说过，如果我做错了什么事，希望我对你坦诚相告。"

"是吗？我难道还对你说过这样的话？我忘记了，我的脑袋乱哄哄的。可是亲爱的，我知道你希望我能幸福快乐，可是，我总是优柔寡断，这是根源所在。我都搞不清楚我的脑袋在想些什么。"

"那你就什么都不要想，听我的，我有个很好的建议，你向局里请两星期假，这里越来越冷了，我们趁这个时候去查尔斯顿、萨凡纳，还有佛罗里达度假怎么样？"

"去度我们的第二次蜜月吗？"她有些心怀疑问。

"不！就把它当作我们第二次谈恋爱吧。我现在别无他求，就是想和你一起去世界各地逛逛。有你这样一个有理想有追求的漂亮女孩陪我，是我的福气。以前是我太愚蠢才没有意识到。你同意陪我去南方游玩吗？你就给我一个机会吧，就算是假装成是我的妹妹也可以，你放心，我会给休再找一个保姆的，会找一个在华盛顿最好的、最有经验的保姆！"

七

在玛格丽特的别墅，正好可以看见查尔斯顿炮台附近的棕榈。看着远方的静谧港湾，湛蓝的海水，卡萝尔觉得自己冰冷的内心开始慢慢融化。

他们两个坐在阳台上，轻柔的月光倾泻而下，卡萝尔突然大声喊道："你给我点儿建议吧，你说我到底要不要和你回戈镇去，我总是犹豫不决，心里很是烦恼。"

"不能这样，这件事情还是要你自己决定。我和你度蜜月的真实目的也不是为了叫你和我一起回家乡，我不会强迫你回去的，至少我现在不会这样做。"

她望着他，哑口无言。

"我希望你回戈镇是心甘情愿的，我会尽自己最大的努力使你开心快乐，只是人非圣贤，我肯定也会有做得不好的地方。所以，你不用急忙给我答复，你需要时间来好好琢磨这件事。"

她长长地呼了一口气，仿佛卸下了所有的负担。她很庆幸自己还拥有自由，可以去享受更多的乐趣，在她重新回到戈镇以前，她或许还有时间到别的地方游览一下。是啊，她的确应该去欧洲一趟，到那里看一看。现在的她对于肯尼科特比原来更加尊敬了。她以前一直觉得自己的生活经历好像就是一个剧本。直到现在她才真正明白，在她的生活中，没有被人崇拜的英雄事迹，没有被人羡慕的幸福时光，没有让人赞叹的挑战经历，也没有话剧里面的情节，即使这样，她依然觉得自己的一生意义重大。她并不是什么特别的女人，平凡是她的标签，但是在当今的这个时代，她拥有了反抗和发表意见的勇气。不过出乎她意料的是，威尔·肯尼科特的一生中，也有一段心酸的经历。不过有一件事情是一样的，他们两个在各自的生活中都扮演着不太重要的角色。他也会有一些事情想不明白，有一些事情放在心里，这就像她那错综复杂的情感一样，难以捉摸，而且他们都希望在生活中得到温情。

她握住了他的一只手，两个人凝视眺望着一直在不停变化的大海，陷入了沉思。

八

肯尼科特独自回了戈镇的老家，而卡萝尔现在还是留在了华盛顿。他的来信好像就从来没有什么出彩的地方，内容也都是什么修了修自来水管啊,打了野鸭子啊,还有费奇罗斯太太患上了乳突炎等一些琐事,平淡无味。

她一直在思考,到底该不该回老家。一次吃饭的时候,她和一位妇女参政领袖谈到了这件事。

这位领袖听到了这个问题,极其不耐烦地对她说:

"我是一个非常自私的人,肯尼科特太太。在我看来,如果你的孩子可以来到这里上小学,那一定不会比在你的老家那种简陋的房子里面上学差,我也想不出为什么你就这么依赖你的丈夫,离不开他。"

"你的意思是说,我最好还是不要回去,是不是?"卡萝尔听到这个回答,神情有些落寞。

"当然也并不是说就是这样。我刚刚说我很自私,真正的意思是说,我将一个人能不能为妇女政治权利的建设奉献自己的力量这件事,作为看待妇女问题的唯一标准。那么你自己呢?当我说'你'的时候,我所指的并不是你自己,需要我明明白白地说一下吗?每年来到华盛顿、纽约、芝加哥的妇女多到成千上万,她们想在这些大都市里寻找自由,因为她们不喜欢家庭所带来的禁锢。她们当中有各式各样的人,有年过半百的老妈妈,她们戴着棉手套,胆小如鼠;也有年轻姑娘,她们刚在瓦萨女子学院毕业,就在自己父亲的厂里面组织大家罢工!为什么你们所有人对于我多少都会有一些帮助,可最后能够接替我的位置的人,却只有为数不多的几个人?因为为了爱上帝,我的父母我的孩子我都可以抛开,这是我的优点(也算是独一无二的优点吧)。

"这对你来说,也算是人生中的一种历练:你是像人们所说的一样来'征服东部'的,还是被东部征服。

"这比你们所知晓的还要复杂——也比我当初假扮成'地勤人员',企图改变这个世界所知晓的还要复杂。如果你想'征服华盛顿'或是要'征服纽约',你一定要克服把自己当成征服者的想法——这是最大的障碍。在以前,事情很纯粹简单:作家的愿望是自己的书能卖掉十万册;雕塑家最希望自己能在大户人家受到热情款待;而我这样的想法也是滑稽荒谬,渴望自己的工作能步步高升,最好能竞选到重要的公职,就可以到世界各地发表演讲。可我们这些爱瞎操心的人却把事情弄得乱糟糟。令人感到羞耻的是,每个人都想一蹴而就。有些社会活动家巴结有钱人的幕后人物,就是为了讨好他们,把自己的想法给'软化'了。那些作家更可怜,虽然赚了不少钱,可我打听到他们会向那些捉襟见肘的小说家卑躬屈膝,我还见识过,他们把版权偷偷卖给制片公司,就是为了能赚到钱,他们自己也感到羞愧吧!

"你真的想好在这个凌乱不堪的世界里牺牲自己的幸福了吗?你出名以后,那些喜爱你的人逐渐远离你。你所谓的廉价的成就,会成为你人生里最大的失败,真正的个人主义者是那些甘愿抛下自己的个人利益,为恩将仇报的无产阶级奉献自己的一生的人。"

卡萝尔奉承地笑了笑,表示她愿意牺牲自己,随后又长叹一声:"可我不确定自己是否有做出这么英勇的事迹。况且,我并没有完全脱离我的家庭,我并没有做出什么拿得出手的成绩——"

"这和英雄气概没什么关系,关键是有无忍耐力。来自中西部人的思想很落后,属于双料清教徒——草原上的清教徒再加上新英格兰的清教徒,和开发西部的拓荒者很相似,即使看上去坦荡野蛮,可他们有着像屹立在风雪之中的普利茅斯港口的岩石般坚定的内心。如果你想取得些成就,只有一个办法,可能这也是唯一一个可以付诸实践的方法：思考一下你的家庭、教会和银行里陆陆续续发生的事，想明白它的来龙去脉，最先制定这项法律的人究竟是谁？如果我们都能这样坚定地追求真理，那么一个文明之国目标的实现将指日可待，根本不需要像愤世嫉俗的人类学研究者所预言的那样，需要漫长的等待。如果真有那么一天，人们会重新定义工作的性质，家庭主妇们会把做家务当成一件使自己心情愉悦的事，这也是我所能想到的最危险的想法了。"

卡萝尔陷入了沉思："我一定要回去，我有很多问题想问。从前如果我的问题提出来没有被解答，我也没有过多地深究，现在我一定要刨根问底，誓不罢休。我要问问埃兹拉·斯托博迪为什么要对铁路国有化持反对态度；问问戴夫·戴尔，为什么他明明是个药剂师，却喜欢别人叫他'医生'；也许我还要去问问博加特太太，为什么她脸上老是挂着寡妇面纱，看起来跟个死乌鸦一样。"

这位妇女运动的领袖挺直了身子，继续说道："在你的身上还是有些东西值得我羡慕的。你有一个孩子，可以时常和他亲近玩耍，那对于我来说简直是奢望。有一天我好像在睡梦里见过我的孩子——孩子们经常在公园里面玩耍，我平时会偷偷地溜到那里去看他们。杜邦圆形广场的小公园是孩子们经常去玩的地方，因而那里对于我充满着诱惑，就像罂粟园一样，让人着迷。在政敌的眼里，我根本不像个女人！"

卡萝尔听到这里愣了一下，心中暗忖："我是不是应该让休也去乡下，让他呼吸呼吸那里的新鲜空气！即使去了乡下，我也不会让他变得和那些乡巴佬一样。我绝不会允许他在大街上四处游荡，白白浪费自己的大好年华的……我认为这件事我是能够做得到的。"

回家的路上，她又想："我参加过工人的罢工，也加入了联合会，知晓了'团结就是力量'的真正含义，这些已经让我走在了众人的前面，所以我现在是毫无畏惧的。如果我真的要走，威尔也不会强留。也许有一天，我会和他一起去欧洲。如果他不愿意去，那我也可以独自前往。

"以前和我住在一起的是一些不怕坐牢的人。我觉得现在我可以邀请迈尔斯·伯恩斯塔姆这样的人来我这里吃饭，海多克两口子就算是说什么闲话也无所谓……这件事我是一定可以做到的。

"我回去的时候要带着伊弗特·吉尔贝①的歌声和埃尔曼的小提琴曲，不用想就知道，那一定要比麦田里面蟋蟀的叫声悦耳得多。

"我现在可以无所畏惧地放声大笑，又能漠不关心、淡定自若……我想这些我是一定可以做到的。"

她觉得自己是时候回去了，但是她并不觉得自己是落荒而逃。她是一个具有反叛精神的人，对于这一点她是很满意的。大草原对于她来说曾经就是烈日下暴晒着的荒芜的土地，而现在它变成了一只曾经和她进行过搏斗的黄褐色野兽，在搏斗中，它发生了改变，变得越发美丽。她迈开大步走在大街上，看到希望的影子洒落在地上，听到前进的号角，并种下了神秘而伟大的种子。

九

以前卡萝尔对戈镇充满了憎恨，但现在这种恨意早就消失得无影无踪。在她看来，戈镇已经变成了一个新的市镇，这里面的人日夜忙碌。她仍然记得肯尼科特为戈镇市民进行辩护的时候说的话："这里的人都是一些心地善良的人，并没有什么坏心思。他们每天从早到晚

---

①伊弗特·吉尔贝，法国女歌唱家。

辛勤地劳作，只是希望能够尽自己的努力将儿女养大成人。"她饱含深情地想起了刚刚建成时候的大街，那里只有用来临时遮风避雨的异常简陋的褐色小棚屋，想想还真是寒碜。真是让人无限怜悯。在妇女读书会上，她们的论文引经据典，对外界宣扬着自己的文化，在鼓吹"繁荣戈镇运动"时装出来的伟大，这一切都让她对于这些人更加同情。她的眼前好像出现了大雾弥漫的大草原，夕阳的余晖洒满了的街头，早些年开拓者们居住过的小棚屋里面，一个个孤单的人正在翘首等待着她的归来——他们的脸上写满了凄凉落寞的神情，就好像看着自己的亲朋好友一个个与世长辞的老者，心里很不是滋味。她又想起肯尼科特和萨姆·克拉克非常喜欢她的歌声，如果现在能够立马回到他们身边给他们唱歌该有多好。

"对于戈镇，我终于可以以公正的态度来面对它了。我现在爱上它了。"她高兴地说道。

她突然觉得自己有点儿了不起，原来自己也可以这样的宽容。

她在凌晨三点的时候突然从睡梦中醒了过来，她梦见自己被埃拉·斯托博迪和博加特寡妇百般折磨，这还真是一个让人害怕的噩梦。

"我原本的理想是，把戈镇变成一个神话里面的世界。人们至今都觉得自己的家乡最棒，那里记录了我们的童年时光，大学时代那些感情真挚的朋友。可是这一切已经被我们遗忘了。我一同忘记的还有，大街一直认为自己是天空下的极乐净土，在这里从来没有孤单与可怜。现在对于它来说，有没有我的影响是不大的，所以我回不回去它也是无所谓的。"

然而到了第二天傍晚，这一切又发生了改变，戈镇还是她自己真正的家——在夕阳之下，它正在翘首盼望着她回到那里。

在华盛顿又住了五个月之后，卡萝尔返回了戈镇。五个月的时间她做了很多事，她想尽各种办法收集动听的音乐和好看的画作，准备带回戈镇，打发以后漫长而又无聊的日子。

她在华盛顿一共住了大概有两年的时间。

卡萝尔在六月份启程返回戈镇了，这个时候她的第二个孩子都已经在胎动了。

第三十九章

一

卡萝尔的脑袋里装满了回家后将要面临的情景，就这样想了一路，可谁能想到进了家门，一切竟和她的脑海里播放了无数遍的情景一模一样。看，一个个熟悉的门廊映入眼帘，一句句真心的关心与问候让她喜出望外。她回家的消息成了镇上最为轰动的新闻。久恩尼塔·海多克开始慷慨激昂地讲述在华盛顿与她的偶遇，这个卡萝尔曾经的冤家好似变成了她的至交，甚至把她吹嘘成了上层社会圈的焦点人物，这使她内心的优越感更是油然而生。维达·舍温和她的关系一直很好，但此刻却在远处安静地站着，因为她实在是害怕听到那套她从华盛顿学来的长篇大论。

夜幕降临之后，卡萝尔来到面粉厂，后方坐落的电灯厂里传来发动机的阵阵声响，在寂静的夜晚显得格外刺耳。钱普·佩里正坐在门口守夜，只见他颤颤巍巍地举起青筋暴起的双手，沙哑地说道："我们都很思念你呢。"

可事实是，在华盛顿认识的人里面，还有谁会想起她？还有谁会像盖伊·波洛克那样可靠呢？不管什么时候在街上遇到他，他的脸上都洋溢着灿烂的微笑，一副憨厚老实的样子，好似是一件她的归属之物。

卡萝尔就这样过了一个星期，原先的激情慢慢褪去，日子和在华盛顿的办公室里上班没什么两样。她每天做着相同的事，说着相同的没有营养的话，可是她又能怎么样呢？

那个一直困扰于心的问题，现在也变得毫无价值了。原来那种一登上返乡列车就无比躁动的心境，再也寻不到了。曾经她甚至想着心甘情愿放弃自己的小屋，尝试着和肯尼科特共处一室。

可当她进门十分钟后，肯尼科特就支支吾吾地说："我必须要告诉你，你的房间完好地放在那儿，和你走的时候一模一样。我正站在你的角度去思考事情。两个血浓于水的人，也要尝试尊重对方的生活习惯，没必要为一点儿小事就吵来吵去的，而且，我现在觉得一个人住一个房间再合适不过了，我还能好好反思我的所作所为，我所说的都是真心话。"

二

在她曾经居住过的城市——华盛顿，人们聚在一起探讨着当今世界发生的巨大变化、欧洲革命、基尔特社会主义、自由媒体等，经常会讨论到深夜。她原以为这个世界正在不断地变化，后来却发现事实并非如此。

在戈镇，大家都喜欢讨论禁酒令的事情，听说在明尼阿波利斯的某个地区，用十三美元就能喝上一夸脱威士忌。家里酿啤酒的秘方，"日常花销逐渐增高"，总统选举，克拉克的新车，还有赛伊·博加特身上长期以来养成的坏毛病，这些亘古不变的话题，从两年前，二十年前就开始讨论，甚至在二十年后还会讨论相同的话题。可以做这样一个比喻，把世界比作火山，种地人在山脚下耕种，有时候火山爆发，喷薄而出的岩浆将耕种好的庄稼毁于一旦，这常常造成巨大的损失，使他们陷入惶恐之中。令人惊奇的是，即使在这样恶劣的环境下，他们的亲戚仍然能把这些田地接过来，在一两年以后，这里又变成了一片可耕种的田地。

就在前不久，镇上盖起了七栋平房，新开业了两家汽车行，肯尼科特很在意这些事情，可是卡萝尔却一点儿都不放在心上，她只是心不在焉地附和着："哦，它们看起来是挺好的。"她更在意的是刚刚建成的校园宿舍、整齐漂亮的砖墙、健身所，甚至还有来学习农业技术和做饭的专门教室。她看着眼前的一切，这都说明维达已经取得了不小的成就。她的内心开始骚动起来，觉得自己不能再这样无所事事了，必须做点儿什么——无论做什么都可以。她找到维达，兴高采烈地说："维达，请允许我和你一起工作吧，我可以从基础开始学习的。"

就和她所承诺的一样，她开始工作了。她会帮农妇休息室值班一个小时，并心血来潮地把那张圆形松木桌子染成了黑色和橘红色，这可着实让妇女读书会的会友们大吃一惊。她一边和农妇们聊着天，一边帮她们照看宝宝，心情十分愉悦。

她急忙地向芳华俱乐部走去，心里盘算着一会儿要和那些会友聊些什么，早把这条丑陋的大街抛到脑后了。

她选择戴着夹鼻眼镜上街，还向肯尼科特和久恩尼塔询问，她这样看起来是否更加年轻，比实际年龄三十三岁小很多。可是这副眼镜把她的鼻子夹得酸痛酸痛的，所以她想换成一般的眼镜，可是这会使她看上去更老，而且找不到解救的办法。这是她所不能忍受的，于是就放弃了换普通眼镜。但是，自从在肯尼科特的诊所里试戴过普通眼镜后，她发现这的确比夹鼻眼镜舒适多了。

三

在德尔的理发店里，韦斯特莱克大夫、萨姆·克拉克、纳特·希克斯以及德尔·斯纳弗林聊得正欢。

"是的，我现在总能在农妇休息室看到肯尼科特的妻子瞎忙活的身影。"韦斯特莱克大夫在说这话的时候，故意把"现在"这两个字加重了语气。

德尔正在给萨姆刮胡子，听到他的话，也停下了手里的活儿。他手里还举着一把刷子，此刻上面的肥皂泡正顺势往下淌。他开玩笑似的说：

"我倒要看看她还能折腾出什么花样，以前她总是嫌弃我们的小镇不漂亮，她一个城里来的姑娘实在是没法儿适应这个小镇的生活，更过分的是，她为了把这个小镇修建得好看些，还想让我们每人多缴些附加税，用来在消火栓上套个布罩子、修几尊塑像立在草坪里，等等。"

萨姆把嘴边的乳白色的泡沫吹掉，愤慨地说道："你们是身在福中不知福，有这样一个聪明的娘儿们来教我们这些大老粗如何建设这个小镇，这是我们的荣幸，即使她爱找碴，可比那个只知道吹嘘炫耀自己要开多少工厂，可最后还是跑了的吉姆·布劳塞强多了。即使肯尼科特太太有点儿浮躁不踏实的坏习惯，可不能掩盖她是个聪明人的事实，总之，看到她回来，我打心眼儿里高兴。"

韦斯特莱克大夫听到这些立马话锋一转："她能回来，我也开心啊！她一直是个优雅的女人，饱读诗书，就算读的是小说也是不错的。当然不可否认，犹豫不决，缺乏学者的胸襟，对政治经济一无所知，常常相信其他人说的话，这是她和其他女人的通病。不过，她确实是个好女人。你看！农妇休息室——我们镇的招牌，被她打扫得一尘不染，这很有可能会促进我们小镇的经济发展呢！肯尼科特太太在外闯荡了那么久，肯定不会再有以前那些愚笨的想法了，也应该变得聪明些了。也许她已经明白，如果还想教我们如何做事做人，会遭到大家的嘲笑的。"

"不过，她迟早会幡然醒悟的。"纳特·希克斯撇了撇嘴，正气凛然地说道，"依我看，她的相貌在我们镇上也算得上出众，我的天啊！"这么认真的语气也着实让周围的人大吃一惊。"据我推测，她的心里还是在想着瓦尔博格，就是那个以前在我这儿上班的那个瑞典小伙。他们两个真是天造地设的一对，一起对月谈诗，谈情说爱的，要是他们两个一直这样亲密无间的，最后啊，肯定就互相谁也离不开谁了……"

萨姆·克拉克气愤地把他的话打断了："净胡说，他们两个纯洁得很，只是单纯地探讨一些书之类的东西，根本就没有往爱情的方面想过。你要知道，卡丽·肯尼科特是个有智慧的女人，另外，这种人在受过高等教育之后，常常会表现出十分滑稽的一面，可是做了母亲以后，这些想法就会慢慢消散。我敢打赌，过几天她折腾够了，就会去主日学校当老师，和乡亲们交往沟通，策划社区活动、踏踏实实、本本分分地做好自己该做的事，不会再去高谈阔论政治和经济的发展走向了。肯定会向这个方向发展的！"

在随后的十五分钟里，他们又相继讨论了她的长筒丝袜，她的儿子，她和肯尼科特各自睡一个房间，她所喜爱的音乐，她和盖伊·波洛克之间的老交情，她在华盛顿可以赚多少，甚至是她回来后说的每一句话。最终，他们商讨后得出了一致结论，那就让卡萝尔·肯尼科特继续活跃下去。后来，纳特·希克斯讲述了一位旅行推销员和一个老处女之间的爱情故事，大家听得十分入神。

四

不知为何，卡萝尔隐约感觉到莫德·戴尔并不欢迎她的归来。她去参加芳华俱乐部的聚会时，莫德突然神经兮兮地傻笑着对她说道："是啊，你一定是觉得战时工作是一个非常好的借口，可以溜出去肆意玩耍。久恩尼塔！难道你不想听听卡丽讲述她在华盛顿与军官们的相识过程吗？"

这可引起了大家的兴趣，她们一窝蜂似的凑到跟前，一双双眼睛瞪得溜圆，紧紧盯着她。卡萝尔仔细端详了她们的脸，上面虽然写着好奇，又好像是浑不在意。

"好啊，我是要详细地讲述一下我的经历的，不过，我们还是改天吧。"她打起了哈欠，笑呵呵地说道。

她不打算为了获得自己的独立而和贝西·斯梅尔舅妈针锋相对了，因为她明白，贝西舅妈也是想为肯尼科特一家人贡献自己的一份力量，并不是存心阻碍她。卡萝尔不禁觉得，人到老年是十分悲哀的，体力和活力远远赶不上年轻人，更辛酸的是年轻人也找不到需要他们的理由。几年前，老年人的关心和唠叨还是很有意义的，而现在说起来只会让年轻人厌烦和嘲笑。她理解了贝西舅妈的心情，曾经贝西舅妈跟跟跄跄地走过来，送上一瓶葡萄酱，心里想的却是这做酱秘方能激起外甥媳妇的兴趣，借此机会好好教教她呢！自从了解了贝西舅妈的良苦用心，再遇到贝西舅妈絮絮叨叨地训斥个不停的时候，即使她心里很恼火，但还是会耐心地听着。

以前听到博加特太太的话，她会非常生气，而现在她就算听到也没那么郁闷了。有一次她听博加特太太说道："既然我们已经争取到了禁酒令，接下来就踏踏实实、安安分分地过日子，再去折腾禁烟令也没什么意义。那些在主日打棒球、看电影的人都触犯了法律，都应该得到法律的制裁。"

现在很少有人询问她在华盛顿的经历了，这使她的虚荣心深深受到了打击。想到珀西·布雷斯纳汉当初衣锦还乡的时候，父老乡亲们对他满怀敬意，喜欢听他讲一些在外的所见、所闻、所感，可对于卡萝尔，即使她讲的都是真人真事，大家却都漠不关心。以前她还想着自己衣锦还乡之日，会被乡亲们当成女英雄，现在想起来，这简直可笑至极！即使她自己思考这些事的时候也会觉得很滑稽，且很难过。

五

八月份，卡萝尔生了一个女儿。她有些摇摆不定，有时候想让女儿做妇女运动的带头人，有时又想让她嫁给一位科学家，或者两者身份兼有，可她并不能判断出哪一种生活更好。不过，她已经暗自下定了决心，就是一定要让自己的女儿接受纽约的瓦萨女子学院的高等教育，给她定制一件美丽合身的衣服和一顶黑色的小圆帽作为开学礼物。

六

休在吃早饭的时候总爱絮絮叨叨说个不停，尤其是喜爱对猫头鹰和大街发表他的长篇大论。

"你少说两句吧，吃饭也堵不上你的嘴。"肯尼科特没好气地喊道。

卡萝尔也不开心了："你应该调整一下对他说话的态度，你应该认真地听他讲话，他有很多好玩儿的事要和我们分享呢。"

"你这是什么想法，我可做不到一天到晚听他胡言乱语。"

"这样有何不可呢？他也懂得一点儿规矩了，今后他得变得有教养一点儿。无论是规矩还是纪律方面，我都可以称得上是他的老师，他向我请教的地方远比我向他学习的地方多得多。"

"这个是什么概念？难道这就是你在华盛顿学习的新颖的教育儿童的学说？"

"可能是这样吧，我们也要把孩子当成一个人啊！"

"这是一定的，可是就让他自己在饭桌上絮絮叨叨说个不停也不是个办法！"

"那肯定不能允许这样的事情发生，我们也有话语权。他要像个真正的男人，就和你、我一样，对待不同的事情有自己独立的思维和思考能力，而不是像戈镇那些人一样采取千篇一律的处理方式，不能让他的想法被扼杀。我们现在要做的就是，给他自由发展空间，不要那样去'教育'他。"

"停吧,我不想和你继续辩论下去了,可我不会任由他涨脾气的。"

十分钟以后,肯尼科特就把这件事抛到九霄云外去了,卡萝尔这时也不把这件事挂在嘴边了。

七

这一天天清气爽、秋色宜人,肯尼科特夫妇和萨姆·克拉克夫妇一起开车去两湖之间打鸭子去了。

肯尼科特把一支轻便的小口猎枪交到她手上,这虽然是她刚开始接触狩猎,可她却很果断勇敢,目不转睛地看着那些活蹦乱跳的野鸭子。她已经成功掌握了狩猎技巧,知道了枪管末端的小准星和瞄准息息相关。她发现这一秘密后,竟像孩子一样欢呼雀跃起来。只听"砰"的一声,一只野鸭落地了,虽然是她和萨姆一起开枪的,不过萨姆把它归功于卡萝尔,而她也相信了。

夜幕降临的时候,天空灰沉沉的,她选择在芦苇丛生的湖岸上歇息,克拉克太太东扯一句,西扯一句,完全抓不到重点。坐落在他们身后的是一片乌黑的沼泽,由于土地刚刚被犁过,空气中弥漫着一股泥土的清香,平静的湖面与粉红的晚霞交相辉映,煞是好看。这两个男人正在伺机等候射击最后一批野鸭子,凉风习习,他们的交谈声显得格外响亮。

"快看左边!"肯尼科特拉长声调喊起来。

三只野鸭子排列成一字形,向着地面直冲而下,只听"砰砰"一阵枪响,有一只野鸭子被打中后顺势落下,他们两个兴高采烈地划着小船去捡拾他们的猎物了。不一会儿,茂密丛生的芦苇丛就挡住了他们的身影。他们兴高采烈地聊着天，水面溅起的水花声，慢悠悠的划船声，在漫无边际的暮色里显得格外刺耳。这时候，只见一大片火红的彩霞，在静谧的港口像瀑布一样倾泻而下。它不断变幻着形态，湖面波澜不惊，把湖面映衬得好似一块白色的大理石。肯尼科特兴高采烈地叫道："今天我们可有口福了，这将是一顿丰盛的晚餐。"

"这次我选择和埃塞尔坐在车后座上。"卡萝尔说道。

这是卡萝尔首次直接叫克拉克太太的大名，也是首次主动提出坐在车后座上，现在她和缅因街的女人并无差别了。

"正好我的肚子也咕咕叫了，这时候能吃上烤鸭也算是人生的一种享受了。"这样一想，她的心情变得愉悦起来。

车子走过静谧的田野，她的目光凝视着远方。她看见土地此起彼伏，一直蔓延到落基山和阿拉斯加。她发觉，当其他的帝国趋于腐朽衰落之时，也正是另一个国家重新崛起之日。在此之前，这需要无数个像卡萝尔一样的几百代人共同的努力，一起去浴血奋斗，去挣脱束缚，可即使这样，到了最后，却落得了一个没有枢衣没有赞美歌颂的悲惨结局。

"听说最近上映了一部很好的电影，评价很不错，我们明天去看看吧。"埃塞尔·克拉克提议说。

"我原本想看一本新书的，不过既然你这么说了，我就陪你一起去看电影吧。"卡萝尔笑着答道。

八

"气死我了！"卡萝尔对着肯尼科特长叹了一口气，"我一直想要组织一个年度的合欢节，大家欢聚一堂，把所有烦恼抛到脑后，共同加入到运动会、野餐会、交谊舞会中，尽情地玩耍欢愉。可是现在伯特·泰比被你们推选为镇长，让这一切都泡汤了，我一点儿也想不明白你们为什么选他当镇长，他就是一个盗取别人想法的小偷！举办一个全镇都加入的盛大节日固然很好，可是他居然试图邀请一位政客进行一次演说。这种弄虚作假、装腔作势的活动，是我十分厌恶、坚决不同意的。他事前去请教了维达，毋庸置疑，她一定对这个事情举双手赞成。"

他们不紧不慢地向楼上走去，肯尼科特正在给闹钟上着弦，不过心里也一直在回想着刚才卡萝尔说的话。

"确实是这样，这一定把你惹得不开心了。"他和蔼可亲地说道，"不过你要想清楚，你们付出这么多努力来举办这个节日活动真的值得吗？你操心这操心那，为了什么社会革新来回折腾，你还没有感到疲惫不堪吗？"

"我觉得精力充沛呢，而且我才开始准备大显身手呢！"

她拽着肯尼科特来到婴儿室门口，手指着她女儿那一头绒毛似的褐色的短发："你瞧瞧枕头上的东西，你知道那是什么东西吗？那是炸弹啊，一旦引爆，就可以把这些人虚假的嘴脸给炸碎。你们保守党的脑袋瓜要灵活一些，不要随便去抓什么无政府主义者。我看，你们还不如趁着孩子们在婴儿床上昏昏入睡时就杀了他们来得痛快。你可以想象一下，如果这个小女孩死亡的时间是公元2000年，你猜猜她会看到什么情景，也许能看到全世界的人联合起来，驾着太空飞船驶向火星呢！"

"你说得对，如果真到了那个时候，没准儿会天崩地裂呢！"肯尼科特打了个哈欠。

肯尼科特正在翻箱倒柜地找一条领带，他清楚地记得自己就放在衣柜里，可怎么也找不到。此时，卡萝尔正坐在床边。

"如果我能一直坚持着做下去，这会使我心情愉悦，可这个盛大节日的到来才让我明白，我就是个彻彻底底的失败者。"

"气死我了，这条领带到底被我放在哪儿了？"肯尼科特嘟囔着，向卡萝尔喊道，"宝贝儿，你刚才说什么，我没听见。"

卡萝尔一边抖搂抖搂他枕头上的灰尘，把被子铺好，一边回答道："可是，我还是取得了小小的成果的，我一点儿也没有认为我的理想渺小，也不会为自己的失败找理由。大街从来就不是个完美的地方，戈镇也不会比欧洲还要雄伟、壮阔。不是所有的女人都甘愿屈服于日常琐事，洗衣、洗碗、做饭，即使我并不会为原则奋斗终生，但是我立志要做个有信仰的人。"

"是的，我承认，你也是一直这样做的。"肯尼科特回答道，"好了，我们早点儿睡吧，我看这天气，是要下雪的征兆，我们要把防风窗关好，免得漏风。对了，你知道女用人的螺丝刀在什么地方吗？"

辛克莱·刘易斯作品年表

1885年　2月7日出生在美国明尼苏达州苏克萨特镇。
1902年　进入俄亥俄州奥伯林学院读大学预科。
1903年　考入耶鲁大学文学院。
1906年　离开耶鲁大学，去了厄普顿·辛克莱创办的社会主义居民试验区，后来又去了纽约和罗马。
1907年　回到耶鲁大学。
1908年　从耶鲁大学毕业，获得文学学士学位，进入出版公司做编辑。
1910年　来到纽约，继续做编辑。
1914年　发表首部长篇小说《我们的雷恩先生》。
1916年　辞去编辑职务，成为职业作家。
1920年　发表《大街》，一举成名。
1922年　出版《巴比特》。

1925 年　出版《阿罗史密斯》。

1926 年　凭借《阿罗史密斯》获得了普利策文学奖,但是他拒绝接受。

1927 年　出版《艾尔麦·甘特利》。

1929 年　出版《多兹沃思》。

1930 年　获得诺贝尔文学奖。

1935 年　发表《短篇小说选》。

1951 年　1 月 10 日在罗马病逝。

1952 年　书信集《从大街到斯德哥尔摩》出版。